全新譯校 經典新版世界名著 22

Oliver Twist

霧都孤兒

〔英〕狄更斯 著

王桂林 譯

經典新版　世界名著

閱讀經典名著確實是不一樣的宴饗。人們對於經典名著，不會只說「我讀過」，而是說「我又讀了」。事實上，我每次去讀它，都會讀出新的東西，新的精神。

——當代義大利名作家、後設小說大師卡爾維諾（Italo Calvino）

真正的光明，絕不是永遠沒有黑暗的時候，只是永不被黑暗掩沒罷了。真正的英雄，絕不是永遠沒有卑下的情欲，只是永不被卑下的情欲所征服罷了。閱讀經典名著，永遠可以使人自我昇華，不陷於猥瑣。

——法國名作家、諾貝爾文學獎得主羅曼羅蘭（Romain Rolland）

閱讀文學經典、世界名著，能夠滋潤現代人的心靈，使人對世事、愛情與人性重新有一番體悟。

——美國現代名作家、諾貝爾文學獎得主海明威（Ernest Hemingway）

台灣曾出版的世界名著與文學經典可謂汗牛充棟，然而，細察譯文品質與內容，大多是三十至五十年代大陸譯者的手筆，其行文用語的方式與風格，早已與當代讀者的閱讀習慣、閱讀趣味脫節，以致不再能喚起讀者的關注。這一套「經典新版　世界名著」是全新譯本，行文清晰、流暢、優雅，用語力求充分符合當代人的品味。故而，是「後真相時代」中尋求心靈滋養者最適切的選擇。

譯者序

王桂林

查爾斯・狄更斯（Charles Dickens）（一八一二—一八七〇），十九世紀英國最偉大的小說家之一，批判現實主義的傑出代表，其同時代的英國作家有薩克雷、勃朗特三姐妹和哈代等，而在同一時期的美國，批判現實主義大師馬克・吐溫在奮筆疾書。狄更斯的時代正是英國由半封建向資本主義轉變的維多利亞時期，這時的英國經濟蒸蒸日上，工業化進程加快，社會穩定，人口劇增；然而嚴重的失業和下層勞動人民生活入不敷出狀況依然嚴峻，這些都促使狄更斯筆觸指向倫敦的貧民窟悲慘的生活，勇敢地揭露榮華背後的慘淡，以此來抗議社會不公，喚醒社會覺醒並最終使底層勞動人民生活得以改善。

狄更斯生於一海軍小職員家庭，由於父母的鋪張和不善經營，十歲時全家被迫遷入負債者監獄，狄更斯十一歲就承擔起繁重的家務勞動。為了生計，曾在黑皮鞋油作坊當童工，後來學過律師當過記者，之後通過自學成為作家。種種艱辛經歷使他對勞動人民生活的不易理解深刻，也增強了作品描寫的真實性。《霧都孤兒》是狄更斯的第二部長篇小說，其中監獄、貧民窟以及其他場合中勞苦大眾的悲苦生活的描寫逼真、生動，使人身臨其境。如同狄更斯的其他小說一樣，本書揭露許多當時的社會問題，如救濟院、童工、以及幫派吸收青少年參與犯罪等。

《霧都孤兒》以霧都倫敦為背景，講述了一個孤兒悲慘的身世及遭遇，主人公奧立弗在孤兒院長大，經歷學徒生涯，艱苦逃難，誤入賊窩，又被迫與狠毒的凶徒為伍，歷盡無數辛酸，最後在善良人的幫助下，查明身世並獲得了幸福。

《霧都孤兒》值得稱道的有以下幾點：

時空交叉的敘事手法

《霧都孤兒》在敘事上時間與空間有機結合、渾然一體。俄國著名文論家巴赫金認為：「文學作品中的時空，時間與空間的標示被融合在一個精心布置而又具體的整體中。時間，往往在敘述過程中變得厚實、具體，通過藝術構思顯得清晰可見；同樣，空間變得充滿內容，與時間、情節和歷史發展相呼應。這兩個軸的疊加及其標示的融合顯示了小說世界的時空特點。」所以，「作為事件與事件之間的『自然序列』，小說情節必然依照事件過程發生、發展，並往往顯示出必然率包含的因果關係；同時，每個事件必然發生於特定的空間環境。」《霧都孤兒》以時間為順序展開，伴隨著主人公奧立弗的成長及不幸遭遇，空間隨之轉移：

濟貧院——奧立弗出生之地，一個極受虐待的小生命卻極其頑強地成長。

棺材鋪——奧立弗被濟貧院像擺脫包袱似的急著脫手給了棺材鋪，這裡，奧立弗不只是受老闆夫人的冷眼，更為人所不解的是，竟連人人都恥笑的諾亞也處處刁難。最後，奧立弗不堪忍受侮辱，黎明時分逃出了令他寒心的棺材鋪。

費金的賊窟——在逃往倫敦的路上，奧立弗偶遇一奇怪少年並被其「好心」引荐到費金且在這一賊窟住下。受費金「悉心」教導職業秘笈，奧立弗依然不開竅，最終因為同伴的扒竊而被指控。

慈善紳士布朗洛的家——同伴扒竊的對象是布朗洛先生，由於一種莫名其妙的感覺，布朗洛對奧立弗動了憐憫之心，他收留並悉心照顧奧立弗，把奧立弗從死神手裡奪了回來，並給予他從未有過的家庭溫暖。

費金的賊窟——在一次幫助大恩人布朗洛送書的路上，奧立弗被南茜碰著並帶到費金的賊窟處。費金受神秘人蒙克斯的賄賂而絞盡腦汁把奧立弗往絞刑架上推——安排奧立弗去搶刼，然而搶刼未遂，奧立弗卻陰差陽錯被捕。

梅麗夫人的家——出於某種莫名其妙的好感，梅麗夫人和梅麗小姐饒恕並收留了奧立弗。奧立弗訴說自己的遭遇，使得周圍的幾位紳士也加入到保護奧立弗、懲罰費金的行列中來。在這裡，奧立弗感到安全和溫暖。

慈善紳士布朗洛的家——幾經周折，奧立弗與布朗洛先生重逢，在這位慈祥、正直、善良的老紳士的幫助下，奧立弗的身世被揭開。原來，他的父親是布朗洛先生的好朋友，而那個陰險的蒙克斯是自己同父異母的哥哥，而梅麗小姐是自己的阿姨。蒙克斯為了獨占父親的遺產而意欲陰謀殺害奧立弗。天網恢恢，費金、蒙克斯、賽克斯等落入法網，而奧立弗等得到安寧與幸福。小說以真善美戰勝假惡醜結尾，令人稱快。

流動的時間，轉移的空間，奧立弗成長路上的點點滴滴都在這個時空交叉裡顯現。小說用這種時間往前推移的方法使故事讀起來更順暢，脈絡也更清晰，增強了小說的可讀性，難怪狄更斯擁有更龐大的讀者群。

懸念的設置

懸念無疑會增強小說的吸引力，懸念設置的巧妙、自然體現了作家的高超寫作技巧。《霧都孤兒》從一開始就給讀者一個情不自禁讀下去欲罷不能的謎——誰是奧立弗的父母？他母親為什麼會如此狼狽得在濟貧院生下他便嗚呼去也？緊接著，賊頭費金為什麼一定要抓住奧立弗並苦口婆心教導他所謂的「行業技能」？布朗洛怎麼一直能從奧立弗的臉上看到熟悉的表情？蒙克斯為什麼要加害於奧立弗？這些謎團都隨著讀者的逐漸深入被一層層地剝開，直至最後才真相大白。關於一個小男孩奧立弗的故事讀起來卻如此驚心動魄，直至讀完才長吁一口氣。

語言

公說公的語言，婆說婆的語言，書中人物各自有各自的語言。賊頭費金的語言凶殘、狡猾、偽善，在和其他賊窩成員談話中，行話層出不窮，俚語接連不斷；布朗洛是一位名副其實的紳士，他語言規範，語法用詞正確；就連奧立弗也操著極其規範的英語；梅麗小姐言語可愛、美好，一如她善良純潔的本性等等，言為心聲，這些語言在塑造個性化的人物上舉足輕重。另外，語言幽默風趣。如書中說奧立弗剛出生時所要面臨將要到來的悲苦生活時這樣說道：「**奧立弗盡情地哭起來。他要是能夠意識到自己成了孤兒，命運如何全得看教區委員會不會發慈悲，可能還會哭得更響亮一些。**」小說中諸如此類令人捧腹卻發人深思之句子不勝枚舉，可謂處處皆智慧，處處皆真理。

羅志野先生曾如此說狄更斯：狄更斯就像高爾基一樣，從來不矯揉造作，不選用那些華而不實的詞語。他的用詞都簡單明瞭，樸實易懂。狄更斯本人和莎士比亞及高爾基一樣，不是所謂「大學才子」，而是從普通人的身分進入作家行列的，他們都是用普通百姓的語言創作給普通百姓欣賞。他們熟悉普通人的語言，明白普通人的思維和智慧，也對普通人生活的艱辛了然於心，因此，狄更斯的作品使讀者倍感樸實，毫無造作和牽強附會，更少見繁冗堆砌的文字遊戲，也就更貼近普通人的心。

因此，在翻譯時我時刻提醒自己，盡可能用樸實的語言和句法來還原這位偉大作家的作品原貌。在這位世界著名的現實主義大師的名作面前我可謂是戰戰兢兢，生怕自己的不力會有辱這部文學名著的光華。同時，也為自己能有機會翻譯大師的作品心存感激！

讓我們一同走進狄更斯的世界，喜歡他愛戴他，接受他的薰陶和教誨吧！

目錄

Contents

目錄
Contents

chapter 1

關於奧立弗．崔斯特的出生狀況

有那麼一個小鎮，由於種種原因，對其名字姑且先隱去，我也不打算虛構一個名字給它。同各大小城鎮一樣，它也有一個頗具歷史的機構，即濟貧院。而本章標題所提到的主人公便出生在這個濟貧院裡。關於確切的日期這裡我毋庸贅述。因為這於讀者亦無足輕重。

那嬰兒由教區醫生接生，來到這個對他而言充滿著煩惱和愁苦的世界。在相當長的一段時間裡，他能不能有名有姓地活下去都是一個值得懷疑的問題。假如這種情況真的發生，這本傳記很有可能就不會問世了，或者即便問世也只有寥寥數頁。不過，這樣倒有一個無可估量的優點，即有可能使本書成為古往今來全世界傳記中最簡略可信的一個範本。

說實在的，我無意斷言：在濟貧院出生這件事對於一個人來說是件最幸運、最令人羡慕的事情。但我確實認為，在當時的情況下，這對奧立弗．崔斯特來說真的是再好不過了。事實上，奧立弗．崔斯特要自己呼吸，在當時都是件非常難的事情，但這又確實是我們生存的最基本條件。有一段時間，他躺在一張小褥墊上喘個不停，在生與死之間掙扎，且傾向於後者。在這短短的時間裡，假如在奧立弗周圍的都是知冷知熱的奶奶姥姥、大姑大姨、經驗豐富的護士或者學識淵博的大夫，那麼他可能早就沒命了。但是非常幸運的是，當時在他身邊的只有濟貧院的一個老貧婦和一位按合約規定幹這等差使的教區醫生。而當時那老太婆已經被難得撈著點兒的外快啤酒搞得有些迷迷糊糊了。奧立弗與命運的第一回合較量見了分曉。最後的結果是，經過一番奮鬥，小奧立弗的呼吸緩了過來，他打了一個噴嚏，哭出聲來，自然可以預料其啼哭聲之響。要知道，他在三分十五秒前，還一直不具備嗓門這樣一個非常有用的附件。伴隨這一驚天動地的哭聲，他開始向濟貧院裡的人宣佈：本教區又背上了一個包袱。

在奧立弗的哭聲向教區證明了他的肺部功能健全、活動自如時，這間破陋屋子裡胡亂扔在鐵床架上那破爛的床單便開始窸窸窣窣地蠕動了。一個有氣無力的年輕女子從枕頭上抬起她那毫無血色的面孔，用很微弱的聲音含糊不清地擠出幾個字來：「讓我看一看我的孩子吧，我快撐不住了！」

此時，面朝壁爐坐著的一會兒烤烤手心，一會兒又搓搓手背的外科醫生，聽到她說話便站了起來，走近床頭，用無比和善的語言說：

「噢，現在可不是你談死的時候啊。」

「是的，上帝保佑，現在可真的不能讓她死。」充當護士的老貧婦一邊插嘴，一邊還急忙地把一隻綠色玻璃瓶塞進兜裡去，她剛在角落裡一直在品嘗那瓶子裡的東西，覺得還不錯。「上帝保佑，她可不能現在就死去，等她活到我這把年紀，自己生下十三個孩子，除兩個外其餘的都夭折了，而且剩下的兩個都跟我一起待在濟貧院。那個時候她會懂得犯不著這樣的，想一想做母親的滋味，瞧這可愛的小乖乖，是多麼愜意的事情啊！」

她的本意是想用做母親的前景來安慰產婦，但顯然沒有收到預期的效果。產婦無力地搖搖頭，朝嬰兒伸出兩隻手。

醫生急忙把嬰兒放進她懷裡，她滿懷深情地把自己冰涼蒼白的嘴唇印在孩子的前額，然後用雙手擦了一下自己的臉，眼睛近乎瘋狂地向周圍看，然後戰慄著身子朝後一仰——就死了。儘管身邊的人們不停地揉搓她的胸部、手部和太陽穴，但是，她的血液已經凝固。醫生和護士都極力想說幾句喚起希望和安慰的話語，但是一切都已經太遲了。最後，醫生無可奈何地說：「一切都完了，辛格米太太。」

「哦，真可憐，這究竟是怎麼回事。」護士一邊說著，一邊從枕頭上撿起那只她俯身去抱孩子時不小心掉落的綠瓶的軟木塞。「哦，我可憐的孩子。」

「要是這孩子哭鬧不停的話，你儘管叫人去找我，」醫生慢條斯理地戴上手套對護士說道，「這小傢伙很可能不太安生，如果真是那樣，就給他餵一點稀粥。」說完，他戴上帽子，想要向門口走，卻在產婦床邊停下來，問道：「這女人倒很標緻，知道哪兒來的嗎？」

「她是昨天晚上教區濟貧專員吩咐送來的，」那老婦人說，「她肯定走了不少路，鞋都被磨破成那樣了。但是至於她打哪來，上哪裡去，誰也不知道。」

那醫生俯下身，舉起已死去女人的左手看了看，搖搖頭說：「又是老故事，我知道了，沒有結婚戒指的女人。啊！祝你晚安！」

醫生吃飯去了。護士拿起那只綠色玻璃瓶享用了幾口之後，她在爐前一張矮椅子上坐了下來，開始給嬰兒穿衣服。

「人靠衣服馬靠鞍」，這句話用在小奧立弗身上，再恰如其分不過了。從小奧立弗降生於世，他就被裹以一條毯子——他唯一的蔽體物。任一個不知情的外人，無論有多麼犀利的眼睛，多麼高的社會地位，也難以從這條毯子上判斷那被裹之嬰孩是位貴族還是貧兒。可如今，他被一件已用過多次、洗得發黃的破棉布衫裹住了，於是他的身分就打上印章、貼上標籤一樣，轉瞬就定型了——一個教區孩子——一個濟貧院的孤兒——一個在饑餓邊緣掙扎的卑微苦工——一個出生就註定要挨巴掌遭拳頭的受氣包，受盡世人的鄙視，卻得不到一個人的憐憫。

小奧立弗使勁地哭了起來。若是他能感知到自己是孤兒，今後的命運全有賴於濟貧院裡的官員和教區委員的善心，他的哭聲會更響亮的。

chapter 2 奧立弗的成長、教育和住宿情況

接下來的八至十個月內，奧立弗成了一整套背信和欺詐行為的犧牲品。他是靠別人專門用奶瓶餵大的。濟貧院按當局規定將這名嗷嗷待哺、孤苦無依的新生孤兒的情況報告給了教區當局。

教區當局一本正經地詢問了濟貧院關於眼下「院內」不知道有沒有一個能為奧立弗提供撫慰和滋養的女人。濟貧院當局謙卑恭敬地回答說，真的沒有這樣的女人。於是，教區慷慨而又仁慈地下了決定，把奧立弗送去「寄養」。換言之，就是打發他到三英里之外的一個濟貧院分部去，那裡有二三十個違反了濟貧法的小犯人[1]，整天吵吵嚷嚷，在地板上打滾，吃不飽也穿不暖。

他們由一位上了年紀的老太婆給予「慈母般的關懷」，而老太婆之所以接受這批小犯人，是因為她把每個小傢伙每週七個半便士的補貼十分放在眼裡。一個孩子每週七又二

1. 根據英國政府一八三四年頒佈的法律，凡「無業遊民」或要求社會救濟的貧民都要被送到濟貧院去從事強制性的勞動，狄更斯從同情孤兒和譏刺整個「濟貧」制度的立場出發，故意把奧立弗等無辜的兒童稱作「違反濟貧法的小犯人」。

分之一便士的伙食費簡直太豐厚了；七個半便士可以買許許多多東西了，足以把一個小肚子撐壞。但是，老婆子相當精明，閱歷豐富，她知道怎樣對孩子有利，至於怎樣對她自己有利更是一清二楚。於是，她把孩子們每週的大部分生活費用都撥歸自己受用，留給成長中的這一代教區孤兒的份額大大少於規定標準。若要把她作為實驗哲學家，那她肯定是夠資格的。

有一套實驗哲學，大概闡述的是一位實驗哲學家發明的一套能叫馬兒不吃草的偉大理論。勇於探索的哲學家認為，只要馬匹不是在第一份全由空氣組成的美餐來臨前就一命嗚呼的話，便可以將牠養成完全不吃草料的烈性子牲畜了。他出色地加以實施，竟把他自己一匹馬的飼料減少到每天只給一根乾草，於是馬在第一次享用完全由空氣組成的美餐之前二十四小時即告倒斃。受託撫養奧立弗．崔斯特的那位女士也信奉實驗哲學，糟糕的是，她的一套方法實施起來也往往得到類似的結果。

當孩子們依靠數量少到極點且營養壞到極點的食物維持生存時，大多數孩子會出現形式各異的奇怪情形：有的在饑寒交迫之下病倒在床，有的因照看不善掉入火坑，有的卻偶然之間差點兒給悶死……上述的任何一種情況出現，都有可能奪走一條可憐的小生命，稀裡糊塗地就要去同他們在這個世界上從未見過的先人團聚了。

更讓人感到恐怖的是，竟然有人在翻床架子的時候，沒發覺床上還有教區收養的一名孤兒，直接連他一塊兒倒了過來而把他摔下來，或者在某一次集中洗洗涮涮的時候，漫不經心地把一個孩子給燙死了——不過，後一種情況還是難得會發生的，因為集中洗刷之類的事情在寄養所裡簡直絕無僅有。這些狀況出現有時要舉行審訊，陪審團也許會故意刁難，提出一些很討厭的問題，或者便是教區居民會群情激憤地聯名提出抗議。

這種情形不會維持很久，這類不「識相」的舉動很容易在教區醫生的證明和教區幹事的證詞面前碰壁。因為依照慣例屍體由教區醫生進行解剖，他們發現小孩肚子裡邊什麼東西也沒有[2]，後而教區幹事宣誓則是教區教會他們怎樣發誓[3]。除此而外，董事會定期察看寄養所，總是會提前一天派教區幹事去通知說：他們要來了。每當他們蒞臨時，孩子們會被收拾得又乾淨又齊整，讓人賞心悅目，大家也都沒有什麼可挑剔的了。

誰能指望這種寄養制度下能夠結出多麼了不起或豐碩的成果。奧立弗・崔斯特九歲的時候臉色蒼白、身材瘦小羸弱，腰也細的像條柳枝。然而，小奧立弗幼小的心裡早已種下了一顆善良而堅毅的種子。縱然寄養所的伙食很不好，待遇也特別差，他卻頑強地活到了自己的第九個生日。說不準，正是因為太差才有了這樣的結果。不管怎麼說，今天是他九歲的生日，這時，他正在煤窯裡慶祝生日，客人只有兩位小紳士，就是經過他精心挑選的另外兩個小夥伴。

他們三個真是「不知感恩」，居然膽敢叫餓，於是共用了結實的一頓打，接著被關了起來。就在這時，寄養所那位好當家人曼恩太太突然嚇了一跳，她意想不到教區幹事班布林先生會在這時候過來，此時的班布林先生正在竭盡全力撥開菜園大門上的那道小門。

2. 這倒是非常可能的。
3. 其忠誠之狀可掬。

「天啊，是你啊，班布林先生？」曼恩太太說著，把頭從窗子裡伸出去，臉上裝出一副喜出望外的表情。「蘇珊，你快把奧立弗和那兩個小鬼帶到樓上去，立刻把他們洗乾淨。」「哎呀呀，見到你我真是高興極了，班布林先生，真的哦。」

班布林先生是個急性子，人也很胖，他惡狠狠地搖了搖那扇小門，又賞了它一腳，除了教區幹事，誰還能這麼做呢？他也沒心思理會曼恩太太這種太過親昵的招呼。

「天啊，瞧我，」曼恩太太邊說邊奔將出去，[4]「看我這老糊塗，都不記得大門在裡邊拴上了，唉，都是為了那些可愛的孩子。先生，您快請進吧，班布林先生，請吧！」

雖然曼恩太太的這番邀請還伴以能使任何一位教會執事都為之心軟的屈膝禮，可這位教區幹事絲毫不為所動。

「曼恩太太，你覺得這樣做，難道是有禮貌或得體的行為嗎？」班布林先生握緊手杖，咄咄逼人地質問道：「教區的公職人員來收養孤兒的場所純粹是為了公務，但你卻把他們在關在菜園門外久等，這樣合適嗎？曼恩太太，你難道忘了自己是受了委託而且還為此領薪水的嗎？」

「就在剛才，班布林先生，老實說吧，就在你來之前我還對喜歡你的幾個可愛的孩子說，班布林先生要來了，你不知道這些小寶貝有多開心哦。」曼恩太太極其恭順地說道。

班布林先生一向覺得自己口才出眾，身價高，這一會兒工夫不僅讓他已經顯示了自

4. 這時三個孩子已經被打發走了。

己的口才，還讓他彰顯出了自己的身價，他的態度明顯開始有所鬆動了。

「行了，行了，曼恩太太，」他的語氣和態度明顯和緩了很多，「可能真如你說的那樣，也許真的是這樣的。現在，你快帶路進屋裡去吧，曼恩太太，我來有正經事要說。」

於是，曼恩太太急忙把教區幹事領進一間方磚鋪地的小客廳，熱情地為他擺好一個座位，殷勤地把他的三角帽及手杖放好。班布林先生抹掉額頭上的汗水，得意地看了眼三角帽，露出了滿意的笑容。「你該不會見外吧？瞧，我大老遠地來，是很匆忙，我又不是個好管閒事的人，這個你是很清楚的。」

曼恩太太語調甜得迷人，說道：「哦，班布林先生，要不要喝上幾口？」

「不喝，一滴也不喝。」班布林先生委婉又不失風度地回絕了曼恩太太的邀請。

曼恩太太注意到了幹事拒絕的口氣和手勢，說道：「班布林先生，我只是讓你喝那麼一小口，摻點兒涼水，再加一塊糖，我想這一口應該會很不錯的。」

班布林先生乾咳了一聲，算是默認了。

「囉，就一小口，喝吧。」曼恩太太殷勤相勸。

「這是什麼酒？」教區幹事問。

「這是杜松子酒。我不騙你，班布林先生，這是杜松子酒。」曼恩太太邊說邊打開屋角的食櫥拿出一瓶酒和一只玻璃杯，接著說道：「這東西我家經常備一點，要是碰上那些有福氣的孩子身體不舒服，我就加點達菲糖漿，達菲糖漿是治兒科常見病的一種藥劑，得名於最早的配製者教士湯瑪斯．達菲[5]。讓他們喝，這樣，他們的身體就會舒服點了。」

「曼恩太太，你還給孩子們喝達菲糖漿嗎？」班布林先生問道，目光追著曼恩太太有趣的調酒程序。

「是啊，價格雖然是貴了點，但蒼天可見，我還是給他們喝的，」她答道，「先生，你是知道的，我不忍心讓這些孩子在這裡吃苦啊。」

「的確，」班布林先生表示稱許地說道，「曼恩太太，你是個有憐憫之心的仁慈太太。[6]我一有機會就向董事會彙報這個情況，曼恩太太。」他把酒杯移到自己面前。「曼恩太太，你真像他們偉大而善良的母親。」他調了調摻水的杜松子酒。「我——我非常愉快地為你的健康乾杯，曼恩太太。」話剛說完，酒杯裡的酒已有半杯進肚。

「好吧，我們現在言歸正傳來談正經事，」教區幹事邊說邊掏出一隻皮夾。「那個總算有個名字叫奧立弗．崔斯特的孩子，今天滿九歲了。」

「願上帝保佑他。」曼恩太太插了一句，眼裡流出同情的淚水，她用圍裙角擦了擦左眼。

班布林接著說：「教區當局盡了最大的、甚至可以說是難以想像的努力，也沒有查明他的親生父親和母親的姓名、身分和地址。雖然懸賞是十英鎊，後來還提高到二十磅，但是我們依然一無所獲。」

曼恩太太驚訝地舉起雙手，尋思片刻之後忍不住問道：「那，他的名字是怎麼有的呢？」

---

5. 十七世紀末。
6. 這時她把杯子放到桌上。

教區幹事自豪地說：「當然是我發明的辦法。」

「哦，班布林先生，這名字是你給賜的呀？」

「是啊，當然是我，曼恩太太。我們是按字母的次序給這些收養的孩子取名字，上一個輪到S——斯瓦布林（Swubble），我給取的。現在輪到T，我就叫他崔斯特（Twist），接下來有新來的將是昂溫（Unwin），再下一個叫維爾金斯（Vilkins），我想好了從A到Z二十六個不同的字母開頭的姓氏。等到用過了最後一個字母Z之後，我們就又從頭輪起。」

「哦，先生你可真是滿腹經綸啊，你的文采真了不起！」曼恩太太說。

「哦，」班布林教區幹事顯然被曼恩太太這樣恭維的話吹得神魂顛倒。「是嗎？也許如此吧，也許如此，曼恩太太。」他把一杯摻水的杜松子酒一飲而盡接著又說：「奧立弗已經長大了，不適合再留在此地了，董事會決定讓他遷回濟貧院，我這次來的目的就是準備親自把他帶走。你叫他立刻來見我。」

「好的，我這就去把他叫來。」曼恩太太說完，馬上離開了客廳去辦這件事了。一會兒，奧立弗被他那好心腸的女監護人帶了進來，臉上和手上看起來比以前潔淨多了——以前的手臉總是被一層污垢包著，現在看起來好像已經洗掉了不少[7]。

「奧立弗，向這位先生鞠個躬。」曼恩太太說。

7. 洗一次也只能擦下這麼多。

奧立弗很乖地對著椅子上的教區幹事和桌子上的三角帽之間鞠了鞠躬。「奧立弗，你願意跟我走嗎？」班布林先生莊嚴的語調令人生畏。

正在小奧立弗想說他十分樂意跟任何人離開此地的時候，猛地瞧見站在教區幹事所坐的椅子背後的曼恩太太，她正一臉凶相地向他用力地揮舞著拳頭。奧立弗立即明白其意。這拳頭的滋味奧立弗領會得夠多的了，印象極為深刻。

「先生，她和我一起去嗎？」可憐的奧立弗有些忐忑地問道。

「不，她走不開，」班布林先生回答說，「不過會時不時地來看看你的。」

對於孩子來說這並不是太大的安慰。他雖然年紀不大，卻頗有靈性，會在表面上假裝出一副非常捨不得離開曼恩太太的樣子。假如說還要擠出幾滴眼淚的話，對奧立弗來說也並不是一件難事，因為令他傷心的事實在太多了，隨時都能流出幾滴淚來。如果要哭，饑餓和適才遭到的虐待是最好的幫手，所以奧立弗哭得極為自然。曼恩太太假裝捨不得奧立弗，假惺惺地把他摟在懷裡上千次，並給了他一片黃油麵包。這倒是對奧立弗要實惠得多，可以用來充充饑，免得不到習藝所便顯出餓相。

奧立弗手裡拿著麵包，頭上戴著一頂教區施捨的棕色小帽，由班布林先生帶著離開了可憎的寄養所。在這裡，他孤獨陰暗的少年時代從未被一道親切的眼光所照亮，甚至連一句溫暖的話語也沒有聽到過。即便如此，當他真正要離開時，也難免抑制不住一陣孩子氣的傷悲，因為這裡還有和他一樣的共患難的小夥伴們，他們是在這裡結識的，現在要離開，當然會很惆悵，很哀傷。現在他將獨自去一個陌生的地方，一種掉進茫茫人海的孤獨感第一次滲入這孩子心中，讓他感到茫然不知所措。

班布林先生箭步如飛地走著，小奧利佛牢牢抓住幹事金線飾邊的衣袖口，在他身旁小步跑著，每走約摸四分之一英里，奧立弗就問一次是不是「快到了」。班布林先生的回答總是簡短而暴躁。喝進肚裡的摻水的杜松子酒，在胸中只能喚起短時間的平和心情，這種心情在這時已經蒸發完了，此刻的班布林先生又成了一名嚴肅的教區幹事了。

一到濟貧院，班布林就把奧立弗交給一個老太太照料，然後獨自辦事去了。然而，剛過了一刻鐘，就在奧立弗剛吃完第二片麵包的時候，班布林先生就回來了，並告訴奧立弗今晚正好在開教區董事會，理事們要他即刻前去見他們。

奧立弗聽到這番話直發愣，因為九歲的奧立弗只知道「board」這詞是「木板」[8]，關於「木板」究竟是怎麼回事，為什麼是活的，他沒有十分明確的概念。他拿不定主意自己到底是該哭還是該笑，不過，這時候，他也沒時間考慮這個問題。班布林先生用手杖在他的頭上敲了一下，以使他清醒清醒，接著又在他的背脊上敲了一下叫他振作起來，然後命他快點跟上。很快，他領著他走進一間牆壁粉刷過的大屋子，十來位胖胖的紳士圍坐在一張桌旁。其中一個格外肥胖的臉滾圓通紅的紳士，他坐的椅子是首席的一張圈椅，比其他人的椅子高出許多。

「奧立弗，向各位理事鞠躬問好。」班布林吩咐道。奧立弗的淚水在眼眶裡打轉，他

8.「理事會」在原文中是board。

用力抹去噙在眼眶裡的兩三顆淚珠，然後深深地朝他面前的桌子鞠了一躬[9]。

坐在高椅子上的紳士首先開口問道：「孩子，你叫什麼名字？」看到這麼多紳士，奧立弗不禁心慌起來，直哆嗦。這時教區幹事又在後面敲了他一下，嚇得奧立弗哇哇直哭。基於這兩個原因，奧立弗在回答紳士們的問題時，聲音顯得有些嘶啞，並且很猶豫，以致一位穿白色背心的紳士當場斷言：奧立弗根本就是個傻瓜。這裡必須讓大家明白一件事，那就是，這位紳士一向把預言吉凶作為一種提神取樂的重要方法。

坐在高椅子上的紳士說道：「孩子，你是個孤兒，我想這一點你應該知道吧？」

「先生，什麼是孤兒？」可憐的奧立弗怯怯地問道。

「這孩子絕對是個傻瓜——不會有錯的，肯定是。」穿白色背心的紳士說。

「別打岔，」最先開口的那位紳士說，「你知道是誰把你撫養大的嗎？是教區。這點你也是知道的，況且你父親或母親都已不在了。」

「是的，我知道，先生。」奧立弗回答時帶著哭腔，臉上掛著憂傷。

「這有什麼好哭的？」穿白色背心的紳士問道。真是的，一個傻瓜懂得什麼啊，真是不理解他有什麼可哭的。

「我很希望你像一位虔誠的基督教徒一樣，每天晚上為那些養活你、照顧你的人祈

9. 看見前面只有一張桌子，沒有木板，便向桌子鞠了一躬，幸而這樣倒也使得。

禱。」另一位紳士接著嚴厲地說。

「好的，先生。」奧立弗結結巴巴地說。剛才說話的那位紳士剛好無意說中了。如果真有人像那位紳士說的那樣曾細心地養育他並為他祈禱的話，奧立弗肯定現在已經是一位出色的基督徒了。可他從沒祈禱過，因為沒有人曾教過他。

「好了，好了，孩子，來這裡的目的，是讓你接受教育，並且讓你學好一門對你今後有用處的手藝。」高椅子上的紅臉紳士說。

「明天早晨六點鐘開始，扯麻絮將是你的第一堂課。」穿白色背心的紳士面無表情地添上一句。

奧立弗在班布林的命令下又深深地向紳士們鞠了一躬，是為了感謝他們把施教和傳藝這兩大善舉結合起來，可笑的是這兩大善舉也只不過是通過扯麻絮來實現的。鞠完躬，奧立弗被匆匆忙忙地帶進了一間很大的收容室。說是一間大的收容室，其實裡面也只不過有張凹凸不平的硬梆梆的床。可憐的奧立弗經過這一折騰，早已是睡意矇矓，他抽抽噎噎地直哭到進入夢鄉，這是一幅怎樣的畫卷——精彩的寫照，它活靈活現地表現出了以慈悲為懷的大英帝國的法律。法律居然容許貧民睡覺！

可憐的奧立弗，就在他熟睡的時候，在他毫不知情的情況下他壓根沒有想到就在這一天，一個重大的決定，一個對他未來的命運影響至巨的決定，在教區理事會的商討下，就這麼決定了。決定內容大致如下：

該理事會成員都是一些練達、睿智的賢哲，當他們的關注落到貧民習藝所時，馬上就發現一個常人永遠不會發現的情況——濟貧院是貧民們喜歡之地。對於他們這個貧苦階級來說，濟貧院是一個實實在在的公共娛樂場所和一家分文不取的飯館，平時的三頓便飯帶茶點是常年免費的，在這裡絕對是一個玩樂的樂園，在這裡可以整天不幹活。

「哦！」深知個中緣由的理事先生們開口了，「糾正這種歪風邪氣，必須靠我們這些人了，我們必須立即加以制止。」於是，他們制訂了一系列的規章制度，讓所有的貧民自願選擇，要麼是隨著時間推移慢慢地在習藝所裡餓死，要麼是在習藝所外很快地餓死。鑒於這個目的，他們不惜與供糧商、自來水廠簽下可恥的合同，讓水廠無限制供水，穀物商定期供少量糧，這樣便可以使窮人的一天三餐只能是喝點稀粥，每週兩次領到一個洋蔥，禮拜天也只增發半個麵包卷。他們還厚顏無恥地制訂了許多涉及婦女的規章制度，條條都英明而仁慈，在此就不一一贅述了。

鑒於倫敦民事律師公會[10]收費太貴，他們便大發慈悲，准許已婚的貧民離異；以前他們強制男方贍養家庭，現在卻讓他擺脫家累，使他變成光棍！單憑這最後兩條，如果不是連帶著一定要進濟貧院的話，社會各階層中不知有多少人會要求救濟。但理事會裡都是些老謀深算的人，他們早已考慮到對付這種局面的辦法。你要得到救濟，就得進濟貧院，喝稀粥；這就把人們嚇退了。

這種制度剛盛行的時候，正是奧立弗來濟貧院的最初半年。院裡的貧民吃的減少

---

10. 倫敦民事律師公會——最初是倫敦受理離婚、遺產等訟事的律師公會所在地，後來移用於審理這類案件的法院。

了，衣服變得鬆鬆垮垮了，才喝了一兩個星期的稀粥，他們便骨瘦如柴。最讓理事得意非凡的是，濟貧院的貧民人數也同社會上的貧民一樣大為減少。

孩子們吃飯的地方是一間寬敞的石牆大廳，大廳盡頭放著一口為孩子們熬粥的銅鍋。開飯時，大師傅用長柄勺子從鍋裡為孩子們舀粥，他還特意為此繫上了圍裙，他旁邊有兩個作為助手的女人。遇上盛大的節日，孩子們就能夠多發二又四分之一盎司的麵包，像這樣的日子卻只能領到一小碗這樣的佳餚。孩子們決不放過任何沾有飯菜湯汁的地方，他們會用湯匙把碗刮到恢復鋥光瓦亮為止，刮完了以後[11]，他們坐在那裡，眼巴巴地望著粥鍋，恨不得把砌鍋灶的磚頭也吞下去，同時連手指頭也得重重地吸上幾口。男孩子的胃口通常都特別好，三個月以來，奧立弗和他的小夥伴們都得與饑餓作垂死的抗爭。三個月以來，奧立弗和他的小夥伴們一起忍受著慢性饑餓的折磨。

直到有一天，他們終於熬不住了，一個個被餓火燒得快發瘋了。其中一個男孩在此之前從不曾經歷過挨餓的事，因為他曾是一個開小飯館的人的兒子，現在碰上這種情況，他揚言除非每天多加一碗粥給他，否則難保某一天夜裡他不會把睡在他旁邊的一個幼弱孩童吃掉。嚇得睡在他旁邊的小夥伴們整天提心吊膽的。說話的男孩子，目露凶光，餓相嚇人，隨時都有要吃人的樣子，嚇得其他人都對他會有這個舉動深信不疑。大家商討了一下，決定以抽籤的方式決定誰在當天傍晚吃完飯之後到大師傅那裡再要一點

11. 這件事照例花不了很多時間，因為湯匙同碗的大小差不多。

粥。結果，中籤的是奧立弗。

到了傍晚時分，孩子們各就各位，大師傅仍然穿著他那身衣服，在鍋旁一站，身邊站著的依然是那兩名充當助手的貧婦。粥一一分到了孩子們面前，冗長而沉悶的感恩禱告念完後便是毫不費時的進餐。孩子們碗裡的粥一掃而光後，他們開始交頭接耳，都向奧立弗擠眉弄眼。這時，鄰桌用胳膊肘輕輕碰碰奧立弗。奧立弗雖然還只是個孩子，卻已經被饑餓與苦難逼得不顧一切，決定鋌而走險了。他從飯桌旁站起來，手裡拿著湯匙和粥盒，走上前去，對自己的膽大妄為有點緊張，悶聲說道：

「對不起，先生，我想還要一點粥，我還沒有吃飽。」

當時的場景令這個身體健壯的大胖子師傅愣了一下，他萬沒想到會有孩子敢再來向他要粥。他頓時面色煞白，眼睛凝視著這個要造反的小傢伙半晌，接著好像支撐不住便倚在鍋灶上。此時的氛圍讓所有人都屏住了呼吸，那兩名助手由於驚愕，孩子們則由於緊張，一個個都不能動彈。

「你在說什麼！」大師傅好半天才穩住情緒，但聲音相當微弱。

「對不起，先生，我還要點兒粥。」奧立弗重複要求道。

沒等奧立弗說完，大師傅拿起長柄勺子向著可憐的奧立弗的腦袋猛擊一下，同時張開雙臂緊緊地抓住他的胳膊，嘴裡尖聲高呼：「這裡有人造反啊！快把教區幹事找來啊！」

就在這時，所有的理事們正在隆重舉行一次秘密會議，班布林聽到叫聲，氣急敗壞地闖進房間，向坐在高椅子的紳士彙報說：「林姆金斯先生，對不起，奧立弗他肚子餓了，還想要粥。」

所有在座的人都大吃一驚，空氣一下子凝固了，大家面面相覷，表情甚為可怕。

「還要！」林姆金斯先生說，「定一定神，班布林，你慢慢說。不是我耳朵有問題吧？你說那個奧立弗除了按定量發給他的晚餐外另外還要粥，是嗎？」

「是的，的確如此，先生。」班布林答道。

穿白色背心的紳士惡狠狠地說：「那個傻瓜將來準上絞架，他將來一定會上絞架的！」

大家沒有對這位紳士的預言反駁，經過董事會的熱烈討論，最後決定把奧立弗禁閉起來。次日早上，就有一張告示貼於大門外，內容如下：任何願意解除教區的負擔而領走奧立弗．崔斯特的人，他將得到五磅酬金；換句話說，無論是誰，如果他需要一名學徒從事任何手藝，或做什麼買賣或行業，只要你願意來領奧立弗，都可以拿到五磅現金。

「我一生在別的事情上從未這樣確信不疑，」穿白背心的紳士第二天早晨敲著門板看了這張告示後說，「我一生在別的事情上從未這樣確信不疑，唯獨對這個小鬼，我斷定他將來一定會上絞架。」

奧立弗．崔斯特的命運果真會被那位穿白色背心的紳士言中嗎？在這裡，筆者打算以後揭曉結果，讓讀者去聯想吧。這樣才能引起多一些的興味啊！

chapter 3

差一點找到一份不是美差的差事

奧立弗對神靈的不敬和褻瀆使他公然多要些粥，這使他儼然成了重犯而被在將近一個禮拜的時間裡單獨囚禁在一個黑屋子裡。這都是英明而慈悲的理事會的安排。我們有理由推測，如果他能適度地尊重那位穿白色背心的紳士所做的預言的話，只需把手帕的一端系在牆上的一個鐵鉤上面，在另外一端繫住自己的脖子，這樣一定會使那位賢哲得到未卜先知的聲譽。

可是，手帕一向就是奢侈品之屬，要完成這番壯舉就還存在著一個障礙。只要理事會下一道明令，就有一條規則會被人們世世代代地遵守。當然，那命令是他們一致通過的，加上簽字蓋章，再鄭重其事地宣佈。

另一個更大的障礙就是奧立弗的年幼無知。白天，他只知道傷心地痛哭，當淒涼的長夜來臨的時候，他總是伸出兩隻小手遮住自己的眼睛，企圖把黑暗擋開。他蜷縮在角落裡，竭力可憐巴巴地想讓自己進入夢鄉。他不時戰慄著而後又被驚醒過來，身子往牆壁貼得愈來愈緊，他似乎感覺到，他被黑暗與孤寂包圍時，那一層冰冷堅硬的牆壁反倒成了他的一道禦寒的屏障。

儘管如此，「本制度」的反對者可不要認為在單獨禁閉的期間，奧立弗體驗不到運動的益處、社交的樂趣以及宗教的慰藉。運動方面，此時，恰是寒冬臘月，他被允許每天早晨到圍著石牆的院子裡享受一番，班布林先生在旁邊照看，為了不讓奧立弗受涼，他喜歡非常賣力地用藤杖抽他，在他全身激起火辣辣的感覺。至於社交方面，他每隔一天都會被帶進孩子們吃飯的大廳，然後當眾被鞭笞，目的很明顯：以儆效尤。至於宗教慰藉方面，每天傍晚禱告時，他就會被踢著押到大廳裡去，被獲准在那兒聽聽孩子們的集體祈禱，藉以撫慰自己的靈魂，這樣一來，他遠遠談不上被剝奪宗教慰藉的權力。除此之外，理事會還專門下令在禱告中插入一條新內容，要孩子們時常祈求上帝保佑，讓他們成為品行端正、知足聽話的人，萬萬不可再犯奧立弗．崔斯特的罪過和惡行。這一番禱詞明確宣佈他處在邪祟的特殊庇護之下，也成為孩子們那場遊戲的犧牲品。

奧立弗就在這種萬事亨通、一切如意的環境下生存著。一天早晨，以清掃煙囪為業的甘菲爾德先生在大街上走著，一路搜腸刮肚地在盤算著用什麼辦法支付欠下的房租，因為房東已經催得愈來愈緊了。根據甘菲爾德先生的財政狀況，做最樂觀的估計也湊不齊這整整五鎊「鉅款」。這道算術難題確實讓他走投無路了，他手裡拿著一根短棍，忽而敲打著自己的腦袋，忽而打一下為他拉車的驢子。當經過濟貧院時，眼睛被貼在門上的告示吸引住了。

「哦，我的天啊。」甘菲爾德先生興奮地對著他的驢子吆喝一聲。

驢子表現出一副冥思遐想中出神的樣子，興許正在忖度，等會兒把車上的兩袋煙灰拉到了目的地，牠是不是就可以得到一兩顆捲心菜作為辛苦的獎賞，因此，牠沒有留意主人的興奮表情，繼續不緊不慢地前進。

甘菲爾德先生突然大聲咆哮起來，衝著牠，特別是針對牠的眼睛，發出一頓臭罵。他走上前去，狠狠打了驢腦袋一下，還好是頭驢，倘若換上驢子以外的畜生早就腦殼破裂了[12]。接著，甘菲爾德先生抓住韁繩使勁一勒，算是客氣地提醒牠不要自作主張，這時候，那驢子才掉過頭來。隨後，甘菲爾德先生再一次衝著驢的腦袋敲了一下，警告牠乖乖地待在原地，等他回來再說。把這一切都安排好以後，他才走到大門口，認真地看起那份告示來。

穿白色背心的紳士剛在理事會會議室裡發表了一番高論，此刻，他倒背著雙手站在大門口，從頭到尾目睹了甘菲爾德先生與驢子間的那一場小小的爭端，見那傢伙走上前來看告示，他不由得眉開眼笑，他一眼就看出，甘菲爾德先生正是奧立弗需要的那一類主人了。甘菲爾德將那份告示仔細地看了一遍後也笑顏逐開：五英鎊，不多不少，正是他現在最需要的數目。至於跟這筆錢牽連著的那個孩子，甘菲爾德先生瞭解習藝所的伙食情況，不問可知必定長得小巧玲瓏，他斷定他將是最適合清掃煙囪的夥計。這樣想著，他又把告示從頭到尾認真地拼讀了一遍。然後，他舉手碰了一下皮帽，算是行了個禮，開始準備與穿白色背心的紳士交流了。

12. 英語「厚腦殼」是「笨頭笨腦」的意思。驢子被認為是極蠢的牲畜，大概腦殼特別厚。

「打擾了，先生，教區當局是不是有個小孩兒，你們想讓他去當學徒？」甘菲爾德先生笑著問。

「是這樣的，我的朋友，」穿白色背心的紳士面帶微笑地說道，「你覺得他怎麼樣？」

「要是教區願意讓他學一門輕鬆愉快的手藝的話，我覺得掃煙囪倒是一個不錯的選擇，」甘菲爾德說，「我現在正需要一名學徒，我願意要他，覺得他還可以，不知您意下如何？」

「先進來吧。」穿白色背心的紳士說著，臉上透出詭秘的笑。甘菲爾德又回頭看了一下，照著驢子的腦袋再打了一下，還使勁勒一把韁繩，這是告誡牠不得擅自離開，爾後跟著穿白色背心的紳士走了進去。還記得當初，奧立弗第一次見到這位預言家就是在這間會議室裡。

進去後，甘菲爾德當著所有紳士的面重申了自己要帶走奧立弗的意願，林姆金斯先生說道：「可那是一門髒得要命的手藝啊。」

「以前有過小孩子被悶死在煙囪裡。」另一位紳士補充道。

「那是為了讓他們下來，先把稻草弄濕了，然後放到煙囪底下燒，」甘菲爾德說道，「光冒煙不著火。小孩子要是不下來，那煙就會把他熏得昏昏欲睡，這正是那批小鬼所期望的。小滑頭們特別固執，又很懶。先生們，再沒有比一把旺火更能幫助他們的東西了，火一燒起來，他們都一溜小跑下來了。先生們，這也是好生之德了，萬一他們在煙囪裡卡住了，用火幫助烤烤腳板，他們就會掙扎脫身的。」

穿白色背心的紳士好像被這番解釋逗樂了，但是，他的興頭還是很快被林姆金斯先生的一個眼神所制止。理事們馬上集中起來，開始認真地商量這件事，他們的嗓門壓得很低，旁人只能聽到幾句：「節省開支。」「帳面上比較好看。」「公佈一份鉛印的報告。」這幾句話之所以能聽出來，是因為重複了很多遍，還被特別強調的緣故。

過了好一會兒，悄悄的討論終於停止，理事們都回到各自的座位上，頓時又變得嚴肅起來，林姆金斯先生對甘菲爾德說道：

「經過我們所有理事的探討，你的申請我們將不能同意。」

「絕對不同意。」穿白色背心的紳士馬上反駁。

「堅決不同意。」其他的理事紛紛說。

接著，有人說，曾經有三四名學徒被他毒打致死，於是他就背上了這麼一個小小的罪名。甘菲爾德想，理事們到底是怎麼回事，他們或許認為這一題外的情況會影響到他們正在進行的交易。果真如此的話，這跟他們一貫的作風可大不相同了。儘管如此，他也並不希望重提那些流言蜚語，他只是用雙手將自己的帽子扭過來轉過去，從會議桌前慢慢地往後退開。

「那，先生們，你們是不答應把那孩子交給我了。」甘菲爾德退到門邊又停頓了一下，轉過頭問道。

「是的，」林姆金斯先生回答，「因為考慮到這是一種髒活，我們都認為必須降低補貼金額，你不應得到我們原來提出的那麼多錢。」

聽了這話，甘菲爾德先生的神情豁然開朗了，他又興奮起來，三腳兩步回到會議桌前，問道：「先生們，給多少？你們說啊。可別對我這個窮人太苛刻了，你們到底打算給多少？」

「準確地說，給三鎊十先令就已經夠多的了。」林姆金斯先生說。

「十個先令不必加上。」穿白色背心的紳士說。

「得了，只需付四鎊，你們就跟他沒什麼關係啦。」甘菲爾德先生說道。

「三鎊十先令。」林姆金斯先生肯定地說，口氣相當堅決。

「好了，好了。我來折中一下，先生們，」甘菲爾德提議，「三鎊十五先令怎麼樣？」

「一個子兒也不多給。」林姆金斯先生回答得更加斬釘截鐵。

「你們卡得我太凶了，先生們。」甘菲爾德開始顯得有些猶豫。

「呸！呸！豈有此理！」穿白色背心的紳士說，「即使一個子兒不補貼，誰要了他也算是白撿了個便宜，你這頭蠢驢，快把他帶走吧！沒有比這孩子更適合給你做徒弟的了。他每時每刻都離不開棍子，這對他大有好處。而且在飯菜上也不用花很多錢，這孩子從生下來到現在還沒有給撐大過肚子呢。哈哈！」

甘菲爾德先生以狡黠的目光瞅了一眼圍坐在桌子跟前的理事們，發現一張張面孔上都帶著笑意，他自己的臉上也漸漸綻開了笑容。交易就這樣做成了。班布林先生立刻接到命令，要他當天下午將奧立弗和相關合同送到地方法官辦理簽署批准手續。

為了貫徹這項決定，小奧立弗很快地被解除了禁閉，還被要求穿上一件乾淨襯衫，這弄得他有些丈二和尚摸不著頭腦，且剛做完這幾項不同尋常的工作，班布林先生又親自為他端來一碗粥，外加二又四分之一盎司的節日麵包。見到這隆重而又驚人的場面，奧立弗忍不住嗷嗷地大哭起來，他很自然地以為，理事會準是決定宰了他派什麼用場，要不然絕不會這樣把他填肥。

「奧立弗，好好地吃東西吧，別把眼睛哭紅了，受惠不可忘恩，」班布林先生煞有介事地安慰道，「你要去當學徒了，奧立弗。」

「當學徒，先生！」孩子帶著啜泣的顫音問道。

「是的，奧立弗，」班布林說，「你沒有父母，但有很多善良的好人在關心著你，他們可一直把你當做親生孩子看待，奧立弗，你可真是個幸運兒，為了送你去當學徒，學門手藝讓你自立成人，教區花費了三鎊十先令呢——三鎊十先令哦，奧立弗——也就是七十先令一百四十六便士——就為了你這個頑劣的孤兒，一個總不討人喜歡的小孤兒！」

班布林先生的口吻令人肅然起敬，說完這番話，他便停下來喘一口氣，可憐的孩子，他傷心地啜泣著，臉上熱淚滾滾。

「行啦。」班布林先生的語氣不那麼鄭重其事了，親眼目睹了自己的口才所產生的效果，他心裡很滿意。「好啦，奧立弗，男子漢，把眼淚擦乾了，莫讓眼淚掉進粥裡；那是十足的蠢事。」他這話可沒說錯，那粥本來就已經夠稀的了。

在去見地方法官路上，班布林先生叮囑奧立弗一定要表現得高高興興的，等法官問他願不願意去當學徒的時候，就回答說他太願意了。班布林先生還不忘威脅地暗示他，倘若出了什麼差錯，到時候會怎樣處置他，那真是誰也無法預料的事呢。到了治安公署，奧立弗就被單獨關進一間小屋裡，班布林先生命令他老實地待在那兒，等他辦完事回來叫他。

可憐的孩子在小房間裡足足待了有半小時，一顆心撲騰撲騰地直跳，過了這段時間，班布林先生突然把頭伸進來，連三角帽也沒戴，大聲喊道：

「喂，奧立弗，親愛的孩子，跟我去見法官大人。」班布林先生說著，馬上換了一副窮凶極惡的臉色，壓低嗓門補充了一句，「別忘了我對你說的話，警告你，你這個小流氓，不要給我說錯了。」

聽到這種對自己忽陰忽陽的稱呼，奧立弗不由地愣住了，天真地凝視著班布林先生的面孔，就像是在看動物園裡的變色龍，不知道他究竟是什麼樣子的，可是，幹事並不等他對此發表任何感想，便立刻領他走進隔壁一間虛掩著門的屋子裡。屋子非常寬敞，有一扇大窗戶。在一張辦公桌後面坐著兩位頭上抹著髮粉的老紳士，其中一位在看報，另一位戴著一副玳瑁眼鏡，正在端詳面前的一小張羊皮紙。林姆金斯先生站在辦公桌前的一側，甘菲爾德先生臉都沒擦乾淨，他正站在另一側，除此而外還有兩三個身材彪悍、長相嚇人穿著長筒馬靴的漢子，在屋子裡踱來踱去。

戴眼鏡的老紳士似乎是因為一直在看那張羊皮紙片而有些犯睏，漸漸打起盹來。班布林先生把奧立弗帶到桌子面前站好，然後大家開始了短暫的沉默。

「大人，就是這個孩子。」班布林先生說道。

正在看報的老紳士抬起頭來瞧了瞧奧立弗，接著扯了扯另外一位老紳士的衣袖，那位老紳士才醒了過來。

「噢，就是這個孩子嗎？」老紳士看了半天終於發話了。

「是他，先生。」班布林答道，「向治安法官大人鞠躬，我親愛的。」

奧立弗抖擻了一下精神，順從指示，畢恭畢敬地鞠了一躬。隨後他的目光停留在治安法官頭上的假髮上，心中直納悶：是不是所有的法官大人天生頭上就有那麼一層白色的玩意兒，是不是因為這個緣故才當上法官的？

「哦，」老紳士說道，「我想，他是喜歡掃煙囪這一行了？」

「大人，他確實對這一行喜歡極了。」班布林暗地裡擰了奧立弗一把，提醒他知趣些，不要捅婁子。

「那麼，他願意當一個掃煙囪的啦？」老紳士繼續盤問道。

「是的，如果明天我們讓他去學其他任何行當，他一定會馬上逃跑的，大人。」班布林回答。

「那麼，他未來的主人——你，先生——是不是會好好照顧他，供他吃的住的，以及諸如此類的事情——沒問題吧？」老紳士又問。

「大人，我說到做到。」甘菲爾德擲地有聲地答道。

「朋友，雖然你說話很粗魯，不過看起來倒是個直性子的老實人。」戴眼鏡的老紳士說著，視線轉向這位奧立弗的領養人。甘菲爾德那張凶相畢露的面孔明明打著心狠手辣的烙印，可這位治安法官由於眼神不好，加上想法幼稚，所以，傻瓜都能明白的事，卻不能指望他也辨得出來。

「我相信自己是這樣一個人，先生。」甘菲爾德說話時眼睛一瞟，樣子相當醜惡。

「這一點，我絕不懷疑，朋友。」老紳士說道。接著，他把鼻樑上的眼鏡向上扶了扶，向左右兩邊瞧了瞧，找起墨水瓶來。

此時，奧立弗的命運面臨轉折了。倘若墨水瓶是放在老紳士印象中記得的地方，他早就把鵝毛筆伸進去蘸了墨水，在學徒契約上簽好字，奧立弗就會被人匆匆帶走。可那墨水瓶偏偏在老紳士的鼻子底下，他瞇著眼睛滿桌子都找遍了，還是沒有找到。就在他一個勁地尋找的時候，無意間視線卻在這時落在了奧立弗那張蒼白而驚恐的臉上。儘管班布林在一旁不停地對他使眼色，警告他，掐他，奧立弗卻全然無顧，他目不轉睛地盯著未來主人那副可憎的面目，那種厭惡與恐懼交融在一起的複雜表情任何人都看得出來的，哪怕是一位眼神有毛病的法官。

看到這一情形，老紳士頓了一下，放下他的鵝毛筆，看了看奧立弗，又瞅了瞅林姆金斯先生，這位先生的樣子彷彿是在嗅一撮鼻煙，一副愉悅而又輕鬆自在、漫不經心的樣子。

「孩子。」老紳士從辦公桌上俯下身來，說道。這聲音嚇了奧立弗一跳，他這種反應倒也正常，沒有聽慣的聲音總是會叫人害怕的，他禁不住一直打哆嗦，眼淚也奪眶而出，樣子可憐極了，讓人心疼。

「孩子，」老紳士說，「看你，臉都嚇白了。究竟是怎麼回事？」

「教區幹事，你不要那樣貼近他站著。」另一位法官說著，他放下報紙，饒有興致地向前探出身子。「好了，我的孩子，告訴我們是怎麼回事好嗎？別怕。」

只聽撲通一聲，奧立弗跪了下來，聲音格外響亮，還有骨骼移動的聲響。他雙手緊緊地握在一起，哀求他們把自己送回那間黑屋子去——挨餓、挨打，高興的話，宰掉他都可以——就是不要讓這個凶相畢露的人把他帶走。

「好哇。」班布林先生說道，他朝天舉起兩隻手，眼斜往上翻了一下，神情又繼而莊重得令人感動。「哦，我的奧立弗，陰險狡猾、頑皮固執的孤兒我見得多了，你可算是最無恥的一個。」

「閉嘴，教區幹事。」班布林先生剛把「最」字後面的形容詞說出來，另一位老紳士便喝道。

「對不起，長官閣下，」班布林先生裝作無所謂的樣子，甚至有些懷疑自己是聽錯了的樣子問道：「您指的是我嗎？」

「沒錯，說的就是你，快閉上你的臭嘴！」

班布林先生驚得目瞪口呆。非常震驚，竟然有人敢喝令他——一個教區管事竟被命令閉嘴，真是綱常大亂了！

另一位戴玳瑁眼鏡的老紳士看了同事一眼，他正意味深長地點了點頭。

「我們拒絕批准這份契約。」老紳士將那張羊皮紙往旁邊一擱，往後靠了靠，雙手合十地說道。

「我希望，」林姆金斯先生慌了，額頭出了些汗，結結巴巴地說，「我希望兩位大人不要僅憑一個孩子突如其來而又未經證實的陳述，就斷然地認為教區當局的管理不善或者有什麼行為不得當。」

「我們不是專門排解糾紛的，」另一位老紳士尖刻地說道，「把孩子帶回濟貧院去，好好對待他，這看起來對他十分必要。」

結果當天晚上，穿白色背心的紳士斬釘截鐵地斷言，奧立弗將來不僅會受絞刑，而且還會被開腸剖肚剁成無數碎塊。班布林先生當然更是鬱悶透頂，他一直困惑地搖搖頭，不斷地辯解自己一直都希望奧立弗能有好結果。爾後，甘菲爾德回答說，雖然他覺得教區幹事說的話很有道理，可是他心裡還是很希望奧立弗落到他手裡，最起碼有人替他打掃煙囪，還有三磅十先令的補貼。

第二天清晨，告示重新被貼出，大家再次獲悉：濟貧院將重新轉讓奧立弗，只要有人願意把他領走，可獲得五英鎊的酬金。

chapter 4 奧立弗另有所就，正式進入社會生活

說起大戶人家，倘若遇到比如關於財產或名分的繼承這樣的事情，如果家族中有行將成年的後代，而這個後代並輪不到這樣的好事的話，那麼，家族就會遵循一條十分通用的慣例，把他送去航海。

仿照這個明智無比而有益的慣例，教區理事會的人就集中起來，共同商議是否可以把奧立弗交給一條小商船，送他去港口，最好是對健康不利的地方。眼下這似乎成了處置他最好的辦法了。說不定船長會在某天飯後休閒娛樂時，鬧著玩似的把他鞭笞致死，或者用鐵棒把他的腦袋砸碎呢。這兩種消遣方式早已聞名遐邇，在那個階層的紳士中是被引為賞心樂事的，並不鮮見。理事會越是從這個角度看這件事，越是發現有說不完的好處，所以他們決定，要把奧立弗養大成人唯一有效的辦法就是毫不延宕地送他出海。

班布林先生接到了命令，便著手去城裡四處奔波打聽，尋找是否有某一位船長或者其他什麼人需要一名無親無故的船艙服務員。此刻，他回到濟貧院，準備彙報這次出行的結果，剛走到大門口，迎面碰上了承辦教區殯葬事務的索爾伯利先生。

索爾伯利先生可是個瘦高個兒，骨節粗大，一身黑色禮服早已舊得經緯畢露，下邊

是也配著同樣顏色的長筒棉襪和補了補丁的鞋子。他長著天生不宜含笑的長相，不過，總的來說，他倒是頗有幾分職業性的幽默。他步履十分輕快地向著班布林先生走來，親切地與他握手，臉上洋溢著內心的喜悅。

「班布林先生，我為昨天晚上死去的兩位女士量好尺寸了。」[13]殯葬承辦人說道。

「你要發財啦，索爾伯利先生。」教區幹事說話的同時，拇指和食指伸進殯葬承辦人遞過來的鼻煙盒裡，這鼻煙盒是一口小巧玲瓏、獨一無二的棺材模型，看起來很別致。「我的意思是，你要發財啦，索爾伯利。」教區幹事用手杖在對方的肩上親熱地敲了敲，又重複了一遍。

「您這樣認為嗎？」殯葬承辦人的語調裡帶有一點將信將疑，好一會兒才反應過來說。「理事會出的價錢可太少啦，班布林先生。」

「棺材不也很小嗎？」教區幹事回答時面帶微笑，他恰到好處的露出一絲笑意，以不失其要員身分為度。

索爾伯利被他的話逗得心裡癢癢的，他自然不必拘謹，不歇氣地哈哈笑了很長時間。「好了，好了，班布林先生，」他終於止住了笑，「你這話沒錯，自從新的伙食制度實施以來，棺材比以前確實是越做越窄，越做越淺了。不過，話又說回來，我們總還得要一點利潤才可以。單這乾燥的木材成本就很高，鐵把手呢，又全是經過運河從伯明罕

13. 量死者的尺寸做棺材，這也包括在殯葬承辦人的業務範圍內。

運回來的。」

「好啦，好啦，」班布林先生說，「三百六十行，行行都有自己的難處。正當公平的利潤還是可以的。」

「說的是，說的是。」殯葬承辦人隨聲應和著，「如果我在某一筆買賣上沒賺到錢的話，您是知道的，我遲早也會想法子從別的買賣上撈回來的，哈哈！」

「你說的一點沒錯。」班布林先生說。

「但是我還得說，」殯葬承辦人又揀起剛才被教區幹事打斷的話題接著說，「班布林先生，我現在面對的是非常不利的情況，那就是：胖子死得特別快。一進濟貧院這道門，最先垮下來的就是從前家道好一些，多年來從不拖欠稅款的人。告訴您吧，班布林先生，倘若用料比以前超出三四英寸，就會大大影響我的利潤，而且我們還面臨養家糊口的難題。」

索爾伯利先生說話時顯得受了很大的委屈，一副吃了大虧的樣子。班布林先生意識到，再說下去肯定會有損教區的聲譽，故而認為換個話題為宜。這時他突然想起了奧立弗．崔斯特，他便把話題轉了過去。

「順便問一下，」班布林先生說道，「你知不知道有人想要一個學徒幫忙的？教區有一個見習生，是個沉甸甸的累贅，也可以說是像套在教區的脖子上一樣的磨盤，你知道有哪個人要招夥計幫他幹活的嗎？他在這裡實在影響教區的聲譽和發展，索爾伯利先生，招他的條件可是非常寬厚的。」班布林抄起他的藤杖，順手指了指大門上邊的告示，特意在用巨型羅馬大寫字母排成的「五英鎊」字樣上咚咚咚地敲了三下。

「上帝保佑！」殯葬承辦人說著，一把扯住班布林先生制服外套上的鑲金邊翻領，「我正想和您談談這事呢。您是知道的——哦，哎喲，您的鈕釦多漂亮哇，班布林先生。」

「是啊，我也覺得挺不錯，」教區幹事得意地低頭看了一眼鑲嵌在外套上的很大的銅質扣子，說道，「這圖案跟教區的印徽一模一樣——好心的撒瑪利亞人在救護一個身受重傷的病人[14]。索爾伯利先生，這是理事會元旦清晨送給我的禮物。我記得我第一次穿上它是去參加驗屍審訊調查大會，就是那個破了產、半夜裡死在別人家門口的商人。」

「我想起來了，」殯葬承辦人說，「陪審團的結論認為，他是因為重感冒而死的，另外還缺乏最起碼的生活必需品而凍死在外的，對吧？」

班布林先生點點頭。

「他們好像就這件事作出了專門的裁決，」殯葬承辦人說，「後來還增加了承辦救濟內容的幾句……」

「胡扯，淨瞎說。」教區幹事截住他的話頭，「要是理事會去聽陪審團的人所有的胡言亂語，那可真夠他們忙的了。」

「千真萬確，」殯葬承辦人說，「倒是夠他們忙的。」

---

14. 據《新約．路迦福音》第十章第三十至三十四節，「耶穌回答說：有一個人……落在強盜手中，他們剝去他的衣裳，把他打個半死，就丟下他走了……一個撒瑪利亞人，行路來到那裡，看見他就動了慈心，上前用油和酒倒在他的傷處，包裹好了，扶他騎上自己的牲口，帶到店裡去照應他。」

「陪審團，」班布林先生緊握手杖說道，他情緒激動時總愛這樣，「陪審團沒有一個不是俗不可耐的卑劣小人，都是一群沒有受過教養的渾蛋。」

「對，就是這樣的。」殯葬承辦人說。

「無論是哲學還是政治經濟學，他們所知道的最多一點點皮毛，」班布林輕蔑地打了一個響指，說道，「真的就只那麼一點。」

「的確如此。」殯葬承辦人點點頭，表示同意。

「我藐視他們。」教區幹事臉漲得通紅地說。

「我也一樣。」殯葬承辦人附和道。

「我真希望能找個自作主張的陪審團，在濟貧院住上一兩個星期，」教區幹事說，「這樣理事會訂下的規章制度絕對可以把他們身上的傲慢脾性抹煞下去。」

「隨他們吧。」殯葬承辦人奉承式地回答，並面帶微笑，試圖消解這位幹事方興未艾的怒火。

班布林脫去他的三角帽，從帽頂裡取出一方手帕，拭去額頭上剛剛因憤怒而冒出的汗水，又重新把帽子戴正，然後向殯葬承辦人轉過臉去，換回之前談話比較平和的語氣說：「那，你覺得這孩子怎樣？」

「噢。」殯葬承辦人敷衍道，「哎，班布林先生，你是知道的，我也為貧民繳了一筆可觀的稅款的。」

「嗯。」班布林先生的鼻子裡發出了一聲響，有點莫名其妙：「那麼？」

「是這樣的，」殯葬承辦人回答，「我以為，既然我已經掏了那麼多錢給他們，我當然也有權利從他們身上得到盡可能多的好處，班布林先生，這個……這個……我打算自己要這個孩子。」

班布林像找到救星似的，一把拉住殯葬承辦人的胳膊，領他走進屋裡去。索爾伯利同理事們密談了五分鐘，最後，他們商定當天晚上就讓奧立弗到棺材鋪去「試教」——對於教區濟貧院的孩子而言，考察短時期的試用後，只要雇主覺得學徒可以幹相當多的活，伙食方面也還合算的話，就可以繼續留用他若干年，愛怎樣使喚他都行。

當天傍晚，當小奧立弗被帶去見「紳士們」的時候，他被告知將被從濟貧院轉到一家棺材鋪去充當小廝了。如果在棺材鋪對自己的境遇有所不滿，或者去了又被再次遣回到教區裡來的話，就將被派遣出海，在那裡總不外乎溺死或被打死。聽了這番話，奧立弗幾乎毫無反應。於是，那幫人一致認為他是一個無可救藥的小流氓，都命令班布林先生立即把他帶走。

說起來，如果有誰表現出缺乏感情、麻木不仁的跡象，理事會自然而然地就會處於一種義憤填膺、驚愕不已的狀況。然而，這一回，他們卻有些誤會了。事情一目了然，奧立弗的感受不是太少而是太多了。太多的類似虐待的對待使他傻裡傻氣，呆頭呆腦。他站在那裡，一聲不吭地聽完這條有關自己又要被打發到一個地方去的消息，拿起塞到他手裡的行李，那行李只是一個牛皮紙包，半英尺見方，三英寸高，要拿起它並不費事，他把帽沿往眼前拉了拉，再一次緊緊拽住班布林先生的外套袖口，被他的變色龍教區幹事帶著，去另一處充滿磨難的場所了。

班布林先生昂著頭，腰挺得筆直地拉著奧立弗走了一程，對孩子總是不理不睬的樣子。因為班布林先生認為按自己的身分就應該有這副架子。風很大，班布林先生的外套下擺不時被吹開，把奧立弗整個人都裹了起來，同時露出來他的背心和淺褐色毛絨短褲，這讓他顯得十分體面。快到目的地了，班布林先生覺得有必要審視一下奧立弗，以保證他的模樣可以接受他未來的主人檢驗，於是便低下頭，而且擺起相應的姿態，帶著有點莊重的神氣看了看那孩子。

「奧立弗。」班布林叫道。

「是，先生，我在這兒。」奧立弗結結巴巴地答道。

「嘿，把帽子戴高一些，小子，別遮住自己的眼睛，頭抬高點，這樣才有精神。」

奧立弗很聽話，立刻按班布林先生的意思去做，手背麻利地揉了揉眼睛，可是，當他抬起頭，看著自己的帶路人時，淚水還是控制不住地掉了下來。班布林先生狠狠地瞪了他一眼，本想制止的眼淚，卻反而順著臉頰迅速地淌了下來，一滴接著一滴。這孩子做了極大地努力想忍住眼淚，卻無計可施。他索性把手從班布林先生的袖口抽出來，雙手捂住臉，淚珠像開了的水閘一般，從他瘦骨嶙峋的指頭縫裡湧了出來。

「好了。」班布林先生終於忍不住大嚷起來，又突然止步，用充滿惡意的神情瞪了他一眼，他仍然認為奧立弗是最不爭氣的小孩。「好了。我說奧立弗，在我見過的所有忘恩負義、品性惡劣的男孩當中，你算是最厲害的了——」

「不，不，先生，」奧立弗哽咽著說，牢牢抓住教區幹事的手，這隻手裡握著的就是他常常用來抽打孩子的藤杖，「不，不，先生，我會學好的，真的，相信我，先生，我一定會學好的。可憐我年紀還那麼小，求求你——求求你——」

「求我做什麼？」班布林先生驚訝地問道。

「我是孤零零的一個人，先生。我沒有一個親人。」孩子哭叫著，「大家都不喜歡我。先生，您別，別生我的氣。」奧立弗痛苦地捶著自己的胸口，抬眼看了看幾次帶他步入苦難的幹事，淚水裡包含著發自內心的觸痛與哀求。

班布林先生多少有些詫異，他看著奧立弗可憐巴巴的模樣，停留了數秒鐘，嗓子有些沙啞地叫了三四聲，嘴裡似乎在咕噥著什麼。隨後，要求奧立弗馬上擦乾眼淚，以後要做一個聽話的孩子。他重又拉起奧立弗的手，若有所思地繼續往前趕路。

這時，那個殯葬承辦人剛準備收工休息，正在與此地氣氛十分相稱的昏暗燭光下計算帳務，班布林先生走了進來。

「啊哈。」殯葬承辦人的目光從帳本上轉移過來，一個字才寫了一半。「是你啊，班布林先生？」

「是我，索爾伯利先生，」教區幹事答道，「哦，我把孩子帶來了。」奧立弗立刻禮貌地向他鞠了一躬。

「哦。就是這個孩子嗎？」殯葬承辦人說著，把蠟燭舉過頭頂，要把奧立弗看個真切。「索爾伯利太太。勞你駕過來一趟，親愛的？」

沒過多久，索爾伯利太太從店堂後的一間小屋裡走了出來，這女人身材瘦小，乾癟得可怕，臉上卻顯露出刁惡潑辣的神色。

「親愛的，」索爾伯利先生溫和地說，「這就是我跟你提到過的濟貧院裡的那個孩子。」奧立弗又向她溫順地鞠了一躬。

「天啊，」殯儀館老闆娘情不自禁地驚叫一聲，「他可真小啊！」

「哦，確實是小了些。」班布林先生向奧立弗瞪了一眼，眼神彷彿是在責怪他為什麼不長得再高大些。「他是很小，這一點是不容否認的。可他還會長啊，索爾伯利太太——他還是會長大的。」

「啊。我擔保他多半會長的。」索爾伯利太太嘟著嘴說，「吃我們的，喝我們的，不長才怪呢。我就說領養教區的孩子不划算，他們本來不值錢，還不夠我們供給他們的費用。可你們男人總覺得自己聰明。好啦，你這皮包骨的小猴子！快下樓去吧。」老闆娘嘴裡嘟囔著，打開一扇邊門，推著奧立弗走過一段陡峭的樓梯，最後來到一間陰暗潮濕的石砌小屋。這間所謂的「廚房」連著後邊的煤窯，只見裡邊坐著一個儀表頗不整潔的女孩，腳上的鞋和一雙藍色的絨線襪子都已破爛不堪了。

跟在奧立弗後面走下地窖的索爾伯利太太，下樓來指著女孩說道，「喂，夏洛特，把剩下留給特里普吃的冷飯分給這小瘦鬼一點。他早上出去後就沒回來過，先不必給他留了。我相信這孩子多半不會挑精揀肥的，嘿，——問你呢，你不挑食的吧？」老闆娘轉向待在後面的奧立弗。

一聽到有吃的，奧立弗眼睛立刻閃閃發亮——他正餓得頭暈目眩呢。迅捷地回答說不挑食，馬上，一碟粗劣的剩餘飯食就到了嘴邊。

如果有這樣一位吃得腦滿腸肥的哲學家，他吃下去的東西會在肚子裡化成膽汁，血凝成冰，心便像鐵一樣硬，我很希望他能看看奧立弗是如何抓起那一盤連狗都不屑一顧的「美味」，希望他能親眼目睹饑不擇食的奧立弗是以怎樣令人觸目的方式把剩餘食物一塊塊撕碎，並很快地塞進自己肚子的。我更希望看到的是，哲學家本人在吃同樣的食物時也吃得同樣津津有味。

「喂，」老闆娘看著奧立弗吃完飯，雖然嘴上沒說，心裡卻被嚇壞了。由此預見到他以後的胃口，她顯出一副憂心忡忡的樣子。

「怎麼樣，你吃好了嗎？」她惡狠狠地問。

奧立弗看看周圍實在沒有什麼可吃的了，於是說吃好了。

「那麼，跟我來吧。」索爾伯利太太說著，順手拿起一盞昏暗而又骯髒的油燈，朝樓上走去。

「奧立弗，櫃檯下面是你的床鋪，我想，你大概不會介意睡在棺材堆裡吧？反正沒有別的地方給你睡覺。你在乎也罷，不在乎也罷，都只能如此。給我快點！我可沒工夫整晚上都陪你在這兒耗著。」

奧立弗不再磨蹭了，乖巧地跟著女主人。

chapter 5 奧立弗結識了一些新朋友，首次參加出殯活動

就這樣奧立弗獨自留在殯葬承辦人的店鋪裡，他躡手躡腳地把油燈放在木工凳上，眼裡洋溢著敬畏和恐懼。這種場景裡，這樣的心境，就是年齡大他很多的孩子也很容易產生。可以想像，就在店堂中央，黑色支架上放著一具尚未完工的棺材，每當他東張西望的眼睛無意中落到這可怕的東西上，它的陰森死寂就使他全身打寒戰，他似乎可以真的看見一個駭人的怪物從棺材裡緩緩地抬起頭，向自己走來，把自己嚇瘋過去。

昏黃的燈光下，一長列被鋸成同樣形狀的榆木板整整齊齊地靠在牆上，彷彿一群肩膀高高聳起的鬼魂，手插在褲兜裡。環顧四周，棺材柩牌、榆木刨花、亮閃閃的棺材釘和黑紗碎條等凌亂地撒了一地。櫃檯後面的牆上掛著一幅栩栩如生、色彩鮮明的圖畫：兩個專職送殯人頸項上繫著硬梆梆的領結，守候在一座寬闊的私人住宅旁，遠處緩緩地駛來一輛柩車，拉車的是四匹黑色的駿馬。

店鋪裡又悶又熱，似乎連空氣也沾上了棺材的氣味。奧立弗的一條破棉被被扔在櫃檯底下凹進去的地方，那地方看上去像一座墳墓。

其實，不僅是這些憂鬱的感覺讓小奧立弗沮喪不堪。他孤零零一個人，待在一個陌

生的地方，誰都可以想像，處在這樣的境地，連最達觀的人也免不了感到淒涼和孤寂。何況這孩子無親無故，沒人需要他的關心，也沒人去關心他！他並非剛剛經歷離愁別恨，也並不是因為看不到親切和熟悉的面容而覺得心上沉甸甸地排遣不開。但是，蜷縮在那狹窄的鋪位裡的時候，他但願那就是自己的棺材，從此便可以舒舒服服地長眠在教堂的墓地裡了，四周蓬勃的野草在頭頂上輕盈地迎風搖曳，深沉的古鐘在耳邊長鳴，撫慰著小奧立弗的心靈，他寧願就此酣睡不醒。

清晨，奧立弗被陣陣喧囂的撞擊鋪門的聲音驚醒了，還沒趕著穿上衣服，那既憤怒又不耐煩的聲音又重複了大約有二十幾下。直到他慌忙動手拔去鏈條的搭鉤的時候，外面的踢門聲才停下來了，這時有個聲音叫道：

「開門，快開門！」那聲音不間斷地嚷著，它發自剛才的踢門人。

「馬上就來，別急，先生。」奧立弗一邊回答，一邊拔去鏈條搭鉤，轉動鑰匙。

「你大概就是新來的學徒吧？」聲音透過鎖鑰孔傳來。

「是的，先生。」

「你多大了？」那聲音又問。

「十歲，先生。」

「哼，那我進來後非揍你一頓不可了。」那聲音說，「走著瞧吧，濟貧院來的臭小子。」那聲音說這番話，似乎是要給小奧立弗一個下馬威，說完竟無聊地吹起口哨來。

對於奧立弗來說，「揍」是一個極富有表現力的字眼，這個過程所包含的滋味他領教得太夠了，因而他完全不存有僥倖心理。不管他是誰，反正那個聲音的主人是一定說到做到的，而且絕不食言。奧立弗的手顫抖著拉開門閂，打開鋪門。

奧立弗往左右看了看，又往前看了看街對面。

奧立弗朝街四周看了看，除了一名穿慈善學校制服的大個子少年正坐在鋪子前邊的木樁上吃一塊奶油麵包外，便沒有其他人了。剛才透過鎖鑰孔和自己說話的陌生人已經不在了，也許是想暖暖身子，走開去活動了吧。

「對不起，先生，」奧立弗見沒有別人出現，終於開口了，「剛才是您在敲門嗎？」

「是的，我踢的，怎麼樣？」那穿慈善學校制服的少年答道。

「先生，您是不是想買一口棺材？」奧立弗天真地問道。

少年頓時換了一副猙獰可怕的面孔，警告說如果奧立弗再以這種目無尊長的方式逗他的話，用不了多久，他就需要給自己準備一口棺材了！

「嘿，我說，濟貧院的小子，你大概還不知道我是誰吧？」那少年一邊從木樁上下來，一邊還擺出一副盛氣凌人的說話架勢。

「是的，先生。」奧立弗答道。

「我就是大名鼎鼎的諾亞．克萊坡先生，」他說，「你以後得聽我的，把窗板放下來，你這個懶惰的小子。」說罷，克萊坡先生賞了奧立弗一腳，然後大搖大擺地走進了店鋪。這副派頭很使他得意。要讓一個體型粗笨、相貌魯鈍、肥頭細眼的傢伙顯得神氣十足，在任何情形下都不容易，再加上他是一個紅鼻子還穿著一條黃短褲，更增加了這種

「不容易」。

奧立弗卸下沉重的窗板，搖晃著瘦弱的身子朝屋子側面的小天井走去，準備把該擺出來的東西搬出來擺在適當的位置。誰知道剛搬了一塊窗板玻璃就被打破了。諾亞見了，安慰了奧立弗，且保證他「吃不了兜著走」，接著總算賞臉幫著他幹起來。不一會兒，索爾伯利先生和索爾伯利太太下樓來了，諾亞的預言完全應驗，奧立弗果然「吃不了兜著走」了，挨了一頓之後，他就跟這位少年紳士一起下樓吃早飯去了。

「諾亞，靠火近一點，」夏洛特說道，「我從老闆的早餐挑了一小塊熏肉給你留著。奧立弗，把諾亞先生背後的門關上。我把你的飯放在麵包盤的蓋子上邊了，自己去拿來吃。這杯茶給你，端到箱子邊上去喝吧，就在那兒喝，快一點，你還要幫他們去看管店堂呢。聽見沒有？」

「濟貧院[15]，聽見了嗎？」諾亞・克萊坡不滿地問。

「哦，諾亞，」夏洛特轉換話頭，「你這人真怪。你管他幹什麼？」

「幹什麼？」諾亞說道，「哼，一個個都由著他，在這裡可不行。他沒有親人，誰都對他不聞不問，誰都由著他胡來！」

「哦，你這個怪人！」夏洛特禁不住大笑起來，諾亞也跟著笑了，他倆笑夠之後，向奧立弗投了鄙夷的一瞥，這時的他正在離火爐最遠的角落裡，瑟瑟發抖地坐在一個箱

15. 他覺得「濟貧院來的小雜種」這個稱謂太長，故而加以簡化。

子上吃著專門留給他的發餿剩飯。

諾亞雖是從慈善學校來的，但不是濟貧院的孤兒；而且，他不是私生子，循著他的家世譜系可以一直追溯到他可憐至極的雙親：母親是個洗衣婦，父親當過兵，經常酗酒，退伍的時候斷了一條腿，於是有一份撫恤金，金額為每天兩個半便士多一點。鄰近各家店鋪的學徒總是喜歡在大街上用難聽的綽號來辱罵諾亞，諸如「皮短褲」、「慈善學校小癟三」等，他一一照單全收，毫不還價。現在好了，命運把這孤兒落到他的掌心之中，對這個可憐的孤兒，連最卑微的人都可以指著他的鼻子罵，諾亞便把自己所受的氣變本加厲出到他頭上。這種情況發人深省，它向我們展現了人的本性的奇妙，美好的品質從不被偏袒厚此薄彼，既可以在最最煊赫的顯貴身上發揮，又可以在最卑污的慈善學校的少年身上滋長。

奧立弗在殯葬承辦人的鋪子裡已經工作了將近一個月。一天，打烊後，索爾伯利夫婦正在店堂後邊的小休息室裡吃晚飯，索爾伯利先生畢恭畢敬地看了太太幾眼，說道：

「親愛的——」他正準備說下去，見太太眼睛朝上一翻，知道勢頭十分不妙，趕緊打住了。

「什麼事？」索爾伯利太太厲聲說道。

「沒什麼，親愛的，我沒想說什麼。」索爾伯利先生答道。

「哦，你這可惡的傢伙。」索爾伯利太太厲聲說道。

「真的沒有什麼，親愛的。」索爾伯利先生恭順地說：「我以為你不樂意聽呢，親愛的。我只是想說……」

「哦，你什麼都別說，」索爾伯利太太打斷了他的話，「我很煩，拜託了，請不要跟我商量，我算老幾？我不願過問你的秘密。」說這話的時候，索爾伯利太太發出一陣歇斯底里的狂笑，預示著某種嚴重的後果。

「不過，親愛的，」索爾伯利說道，「我確實需要徵求你的意見。」

「不，不，你不必來徵求我的意見，」索爾伯利太太用一種富有感情的聲調說，「你去徵求別人的意見好了。」她又是一陣歇斯底里的狂笑，索爾伯利先生被這笑聲嚇得魂不附體。這是他們夫妻間的一種極為尋常而又普遍的事情。很快地，索爾伯利先生就求饒了，他請求太太大開隆恩，允許自己吐露心事，索爾伯利太太其實很想聽個究竟。經過短短三刻鐘的拉鋸戰，索爾伯利太太總算仁慈地給予批准聽他把話說完了。

「這事關係到那個新來的小崔斯特，親愛的，」索爾伯利先生說道，「親愛的，他是個漂亮的小男孩。」

「那還用說嗎？他在這不愁吃不愁喝的。」他的太太指出。

「可是親愛的，那孩子的臉上總是有一種憂鬱的表情，」索爾伯利先生繼續說道，「這非常有意思，我看，他完全可以做一個出色的送殯人，親愛的。」

索爾伯利太太眼睛往上翻了翻，顯示出感到相當驚訝的樣子，索爾伯利先生注意到了這一點，便立刻往下說，沒給這位賢德的夫人留下發表任何意見的機會。

「親愛的，我可不是指那種參加成年人死者葬禮的普通送殯人，而是只替兒童出殯辦事。讓孩子給孩子送殯，親愛的，那該多新鮮啊！我相信，這樣下來，肯定會收到最出色的效果。」

索爾伯利太太對於辦理喪事可以說是頗具經驗和鑒賞力的，聽到丈夫這個新奇的主意，她大為震動。可是，要是馬上答應，難免有損於她的尊嚴。既然如此，她只得非常尖刻地斥問，這樣明擺著的一個建議，他這個做丈夫的怎麼早沒想到呢？於是，索爾伯利先生順勢認定這是她對自己這個點子的讚許。事情當場就被決定下來。考慮到目的的重要性，這一行的秘訣需要立刻傳教給奧立弗，於是在老闆下一次外出承辦喪事時，奧立弗便要跟著一起去。

機會轉眼就來了。第二天清晨吃過早飯後不久，班布林先生走進鋪子。他把藤杖斜靠在櫃檯上，掏出大皮夾子，從裡邊揀出一張紙片，遞給索爾伯利。

「啊哈，」殯葬員眉飛色舞地看了一下紙片說道，「要訂購一口棺材，是嗎？」

「先訂一副棺材，接下來還有一場葬禮，是教區出錢。」班布林先生一邊回答，一邊緊了緊皮夾子上的搭扣，這皮夾子跟他的人一樣，也是大腹便便的，讓人覺得快要撐破了似的。

「貝頓，」殯儀館老闆看了看紙片，又看看班布林先生，「我第一次聽說這個姓。」

班布林搖了搖頭，答道：「他是一個很難對付的傢伙，索爾伯利先生，非常非常的頑固，大概是因為太得意了，老兄。」

「什麼得意？」索爾伯利語帶嘲諷地大聲問道。「要真是這樣，那也太過分了。」

「噢，是啊，真叫人作嘔，」教區幹事答道，「**Antimonial**[16]，索爾伯利先生。」

「就是啊。」殯葬承辦人表示同意。

「我們也是前天晚上才知道有這麼一家人的，」教區幹事說，「他們的情況我們剛開始也不清楚，有個和他們住在同一所房子裡的女人找到教區委員會，說那兒有個女人病得很重，請求教區派個醫生過去看看。偏巧醫生到外邊吃飯去了，他有個聰明的徒弟，隨手把藥裝在一個本來是裝黑鞋油的瓶子裡，捎給了他們。」

「啊，倒是夠麻利的。」殯葬承辦人說。

「確實麻利得很！」教區幹事回答，「可結果是什麼呢，老兄，這幫傢伙真是壞透了，你知道他們有多忘恩負義嗎？嗯，病人的丈夫捎回話來，說藥不對他妻子的病症，因此她不能喝——先生，他竟然說不能喝。療效顯著又符合衛生規定的藥，有兩個愛爾蘭工人和一名扛煤夫一個星期前才喝過，治療效果相當好。現在免費贈送，分文不取，外帶一個鞋油瓶子——老兄，他竟捎話回來說她不能喝。」

班布林先生說著，對如此惡行仍歷歷在目，氣得滿臉通紅，拚命用手杖敲打著櫃檯。

「喲，」殯葬承辦人說，「我從——來——沒——」

「先生，真的從來沒有。」教區幹事大聲嚷嚷，「真是從來沒聽說過。哦，現在她死了，我們還得去把她安葬，這是姓名和地址，你去把這事早早辦妥，越快了結越好。」

---

16. 班布林想說那些人不講道德，簡直是Antinomian（認為道德律對於基督徒投有約束力的「德律廢棄論者」），但他把這個詞同Antimonial（「含銻的」、「含銻藥劑」）混淆了。

班布林先生因為為教區憤憤不平，一氣之下差點把三角帽戴反了，然後三步併作兩步地跨出了店門。

「哦，奧立弗，他生氣了，發好大火哦，甚至都忘了問問你的情況。」索爾伯利目送教區幹事大步走到街上說道。

「是的，先生，他是發火了呢。」奧立弗答道。班布林來訪的時候，他一直小心翼翼地避之唯恐不遠，他一聽到班布林先生的聲音，整個人從頭到腳都發抖。其實，他倒用不著竭力避開班布林先生。這位教區幹事一直將穿白色背心的紳士預言牢記在心，他認為，既然殯葬承辦人正在試用奧立弗，他的情況還是避開為妙，直到奧立弗按為期七年的契約被正式錄用為止，那時才能有效而合法地徹底消除他被退回給教區的危險。

「嗨，」索爾伯利先生順手拿起帽子說，「我看這筆生意越早成功越好。諾亞，看著鋪子。奧立弗，戴上帽子，跟我一塊兒去。」於是，奧立弗順從地跟著主人出門了。

到了街上，他們穿過本市人口最稠密的居民區，走了一段路，便加快腳步，來到一條更骯髒、破敗、狹窄的狹巷。他們走走停停，尋找他們要找的房子。狹巷兩旁的房屋都很高大，然而卻非常破舊，住戶大都屬於貧民階層。要瞭解這一點，不用看偶爾走過的挾著雙臂、弓腰彎背、走路膽怯躲閃的男女臉上的苦相，單看房屋的頹敗景象便夠了。大多數房子的底層設有店面，可是門都緊閉著，任其腐朽崩壞，只有樓上住著人。有些房屋因年久失修，眼看要坍塌了，全靠幾根大木頭一端埋在路下、一端抵住牆壁得免坍倒。即便像這樣風雨飄搖的破屋也被某些無家可歸的可憐蟲選中，作為過夜的棲身之所。許多釘在門窗上的粗木板已經被撬開，留下足以讓一個人進進出出的窟窿。水溝也阻塞不通，溝裡的積水又髒又臭，甚至東一隻、西一隻在臭水溝裡腐爛的老鼠，也是一副可怕的饑餓表情。

奧立弗和他的老闆終於到了要找的那家。大門敞開著，既沒有門環也沒有門鈴。老闆命令奧立弗跟上，不要害怕，自己則小心翼翼地摸索著穿過漆黑的過道，爬上二樓。在樓梯口，他踉踉蹌蹌地撞上了一道門，於是嘭嘭地敲了起來。

一個十三四歲的小姑娘來開門。殯葬承辦人一看室內的情形便斷定這正是他在尋找的地方，於是走了進去，奧立弗緊隨其後。

屋內沒生火，有一個男人呆呆地蜷縮在空蕩冰冷的爐子邊上，一位老婦人也坐在爐子旁的一張矮凳子上。屋子的另一個角落裡有幾個衣衫襤褸的小孩。有個東西被毯子遮蓋著，放在正對門的一個小小壁龕裡。當奧立弗的目光落到那上邊時，頓時不寒而慄，身體本能地和他的老闆挨近些，儘管上邊蓋著毯子，這孩子卻已經猜到那是一具屍體。

男人的面容消瘦憔悴，鬍子和頭髮已是灰白，眼睛佈滿血絲。老太婆滿臉皺紋，僅有的兩顆門牙擋住了下唇，目光炯炯有神。奧立弗被嚇得連頭也不敢抬，這兩個人看上去和他剛才在外面見到的死老鼠實在太像了。

「誰也不許靠近她！」殯葬承辦人正要朝毯子遮蓋的方向走，那男的氣勢洶洶地猛然站起身來說：「別過去！混蛋，難道你不要命了？」

「別說傻話，夥計，」殯葬承辦人對形形色色的不幸早已司空見慣，「別犯傻了，我的朋友。」

「我跟你說，」那男的緊握拳頭怒不可遏地跺著地板——「我不能讓她入土，她在那兒不會得到安息的，蛆蟲會跟她搗亂——不是吃掉她——她已瘦成皮包骨了。」

殯葬承辦人沒有搭理男人的這番胡話，從口袋裡掏出一副卷尺，跪下來，在屍體旁邊量了一會兒。

「啊。」那個男子在死去的女人腳邊跪了下來，淚如泉湧。「跪下吧，跪下吧——你們統統給我跪在她身邊吧。她是被餓死的。我不知道她的身體已壞到這個地步，直到這次她得了熱病，瘦得皮包骨頭。我們的屋子裡沒生火爐，也沒有蠟燭，她是死在黑暗之中——死在黑暗之中啊！雖然我們聽得到她喘氣叫著孩子們的名字，可是她連孩子們的臉也都看不見。為了她，我上街乞討，他們卻把我抓進了監獄。我回來的時候，她已經死了，我心中所有的血都已流盡，她是被他們活活餓死的啊！我要當著上帝的面發誓，這事上帝是知道的，是他們把她餓死的。」他瘋狂地用雙手亂揪自己的頭髮，隨著一聲狂叫，他在地板上打起滾來，兩眼發直，口吐白沫。

他的孩子們都驚恐萬狀，號啕大哭起來。只有那個老婦人彷彿對這一切麻木了似的，始終不動聲色，她厲聲要孩子們停止啼哭，自己踉踉蹌蹌地為倒在地上的男子鬆開領帶，然後步履蹣跚地朝殯葬承辦人走來。

「她是我女兒，」老婦人朝屍體看了看，斜著眼睛呆板地說道。她當時的情形再加上她的一系列動作，比屍體本身要更令人毛骨悚然。「天啊，天啊。哦，你說奇怪不奇怪：

我生了她，當時我已不年輕了，我現在還活得好好的，她卻僵硬地躺在了那兒，天啊，天啊，想想吧。這一切真像是做夢——真像是一場戲啊。」

可憐的老太太獨自咕咕噥噥，以她那令人恐懼的幽默方式咯咯地大笑起來。殯葬承辦要走。

「等一等，等一等，」老婦人高聲說道，又像是自言自語，「她什麼時候被埋葬？明天，後天，還是今晚？我都替她收拾好了，你知道，我也得去為她送葬。天氣可真冷，給我送件大斗篷來，要穿上暖和一點的那種。還有，去之前，我們還要吃些麵包，喝點酒什麼的，別太吝嗇了，一定要送點兒麵包來——只要一個麵包、一杯水就可以了。我們會有麵包的，親愛的，你們說是不是啊？」她急匆匆地轉向孩子們說。殯葬承辦人又向門口走去，被她一把拉住了大衣。

「好的，好的，」殯葬承辦人應付道，「當然會有的，你要什麼都會有的。」他掙脫了老婦人的拉扯，領著奧立弗匆匆離開了。

次日（這戶人家得到了兩磅麵包和一塊乳酪的救濟，那是班布林先生親自送來的）奧立弗和他的主人再一次來到那慘兮兮的住所。班布林先生已經先到了，還從濟貧院帶來了準備抬棺材的四個男人。老婦人和那個衣衫襤褸的男子披了一件舊的黑斗篷。毫無裝飾的白木棺材被擰緊了，抬柩人把棺材扛上肩朝街上走去。

「哦，老太太，您可得加快腳步。」索爾伯利在老婦人耳邊低聲囑咐道，「我們已耽擱了時間，再叫牧師先生等著咱們就不好了。走起來，夥計們——能走多快就走多快。」

抬柩人肩上本來就不沉，一聽這話，就快步小跑。兩個送葬的親屬竭力緊跟著。班布林先生和索爾伯利健步走在前邊，奧立弗的兩條腿比起老闆的來可就差遠了，只得跟在旁邊緊跑。

情況並不像索爾伯利先生料想的那樣，本來沒有多大必要如此匆忙的。當他們到達教堂墓園的一個僻靜的角落時牧師還沒有到呢，角落草麻叢生，教區居民的墓穴都修在那裡。教區文書正坐在法衣室裡烤火，他估計在一個鐘頭之內牧師是不會來的。於是，他們暫且把棺材停在墓穴邊上，天開始下起濛濛寒雨來。這幅景象吸引了一群衣衫襤褸的孩子到墳場裡來看熱鬧，他們吵吵嚷嚷地在墓碑之間玩起捉迷藏來。一會兒，又轉移了目標在棺材旁邊蹦來跳去。死者的兩個親屬耐著性子在一旁守候。索爾伯利先生和班布林與教區文書三個人，便坐在一起烤火看報。

約莫過了一個小時，班布林先生、索爾伯利，還有那位文書三個人一起朝墓地跑過來，緊接著，牧師出現了，一邊走一邊穿他的白色法衣。為支撐場面，班布林先生揮起藤杖，趕跑了一兩個淘氣的小孩。那位令人尊敬的牧師把葬禮盡可能縮減，不到四分鐘就已宣講完葬禮經文。他把法衣交給文書，便又走開了。

「喂，比爾，」索爾伯利對掘墓人說，「填土吧。」

填墓這活並不十分費事，墓穴已經埋下許多棺材了，最上面的一口棺材的頂挪離地面只有幾英尺。掘墓人填土，用腳使勁地踩踩結實，扛起鐵鏟就走，後邊跟著那群孩子，他們都吵吵嚷嚷地抱怨這場熱鬧結束得太快了。

「哦，老兄，」班布林在死者的丈夫後背拍了拍，說道，「他們要關墓地了。」

自打來了之後，那男子就一直站在墓穴旁邊，始終沒有移動。這時，他猛地一愣，抬起頭，目光緊緊地盯著和自己說話的這個人，接著向前走了幾步便昏倒在地。那瘋瘋癲癲的老婦人此時正在為失去斗篷而深感傷心[17]，完全沒有心思顧及到他。於是，大家向那男子身上潑了一罐涼水。等他安然地醒過來，才送他走出教堂的墓地，鎖上大門各自散去了。

回去的路上，索爾伯利問道：「喂，奧立弗，你喜歡這一行嗎？」

「是的，先生，」奧立弗猶豫地回答，「還不錯，也說不上很喜歡，先生。」

「哦，沒關係，你會慢慢習慣的，奧立弗。」索爾伯利說道，「等習慣了就不在乎啦，孩子。」

聽索爾伯利這樣說，奧立弗暗自納悶，不知道當初索爾伯利先生習慣這些費了多長時間。不過，他想，暫時還是不提為妙吧。一路上，他一直在琢磨自己的所見所聞。

17. 斗篷已由殯葬承辦人收回。

chapter 6

奧立弗被諾亞的嘲罵激怒，奮起抵抗，使諾亞頗為吃驚

一個月的試用期終於結束了，奧立弗正式成為學徒。當時適值疾病流行的季節，用商人的話說，就是棺材行情見漲。幾個星期的時間，奧立弗便學到了很多經驗，索爾伯利先生別出心裁的主意立竿見影了，甚至超出了他最為樂觀的期望。

當地居民中年紀最大的都不曾見過哪個時期麻疹曾如此猖獗，對兒童生命造成這麼嚴重的威脅。小奧立弗先後多次帶領送葬的行列，他配上了一條飄垂及膝的帽帶，贏得城裡所有做母親的一份難以描摹的感動。奧立弗還跟著老闆參加為成年人送葬的遠征，來掌握作為一個精明能幹的殯葬承辦人所必備的沉著舉止和應對能力。他從中觀察到，一些意志堅定的人在面對生死離別時，都表現出令人稱羨的順從與剛毅。

比如說，索爾伯利受託承辦某位富有的老太太或者老紳士的喪事，死者身邊圍了很多親屬，這些人在死者生前曾哀痛欲絕，甚至在大庭廣眾之下也無法抑制自己的悲傷，背地裡卻怡然自得，彷彿根本沒有什麼傷心的事發生過一樣。做丈夫的用英雄般的鎮定抑制住了喪妻之痛，做妻子的表面上為丈夫戴孝，但絕非真正悲痛，她們心中對喪服早已打算好了，穿上去不僅要儘量體面，而且要盡可能地增添風韻。可以想像，一些在葬

禮中哀傷之至的女士或者先生一回到家裡便會若無其事了。這一切細看起來，很令人有所受益，奧立弗把這一切看在眼裡，內心對這些人都十分佩服。

儘管我是在給奧立弗．崔斯特立傳，但並無把握斷言，在這些所謂正人君子的榜樣影響下，他將變得逆來順受了。但有一點我可以毫不含糊地說，幾個月來，對於來自諾亞的欺凌和虐待，他一直卑順地忍受著。諾亞待他比之前更凶更壞了。眼看新來的小傢伙深得老闆寵愛，一下子就撈到了黑手杖和帽帶，自己資格比他老，卻依舊戴著鬆餅帽，身穿皮短褲，不由得心生妒忌。因為諾亞的緣故，夏洛特對奧立弗也很滿心怨憤。索爾伯利太太看出老公想和奧立弗聯絡感情，更是與他勢不兩立，視其為眼中釘。所以一邊是這三位，另一邊是忙得要命的殯葬業務，處在二者之間，奧立弗的日子並不像被錯關在啤酒廠穀倉裡的一口餓豬那樣得其所哉。

到這裡，我即將要敘及奧立弗的經歷中十分重要的一個關頭了。表面上看，這一段好像微不足道，卻間接地使他未來的道路發生了極其重大的變化，必須記錄下來。

一天，在通常的午飯時刻，奧立弗和諾亞一起下樓來到廚房，共同享用一小塊羊肉——一磅半重的沒有一點油水的羊頸子。當時夏洛特被叫出去了，饑餓難熬、加上品行惡劣的諾亞．克萊坡盤算了一番，想要捉弄一下小奧立弗。

諾亞一心一意要拿他取樂，便將雙腳往桌布上一擱，一把揪住奧立弗的頭髮，又去擰了他的耳朵，發表了一通自己的看法，罵他是個「暗中搗鬼的孬種」，而且宣稱自己將來一定要去看他上絞架這場好戲，這件令人期待的事件總有一天會發生等等。諾亞把各種不上檯面、一味發洩私憤的話都搬了出來，凡是像他這樣沒有教養、口毒心壞的慈善學校出身的少年能想出來的話他都說了。但他的這些辱罵沒有取得預期的效果，他並沒有把小奧立弗弄哭。諾亞試圖發揮更傑出的惡作劇本領。現在，許多有點小聰明，名氣比諾亞大得多的人，想逗趣的時候每每都會使出這樣的招數。諾亞變得更加咄咄逼人了。

「濟貧院，」諾亞說，「嘿，你的母親還好吧？」

「她已經去世了，」奧立弗有些難過地回答，「不要對我提起她。」說這句話的時候，奧立弗的臉漲得通紅，他顯得很緊張，嘴唇和鼻翼奇怪地翕動著。諾亞認為，這是一場立刻就要號啕大哭的徵兆。他更加過分了。

「濟貧院，她是怎麼死的？」諾亞問道。

「那兒的一個老護士告訴我說她是心碎而死的，」奧立弗與其說是在回答諾亞的問題，毋寧說是自言自語，「我想我知道心碎而死是怎麼回事。」

「哦，你真是蠢得無可救藥了，」諾亞看見一顆眼淚從奧立弗腮幫上淌下來，「什麼事情讓你哭的？」

「不是你，」奧立弗趕緊擦乾眼淚答道，「反正不是你的本領。」

「噢，不是我？」諾亞用譏誚的口吻說。

「對，不是你，」奧立弗幾乎吼著回答，「你最好不要再向我提她，最好不要提。」

「最好不要提？」諾亞喊了起來，「好啊，不提。濟貧院，別丟人現眼了。你媽也一樣。她是個規矩女人，真的。哦，天啊。」說到這裡，諾亞表情豐富地點了點頭，同時還用足氣力皺了一下紅鼻子。

「濟貧院，你知道——」諾亞看奧立弗默不作聲，說得更加帶勁，捉弄的語調中夾帶著偽裝的憐憫，那種語調其實是最令人惱火的，「你知道，現在已經無計了，當然，你那時更是沒有辦法的，對此我深表同情，我相信大家都很難過，都十分同情你。不過，濟貧院，你應該知道，你媽媽真是個壞透壞透的賤貨。」

「你說什麼？」奧立弗猛地抬起頭來。

「真正是個爛貨，濟貧院，」諾亞毫不口軟地回答，「她死了倒是好得多，否則現在要麼還在布賴德威爾[18]做苦工，要麼是去流放，或者已經被絞死了，這些都有可能，當然，最後一條路可能性最大。你說呢？」

頓時，奧立弗氣得臉色血紅，他霍地跳將起來，掀翻桌椅，一把掐住諾亞的脖子，懷著滿腔怒火把他使勁地抖，直抖得他的牙齒格格直響，他幾乎用了吃奶的力氣朝諾亞撲去，以沉重的一擊將其掀翻在地。

一分鐘前，這小孩兒看上去還是個安分柔順的可憐蟲，因備受虐待而垂頭喪氣。現在，他終於忍無可忍，諾亞對他逝世母親的惡毒誣衊使他怒氣沸騰。他直直地站在那裡，目光炯炯有神，胸脯一起一伏，像一頭暴怒的獅子，同剛才簡直判若兩人。他怒目俯視那個老是折磨他、此刻蜷縮在他腳邊的卑怯少年，以一種前所未有的勇氣向他挑戰。

18. 布賴德威爾——舊時倫敦的一所「感化院」，其實同監獄差不多。一八六三年被撤銷。

「他要殺死我！」諾亞嚇得大哭大叫，「夏洛特，太太，新來的夥計要打死我！來人啊！救命！快！奧立弗發瘋啦！夏——洛特！」

諾亞的呼救得到了夏洛特一聲尖叫和索爾伯利太太更響亮的叫聲，夏洛特從側門衝進了廚房，索爾伯利太太在樓梯上停住了，直到她認為沒有生命危險時才繼續往下走。

「噢，你這個小渾蛋！」夏洛特尖叫著，使出全身的力氣一把揪住奧立弗，那勁頭彷彿可以與體魄相當健壯、特別勤於鍛煉的男孩子媲美。「噢，你這個忘——恩——負——義的殺——人——犯，混帳！」夏洛特每說一個字，便用全力打奧立弗一拳，並發出聲聲尖叫，在場的人都感到十分稱快。

夏洛特的拳頭分量決計不輕，索爾伯利太太卻在擔憂這對制服狂怒的奧立弗沒有效果。她衝進廚房，伸出一隻手幫著夏洛特扭住奧立弗，另一隻手開始在他的臉上亂抓。趁這個形勢，諾亞很快從地上爬起來，開始往奧立弗身上一頓亂揍。

這場劇烈的打鬥沒有持續太久。很快，三個人都已筋疲力盡了，抓也抓不動了，打也打不動了，絲毫沒被懾服的奧立弗被拖進地窖，鎖了起來，他拚命掙扎、不斷叫喊。不一會兒，索爾伯利太太便癱軟在椅子上，放聲大哭起來。

「上帝，她老毛病又犯了。」夏洛特說道，「諾亞，我親愛的，快去拿杯水來，快些。」

「啊！夏洛特。」索爾伯利太太強打起精神說道。諾亞這時已經在太太的頭上、肩膀上潑了些水，她只覺得無法呼吸，劈頭蓋臉澆下來的冷水又太多了。「哦！夏洛特，真是幸運啊，我們沒有統統被他殺死在自己家裡。」

「啊！我們真是幸運哦，夫人，」夏洛特應道，「希望老闆吸取教訓，別再接受這些可惡的壞蛋，他們就是天生的殺人犯、強盜，從他們躺在搖籃裡的時候就已註定了。夫人，我進來的時候，可憐的諾亞差點被他打死。」

「哦，可憐的孩子。」索爾伯利太太以憐憫的眼光望著「挨了重打」的諾亞，說道。

諾亞身上那件背心上的第一顆鈕釦差不多和奧立弗的帽頂一樣高，聽到這句對他表示同情的話，他竟激動地用手揉揉眼睛擠出幾滴假淚，還挺讓人可憐。

「這該如何是好？」索爾伯利太太高聲歎道，「你們的主人不在家，這屋子裡一個男人都沒有，不到十分鐘，這小鬼就會把門踢倒的。」此刻，奧立弗正在對煤窯門猛踢猛撞，使這種可能性大大地增加了。

「天啊，天啊！夫人，我不知道，」夏洛特說道，「我們應該讓人去叫員警來。」

「要不就去叫一隊士兵。」克萊坡又出了個主意。

「不，不，」索爾伯利太太想到了奧立弗的老朋友。「諾亞，快到班布林先生那兒去一趟，讓他馬上到這兒來，一分鐘也別耽擱。別找你的帽子了。一定要快！你邊跑邊弄把刀片貼在被打青的眼睛上，這樣可以消腫。」

諾亞沒再多說一句話，他拔腿就跑。路上的人見到他肯定會嚇一大跳的，這個穿慈善學校制服的少年拚死般地在鬧嚷嚷的街道上狂跑，頭上連個帽子也沒戴，還用一把刀捂在自己的一隻眼睛上。

chapter 7 奧立弗仍然不屈服

諾亞以最快的速度在大街上狂奔，一口氣跑到濟貧院。只在那稍稍休息了片刻，在這個時候他醞釀了一番精彩的抽噎，堆上一臉令人憐憫的眼淚與逼真的恐懼，接著，他對著小門砰砰砰地敲起來。開門的是一個年老的貧民，即使在他一生的黃金時代，看到的也僅是一張張惆悵哀怨的面孔，今天突然見到這麼一張哭喪臉，他也吃驚地倒退幾步。

「唉，孩子，發生什麼事情了？」老貧民關切地問道。

「班布林先生！班布林先生在哪兒？」諾亞喊了起來，一副焦急恐懼的樣子，聲音響亮而激動，那聲音一下就鑽進了班布林先生本人的耳朵裡。說來也巧，當時他就在附近，這嚇得他連三角帽居然忘了先戴上，便匆匆跑到院子裡來。這可是一件稀有而又值得一提的事情，事實證明，縱使是一名教區幹事，在某種突如其來的強烈衝動下，也難免會有一時半會兒失去自持力，同時也會暫時忘記自己的尊嚴。

「哦，先生，班布林先生。」諾亞急切說道，「奧立弗，——奧立弗他——」

「什麼？什麼？」班布林先生迫不及待地問，金屬一般的眼睛突然高興得閃閃發光。「他該不是逃跑了吧？諾亞，他沒有逃跑吧？」

「不，先生，他沒有逃跑，但他卻快要瘋了。」諾亞答道，「先生，他想殺死我，接著又想殺死夏洛特還有老闆娘。哦！疼死我啦！您看看，先生，你不知道這有多麼痛苦！。」說到這，諾亞把身子扭動、彎曲，跟鰻魚似的做出各種各樣的姿勢，好讓班布林先生明白清楚奧立弗的血腥暴行已造成他嚴重的內傷，他此刻正忍受著無比劇烈的疼痛。

眼看班布林先生已經被自己報告的情況嚇呆了，諾亞便大叫被打得遍體鱗傷，聲音嗓門比剛才還要高十倍，更加強了效果。這時他又看見院子裡正走過一位身穿白色背心的紳士，料定自己很容易就可以吸引那位紳士的注意，並激起他的憤怒，於是，他的哀號分外悲切淒慘了。

果然，他立即吸引了那位紳士的注意力，他沒走上兩三步，便憤怒地掉轉頭，問這條小野狗在嚎叫什麼，班布林先生怎麼不給他點兒厲害瞧瞧[19]。

「先生，這是一個很可憐的慈善學校的學生，」班布林先生說，「他險些被謀殺——先生，幾乎已經被小崔斯特給謀殺了。」

「真的是這樣？」穿白色背心的紳士驟然止步，大聲喊道，「我就知道有這一天，從一開始我就有一種奇怪的預感，那個無法無天的野小鬼遲早會被絞死的。」

「先生，他連家裡的一個女傭也企圖殺掉呢。」班布林先生臉色蒼白地說。

「還有老闆娘。」克萊坡先生連忙補充道。

19. 倘若果真如此，這種被稱為嚎叫的聲音就會弄假成真。

「諾亞，我還記得你好像說過他還想謀殺老闆，是嗎？」班布林先生又添上了一句。

「不，老闆不在家，要不然他也會有被殺的危險的，」諾亞回答，「他說過要這麼幹。」

「啊？真的嗎？他居然說要殺他，我的孩子？」穿白色背心的紳士似乎不敢相信。

「是的，先生。」諾亞答道，「先生，老闆娘問，班布林先生能不能抽空馬上去一趟，揍他一頓，因為老闆不在家。」

「當然要去，我的孩子，當然要去，」穿白色背心的紳士和氣地微笑起來，在高自己三英尺的諾亞的腦袋上拍了拍，「你是個好孩子——一個極好的孩子。這個便士是賞給你的。班布林，你現在帶上你的藤杖到索爾伯利家去，你就看著辦吧，千萬別對他手軟。」

「哦，我會讓他好過的，您儘管放心。」教區幹事一邊回答，一邊收拾著纏在藤杖末端上的塗蠟麻繩鞭子，這根藤杖是教區專為笞責之用的。

「叫索爾伯利也別對他手軟。不給他弄上點青腫和鞭痕就沒法讓他變老實。」穿白色背心的紳士補充道。

「我會轉告的，先生您放心好了。」教區幹事答道。這時，班布林先生已經戴上了他的三角帽，藤杖也整理好了，這才與諾亞．克萊坡一起全速趕奔索爾伯利的棺材鋪。

這邊，形勢絲毫未見好轉。索爾伯利還沒回來，奧立弗繼續勁頭十足地踢著地窖的門，銳氣絲毫未減。既然索爾伯利太太和夏洛特把奧立弗的凶猛勁描繪得如此令人咋舌，班布林先生認為還是先談判一番，再進去為宜。他在外邊對著門踢了一腳，以此作為開場白，然後把嘴湊近鎖鑰孔，用深沉而又頗有分量的聲音高叫了一聲：「奧立弗！」

「開門，快放我出去！」奧立弗在裡邊喊道。

「奧立弗，你聽出我的聲音來了嗎？」班布林先生問。

「是的，先生，我聽出來了。」

「哦，難道你就不怕嗎？聽到我說話的時候，你難道連個冷戰都沒打，先生？」班布林先生問。

「我不怕！」奧立弗大膽地答道。

答話與班布林先生所指望引出的和慣於聽到的回答簡直相距甚遠，這把他嚇了一大跳。他從鑰匙孔前遽然倒退兩步，直了直身子，在無語的駭愕中依次看了看站在旁邊的三個人。

「噢，班布林先生，您知道，他一定是發瘋了，」索爾伯利太太說道，「沒有哪個孩子敢跟您這樣說話的，任何一個孩子都不敢這樣對您說話。」

「夫人，我認為這不是發不發瘋的問題，」班布林遲疑半晌，說道，「是肉在作怪。」

「什麼？」索爾伯利太太大叫一聲問道。

「是肉，夫人，真的是肉在作怪，」班布林很嚴肅地再次重複道，「夫人，他在你們這裡吃得太好了，這在他身上激發起了一種並非渾成自然的血氣和靈魂，夫人，這一種精神和他的身分極不相稱。索爾伯利太太，教區的理事們都是講究實際的哲學家，他們會這樣對你說的。貧民們要精神和靈魂有什麼用？讓他們的肉體保持不死就已經綽綽有餘了。如果你們讓他只喝稀粥的話，這種事情是斷然不會發生的。」

「天啊，我的天啊！」索爾伯利太太情緒失控地驚呼，一雙眼睛虔誠地仰望著廚房的天花板。「好心好意反倒得到這樣的惡報！」

索爾伯利太太所說的對奧立弗的好心就是大方地向他提供各種骯髒不堪的、別人都不吃的殘羹剩飯。面對班布林先生的責備，她心甘情願地抱著溫柔敦厚、甘願順從的態度。其實平心而論，索爾伯利太太無論在思想上，言論上，還是在做法上都是無可非議的，完全不應當遭到這樣的非難。

「啊！」班布林先生等索爾伯利太太的視線重新落到地面上才說道，「在我看來，目前唯一的辦法就是讓他在地窖裡待上一兩天，等他餓得支撐不住了再放出來，從今天起，只能給他喝稀粥。這孩子出身下賤，生性暴怒，索爾伯利太太。照看過他的護士、醫生都告訴我，他母親熬過了種種艱難和痛苦，費了好大力氣，才到這兒來，換上隨便是哪一個正派的女人，早就沒命了。」

聽到班布林先生的議論，嘲諷又衝著他母親而來，奧立弗於是又開始狠命地踢門，把其他的聲音全都壓了下去。在這個節骨眼上，索爾伯利回來了。兩位女士將奧立弗的罪行一一說出，她倆添油加醋的專挑最能激起他憤怒的言辭。老闆聽完，立刻打開地窖門，揪住奧立弗的衣領，眨眼的工夫就把這造反的學徒給拖了出來。

奧立弗的衣服在先前的毆打中就已經被撕破了，臉上也青一塊紫一塊的被抓傷了很多處，頭髮亂七八糟地披散在額頭上。但是，他滿面通紅的怒容卻沒有消失，剛被拖出關押的地方，他便毫無畏懼地橫眉怒視著諾亞，看上去絲毫沒有被嚇倒，也絲毫沒有垂頭喪氣的神態。

「你個小渾蛋，你幹的好事，知道嗎？」索爾伯利狠狠地搖了他一下，劈頭就是一記耳光。

「他罵我的母親。」奧立弗辯解道。

「是嗎？罵了又能怎樣？你這個忘恩負義的小流氓！」索爾伯利太太說道，「那是你媽媽自作自受，我還嫌他沒罵夠呢。」

「她不是那樣的。」奧立弗爭辯道。

「她是的。」索爾伯利太太堅持道。

「你胡說！」奧立弗說。

索爾伯利太太放聲大哭起來，頓時涕泗滂沱。

看著太太傷心的淚水，索爾伯利先生失去了選擇的餘地。每一位聰明的讀者都懂得，如果他在嚴懲奧立弗方面稍有遲疑，依照夫妻爭端的一切先例，他就只能算一頭畜生、一個悖情逆理的丈夫、侮慢妻子的壞東西。就男子漢的標準而言，只能算一件拙劣的贗品。各式各樣美譽太多了，本章篇幅有限，不再一一贅述。說句公道話，他在自己所及的權力範圍內，儘管這個範圍並不很大，對這孩子還算厚道，這也許是由於利益所驅使，也許因為他的妻子不喜歡奧立弗。然而，這洪水般的眼淚使他沒有辦法，他當即拳腳交加，把奧立弗痛揍了一頓，連索爾伯利太太本人都覺得心滿意足了，班布林先生也大可不必再動用教區的藤杖了。天黑之前，奧立弗就被關進了廚房後間，只有一台抽水機和一片麵包陪伴他。夜裡，索爾伯利太太先在門外窸窸窣窣地說了半天，那番恭維話絕不是為了紀念奧立弗的母親。諾亞和夏洛特一左一右，在一旁冷言冷語、指指點點，接著索爾伯利太太往屋子裡探頭看了一眼，命令奧立弗回到樓上他那張陰森森的鋪位上去。

奧立弗一個人待在淒涼枯寂的棺材店堂裡，直到此時，他才將一天的遭遇在一個孩子心中激起的感情充分宣洩。他曾面帶蔑視的表情任憑人們嘲罵，默默地忍受鞭笞毒打，因為他感覺得到，自己內心充塞著一種正在滋長的尊嚴，憑著這種尊嚴，他才能咬緊牙關堅持到了最後，即使被活活架在火上烤，也堅決不會叫出一聲。但是現在，無人看到或聽見的情況下，奧立弗跪倒在地，雙手捂著臉，淚如泉湧——哭是上帝賜予人類的天性——但又有幾人會在這般小小年紀就向上帝傾灑他的淚水呢？

奧立弗一動不動地保持這樣的跪姿很長時間，當他站起來的時候，蠟燭已經快要燒完了。他小心翼翼地四下環顧，又側耳諦聽，才輕手輕腳地把門鎖、門閂一一打開，向外邊望去。

在這個寒冷陰沉的夜晚，在這個孤獨可憐的孩子的眼裡，連星星也似乎從來沒有像今夜這樣遙遠。樹影投射在地面上的魆魆黑影毫無動靜，沒有一絲風，是那樣的陰森死寂。他輕輕地又把門關上，借著快要熄滅的燭光，用一張巾帕把自己所有的寥寥幾件衣服打成一個小包，隨後就在一條板凳上坐著，等待天亮。

天亮後的第一束曙光執著地透過窗板縫隙，奧立弗站起來，打開門，膽怯地向周遭看了一眼，猶豫了一下，然後，關上鋪門，一直走到大街上。

他向左右張望，不知道逃到哪裡去。他想起之前出門曾看到運貨的馬車費勁地往那邊的小山開去，於是就朝這個方向出發。他到了一條穿過田野的小道前[20]，於是折入小路快步跑去。

奧立弗走在小路上，腦子裡清晰地浮現出班布林先生第一次把他從寄養所帶回濟貧院的情形，當時自己緊貼在班布林身邊，連走帶跑地往濟貧院趕。這條路一直通向寄養所的房子。想到這，他的心就跳得更快了，幾乎打算掉頭轉身。可是他已經走了很長一段路，那樣做肯定會浪費很多時間，再說，天還早，不必擔心有人看見他的，因此他繼續前進。

奧立弗到了寄養所門前。天色尚早，奧立弗沒有看到裡邊任何人有什麼動靜。他停了下來，偷偷地向院子裡看去，只見有個男孩正在給其中一小壟苗床除草。當奧立弗站定的時候，那孩子抬起蒼白的面孔，奧立弗一眼就認出他是自己從前的夥伴。能在遠離之前見到他，奧立弗覺得很開心，那孩子雖說比自己小一些，卻是他常在一塊兒玩的小朋友。他們曾多次一起挨打，一起挨餓，一起被關禁閉。

「噓，狄克。」奧立弗說道。狄克跑到門邊，把他那隻瘦小的胳膊伸出木柵，和奧立

20. 知道再往前走就是公路了。

弗打了個招呼。「有人起來了嗎？」

「就我一人。」狄克答道。

「狄克，你可千萬不能對他們說瞧見我來著，」奧立弗說，「我是偷著跑出來的。狄克，他們打我，欺負我。我要到很遠很遠的地方去尋找生路，還沒想好要去哪兒呢。你臉色真難看。」

「聽醫生和他們說，我就快要死了，」狄克帶著一絲淡淡的笑意回答，「真高興能再見到你，親愛的，不過你別耽擱，快走吧！」

「是的，是的，我以後會再來看你的。狄克，我一定會來看你的，我們一定能見面的。你一定會好起來，你一定能幸福快樂。」

「我也是這麼期望的，」那孩子答道，「但是那只能在我死了之後，不會在這之前。我知道醫生的話是對的，奧立弗，因為我夢見過天堂和天使了，還夢見一些和善陌生的面孔，全部是我醒著的時候壓根兒沒有看見過的。吻我一下吧，親愛的。」他爬上矮門，用小胳膊摟住奧立弗的脖子，「再見了，親愛的。上帝保佑你。」

這是從一個充滿稚氣的孩子口裡說出來的祝福，但這是奧立弗生平第一次聽到別人給他祝福，在以後的人生裡，即使他還將經歷更多的磨練和艱難困苦，嘗盡人間的酸甜苦辣，但他始終沒有忘記這些話。

chapter 8 奧立弗徒步前往倫敦，在路上遇見一位奇怪的小紳士

奧立弗走過小道盡頭用來擋牲口的柵欄，重又上了大路。這時已經是八點鐘了。雖然離鎮已經大概有五英里遠了，但他每跑一陣，還是要溜到路旁的樹籬後面去躲一躲，生怕有人追上來把他捉回去。如此這般，一直折騰到中午。他在一塊路碑旁坐下來開始歇息，盤算究竟該到哪裡去謀生為好。

路碑就佇立在他身旁，上邊的大字標明此地到倫敦的距離正好是七十英里。倫敦，這個地名在奧立弗心中喚起了一系列新的聯想。倫敦！——那地方很大！沒有一個人，即使是班布林先生，也絕不可能在那裡找到自己。以前在濟貧院，他常常聽一些老頭兒說起，血氣方剛的小夥子在倫敦衣食不用愁，在那個大都市裡，謀生之道多的是。對於一個無家可歸，倘若得不到任何幫助只能死在街頭的孩子來說，倫敦是最合適的去處了。想到這裡，奧立弗從地上跳起來，繼續朝前走去，他知道要去哪了。

走了大概四英里的路程，到底熬過多少困難才能到達倫敦的想法從他的腦海裡冒了出來。這一層考慮迫使他把步伐開始稍微放慢了，老在心裡盤算自己到那兒去了會怎樣。現在，他有一片乾麵包和一件粗布襯衫，兩雙長襪，口袋裡還有一個便士——那是在

一次他幹得特別出色的葬禮後索爾伯利給他的。「一件乾淨襯衫，」奧立弗想著，「穿上去一定很舒服，是很有用的，非常有用，兩雙長襪子，打過補丁，也還可以，一個便士也還不錯。然而，這些東西對於要在冬天裡走七十英里的路畢竟幫不了多少忙。」奧立弗和大多數碰上這類情形的人的思想一樣，對於自己的困難了然於胸，而不是漠然對待，但是在提供任何可行的克服辦法方面卻一籌莫展。

一天的時間，奧立弗走了二十英里路程，他餓了就啃兩口乾麵包，渴了就喝幾口從路旁村舍門口討來的水。夜幕降臨時，他拐進一片牧場，悄悄鑽到一個乾草堆下面，打算就在那裡躺到天亮。起初他很害怕，晚風淒厲，一路哀號著掠過曠野上空，他又冷又餓，孤獨的感覺比以往任何時候都來得猛烈，然而，他畢竟走得太疲乏了，沒多久就睡著了，煩惱和憂愁也全都拋到了腦後。

第二天早晨醒來，他簡直被凍僵了，饑餓也折磨得他實在難受，他只好用那枚便士在經過的第一個村子裡換了一塊麵包。走了不到十二英里的路，天又黑了。他腳痠腿軟，站也站不穩。又一個夜晚，他還是在陰冷潮濕的野外度過了，情況更加糟糕了，當天亮以後他續踏上征途時，更覺得周身乏力，簡直已經寸步難行。

他停在了一個陡坡下，一直等到一輛公共馬車駛近。奧立弗乞求外座上的乘客給他幾個錢，但是幾乎沒人理他。有人要他等一會，待馬車開上坡了，讓他跑過去再看看他能為半個便士跑多遠。可憐的小奧立弗竭力想跟上馬車跑一小段路，可是由於腹空腳痠，他連這一點也無法做到。那幾位外座乘客看到這光景，又將自己準備的半個便士塞進口袋去了，並判定奧立弗是一隻懶惰的小狗，不配得到任何賞賜。

有幾個村子裡刷著油漆的木牌上貼有警告：凡在本地行乞者，一律被送進監獄。奧立弗被嚇慌了，只能儘快離開這些村子。在另外的一些村子裡，他站在旅店旁邊，以乞憐的目光望著過往的每一個行人，老闆娘一般都會吩咐某個閑著沒事的信差來把這個陌生的孩子趕走，因為她確信這孩子是來偷東西的。如果是去一戶農家討點什麼，十次有九次會得到要放狗咬他的警告。他剛在一家店鋪門口探頭探腦，就聽見裡邊的人在議論教區幹事如何如何——奧立弗的心好像一下子跳到了嗓子眼——這是一連好幾個鐘頭唯一進入他口中的東西，他根本就沒有任何別的東西可吃。

如果不是碰上一位徵收通行稅的好心人和一位仁慈的老太太，奧立弗的苦難可能已經就此結束了，得到同他母親一樣的下場，就是說他一定已經死在路上了。那位收稅員用麵包和乾酪招待他吃了一頓飯，老太太有個孫子，由於船隻失事至今仍流落他鄉，她把這份感情傾注在這個可憐的孩子身上，把拿得出來的一點點東西都給了他——不僅如此——還說了好些體貼而親切的話語，流下了飽含同情與憐憫的淚水。這些感觸都深深地銘刻在了奧立弗的記憶深處，勝過他以前所嘗到的全部苦楚，讓他感到非常溫暖。

在已經離開故鄉的第七天清晨，奧立弗步履蹣跚地走進了小城巴涅特。這天早上，每家的窗戶都緊閉著，街道上空蕩蕩的，還沒有一個人起來。太陽絢爛地緩緩升起，射出霞光萬道，他坐在一個冰冷的台階上，但朝暉只能使他看清楚，自己是多麼的孤獨與悽惶，腳上的傷口在淌血，渾身上下滿是塵土。

沿街的窗板陸續卸下了，窗簾也先後捲起，街上開始有人來往。有一些會停下腳步，向奧立弗注視片刻，有的會在匆匆走過後對他凝神回顧。但是沒有一個人幫助他，也沒有任何人費神問一問他是怎麼到這兒來的。他也無心求乞，只是一動不動地坐在那裡。

他蜷縮著在台階上坐了一段時間，街對面有很多酒館，他頗覺驚異，為什麼在巴涅特，平均每兩座房屋即有一家或大或小的酒店？他百無聊賴地看著一輛輛馬車開過去，心想這也真不可思議，他拿出與他的年齡不相稱的勇氣和決心，走了整整一個星期的路程，馬車卻只消幾個小時就十分輕鬆地走完了。就在此時，他猛一定神，看到幾分鐘前大大咧咧地從自己身邊走過的一個少年又折了回來，現在，他正站在街對面目不轉睛地在打量著自己。剛開始奧立弗對此並不在意，那少年卻一直盯著他看，奧立弗便抬起頭來，也同樣用專注的目光回敬對方。那孩子見了，於是穿過馬路，慢慢走近奧立弗，說道：「哈囉，小兄弟，出了哪檔子事？」

向他發問的孩子和奧立弗差不多年紀，但樣子很古怪，這種長相奧立弗從來沒有見過。他其貌不揚，長著獅頭鼻，扁平額頭，而且這少年的邋遢著實罕見，偏偏又要擺出一副十足的成年人架勢。按年齡來說，他個子偏矮，拖著一副羅圈腿，一雙鼠目尖利而令人討厭，帽子十分隨意地扣在頭上，若不是戴的人自有一套好辦法，帽子一定會隨時掉下來的，他時不時地把腦袋驟然一晃，帽子便又重新回到原位了。他穿著一件大人的上衣，幾乎就拖到腳後跟了，袖口往手臂上挽了一半，以使一雙手露在袖外，看來是為了能把手插進褲子的口袋裡去。事實也的確如此。他整個人就像一位裝腔作勢、好拿架子的年輕紳士，身高四英尺六寸，或許還不到，腳蹬一雙高幫皮鞋。

「哈囉。出了哪檔子事？」這位奇怪的小紳士重複著剛才的問題。

奧立弗兩眼飽含著淚水，他回答說：「我餓極了，也累得很，我走了很遠的路，七天了，我都沒有停下來過。」

「走了七天？」小紳士驚叫起來，「哦，我明白了，是鐵嘴命令吧？不過，」他見奧立弗顯出莫名其妙的神情，便又接著說，「我的夥計，你大概還不知鐵嘴是怎麼一回事吧？」

奧立弗溫和地回答：「我知道的，我一向聽說有人把鳥的嘴巴叫做鐵嘴了。」

「看看，多嫩哪！聽著，」小紳士大叫一聲，「嗨，鐵嘴就是地方法官，他們命令你走，從來都是要往上，而不是一直朝前。如果按他那樣的話可是上去了就下不來的。你沒上過踏車[21]嗎？」

「什麼踏車？」

「什麼踏車？嗨，就是踏車——石甕（指監獄）裡的那種，在很小的地方就可以轉動起來的。老百姓日子不好過的時候，倒是挺興旺，如果老百姓日子還過得去，他們就找不到人手了。哦，你需要填填肚子；沒問題。我自己的水位也不高，只有一吊零一隻鵲兒。[22]不過，管他呢，我請了，站起來吧，起來，開步走，小乖乖。」

小紳士扶起奧立弗，走進一家附近的雜貨食品店，在那裡買了些熟火腿和兩磅麩皮

21. 一種懲罰犯人的苦工（隱）車。
22. 水位不高，即手頭拮据；一吊即一先令；鵲兒，即半便士（隱）。

麵包[23]。小紳士很厲害，他露了一手，把麵包中間掏出一些來，挖一個洞，然後把火腿塞進去，這樣既保持了火腿的新鮮，又使火腿保持潔淨，不會沾上灰塵。小紳士把麵包夾在胳肢窩下，領著奧立弗拐進一家小酒館，找了一個僻靜的位置。接著這位神秘的少年叫了一罐啤酒，奧立弗在新朋友的款待下，狼吞虎嚥地吃起來。

「你想去倫敦？」小紳士見奧立弗終於吃好了，便問道。

「是的。」

「找到住處了嗎？」

「還沒呢。」

「你有錢嗎？」

「沒有。」

奇怪的少年吹了一聲口哨，盡力擺脫那件大外套衣袖的束縛，把兩隻手往口袋裡一插。

「你住在倫敦嗎？」奧立弗問。

「是的。除非不在國內，[24]」少年說道，「我想你今天晚上需要找個地方睡覺，對吧？」

「確實需要，自從離開家鄉，我就沒踏實在屋子裡睡過一覺。」

「你也犯不著為這點小事著急，」小紳士說道，「今天晚上我得去倫敦，我認識一位可敬的老紳士，他會給你安排一個住處，一個錢也不會收你的，也不要你報答；當然，

23. 或者用他的話叫做「四便士麩子」。
24. 這句話除了誇耀他有時出國這一點外，還隱含「只要不被流放到海外去服苦役」之意。奧立弗當然不解。

得有一位他所認識的正人君子把你介紹給他。他認識我嗎？哦，不，完全不認識。真的，根本就不認識。」

小紳士開始微笑起來，實即在暗示奧立弗，結尾的幾句完全是反話，是說著玩的，他一邊說，一邊把剩下的啤酒都喝了下去。

能有個落腳的地方，這個意想不到的建議太誘人了，小奧立弗無法拒絕。而且還有承諾，一位老先生會護佑他。完全可以斷言，他一定馬上會給奧立弗提供一個舒適的住處的。接下來的談話進行得更為友好，朝著更加推心置腹的方向發展，從中奧立弗瞭解到，這位朋友名叫約翰．道金斯，深得先前提到的那位紳士的寵愛和保護。

如果僅僅看道金斯的儀表，並不能說明他的保護人給予那些受他保護的人的眷顧有多周到。不過，道金斯的交際方式倒很有意思，他還透露自己在一幫親密朋友中有個更出名的諢號：「逮不著的溜得快」。奧立弗得出結論，對方由於浪蕩不羈的性格，早就把老恩公在道德方面的教誨丟到腦後去了。抱著這種想法，他暗下決心，自己要儘快給那位老紳士留下一個好印象。

約翰．道金斯很反對天黑前進入倫敦，當他們走到伊斯林頓的關卡時，時已將近十一點了。他們從安吉爾酒家拐向聖約翰大道，又快步走過薩得勒的威爾斯劇院的那條狹窄的街道，通過埃克斯姆斯大街和卡皮斯路，走過倫敦濟貧院旁邊的小巷，再經過一度名為洞中霍克利的古蹟，過小紅花山，到了大紅花山。溜得快健步如飛，吩咐奧立弗緊緊跟上他。

儘管奧立弗緊盯著自己的嚮導，但仍然好幾次忍不住地往經過的街道兩旁匆匆投上一瞥。他從來沒有見到過比這裡更為骯髒或者說更為破敗的地方了。街道非常狹窄，泥濘不堪，空氣中混合了各種污濁的臭味。小店倒有不少，經營的商品好像只是一群群的孩子，這麼晚他們有的還在門口爬進爬出，有的在屋裡哇哇大哭。在這個破敗淒涼的地方，獨有酒店似乎生意興隆，一幫最底層的愛爾蘭人在裡邊直著嗓子大吵大嚷。一些黑暗的廊道和院落從大街兩側某些地方岔開去，露出幾間擠在一起的陋屋，在那些地方，喝得爛醉的男男女女確確實實在污泥中打滾。有好幾家的門口，一些凶相畢露的彪形大漢正鬼鬼祟祟地往外走，一看就知道絕對不是去幹什麼光明正大或無傷大雅的事情。

奧立弗正考慮著是否要乾脆溜之大吉，這時他倆已經到了山腳。他的那位嚮導推開靠近田野巷的一所房子的一扇門，同時抓住奧立弗的一條胳臂，拉著他進了走廊，又隨手關上了門。

「哦，喂，怎麼樣？」溜得快打了一聲呼哨，下邊傳來了一個聲音。

溜得快答道：「大獲全勝。」

這大概是某種表明一切正常的口令或者暗號。走廊盡頭的牆上閃著一團微弱的燭光，一張男人的臉從年久失修的廚房樓梯欄杆缺口探了出來。

「你們有兩個人？」那男子把蠟燭向前伸遠些，用一隻手擋住眼前的光指著奧立弗問道：「他是誰？」

「一個新夥伴。」約翰．道金斯把奧立弗推到跟前答道。

「哪裡來的？」

「格陵蘭[25]。費金在不在樓上？」

「在，他在樓上整理手絹，你上去吧。」蠟燭被縮回去，那張面孔也不見了。

奧立弗一隻手摸索著，另一隻手牢牢地抓住自己的同伴，深一腳淺一腳地攀上黑暗而危險的樓梯，他的嚮導卻上得輕鬆俐落，顯然他對這道路已經非常熟悉了。他推開一間後屋的門，把奧立弗拉進去。

這間屋子的牆壁和天花板因年久失修，完全給塵垢染黑了。壁爐前邊擺著一張松木桌子。桌子上有一個啤酒瓶，上邊插著一支蠟燭，旁邊還有兩三個錫鉛合金酒杯，一個麵包、一塊黃油和一個碟子。火上的煎鍋由鐵絲固定在壁爐架下，鍋內正在煎幾條香腸。一個骨瘦如柴的猶太老頭兒手拿烤叉，俯身站在煎鍋前面，一大團蓬亂披散的紅頭髮遮住了他那可憎可厭的面孔。他裹著一件油光光的法蘭絨長大衣，領子敞開。看起來他既要兼顧爐子上的煎鍋，又要為一個衣架分心，衣架上掛著許許多多絲綢手帕。幾張用舊麻袋胡亂堆就的鋪位在地板上一字排開。桌子周圍坐了四五個比溜得快小一些的孩子，一個個都擺出成年人的架勢，一邊吸著長長的泥製煙斗，一邊喝酒。溜得快向猶太老頭悄悄耳語幾句。這幫孩子圍了上去，接著又一起轉過臉來，對著奧立弗咧嘴怪笑，猶太老頭也是這樣，手裡拿著烤麵包的長柄叉。

25. 格陵蘭在英語中意為「綠地」;「綠」也就是「嫩」。此處隱喻奧立弗從老遠的地方來還沒有幹過他們的行當。

「費金，他就是，」約翰・道金斯說，「我的朋友奧立弗・崔斯特。」

老猶太齜牙一笑，向奧立弗深深鞠了一躬，又握住奧立弗的手，說自己希望有榮幸和他結為知己。小紳士們一見這場景，也都叼著煙斗，圍了過來，十分熱烈地和他握手——特別是他們之中替奧立弗接過小包袱的那位。一位小紳士非常殷勤地替他把帽子掛了起來，另一位更是招待周到，居然把雙手伸進他的衣袋裡，大概是省去他睡覺時掏空腰包的麻煩，因為他已經很累了。要不是費金的長柄叉大大方方地落在這班熱心小夥子的腦袋上、肩膀上，他們可能還要賣更多的力氣效勞。

「見到你我們都非常高興，奧立弗——非常高興，」費金說道，「溜得快，把香腸撈起來，搬一個桶到火爐旁邊讓奧立弗坐。啊，我親愛的，你是在瞧那些手絹吧？哦。這地方手絹可真多，是不是？我們剛剛把它們理出來，打算洗一下。就這麼回事兒，奧立弗，就是這樣的。哈哈哈！」

後邊幾句話贏得了他全體高足的熱烈歡呼，快活的老紳士和他的那班得意門生開始大呼小叫，在這興高采烈的氣氛中，大家去吃晚飯。

奧立弗吃了分給自己的那一份，而且，費金還給他調了一杯熱乎乎的摻了水的杜松子酒，讓他快些喝下去，因為還有別人等著要用杯子。奧立弗當即照辦。過了一會兒，他感到自己被人小心地抬起來，放到一張床鋪上了，很快，他便進入了夢鄉。

chapter 9

有關快活老紳士和他那幫徒弟的一些背景

次日上午，奧立弗從沉睡中醒來，天已經大亮了。屋子裡沒有別人，只有猶太老頭兒正在用一口平底深鍋煮咖啡作早餐。他一邊用鐵匙不住地攪動著咖啡，一邊悠閒地吹著口哨。時不時地，聽到樓下有一點點聲響時，他便停下來側耳諦聽，直到放心了，才又接著在口哨的伴奏下，像剛才一樣繼續攪拌咖啡。

雖然奧立弗的睡眠已經結束，卻還沒有徹底清醒過來。一般情況下，在沉睡和清醒之間存在著一種迷迷糊糊的狀態，眼睛半睜半閉，對周圍發生的一切半知半覺，在短短五分鐘裡夢見的東西比起完全合上雙目、一切感官都停止工作的五個夜晚所夢見的還要多。這時候，人對於自己的內心活動是非常清楚的，並且對於它的神通廣大形成某種模糊的概念，它一旦從肉體軀殼的束縛中掙脫出來便可超脫塵世，不受時間和空間的限制。

奧立弗正好處於這樣一種朦朧狀態。他睡眼惺忪地望著費金，聽他低聲地吹著口哨，連湯匙碰撞鍋邊的響聲都能分辨得很清楚。然而與此同時，在他心裡，同樣的感覺讓他對認識的差不多所有人都產生了無數聯想。

咖啡煮好後，費金把鍋移到爐旁的保溫架上，站在那裡，猶豫了一會兒，像是拿不定主意到底怎麼辦的樣子。然後轉過身來看了看奧立弗，叫了幾聲他的名字，卻沒有回答，完全是一副還睡著的樣子。

費金放心下來，他輕輕地走到門邊，把門鎖上。接著，奧立弗覺得他似乎是從地板下面的某個暗門抽出一隻匣子，小心翼翼地放在了桌子上。他打開盒蓋向裡面看去，兩眼閃閃發亮。他把一張舊椅子移到桌旁坐下來，從匣子裡取出一隻貴重的金錶，上邊的珠寶鑽石在熠熠發光。

「哦。」費金聳起肩膀說，令人作嘔地咧著嘴笑起來，整個臉都歪曲了。「好聰明的小狗！好聰明的小狗！楞是頂到底！沒有把東西在哪告訴牧師，也沒供出老費金。他們幹嗎要供出來？那樣做絞索不會被鬆開，也不會推遲一分鐘拉上去。不，不，不，好樣的！真是好樣的！」

費金就這樣獨自喃喃地叨咕著，說的都是同樣的事情，然後他重新把錶放回原處，他接著從同一個匣子裡取出近半打的錶，同樣愛不釋手地把玩著，除了戒指、胸針、手鐲，還有幾樣珠寶首飾，全部是質地考究、做工精巧的，奧立弗連名字都叫不出來。

費金把這些首飾放回原處，又取出一個小到可以在掌心裡容得下的東西。那上邊好像鐫有極細小的字樣，因為費金把那個東西平放在桌子上，用手遮住亮光，仔仔細細地看了老半天。他似乎始終沒看出什麼，只好又把那東西擱下，身子往椅子上一靠，喃喃地說：「死刑這玩意兒真好！死人從不懺悔，也絕不會把可怕的事情公佈於世。啊，對於幹我們這一行是最合適的！五個傢伙被掛成一串，都給絞死了，沒有一個會留下來做線人，或者變成膽小鬼。」

費金這樣自言自語著，一雙賊亮的黑眼睛本來一直視若無物地望著前邊，這時視線卻忽然落到了奧立弗的臉上。那孩子睜著一雙好奇的眼睛，正默默地注視著他。雖然目光的交匯只是一剎那的事——或許是想像得到的短得不能再短的一瞬間——老頭兒卻已經意識到有人在觀察自己。他喀噠一聲關上匣蓋，一手迅捷地拿起桌上的一把麵包刀，怒沖沖地跳了起來。他一個勁地打著哆嗦，縱使嚇得要命，奧立弗還是能看得出那把刀在空中直晃悠。

「幹什麼？」費金吼道，「你幹嘛偷偷地看著我？怎麼不睡你的覺？你看見什麼了？說出來，小鬼！快——快！當心你的小命！」

「先生，我實在睡不著了，」奧立弗柔和地回答，「如果我打攪到您的話，我感到很抱歉，真的，先生。」

「一個鐘頭前，你不是醒著的吧？」費金惡狠狠地瞪了奧立弗一眼。

「那時我還沒醒。真的沒有，我說的是真的。」奧立弗回答。

「真話？」費金作出咄咄逼人的姿勢，氣勢洶洶地叫道。

「先生，我可以發誓，」奧立弗認真地答道，「我之前是睡著的，先生，真的睡著了。」

「算了，算了，我親愛的。」費金一下子恢復了常態，把切刀拿在手裡擺弄了一番，放回桌子上，似乎想以此說明他拿起刀來純粹只是玩玩。「親愛的，我當然明白啊，我不過想嚇唬嚇唬你，你膽子還不小，哈哈！你是個有膽量的孩子，奧立弗！」猶太人嘻嘻一笑，搓了搓手，眼睛仍然不很放心地朝那只匣子瞅了一眼。

「親愛的，你看到那些可愛的玩意兒了？」費金稍停片刻，把手放在匣子上，問道。

「先生，是的。」

「啊。」費金臉色立馬變得煞白，「它們——它們全都是我的，奧立弗，是我的一點財產。我年紀大了，全得靠它們過日子呢。大家管我叫守財奴，親愛的，只不過是個守財奴，就這麼回事。」

奧立弗心想，這位老紳士可算得上是個十足的吝嗇鬼，他有那麼多金錶，卻住在這麼骯髒的地方。又一想，老頭對溜得快和另外幾個孩子那麼疼愛，也許花了不少錢，他畢恭畢敬地望了猶太人一眼，問自己可不可以起床了。

「當然，親愛的，當然可以，」老紳士回答，「等一下，門後面的角落裡有一壺水，你把它拿來，我給你弄個盆，你洗洗臉，親愛的。」

奧立弗爬起來，走到房間的另一端，略一彎腰，把壺提了起來。僅僅一眨眼的工夫，當他回過頭去時，老頭兒的匣子已經不見了。

按照老猶太的吩咐，他洗完臉後，把盆裡的水潑到窗戶外邊，一切收拾停當，溜得快和另一個非常活躍的小夥伴一起回來了，昨天晚上奧立弗見過他，現經正式介紹，才知道他叫查利·貝茨。四個人坐定共進早餐，桌子上有咖啡，溜得快用帽頂盛回來一些熱騰騰的麵包卷和香腸。

「怎麼樣，」費金偷偷地對奧立弗瞟了一眼，同時跟溜得快聊了起來，「親愛的孩子們，今天早上你們估計都已經幹過活了，是嗎？」

「可賣力了。」溜得快回答。

「豁出去幹了。」查利．貝茨補充了一句。

「好小子，好小子，」老猶太說，「你弄到什麼了，溜得快？」

「兩個皮夾子。」小紳士答道。

「裡面有什麼好東西嗎？」老猶太急切地問。

「不少！」溜得快說著，掏出兩個錢包，一個綠的，一個紅的。

「沒有想像的飽滿，」老猶太把皮夾裡面仔細看過後，說道，「但是做得很精巧，真漂亮。他可真是把好手，不是嗎，奧立弗？」

「先生，是這樣的，他們很機靈。」奧立弗說道，查利．貝茨聽他這麼說立刻笑得前仰後合，弄得奧立弗大惑不解，他搞不明白眼前發生的事有任何可笑之處。

「你弄到什麼了，親愛的？」費金轉而問查利．貝茨。

「幾塊手絹。」貝茨邊說邊抹嘴，從兜裡掏出四條小手絹。

「好，」費金仔細地看了一番手絹，「還都是上等品，很好，不過，查利，你沒把標記做好，你得用針把標記挑掉。[26]我們來教教奧立弗，好不好，奧立弗？哈哈！」

「先生，任憑您吩咐。」奧立弗說。

---

26. 扒來的手帕往往繡有原主的標記，除去這些標記是為了便於銷贓。費金欺騙奧立弗，詭稱查利沒有把記號做好。

「你也希望能跟查利．貝茨一樣熟練地就能做出幾條手絹是不是啊，親愛的？」費金說道。

「先生，」奧立弗答道，「我真的非常願意學，只要您肯教我。」

貝茨先生感到這句答話真是有一些異乎尋常的妙趣，不由得又噗哧一聲笑了起來，恰好他剛喝下去了一些咖啡，咖啡隨著笑聲被嗆進氣管去了，他險些兒被嗆死。

「他真是嫩得可笑。」查利緩過勁來後說，聊以為自己的失禮舉止向在座的各位解嘲。

溜得快沒有搭話，他替奧立弗把額前遮住眼睛的頭髮弄下來，說他不久就會懂得多一些了。快活的老紳士發現奧立弗臉紅了，便把話題一轉，問今天清晨刑場上看熱鬧的人多不多？這使奧立弗更覺奇怪。聽那兩個少年的答話，他們顯然都在那兒，那麼他們怎麼來得及幹那麼多的活？奧立弗自然對此感到驚訝。

吃完早餐，收拾停當，老紳士和那兩個少年玩了一個既有趣而又不尋常的遊戲。他們是這樣玩的：老紳士在一隻褲袋裡放上一個鼻煙盒，在另一個裡邊放了一隻皮夾子，背心口袋裡揣上一塊掛錶，錶鏈繞在自己脖子上，還在襯衫上別了一枚水鑽別針。他將上衣扣得緊緊的，把眼鏡盒以及手帕放在上衣的口袋裡，握著一根手杖，在屋子裡匆匆走來走去，擺出一副日常可以看到的在街上走的老紳士的神態，一會兒在壁爐邊前逗留，一會兒又在門口站一站，看上去誰都會覺得他正全神貫注於櫥窗裡陳列的商品。每隔一會兒，他便四顧張望，提防著小偷，還輪番地把口袋都拍一拍，看自己是否丟了東西，他的表演既滑稽又逼真，奧立弗一直笑啊笑，笑得臉上淌下了眼淚。在這段時間裡，兩個少年始終緊緊尾隨著老猶太，動作非常矯捷地避開他的視線，每當他轉身時都覺察不到他倆的舉動。終於，溜得快踩了老紳士一腳，也可以說是無意間踹了他的靴子一下，查利．貝茨乘勢從後邊撞了他一下，就在這一眨眼的工夫，他倆以快得出奇的動作取走了他的鼻煙盒、皮夾子、帶鏈子的掛錶、別針、手巾以及眼鏡盒。如果老紳士感覺到有手伸進他的任何一個口袋裡的話，他就會指出來的，那麼遊戲就得從頭開始。

如上的把戲被反覆玩了很多遍，這時，有兩位小姐前來看望兩位小紳士，其中一個叫貝特西，另一個叫南茜。她們濃密的頭髮在腦後不太齊整地向上捲起，鞋襪也頗不潔淨。或許她倆說不上漂亮，但臉蛋卻是紅撲撲的，顯得非常豐滿和健康。兩位小姐舉止灑脫大方，奧立弗覺得她們算得上很好的女人了。事實當然是這樣。

兩位來客逗留很久，有一位女人抱怨說，她感到寒冷，酒立刻被端了出來，談話轉而變得非常活潑。最後，查利．貝茨表示，現在是遛遛蹄子的時候了。奧立弗猜想這一定是法語「出去逛一會兒」的意思，因為緊接著，溜得快和查利便與兩位小姐一起離去了，那位和藹的老猶太人還親切地給了他們一些零花錢。

「哦，親愛的，」費金說道，「這樣的生活挺可愛，不是嗎？他們要到外邊去玩一整天呢。」

「他們的活都幹完了嗎，先生？」奧立弗問。

「是的，」費金說，「是這麼回事，除非他們在外邊意外地發現什麼活，那時他們才不會白白放過機會的，親愛的，你放心好了。跟他們學著點兒，你就把他們當作你的榜樣。」他邊說邊用煤鏟在爐子邊上敲打著，這使他的話聽起來更有分量。「他們要你做什麼你就做什麼，什麼事情都要聽他們的指示——特別是溜得快的，我的寶貝兒。將來他會成為一個大人物的，只要你向他學習，他也會把你造就成大人物的——親愛的，我的手絹不是露出在口袋外面嗎？」費金說著突然停了下來。

「是的，先生。」奧立弗說。

「試試你能不能把手絹抽出來，又不讓我發覺，就像今天早晨我們玩把戲時他們做的那樣。」

奧立弗用一隻手捏住那只衣袋的底部，他記得溜得快就是這樣幹的，另一隻手輕輕地把手絹從袋裡抽了出來。

「拿走了嗎？」費金嚷道。

「好了，先生。」奧立弗說著，亮出了手絹。

「親愛的，真是個聰明的孩子，」這位愛開玩笑的老紳士高興地在奧立弗頭上拍了拍表示讚許。「這個先令你拿去用吧。我還沒見過這麼機靈的小傢伙呢。只要你照這樣下去，一定能成為這個時代最了不起的人物的。過來，我教你如何挑去手絹上的標記。」

奧立弗想不明白了，做做遊戲，扒老先生的口袋，跟將來能否成為大人物有什麼相干？不過，考慮到老先生比自己年長得多，他肯定什麼都懂得些，便乖乖地跟著他走到桌子跟前，不一會兒，就專心致志地開始他新的學習了。

chapter 10

奧立弗為取得經驗付出極高代價

好多天，奧立弗一直待在老先生的屋子裡，挑去手絹上的標記[27]，有時候也參加前邊已經描述過的遊戲，那可是兩個少年和老猶太每天早晨都要練習的。到後來，他開始感到悶得慌，很希望到外邊去吸點新鮮空氣，幾次懇切地向老先生央求，希望能讓自己和兩個夥伴一塊兒到外邊幹活去。

奧立弗對老先生的脾氣已經有所瞭解，他急切地盼望著能得到一份差使。夜裡，如果溜得快和查利·貝茨空著手回來，老先生總是激昂慷慨地數落他們好逸惡勞一類的害處，連晚飯也不讓吃就讓他們空著肚皮去睡覺，以便向他倆傳授必須勤勉做人的道理。有一次，他的善意規勸發揮得比較出格，甚至鬧騰到打得他倆從樓梯上滾下去的地步。

一天早晨，盼望已久的奧立弗終於得到了許可，數日以來，需要加工的手絹已經沒有了，伙食也變得相當清苦。也許是因為這兩個原因，老先生對奧立弗的請求最終首肯了。管他什麼原因呢，反正老先生告訴奧立弗他可以去了，並把他安置於查利·貝茨和

27. 拿到這裡來的手帕數量很多。

溜得快這對哥們的監護之下。

三個孩子一同出發了。跟以往一樣，溜得快把外套袖口捲得老高，歪戴著帽子。貝茨少爺雙手插在口袋裡，一路上都漫步閒逛的樣子。奧立弗夾在中間，心裡琢磨著他們這是要到哪兒去，自己先要學會哪一門手藝。

他們的步態非常懶散，是一種很難看的蕩馬路架勢，純粹是閒逛。沒多久，奧立弗就開始懷疑，兩個同伴也許想欺騙老先生，根本不是去幹活的。再說，溜得快有一個壞習慣，他總是把別的小孩頭上的帽子抓起來，扔到階下院子[28]裡去；查利．貝茨則在財產所有權方面表現出滿不在乎的態度，他從路邊的攤子上連偷帶拿，將好些蘋果、洋蔥塞進衣袋，他的幾個衣袋大得驚人，好像全套衣服各個方向都有夾層似的。奧立弗很看不慣這種行為，剛想婉轉地表示自己要回去的意思，就在這時候，溜得快的舉止發生了十分神秘的變化，於是奧立弗的思路頓時被引向了另一條管道。

他們正從大廣場附近的一個小巷裡走出來，真有點莫名其妙，名字改來改去，到如今還有人把這個地方叫做「綠草地」。溜得快忽然停下，將指頭放到嘴唇上，小心謹慎地拉著兩個同伴往後退幾步。

「怎麼了？」奧立弗問道。

「噓！」溜得快回答，「瞧見書攤邊上那個老傢伙了沒有？」

---

28. 英國舊式城市房屋的半地下室前的小片空地，有階梯上通人行道。

「街對面那位老先生？」奧立弗說，「是的，我看見了。」

「這老頭合適。」溜得快說道。

「姿勢還不錯。」查利．貝茨少爺評論道。

奧立弗驚訝地看看這位，又看看那位，還來不及提任何問題，兩個少年已鬼鬼祟祟地溜過馬路，往那位老紳士身後靠去。奧立弗隨後跟著他們走了幾步，不知道應該上前還是退後，便停住了，他不敢出聲，只是站在那裡瞪著眼睛默默地發呆。

老先生模樣端莊可敬，頭上抹著髮粉，戴一副金邊眼鏡，墨綠色外套配黑色的天鵝絨襯領，白褲子，腋下夾著一根精緻的竹手杖。他從書攤上拿起一本書，站在原地仔細細地看了起來，彷彿是坐在自己書齋的安樂椅上一樣。很可能老紳士自己也確實是這種感覺。從他那出神的樣子看，他的眼睛顯然既沒有在看書攤，沒在看街道，也沒注意到有那麼一幫孩子，總之什麼都沒有，心思完全被那書本吸引了，讀到一頁的末行，又照老樣子開始翻下一頁，看得津津有味而又十分認真。

奧立弗站在幾步以外的地方，眼睛睜得大到不能再大。他看到溜得快把手伸進老紳士的衣袋，從裡邊掏出一塊手絹。他又看見溜得快把東西遞給查利．貝茨，然後，他倆飛也似的繞過街角跑掉了。這一切奧立弗都看在眼裡，他感到莫名的恐懼與驚慌。

那一瞬間，手絹、金錶、珠寶、老猶太，整個謎團都揭開了。有一會兒他站著動也不動，因為害怕，血液開始在渾身血管裡膨脹，他感到自己彷彿置身於熊熊燃燒的烈火中，在惶駭和驚駭之餘，他自己也不清楚自己在幹什麼，掉頭就跑。

一切都在短短一瞬間發生。恰恰在奧立弗開始逃跑那一瞬間，老紳士把手伸進口袋裡，發覺手帕沒有了，於是猛然掉過頭來，只見一個孩子在拚命地狂奔，就很自然地認定是他偷了自己的東西。於是他直著嗓門大叫，呼喊著「抓賊啊！」便拿著書追了上去。

然而，吆喝著抓賊的不光是這位老紳士一人。溜得快和貝茨少爺不想滿街亂跑招人注意，倆人一拐過街角，就躲進第一幢房子的門洞去了。不多一會兒，他們聽到了叫喊抓賊的聲音，又看見奧立弗跑來，便分毫不差地猜到是怎麼回事，倆人便極為敏捷地跳了出來，也叫嚷著：「抓賊啊！」以正直公民的姿態加入了追捕的行列。

儘管奧立弗受過一些哲學家的教誨，但在理論上，他對於「自我保護乃天地間的首要法則」這條美妙的格言卻毫不知情，如果他懂得這個道理，興許就會對這類事情在思想上有所準備了。他一點主意都沒了，便越發驚慌，一陣風似的往前逃，那位老紳士，還有溜得快和貝茨兩人，大聲嚷著在後面追著。

「抓賊啊！抓賊啊！」這喊聲中包含著一股神奇的力量。聽到喊聲，商人們立刻離開了櫃檯，車夫離開馬車，屠戶扔掉肉盤，麵包師拋下麵包筐，送牛奶的撂下奶桶，信差扔下信件，學童顧不上打彈子，鋪路工人扔下洋鎬，孩子們扔掉羽毛球拍。大家紛紛跑到街上，心急慌忙，你推我擠，扭扯著，喊的喊，叫的叫，大街小巷，廣場院落，喊叫聲四處迴盪，直嚇得雞飛狗跳。

「抓賊啊！抓賊啊！」這喊聲得到上百人齊聲回應，每轉過一個街口，人群便會增多一些。他們一路飛跑，踩得泥漿四濺，人行道咚咚直響。窗戶紛紛打開，人們從屋裡跑出來，群眾蜂擁向前；木偶戲正演到關鍵處，全體觀眾卻一齊撇下噴趣[29]，去投入人流，增強聲勢，齊呼：「抓賊啊！抓賊啊！」

「抓賊啊！抓賊啊！」人類胸懷中與生俱來就有一種極根深蒂固的對於圍攻目標的征服欲。一個快要背過氣的可憐孩子，為了擺脫追捕的人群，累得上氣不接下氣，神情充滿恐怖，目光溢出痛苦，大滴大滴的汗珠從臉上直往下淌，每一根神經都繃得緊緊的。人們緊追不捨，一步步靠近了，眼看他力氣不支了，叫喊聲卻更響，叫得更歡。「抓賊啊！」嗨，就算是出於憐憫，看在上帝的分上，還是抓住他吧！

總算抓住了，多漂亮的一拳。他倒在人行道上。人們一擁而上把他團團圍住，每一個剛趕到的都要爭先恐後地往裡擠，都想瞅一眼。「靠邊站站。」「讓他喘口氣吧。」「胡扯！他沒這個資格。」「那位先生呢？」「喏，朝這邊街上來了。」「給這位先生讓開一條路。」「先生，是這個孩子嗎？」「是的。」

奧立弗倒在地上，渾身糊滿污泥塵土，嘴角淌血，兩眼驚恐地望著圍在他身邊的無數面孔。那位老紳士被跑在最前面的人熱情地前拖後推幫著擠進了圈內。

「是的，」老紳士說，「恐怕就是這個孩子。」

「恐怕！」人群低聲咕噥著，「瞧你說的。」

「可憐的孩子，」老紳士說道，「他受傷了。」

---

29. 英國傳統木偶劇中的駝背丑角。

「先生，是我抓到他的，」一個粗手大腳的傢伙跨前一步說，「我一拳打在他嘴上，手都碰傷了。是我逮住他的，先生。」

那傢伙咧嘴笑了笑，碰了一下自己的帽子，指望得到一點酬勞。老紳士帶著厭惡地瞥了他一眼，又焦急地四顧張望，似乎他自己打算逃跑。如果不是有一位警官擠進人群一把揪住奧立弗的衣領，他幾乎就已經那樣做了，可能再次引起一場追捕。

「喂，起來。」警官粗暴地說。

「先生，不是我。真的，真的，是另外兩個孩子。」奧立弗兩手緊緊地扣在一起，眼睛向四周環顧，說道，「他們就在附近的某個地方。」

「不，不，他們不在啊，」警官本來想挖苦奧立弗，沒想到說中了。溜得快和查利·貝茨早就溜進一個大雜院裡無影無蹤了。「喂，起來。」

「您別難為他吧，先生。」老紳士同情地說。

「放心，我不會的。」警官答應著，似乎一把就會將奧立弗的外套從他的身上扯下來，以此來證明不打算難為他。「哼，我可知道你們這套把戲，別想騙我。你給我快點起來，你這個小渾蛋！」

奧立弗站都站不穩了，他掙扎著爬了起來，立刻便被警官揪住外套的衣領沿街拖走了。老紳士也走在警官身邊。人群裡面，凡是有能耐的都搶先幾步，不時回過頭來看看奧立弗。孩子們發出勝利的歡呼，他們就這樣一路走去。

chapter 11

治安法官范昂先生辦案，管中窺豹可見其辦案風格

這個案子發生在首都警察局的一個赫赫有名的分局轄區內，而且出事地點與這個分局相去非常近。人們得到的滿足只能限於擁著奧立弗走過兩三條街，到達一個叫做瑪當山的地方。警官押著奧立弗走過一條低矮的拱道，再往上經由一條骯髒的胡同，從後門走進裁判所。這是一個地面鋪石塊的小院，他們剛進去就迎面遇上一個滿臉絡腮鬍子，手裡拎著一串鑰匙的彪形大漢。

「又是什麼事啊？」他漫不經心地問。

「抓到一個偷手絹的小竊賊。」押著奧立弗的員警答道。

「先生，你就是被盜的當事人？」拎著鑰匙的漢子又問。

「是的，我正是，」老紳士回答，「但是，我不能肯定就是這孩子偷走了我的手絹。我……我不想追究這事了。」

「先去見見法官再說，先生，」拿鑰匙的漢子回答，「長官馬上就來，過來，你這個小渾蛋，小絞刑犯。」

這些話是對奧立弗發出的一道「邀請」，他一邊說一邊用鑰匙開了門，要奧立弗進

去，在裡邊一間石砌的牢房裡，奧立弗經搜身，結果什麼也沒搜到，就被關在裡邊。

從形狀和大小上看這間牢房有些像半地下室，只是不很亮，裡邊骯髒得叫人無法忍受。現在是星期一上午，從星期六晚上起，這裡拘留過六個醉漢，現在都關到別處去了。但，這還是小事。在警察局裡，每天夜晚都有無數男男女女因為雞毛蒜皮的指控被關進地牢，與此相比，那些經過審訊、確認有罪、宣判死刑的最最凶暴殘忍的在押重犯的囚室簡直算得上是宮殿了。任何人對此若有懷疑，不妨去比較一下。

鑰匙在鎖孔裡發出咔嗒一聲響，這時，老紳士看上去與奧立弗幾乎一般沮喪，他長歎了一口氣，視線轉向無辜成為這場風波之禍端的那本書。

「那孩子的長相有些面熟，」老紳士若有所思，慢慢地踱著步，用書皮輕輕拍著自己的下巴，自言自語地說：「某種觸動我、吸引我的東西，會不會是清白的呢？他似乎有些像——這個，這個，」老紳士驟然止步了，兩眼凝視著天空，緊接著又高聲說道，「天啊——我從前在什麼地方看到過同他有點相像的面容？」

老紳士想了一會兒以後，帶著同樣百思不得其解的神情走進後面一間正對著院子的接待室，獨自來到那邊的一個角落，將多年來一直隱藏在沉沉大幕後的無數張面孔重新召喚到自己想像中的眼前。「不，」他搖了搖頭說，「這一定是幻覺。」

他把那些面孔又回顧一遍。他已經把所有相關的事都在腦海中回憶了一遍，但要把遮擋它們如此久的布幕重新拉上卻不是件容易的事。很多的面孔，有親友的，也有仇敵的，還有一些幾乎已經完全不認識的面孔也不期而至於人群中。有幾張臉當年是妙齡少女，如今已是老態龍鍾。有幾張臉長眠在地底，早已變了樣，可是心靈超越了死亡，使它們仍舊像昔日一般嬌豔，呼喚著當年炯炯的目光，嫵媚的笑靨，透過軀殼的靈魂之光彷彿在悄悄地述說，地下的美雖然已無法辨認，卻得到了昇華，她離開塵世正是為了像一盞明燈那樣以柔和的清輝照亮天國之路。

老紳士終究沒有想起奧立弗與誰的相貌酷似。他長歎了一口氣，告別被他喚醒的回憶，好在他是一位心不在焉的老紳士，不久老紳士把這一切重新埋進那本書發了霉的字裡行間。

有人拍拍他的肩膀，他立刻驚醒了過來，拎鑰匙的男人要老紳士隨他一道去法庭。他匆匆合上書，隨即跟著他去拜見聲名赫赫的范昂先生。

法庭設在一間帶有格子牆的前廳裡。范昂先生坐在最裡頭的欄杆後面，可憐的小奧立弗已經被安頓在了門邊的木柵欄裡，他被這種場面嚇得渾身哆嗦。

范昂先生是個中等身材的瘦子，腰杆細長，脖子不太靈適，頭髮稀少，僅有的一點都長在了後腦勺和兩邊太陽穴上，面色嚴厲而又通紅。倘若他事實上並非一貫飲酒超過有益身心的程度，他大可以控告自己的尊容犯有譭謗罪，狠狠敲它一筆罰款賠償名譽損失。

老紳士恭恭敬敬地鞠了一躬，向法官的寫字台走過去，遞上一張名片，說道：「先生，這是我的姓名和住址。」說罷，退後兩步，又彬彬有禮地點點頭，靜候對方的提問。

范昂先生此時正在細讀當天早報上刊載的一篇社論，文章中提到了他不久前作出的一項裁決，文中第三百五十次提請內政大臣對他加以特別的注意。他心緒很壞，抬起頭時滿臉充溢著憤怒。

「你是什麼人？」范昂先生問道。

老紳士略感驚奇地指了指自己的名片。

「警官，」范昂先生不屑地用報紙把名片撂開，「這傢伙是誰？」

「先生，您是問我的名字，」老紳士拿出了自己的紳士風度，「我叫布朗洛，先生。請允許我問一聲這位倚仗執法者的身分，平白無故羞辱一個正派人的長官的尊姓大名。」布朗洛先生說著，眼睛在法庭裡環視一周，好像是在尋找一個能給他以滿意答覆的人。

「警官，」范昂先生將報紙撂到一邊，「這傢伙犯了什麼罪？」

「大人，他沒有受到任何指控。」警官回答，「是他告這個小孩，大人。」

法官大人明知故問。這是一種激怒對方的妙法，而且不會授人以柄。

「是告這個小孩，對嗎？」范昂先生盛氣凌人，將布朗洛先生從頭到腳打量了一番。「叫他起誓。」

「在宣誓之前我要求講一句話，」布朗洛先生說，「就是說，如果不是親身經歷，我還真的不敢相信——」

「先生，閉嘴。」范昂先生專橫地說。

「先生，我一定要說。」老紳士毫不示弱。

「你必須馬上給我住嘴，否則我要把你趕出法庭。」范昂先生說道，「你這個傲慢無禮的傢伙，你居然敢藐視一位法官？」

「什麼！」老紳士臉色漲紅，大吼一聲。

「叫這個人宣誓！」范昂先生對書記員說道，「別的話我一概不聽，叫他宣誓。」

布朗洛先生十分生氣，然而，也許是考慮到發洩一通只會對那個孩子不利，便按捺住自己的感情，立刻照辦了。

「啊，」范昂先生說，「控告這孩子什麼？你有什麼想說的，先生？」

「當時，我正站在一個書攤邊上——」布朗洛先生開始申述。

「先生，等一下。」范昂先生說，「警官？警官在哪兒？喏，叫這位警官宣誓。說吧，警官，是怎麼回事？」

那名員警非常認真地述說了一遍，他怎樣把奧立弗抓住，如何搜遍全身，結果一無所獲……此外他什麼也不知道。

「有見證人嗎？」范昂問。

「大人，沒有。」警官回答。

范昂先生沉默地坐了幾分鐘，然後向原告轉過身去，聲色俱厲地說：

「喂，你到底還打算不打算控告這個孩子，你已經宣了誓，哼，如果你只是站在那裡，不拿出證據來，我就以蔑視法庭處罰你，我要——」

沒有人知道會怎樣，或者說讓誰來幹，因為就在這時，書記員和那名員警一起大聲咳嗽起來。書記還把一本很重的書掉在地上[30]，就這樣，那句話的後半句沒有被人聽見，純屬偶然。

在多次被打斷話頭和一再受到侮辱的情況下，布朗洛先生還是盡可能地將這件事情的過程說了一遍。他說，由於一時感到意外，見那孩子一個勁地跑，自己便追了上去，他表示了自己的想法，如果庭長斷定這孩子雖非直接行竊，但與竊賊有牽連，希望在法律允許的範圍內從輕發落。

「他已經受傷了，」布朗洛先生最後說道，「而且我擔心，」他望著欄杆那邊，鄭重其事地補充了一句，「我真的擔心他的健康狀況很不好。」

「噢，是的，或許是吧。」范昂先生用嘲弄的語調說，「哼，少來這一套，你這個小流氓，別想騙我，你叫什麼名字？」

奧立弗試圖回答一聲，但舌頭不聽使喚。他臉色慘白，周遭的一切彷彿都開始在眼前旋轉起來。

「你真是個厚臉皮的無賴，你叫什麼名字？」范昂先生厲聲追問道，「警官，他叫什麼名字？」

這句話是衝著站在欄杆旁邊的一個身穿條紋背心的熱心腸老頭兒問的。他俯身向奧立弗把庭長的話重複了一遍，但發現奧立弗的確已無力對答。老頭知道不回答只會更加

30. 當然是無意的。

激怒法官而被加重判決的，於是他胡亂代替奧立弗回答。

「大人，他說他名叫湯姆．懷特。」這位好心的員警說道。

「哦，他說出來了，是嗎？」范昂先生說道，「太好了，他住在什麼地方？」

「大人，沒有固定的住處。」他又假裝聽到了奧立弗的答話。

「他的父母親呢？」范昂先生問。

「他說他父母在他很小的時候就已經死了，大人。」警官繼續信口編造了一個最常見的答案。

問到這兒，奧立弗抬起頭來，用哀求的目光四顧張望，有氣無力地喃喃央求給他一口水喝。

「胡說！」范昂先生說道，「別當我是傻瓜。」

「大人，我看他的確病了。」警官說了一句。

「我比你更清楚。」法官說道。

「警官，快扶住他，」老紳士說著，本能地伸出雙手。「他就要倒下去了。」

「站一邊去，警官，」范昂嚷道，「他愛倒就倒吧。」

這時，奧立弗獲此恩准，一陣眩暈，倒在了地板上。法庭裡的人面面相覷，誰都不敢動一下。

「我就知道他在假裝癡癲，」范昂先生說，好像這句話便是無可辯駁的鐵證。「讓他躺在那兒吧，要不了多久他就會膩煩的。」

「您打算怎樣處理這案子，大人？」書記員低聲請示。

「即刻裁判，」范昂先生回答，「拘役三個月——苦工自然是少不了的，退庭。」

門隨即被打開，兩個漢子剛打算把失去知覺的奧立弗拖進牢房，這時，一位身穿黑色舊禮服的老人急匆匆地闖進法庭，徑向審判席走去。他面帶淒苦的神色，但看得出他是個規矩人。

「請等一會兒，等一會兒。看在上帝的分上，別帶他走。請等一會兒。」這個剛剛趕到的人上氣不接下氣地叫道。

儘管法律的守護神們在這種衙門裡對女王陛下[31]的子民，特別是對較為貧困的臣民的自由、名譽、人品，乃至於生命擁有獨斷專行的權力，儘管在這四壁之內，荒唐得足以叫天使們哭瞎雙眼的咄咄怪事不斷地重複上演，而這一切對於公眾卻一直是封鎖的[32]，除非通過哪天的報紙洩漏出去，所以，一般人都對此一無所知。范昂先生看見一位不速之客唐突無禮地來擾亂秩序，頓時勃然大怒。

「你想幹什麼？你是誰？把這傢伙給趕出去。」范昂先生大聲叱喝。

「我要說話，」那人大聲吼叫，「別想把我趕出去，這件事我全看在眼裡。我是書攤主人，我請求發誓，誰都別想封住我的嘴巴。范昂先生，您必須聽聽我的陳述，您不能拒絕。」那人據理力爭，態度十分強硬，事態發展有點嚴重起來，硬壓下去已不可能。

31. 指一八三七年即位的維多利亞女王。
32. 或者等於是封鎖的。——作者原注

「叫這個傢伙宣誓，」范先生沒好氣地喝道，「喂，快講，你都看見什麼了？」

「事情是這樣的，」那人說道，「我親眼看見有三個孩子，另外兩個連同這名被告，當這位先生在我書攤上看書的時候，他們在馬路對面蹓躂，偷東西的是另一個孩子，我親眼看見的，這個孩子在旁邊見狀嚇得完全發了呆。」說到這裡，可敬的書攤掌櫃此時已緩過一口氣來，他比較有條理地將這件偷竊案的經過細細敘述了一遍。

「你為什麼不早點到這裡來？」范昂先生頓了一下才問。

「沒人幫我照看攤子，所有能幫我忙的全加入了這場追捕，直到五分鐘以前我才托到人，我是一路直奔到這裡來的。」

「原告當時正在看書，是不是啊？」范昂先生又頓了一下，問道。

「是的，那本書現在他還拿著呢。」

「呵，是那本書嗎？」范昂先生問道，「付錢了沒有？」

「沒有，還沒付呢。」攤主帶著一絲笑意答道。

「上帝，我都給忘啦。」心不在焉的老紳士天真地失聲驚呼。

「好一個正人君子，居然還要控告一個可憐的孩子。」范昂先生作出滑稽的樣子，希望借此以顯出他面慈心軟。「我想，先生，你已經在一種非常可疑和不體面的情況下把那本書據為己有了，算你運氣好，因為人家根本不打算提出控告。喂，你就當這是你的一次教訓吧，否則法律早晚會找上你的。這個孩子宣告無罪。退庭。」

「豈有此理！」布朗洛先生強抑多時的怒氣終於爆發了。「豈有此理！我要——」

「退庭，」法官不容他說。「諸位法警，你們聽見沒有？退庭。」

命令開始被付諸執行。一手拿著書，一手握著竹杖的布朗洛先生雖然十分氣憤，但還是被帶了出去。憤慨與受到的挑釁讓他怒不可遏。可是當他來到院子裡，滿腔怒火頓時煙消雲散了。小奧立弗．崔斯特正仰面躺在地上，襯衫已經被解開，太陽穴上給灑了些涼水，臉色慘白，身子不停地抽動著，發出一陣陣的顫抖。

「可憐的孩子，我可憐的孩子。」布朗洛先生朝奧立弗俯下身去，「勞駕哪一位去叫輛馬車來，快一點兒。」

馬車叫來了，奧立弗被小心翼翼地安頓在座位上，布朗洛先生跨進馬車，坐在另一個座位上。

「我可以陪你一起去嗎？」書攤老闆把頭伸了進來，說道。

「當然可以，我親愛的先生，」布朗洛先生連聲說道，「我把您給忘了，上帝啊，上帝啊！我還拿著這本倒楣的書呢。上來吧。這個可憐的小傢伙再也不能被耽擱了。」

書攤掌櫃跳上車，馬車就快速地把他們載走了。

chapter 12

奧立弗得到前所未有的悉心照顧

馬車沿著一條路向前行駛，這條路便是溜得快帶奧立弗初進倫敦時走過的那條路，過了伊斯林頓街的安琪兒酒家便折向另一個方向，一直駛到本頓維爾附近一條幽靜的林蔭道上，在一所整潔的住宅前才停了下來。在那裡，布朗洛先生立即吩咐準備好一張床鋪，把小傢伙給小心翼翼、舒舒服服地安置停當。他受到了無微不至的關懷和照顧。

不幸的是，時間一天天過去，奧立弗卻對來自他的新朋友們的好意渾然不覺。太陽升起來，落下去，又升起來，又落下去，很多天過去了，他依然躺在床上，在乾熱的炙烤下枯萎消瘦。就是蛆蟲蠶食屍體也沒有像這文火慢烤活人那樣十拿九穩。

這天，骨瘦如柴的小奧立弗終於醒過來了，好像剛剛做了一場漫長的噩夢。他從床上吃力地欠起身來，頭耷拉在一直發顫的臂膀上，焦慮不安地舉目四顧。

「這是什麼地方？我這是在哪兒？」奧立弗問，「這不是我睡覺的地方！」

他身體極度虛弱，說這些話的時候聲音非常低，但即刻便有人聽見了。床頭的簾幔一下子被拉開了，一位衣著整潔、面容慈祥的老太太從緊靠床邊的一張圈椅裡站起來，原先她就坐在那兒做針線活。

「噓，親愛的，」老太太柔聲說，「你一定得保持安靜，要不然你又會病倒的，你病得可真夠重的，真讓人擔心。你還是躺下吧，真是個好孩子。」老太太一邊說，一邊輕輕地將奧立弗的頭靠到枕頭上，又給他掠開耷拉在額上的頭髮。她看著奧立弗，滿懷慈愛和深情，使奧立弗忍不住伸出一隻枯瘦的小手搭在她的手上，還把她的手拉過來勾住自己的脖子。

「喲。」老太太眼裡噙著淚水說道，「真是個知恩圖報的好孩子，可愛的小東西。要是你母親和我一樣坐在你身邊，也能看見你的話，不知會怎麼想呢！」

「搞不好她確實能看見我呢，」奧立弗雙手合十，低聲說道，「也許她就坐在我身邊，我簡直感覺得到她坐在那兒。」

「那是因為你在發燒，親愛的。」老太太溫柔地說。

「大概是的，」奧立弗回答，「天堂離這兒太遠了，他們在那兒太快活了，怎麼會顧得上來到一個苦孩子的床邊呢？不過，如果媽媽知道我病了，就算她在那兒，也一定會憐惜我的，要知道她自己臨死前病得可嚴重了。不過她一點都不知道我的情況。」奧立弗沉默片刻後又說道，「如果她知道我吃了這麼多苦，一定會非常傷心的。可是每次我在夢裡見到她，她總是笑瞇瞇的快樂得很。」

對於這個說法老太太沒說什麼，她揉揉自己的眼睛，隨後又擦了一下放在床罩上的眼鏡，彷彿眼鏡也在流淚似的。她給奧立弗拿來一杯清涼飲料，讓他喝下去，然後拍了拍他的臉，告訴他必須安心靜臥，否則病又會重的。

就這樣，奧立弗乖乖地躺在床上，一方面是因為他竭力要在每一件事情上都要聽這位好心老人的話。另一方面，說實在的，剛才說了那麼一番話，他已經精疲力竭了，沒多久就沉沉睡去。不知什麼時候，一支點亮的蠟燭向床邊移來，奧立弗迷迷糊糊睜開眼睛，看見燭光裡有一位紳士手裡拿著一塊滴答作響的大號金錶，他在給他診脈，還聽見那位先生說他好多了。

「親愛的孩子，你感覺好多了，是嗎？」紳士說。

「先生，是的，謝謝。」奧立弗答道。

「喏，你感到餓了嗎？」

「我不餓，先生。」奧立弗回答。

「哦。是啊，我知道你還不覺得餓。貝德文太太，他不餓。」這位看上去知識淵博的紳士說道。

老太太恭敬地地點了一下頭，好像她也同意大夫是個知識淵博的人。

「你仍然非常睏，想要睡覺，我親愛的，是不是？」大夫問道。

「不，先生。」奧立弗回答。

「不？」大夫帶著頗為精明和得意的表情說，「不想再睡了，也不覺得口渴，是嗎？」

「不，先生，我渴得很。」奧立弗答道。

「完全如我所料，貝德文太太，」大夫說道，「他感到口渴是很正常的。太太，你可以給他一點茶，再給他幾片烤麵包，不要抹黃油。不要把他裹得太熱了，太太，但也要注意不要讓他著涼，知道嗎？」

老太太行了個屈膝禮，大夫嘗了一下那杯清涼飲料，表示還可以，便匆匆地離去了。下樓的時候，他的靴子吱嘎吱嘎直響，很有氣派。

沒多久，奧立弗又迷迷糊糊地睡著了，醒來時已經將近午夜時分了。貝德文太太親切地和他道了一聲晚安，把他託付給剛來的一位胖胖的老太婆照顧，老太婆身上帶著一個小包裹，裡邊放著一本開本不大的祈禱書和一頂大睡帽。老太婆戴上睡帽，把祈禱書放在桌子上，告訴奧立弗說她是來陪伴他的。說著她把椅子挪到壁爐跟前，獨自接二連三地打起瞌睡來。她不時地因上身前傾欲跌，嘴裡咿哩嗚嚕發出各種聲響，忽而又嗆得上氣不接下氣，連瞌睡都被嚇跑了，然而，這一切對她毫無妨礙，她頂多也就使勁揉一揉自己的鼻子，便又陷入了沉睡中。

天亮了，奧立弗醒了有一段時間，他一會兒數一數透過燈心草蠟燭罩子投射到天花板上的一個個小光圈，一會兒又以倦怠無力的眼神想看清牆壁上複雜的壁紙圖案。屋子裡幽暗而又岑寂，一派莊嚴肅穆的氣氛。這孩子不由得想到，無數個日日夜夜以來，死神一直在他身邊徘徊，它的不祥的來臨到處都留下了它陰森可怕的足跡，奧立弗轉過臉，緊貼在枕頭上，熱切地祈禱上蒼保佑他。

漸漸地，他進入了寧謐的酣睡之鄉，那是一種只有大病初癒的人才能享受到這份愜意，一種寧靜祥和的休憩，讓人捨不得醒來。即使這就是死亡，誰又願意再度被喚醒去重新面對生活的搏鬥和紛擾呢，為今天操心，為未來焦慮？誰願意再去回首那些痛苦的往事呢？

當奧立弗再次醒來的時候，已經是日上三竿了。他覺得神清氣爽，心情舒暢。這場大病的危機平安度過了，他又回到了人間。

三天以後，他已能坐在塞了許多靠墊的安樂椅裡，舒舒服服地靠在枕頭上。他的身體依舊太過虛弱，不宜出去散步。女管家貝德文太太讓人把他抱到樓下她一個人住的小房間。好心的老太太將奧立弗安頓在壁爐邊，自己也坐了下來，看到奧立弗大有起色，原本還高高興興的她，卻號啕大哭起來。

「別見怪，我親愛的，」老太太說，「我是因為高興才哭的，我常常這樣。好了，一切都已經過去。」

「您對我太好了，太太。」奧立弗說。

「哦，快別這麼想，我親愛的，」老太太說道，「你還是喝你的肉湯吧，現在喝正是時候。大夫說布朗洛先生今天上午會來看你，咱們得好好地打點一下；你得顯出最好的氣色來，你氣色越好，他越開心。」老太太說著，盛上滿滿一碗肉湯，倒進一口小燉鍋裡熱熱，真濃啊！奧立弗想著，如果適當加以沖淡，少說也夠三百五十個貧民美餐一頓了。

「你喜歡圖畫嗎，親愛的孩子？」老太太見奧立弗目不轉睛地盯著他的四輪椅對面牆上掛著的一幅肖像畫，問道。

「我一點都不懂，太太，」奧立弗的目光依舊凝視著那張肖像畫。「我壓根沒看過幾張畫，什麼都不懂，我只是覺得那太太的臉很是和氣很是漂亮啊！」

「啊！」老太太說道：「孩子，畫家總是把女士們畫得比她們本人的樣子更漂亮，否則就沒人要他們畫像。發明照相機的人估計知道那一套根本行不通呢，因為照相太逼真、太忠實。」老太太對自己的機智很是欣賞，因此發出一陣由衷的笑聲。

「那……是不是一張畫像，太太？」奧立弗問。

「是的，」說話時，老太太的眼睛暫時離開了肉湯，她抬起頭來，「是一張畫像。」

「太太，是誰的呢？」奧立弗好奇地問道。

「噢，說真的，孩子，我也不清楚，」貝德文太太笑呵呵地答道，「依我看，不論是你還是我，都不認識那上邊的人。它好像把你吸引住了，親愛的。」

「畫得真漂亮。」奧立弗應道。

「喲，孩子，你該不會被它嚇到了吧？」老太太發現奧立弗帶著一種敬畏的表情望著那張畫，不禁驚訝地問。

「啊，沒有，沒有。」奧立弗似乎回過神來。「只是那雙眼睛看起來像是要哭，不論我坐在哪兒，都好像在盯著我瞧，搞得我的心都快蹦出來了。」奧立弗小聲地補充道，「那幅像就跟活的一般，還想和我說話呢，只是說不出來。」

「上帝保佑。」老太太嚇了一大跳，站起身來。「孩子，你可不要那麼說。你的病剛好，身體虛弱，神經還不健全。來，我把你的椅子換個方向，你就看不見了。」老太太嘴裡說著，果然就這麼做了。「現在看不見了，再也看不見了。」

但是，奧立弗通過自己的內心還能看到那肖像，彷彿位置不曾改變。但是想著最好還是別再讓這位好心的老太太不安，所以當老太太打量他的時候，他溫順地笑了笑。看見他不那麼激動了，老太太放安了心，才忙著往湯裡放了些鹽，把幾片烤麵包掰碎加了進去，這樣重要的事情自然有一番忙碌。奧立弗以快得出奇的速度喝完了那湯。他剛喝下最後一匙肉湯，便響起了輕輕的敲門聲。「請進。」貝德文太太說道。只見布朗洛先生走進房間了。

老紳士步履矯健地走了進來，那是可想而知的，但剛一進來沒多會，他便把眼鏡支到額頭上，雙手反背在晨衣的後擺後面，便長時間地仔仔細細地端詳起奧立弗來，臉上肌肉顯出種種奇怪的扭曲狀。剛剛康復的奧立弗看起來很憔悴，弱不禁風。出於對恩人的尊敬，他嘗試著想站起來，結果還是失敗了，又跌坐到椅子上。說實話，布朗洛先生的胸襟十分寬廣，比起一般心地慈善、氣質淳厚的紳士來，他是以一抵六的。這時，他的心通過某種水壓作用將兩眶熱淚泵進了他的眼眶，至於那究竟是怎樣一種過程，因為我們在哲學方面不能算是博大精深，所以是無法提供圓滿的解釋的。

「可憐的孩子，我可憐的孩子。」布朗洛先生說著清了清喉嚨。「貝德文太太，今天早晨我說話甕聲甕氣的，估計有點感冒了。」

「希望不是那樣的，先生，」貝德文太太說道，「您穿的用的衣物都是經過認真晾乾過的，先生。」

「不知道，貝德文，不知道怎麼搞的，」布朗洛先生說道，「我倒寧可認為是由於昨天吃晚飯時圍了一方有點潮濕的餐巾，不過沒關係。你感覺怎麼樣，我的孩子？」

「先生，我很開心，」奧立弗回答，「您對我太好了，先生，我真不知道該如何感謝您才好。」

「真是個好孩子，」布朗洛先生胸有成竹地說，「貝德文，你替他加了滋補的東西沒有？湯水之類的呢？」

「他剛喝了一碗又濃又香的肉湯。」貝德文太太輕微欠起身來，在最後一個詞上加重了語氣，意思是稀溜溜的流質與精心烹製的肉湯根本是無法相比的。

「哦。」布朗洛先生微微聳了聳肩膀。「喝兩杯紅葡萄酒對他有很多好處的。是不是，湯姆·懷特，唔？」

「我叫奧立弗，先生。」奧立弗顯出一副十分驚訝的樣子回答。

「奧立弗，」布朗洛先生推測著。「奧立弗什麼？是叫奧立弗·懷特，是嗎？」

「不，先生，是崔斯特，奧立弗·崔斯特。」

「這名字好奇怪。」老紳士說道，「那你為什麼給法官說你姓懷特呢？」

「我從來沒有這樣說過，先生。」奧立弗感到莫名其妙。

這話聽上去很像是在撒謊，老紳士看著奧立弗的面孔，多少帶了點慍色。要懷疑他說謊是不可能的，他那副清臒瘦削的相貌特徵處處都顯示了他的誠實。

「這一定是搞錯了。」布朗洛先生說道。但是，隨時促使他不定睛審視奧立弗的動機已不再存在，那個與某張面孔相似的念頭重又頑強地襲上他的心頭，奧立弗的長相與某一熟悉的面孔太相像了，這意識來勢凶猛，他那專注的目光一時間竟收不回來。

「先生，您不生我的氣吧？」奧立弗懇求地抬起了他的雙眼。

「沒有，沒有，」老紳士答道，「嗨。那是誰的畫像？貝德文，你看那兒。」

他說著忙不迭地指指奧立弗頭頂上的肖像畫，又指了指孩子的臉。奧立弗的長相活脫就是那幅肖像的翻版。那雙眼睛、頭型、嘴，每一個部位都如此相像。那一剎那的神態更是一模一樣，連最細微的線條也彷彿是以一種驚人的準確工筆技法臨摹下來的。

奧立弗搞不懂這番突如其來的驚歎緣何而起。由於承受不住這一陣驚詫，竟昏了過去。他這一暈，為筆者提供了一個機會，可以回過頭來交代一下那位快活老紳士的兩個小門徒，以解開讀者的懸念。

前文表過，溜得快和他那位技藝嫻熟的朋友貝茨少爺偷盜布朗洛先生的私人財物，導致了對奧立弗的一場大叫大嚷的追捕，他倆也參與了這場追捕，這些前邊已經說過了。當時指導他們行動的，是源於一種值得欽佩而又合乎時宜的想法，那就是只顧自己。既然國民自主和人身自由是所有道地的英國人最值得驕傲的東西，我就無須提請讀者注意，這一行動自然會大大提升他倆在所有公民和愛國人士心目中的身價。同理，他們只關心自身安全無虞這一事實，足以使一部小小的法典得以確立，受到公認。某些博古通今、聞名遐邇的哲人將這部法典定為所有自然本性的主要動機。這些哲學家十分精明，把自然本性的表現歸納成格言和理論，又巧妙地對本性的高度智慧和悟性做了一番悅耳動聽的恭維，就把良心上的考慮，或者崇高的衝動和感情，統統拋到了九霄雲外。說起來，這些東西一概有損它的尊嚴，世所公認，自然本性遠比心靈衝動等人所難免的種種瑕疵、弱點要高尚得多。

處於這麼一種十分微妙的困境中的兩位小紳士在品格特性方面富有嚴謹的哲理，如果需要更進一步的證明，筆者隨手便可以從前文也已表過的事實中找到證據，抖出他們退出追捕這一事實。人們當時的注意力全都集中在奧立弗身上，他倆立刻抄最近的捷徑溜了回去。我並不打算斷言，取捷徑也是那班德高望重、博學多才的哲人在得出什麼偉大的結論時常有的作派[33]。但我的確想指出，而且要毫不含糊地指出，許多哲學大師在實施他們的理論時都表現出了偉大的智慧和遠見，他們總是儘量去除一切可能出現的、完全可以想像得到的、於他們不利的偶然因素。於是，欲成大業便可不拘小節，只要能達到目的，所有的手段都無可非議。至於什麼叫大業，什麼叫小節；或者什麼是正確的，什麼是錯誤的，一律留給當事的哲學家，讓他們依據自己的特殊情況，作出頭腦清醒、通情達理、公平不倚的判斷。

兩個少年以超乎想像的速度逃離，穿過無數條迷宮一般縱橫交錯的狹街小巷，經一致同意才放心地在一個陰暗潮濕的拱道下休息了一下。兩人在那裡默默地待了一會兒，才喘過一口氣，恢復說話的能力，貝茨少爺發出一聲喜滋滋的感歎，接著爆發出一陣無法遏制的狂笑，同時撲倒在一個台階上，笑得直打滾。

「你怎麼啦？」溜得快問。

33. 相反，他們的一貫作風卻是用各種迂迴曲折、東拉西扯的題外話把距離拉長，正像喝醉了酒的人思潮進湧時滔滔不絕地說話一樣。

「哈哈哈！」查利・貝茨笑聲如雷。

「噓，」溜得快謹慎地向四周張望著，勸道，「笨蛋，你想被抓進去嗎？」

「我實在忍不住笑，」查利說，「我實在忍不住。你想想，他拔腳逃跑，一閃身就轉過街角去了，然後撞到路燈杆上，爬起來又跑，好像他跟電線杆一樣也是用鐵做的，可我們呢，口袋裡揣著抹嘴兒，卻在他後面大喊捉賊——呃，我的媽呀。」貝茨少爺很有想像力，將之前的場景繪聲繪影地在他眼前再現。說到這兒，他又在台階上打起滾來，笑得比先前更起勁了。

「費金會說什麼呢？」溜得快趁查利又一次笑得上氣不接下氣的間歇提出了問題。

「怎麼說？」查利・貝茨反問了一句。

「是啊，他會怎麼說呢？」溜得快說。

「嗨，他會說什麼呢？」查利見溜得快不是在開玩笑，滿心的歡喜頓時化為烏有。

溜得快自個兒吹了一會兒口哨，把帽子摘下來，搔搔頭皮，腦袋接連點了三下。

「他能怎麼說？」

「你什麼意思？」查利問道。

「嘟嚕嚕嚕，瞎編亂扯，連騙帶蒙唄，他應該不會識破。」溜得快聰明的臉上掛著一絲狡黠的嘲笑，說道。

這就算解釋，但並不十分令人滿意。貝茨少爺有此感覺，便又問了一句：「你是什麼意思？」

溜得快沒說話，只是重新戴上自己的帽子，把拖著長尾巴的外套下擺拉起來塞在腋下，用舌頭頂了頂腮幫子，用習以為常但又富於表情的動作在鼻樑上彈了五六下，向後一轉，拐進一條胡同，貝茨少爺若有所思地跟了上去。

這些話剛剛結束了幾分鐘，那位快樂老紳士聽到樓梯上響起一陣嘰嘰嘎嘎的腳步聲，不由一驚。此刻他正坐在壁爐旁，左手拿著一條乾香腸和一小片麵包，右手握一把小刀，壁爐的三角鐵架上擱著一隻鐵皮壺。他轉過身來，灰白的臉上露出一道奸笑，一雙眼睛從棕紅色的濃眉底下射出犀利的目光。他側耳專注地諦聽著。

「嗨，怎麼回事？」老猶太變了臉色，嘀咕道，「為什麼只回來兩個？那一個哪兒去了？」

腳步聲越來越近，已經到樓梯口了。房門慢慢地被推開，溜得快與查利・貝茨走了進來，又隨手把門關上了。

chapter 13 向聰明的讀者朋友介紹幾位新朋友

「奧立弗呢，他怎麼沒回來？」老猶太帶著威脅的神情站了起來，怒不可遏地問道，「那小子在哪兒？」

兩個小扒手直勾勾地望著自己的師傅，彷彿被他的洶洶氣勢所震懾，彼此忐忑不安地交換了一下眼色，但是一語不發。

「奧立弗怎麼啦？」費金一邊緊緊揪住溜得快的衣領，一邊用可怕的咒罵嚇唬他。「說啊，否則我立刻掐死你。」

費金先生的神情全然不像虛聲恫嚇的樣子，查利‧貝茨一向認為在任何情況下，明哲保身都是上策，估計下一個完全可能輪到他被掐死。他立刻跪倒在地，發出一陣響亮的、持續不斷的哀號——既像是發了瘋的公牛，又像傳聲筒裡的話音。

「你說不說？」費金異常憤怒，狠狠地搖拽著溜得快，他居然沒有從那件寬寬大大的外套裡被抖出來，真是不可思議。

「哎，巡捕把他抓去了，就是這麼回事，」溜得快憤憤地說，「喂，你放手啊，你放不放？」溜得快晃了一下，一使勁便掙脫了身子，把肥大的外套留在了老猶太手裡。溜得快猛地抓起烤麵包的長柄叉，朝著這位快活老紳士的背心就是一下，這一下若是叉中了的話，保證叫他損失不少樂子，而且恐怕決非一兩個月就能輕易恢復好的。

在這危急時刻，老猶太向後一閃便躲開了，真看不出來，他外表衰朽，這一進一退之間卻極為麻利。他抓起鐵皮壺，準備向對方的腦袋砸去。此時，查利·貝茨發出一聲極度恐怖的嚎叫，分散了他的注意力，他突然改變了目標，把壺對準那一位小紳士扔過去。

「嗨，風風火火的，還來勁了。」一個低沉的嗓音甕聲甕氣地罵道，「是誰往我身上亂潑啤酒？還好是啤酒，不是那只壺，否則我可得給他點兒顏色看看了。我就知道，除了無法無天、坐地分贓的混帳猶太老財，估計誰都不會那樣闊氣，抓起啤酒亂扔，就算是潑水，那也得每個季度誆一下自來水公司才行。費金，犯得著這樣嗎？媽的，如果我圍巾上沾的不是啤酒的話，哼哼。進來呀，你這個鬼頭鬼腦的雜種，還不肯進來，難不成還替你家主人害臊。進來！」

發牢騷的是一個年約三十五六歲的漢子，長得很粗壯。這人穿一件黑色平絨外套，淡褐色的馬褲髒得可以，足登半長筒靴，鉛灰色套襪裡裹著兩條非常結實的腿，腿肚上的肌肉鼓得高高的——這兩條腿，加上這樣一副裝束，看上去總讓人覺得好像缺少點兒什麼，非要配上一副腳鐐才妥當。他頭上扣著一頂灰色帽子，脖子上圍了一條骯髒的藍白花圍巾，說話的時候他用長長的、邊緣已經磨破的圍巾擦去了臉上的啤酒。抹完啤酒以後，一張濃眉大眼的寬臉露了出來，鬍子好像三天沒刮，兩隻凶光畢露的眼睛，有一隻周圍青一塊、紫一塊的，那是不久前挨了一擊的結果。

「進來，你聽見沒有？」這位惹人注目的煞神沒好氣地叫起來。

一隻毛蓬蓬的白狗躲躲閃閃地溜進了房間，臉上帶著二十來處傷痕裂口。

「你剛才怎麼不進來？」那漢子吼道，「你也太神氣了，當著大家的面連我這個主子都不認了，是不是？躺下！」

這道命令之後伴隨著一腳，那畜生被踢到了屋子的另一頭。不過，狗顯然已經習以為常了，牠乖乖地蜷在角落裡，沒發出一點響動，一雙賊眼一分鐘大概眨巴有二十次，看起來正在專心觀察這間屋子裡的情形。

「你這是幹什麼？在虐待這些孩子嗎？你這個貪得無厭，不知滿足的老守財奴？」漢子說著非常隨便地坐了下來。「我真納悶，他們為什麼不宰了你。換了我，準會幹掉你的。我要是當你的徒弟，早就把你幹掉。不過，宰了你往後就不能賣了。其實，你頂個屁用！除非把你當做一件醜得出奇的古董裝在玻璃瓶裡，我可是這樣大的玻璃瓶恐怕也吹不出來。」

「噓，噓！威廉．賽克斯先生，」老猶太氣得渾身直打戰，說道，「不要這樣大聲說話。」

「什麼先生不先生的，」那惡棍說道，「你來這一套，向來就不安好心眼。你知道我的名字，直接叫我的名字吧。你又不是不知道我姓甚名誰！到時候我不會讓這個名字丟人現眼的。」

「好了，好了，那──比爾．賽克斯，」老猶太低聲下氣地說，「你好像不太高興哦。」

「是的，」賽克斯回答，「我看你的心境也不妙，除非你不把到處亂扔那鐵皮壺當回事，就像你出賣——」

「你瘋了嗎？」老猶太扯了一把賽克斯的衣袖，指了指那兩個少年。

賽克斯先生不再往下說，在右耳下邊做了一個打結的動作，一頭偏倒在右邊肩膀上——老猶太對這類默劇自然心領神會。接著，賽克斯暗語似的說了一通話後，要了一杯酒。他的話裡滿嘴都是這類玩意兒，如果一一記錄下來，估計誰也沒法懂。

「你可小心，別往裡邊下毒。」賽克斯先生說著，同時把帽子放在桌上。

這話是說著玩的，但說話人如果注意到老猶太咬著慘白的嘴唇朝櫃櫥轉過身去時邪惡一瞟的樣子，估計會想到這一警告並不完全是多餘的，或者說，希望對釀酒師傅的精心傑作來一個錦上添花的這種想法，在老紳士的心中並不是一點沒有。

兩三杯燒酒下了肚，賽克斯先生方始親自詢問了兩位小紳士，這一善舉引起一席對話，談話間奧立弗被捕的起因與經過都被詳詳細細地講了出來，也被做了一些改動和加工，溜得快覺得在這種場合進行一些修改是極其必要的。

「我擔心，」老猶太說道：「他會說出一些事，把我們也搭進去。」

「極可能。」賽克斯帶著幸災樂禍的冷笑表示同意。「你倒楣了，費金。」

「你瞧，我是有些擔心。」老猶太彷彿對這一番打岔毫不在意似的，說話時眼睛一眼不眨地盯著對方。「如果那場把戲牽連上我們，事情可就鬧大了，況且這種事對你比對我更為不妙，我親愛的。」

賽克斯全身一震，猛然朝費金轉過身來。可老紳士只是把肩膀聳得快碰著耳朵了，兩眼視而不見地盯著對面牆壁。

半晌誰也不作聲，這可敬的一夥中的所有成員好像都各自沉浸在自己的思緒之中。連那隻狗也不例外，牠多少有些狠巴巴地舔了舔嘴唇，彷彿在盤算，到了外邊一定要一口咬住在街上遇見的第一位先生或者女士的腳脖子。

「得派人去打聽奧立弗在局子裡都說了些什麼。」賽克斯的聲音比進來時低了很多。

老猶太點點頭，表示贊成。

「只要他沒把我們招出來，判了刑，在放出來以前那就不用擔心，」賽克斯先生說道，「不過，放出來以後可得提防他。你一定要想辦法把他捏在手裡。」

老猶太又點了一下頭。

一點不假，這一行動方案堪稱深謀遠慮。不幸的是，實施卻存在著一個極大的障礙。那就是，溜得快、查利．貝茨，還有費金和賽克斯先生，個個都對警察局懷有一種強烈的反感，不管是什麼理由或者藉口都不願意到警局附近去。

他們就這樣坐著，面面相覷地對望，這種心裡沒底的情形肯定是最令人不愉快的了，很難說他們究竟會坐多久。然而，也無須再做任何猜想了，因為奧立弗上次見過的那兩位小姐這時飄然蒞臨，談話氣氛頓時重新活躍起來。

「來得真是時候。」老猶太說話了，「貝特西會去的，是不是啊，我親愛的？」

「上哪去？」貝特西小姐問。

「只不過到員警分局去走一趟，我親愛的。」猶太人笑著說。

應該為這位小姐說句公道話，她並沒有直截了當地說自己不想去，只是熱烈而懇切地表示：說如果要去的話，她寧可「挨雷劈」，用一個客氣而又巧妙的詞語避開了正面回答。據此表明，這位小姐天生具有良好的教養，不忍心以斬釘截鐵的拒絕傷他人之心。

老猶太的臉色變得很暗淡，視線離開了這位身穿紅色長大衣、綠色靴子，頭上夾著黃色卷髮紙的小姐，雖然算不上雍容華貴，倒也打扮得花枝招展。費金轉向另一位小姐。

「哦，親愛的南茜，」費金用哄小孩的口氣說，「你說呢？」

「我說這辦法不是很好。壓根兒不用試，費金。」她回答。

「你這是什麼意思？」賽克斯先生皺眉蹙額問道。

「我就是這個意思，真的。」那位小姐不慌不忙地說。

「哦，你正好是最適合的人，」賽克斯先生勸說道，「這附近沒有人知道你的底細。」

「我也並不希望他們知道，」她仍然十分泰然。「哦，我看多一事不如少一事。」

「她會去的，費金。」賽克斯說道。

「不，費金，我不去。」她說道。

「噢，她會去的，費金。」賽克斯又重複道。

終歸被賽克斯先生說中了。在交替使用的威逼利誘夾擊下，這位小姐最後還是屈服了，承擔了這項使命。說實話，她的考慮跟她那位好朋友不一樣，由於她最近剛從相當體面的郊區拉特克利夫大道一帶轉移到四野胡同附近，她一點都不擔心被那些熟人認出自己來。

於是，南茜小姐在長袍外繫上一條乾淨的白圍裙，一頂軟帽遮住了她滿頭的卷髮，這兩樣東西都是從費金取之不竭的存貨中拿出來的——這位小姐準備出門執行任務了。

「等一下，我親愛的。」費金說話的同時拿出一只蓋著的小籃子。「你一隻手拿著這個，看上去更像個規矩人，我親愛的。」

「費金，把大門的鑰匙掛在她的另外一隻手上，」賽克斯說，「看上去才得體，像那麼回事。」

「對，對，親愛的，像那麼回事。」老猶太把一把臨街大門的大鑰匙掛在南茜的右手食指上。「得，好極了。真是非常好，我親愛的。」老猶太搓著手說。

「哦，我的弟弟啊。我可憐可親可愛天真的小弟啊。」她涕泗滂沱地哭起來，一邊傷心地將那只籃子和大門鑰匙搖來搖去。「他到底怎麼樣了？他們把他帶到哪兒去了？啊，可憐可憐他吧，先生們，告訴我吧，他們把這可憐的孩子到底怎樣發落了，求求你們，先生，行行好，先生。」

那個小姐這番話說得悽楚動人，在場的同夥們聽了都極為滿意，她這才停下來，向夥伴們眨了眨眼，含笑著向大家點點頭，走了出去。

「啊。真是個聰明的丫頭，諸位好人。」老猶太說著，朝一群年輕朋友轉過身來，一邊煞有介事地晃著腦袋，像是在默默地開導他們，要他們向剛剛看到的那個光輝榜樣學著點似的。

「說得上是女人中的大角色了。」賽克斯先生斟滿自己的酒杯，並用他的大拳頭猛捶桌面，說道，「敬一杯祝她健康，但願所有的人都像她一樣。」

就在這一類的讚美詞紛紛加到才藝出眾的那位小姐頭上的時候，這位小姐正以飛快的速度趕往員警分局，因為孤身一人穿過大街，完全沒有人護衛，她不免顯出了一點本能的膽怯，但總算沒過多久就到了目的地。

她抄警察局後邊那條路走了進去，用鑰匙在一堵牢門上輕輕敲了敲，側耳靜聽。裡邊沒有動靜。她咳了兩聲，又聽了聽。依然沒有人應聲，便開口說道：

「諾利[34]在嗎？喂！」她柔聲細氣地叫道。「諾利在不在？」

這間屋子裡關著一個可憐的犯人，連鞋也沒穿，他是因為吹長笛被關起來的，擾亂社會治安的指控罪證確鑿，范昂先生做了極其適當的判決：交感化院關押一個月。范昂先生十分中肯而又風趣地指出，既然他力氣多得沒地方使，那麼消磨在苦役上也比用在一種樂器上要有益得多。這名犯人沒有回答，還在一門心思地為失去的笛子而心疼萬分，那東西已經被充公了。於是她來到下一間牢房，敲了敲門。

「唉。」一個低沉無力的聲音應道。

「有沒有一個小男孩被關在這兒？」她的話音裡帶上了作為開場白的哽咽。

「沒有，」那聲音答道，「沒有這個人。」

34. 奧立弗的昵稱。

這是一個六十多歲的流浪者，他進監獄是因為不吹笛子，換句話說，是因為不幹活糊口，沿街乞討被抓了進來。再下一間關的是另一個男人，罪名是無照叫賣白鐵長柄鍋，他為求生計，不把稅務局放在眼裡，怎麼可能不進監獄呢？

可是這些囚犯根本就沒有聽說過奧立弗，也沒有一個人知道他的下落。南茜便徑向那位穿條紋背心的老實警官走去，用最最淒涼的悲歎哀泣，哀求他歸還自己的好兄弟，大門鑰匙和那只小籃子立刻發揮了很好的作用，使她顯得格外可憐。

「我這裡沒有你的兄弟，親愛的。」老人說道。

「那他在哪兒呢？」南茜簡直像發狂似的哭喊著說。

「嗨，有位紳士把他帶走了。」員警回答。

「什麼紳士？啊，天啊！什麼紳士？」南茜嚷了起來。

為了回答這有些凌亂的詢問，老人便告訴這位裝得十分逼真的「姐姐」，說奧立弗在公堂上暈倒了，對證結果證明，偷東西的是另外的小孩，不是在押的一個，他被宣告無罪開釋，那位起訴人見他不省人事，就把他帶到自己的住所去了，至於具體地點，這名員警只曉得是在彭頓維爾一帶，因為他聽見有人在叫馬車的時候提到那個地名。

那姐姐於是懷著滿腹疑慮，晃晃悠悠向大門走去，一出門，踉蹌的步履頓時變為矯健輕捷的奔跑，她煞費苦心地揀了一條最最迂迴曲折的途徑，跑回到老猶太的巢穴。

賽克斯一聽完她報告探聽到的消息，馬上忙不迭地叫醒那隻白狗，戴上帽子，連在禮節上向同伴道聲早安都顧不及便匆匆離去了。

「非弄清楚他在什麼地方不可，寶貝兒，一定要找到他。」老猶太激動不已地說：「查利，你什麼事也別做了，就給我到處去蹓蹓，聽到他的消息趕緊帶回來。南茜，親愛的，你一定要找到他。我相信你，親愛的，在所有的事情上我都信任你和溜得快。等等，等等。」老猶太補充說，他一隻手顫顫巍巍地用鑰匙打開一隻抽屜。「寶貝兒，拿點錢去，今天晚上鋪子得關一關，你們知道上哪兒找我。一分鐘也別多耽擱，得馬上走，我的寶貝兒。」

他一邊說一邊把他們推出房間，隨後特別謹慎地在門上加了雙鎖，插上門閂，從地板下面取出那個在奧立弗面前不小心暴露過的匣子，急急忙忙把金錶和珠寶往衣服裡塞。

門被人重重地敲了一下，忙亂中他被嚇了一跳。

「誰呀？」他用刺耳的聲音猝然問。

「是我。」溜得快的聲音透過鎖眼傳來。

「又有什麼事？」老猶太不耐煩地嚷了起來。

「南茜說，如果把他拐到了手，是不是帶到另一個窩去？」溜得快問道。

「沒錯，」費金回答，「無論在哪兒找到他都可以。一定要找到他，把他找出來，就這麼辦，你們不要擔心，以後的事交給我來辦。」

那孩子低聲答應一句「知道了」，便匆匆下樓追趕他的同伴們去了。

「眼下他還沒有說出來，」老猶太一邊自言自語，一邊繼續忙他的。「要是他打算向他的新朋友洩漏我們的情況，我們還來得及堵住他的口。」

chapter 14

奧立弗在布朗洛家的經歷與格里姆韋格的預言

布朗洛先生突如其來的一聲驚呼，奧立弗被嚇得昏厥，一會兒他就甦醒過來了。在之後的談話中，老紳士和貝德文太太都小心翼翼，對畫中人隻字不提，也不涉及奧立弗的過去和未來，話題都以使他感到高興並且又不會讓他激動為前提。他依舊很虛弱，不能自己起床吃早飯。第二天，他下樓走進女管家房裡時，第一個舉動就是將急切的目光投向那一面牆，希望能再看看那位漂亮女士的面龐。然而他的希望落空了，因為肖像已經被移走。

「啊！」女管家留心觀察到了奧立弗眼睛看的方向，說道，「你瞧，它不在了。」

「我也發現它不見了，太太，」奧立弗歎息，「他們為什麼要把畫拿走呢？」

「是被取下來啦，孩子，布朗洛先生說了，它好像會惹你心煩，說不定還會妨礙你身體康復，你要明白。」

「哦，不會的，真的，一點也妨礙不到我，太太，」奧立弗說道，「我喜歡看，我對那幅畫像愛極了。」

「好了，好了。」老太太笑呵呵地答應著，「你儘早把身體養好，寶貝兒，畫就又會掛上去的。哦，我向你保證。對了，我們還是說點別的事情吧。」

奧立弗意識到在生病期間貝德文太太對自己如此好，便竭力不再去想關於那張肖像的事。他認真地聽她講了一些故事，她說她有一個既可愛又漂亮的女兒，嫁了一位英俊帥氣的丈夫，住在鄉下，她還有一個兒子在西印度群島，給一位商人當辦事員，兒子很年輕，也很孝順，一年會給家裡寄四次信。說到那些信，她便又開始熱淚盈眶了。老太太一五一十地講了半天兒女們的長處，另外還談到，她那體貼溫柔的丈夫也有數不清的優點[35]。講完後已是茶點時分，喝過茶，她就開始教奧立弗玩「克立別集」[36]。奧立弗學得很快，一點都沒叫她費心。兩個人玩得津津有味，毫無倦意，一直玩到該給奧立弗來上一點暖和的兌水紅葡萄酒外帶一片烤麵包的時候為止，接著他便舒舒服服地睡覺了。

奧立弗身體恢復的那些日子是非常幸福的。周圍的一切都是那麼寧靜、整潔、井井有條——每一個人又都那麼和藹可親。他一直就是在喧囂和紛擾中生活的，在他眼裡，這裡簡直像在天堂裡一樣。他剛恢復到能自己動手穿衣服，布朗洛先生吩咐人給他買了一套新衣服、一頂新帽子和一雙新皮鞋。奧立弗得知自己可以隨心所欲地處置那些舊衣服時，就把它們送給了一位對他很關心的女僕，叫她拿去賣給收破爛的猶太人，錢留下她自己花，這事她很快就辦妥了。奧立弗從客廳窗戶裡望出去，看著那猶太人把舊衣裳打成一卷塞進麻袋走開以後，他滿心歡喜，心想這些東西總算得到了妥善處理，自己現

35. 可憐他死了已經整整二十六年！
36. 一種可供二至四人玩的紙牌遊戲，用木釘及有孔的木板記分。

在不再有重新穿上它們的危險了。說實話，那都是些爛得不成樣子的破布條，以前，奧立弗從沒穿過一套新衣裳。

一天傍晚，大約是肖像事件之後的一星期，他正坐著和貝德文太太閒談，布朗洛先生差人來傳口信，說如果奧立弗精神很好的話，希望能到他書齋裡去，他要跟他談談。

「哎喲，真沒法了。把手洗一洗，我來幫你梳一個漂漂亮亮的分頭，孩子，」貝德文太太說，「真要命。早知道他要請你去，我一定給你戴一條乾淨的領子，讓你變得更漂亮一些。」

奧立弗完全聽從老太太安排。雖然那時候她深表惋惜，沒來得及在他的襯衫衣領邊緣理出一條小小的波紋。儘管少了如此重要的優勢，他的模樣還是十分清秀，惹人憐愛的。老太太十分滿意，一邊將他從頭打量到腳，一邊說道：即使是早就接到通知，恐怕也沒法將他打扮得更精神了。

借著老太太的鼓勵，奧立弗便去輕輕地敲開了書房的門。布朗洛先生要他進去，他照做了。他發現這間小小的裡屋整個就是一座書城。屋裡有一扇窗戶，正對著幾個精美的小花圃。臨窗放著一張桌子，布朗洛先生正坐在桌前看書。一看到奧立弗，他不可思議的把書撂在一邊，讓他走到桌子跟前坐下。奧立弗照辦了，心裡卻直納悶，不明白上哪兒去找讀這麼多書的人，這些書看起來像是為了讓世人變得聰明一些才寫出來的。這一點在許多比奧立弗見多識廣的人看來，也仍然是他們生活中一樁不可思議的事情。

「您的書可真多。」奧立弗說。

「是嗎，我的孩子？」布朗洛注意到奧立弗帶著明顯的好奇心，他的眼睛縱覽著下起地板、上頂天花板的滿壁書櫥。

「這麼多書啊，先生，」奧立弗答道，「我還從來沒見過這麼多書呢。」

「只要你做個好孩子，你將來也可以讀這些書的，」老先生親切地說，「你會很喜愛它們，而不光看看外表。雖然在一些情況下，有些書最有價值的僅僅只是封底和封面。」

「先生，我想大概是那些厚的。」奧立弗說著，指了指幾本封面燙金的四開本大書。

「那倒不一定。」老先生在奧立弗的頭上輕輕拍了拍，微微一笑：「還有一些同樣也是大書，雖然篇幅要小得多。怎麼樣，想不想長大後成為聰明人，也寫書，嗯？」

「我想我更希望做個讀書人，先生。」奧立弗回答。

「什麼！你不想做一個寫書的人？」老先生詫異地問。

奧立弗思索了一會兒，最終說，他認為當一個賣書的人要好得多。一聽這話，老先生放聲大笑，認為他說得很有意思。奧立弗非常高興，儘管他一點都不知道這句話妙在哪裡。

「行啦，行啦，」老紳士斂容，說道：「你別怕。我們決不叫你當作家就是了，天下正當手藝多得是，製磚也算。」

「先生，謝謝您。」奧立弗回答時那種一本正經的樣子又引得布朗洛先生大笑起來，並說了些關於某種奇怪的本能的話。奧立弗對此經常也不懂，所以也沒太在意。

「哦，」布朗洛先生盡可能使自己的話聽起來更和藹，然而這時候，他的臉色仍然比奧立弗一向所見過的要嚴肅很多。「孩子，我希望你認認真真聽我要對你說的話，我要和你敞開心扉地談一談，因為我完全相信你能夠明白我的意思，就和許多年紀比你大一些的人那樣。」

「哦，先生，不要對我說您想把我打發走，求您了。」奧立弗叫了起來，老先生這番開場白一本正經的口吻嚇了他一跳。「不要把我趕出去，叫我又到街上去流浪，讓我留在這兒當個傭人吧。不要把我送回我已離開的那個鬼地方去，先生，可憐可憐我這個苦命的孩子吧。」

「親愛的孩子。」老先生被奧立弗突然爆發的苦苦哀求打動了。「你不用害怕，我不會把你拋棄，除非是你給我這樣做的理由。」

「我不會的，決不會的，先生。」奧立弗急忙打斷他的話。

「希望這樣吧，」老紳士答應道，「我相信你是個好孩子。以前，我曾經努力救助過一些人，但他們都使我失望。不論如何，我仍然由衷地相信你。我自己都不明白為什麼會這樣關心你。我曾傾注滿腔愛心的那些人已經深深地埋在墳墓裡了，我平生的幸福與歡樂也埋在了那裡，不過從內心感情上說，我還沒有把我的這顆心變成一口枯井，把我最真摯的感情永遠封閉起來。深刻的憂傷只是使這種感情越發強烈，更加純淨而已。」

布朗洛先生的語調低沉，與其說是對那位小奧立弗講，毋寧說是自言自語。接著，他沉默片刻，奧立弗安靜地坐在他的旁邊。

「好了，好了。」老先生終於說話了，語氣也變得比較愉快。「我只是說，因為你還保有一顆年輕的心，如果你知道我曾經飽受過極大的痛苦和悲傷，你就會多加小心的，免得再次刺傷我的心了。你說你是一個孤兒，舉目無親，我多方打聽的結果都可以證實你沒有說謊。讓我也聽聽你的經歷吧，說說你是哪裡人，是誰把你撫養到這麼大的，又是怎麼跟那一夥人搞到一塊兒的。倘若你說實話，只要我活在世上一天，你就不會是無所依賴的。」

奧立弗抽抽搭搭地哽得有好幾分鐘說不出話，他剛要開始述說自己是如何在寄養所裡長大，又如何被班布林先生帶到濟貧院去的，大門口卻響起一陣很不耐煩的「砰砰、砰砰」的敲門聲，僕人跑上樓通報說，格里姆韋格先生來了。

「他上樓來了？」布朗洛先生問道。

「是的，先生，」僕人答道，「他問家裡有沒有鬆餅，我告訴他有，他說他就是來吃午茶的。」

布朗洛先生微微一笑，轉過臉對奧立弗說，格里姆韋格先生是他的一位老朋友，希望不要介意他那種不太文雅的舉止作風，那位先生其實是個大好人。

「要不要我下樓去，先生？」奧立弗問。

「不用，」布朗洛先生回答，「我希望你留在這兒。」

就在這個當兒，一個身體健壯的老紳士走了進來。他拄著一根粗大的手杖，一條腿頗有點兒瘸；身穿藍色外套，條紋背心，下邊是淡黃色的馬褲，打著綁腿，頭上戴一頂寬簷的白色禮帽，印有綠色徽章的邊沿向上翻，襯衫領從背心裡露出，領子上的花穗做工精細，背心的口袋外面晃蕩著一條很長的懷錶鋼鏈，錶鏈末端掛的是一把鑰匙。白圍巾的兩頭絞成一個橘子般大小的球形。他扭動著自己的臉孔，臉上展現出種種奇形怪狀，讓人簡直難畫難描。他說話時老喜歡把頭轉向一邊，同時用眼角斜睨，不免讓看見他的人聯想到鸚鵡。他一進來就定在那裡，保持這樣的姿勢，手臂伸得長長的，拿出一小塊橘子皮，用老大不樂意的口氣吼了起來：

「看看，看見這個了嗎？真是怪事，我每次去走訪一戶人家總會在樓梯上發現這麼個玩意兒，莫非是那個窮大夫的朋友幹的？我已經給橘子皮弄瘸了腿，它總有一天會要了我的命。會的，先生，橘子皮會叫我送命的，否則我願意把自己腦袋吃下去，先生。」

格里姆韋格先生每次斬釘截鐵地發表一項聲明，幾乎都要用這句精彩的口頭禪作為結束語。然而，這話體現在他身上尤其不尋常，因為即使是為了做出這種論證，承認科學上可能發達到了一位紳士能夠在本人有這種意願時吃下自己腦袋的程度。但格里姆韋格先生的頭碩大無比，即使世間最自信的人也未必敢指望一頓能把它吃下去——姑且完全不考慮上邊還抹著厚厚的一層髮粉。

「我一定把自己的腦袋吃下去。」格里姆韋格先生重申著，一邊用手杖敲了敲地板。「嗨，他是誰？」他打量著奧立弗，不由得向後退了兩步。

「這就是小奧立弗．崔斯特，我們前面談起過的就是他。」布朗洛先生說。

奧立弗鞠了一躬。

「你說的是那個害熱病的孩子？」格里姆韋格先生說著又往後退了幾步。「等一等，噓，停——」格里姆韋格先生繼續說道，猝然間，他若有所悟，不禁得意起來，對熱症的滿腹疑懼頓時統統丟在腦後。「吃橘子的就是這個孩子！如果不是這個孩子吃了橘子，又把這一片橘子皮扔在樓梯上的話，老兄，我可以把我的腦袋連同他的一道吃下去。」

「不，不，他沒吃過橘子，」布朗洛先生大笑，「得了！摘下帽子，同我的小朋友談一談。」

「先生，我對這個問題敏感得很，」這位容易惱怒的老紳士一邊脫下手套，一邊說，「我們那條街的人行道上總是多多少少有幾塊橘子皮什麼的，我知道，是拐角上那個外科大夫的兒子丟在那兒的。昨晚上有一位年輕女人就踩著了滑了一跤，撞在我家花園的柵欄上。她一爬起來，我就看到她的眼睛望著那盞招徠生意的可惡的紅燈[37]，『你別到他那兒去，』我向窗外喊，『他就是兇手，設下了圈套坑害人！』事實也是如此。如果他不是——」說到這裡，暴躁的老紳士又用手杖使勁地在地上敲了一下，他的朋友們一直都懂得這個動作的意思，那句口頭禪如果不說出來，便用敲手杖表示。隨後他仍然握著手杖，坐下來，打開一副用黑色的寬頻子掛在身上的眼鏡，開始打量奧立弗，奧立弗的臉一下子漲得通紅，又鞠了一躬。

「他就是那個孩子，是嗎？」格里姆韋格先生終於問道。

「是那個孩子。」布朗洛先生回答。

37. 在狄更斯那個時代，醫生診所門前有紅燈作標記。

「孩子，你好些了嗎？」格里姆韋格先生說。

「好多了，先生，謝謝您。」奧立弗答道。

布朗洛先生似乎感覺到了，這位脾氣古怪的朋友將要說出什麼不中聽的話來，於是便叫奧立弗到樓下去告訴貝德文太太，他們準備要吃茶點了。奧立弗一點也不喜歡這位客人的作風，便興高采烈地下樓去了。

「這孩子很漂亮，是不是？」布朗洛先生問道。

「我不知道。」格里姆韋格先生氣沖沖地說。

「不知道？」

「是啊，我不知道。我從來看不出小毛孩子有什麼不同的。我只知道男孩子有兩類：一種是粉臉，一種是肉臉。」

「奧立弗是哪一類的呢？」

「粉臉。我認識的一位朋友，他的孩子就屬於肉臉一類的，他們還管他叫好孩子——圓圓的腦袋，臉蛋紅彤彤的，一雙眼睛亮閃閃的，可壓根兒就是一個可惡透頂的孩子，身子和手腳四肢彷彿快把他一身藍衣裳的線縫都掙斷似的，嗓門特大，還有胃口大得像餓狼。我認識他，這個壞蛋。」

「行了，」布朗洛先生說，「小奧立弗．崔斯特可不是那樣的，他還不至於惹你發火的啊。」

「是不像那樣子，」格里姆韋格先生回答，「他可能比那孩子還要壞。」

說到這，布朗洛先生有點不耐煩地咳嗽起來，但在格里姆韋格先生看來卻因此感到極大的欣慰。

「說不準誰更壞呢。」格里姆韋格先生重複了一遍。「他從哪兒來？姓什麼？叫什麼？是做什麼的？他害了場熱病，那又怎樣？熱症又不是只有好人才會得的，不是嗎？有時壞人也會害熱病，對不對，啊？我知道一個人，他在牙買加由於謀殺主人被絞死了，他先後害過六次熱症，但並沒有因此獲得寬恕。呸！都是在胡扯淡。」

當時的情況，從內心深處說，格里姆韋格先生十分願意承認奧立弗的儀表舉止非常討人歡喜，只是他生性就喜歡抬杠，何況這一回還抬到那塊橘子皮，就更要抬杠了。他暗自打定主意，誰也別想對他發號施令，不管這個小孩長得好看不好看，從一開始他就決意跟自己的朋友唱對台戲。布朗洛先生承認，直到現在，格里姆韋格先生提的所有的問題他都能給出令人滿意的答覆，他已經把盤問奧立弗以往經歷的事擱到一邊，等到他認為那孩子的健康恢復到相當程度的時候再說。這時，格里姆韋格先生冷冷一笑，帶著嘲弄的表情問，管家有沒有每天晚上清點餐具的習慣，因為他敢擔保只要在某一個陽光明媚的早晨發現有一兩隻銀湯匙不翼而飛的話，嗨，他甘願——如此等等。

雖然布朗洛先生自己脾氣也相當急躁，可他深知朋友的怪僻，對這一切他還是以少有的好性子應對著的。喝茶的時候，格里姆韋格先生滿面春風，對鬆餅大加讚許。氣氛十分融洽。奧立弗也在座，他逐漸感到自己不像剛見到這位凶巴巴的老紳士時那樣侷促不安了。

「你幾時才能完完整整詳詳細細地聽聽有關奧立弗．崔斯特的生活遭遇呢？」吃過茶點，格里姆韋格先生向奧立弗瞟了一眼，重新提起了這件事。

「明天早上，」布朗洛先生回答：「到時候我希望沒有人打擾我和他的談話。明天上午十點鐘你到樓上來找我，親愛的。」

「好的，先生。」奧立弗答道。因為格里姆韋格先生總是盯著自己，目光又是那樣冰涼，他有點膽怯，回答起來不免帶幾分猶豫。

「我可以告訴你，」格里姆韋格先生悄悄地對布朗洛先生說道，「明天上午他不會來找你的，我看他還沒想好，他在騙你呢，我的好朋友。」

「我可以起誓他決不騙我。」布朗洛先生激動地答道。

「如果不是的話，我甘願——」格里姆韋格先生的手杖又敲了一下。

「我願用我的生命擔保，這孩子很誠實。」布朗洛先生說著，拍了拍桌子。

「我敢拿我的腦袋擔保他會說謊。」格里姆韋格先生應聲說道，同樣拍桌回敬。

「那就走著瞧好了。」布朗洛先生強壓住上升的怒火說道。

「我們會看到的，」格里姆韋格先生帶著一種挑釁的微笑回答，「我們會看到的。」

像是命運故意安排好似的，這時，偏偏貝德文太太送進來一小包書，這是布朗洛先生那天早晨從那位已經在這部傳記中露過面的書攤主人那裡買的，她把書放在桌子上，便準備出去。

「叫那送書的孩子稍等一下，貝德文太太。」布朗洛先生說，「有東西要他帶回去。」

「他已經走了，先生。」貝德文太太答道。

「你叫他回來，」布朗洛先生說，「這事不能馬虎，他本身就是小本經營，另外這些書都還沒付錢呢。還有幾本書也要送回去。」

大門打開了，奧立弗和女僕分兩路追了出去，貝德文太太站在台階上，高聲叫著送書來的孩子，可是來人已經無影無蹤。奧立弗和女僕氣喘吁吁地回來了，說不知道他跑到哪兒去了。

「哎，太遺憾了！」布朗洛先生歎道，「這些書今天晚上能還給他們就好了。」

「派奧立弗送去得了，」格里姆韋格先生臉上掛著譏誚的笑意，說道，「你知道的，他會平安送到的。」

「是啊，先生，如果您同意的話，就讓我去吧，」奧立弗請求道，「先生，我會一路跑著去的。」

布朗洛先生正想開口說奧立弗在這種情形下無論如何是不適合外出的，格里姆韋格先生發出一聲不懷好意的咳嗽聲，迫使他改變了主意。布朗洛先生心想：由他親自完成這趟差使，自己便可以向格里姆韋格先生證明，他的種種猜疑是不公正的，至少在這一點上——而且是立刻證明。

「那你就去吧，我親愛的。」老紳士說道：「要送的書就在我桌子旁邊的一把椅子上，去拿下來。」

奧立弗見自己能做點事了，他感到高興非凡。他胳膊下夾著幾本書便匆匆走下樓來，帽子拿在手裡，聽候囑咐。

「你就說，」布朗洛先生眼睛留神看著格里姆韋格先生，「你是來還這些書的，而且把我欠他的四鎊十先令付清。這是一張五鎊的鈔票，你要把找的十個先令帶回來。」

「不出十分鐘我就回來，先生。」奧立弗急切地說，他把那張鈔票放進夾克口袋，扣上扣子，小心翼翼地把那幾本書夾在胳膊下邊，恭恭敬敬鞠了一躬，離開了房間。貝德文太太送他走到大門口，詳細指點他最近的路如何走啦，書攤老闆的姓名啦，街道名稱啦，奧立弗說他都記住了。老太太還千叮萬囑，要他路上要小心，別著涼，這才准許他離去。

「看在他那漂亮的小臉蛋的份上，可千萬別出事啊。」老太太目送著他說。「無論如何，我真不放心讓他走出我所能看到的範圍。」

這時，奧立弗興高采烈地轉頭看了一眼，然後消失在拐角後面。老太太含笑還了個禮，便關上大門回去了。

「我看，要不了二十分鐘他就會回來。」布朗洛先生一邊說，一邊把錶掏出來，放在桌子上。「到那個時候天也快黑了。」

「噢，你真指望他會回來，是不是？」格里姆韋格先生問。

「難道不是嗎？」布朗洛先生微笑著反問道。

存心要鬧一鬧的勁頭在格里姆韋格先生的心中本來就難以平息，看到朋友臉上自信的微笑，他更來了興趣。

「是的，」他用拳頭捶了一下桌子，說道，「我認為他不會回來了，這孩子穿了一身新衣服，胳膊下邊夾了一摞值錢的書，兜裡又裝著一張五鎊的鈔票。他一定會去投奔他那幫盜賊朋友的，反過來笑話你。先生，如果那孩子回到這房子裡來了，我就把自己的腦袋吃下去。」

說完這番話，他把椅子往桌旁拉了拉。兩個朋友坐在那裡默默地等待，一塊錶就放在他們之間。

有一點很值得說，那就是雖然格里姆韋格先生絕對不是心懷鬼胎的壞蛋，看著自己尊敬的朋友上當受騙，他也會由衷地感到遺憾，但是此時此刻，他卻由衷而強烈地希望奧立弗不要回來。

天色已經很暗，連錶上的數字也幾乎難於辨認了。兩位老先生依然一聲不吭地坐在那兒，錶放在他們之間。

chapter 15

快活的老猶太與南茜都喜歡奧立弗

在小紅花山最骯髒的地段，有一家下等酒館，酒館的店堂十分昏暗，這裡冬天一整天都點著一盞閃爍不定的煤氣燈，即使是在夏季，也沒有一絲陽光照進這個陰森森、黑洞洞的巢穴。

此刻，有個漢子正坐在這家酒館裡獨斟獨酌。他穿一身平絨外套，土黃色緊身褲，半長筒靴帶套襪，面對一個白錫小酒壺和一隻小玻璃杯，渾身浸透了濃烈的酒味。雖然光線十分微弱，任何一個有經驗的警探還是會毫不遲疑地認出這就是威廉・賽克斯先生。一隻白毛紅眼狗蹲在他腳邊，時而抬起頭來，兩隻眼睛一齊眨巴眨巴望著牠的主人，時而又舔舔嘴角上一條新的大裂口，那顯然是最近一次衝突造成的。

「你這畜生！你給我放老實點，安靜些！」賽克斯先生驀地打破了沉默。不知是因為這樣專注的思索卻被狗的眼光干擾了呢，還是因情緒受到思維的推動，需要衝著一頭無辜的畜生踢一腳，以便來舒緩一下神經，不管原因何在，結果是狗同時挨了一腳又挨了罵。

狗對主人的虐待一般不會動不動就予以報復的，但賽克斯先生的狗卻跟牠主人一樣脾氣壞，此刻也許是由於感到受了莫大的侮辱，因而毫不客氣地一口咬住了筒靴，使勁搖了搖，便嗷嗷地叫著縮回到一條板凳底下，及時躲開了賽克斯先生砸過來的白錫酒壺。

「你竟敢咬我，你竟敢咬我？」賽克斯說著，一手拿起火鉗，另一隻手從衣袋裡掏出一把大折刀，不慌不忙地打開。「過來啊，你這天生的魔鬼。過來！聽見沒有？」

狗肯定是聽見了，因為賽克斯先生說話時把他已經夠刺耳的嗓門扯到了最刺耳的音調上，但是牠顯然對於脖子上挨一刀抱有某種無法解釋的反感，所以依舊待在原來的地方，而且叫得比先前更凶了，與此同時亮出牙齒，咬住火鉗的一端，像一頭不曾馴化的野獸似的亂啃亂嚼。

狗的這種反抗行為使賽克斯先生更加怒不可遏，他雙膝跪下，開始對這頭畜生發動極其猛烈的進攻。狗從右邊跳到左邊，又從左邊跳到右邊，上下撲騰，咆哮著，吠叫著。那漢子一邊又戳又捅，一邊賭咒發誓。這場鏖戰正進行到雙方都萬分緊急的關頭，門忽然被打開了，狗立刻撇下手持火鉗和折刀的威廉．賽克斯，奪路躥了出去。

常言道，吵架總需要對手。賽克斯先生一見狗不肯就範，感到掃興，立刻把狗在這場攻伐中的角色交給剛來的人繼續扮演。

「混蛋，你攪和到我和我的狗中間來幹什麼？」賽克斯凶巴巴地說。

「我不知道啊，親愛的，我一點都不知道。」費金可憐巴巴地回答。來人正是老猶太。

「不知道？做賊心虛！」賽克斯咆哮著：「沒聽見我嚷嚷嗎？」

「比爾，我什麼聲音也沒有聽到啊。」猶太人回答。

「哦，是的。你沒聽見什麼，你當然什麼也沒聽見，」賽克斯發出一聲惡狠狠的獰笑，應聲說道，「別以為偷偷摸摸地溜進溜出，就不會有人知道你是怎麼出去進來的。費金啊，半分鐘以前，你如果是那隻狗就好了。」

「為什麼？」費金強作笑容問。

「因為政府雖說關懷你這號人的小命，其實你還沒有癩皮狗的一半膽量，可牠才不管人家隨意宰一隻狗呢。」賽克斯一邊回答，一邊意味深長地合上折刀。「就是這麼回事。」

費金搓搓手，在桌邊坐了下來，聽了朋友的這番打趣，假意樂呵呵地笑了笑。但是，他心裡也顯然極不安寧。

「做你的怪樣子吧，」賽克斯說著，把火鉗放回原處，帶著明顯的蔑視掃了他一眼。「快不要笑了。輪不到你來笑話我，除非是戴上了睡帽[38]。費金，你已經捏在我的手掌之中，我他媽的會一直這樣，你給我聽好，我完了你也會完的，你給我留點兒神。」

「好的，好的，我親愛的，」猶太人說道，「我全明白，我們——我們——彼此都利益相連，威廉——我們大家利害一致。」

「哼，」賽克斯好像覺得老猶太沾的利益遠遠大於他的利益，「算啦，你想說什麼？」

「安全著呢，一切都順利通過了坩堝[39]。」費金答道，「這是你的那份，比你應得的多得多，我親愛的，但是我知道，下次您不會虧待我的，再說——」

38. 指絞刑犯處決時所套的面罩。
39. 指熔化偷盜來的金銀餐具。

「少來這一套，」那強盜不耐煩地打斷了他的話，「在哪兒？快拿過來。」

「好的，好的，您別著急，別著急，」費金像哄孩子似的回答，「在這兒呢。分文不少！」說著，他從懷裡掏出一方舊的紗手帕，解開角上的一個大結，取出一個牛皮紙小包。賽克斯劈手奪過紙包，忙不迭地打開來，一五一十地數著裡邊的金鎊。

「就只有這些，是嗎？」賽克斯問。

「都在這裡了。」費金回答。

「一路上你沒有打開這個包吞下一兩個吧？」賽克斯滿臉狐疑地問道，「別裝出一副委屈相，這事你幹得多了，拉一下鈴。」

這末了一句用大家都懂的英國話講就是要他打鈴。應召而來的另一個猶太人，比費金年齡小一些，但面目一樣可憎。

比爾．賽克斯光是指了指空酒壺，猶太人就馬上領會了這一暗示，退出去盛酒去了，在這之前，他與費金交換了一個意味深長的眼色。費金抬了抬眼，彷彿早有準備，搖搖頭做了回答，動作幅度非常小，哪怕是一個非常善於察言觀色的旁觀者也很難察覺到。賽克斯一點都沒注意，當時他正彎腰繫著被狗扯散的靴帶。假如他發現了的話，很可能會把兩人之間短暫插曲當做一個不祥之兆。

「這兒還有人嗎，巴尼？」費金問，目光仍然沒有從地上抬起來，因為賽克斯已經抬起頭來。

「一個人也沒。」巴尼回答，他的話無論是不是發自內心，一概是從鼻子裡發出來的。

「沒有一個人？」費金的聲音裡透出驚詫的意思來，也許是暗示巴尼，他不妨說實話。

「除了南茜小姐，沒有別的人。」巴尼答道。

「南茜！」賽克斯叫了起來，「她在哪兒呢？我非常賞識她，這女孩是天才，我如果說瞎話，就讓雷把我的眼睛打瞎。」

「她在櫃上點了一碟熟牛肉。」巴尼回答。

「讓她馬上來這兒，」賽克斯斟上一杯酒，說道，「叫她快來。」

巴尼膽怯地看了一眼費金，好像是在獲得他的許可，見老猶太不作聲，眼睛都沒抬一下，就退了出去，旋即就領著南茜進來了。這女人戴著軟帽，圍著圍裙，手拿籃子和大門鑰匙，全副裝束一樣不少。

「你找到線索了，是不是，南茜？」賽克斯一邊問，一邊把酒杯推到她面前。

「嗯，找到了，」南茜把杯裡的酒一飲而盡，答道，「不過這份差使可累得我夠嗆。那孩子病了，很有可能床都下不了了——」

「噢，南茜，親愛的。」費金說著，頭抬了起來。

當時，費金那赤紅的眉毛陰陽怪氣地皺了起來，一雙眼睛半睜半閉，他是在向心直口快的南茜小姐發出警告，這一點無關緊要。我們需要關注的只是事實，那就是，她忽然停住，向賽克斯先生拋過去幾個嫵媚的微笑，話鋒一轉聊起別的事情來了。過了大概十分鐘，費金先生使勁咳嗽了幾聲，南茜見他這副模樣，便把披巾裹在肩上，說她該走了。經問明，賽克斯先生發現自己和她有一段同路，表示希望送她一程，兩人一塊兒離去，那隻狗跟在後面，主人剛走出牠的視野，狗就打後院溜出來。

賽克斯離開了酒館，老猶太把頭探出房門，目送他走上黑沉沉的大路，握緊拳頭朝他的背影揚了揚，嘟嘟噥噥地發出一聲詛咒，便又發出一聲令人毛骨悚然的獰笑，他重新在桌旁坐下，不一會兒就被一份《通緝公報》饒有興味的版面深深地吸引住了。

就在這時，奧立弗．崔斯特正走在去書攤的路上，他做夢也沒想到自己與那位快活老紳士近在咫尺。在走進克拉肯韋爾街區時，他稍稍走偏了一點，無意間拐進了一條背街，走了一半才發現錯了。他知道這條路也能通往目的地，心想用不著折回去，所以依舊快步往前趕，那一疊書夾在胳膊下邊。

他邊走邊尋思：自己是多麼稱心如意，要是能再看一眼可憐的小狄克，無論花多大的代價他都願意，忍饑挨打的小狄克此刻也許正哭得傷心哩。就在這時，冷不防一個年輕女子高聲尖叫起來，嚇了他一大跳。「哦，我親愛的弟弟！」他剛想抬頭看個究竟，便有兩條胳臂伸過來，緊緊摟住了他的脖子，迫使他停住了腳步。

「哎呀，」奧立弗掙扎著叫了起來，「放開我，你是什麼人？你幹嗎攔著我？」

摟住他的這位年輕女子手拿一隻小籃子和一把大門鑰匙，用一大串號啕痛哭做了回答。

「啊，我的上帝！」年輕女孩連哭帶嚷地叫道，「我可找到他了！呃！奧立弗！奧立弗！你這個淘氣的孩子，為了你我吃盡了苦頭。回家去。親愛的，走啊。噢，我終於找到他了，謝天謝地，我總算找到他了！」女孩沒頭沒腦地抱怨了一通，接著又是一陣號啕大哭，歇斯底里的發作甚是嚇人，這時有兩個走到旁邊的女人不由得問一個頭髮用板油擦得亮閃閃的肉鋪夥計[40]，他是否該跑一趟，把大夫請來。肉鋪夥計——他本來就在旁邊看，那個樣子就算不說是懶惰，至少也是好閑，回答說，他認為沒有必要。

「噢，不用，不用，沒關係。」女孩說著，緊緊抓住奧立弗的手。「我現在好多了。快跟我回家去，你這個沒良心的孩子！走啊！」

「到底怎麼回事啊，小姐？」其中一個女人問道。

「哦，太太，」年輕女孩回答，「大概一個月前，他離家出走了，他的爸媽都是勤勤懇懇的正派人。他跑去跟一夥小偷壞蛋鬼混，把他的媽差點兒給氣瘋了。」

「小壞蛋！」一個女人說道。

「回家去，走啊，你這個小壞蛋。」另一個女人說。

「我不，」奧立弗覺得事情大大不妙，回答說，「我不認識她。我壓根兒沒有姐姐，也沒有爸爸媽媽。我是一個孤兒，住在彭頓維爾。」

「你們聽聽，他還撒謊！」女孩大叫著。

「呀，南茜！」奧立弗驚呼，他這才第一次看清了她的臉，不由得驚愕地往後倒退了一步。

40. 他也在閑看。

「你們看，他認出我來了！」南茜向圍觀者大聲呼籲，「他自己也糊弄不過去了，哪位好人幫忙叫他跟我回家去吧，不然的話，他真要把親愛的爸媽活活氣死的，我的心也要被他碾碎了。」

「這他媽的什麼事啊？」一個男人從一家啤酒店裡衝了出來，身後緊跟著一隻白狗。「小奧立弗！回到你那可憐的母親那兒去，小狗崽子！快回家去。」

「他們不是我的親人，我不認識他們。救命啊！救命啊！」奧立弗喊叫著，在那個男人強有力的懷抱裡拚命掙扎。

「救命！」那男人也這麼說，「好吧，我就來救你的命，你這個小壞蛋。這是些什麼書啊？是你偷來的吧，是不是？把書拿過來。」說著，他把奧立弗夾著的書奪過去，用勁敲他的腦袋。

「打得好！」一個看熱鬧的人從一扇頂樓窗戶裡喝彩，「非得這樣才能叫他知道點厲害。」

「沒錯！」一個睡眼矇矓的木匠喊道，衝著頂樓窗戶投了贊同的一瞥。

「這對他有好處！」兩個女人齊聲說。

「況且他也是自找的！」那個男人應聲說道，又給了奧立弗一下，一把揪住他的衣領。「走啊，你這個小壞蛋！喂，牛眼燈[41]，過來！看見沒有，小鬼？你再不走，小心狗會

41. 這裡是狗的名字。

咬你！」

苦命的孩子，方才大病初癒，身體還很虛弱，這一連串突如其來的打擊弄得他暈頭轉向，又懾於惡犬的狂吠和大漢的凶暴，再加上圍觀者已經認定他的確就是被南茜描繪成的那麼一個小壞蛋了，他能怎麼辦呢！天已經黑了，此地又不是講理的所在，他獨身一人，反抗也是徒勞的。隨後，他被拖進了由許多又暗又窄的小胡同組成的迷宮，被迫跟著他們一塊兒走了，由於他被逼著走得那麼快，使他大著膽子發出的幾聲呼喊無濟於事。的確，聽得清聽不清都不重要了，不會有人理會他的。

煤氣燈已經點亮了。貝德文太太焦急地等候在敞開的門口，僕人已經跑到街上二十來趟去看奧立弗是否回來。客廳裡沒有點燈，兩位老紳士依然正襟危坐地面對著放在他倆之間的那塊懷錶。

chapter 16

奧立弗被南茜領回去以後的遭遇

走過了狹街小巷，來到一片寬敞的空地，這裡四處立著一些圈牲畜的圍欄，說明這裡是一處牛馬市場。到了這，賽克斯就放慢了腳步，因為再要走得像先前那樣快，南茜絕對跟不上。賽克斯朝奧立弗轉過身來，命令他拉住南茜的手。

「聽見沒有？」賽克斯見奧立弗驚慌失措地四顧張望，便叱喝道。

這地方是一個黑暗的角落，四周沒有一點行人的足跡。奧立弗看得很明白，反抗是毫無意義的，他剛剛伸出一隻手，立刻被南茜牢牢地抓住。

「把另一隻手給我。」賽克斯說著，抓住奧立弗空著的那隻手。「過來，牛眼燈。」

那隻狗仰起頭，嗷嗷地叫了兩聲。

「看這兒，寶貝兒。」賽克斯另一隻手指著奧立弗的喉嚨對狗說道，「只要他說出一個字，你就咬他這個地方！記住了嗎？」

那隻狗又叫了起來，舔了舔嘴唇兩眼端詳著奧立弗，似乎巴不得馬上就咬住他的氣管。

「牠像基督徒一樣招之即來，如果不是這樣，就讓雷把我的眼睛打瞎！」賽克斯帶著一種猙獰殘酷的讚賞，打量著那頭畜生。然後對奧立弗說：「喂，小子，這下你該知道等著你的將是什麼結果，你高興怎麼喊就怎麼喊吧，只要你敢喊叫，一眨眼狗就會叫你玩不成這齣把戲。小傢伙，快跟上。」

牛眼燈搖了搖尾巴，對這番親切得異乎尋常的讚揚表示感謝，牠又吠叫了一通，作為對奧立弗的警告，便帶路朝前走去。

這些人穿過的這片空地就是斯米思菲爾德[42]，即使這裡是格羅夫納廣場[43]，奧立弗也一樣不認識路。

夜色一片漆黑，大霧瀰漫。店鋪裡的燈光抵不過越來越厚濁的霧氣，街道、房屋全都被包裹在朦朧混濁中，使這個陌生的地方在奧立弗心目中顯得更加陌生，他的心情也變得愈加沮喪起來。

他們剛匆匆走了幾步，一陣深沉的教堂鐘聲響了起來，兩個領路人同時停了下來，朝傳來鐘聲的方向轉過頭去。

鐘聲停了，南茜說道：「八點了。」

「用不著你告訴我。我自己能聽到，我又不是聾子！」賽克斯回答。

「不知道他們是不是也聽得見。」

---

42. 斯米思菲爾德——倫敦著名的牛市場。原為遊樂場，馬利・都鐸（一五五三—一五五八年的英國女王）時代曾是焚燒新教徒的刑場。

43. 格羅夫納廣場——倫敦最豪華的住宅區之一，在海德公園以東。

「廢話，」賽克斯答道，「我是在巴托羅繆節期[44]給抓去的，什麼都聽得見，連集上最不值錢的小喇叭的嗶嗶聲我都能聽見。晚上，我被鎖起來以後，外邊鬧嚷嚷的聲音愈大，搞得那個破監獄越發死寂，我差一點用自己的腦袋去撞門上的鐵釺子。」

「可憐的人啊。」南茜仍舊面朝著傳來鐘聲的方向。「哦，那麼多漂亮小夥子。」

「沒錯，你們女人就只會想這些，」賽克斯答道，「漂亮小夥子。哦，就當他們是死人好了，所以沒什麼可說的了。」

賽克斯先生似乎想用這番寬慰話竭力抑制著心中騰起的妒火，他把奧立弗的手腕扼得更緊了，命他他繼續往前走。

「等一等。」南茜說，「如果下次敲八點的時候，出來上絞刑台的是你，我也不打算急急忙忙走開。我就在這一帶兜圈子，一直到我倒下為止，即使是下著雪，哪怕我肩上沒有披巾。」

「那又能怎樣呢？」賽克斯先生冷冷地說，「除非你能找來一把銼刀，外帶二十碼結實的繩子，你走五十英里或者一步也不走，對我完全一樣。走吧，不要站在那兒婆婆媽媽嘮叨個沒完。」

女孩噗哧一聲笑了起來，裹緊圍巾，他們繼續前進。然而，奧立弗感覺到她的手在發抖，經過一盞煤氣街燈時，他看見她的臉色已變得煞白。

44. 巴托羅繆節——紀念使徒巴托羅繆的節日，在八月二十四日。十九世紀中葉以前，每年屆時倫敦都有盛大的集市。

他們沿著骯髒的小路走了足足有半個小時，沿途絕少遇見行人，看路上遇到的幾個人的穿著舉止就知道，他們跟賽克斯先生是一類的。最後，他們拐進一條非常污穢的小街，這裡基本上滿街都是舊衣鋪。此時，那狗好像意識到自己用不著再擔任警戒了，就一個勁兒向前奔去，一直跑到一家鋪子門前才停下。那鋪門關著，裡邊顯然是無人居住。房子破敗不堪，門上釘著一塊出租的木牌，好像已經掛了好多年了。

「到了。」賽克斯叫道，一邊謹慎地四下看看。

南茜俯身至窗板下面，很快，奧立弗聽到一陣鈴聲。他們走到街的對面，在一盞路燈下站了片刻。一個聲音傳過來，似乎是一扇上下開關的窗框輕輕被推起來的聲音，房門無聲無息地開了。賽克斯毫不客氣地揪住嚇得魂不附體的奧立弗的衣領，三個人快步走了進去。

過道裡很黑。帶他們進屋的那個人把大門關緊門牢。

「有別人嗎？」賽克斯問。

「沒有。」一個聲音答道，奧立弗覺得這聲音以前聽到過。

「老傢伙在不在？」那強盜又問。

「在，」那個聲音回答，「他像個泄了氣的皮球。他不會想見你的，真的，他不會的。」

這番答話的腔調和那副嗓音，奧立弗聽上去都有些耳熟，可黑暗中他根本無法辨認說話人的輪廓。

「給個光吧，」賽克斯說道，「否則，我們不是把自己的頸骨摔斷，就是會踹到狗身上去。別的不打緊，萬一踹了牠，可要小心你們的腿！」

「你們站在這兒等一會，我去給你們拿。」那聲音答道，之後便聽見說話人離去的腳步聲。過了一分鐘，約翰．道金斯先生，也就是溜得快的身影出現了，他右手擎著一支插在開裂的手杖末端的蠟燭。

這位小紳士對奧立弗咧嘴一笑，算是打招呼了，他轉過身，叮囑來客跟著自己走下樓梯。他們穿過一間空蕩蕩的廚房，來到散發著泥土味的矮屋子，這間屋子像是建在房後小院裡的。門開了，迎接他們的一陣喧鬧的笑聲。

「哦，太搞笑了，太搞笑了。」查利．貝茨少爺笑著說，原來笑聲是從他的肺裡發出來的。「他來了！哦，他到底來了！費金，你瞧他，費金，你認真看看。笑死我了，這遊戲實在滑稽，笑死我了。拉我一把，索性讓我笑個夠。」

這陣子高興勁兒來得突然，貝茨少爺一下子倒在地上，樂不可支地雙腳亂蹬亂踢，折騰了有五分鐘。然後他跳起來，從溜得快手中奪過那根破木棍，走到奧立弗跟前，把他前後上下看了一遍又一遍。這時候老猶太摘下睡帽，對著目瞪口呆的奧立弗連連鞠躬，身子彎得很低。溜得快性情向來陰沉，不大縱情作樂。這時，他正極其賣力地把奧立弗的衣袋搜了個遍。

「瞧他這身打扮，費金。」查利說道，把燈移近奧立弗的新外套，他差點兒把它燒著了。「瞧這一身上等的料子，最時髦的款式。哦，我的天，太滑稽了。他還拿著書呢，真是沒得說，十足的上等人氣派，費金。」

「看到你這樣乾淨體面真叫人開心，我親愛的，」老猶太假裝謙恭、實則挖苦的點了點頭，「溜得快會給你另外一套衣服，我親愛的，免得你把這套禮拜天穿的衣服弄髒了。你來怎麼也不寫封信告訴我們一聲，親愛的？我們也好給你準備些熱食當晚飯啊。」

聽了這番話，貝茨少爺又開始大笑，笑得那樣無情，費金心裡一下子輕鬆了，連溜得快也為之解頤。恰在這時，溜得快已經把那張五鎊的鈔票搜了出來，所以，很難說他的笑是因為老猶太的俏皮話還是他自己的發現。

「喂。那是什麼？」老猶太剛一把抓住那張鈔票，賽克斯便上前喊道：「老鬼，那得歸我。」

「不，不，我親愛的，」老猶太說，「是我的，都是我的，那些書歸你。」

「是你的才怪呢。」賽克斯說道，一邊果斷地戴上帽子。「是我跟南茜兩人的，要不，我就把這孩子送回去。」

老猶太嚇了一跳，奧立弗也全身一震，但卻是由於完全不同的原因。他希望爭執的結果真的能把他送回去。

「喂，老鬼，快交出來，交不交？」賽克斯問。

「這不公平，太不公平了，是嗎，南茜？」老猶太問。

「沒什麼公平不公平的，」賽克斯不容他辯解，「拿過來，我告訴你。你以為我和南茜白跑了嗎？把從你手裡溜掉的小子抓回來，那可不是一件容易的事情！你給我拿來，你這個老不死的，怎麼貪得無厭，你給我拿過來！」

隨著這番溫和的勸說，賽克斯把鈔票從老猶太的指頭縫裡拽過來，冷冷地看了一眼那老頭兒，然後把鈔票折小放進了自己的圍巾裡。

「這是我們應得的酬勞，」賽克斯說，「還不夠我們應得的半數。至於這書，您老喜歡就留下好了，如果不喜歡，可以賣掉。」

「書還真不錯呢。」查利．貝茨扮著各種怪相，裝出正在讀的樣子。「寫得真不錯，奧立弗，你說呢？」看見奧立弗垂頭喪氣的樣子，富有幽默感的貝茨少爺又一次發出狂笑，比之前更加猛烈。

「書是那位老先生的，」奧立弗絞著雙手說道，「就是那位慈祥的好心老先生，我得了熱症差點死了，是他把我帶到家裡，照看我養好了病，求求你們，把書和錢都還給他，你們要我一輩子留在這兒都行，我只求求你們把這些東西送回去。不然，他一定以為我帶著這些逃跑了，還有那位老太太——他們對我那麼的好，啊，求求你們，快把書和錢送回去吧。」

奧立弗聲淚俱下，說完話，隨即跪倒在老猶太的腳邊，雙手合在一起苦苦地哀求。

費金暗地裡扭頭看了他一眼，兩道濃眉緊緊地擰成一個死結，說道：「你做得對，奧立弗，你說得有道理，他們會認為是你偷走了這些東西。哈哈！」老猶太搓了搓手，忍不住笑出聲來。「即使讓我們來挑選時機，也不可能這麼湊巧。」

「當然不可能嘍，」賽克斯回答，「我一看見他走過來，胳膊下夾著些書，心裡馬上就透亮，真是非常好。他們都是些生就慈悲心腸的善男信女，只會唱讚美詩，不然壓根兒就不會收留他。他們以後一個字也不會提到他了，也不會報案了，說不定還會把他給關起來。所以他現在很安全。」

他們說這些話的時候，奧立弗時而看看這個，時而又望望那個，彷彿墜入了雲裡霧裡，對事情全都茫然不解。賽克斯剛一說完，他就驀地跳了起來，不顧一切地衝出門去，同時尖聲呼喊救命，喊得空蕩蕩的舊房子連屋頂都激起了迴響。

「快，把狗喝住。」費金和他的兩個弟子追了出去，嚷著搶步上前把門關上。「把狗叫回來，牠會把那孩子撕碎的。」

「活該。」賽克斯高喊著，想要把拉住他的女人甩開。「去你的，我會把你的腦袋在牆上撞出腦漿來。」

「我不在乎，怎麼我都不在乎。我要你們放過那個孩子！」南茜高聲喊叫著，不顧一切地與那漢子奮力搏鬥。「我絕不能讓那孩子被狗咬死，除非你殺了我。」

「我會讓狗咬死你，」賽克斯的牙齒咬得咯咯直響，「你再不放手，我可真能那麼做。」說著，一把將南茜甩到房間的另一端，這時，老猶太同他的兩個徒弟拖著奧立弗回來了。

「你們這是怎麼回事？」費金環顧了一下四周，問道。

「這小娘們兒發瘋了。」賽克斯惡狠狠地回答。

「不，我沒瘋，」這場搏鬥讓南茜面如死灰，上氣不接下氣的，「我才沒發瘋呢，費金，你別聽他的。」

「那就安靜下來，好不好？」老猶太殺氣騰騰地說。

「不，我就不！」南茜高聲回答，「我要問，你們想怎麼辦？」

像南茜這一類特定人物的脾性，費金心中有數。他很明白，這種情況下再與她理論下去就是在冒險。為了分散大家的注意力，他朝奧立弗轉過身去。

「這麼說，你還是想逃跑了，親愛的，是不是？」老猶太說著，把壁爐角上放著的一根粗糙多節的棍子拿在手裡望向奧立弗。

奧立弗沒有吭聲，他呼吸急促地盯著老猶太，並且留神注視著老猶太的一舉一動。

「你想找人來救你，把員警招來，是嗎？」費金獰笑著，抓住奧立弗的肩膀。「我的小少爺，我們會治好你這個毛病的。」

費金掄起棍子，狠狠地照著奧立弗的肩上打了一棍。他揚起棍子正要打第二下，南茜衝上前去把棍子從他手中奪了下來，使勁扔進火裡，濺出好些燒紅的煤塊，飛出來撒了一地。

「我不會坐視不管的，費金，」南茜喝道，「你已經把這孩子弄到手了，還想怎麼樣？放開他，你們放開他，要不，你們提前送我上絞架算了。」

南茜用力地跺著地板，發出她的這番恐嚇。她嘴唇閉緊，雙手緊握，交替打量著老猶太和那個強盜，她的臉上沒有一絲血色，那是她怒火中燒逐步到了白熱的程度所致。

「哦，南茜啊，」過了一陣，費金和賽克斯不知所措地互看了一眼，以息事寧人的口氣說道：「你——你可從沒像今晚這麼懂事啊，哈哈。我親愛的，你的戲演得好極了。」

「是又如何？」南茜說道，「小心點，別讓我演過火了。要是演過火了，費金，對你可沒有好處，我告訴你，你可別來惹我。」

一個女人發起火來，尤其是在她不顧一切的衝動之下，她身上的確會產生一股男人通常都不敢惹的力量。老猶太意識到，不能再假裝誤解南茜發怒這一現實了，那樣事情將變得無可挽回。他情不自禁地後退了幾步，半懇求半怯懦地看了賽克斯一眼，彷彿在暗示他才是繼續這場談話最合適的人選。

面對這番無言的呼籲，或許使他感覺到能不能制服南茜事關自己的聲譽，賽克斯發出了大概有幾十種咒罵、威脅的話，這些東西來得之快表明他的想像力之豐富。可是，這一套並沒有在被攻擊目標身上產生什麼作用，他只得訴諸更為有效的手段。

「你這是什麼意思？」賽克斯問這句話的時候用了一句極常用的詛咒，涉及了人類五官中最美妙的一種器官的賭咒話[45]，凡間發出的每五萬次的詛咒中只要有一次被上帝聽到，就會使雙目失明變得像麻疹一樣平常。「你這是什麼意思？天打雷劈的！你知道自己是什麼人嗎？自己是個什麼玩意兒？」

「哦，當然，我當然知道。」那女孩歇斯底里地放聲大笑，搖頭擺腦，那副滿不在乎的樣子不是隨便能裝出來的。

「既然知道，那你就放老實點兒。」賽克斯用慣常喚狗的腔調大吼大叫：「不然我會

45. 賽克斯賭起咒來常提到眼睛。

有辦法讓你安靜的，叫你在未來很長一段時間不老實不行。」

女孩又笑了起來，看起來比先前更加激動了，她匆匆地看了賽克斯一眼，然後把臉側向一邊，鮮血從緊咬著的嘴唇裡淌下來。

「你有種，」賽克斯以輕蔑的眼光打量著她說，「你也想學慈悲心腸，做上等人了。你管他叫小孩兒，他確實是個漂亮角色，想必做他的朋友是再合適不過的了！」

「仁慈的上帝，保佑我吧，我會的。」女孩義憤填膺地叫著，「早知道要我幫你們把他弄到這兒來，你們會這樣對他，我寧肯給雷劈死，或者代替剛才路過的那些人上絞架，我也不會答應你們的。從今晚起，他就是個賊，是個騙子，是個魔鬼了，這還不夠嗎？偏偏那個老渾蛋，還非得要再揍他一頓不可？」

「嗨，嗨，賽克斯。」費金用勸說的嗓門提醒道，指了指站在一旁的兩個少年，他們正全神貫注地觀察著這場風波。「大夥說話客氣點兒，都客氣點兒，比爾。」

「對，你們都客氣點兒！」南茜厲聲說。她滿面怒氣，令人望而生畏。「客氣點兒，你這個渾蛋！不錯，這些話我早該對你說。我還是個小孩的時候，年齡還沒他一半大呢，我就幫你偷東西了。」她指了指奧立弗。「我幹這行當已經十一年了。你知道不知道？說呀！你知道不知道？」

「行了，行了，」費金企圖使她平靜下來，「即使是那樣，你也是為了自己哦。」

「哼，為了自己。」女孩答道，她用一句句嚴厲的喊叫把這些話語滔滔不絕地湧出來。「我為自己，寒冷、潮濕、骯髒街道成了我的家，很久以前，就是你這個流氓把我趕到街上，要我無日無夜地待在那兒，直到我死。」

「我警告你，如果再這樣的話，我可要對你不客氣了。」老猶太被這番辱罵惹怒了，打斷了她的話，「我翻起臉來你是知道後果的。」

那女孩不再多說什麼，在狂怒的衝動下她撕扯著自己的頭髮和衣裳，朝老猶太猛撲過去，如果不是賽克斯眼疾手快，及時扭住她的手腕，說不定已經在老猶太身上留下了洩憤的印記了。一番徒勞的掙扎之後她便昏了過去。

「她現在老實了吧。」說著，賽克斯把她放倒在角落裡。「她發作起來勁大著呢。」

老猶太抹了抹自己的腦門子，微微一笑，彷彿對這場風波已告平息感到欣慰。然而無論是他、賽克斯，還是那隻狗，那些孩子，看起來都認為這不過是一樁再稀鬆平常不過而司空見慣的一支插曲罷了。

「和娘們兒打交道就是有這點麻煩，」費金把棍子放回原處，說道，「但是她們又都聰明伶俐，幹我們這一行又缺不了她們。查利，帶奧立弗睡覺去。」

「費金，他明天還要穿這身漂亮衣服嗎？」查利．貝茨問。

「當然不穿嘍。」老猶太亮出和查利提問時相同的齜牙咧嘴的奸笑，回答道。

貝茨顯然十分樂於接受這項使命。他拿起那根破棍子，領著奧立弗來到隔壁有兩三個鋪位的廚房，奧立弗以前曾在這樣的鋪位上睡過覺。查利又發出一陣陣控制不住的狂笑，才把奧立弗在布朗洛先生家扔掉的那套破衣服拿了出來，收破爛的猶太人把它買下來以後偶然給費金看到了，老猶太才得到了有關他行蹤的一條線索。

「把你的漂亮衣服脫下來。」查利說道，「我去交給費金保管。這太滑稽了！」

可憐的小奧立弗極不情願地照辦了，貝茨少爺把他的新衣裳捲起來夾在胳膊底下，隨手鎖上房門走了，留下奧立弗待在黑暗中。

隔壁傳來查利的大笑聲，好像還有貝特西小姐的聲音。她來得湊巧，她的好朋友正需要澆點涼水，做一些男士不方便的事，促使她甦醒過來。隔壁的喧鬧使許多人都難以入睡，然而，小奧立弗已是心力交瘁，很快，他就進入了夢鄉。

chapter 17 奧立弗時運不濟，有顯要人士來到倫敦敗壞他的名聲

在所有像樣的兇殺劇中，總是交替出現淒慘的和滑稽的場面，猶同肥瘦相間，薰製得法的五花肉一樣，這已經成為舞台上的一種規矩了。如果主人公為鐐銬與不幸所累，栽倒了。接下來的那場，他那位忠心耿耿、但不明真相的僕人照例用一段滑稽小調來愉悅觀眾。觀眾揣著一顆呼呼直跳的心，看到女主人公落入一位驕橫殘暴的男爵懷抱，她的貞操和性命都岌岌可危。她拔出匕首，不惜以死來保全自己的貞操。就當人們的想像被上調到最高限度的時候，一聲哨笛響，我們一下子被帶進城堡裡，在那裡，一個頭髮灰白的總管正在領唱一支滑稽可笑的歌，而參與合唱的是一群更加滑稽可笑的家奴，他們隨處都可能出現，從教堂的穹頂下到宮殿的城闕，凡是他們成群結隊足跡所至的地方，總是可以聽到歡樂的歌聲。

這樣大起大落的變化看起來有些荒唐，但它們並不像乍看起來那樣不近情理。現實生活中，從大張華筵到臨終彌留，從弔喪的孝服到節日的盛裝，這種更迭的驚人之處也毫不遜色，只不過我們是其中粉墨登場的演員，而不只是置身事外的看客，這一點是有天壤之別的。以類比為能事的演員對於感情或知覺的急劇轉換與驟然刺激往往麻木不

仁，可是這一切到了觀眾眼裡卻立即被斥為荒誕不經。

鑒於場景的急轉直下，時間、地點的驟換，長期以來不僅在書本中相沿成習，而且認為這就是大手筆的也大有人在——評論家以此來判斷一個作者藝術技巧的高低，主要依據他在每章末尾處將人物置於怎樣的困境之中——讀者也許會認為這一段簡短的引論是多此一舉。如果是這樣，就請把這段話當做是筆者的一個微妙的暗示吧，作者可能回到奧立弗．崔斯特出生的那座小城去了，讀者應當想到，這一趟遠行是大有必要，否則無論如何也不會邀請他們去走這一遭的。

有天一早，班布林先生就走出了濟貧院大門口。他一副氣宇不凡的派頭，步態威嚴地走上大街。他神采飛揚，充滿教區幹事的自豪感：三角帽和大衣在朝陽下熠熠閃光。由於意識到自己身體好、權力大，他緊握手杖，精神飽滿，渾身是勁。班布林先生的頭素來都昂得高高的，今天尤其比平時昂得要高。他目光有些出神，表情愉悅，這副神氣興許已經向細心的旁觀者發出了警告，這位教區幹事腦中盤旋的念頭實在太了不起了。

他一直朝前走去，幾位店鋪掌櫃畢恭畢敬地跟他招呼，向他敬禮，但他沒時間停下來與他們搭話，只是揚揚手算是回禮了。他始終保持著這副高傲的步態，直到他走進曼恩太太的寄養所。

「該死的。」曼恩太太一聽那熟悉的搖晃花園門的聲音就煩。「大清早，除了他還會是誰。啊，班布林先生，是您，我早就知道是您。哦。上帝，多麼叫人高興哪！先生，快請到客廳裡坐。」

上面第一句話是向蘇珊說的，熱情洋溢的歡迎詞則是給班布林先生聽的。曼恩太太十分殷勤且又恭敬地領著他走進屋子。

「曼恩太太。」他沒有像一般不懂禮數的粗人那樣一屁股坐下來，或者說不自覺地讓身體掉進座位裡，而是穩重而緩慢地在一把椅子上坐了下來。「夫人，早安。」

「喲，早，先生，」曼恩太太回答時滿臉堆笑，「想來這段時間你的身體不錯，先生。」

「還好，曼恩太太，」教區幹事回答，「教區的生活可不是清閒舒服的，曼恩太太。」

「說得是，的確不清閒，班布林先生。」曼恩太太答道。如果寄養所的全體兒童也都聽見了，他們一定會很有禮貌地像合唱隊那樣齊聲附和。

「在教區做事，夫人，」班布林先生用手杖敲著桌子繼續說，「就得操心，有煩惱，還得勇敢。不過，我認為一切社會活動家哪怕對簿公庭也義不容辭。」

曼恩太太對教區幹事說的話一知半解，但她還是帶著同情的眼神抬起她的雙手，歎了一口氣。

「啊，曼恩太太，確實可歎啊。」教區幹事說道。

曼恩太太見自己做得對，便又歎了一口氣，存心要討好這位社會活動家，而他神情莊重地看了一下自己的三角帽，竭力掩飾臉上得意的微笑。

「曼恩太太，我決定去一趟倫敦。」

「哦，班布林先生。」曼恩太太大驚小怪地問一聲就往後退去。

「我要去倫敦，夫人，」那教區幹事繼續說道，「坐公共馬車去，我，還有兩個窮小子，曼恩太太。有一樁關於定居資格[46]的官司，就要開庭審理了，董事會指定我——我，曼恩太太，到克勒肯威爾的季度法庭[47]去處理這件事。」「我真懷疑，」班布林先生挺了挺胸，補充說，「在跟我說清楚之前，克勒肯威爾法庭是不是能看出是他們搞錯了。」

「噢。您可不能過分頂撞他們，先生。」曼恩太太好言相勸。

「那是克勒肯威爾法庭自找的，太太，」班布林先生回答，「如果克勒肯威爾法庭發現結果比他們預想的要糟得多，也只能怪他們自己了。」

班布林先生臉色暗淡，說這些話的語氣強硬，處處流露出他決心已定、志在必得的意思，曼恩太太似乎完全被他的話折服了。過了半晌她說：

「你們坐班車去嗎，先生？我一直以為向來都是用馬車來送那幫窮鬼的呢。」

「曼恩太太，那只有在他們生病的時候，」教區幹事說道，「在多雨的季節，我們把有病的窮小子安頓在敞車裡，免得他們著涼。」

「哦。」曼恩太太一下子明白了。

「返回倫敦的班車答應捎上他們，而且價錢也不貴，」班布林先生說，「他們兩個人都快不行了，我們算了一筆賬：讓他們挪個地方比起安葬他們要少花兩英鎊，換句話說，我們可以把他們扔到另外一個教區去，只要他們不跟我們作對死在半路上，哈哈哈！」

---

46. 教區當局為了削減習藝所的開支，往往把不在當地出生、即沒有「定居資格」的貧民遣送出境。
47. 在英國，除初級地方法庭外，法院每年四次定期開庭審理案件，稱為季度法庭。

班布林先生剛笑了一陣子，目光又一次看著自己的三角帽，於是面孔重新繃緊。

「我把正事給忘了，夫人，這是你本月的教區薪俸。」

班布林先生從皮夾子裡掏出用紙卷著的一疊銀幣，請曼恩太太寫了張收條。

「這上面沾了些墨漬，先生，」曼恩太太說，「不過我敢保證，寫得還算符合要求。先生，謝謝您了，真不知道該怎麼感激您才好。」

班布林先生和善地點點頭回答曼太太的屈膝禮，接著，他便問起孩子們的情況來。

「上帝保佑那些可愛的小心肝。」曼恩太太滿懷深情說道。「他們好得不能再好了，這些寶貝。當然囉，除去上禮拜死掉的兩個，還有小狄克。」

「那孩子一點都沒見好？」班布林問道。

曼恩太太搖了搖頭。

「那是個心地邪惡、品行不端、劣性難改的小叫花子，往後也好不了，」班布林先生氣地說，「他在哪裡？」

「先生，我馬上就讓他來見你，」曼恩太太回答，「狄克，快上這兒來。」

叫了好一會兒，她才把狄克找到。他被洗了洗臉，在曼恩太太的衣裾上擦乾了，然後被領來拜見教區幹事班布林先生。

這孩子臉色蒼白，骨瘦如柴，兩頰凹陷。一對明亮的眼睛睜得圓圓的，千方百計節省布料的教區施衣掛在他那弱不禁風的身上仍顯得十分寬鬆肥大，幼小的四肢已經瘦得像老年人一樣乾枯了。

在班布林先生的逼視下站著發抖的就是這麼一個小東西，他不敢把目光從地板上抬起來，他甚至怕聽教區幹事的聲音。

「你就不能抬頭看看這位紳士？你這個倔強的孩子！」

狄克聽話地抬起雙眼，他的目光跟班布林先生相遇了。

「你這是怎麼啦，我親愛的小狄克？」班布林先生以頗合時宜的滑稽口吻問道。

「沒什麼，我的先生。」孩子語氣虛弱地回答。

「我想也沒什麼。」曼恩太太接過去說。班布林先生的風趣話當然從她那裡贏得不少笑聲。「我相信你什麼也不缺少。」

「我想——」孩子結結巴巴地說道。

「哎呀。」曼恩太太打斷了他的話，「你現在一定是要說，你真的缺少什麼了吧？哼，這個小壞蛋——」

「等等，曼恩太太，等等。」教區幹事端起權威人士的架子，揚起了一隻手，說道：「小傢伙，你想什麼呢，嗯？」

「我想，」孩子結結巴巴地說，「哪位會寫字的話，幫我在一張紙上寫幾句話，然後把它折好密封起來，等我埋到地底下以後替我保存著。」

「啊，孩子，你這是什麼意思？」班布林先生吃了一驚，狄克一本正經的樣子，蒼白的面容不能不給他留下某種印象，雖然對這樣的事他早已見怪不怪了。「小傢伙，你說什麼來著？」

「我想……」孩子說道，「告訴可憐的奧立弗．崔斯特我非常愛他，讓他知道，一想到他在黑夜裡到處流浪，那麼無助，我就會一個人坐下來，替他哭泣。我想告訴他，」孩子將兩隻小手緊緊地合在一起，懷著熾熱的感情說，「我寧可趁我年紀很小的時候就死了。我如果長成了大人，變老了，我在天堂裡的小妹妹說不定會把我給忘了，或者一點都不像我了。如果我們倆在那裡見面還都是小孩子，待在那兒要更快樂一些。」

班布林先生驚訝得簡直無法形容，他把這個說話的小不點從頭到腳打量了一番，然後轉向自己的老朋友。「這幫小鬼全是一個樣，曼恩太太，那個奧立弗真是個壞孩子，把他們全都帶壞了。」

「先生，鬼才相信這些話呢。」曼恩太太說著，舉起兩隻手，惡狠狠地瞪著狄克。

「我從來沒見過這麼可惡的小壞蛋。」

「你把他帶走吧，夫人。」班布林先生傲慢地說，「這事必須報告董事會，曼恩太太。」

「我希望理事先生們能諒解，這不是我的錯，你說呢？」曼恩太太悲憤地抽泣著說道。

「他們會理解的，夫人，會把事情的真相瞭解清楚的，」班布林先生說，「好啦，快把他帶走吧，看見他我就心裡有氣。」

狄克馬上被帶下去鎖在煤窯裡，隨即班布林也起身離開了。

次日早上六點，班布林先生登上班車的頂座，他把三角帽換成了圓禮帽，身上裹了一件帶披肩的藍色大衣，帶著那兩個定居資格尚有爭議的犯人按時到了倫敦。一路上沒什麼事，只是那兩個小子舊習不改，一直哆哆嗦嗦地抱怨天冷，照班布林先生的話說，他倆叫得牙齒都捉對兒廝打，這弄得他渾身不自在，雖然他還穿了一件大衣。

班布林先生安頓好那兩個壞蛋的住宿，一個人吃了一頓便飯：牡蠣油牛排外加黑啤酒。餐畢，他將一杯滾燙的摻水杜松子酒放在壁爐架上，把椅子挪到爐邊坐了下來。在想像中對不知足和發牢騷這種過於普遍的罪過發表了一通大道理，然後安下心來看報。

班布林先生的目光停留在開頭的一段，那是一則啟事。

懸賞五尼[48]。

現有一男童，名奧立弗·崔斯特，上星期四傍晚時分從彭頓維爾家中潛逃，有人說被人誘拐出走，至今杳無音訊。凡能提供線索並因此尋回奧立弗·崔斯特者，可獲酬金五尼，凡透露其昔日經歷之一二者亦同。啟者於此甚為關切，諸多緣由，恕不詳述。此啟。

之後是對奧立弗的穿著、身材、外貌和如何失蹤的一段詳細描述，末尾是布朗洛先生的姓名全稱和詳細地址。

班布林先生眼睛睜得大大的，逐字逐句地把那告示念了幾遍。約莫過了五分鐘，他已經動身前往彭頓維爾。由於太過匆忙，那杯熱騰騰的摻水杜松子酒甚至沒有沾唇。

48. 英國舊金幣，一尼合二十一先令。

「布朗洛先生在家嗎？」班布林先生向來開門的女僕問道。

對於他的問話，女僕的回答不僅好奇，且語詞閃爍：「不知道，您來自哪裡？」

班布林先生剛一提到奧立弗的名字，以此說明來意，一直在客廳門口側耳聆聽著的貝德文太太馬上快步趕到過道裡來。

「請進來吧——快請進來吧，」老太太說道，「我就知道會有消息的，我苦命的孩子。我，我知道我們會打聽到的！我相信一定會有消息，上帝保佑他。我一直就這麼說。」

說完，那位可敬的老太太又回到客廳獨自坐在沙發上哭了起來。女僕感情不像她那麼容易激動，早已跑上樓去通知主人了，她下來傳話說，請班布林先生立刻隨她上樓去。

班布林跟隨她走進裡間的小書房，裡邊坐著布朗洛先生和他的朋友格里姆韋格先生，兩人面前放著幾隻圓酒瓶和玻璃杯。一看見班布林，格里姆韋格先生立刻大叫起來：

「一個教區幹事。肯定是個教區跑腿的，我如果說錯了就把腦袋吃下去。」

「請先不要打岔，」布朗洛先生說道，然後轉向來客，「您請坐。」

班布林先生坐了下來，格里姆韋格先生的奇怪舉動，弄得他稀裡糊塗。布朗洛先生把燈移了一下，以便自己能更清楚地看到這位幹事的面貌，略有些焦急地說：

「先生，你是不是看到了那張啟事方才來的？」

「是的，先生。」班布林先生說。

「你是一名教區幹事？」格里姆韋格先生問道。

「兩位先生，是的。」班布林先生的口氣相當自豪。

「沒錯吧，」格里姆韋格先生對自己的朋友說道：「我知道他一定是的，一個十足的教區幹事。」

布朗洛先生搖搖頭，請自己的朋友安靜下來，又問道：

「你知不知道那可憐的孩子現在在什麼地方？」

「先生，現在我並不比別人知道得多。」班布林先生回答。

「哦，那你究竟知道有關他的什麼情況呢？」老紳士問，「請直說，朋友，你到底知道他一些什麼？」

「你碰巧知道的應該不會全是什麼好事吧，對不對？」格里姆韋格先生譏諷地問，他已經對班布林先生的長相特徵作了一番仔細端詳。

班布林先生一下子辨出了這句問話的意思，臉色變得莊重起來，他搖了搖頭。

「看到了吧？」格里姆韋格先生以勝利者的姿態看了布朗洛先生一眼說道。

布朗洛先生滿懷不安地看看班布林先生那張皺眉蹙額的臉，希望他盡可能扼要地把他所知道的有關奧立弗的事情都說出來。

班布林先生摘下帽子，解開大衣，雙手叉腰，以一副回憶往事的架勢低下頭，思考片刻，開始講述他的故事。

教區幹事說完話僅用了二十來分鐘，大意是說，奧立弗是個棄兒，生身父母都很低賤，而且品性惡劣。自出生以來，他表現出的只有出爾反爾，恩將仇報，心腸邪惡，除此之外沒有任何較好的品質。在出生地，因對一位無辜少年進行殘暴而怯懦的襲擊，晚間從主人家中出逃，從而結束了那一段簡短的經歷。為了證實自己確實不是冒名頂替，班布林先生把隨身帶來的幾份文件攤在桌上，自己則交叉起雙臂，等布朗洛先生過目。

「看來一切都是事實，」布朗洛先生看完文件，痛心地說道，「對於你提供的情況，五尼不算豐厚，可如果對那孩子有利的話，我非常願意付你三倍的報酬。」

如果在這次來訪的一開始，班布林先生早一點知道這一消息的話，他完全可能會給奧立弗的故事染上一種完全不同的色彩，然而，現在為時已晚，他煞有介事地搖了搖頭，把五個尼放進錢袋就告辭了。

布朗洛先生在屋子裡踱了好幾分鐘，教區幹事的一番話顯然攪得他心煩意亂，連格里姆韋格先生也不敢再火上澆油。

布朗洛先生終於停下腳步，暴躁地搖鈴。

「貝德文太太，」女管家剛露面，布朗洛先生就說道，「那個奧立弗，他是個騙子。」

「不會的，先生，這不是真的。」老太太堅定地說。

「他確實是個騙子手，」老紳士重申道，「是真的，我們剛聽人把他出生以來的情況詳詳細細地講了一遍，他從始至終都是一個道地的小壞蛋。」

「我怎麼也不會相信他會是個騙子，先生，」老太太執拗地回答，「我真的不信。」

「你們這些人就是這樣，你到底相信什麼呢？」格里姆韋格先生怒吼起來，「我一向知道就是這麼回事。你幹嗎開始不接受我的忠告？假如他沒患過熱症的話，你估計就會接受了，是不是？他怪可憐的，不是嗎？可憐？呸！」格里姆韋格先生說著用撥火棒做了個戲劇性的動作把爐火狠狠地捅了一下。

「他確實是個好孩子，知道感恩，又斯文聽話，先生，」貝德文太太憤懣地反駁道，「小孩子是怎樣的人我心裡有數，先生，這些事我有幾十年的經驗了，誰如果不能誇這個孩子，就不要隨便下結論，我就是這麼想的。」

這些話無疑對於迄今為止仍是單身的格里姆韋格先生是沉重的一擊。鑒於那紳士只是微微一笑而無言以對，老太太把頭一昂，還打算再理論一番，卻被布朗洛先生制止了。

「住口！」布朗洛先生顯出一副連自己都不易察覺的怒容，說道：「永遠別再和我提那孩子的名字。我打鈴就是和你說這個。永遠，絕不可以再提起他，你們都小心一點。現在你可以出去了，貝德文太太，記住。我是非常認真的。」

這天夜裡，在布朗洛先生的家裡，有好幾顆心都在憂傷不已。

在賊窩裡，一想起自己那些好心的朋友，特別是布朗洛先生一家人，奧立弗的心就直往下沉。幸虧他還不知道他們所聽說的事，不然，他的一顆心也會徹底破碎的。

chapter 18

奧立弗在那一班良師益友中如何度日

次日中午時分，溜得快和貝茨少爺出去幹他們的老本行了，費金先生借這個空閒向奧立弗發表了長篇大論，指出並痛斥了他忘恩負義的滔天罪行。

他清楚地表明，奧立弗的罪過可不小，竟捨得撇下一幫時時惦記著他的師友，還有，大家費了偌大的周折，才把他找回來，他居然企圖逃走，根本就是個渾蛋。費金先生特別強調了他收留、厚待奧立弗這一事實，他說，如若當時不是他及時予以接濟，奧立弗與許早已餓死了。他講述了某個小夥子動人心弦的悲慘經歷，他出於憐憫之心，在類似的情形下周濟過那個小夥子，可事實證明那個傢伙辜負了自己的信任，企圖向警方告密，某天早晨，他不幸被絞死了。

費金先生對自己與這起慘案有關不打算掩飾，但卻動情地悲歎說，因為前邊談到的那個年輕人執迷不悟、背信棄義的行為，使別人不得不向巡迴刑事法庭舉報，把他充當犧牲品——即使提供的並不都是真憑實據——但為了自己和為數不多的幾個密友的安全，這是絕對必要的。費金先生描繪了一副令人很不痛快的畫面，表明絞刑具有種種難受之處，用此作為演說的結尾。他以十分友好和客氣的態度表達了無數殷切的希望，除非迫不得已，他決然不願讓奧立弗去領略那種不愉快的滋味。

聽了老猶太的一番話，小奧立弗隱隱約約體會到他流露出的陰險狠毒的威脅。他的血凝固了，他早已領教過了，當無辜與有罪偶然交織在一起的時候，連司法當局也很可能混淆是非。對於怎樣除掉知道得太多或者是過分藏不住話的傢伙，老猶太早就算計好了，這類計畫他的確已經不止一次策劃而且實施過了。回想起這位紳士和賽克斯先生之間唇槍舌劍的原因，彷彿就與過去的某一樁類似的陰謀有關。他怯生生地抬起頭，不想，卻和老猶太犀利的目光碰在了一起，他意識到，這位心細如髮的老紳士是說到就會做到的。

老猶太噁心地微微一笑，輕輕地拍著奧立弗的腦袋，說只要他自己安分聽話，專心做事，他們依然可以成為十分要好的朋友。說完，他戴上帽子，裹了一件綴有補丁的大衣，隨手鎖上房門出去了。

就這樣，整整幾天，從天明到天黑，奧立弗沒看見一個人影。在這段漫長的等待中，他只有與自己的思緒為伴。他怎麼也忘不了那些善良的朋友，他們一定誤解他了，這實在令人傷心。想到這裡，他怎能不黯然神傷。

大概過了一個星期，老猶太不再把房門上鎖，他可以在房子裡自由走動了。

這地方非常骯髒污穢。樓上的幾個房間配有高大的木製壁爐架和寬闊的門，牆壁上的嵌板一直通到天花板，裝飾得五花八門。由於無人打掃，這些東西積滿了塵垢，已變得暗淡無比。依據這種種跡象，奧立弗判斷，很久以前，在猶太老頭還沒來的時候，這房子一定為身分較高的人所有，一定是十分整潔而令人賞心悅目的。

在牆壁與天花板的角落裡已經織上了蜘蛛網。有時候，奧立弗躡手躡腳走進一間屋子，會有一群耗子在地板上竄來竄去，看見有人來了，慌慌張張逃回洞裡。除了這些，房子裡寂靜無聲。有很多次，當夜幕降臨，他從一間屋子到另一間屋子遊蕩，累了便蜷縮到靠近大門的走廊角落裡，希望能儘量離有血有肉的人近一些，他木然地傾聽著外邊的聲音，計算著時間，直到老猶太或他的徒弟回來。

所有房間的窗板正一天天腐爛，而且關得嚴嚴實實，壓窗板的橫條用螺釘牢牢地釘在木槽裡。僅有的光線從房頂上一個個圓孔中躲躲閃閃地溜下來，佈滿奇怪的暗影，使屋子顯得更加陰森可怖。頂樓開著一扇後窗，沒有裝窗板，上邊的柵欄也已經生銹。奧立弗經常愁容滿面地往外張望，一待就是幾個小時，可是除了參差不齊、密密層層的一大片屋頂、熏黑的煙囪和山牆的尖頂之外，什麼東西也看不見。誠然，有時也可以看到遠處一所房子的屋頂矮牆上探出一個頭髮蓬亂的腦袋，但馬上又消失了。奧立弗的房間窗戶是釘死的，加上多年雨淋煙熏，他最多能夠辨認外邊各種東西的形狀，至於想讓別人看見他或者聽到他的聲音——那同住在聖保羅大教堂的圓頂裡邊想要被人看到或聽見一樣毫無希望。

一天下午，溜得快和貝茨少爺都在準備著晚上出門的事，前面那位小紳士突然表示出對自己打扮的一點憂慮（說實話，這決不是他以前就有的一個缺點）。出於這個原因，他居然賞臉，吩咐奧立弗馬上侍候他穿戴起來。

奧立弗見自己有可以出力的地方了，真有些受寵若驚，身邊總算有了幾張面孔，哪怕看上去不是和善的面孔，也能讓他高興。再說，他很想通過老老實實做事來感動身邊的幾個人，對這一要求立刻表示願意效勞。溜得快坐到桌子上，以便將靴子搭在奧立弗的一條腿上，他在地板上跪下來，著手進行被稱作「替腳匣子套上光」的工序，就是替他擦鞋。

擺出一副悠然自得的姿勢，坐下來一邊抽煙斗，一邊無憂無慮地將一條腿蕩來蕩去，讓別人替自己擦鞋，既節省脫下來的麻煩，又免去了重新穿上時的麻煩，凡是有理性的動物在這種時候都會享受這種優哉遊哉的感覺，要不然就是充滿誘惑的煙草使溜得快心曠神怡，或者是暖心的啤酒使他的心情趨於舒暢，反正眼下他顯然渾身都散發著一種既浪漫又熱忱的情趣，這跟他的天性頗不相同。他低頭看了奧立弗一眼，若有所思。接著他又抬起頭來，輕輕歎了一口氣，不知是自言自語還是向貝茨少爺說道：

「真可惜，他不是一個剪綹黨。」

「啊，」查利．貝茨少爺說，「他真是不識好歹。」

溜得快又歎了一口氣，吸起煙斗來，查利也吸了起來。兩個人就這樣享用著，半天無語。

「你大概連剪綹黨是怎麼回事都不知道吧？」溜得快不勝遺憾地問。

「我大概知道的，」奧立弗抬起頭來，回答說，「就是小——」奧立弗欲語又止，轉而問道：「你就是個……對嗎？」

「是啊，」溜得快答道，「我還看不上別的行當。」他開始表達出自己的看法，把帽子使勁往上一推，並且望著貝茨少爺，似乎等著他反駁。

「是啊，」溜得快再次重申，「查利是，費金是，還有賽克斯、南茜、貝特西，大家都是賊，包括那條狗在內，牠是我們一夥中最滑頭的一個呢。」

「也是嘴巴最牢的一個。」查利．貝茨又補充了一句。

「就是在證人席上牠也不會吭聲的，牠怕惹禍上身的，是啊，就是把牠拴在那裡，讓牠在那兒待上兩個禮拜，餓著牠，牠也決不吱一聲。」溜得快說。

「就是嘛。」查利會意地笑了一下。

「這狗真怪。碰上生人大笑或是唱歌，牠從不故意嚇唬別人。」溜得快接著說道，「聽見拉提琴，牠也從不發瘋。跟牠不是一家的狗，牠更是從不招惹。」

「真是個不折不扣的基督徒。」查利說。

他們的話純粹是誇獎那頭畜生有能耐，然而貝茨少爺並不知道，這句話在另一種意義上也是適用的，因為世間有無數的女士、先生自詡為不折不扣的基督徒，這些人與賽克斯先生的狗有著非常突出而又驚人的相似之處。

「好啦，好啦。」溜得快又言歸正傳，這是出於職業上的細心，這種細心一直以來都在影響他的言語動作。「反正跟這個小子毫無關係。」

「可不是嘛，」查利說道，「奧立弗，你為什麼不拜費金為師呢？」

「難道你不想發財？」溜得快咧嘴笑了，接著說。

「有了錢就可以告老退休，安享富貴，換句話說，就是往後數四個閏年，再往後一個閏年，也就是三位一體周後的第四十二個禮拜二。正好在過三一節的那一周[49]，我就洗手不幹，」查利．貝茨胡說起來。

「我不喜歡你們做的這種事，」奧立弗怯生生地表示，「他們放我走就好了，我——我——很想離開。」

「費金才不會讓你走。」查利答道。

對這一點，奧立弗非常清楚，然而，他突然意識到，把自己的心思表露得更加明白，說不定會闖禍的，於是他只好長歎一聲，繼續擦鞋。

「喂，」溜得快嚷嚷著，「我說，你的志氣到哪去了？你難道沒一點自尊心？還想去找你的那些朋友救濟？」

「哦，真沒勁。」貝茨少爺說著，從衣袋裡掏出兩三條手絹扔進壁櫥裡。「那也太沒意思了，真的。」

「我可不那麼幹。」溜得快以高傲的輕蔑口吻宣稱。

「但你可以扔下你的朋友不管，」奧立弗苦笑著說，「讓他們去為你做的事受罰呀。」

「哦，」溜得快擺一擺煙斗，「那都是考慮到費金，員警知道我們在一塊兒混飯吃，如果我們運氣不佳，他也會惹禍上身，就是這麼回事，對嗎，查利？」

49. 三一節是教會紀念聖父、聖子、聖靈三位一體的節日，在復活節後第八周（五月份或六月份），不可能在一年的第四十二周。查利完全是信口開河。

貝茨少爺贊同地點了點頭，正要說話，上次奧立弗一路狂奔的情景突然浮現在他眼前，一下子讓他把剛吸進去的煙和笑聲摻雜在一起直沖腦門，接著又竄進喉嚨，憋得他又是咳嗽，又是跺腳，折騰了約莫有五分鐘之久。

「瞧瞧。」溜得快掏出一大把錢，全是些先令和便士。「這才叫悠閒日子呢。誰管它是怎麼來的？來吧，伸手拿吧，那些地方錢還多著呢。你要不要，不要？喲，你這個可愛的小傻瓜。」

「真不懂事，對不，奧立弗？」查利．貝茨問道：「咱早晚要落得個勒脖子的下場，你說呢？」

「我不懂這是什麼意思。」奧立弗回答。

「是這樣子，老夥計，」貝茨少爺一邊說，一邊抓住圍巾的一端，往空中拉直，他把頭耷拉在肩膀上，從牙縫裡擠出一種古怪的聲音，通過這樣一個鮮活的默劇動作，示意勒脖子跟絞刑是一碼事。

「就是這個意思，」查利說道，「傑克，瞧他發呆的那副傻相！我從沒見過這樣滑稽的小子，他遲早會把我笑死的，我知道他會的。」

貝茨少爺又開心地大笑起來，眼裡充盈著淚水。直到笑出了眼淚才重新拿起煙袋來。

「你已經被教壞了。」溜得快滿意地打量著靴子，這時候奧立弗已經把鞋擦得光亮無比。「不過，費金會栽培你的，你可不能成為他手中的一件廢品。你最好馬上幹起來，因為你腦筋還沒轉過來就已經幹上了這一行了。奧立弗，你像現在這樣，你只是白白浪費時間。」

貝茨少爺羅列了自己在道德方面信奉的各種條文，並表示全力支持這一提議。教訓完了以後，他們兩個便開始眉飛色舞地列舉他們這種生活的無窮樂趣，用各種各樣的暗示開導奧立弗，最好的辦法就是儘快採取他們用過的辦法來博取費金的歡心。

「在這件事情上你得永遠記住，諾利。」溜得快聽見老猶太開門的聲音，立即改口說道：「如果你沒搞到手絹和滴答盒——」

「你跟他打切口有什麼用？」貝茨少爺插嘴說，「他不明白你的意思。」

「倘若你不去拿手絹和金錶，」溜得快把談話說得更明白些以盡可能達到奧立弗的理解水準，「別人也會去拿的。這對失主不利，你也就更倒楣了，撇開搭到東西的小子不算，誰也沒有一點好處——你跟他們一樣，都一樣有權利得到這些東西。」

「一點也不錯，一點也不錯！」費金說道，他進來的時候奧立弗沒看見。「事情很複雜，我親愛的，道理很簡單，你相信溜得快的話就好了。哈哈！他很專業的。」

費金老頭樂呵呵地搓了搓手，認可了溜得快這番頭頭是道的推理，看見自己的徒弟這樣能言善辯，他樂得合不上嘴。

這次談話沒有再繼續下去，因為與老猶太一塊回來的還有貝特西小姐和奧立弗未曾見過的另一位紳士，溜得快稱他為湯姆．奇特林。他在樓梯上停了停，與那位女士寒暄了幾句才走進來。

看起來，年齡上奇特林先生比溜得快大一些，興許已經數過了十八個冬天，但他對那位小紳士保持著一定程度的敬意，似乎表明他在機智和職業技能方面都略遜一籌。他長著一雙賊亮的小眼睛，臉上凸凹不平，頭戴皮帽，身穿黑色燈芯絨外套，油膩膩的粗布褲子上繫了一條圍裙。他這套衣服的確需要好好地修補一下。他向在場的各位道歉，聲稱他一個小時前剛剛「出來」，由於過去六個星期一直穿制服，還沒顧得上考慮便服的問題。奇特林先生滿臉惱火地補充說，那邊薰蒸衣裳的新方法簡直就是胡扯，根本沒什麼道理可講。他也同樣批評了理髮的規定。奇特林先生在結束他的評論時聲明，自己在相當漫長而又累得要死的四十二天裡，沒沾過一滴東西，他「如果沒有喝得像一隻石灰簍子的話，自己甘願炸成齏粉」。

「你說這位紳士哪來的，奧立弗？」老猶太一邊讓別的孩子正張羅著把一瓶酒往餐桌上放，一邊齜牙咧嘴地笑問奧立弗。

「我——我——不知道。先生。」奧立弗回答。

「他是誰呀？」奇特林輕蔑地瞥了奧立弗一眼問道。

「我的一位小朋友，親愛的。」費金回答。

「那他交好運了，」小夥子意味深長地看了費金一眼，說道：「別管我是從哪兒來的，小傢伙。過不了多久你就會去找上門的，我敢用五個先令打賭。」

這句俏皮話惹得兩個少年哈哈大笑，他們就同一個話題又調侃了一陣，又與費金交頭接耳簡短地談了幾句，便出去了。

不速之客跟費金到一旁聊了幾句，兩人把椅子挪到壁爐前，費金讓奧立弗坐到他的旁邊，談起了有趣的話題，比如說，從事這一行有哪些了不起的好處，溜得快的精明幹練啦，查利．貝茨的親切可愛啦，以及老猶太自己的豪爽慷慨啦等等。最後，對於這些題目也無話可說了。奇特林先生也是如此，因為，任何人只要在感化院待上一兩個星期，都會疲勞不堪的。貝特西小姐識時務地退了出去，大家都開始休息。

從這天起，奧立弗不常孤單一人了，幾乎每時每刻都與那兩個少年待在一起，他倆每天都要跟費金玩老一套的把戲，到底是為了精益求精地提高他們的技藝呢，還是供奧立弗觀摩，只有費金自己明白。其餘時間，老頭兒給他們講了一些他年輕時做盜賊的故事，其中穿插了許多滑稽奇妙的情節，連奧立弗聽了也忍不住由衷地開懷大笑，雖然至少他的良心並未泯滅。

簡單地說，狡猾的老猶太已經讓可憐的孩子陷入了他的羅網，他現在正將毒汁緩慢地注入奧立弗的靈魂，他先是通過幽閉的辦法對奧立弗施加精神影響，讓他感到在這麼陰森淒涼的地方，怎樣都比一個人好，他企圖把那顆心染黑，永遠改變它的顏色。

chapter 19

一個了不起的計畫經由討論被定下來

一個狂風凜冽的夜晚，老猶太將自己虛弱的身體嚴嚴實實地裹在外套裡。他把衣領翻上去蓋住耳朵，將下半個臉完全遮起來，然後離開他的巢穴。鎖好大門，掛上鏈子後，他又在階梯上停了下來。他聽了聽，幾個少年把一切都準備好了，他們退回去的腳步聲漸漸去遠，這才盡力快步順著街道走去。

奧立弗被帶進的那所房屋坐落在懷特教堂附近。費金在街角呆立一會兒，心有疑慮地四顧張望，然後穿過大路，向斯皮達菲方向奔去。

黑沉沉的霧氣籠罩著街道，雨點飄落下來，石子路上積著厚厚一層泥漿，所有的東西摸上去都是冷冰冰、黏乎乎的。看來這是像老猶太這號人外出最合適的夜晚。他悄悄地向前滑去，順著牆壁、門洞溜過。面目猙獰的老頭兒像一隻令人噁心的蜥蜴，他從泥濘和暗處爬出來，趁著夜色慢慢地蠕動，想找到一點肥美的臭魚腐肉準備飽餐一頓。

他一直走，穿過一條條曲折蜿蜒的小路，來到貝斯納綠地，隨後突然向左一轉，很快就走進一座粗陋不堪的由小街巷室組成的迷宮，這種迷宮在那個閉塞的人口稠密區多如牛毛。

老猶太絕不會因夜黑路雜而迷路，很顯然早已熟知這一帶的情況。他快步穿過幾條大街小巷，最後拐進一條街，這裡只有來自街道盡頭的一盞孤燈的亮光。老猶太走到一所房子跟前敲了敲門，同開門人說了幾句含糊不清的話後就上樓去了。

他剛走到門邊，一隻狗便狂吠起來，這時一個男人的聲音問道：「誰來了？」

「是我啊，就我一個人，親愛的。」費金一邊說，一邊朝屋裡望。

「那就把你的屍體抬進來吧，」賽克斯對那狗說道，「你這蠢貨。老鬼穿了件大衣，你就認不出啦？」

看得出，那狗被費金先生的新打扮矇騙，因為費金剛把外套脫下來扔在椅背上，狗就退回原先躺著的角落裡去了，一邊走一邊搖尾巴，像是要告訴別人已經很滿意了似的。

「不錯。」賽克斯說。

「做得很好，我親愛的，」老猶太答道，「啊，南茜。」

最後那一聲招呼的語氣有點不自然，因為他覺得對方不一定會搭理他，自從南茜維護奧立弗的事發生以後，費金還沒跟這個女徒弟見過面。如果他在這個問題上還有一點疑慮的話，也立刻被那年輕女子的舉動打消了。她沒有多說什麼，放下擱在壁爐擋板上的腳，把自己的椅子往後拉了拉，讓費金把椅子湊到壁爐邊上烤烤火，因為這的確是一個寒冷的夜晚。

「真冷啊，我親愛的南茜，」費金伸出瘦骨嶙峋的雙手在火邊烤著。「好像把人都凍透了。」他邊說邊揉了揉自己的腰。

「要扎進你的心，那非得用錐子不行！」賽克斯先生說，「南茜，給他點喝的。真是活見鬼，快一些。瞧著他這堆老骨頭哆嗦成這個樣子，也真叫人噁心，真讓人難受，他活像個剛從墳墓裡爬出來的惡鬼。」

南茜熟練地從食櫥裡拿出一個瓶子，裡邊好些這類瓶子。從它們形形色色的外表來看，盛的全是各種飲料。賽克斯倒了一杯白蘭地，要老猶太一口喝乾它。

「夠了，足夠了，多謝。」費金把酒杯舉到嘴邊碰了碰，便放下了。

「幹嗎？怕我們暗算你不成？」賽克斯用眼睛緊緊地盯住老猶太問道。

「哼！」

賽克斯先生發出一聲沙啞的嘲笑，抓起酒杯，把裡邊的酒潑在爐灰裡，又替自己滿滿地倒了一杯，作為見面禮，端起來一飲而盡。

趁同伴喝第二杯酒的時候，費金的目光飛快地在屋裡環顧了一圈——不是出於好奇，而是出於好動和多疑的一種習慣，他以前經常來這間屋子。這是一間陳設十分簡陋的公寓，只有壁櫥裡的東西表明這間屋子的主人多半是個不靠正經職業賺錢的人。室內一角放著幾根很沉的大頭短棒，一把「護身器」掛在壁爐架上，此外，再也沒有其他可疑之物。

「喂，」賽克斯咂了咂嘴，說道，「我可是準備好了。」

「談買賣？」老猶太問。

「談買賣，」賽克斯回答，「有話直說。」

「是關於在卡特西的那個囤子[50]一樁買賣。」費金把椅子拉近一些，聲音壓得很低。

「不錯。那囤子怎麼樣？」賽克斯問道。

「哦。我的意思你早就知道的，親愛的，」老猶太說道，「南茜，他知道我的打算，不是嗎？」

「不，不知道。」賽克斯先生冷笑道。「或者說不想知道，都是一樣的。說啊，有什麼就直截了當地說，別坐那兒跟我打啞謎，好像你是第一次似的。你打算怎麼辦？」

「噓，小聲點兒。」費金想阻止他發作已來不及。「當心有人聽見，親愛的，隔牆有耳。」

「讓他們去聽好了，」賽克斯說道，「我才不在乎呢。」然而賽克斯先生畢竟不能不在乎，說話聲音壓低了許多，也不再那麼衝動了。

「嗳，嗳，」費金哄著他說，「我只是提醒你一聲——親愛的，咱們還是抓緊時間談談卡特西的事吧。你看什麼時候動手，那些杯盤碗盞，親愛的，實在是太棒了。」費金興奮得直搓手，眉飛色舞，胸有成竹的樣子。

「幹不了。」賽克斯冷冷地答道。

「當真幹不了？」費金應聲說道，身體後仰，靠到椅背上。

「事情不像我們想像的那麼容易，」賽克斯回答，「至少不像我們想像的那樣，可以

50. 被盜賊選為作案對象的人家（隱）。

來個裡應外合。」

「那就是說下的功夫不到家，」費金氣得臉色發青，「我不想聽這些。」

「我偏要跟你說這些，」賽克斯執拗地回擊道，「你想的太簡單，我告訴你吧，托比．克拉基特在那附近已經轉悠了兩個星期，一個僕人也沒勾搭上。」

「哦，你不會是想說，」老猶太見對方語氣硬了，他改用緩和的口氣問，「那家的兩個僕人也拉不過來？」

「沒錯，我就是在顧慮這事，」賽克斯回答，「他們侍候那一家的老主母有二十年了，你就是給他們五百鎊，他們也不會動心的。」

「不過，親愛的，你的意思不會是說，連女傭人也拉不過來吧？」

「沒有半點辦法。」賽克斯答道。

「連花花公子托比．克拉基特也不行？」老費金怎麼也不相信，「想想娘們都是什麼樣的人。」

「是啊，花花公子克拉基特也不行。他說，這段時間，他一直戴著假鬍子，穿了件鮮黃的大衣在那一帶遊蕩，可一點兒用處也沒有。」

「他該試一試小鬍子，配上軍褲，親愛的。」老猶太說道。

「他試過，」賽克斯答道，「可是同樣白搭，並不比別的花招管用些。」

聽到這個消息，費金不禁兩眼發愣。他把下巴頦兒埋在胸前沉思了半晌又抬起頭來，很深地歎了一口氣，如果花花公子克拉基特報告的都屬實，恐怕這趟買賣只好吹了。

「不過，言歸正傳，」老頭兒把雙手放在膝上，說道，「親愛的，咱們一門心思都撲到這上邊去了，費了那麼多心血，想想都夠讓人心疼的了。」

「可不是嘛，」賽克斯先生說，「太倒楣了。」

隨後，開始了一陣長久的沉默。老猶太陷入了沉思中，他面部扭曲，一副十足惡魔般奸詐的樣子。賽克斯不時地偷偷瞟他一眼。南茜像是怕招惹了他們，兩眼愣愣地盯住爐火獨自坐在一旁，好像什麼都沒聽見。

「費金，」賽克斯突然說道，「乾脆從外邊下手，另加五十個金幣，值不值？」

「當然值啊。」費金好像也一下子上了勁，說道。

「說定了？」賽克斯問。

「一言為定，親愛的，就這麼說定了。」老猶太終於又開始容光煥發了，兩眼閃閃發亮，臉上的每一塊肌肉都跟著活動起來。

「那好，」賽克斯帶著幾分不屑的神態摟開老猶太的手，說道，「你高興什麼時候動手都行。前天晚上我跟克拉基特翻過花園圍牆，試了一下門窗上的嵌板。這家到了夜裡就關緊門戶，像座監牢似的。不過，有個地方我們能撬開，又安全又輕巧。」

「哪個地方，快說！」老猶太急切地問。

「噯，」賽克斯比劃著耳語說，「你穿過草地——」

「是嗎？」老猶太說著，頭向前靠去，眼珠子幾乎要從眼眶裡跳出來。

「啊！」賽克斯立馬打住，因為這時南茜安然微轉過頭來，示意他注意老猶太的面孔。「管它是什麼地方。反正你不能撇開我自己去幹，我心裡有數，跟你這種人打交道，還是小心為妙。」

「隨你的便，我親愛的，」老猶太答道，「你和克拉基特還需要幫忙嗎？」

「不用，」賽克斯說，「要一把搖柄鑽和一個小孩子。搖柄鑽我們倒有，至於小孩你得替我們物色一下。」

「一個小孩子？」費金嚷道，「哦。用來鑽嵌板？」

「你不用管！」賽克斯回答，「我需要一個孩子，個頭還不能太大，天哦！」賽克斯先生似乎想到了什麼。「我如果能把掃煙囪師傅勒德的那個小孩子弄來就好啦。他故意不讓那孩子長胖，好讓他幹這一行。那孩子本來已經開始在這一行掙錢了，可他父親吃官司去了，少年犯罪教化會把那孩子領走，教他讀書寫字，要培養他當個學徒什麼的，他們總是那樣，」賽克斯先生想起自己所受的損失，又有些上火，「如果他們得到足夠多的經費（謝天謝地，幸虧不是這樣），用不了一兩年的時間，幹我們這一行的小孩剩下的恐怕不到半打。」

「是湊不齊。」老猶太應聲道。賽克斯一直在盤算，他在一邊大說其道，只聽清了最後一句：「比爾。」

「你說什麼？」賽克斯問。

費金向目不轉睛地望著爐火發愣的南茜點了點頭，向賽克斯使了個暗號，示意他叫南茜先離開。賽克斯不耐煩地聳聳肩膀，好像認為這種謹慎是沒必要的。不過，他還是同意了，他要南茜小姐幫他去取一罐啤酒來。

「你其實並不是想喝啤酒。」南茜交叉著雙臂，神色鎮定地坐在原位上說道。

「我告訴你，我確實是要啤酒。」賽克斯喝道。

「你撒謊，」南茜冷淡地頂了他一句，「你們說啊，費金。比爾，我知道他接下來要說什麼，他不用提防我。」

老猶太還在猶豫。賽克斯看著這兩個人，有些莫名其妙。

「嗨，費金，你別擔心她了，好不好？」最後，他問道，「你認識她的時間也很長了，還信不過她？她不會亂說的。是嗎，南茜？」

「那當然。」年輕女子說著，同時索性把椅子拉到桌邊，胳膊肘支在桌子上。

「當然，親愛的，我知道你不會，」老猶太說道，「只是……」老猶太說著又欲語又止。

「只是什麼？」賽克斯問。

「誰能保證她會不會又發起病來，你知道的啊，親愛的，就像那天晚上的樣子。」老猶太回答。

聽他這番話，南茜小姐放聲大笑，一口氣喝下一杯白蘭地，擺出挑戰的架勢腦袋一甩，嘴裡嘟囔著「我們接著玩」、「千萬別洩氣」。看來這一番舉動馬上起了作用，兩位紳士放心了，老猶太滿意地點了點頭，他倆重新坐定。

「現在好了，費金，」南茜笑呵呵地說道，「你要談奧立弗就乾脆向比爾談吧！」

「哈。你可真聰明，親愛的，稱得上是我見過的女孩中最機靈的一個了。」費金說著，輕輕地拍了拍她的脖子。「沒錯，我確實要談奧立弗呢。哈哈哈！」

「有他什麼事？」賽克斯問道。

「親愛的，那孩子正適合你需要。」老猶太壓低聲音說，他將一個指頭摁在鼻子邊上，嘻嘻地獰笑著。

「奧立弗！」賽克斯喊了起來。

「帶上他，是的。」南茜說道，「如果我是你，我就這麼辦。他的本領也許不如別的孩子。反正你也不需要本事大的，只要他能幫你打開門就行。放心好了，他一定幹得了。」

「我就知道他能行，」費金搭訕道，「最近幾個禮拜，他訓練得很好，也該開始自己養活自己了，再說了，別的孩子個兒都太大。」

「嗯，個子是挺合適。」賽克斯先生若有所思地說。

「而且什麼事都能替你做，親愛的，」費金插嘴道，「他非幹不可，只要好好嚇唬嚇唬他就可以了。」

「對，一定要嚇唬他。」賽克斯學著對方的口吻說，「我醜話說在前面，這可不是做做樣子的嚇唬。萬一在我們幹這活的時候，他如果敢玩花招，一不做，二不休，我們真動起手來，費金，你別想看到他活著回來。考慮好了你再讓他去，你聽好嘍。」這強盜說著，揚了揚剛從床架底下抽出來的一根鐵棍。

「我都想過了，」費金自信地說，「我觀察過他，親愛的，周密——非常的周密。一旦讓他感覺到自己跟咱們是一夥的，心裡能裝上這麼個想法，他就已經入行了，就是我們的人啦，一輩子都跑不掉哦，這個機會真是再好也沒有！」老頭兒雙手交叉搭在胸前，腦袋肩膀縮作一團，高興得快要把自己緊緊抱住了。

「我們的人？」賽克斯說，「你該說，是你的。」

「是的，是的，親愛的。」老猶太格格地尖聲笑道：「只要你高興，隨你怎麼說。」

「為什麼，」賽克斯惡狠狠地瞪了這位精明的搭檔一眼，「一個臉白得像粉筆的小毛孩子，你怎麼捨得在他身上花那麼大的力氣？你又不是不知道，每天夜裡都有幾十個小孩在公園附近打發時間，隨你怎麼挑。」

「我說，親愛的，他們對我沒有一點用，」老猶太多少有些窘迫地回答，「不值得培養，如果出了事，光看他們的相貌就可以判他們刑，我會因此而蒙受災難的。有了這個孩子，只要調理得法，二十個孩子所做不到的事情他也照樣能行。還有，」費金漸漸恢復了常態說，「如果他再從我們手中逃跑，可就徹底地把我們給害了。他必須跟我們上同一條船上不可。用什麼辦法叫他上船，這可以不管；我只要想辦法叫他幹一回打劫，別的什麼也不需要，我就能把他握在我的手掌之中。眼下，這可比迫不得已幹掉這個臭小子強多了，那樣幹太危險了，再說對我們也是一項損失。」

「什麼時候動手？」南茜問了一句，打斷了賽克斯先生的怒罵，他正準備對費金的假慈悲表示噁心。

「是啊，要說定了，」老猶太說，「我們什麼時候動手？」

「我跟克拉基特商量好了，只要沒有什麼變動，」賽克斯陰陽怪氣地回答，「就定在後天晚上。」

「好，」費金說道，「那天應該沒有月亮。」

「對。」賽克斯應聲說。

「運行李包[51]的事都安排好了沒有？」老猶太問。

賽克斯點了點頭。

「還有那個……」

「哦，都安排好了，」賽克斯打斷了他的話，「你先別管細節了，明天晚上你把孩子帶到這兒來就行了。我天亮後的一個小時內出發，你呢，準備好坩堝，你要做的就是這些。」

三個人你一言我一語地討論開了，最後商定，南茜在第二天天黑時前往費金的住所，去把奧立弗帶過來。費金狡猾地加了一句，萬一奧立弗對這項任務表現出一丁點兒反抗的意思，自己比別人更願意給前不久衛護過奧立弗的南茜保駕。計畫被鄭重其事地議定，為這次周密計畫的行動著想，可憐的奧立弗將無條件地讓賽克斯先生照料看管。其次，如果有意外，賽克斯先生應根據實際情況對其作出安排。對於可能降臨到那孩子頭上的任何天災橫禍，或可能遭受的任何必要懲罰，老猶太均無權追究。為使該協定具有約束力，雙方達成共識，賽克斯先生返回之後所陳述的各種情況，須由花花公子克拉基特加以證實確認重要細節。

51. 指贓物。——作者原注

一切談妥以後，賽克斯先生開始漫無節制地痛飲白蘭地，還把鐵鍬揮舞得令人膽戰心驚的樣子，同時將一些毫不合拍的歌曲片斷與粗野的詈罵混在一起，一併吼了出來。最後，在一陣職業本能的狂熱衝動下，非要去把他溜門撬鎖的工具箱拿來。一會兒，他真的拎著箱子跌跌撞撞地走了進來。他打開箱子，還沒來得及把裡邊裝著的各種工具的功用、特性以及構造方面的奧妙一一介紹，便醉倒在了地板上，趴在箱子上睡著了。

「晚安，南茜。」費金一邊將自己裹起來，一邊告辭出門。

「晚安。」

倆人四目相遇，老頭兒細細觀察她一番，這女孩毫無懼怕的樣子，在這件事情上她倒是真誠而熱心的，花花公子克拉基特也不過如此。

老頭兒又向她道了一聲晚安，趁南茜轉過身的時候，他偷偷踢了倒在地上的賽克斯先生一腳，這才摸黑走下樓去。

「這已經成了老套子！」費金一邊往回走，一邊嘟噥著自說自話。「這些娘們兒，最大的毛病就是一件小事也會讓她喚醒一種早已忘懷的感情，最大的優點呢，就是對這種事絕對沒有很長的耐心。哈哈。一條漢子對付一個小孩，目的是為了一袋金幣！」

費金先生一邊走著，一邊用這些令人高興的回憶打發時間。他一路踩著污泥濁水，回到自己那陰森的住處。溜得快還沒有睡，正坐在那眼巴巴地等著他歸來。

「小子，奧立弗睡了沒？我有話要跟他說。」下扶梯時他就問。

「早就睡了，」溜得快把一扇門推開，答道，「他在這兒呢。」

此刻，奧立弗正躺在地板上的一張硬梆梆的破床上，睡得很沉，焦慮、憂傷以及幽禁的鐵窗，使他的面色死一般慘白，不是裹上屍衣躺在棺材的那種死者模樣，而是生命剛剛離開軀殼時的形象，也就是他幼小柔弱的靈魂飛往天堂的那一眨眼的工夫，凡塵間骯髒的空氣還來不及催腐他正在昇華的形骸。

看著那熟睡的可憐的孩子，那老鬼也似乎不想打擾他了，說：「好了，今天太晚了，不談了，明天，明天再說。」說完，他輕輕地轉身離開了。

chapter 20 奧立弗被移交給威廉．賽克斯先生

奧立弗早晨醒來，發現自己那雙舊鞋已被拿走，鋪位旁邊放著一雙鞋底厚實的新鞋，他不禁大為詫異。起初他還很高興，心想這也許是自己即將獲得自由的徵兆。但當坐下來跟老猶太一起吃早飯時，這個希望頓告破滅。老頭兒講話時的語調和神態更加劇了他的驚慌，他告訴奧立弗，當天夜裡要送他到賽克斯那裡去。

「我就——就——留在那兒了，先生？」奧立弗忐忑不安地問。

「不，不，親愛的，不會讓你一直留在那兒的，」老猶太答道，「我們都捨不得你。奧立弗，你別害怕，我們還會接你回來的。哈哈！我們不會那麼狠心把你打發走的，親愛的。真的，不會的。」

這時候，老頭兒正彎著腰在爐旁烤麵包，他一邊哄騙著奧立弗，一邊回過頭來抿嘴一笑，似乎表示他心裡很明白，只要有辦法，奧立弗還是會逃跑的。

「我猜想，」老猶太說話時那雙賊眼目不轉睛地注視著奧立弗，「你應該非常想知道送你去那裡幹什麼，是嗎，我的寶貝兒？」

見老賊已經看透了他的心思，奧立弗不由得心慌，但他還是大著膽子說：「是的。」

「我的孩子，你猜猜看，讓你去幹什麼？」費金反問道。

「先生，我真的不知道。」奧立弗回答。

「呸。」費金唾了一口，對著孩子的臉仔細打量了一番，帶著一副不悅的神情扭過頭去。「那，等比爾自己跟你說吧。」

很明顯，在這個問題上奧立弗並沒有表示出更多的好奇心，老猶太顯然很不高興。事實上，儘管奧立弗心裡非常著急，卻被費金眉宇間那股咄咄逼人的狡黠以及自己的種種思慮攪得六神無主，顧不上進一步問長問短。他已經沒有別的機會了，一直到天黑，老猶太都在做出門的準備，他緊繃著臉，不發一言。

「小子，你可以點一支蠟燭。」老頭兒說著，把一支蠟燭放在桌上。「這兒有本書，你看看吧，會有人來領你去的，晚安。」

「晚安。」奧立弗輕聲說道。

老猶太向門口走去，邊走邊回過頭來看這孩子。他驀地停下來，叫了一聲奧立弗的名字。

奧立弗抬起頭，看見費金用手指了指蠟燭，示意他點上。奧立弗照辦了。他把燭台放到桌上，發現費金還站在房間幽暗的一端，皺眉蹙額，專注地望著自己。

「當心一點，奧立弗。你自己小心。」老頭兒揚了揚右手作警告狀。「他是個莽撞的傢伙，發起脾氣來連命都不要。無論發生什麼事，你都不要作聲，他要你怎麼幹，你就怎麼幹。你要聽話，還要留心些。」費金在末了一句話上特別加重語氣，凝重的面部表情逐漸變成一種獰笑，他點了點頭就離開了那個房間。

老頭兒走了，奧立弗用手支著小腦袋，懷著一顆忐忑的心，細細咀嚼著剛才聽到的那番話。對於老猶太的一番告誡，他越琢磨越難以猜透其中的真正目的和用意，想不出讓自己到賽克斯那兒會去幹什麼不可告人的事情。想了半天，奧立弗才認為自己是被派去給那個破門賊打打雜的，等找到另外一個更合適的小廝可供使喚，就會放他回來的。小奧立弗早就逆來順受慣了，在這裡他也吃了不少苦，對於換一個環境，他越是想哭就越哭不出來。他悵然若失地又呆想了一會兒，然後深深地歎了口氣，剔掉燭花，拿起老猶太留給他的那本書，認真地讀了起來。

翻了幾頁，剛開始還心不在焉，但翻到其中一段，卻被吸引住了，不多時他就沉浸在了書裡。這本書記錄了若干赫赫有名的罪犯的生活經歷和審訊經過，書頁已經被翻得非常髒亂，佈滿髒指頭的印跡。他在書中讀到了足以使人四肢冰涼的一件件駭人聽聞的罪行，發生在偏僻路邊的無頭命案，被害者的屍體或者悄悄被埋進了深坑，或者是丟在井裡，儘管這些坑和井很深，但也不能永遠藏匿真相，到最後，事隔多年還是被查了出來，兇手見狀，驚慌之下只得供認自己的罪行，然後一個個都瘋了，喊著要求上絞刑架，以了結自己內心的痛苦。還有，他讀到有人半夜三更好端端地躺在床上，卻抵擋不住自己的種種邪念誘惑，作出駭人聽聞的流血慘案，讓人一想起來就毛骨悚然、四肢發軟。這些恐怖場面的描述是那樣的真實，活靈活現，彷彿一頁頁泛黃的紙張都被血跡染紅過似的，書上的話在他的耳邊迴盪，好像那死者的靈魂正在喃喃絮語似的。

伴隨著一陣突如其來的恐懼，奧立弗把書扔到一邊，然後雙膝跪下，祈求上帝別讓自己造這份孽，他寧肯立刻暴病身亡，也不願活著去犯這些令人髮指的滔天大罪。他漸漸平靜下來，聲音低沉，斷斷續續，懇求上帝將自己從當前的險境中脫離出來。一個苦命的孤兒，從沒有領略過朋友之愛和骨肉親情，現在正孤苦無依，無路可走，處於邪惡與罪孽的包圍之中，如果有什麼援助是為這樣的孩子準備的，這種援助最好即刻來到。

做完禱告，他依然把臉埋在手中，這時一陣奇怪的聲響驚動了他。

「什麼東西！」他驚恐地叫了起來，一眼就看見門邊立著一個人影。「是誰在那兒？」

「哦，孩子，是我呀。」一個顫悠悠的聲音回答道。

奧立弗把蠟燭舉起來，向門口看過去。借著燭光他看清楚了，原來是南茜。

「快把蠟燭放下來，」南茜把頭轉到一邊說，「燭光怪刺眼的。」

見她臉色蒼白，奧立弗便關心地問她是不是病了，南茜背朝奧立弗，癱倒在一張椅子上，她扭絞著雙手，沒有說話。

「上帝啊，寬恕我吧。」她叫了起來，「我怎麼也想不到是這麼一回事。」

「出什麼事了？」奧立弗問道。「我能幫你的忙？只要我有辦法，一定會幫你的。請你一定相信我。」

南茜在椅子上搖來搖去，卡住自己的喉嚨，發出一陣喀喀的響聲，她有些喘不過氣來。

「南茜！」奧立弗大聲喊道：「你怎麼了？」

南茜用雙手拍打著大腿，兩腳在地上直跺。忽然她又停住了，緊緊地裹上圍巾，打了一個寒戰。

奧立弗將爐火撥旺了一些。讓她把椅子搬到爐邊，好長時間，她都沒有說一句話。最後，她抬起頭來，向周圍看看。

「剛才，我真不知道是怎麼搞的，」她一邊說，一邊假抻抻衣服，「可能是這間又潮又髒的屋子。喂，親愛的，你準備好了沒有？」

「我跟你一起去嗎？」奧立弗問。

「對，我們倆一塊兒去。」

「幹什麼去？」奧立弗往後退了一下，說道。

「幹什麼？」南茜隨意說道，眼睛朝上翻了翻，她的目光剛一接觸到孩子的眼睛，倏即把視線移開。「噢，孩子，我們不是去幹壞事。」

「我不信。」奧立弗密切注視著她說。

「隨你怎麼想。」南茜勉強地笑著答道。「當然，也不是什麼好事。」

小奧立弗看得出，自己多少能夠喚醒女孩的天良，一個念頭油然而生：以自己苦難的處境來博得她的同情。緊接著，又一個念頭從他腦海中閃過：現在剛十一點，街上還有不少行人，會有人相信自己訴說的故事。想到這，他便走上前去，略有一點慌張地表示他準備好了。

不管是他片刻間所作的思考，還是他的言外之意，都沒能瞞過他的這位同伴。他說話的時候，南茜留神觀察著他，她又看了他一眼，充分表明她已經猜到了他心中一閃而過的念頭。

「噓！」南茜彎下腰，警惕地環顧四周，用手指了指門。「你自己沒辦法的。為了你，我已經下工夫試過了，可是一點效果也沒有，他們把你看得很緊，你如果真想脫身，現在也不是時候。」

奧立弗抬起頭，愕然仰望著南茜的臉，南茜眉宇間那種熱切的表情震撼著他，看來她不像在撒謊。她的臉色蒼白而緊張，渾身哆嗦不已，看得出她不是開玩笑的。

「我已經救了你一次，免了你一頓毒打，我還會那麼做的，現在就是這樣。」南茜繼續說道，聲音提高了些。「假如換了別人來領你，那些人比我凶多了。我向他們作了保，說你會老老實實地上那邊去的，如果你不聽我的話，只會害了你自己，連我也倒楣，說不定連命也沒了。你瞧瞧這兒，我吃了這麼多苦頭，都是為了你，上帝可以作證。」

她急忙地指了指自己脖子、手臂上的傷痕，緊接著說下去：「記住一點，現在別再讓我為你吃苦頭了。只要能辦到，我會盡力幫你的，可是現在還沒有這個能力。眼前他們並不打算把你怎麼樣，他們逼你幹什麼事，都不是你的錯。聽著，你只要漏出一個字來，我就大禍臨頭。把手伸給我，快，伸出你的手。」

她一把抓住奧立弗出於本能伸過去的手，吹滅蠟燭，拉著他走上樓去，一個躲在黑暗中的人迅速把門打開，等他們走出去，門又很快地關上了。一輛雙輪馬車正在門外等著，南茜拖著奧立弗一起登上馬車，順手把車簾拉上，她這種急切的心情跟和奧立弗說話時一樣。車夫不等吩咐，毫不猶豫地在馬身上抽了一鞭，馬車全速奔馳走開了。

一路上，南茜牢牢抓住奧立弗的手，繼續把之前提到過的各種告誡與保證往他耳朵裡灌輸。這一切來得那樣倉促，奧立弗還沒顧得上想一想自己是在什麼地方，或者說是怎麼來的，馬車就已經在頭天晚上老猶太光臨過的那所房子前停了下來。

在短短的一瞬間，奧立弗匆匆掃了一眼空曠的街道，呼救的喊聲幾乎就要脫口而出。然而，南茜的苦口叮嚀在他耳旁響了起來，那聲音請求自己別忘了她的話，語氣是那樣痛苦，奧立弗終於不忍喊出聲來。遲疑中，機會錯過了，這時候他已經被帶到了屋子，門也被關上了。

「這邊，」南茜說道，這才鬆開他的手。「比爾！」

「哈囉。」賽克斯應聲出現在樓梯頂上，手裡拿著一支蠟燭。「哦，來了就好，上來吧。」

以賽克斯先生這種人的性格來說，這算是一種十分熱烈的讚許，一種異常熱情的歡迎了。南茜顯然對此深感滿意，興沖沖地跟他打招呼。

「牛眼燈跟湯姆回家去了，」賽克斯用燭光照著他倆走上樓梯，說道，「牠在這兒會礙事的。」

「是啊。」南茜表示同意。

「你到底把小崽子帶來了。」賽克斯等他倆走進房間，關上房門，才說道。

「是的，是帶來了。」南茜回答。

「路上他老實不老實？」

「跟一隻小羊羔似的。」

「這話我聽著很高興。」賽克斯臉色陰沉地打量著奧立弗。「我可是看他那一身細皮嫩肉的分上，要不然有他好受的。小傢伙，過來，我給你上課，還是現在就上的好。」

就這樣，賽克斯先生對他的新徒弟發表了這一通開場白，然後一把扯下奧立弗的帽子，扔到角落裡，接下來自己在桌旁坐下，按住奧立弗的肩膀，讓那孩子站在他面前。

「喏，第一，你知不知道這是什麼東西？」賽克斯拿起放在桌上的一支小手槍，說道。

奧立弗點了點頭。

「那好，瞧這兒，」賽克斯接著說道，「這是火藥，那兒是一顆子彈。這是做填藥塞用的一小塊破氈帽。」

奧立弗輕聲表示他明白這些東西是幹什麼用的，賽克斯先生不慌不忙地著手往手槍裡裝彈藥，動作非常嫻熟。

「這就上好啦。」賽克斯裝好子彈，說道。

「我看見了，先生。」奧立弗應道。

「聽著，」這個強盜緊緊扼住奧立弗的手腕，並將槍抵著他的太陽穴——在這一瞬間，孩子不禁嚇得跳了起來——「你跟我一起出門的時候，除非我叫你說，否則，你要是膽敢開口說一句話，子彈就會鑽進你的腦袋，你連聲招呼都不能和別人打。所以，如果你真的打算不得我的同意就張口說話，就先把禱告做了吧。」

賽克斯先生朝被警告的孩子狠狠地瞪了一眼，以加強這番警告的效果，又接著說下去：「據我所知，你如果真的被……根本不會有人認真打聽你的下落，因此，如果不是為你好，我犯不著費這麼大勁兒對你講道理，聽見了嗎？」

「乾脆明說了吧，」南茜說話時語氣很重，同時向奧立弗輕輕皺了一下眉頭，彷彿示意他好好注意她的話。「就是說，你準備下手的這趟買賣，如果讓他給弄砸了，你就一槍打穿他的頭，保證叫他往後永遠不能胡言亂語。大不了你為這事去冒一下被絞死的風險。反正你一輩子幹的就是這種買賣，每個月都有許多生意上的事在冒同樣的風險。」

「說得對，」賽克斯先生表示贊同，「女人總是三言兩語就能把話說到點子上，除非趕上發神經的時候，她們可就嘮叨個沒完。現在一切都已經向你交代清楚了，我們去吃晚飯，然後在動身前小睡一會兒。」

遵照這番吩咐，南茜迅速地擺上桌布就出去了。過了一會兒，她拿來一罐黑啤酒和一盤羊頭肉。賽克斯由此得到機會說了好幾句令人愉悅的俏皮話，他發現「羊頭肉」這個詞恰巧也一語雙關，它既可表示羊頭肉這道菜，又可指他幹這一行必不可少的一種精巧工具——撬棍。的確，這位高尚的紳士大為亢奮，也許是因為想到馬上就能夠大顯身手了吧，他興致勃勃，談笑風生，風趣地一口氣把啤酒喝得乾乾淨淨，粗略估計，在整個用餐過程中，他發出的粗話超過八十次。

吃過晚飯，完全可以想像，奧立弗沒有多大食欲——賽克斯先生又把兩杯摻水的烈酒灌下肚，然後倒在床上，吩咐南茜五點準時叫醒他，先饗以一頓臭罵，免得南茜到時忘了。遵照命令，小奧立弗連衣裳都沒脫，就躺在地板上的一張墊子上。南茜往壁爐裡添了幾塊煤，在爐前坐下，好到時候招呼他們起床。

奧立弗躺在墊子上，很長時間不敢入睡，心想南茜可能利用這個機會，提出進一步的忠告。然而，那女孩紋絲不動地坐在火爐前鬱鬱沉思，不時地剪去一段燭花。奧立弗被期待與焦急弄得睏倦不堪，終於睡著了。

他醒來的時候，桌上已經擺好茶具，賽克斯先生正把各種東西塞進一件掛在椅背上的大衣口袋裡，南茜在忙著準備早飯。天尚未大亮，屋裡依然點著蠟燭。外面暗得很，加之驟雨敲窗，天空一片漆黑，看來烏雲密佈。

「喂，喂，」賽克斯大聲吼著，這時奧立弗已經一骨碌爬了起來，「快點兒，五點半了，不然你就吃不成早飯，時間已經很晚了。」

不一會兒，奧立弗就洗刷完了，他胡亂吃了點東西，當賽克斯沒好氣地問他的時候，他回答說自己都準備好了。

南茜儘量不用正眼看奧立弗，她扔過來一塊手帕，讓他繫在脖子上。賽克斯給了他一件粗布斗篷，叫他披在肩上，扣上扣子。穿戴完畢，那強盜頓了頓，伸過手去，隨即做一個威脅性的手勢示意，那把手槍就放在他的大衣口袋裡。他緊緊抓住奧立弗的手，與南茜相互道了別，領著奧立弗就出發了。

走到門邊，奧立弗突然轉回頭，指望能看到那女孩的一點什麼暗示的眼色，然而，她已經回到爐子旁邊了，正一動不動地坐在那兒，根本就沒往他們這邊看。

chapter 21 出動

他們來到街上。這是一個天氣很糟糕的早晨，風疾雨驟，烏雲佈滿了天空，好像一場暴風雨就要來臨了。夜裡雨下得急，路上積起了一個個的水潭，水溝也都被填滿了。天空透出一道隱約可見的微光，預示著新的一天即將到來，但是這一道亮光非但不能緩和、反而加劇陰鬱的氣氛，把街燈射出的亮光也襯得朦朦朧朧，沒能在潮濕的屋頂和淒涼的街道上灑下一絲溫暖或者明朗的色彩。此時，這一帶房屋的門窗全都緊閉著，似乎還沒有人起床，街道上無不是靜悄悄、空蕩蕩的。

直到他們拐進貝斯勒爾草地大道，才真的開始破曉。燈光大部分已經熄滅，幾輛鄉間的大車朝著倫敦方向緩緩而行，不時有一輛濺滿泥汙的公共馬車咔嗒咔嗒地駛過，馬車駁手在趕到前邊去的時候，總要懲戒性地照著呆傻的車夫給他一鞭子，因為他們占錯車道，很可能會害得他比規定時間晚十幾分鐘到站。酒店已經開門，堂內點著煤氣燈，其他商號也陸續開始營業，路上已經有了零星的行人。接著，絡繹不絕地湧來了一群群上班的工人，頭上戴著魚帽的男男女女，拉蔬菜的驢車，滿載活畜或是宰好的全豬全羊的雙輪馬車，手提牛奶桶的婦人……，川流不息的人流攜帶著各種食品，艱難地運往城市的東郊。

賽克斯帶著奧立弗愈是臨近老城[52]，喧鬧聲與車輛行人的往來愈趨繁忙。當賽克斯拉著奧立弗擠過街道時，這種車水馬龍的景象匯成了一片喧嚷。天已經大亮了，跟往日沒什麼不同。倫敦城的一半市民迎來了他們新的一天。

賽克斯先生帶著奧立弗拐進太陽街，克郎街，穿過芬斯伯雷廣場，沿著契士韋爾路急奔而至望樓街，而後又躥到長巷而後到了倫敦肉市場，此地傳出的紛鬧聲使奧立弗為之驚愕。

這天早晨正值集市。地面被幾乎深可齊踝的污泥濁水覆蓋著，白茫茫的水汽不斷從剛剛宰殺的牲畜身上騰起，與停在煙囪頂上的霧混合到一起，沉甸甸地在集市的上空懸浮著。在這一廣場中央，所有的畜欄連同占去全部空地的臨時圍欄裡，都擠滿了羊群，水溝邊的木樁上拴著三四排牛。鄉下人、屠戶、牲口販子、沿街叫賣的小商販、頑劣的小孩、扒手、看熱鬧的以及各個社會底層的流氓無賴，密密麻麻擠成一團。牲口販子吹著口哨，狗狂吠亂叫，公牛蹬著蹄子吼，羊咩咩地叫，豬哼哼嘰嘰；小販的叫賣聲、四面八方的嚷嚷聲、咒罵聲、爭吵聲；一家家酒館裡傳來的鈴聲和嘈雜的話聲，人聲鼎沸；推推搡搡，追的追，打的打，叫好的，吆喝的；市場的每個角落都迴盪著這種震耳欲聾的噪音。一些蓬頭垢面、衣衫襤褸的角色，在人群中不斷跑來跑去，奔出奔進，這

52. 倫敦最古老的一部分，後為商業及金融中心。

一切構成了一種令人頭暈目眩，手足無措的紛亂場面。

賽克斯先生一直拖著奧立弗往前走，他用胳膊肘在人群密集處撥開一條路，對那些弄得奧立弗異常驚訝的種種場面和噪音絲毫不在意。有幾次，他跟偶遇的朋友點頭招呼，對他們的多次清晨小飲的邀請都予以謝絕，頭也不回地向前走，直到他們脫離這個人潮湧動的漩渦，兩人穿過襪子巷，朝霍爾本山走去。

「喂，小傢伙，」賽克斯抬眼看了看聖安德魯教堂的大鐘，說道，「快七點了。你快點兒走。走啊，你得加快腳步，小懶蟲。」

說著，賽克斯先生在他的小夥伴的手腕上使勁地擰了一把，奧立弗加快步伐，變成一種近乎於飛一樣的小跑，竭力跟上那個破門賊迅速的步伐。

一路上，他們保持著這種速度，轉過海德公園拐角，向坎辛頓走去，這時賽克斯才放慢步子，等著後邊不遠處一輛空馬車趕上來。賽克斯見車上標有「洪斯洛」的字樣，便儘量裝出客氣的態度，問趕車人能不能幫忙捎他們到艾爾沃斯去。

「上車吧，」趕車人說道，「這是你的孩子嗎？」

「是啊，是我兒子。」說話時，賽克斯眼睛盯著奧立弗，一隻手下意識地伸進裝手槍的衣袋裡。

「你爸爸走得太快了，是不是啊，小夥子？」趕車人見小奧立弗累得上氣不接下氣，就開口問道。

「沒有的事，」賽克斯接過話頭說，「他走慣了的。來，小子，抓住我的手，上去吧。」

賽克斯嘴裡一邊說，一邊扶著奧立弗上了馬車，趕車人指了指車上的一堆麻袋，要他躺在那兒歇一會兒。

馬車駛過一個又一個的路標，奧立弗愈來愈納悶，不知道要被帶到什麼地方去。過了肯辛頓、漢默斯密斯，接著是契息克、植物園橋和布蘭特津都過去了，馬車照樣載著他們慢悠悠地向前走，好像剛出發一樣，最後，他們到了一家叫做「車和馬」的小酒館前邊，再過去不遠就要拐上另外一條大路了，馬車停了下來。

賽克斯十分倉促地跳下馬車，依舊緊緊抓住奧立弗的手，隨即又將他抱了下來，同時惡狠狠地瞪了他一眼，用拳頭意味深長地拍了兩下側衣袋。

「再見，孩子。」趕車人說。

「他在和我賭氣呢，」賽克斯搖了搖奧立弗，說道，「你別再鬧脾氣了。你這個狗崽子。哦，你別見怪。」

「沒有哦。」那人一邊說，一邊上了馬車。「哦，今天的天氣可真好。」說罷，他趕著車走了。

賽克斯等馬車走遠了對奧立弗說，如果他願意的話，他可以看看前後左右，說完又領著他重新登程。

過了酒店，他們向左拐了個彎，又折上了右邊的一條路。走了很長時間，經過了好多建造在道路兩旁的大花園和闊人的住宅，偶爾停住喝點啤酒，最後來到一座小鎮。奧立弗看到，一所房子的牆上寫著「漢普敦」幾個非常顯眼的大字。他們在附近的田野裡閒蕩了幾個小時，後來又回到鎮上，進了一家客棧和酒飯兼營的老店，店門口的招牌已無法辨認了，點了幾個菜，就在爐灶旁開始吃起來。

廚房是一間頂棚低矮的舊屋子，屋子的天花板正中橫穿過一根粗樑，幾條長凳放在爐子旁邊，幾個身穿長罩衫的粗獷漢子正坐在那喝酒抽煙。他們對奧立弗連正眼也不給一個，對賽克斯也不甚注意。賽克斯沒跟他們打招呼，他和他的小夥伴走到一個角落裡坐下來，並沒因為身邊有人而感到不便。

他們吃了點冷肉當晚餐，之後又坐了許久，賽克斯先生自得其樂，抽了三四袋煙。奧立弗確信他們不會再趕路了。這一天起了一個大早，又趕了那麼遠的路，他真的累壞了，開始他只想打一個盹，很快，他就被疲勞和煙草的香味影響了，不知不覺就睡著了。

當賽克斯一把將他推醒的時候，天已經完全黑了。他趕緊坐起來，舉目四顧，發現他正在和一個莊稼漢模樣的人喝啤酒，兩人談得很投機。

「這麼說，你這就要趕路去哈里佛德了，是不是？」賽克斯問。

「是啊，這就去，」那人好像已經有些醉醺醺的了，「我立刻就要動身。我的馬回去拉的是空車，不像早晨出來拉那麼多東西，所以要不了多久就能到家。來，為牠乾一杯！哦。牠真是頭好牲口。」

「哦，你能不能把我和這孩子順路捎到那兒去？」賽克斯一邊問，一邊把啤酒推給新相識。

「你要是馬上就出發，那當然行，」那人從啤酒杯後望著他，答道，「你們也要去嗎？」

「去夏伯敦。」賽克斯回答。

「沒問題，那跟我是同路的，」另一位答道，「好了，結帳。」

「賬已經付過了，是你身邊那位先生結的。」女侍應聲說道。

「我說，朋友。」那漢子透過醉意的莊重說，「這可不行。」

「有什麼不行？」賽克斯答道，「你幫了我們一個大忙，我當然該請你喝啤酒，小意思。」

陌生人露出一副深思的表情，將這句話玩味了一下，然後，一把抓住賽克斯的手，誇他真夠朋友。賽克斯先生回答說對方是在開玩笑；除非他醉了，否則就有充分的理由認為他是在說笑話。

兩人又客套了幾句，跟其他客人道過晚安，便走出去了。女侍等他們離座後把桌子收拾乾淨，拿著酒壺、酒杯走到門口目送他們出發。

主人背地裡為其健康祝過酒的那匹馬就停在店外，馬具也都套好了。奧立弗和賽克斯不再多謙讓，直接上了馬車。馬的主人逗留了一兩分鐘，說是「給牠打打氣」，同時，也彷彿是在向旅店的那個騾馬夫和全世界炫耀自己的馬，然後自己也上了車。接著，騾馬夫鬆開轡繩，那匹馬卻有些不同往常的表現，牠非常傲慢地地把轡繩甩到空中，直飛進馬路對面的會客室窗戶裡。等這精彩表演完畢，牠才前蹄騰空，豎立片時，然後飛似的跑起來。馬車咔嗒咔嗒地響著，雄赳赳地離鎮而去。

這天夜裡出奇的黑，濕漉漉的霧氣從河面以及附近的沼地裡升起來，在沉寂的原野上瀰漫。寒意料峭，一切都籠罩在陰森的幽暗中。路上沒有人說一句話，趕車人昏昏欲睡，賽克斯也無意和他說話。奧立弗坐在大車角落裡縮成一團，心中充滿憂懼和疑慮，看著那些樹枝好像在狂歡中手舞足蹈，他猜想枯樹叢中一定有很多妖魔鬼怪，心裡的恐懼感更加強烈了。

當他們經過森伯雷教堂時，剛好敲過七點。從對面渡口的窗戶裡射出的燈光投在大路上，將一棵黑魆魆的杉樹連同樹下的一座座墳墓裹在更暗的陰影之中。不遠處隱約傳來水流往下沖瀉的嘩嘩聲，老樹的葉子在晚風中輕輕擺動，這幅景色真的有些特別，像極了安詳的音樂在撫慰地下的亡魂。

駛過森伯雷，他們又走上一條荒涼的大路。走了兩三英里，馬車停下了。兩個人跳下車。賽克斯抓著奧立弗的手，他們又一次徒步朝前步行。

在夏普敦，他們仍沒有逗留，這並沒有像疲憊不堪的奧立弗所期望的那樣。摸著夜色，踩著泥漿，兩個人繼續往前走。後來，他們拐進了黑漆漆的小路，穿過寒冷廣闊的荒野，一直走到能夠看見前邊不遠處市鎮的點點燈火的地方。奧立弗定睛向前一看，才發現下邊就是河，此刻，他們正朝橋墩走過去。

賽克斯徑直走著，頭也不回，眼看就要到橋邊了，他突然向左一拐，朝河岸走下去。

「那邊是河。」一個念頭從奧立弗的腦子裡閃過，嚇得他臉色都變了。「他把我帶到這樣荒僻的地方來，八成是想殺死我。」

想到這，小奧立弗準備撲倒在地上，為保住自己的性命作一番最後的掙扎，一抬頭，卻發現他倆面前是一座孤零零的房子。這房子外表看上去很破舊，東倒西歪的，大門也搖搖欲墜，兩邊各有一個窗子，上面的那層樓一點亮光也沒有。房子裡邊一片漆黑，空蕩蕩的，從一切跡象看來都不會有人居住。

賽克斯依然緊緊抓著奧立弗的手，一刻也沒鬆開過。他悄悄地走上並不高的台階，把門閂提起來。門推開了，他們一起走了進去。

chapter 22 破門夜盜

「哈囉！」剛跨進過道，就聽見一條破嗓子大聲對著他們喊。

「別老瞎嚷嚷。」賽克斯一邊說，一邊門門。「嘿，給照個亮。」

「啊哈！我的老夥計，」還是剛才那個聲音，「照個亮，托比，你把那位紳士領進來，巴尼，請你先起來吧。」

說話人似乎拿起一隻脫鞋器之類的東西，朝他稱之為巴尼的那個傢伙扔過去，好讓他從熟睡中醒過來。只聽見「啪嗒」一聲東西砰然落地的巨響。接下來是一陣人在睡眼惺忪時發出的那種含混不清的嘟嘟噥噥的聲音。

「聽見沒有？」同一個聲音在嚷道，「賽克斯先生在過道裡，連個招呼的人都沒有，你還在那裡睡大覺，難道是把鴉片酊和在飯裡吃下去了嗎？清醒些了嗎？要不要請你嘗嘗鐵燭台的滋味，讓你好好清醒一下？」

這一番質問剛停，一雙穿塌跟鞋的腳慌慌張張地擦著房間的地板走了過去。從右邊門裡，先是閃出一道微弱的燭光，接著出現了一個人影。前文對那人已作過描述，他就是紅花山一家酒店裡那個說話鼻音發不清的侍者。

「賽克斯先生。」巴尼叫道，那份高興勁兒也不知是真是假，「進來，先生，快進來吧。」

「聽著，你先把衣服穿好。」賽克斯邊說邊把奧立弗拉到前邊，「快點兒，小心我踹你的腳後跟。」

賽克斯嫌奧立弗動作慢了，嘟嘟噥噥罵了一句，推著他往前走去。他們走進一間低矮昏暗、煙霧瀰漫的房間。裡面有一座冒煙的壁爐、一張很舊的沙發、幾張破椅子和一張餐桌。一個男人直挺挺地躺在沙發上，正在抽陶製長煙袋，兩條腿蹺得比頭還高。那人穿一件做工細緻的鼻煙色外套，外套上釘著銅質大鈕釦，圍著一條橘黃色的圍巾，內襯俗氣而又刺眼的披肩背心和淺褐色厚呢馬褲。原來是克拉基特，他腦袋上根本沒有多少頭髮，僅有的一點被染成微微泛紅的一種顏色，捲成長長的螺旋狀，他不時地將幾個髒得要命的手指插進鬈髮，指頭上戴著好幾枚廉價的大戒指。他的身材中等偏上，兩條腿很明顯有問題，不過這絲毫不影響他對自己馬靴的自鳴得意，他此時正逍遙自在地欣賞著自己高高翹起的靴子。

「嘿，我的老兄。」他朝門口轉過頭去。「見到你真高興。我還怕你打退堂鼓了呢，那我只好自己冒冒這個險了。」

克拉基特先生以頗感意外的口氣發出一聲驚歎，目光落到了奧立弗身上，他翻身坐起來，問賽克斯那是誰。

「一個小孩，不過是一個小孩！」賽克斯把一張椅子拉到壁爐旁，答道。

「是費金先生的一個學徒吧？」巴尼咧嘴笑道。

「是費金的。」克拉基特上下打量著奧立弗，叫道：「要論清理小教堂裡那幫老太太的口袋，他可是個有價值的寶貝兒哦，憑他這模樣就是費金的一棵搖錢樹。」

「去去去，別——別瞎扯了。」賽克斯不耐煩地接過話，俯身靠近橫倒在沙發上的老朋友，在他耳邊嘀咕了幾句，克拉基特先生聽完放聲大笑，又驚訝地盯著奧立弗看了老半天。

「好了，」賽克斯重新在椅子上坐好，說道，「趁我們在這兒坐等的工夫，給我們弄點吃的喝的，讓我們，至少讓我提提精神。小傢伙歇一會兒，坐下烤烤火，今晚你還得跟我們出去，好在路不太遠。」

奧立弗沒有說話，膽怯而又困惑地看了看賽克斯，搬了個凳子放在壁爐旁邊坐下，雙手支著發脹的腦袋。他完全不知道自己到了什麼地方，也不知道周圍發生什麼事。

「來吃吧！」克拉基特說道，那個年輕一點的猶太人已經把一些零星食物和一瓶酒放在了桌上。「祝你們成功。」為表誠意，他特地站起來，小心翼翼地把空煙斗放在一旁，然後走到桌子跟前，斟滿一杯酒，一飲而盡，賽克斯先生也乾了一杯。

「給這孩子也來一口，」克拉基特斟了半杯酒，說道，「把它喝下去，小傢伙。」

「真的能讓我喝嗎？」奧立弗抬起頭，可憐巴巴地抬頭望著那個人的面孔。

「喝下去，」克拉基特說道，「這會對你有好處的，你不懂嗎？朋友，快叫他喝下去。」

「他很倔的，」賽克斯說道，一隻手拍拍他的口袋，「媽的，這小子比一大幫機靈鬼都要麻煩，快點兒，你這個不識抬舉的小鬼頭，我看還是喝下去的好！」

奧立弗被這兩個傢伙凶巴巴的樣子嚇壞了，他急急忙忙把杯裡的酒一口氣咽了下去，隨即就拚命地咳嗽起來，逗得克拉基特和巴尼不亦樂乎，連繃著臉的賽克斯先生也綻出了一絲笑容。

隨後，吃了一頓，奧立弗卻什麼也吃不下去，他們強迫他咽了一小片麵包，兩個傢伙便倒在椅子上打起盹來。奧立弗仍然坐在壁爐旁邊的凳子上。巴尼用毯子裹住身體，緊挨著擋灰板直挺挺地在地板上躺下了。

他們都睡著了，或者說表面上已經睡著了，過了一段時間，只有巴尼爬起來往爐子裡加了一兩次煤，大家都不動彈。奧立弗昏昏沉沉地打起瞌睡來，朦朧中好像自己在教堂墓地裡徘徊遊蕩，又像是在黑洞洞的胡同裡迷了路，過去一天中他所看到的情景又浮現在眼前，就在這時，克拉基特猛地跳了起來，說已經一點半了。奧立弗被他一下給驚醒了。

轉眼間，另外兩個人也站了起來，大家都忙於作各種準備。賽克斯和他那位搭檔各自用黑色大披巾將脖子和下巴裹了起來，各自穿好大衣。巴尼打開櫥櫃，從裡邊摸出幾樣東西，匆匆忙忙地塞進他倆的口袋裡。

「巴尼，把大嗓門給我。」克拉基特說道。

「在這兒呢，」巴尼一面回答，一面取出兩把手槍，遞給他，「你自己裝彈藥。」

「好了。」克拉基特應了一聲，將手槍藏好。「你的傢伙呢？」

「在這，我帶著呢。」賽克斯回答。

「面紗、鑰匙、打眼錐、黑燈——沒忘了什麼吧？」克拉基特把一根小鐵撬綁在大衣內襟的一個扣環上問道。

「忘不了，都在這呢。」他的同伴答道：「給他們帶上幾根木棒，巴尼，這下全妥了。」說完，他從巴尼手中接過一根很粗的木棒，巴尼已經把另一根遞給了克拉基特，然後忙著給奧立弗戴斗篷。

「走吧。」賽克斯說著，伸出一隻手。

又是一次不習慣的遠行，可怕的氛圍，被迫喝下去的酒，奧立弗已經被這一切弄得暈頭轉向了，他木然地把手伸給賽克斯抓住。

「克拉基特，抓住他的另一隻手，」賽克斯說道，「巴尼，你去外邊看看。」

那傢伙朝門口走去，回來說沒有一點動靜。兩個強盜一左一右把奧立弗夾在中間走出門。巴尼關好大門，插上門閂，然後同開始一樣將自己裹在毯子裡，不一會兒就又睡著了。

外面，夜色正深。霧比上半夜更濃了。儘管沒下雨，空氣卻潮得厲害，出門沒多久，奧立弗的頭髮、眉毛便讓周圍飄浮著的近乎霜凍的水汽弄得緊繃繃的。他們過了橋，朝著奧立弗先前已經看到燈火的那個方向走去。路程並不太遠，他們走得又非常快，所以不一會便來到了卡特西。

「從鎮上穿過去，」賽克斯壓低聲音說，「路上不會有人看見我們。」

克拉基特表示贊成。他們急匆匆地穿過該鎮的一條大街。夜更深了，街上一片寂寥，有時會有一家住戶臥室裡透出微弱的亮光，偶爾幾聲沙啞的狗吠劃破深夜的沉寂。街上渺無人跡，離開該鎮的時候，他們正趕上教堂的鐘敲了兩下。

他們向左拐上一條大路，加快步伐大約走了四分之一英里，三個人停在一幢四周圍著牆垣的孤零零的宅院前面。克拉基特顧不上喘口氣，一眨眼就爬上了圍牆。

「先把那小子舉起來，」克拉基特說道，「把他托上來，我接住他。」

奧立弗還沒來得及看清周圍的環境，賽克斯已經抓住他的兩條胳膊，三四秒以後，他和克拉基特已經躺在圍牆裡邊的草地上了，緊接著賽克斯也跳了進來。三個人悄悄地向房屋那邊潛行。

這時，奧立弗才恍然大悟，這次長途跋涉的目的即使不是謀殺，也會是入室搶劫。傷心與恐懼一起襲來，他幾乎喪失了理智。他把雙手緊緊握在一起，情不自禁地發出一聲壓抑的喊叫，隨即眼前一陣發黑，慘白的臉上直冒冷汗，兩條腿再也不聽使喚，一下子就跪倒在那裡。

「起來，」賽克斯氣得發抖，他從衣袋裡掏出手槍，低聲喝道，「快起來，不然我一槍打爆你的頭。」

「啊！看在上帝的分上，放了我吧。」奧立弗苦苦哀求，「讓我離開，死在野地裡吧。我永遠也不到倫敦來了，再也不了，再也不了。啊！求你們可憐可憐我，不要逼我去偷東西。看在上帝的分上，饒了我吧。」

那傢伙聽完孩子的這番求告，不由惡狠狠地咒罵一句，他扣上了扳機，克拉基特一把打掉他手中的槍，用一隻手捂住孩子的嘴，拖著他向房屋那邊走。

「噓！」那傢伙叫道：「警告你，小子，你再吱一聲，我就給你點顏色看看，叫你來一個腦袋開花。那樣不但沒有一點兒響聲，而且同樣十拿九穩，也比較文雅。」「喂，比爾，把窗板撬開。我敢打賭，他現在膽大些了，我見過有些他這個年齡的老手在冷颼颼的夜裡也會出這種洋相，一兩分鐘就好了。」

賽克斯一邊罵費金居然派奧立弗來幹這差使，一邊卯足了勁，毫無聲響地用撬棍幹了起來。折騰了一陣，克拉基特又上前幫忙，他選中的那塊窗板通過轉動鉸鏈被打開了。

這一扇花格窗很小，離地面五英尺半左右，位於這所房子後部走廊盡頭的大概是洗碗間或是小槽坊。窗洞很小，房子裡的人可能認為沒有必要在這裡嚴加防範，然而，這個窗子已經大得足以讓一個像奧立弗這麼大的小孩兒鑽進去。賽克斯先生略施小計便把窗格的鉤子拔去，窗子頃刻間被打開。

「你給我聽著，小兔崽子，」賽克斯從口袋裡掏出一盞可以避光的提燈，將燈光對準奧立弗的臉，低聲說道，「現在我要把你塞進這個窗洞，你拿上這盞燈，悄悄地直接往前面的扶梯走，穿過一間小前廳，到大門那兒，把那扇門打開，讓我們進去。」

「大門上頭有門閂，你夠不到，」克拉基特插進來說，「門廳裡有把椅子，你可以搬一把過去站上去。那兒共有三把椅子，椅背上雕著一頭挺大的藍色獨角獸和一柄金色草叉，是這家老太太的紋章。」

「你就少說兩句吧，嗯？」賽克斯瞪了他一眼，「通裡屋的門是不是開著的？」

「大開著呢，」克拉基特為了保險，又向窗內張望，答道，「妙就妙在他們老是開著門，用搭鉤掛住，因為狗窩就在那兒，這樣牠睡不著的時候可以在走廊裡來回蹓躂一下。哈哈！巴尼今天晚上已經把狗引開了，他幹得太好了。」

儘管克拉基特說話時聲音壓得非常低，只是勉強可以聽見，笑的時候也沒出聲，賽克斯還是蠻橫地命令他閉上嘴巴，動手幹活。克拉基特停住不說話了。他先把自己那盞燈拿出來放在地上，然後用腦袋抵住窗戶下邊的牆，手放在膝蓋上，站得穩穩當當，用自己的背搭成梯階。他剛擺好這個姿勢，賽克斯就爬了上去，他把奧立弗腳朝前輕輕送進窗戶，但沒有鬆開揪住他衣領的手，將他安全地放到地上。

「拿著這盞燈，」賽克斯朝屋子裡望了望說，「看見你面前的樓梯沒有？」

奧立弗被嚇得半死不活，好半天擠出一句：「看見了。」

賽克斯用槍口指了指當街的大門，簡短地提醒奧立弗注意，他始終處在手槍射程之內，如果他想退縮，他立刻就叫他倒斃。

「這事你得在一分鐘內辦好了，」賽克斯的嗓門依然壓得很低，「我一放手，你就去幹你的活。聽！是什麼聲音？」

「什麼聲音？」他的同夥打著耳語說。

他們緊張地聽了聽。

「沒事，」賽克斯說著，放開了奧立弗，「快去吧。」

在這短短的時間裡，奧立弗得以集中思想。他打算好了，一定要設法從門廳衝上樓去，向這家人發出警報，就算自己這樣做會付出生命的代價也在所不惜。他主意已定，就立刻輕手輕腳地朝前走去。

「回來，」賽克斯猛然大叫起來，「回來，快回來。」

四周死一般的寂靜驟然被打破了，緊接著又是一聲高喊，奧立弗嚇得把燈掉落在地，他不知道究竟應該往前走，還是應該逃跑。

喊聲又響了起來，有人帶著燈光趕來，他的眼前浮動著一團幻影，那是樓梯上邊兩個驚慌失措、衣履不整的男人。忽然，火光一閃——一聲巨響——煙霧——嘩啦啦，不知什麼地方有東西被打碎了。但到底發生在哪裡，他不知道。

他朝後打了個趔趄，賽克斯已經不見了，但一會兒又出現在窗口，沒等硝煙散去，他一把揪住奧立弗的衣領。用自己的手槍向已經在後退的男人開火，並趕緊把奧立弗拖了上來。

「手臂抱緊些，」賽克斯邊說邊把他從窗口往外拽，「給我一塊披巾，他中槍了。快，這小子流了很多血。」

一陣響亮的鈴聲混雜著槍聲。人們的喊叫聲四處響了起來，奧立弗感到自己被人扛著在高低不平的地面上飛快地行走。喧鬧聲逐漸變遠，一種冰冷的感覺攫住了這個苦孩子的心，後來他什麼也看不清，什麼也聽不見了。

chapter 23 即便一名教區幹事有時也會動情

深夜的天氣酷寒難當。地面的雪已結成厚厚的一層冰殼。角落裡的層層積雪感受到了呼嘯而過的朔風，風發現了這樣的戰利品，似乎變本加厲地濫施起了淫威，凶猛地把它們刮上雲端，把雪捲成千萬團白茫茫的漩渦，撒滿天空。夜，淒涼、黑暗、寒冷刺骨。在這樣的夜晚，家境富裕、衣食無憂的人們正圍坐在熊熊的爐火旁邊，為自己舒適的生活而感謝上帝；而無家可歸、饑寒交迫的人們則註定只得倒斃路旁。有多少流浪者備受饑餓折磨，在空蕩蕩的街頭巷尾閉上了雙眼。而不管他們是否罪孽深重，他們再也不會睜開眼睛看到一個更加悲慘的世界了。

外面的光景便是如此。而濟貧院女總管柯尼太太正坐在自己的小房間裡，悠然自得地烤著火。這所濟貧院就是奧立弗．崔斯特的出生地點，前邊已經作過介紹了。柯尼太太往一張小巧玲瓏的圓桌看了一眼，一副得意非凡的神氣，桌上擺著的托盤同樣小巧，裡面裝滿了豐盛的食物，女總管正稱心如意地享受著。事實上，柯尼太太正打算喝杯茶犒勞一下自己。她的視線從圓桌落到壁爐上，那兒有一把小得不能再小的水壺正用小小的嗓門唱著歡樂的小曲，她內心的快感顯然更進了一層——確確實實地，柯尼太太居然笑顏逐開。

「哎，」女總管把胳膊肘支在桌子上，若有所思地望著爐火，自言自語起來，「我敢保證，我們每個人都有許許多多應該感恩的東西。太多了，可惜的是我們自己都還不知道。哦！」

柯尼太太無限傷感地搖了搖頭，像是對那些身在福中不知福的貧民深感痛惜似的，接著她將一隻銀匙（私人財產）插進容量為兩盎司的錫茶壺裡，準備煮茶。

真是的，一件微不足道的事情就足以攪亂我們平靜脆弱的心靈。黑茶壺實在太小，很容易漫出來，柯尼太太正在思考道德問題，不料壺裡的茶就溢了出來，柯尼太太的手被燙了一下，好在並不嚴重。

「該死的茶壺！」女總管不悅地罵了一句，她急忙把茶壺移到爐旁的保溫架上。「愚蠢的小玩意兒，只能盛兩杯。誰要這樣的無用東西，除了……」她停了一下，「除了像我這樣一個孤獨寂寞的可憐蟲。哦，上帝！」

女總管頹然地倒在椅子上，再次將胳膊肘靠在桌上，自己淒苦的命運開始湧上心頭。小小的茶壺，不成雙的茶杯，勾起了她對柯尼先生的傷逝之情，她的先生離開她已經有二十五年了，這使柯尼太太悲不自勝。

「我再也找不到了，」柯尼太太懊惱地說，「再也找不到了——像那樣的。」

這話指的是那位做丈夫的呢，還是她的茶壺，不得而知，想必應該是後者，因為她說話時眼睛一直盯著茶壺，隨後，她又把茶壺端起來。她剛品嘗了第一杯茶，就被門上傳來的敲門之聲打斷了。

「哦，進來。」柯尼太太的聲音十分生硬。「我猜，一定是哪個老婆子要死了。她們老是在我吃飯喝茶的時候咽氣。別站在那兒把冷氣放進來，真是的。什麼事啊？」

「沒什麼事，太太，沒有什麼。」一個男子的聲音回答道。

「哎喲喲，」女總管發出一聲驚呼，語調一下子變得溫柔動聽多了，「是班布林先生嗎？」

「樂意為您效勞，太太。」說話的正是班布林先生，他剛在門外擦去鞋底的泥巴，抖去外套上的雪花，才一隻手捏著三角帽，一隻手提著一個包裹走進門，「要不要關上門，太太？」

女總管有些難為情，遲遲沒有搭話，唯恐關起門來接待班布林先生多少有失體統。而班布林趁她還在猶豫不決，不等徵求同意，便把門關上了，他確實凍壞了。

「天真冷，班布林先生。」女總管說。

「是的，太太，確實很冷，」教區幹事應道，「這天氣好像是跟教區過不去呢，太太。單是這一個該死的下午，柯尼太太，我們就發放了二十個四磅重的麵包，一塊半乾酪，可那幫貧民還嫌少。」

「當然嫌不夠嘍，班布林先生，他們什麼時候滿足過？」女總管說著啜飲了一口茶。

「確實是這樣，太太，是呀，」班布林先生答道，「真的，剛才就有一個男的，考慮到他有妻子和家人，讓他領了一個四磅重的麵包和整整一磅乳酪，分量都挺足的。太太，他是不是感激呢？是不是感激呢？半點也不！真是不像話。你猜怎麼著，太太，他要求給他幾塊煤，他說，哪怕只給包在手絹裡那麼一點點也好。他要煤幹什麼？用來烤他的乾酪，以後再來要。太太，這些人老是耍這一套，今天給了他們滿滿一圍裙的煤，明天還會來再要一圍裙，臉皮厚得跟石膏似的。」

女總管對這一精妙的比喻表示完全贊同，教區幹事繼續發表他的議論：

「真想不到他們會無恥到這種程度。前天，有個男人——太太，好在您是過來人，可以說給您聽聽，有個男人，身上的衣服破得幾乎遮不住背脊[53]，跑到我們濟貧專員家門口去要求救濟了，那會兒專員正好家裡在請客，柯尼太太。不給那男人就賴著不走，客人都覺得十分討厭，專員就給了他一磅土豆和半品脫麥片。這個沒良心的壞蛋居然說：『我的上帝，這點東西能幹什麼？這跟給我一副鐵邊眼鏡沒有什麼兩樣！』『好極了，』專員說著把東西收回，『你在這裡什麼也別想得到。』那個無賴說：『那我就去死在大街上。』專員回答說：『啊，放心，你絕對不會的。』」

「哈哈！太棒了。倒真像以前那位老先生的作風哩，不是嗎？」女總管插言道，「班布林先生，後來呢？」

「哦，太太，」教區幹事回答道，「他走了，後來果真死在了街上。你說，這樣的貧民頑固不頑固？我們也沒有辦法。」

53. 這時柯爾尼太太低頭望著地上。

「我簡直不敢相信，」女總管強調說，「不過，班布林先生，難道你不覺得街頭救濟不管怎樣都是一件非常糟糕的事情嗎？你是一位很有見識的紳士，應該知道的，說說看。」

「柯尼太太，」教區幹事的臉上開始蕩漾出笑容，這種笑容是男人們自知深諳內情時常有的那種。「街頭救濟嘛，安排得當，太太，安排得當能起到保衛教區的作用，街頭救濟最重要的一條就是：專揀貧民不需要的東西給他們，然後他們就不會再來了。」

「我的上帝！」柯尼太太深表欽佩地說。「這麼說，可是一個好主意囉！」

「是的，太太，你我之間多說說也無妨，哦，」班布林先生回答，「這是最重要的一條，妙就妙在這裡，看一下那些放肆的報紙上登的報導，你就會發現，給貧寒交迫的家庭發放的救濟照例是幾塊乳酪。柯尼太太，這可是全國普遍採用的辦法。再說，」教區幹事俯身，一邊打開帶來的包裹，一邊說道，「這些可都是官方機密，不能往外說，只能在你我這樣的教區職員之間談談，太太。太太，這是理事會給醫務室訂購的紅葡萄酒，真正新釀的純正紅葡萄酒，上午才出的桶，純淨得沒有半點沉渣。」

班布林先生將一瓶酒舉到燈前，使勁搖了一陣，證明品質確屬上等，然後將兩瓶酒一起放到一口抽屜櫃頂上。他包酒的手絹疊好，小心地揣進衣袋，拿起帽子，似乎打算告辭了。

「一路上可別把你凍壞了，班布林先生。」女總管說道。

「風太凜冽了，太太，」班布林先生一邊回答，一邊將外套領子豎起來，「簡直能把人的耳朵割下來。」

女總管的眼光從小茶壺移到了教區幹事的身上，他正朝著門口走去。教區幹事咳嗽一聲，剛準備向她道晚安，女總管忸忸怩怩地問了一聲，「莫非——你莫非連茶也不肯喝一杯？」

話剛說完，班布林先生馬上重新翻下衣領，將帽子和手杖放在一張椅子上，將另一張椅子搬到桌邊。他慢慢地坐下來，瞥了那位太太一眼。她的兩隻眼睛正目不斜視地盯住那個小茶壺。班布林先生又咳嗽了一聲，露出一絲笑意。

柯尼太太站起來，從壁櫥裡取出另一副杯碟。當她再一次坐回椅子上的時候，再次與教區幹事飽含深情的目光相遇了，臉霎時漲得緋紅，趕緊低頭給他沏茶。班布林先生又咳嗽了一聲——這一聲比先前更大了一些。

「你喜歡喝甜一點的嗎，班布林先生？」女總管手裡端著糖缸問道。

「越甜越好，太太。」班布林先生說這句話的時候，一眼不眨地瞧著柯尼太太。如果說，一名教區幹事也有含情脈脈的時候，這時的班布林先生就是一個例子。

茶沏好了，糖也加了，被默默地遞到了他手裡。班布林先生在膝蓋上鋪了一方手帕，免得麵包屑弄髒他那條漂亮的緊身褲，然後開始用茶點。為了調劑一下這樣的賞心樂事，他時不時發出一聲深沉的歎息，不過這絲毫不影響他的胃口，正好相反，茶和麵包下肚的好像更輕鬆了。

「太太，我發現你養了一隻貓。」班布林先生一眼看見牠的一家子圍在壁爐前面烤火的一隻貓，「還有一窩小貓。」

「班布林先生，你不知道我有多喜歡牠們。」女總管回答，「牠們是那麼活潑、調皮，又那樣惹人喜歡，簡直就是我的親密夥伴啊。」

「好可愛的小動物，太太，」班布林先生讚道，「多麼溫順。」

「啊，可不是嘛，」女總管饒有興趣地說，「牠們對自己的家很有感情，這對我說來真是一種樂趣。」

「柯尼太太，」班布林先生一邊慢騰騰地說，一邊用茶匙為自己計算著時間，「我是說，太太，不管大貓小貓，能跟你住在一塊兒，怎會對這個家沒感情呢？太太，如若沒有，那牠肯定是頭蠢驢。」

「哦，班布林先生。」柯尼太太似乎不以為然。

「柯尼太太，」班布林先生慢慢地攪動著茶匙，同時帶著多情而又莊嚴的神態，給人留下了深刻的印象，「要是我有這樣的貓，非親手把牠淹死方稱心如願。」

「你真是一個殘酷的男人，」女總管一邊伸出手來接教區幹事的茶杯，一邊興致勃勃地說，「還得再說一句，是狠心腸的男人。」

「狠心腸，太太，狠心腸？」班布林先生把茶杯遞了過去，沒再接著往下說，柯尼太太接過杯子，他順勢捏了一下她的小指頭，喟歎一聲，張開手掌在自己的滾邊背心上拍打了一下，一會兒，把椅子從壁爐旁稍微挪開一點點。

本來柯尼太太和班布林先生是相對而坐的，中間隔著一張圓桌，前面是壁爐，兩人之間隔不遠。可想而知，班布林先生這會兒正從壁爐前向後退，人卻繼續挨著桌子，這樣便拉開了他與柯尼太太之間的距離，這一舉動一定會受到一些讀者的讚賞，將它看做是班布林先生在這方面的一大壯舉。因為此時此地、此情此景無不在某種程度上誘使他傾吐若干某種充滿柔情蜜意的話，這種話從一些頭腦簡單的輕薄之徒口中說出倒不打緊，如果是出自堂堂法官、議員、大臣、市長以及其他達官顯貴之口的話，就會大大地有失尊嚴。對一名教區幹事的威嚴與莊重來說尤其如此，這類人其實比所有大人物更加嚴肅，更加不苟言笑。

不管班布林先生用意何在[54]，遺憾的是，前邊已經兩次提到過，桌子是圓的。班布林先生一點一點地挪動椅子，自己和女總管之間的距離不久便開始縮短。他繼續沿圓桌外緣移動，且不失時機地把自己的椅子往女總管坐著的那把椅子緊緊靠攏。直到兩把椅子相碰，班布林先生才停下來。

到這時，女總管如果把椅子往右挪，爐火會燎到她身上；如果往左邊挪，肯定會倒進班布林先生的懷裡。於是她坐著一動不動，其實她一眼就預見到上述兩種可能的結果，於是又遞了一杯茶給班布林先生。

「柯尼太太，我心腸太硬嗎？」班布林先生攪動著茶的同時抬起頭來，望著女總管的臉，問道：「柯尼太太，你心腸硬不硬？」

「天啊！」女總管大吃一驚地叫道，「這種莫名其妙的問題，一個單身漢怎麼問得出

---

54. 我們確信他決無歹心。

來，班布林先生，你問這個幹什麼？」

教區幹事把那杯茶喝得一滴不剩，又吃了片麵包，然後抖掉膝蓋上的碎屑，抹抹嘴，很鎮靜地吻了一下女總管。

「班布林先生，」謹慎穩重的女士低聲驚呼，這一陣恐慌來得太突然，她幾乎說不出話來，「班布林先生，我要喊啦。」然而班布林先生並沒有回答，反而以一種平緩而又莊重的姿勢伸出胳膊，摟住女總管的腰。

正當這位女士聲明自己要喊叫的時候──對於這種得寸進尺的放肆行為，她無疑真的會喊的──一陣急促的敲門聲已使這樣做變成多餘。聽到敲門聲，班布林先生敏捷地跳到一邊，裝作十分賣力地撣去酒瓶上的灰塵，女總管厲聲問是誰。值得說明的是，她的聲音已經完全恢復了那種十足的官腔，這是一個耐人尋味的實例，這說明突如其來的意外事件可以有效地抵消極度恐懼帶來的影響。

「夫人，勞駕您了，」一個乾癟的，相貌奇醜的女貧民把腦袋從門口探了進來，「老莎利快不行了。」

「嗯，那跟我有什麼相干？」女總管怒沖沖地責問。「她自己要死別人又有什麼辦法，對吧？」

「對的，對的，夫人，」老婦人回答，「沒人能留住她，她壓根兒救不過來了。我見過很多人死去，小孩兒，身強力壯的男人，我都見過，死神什麼時候來臨，我一看就知道。可她心裡好像有什麼事情放不下，一口氣很難咽下去，她難得沒發作的空當，她說她有話要說，你非聽一聽。夫人，你如果不去，她是絕對不會安心死去的。」

聽到她這麼說，可敬的柯尼太太低聲吐出一連串五花八門的詛咒，對著那些老婆子發表了一通臭罵，她在心裡罵道：這些可恨的人，她們臨死前還非要給她們的上司添麻煩才肯甘休。隨後，她匆匆抓起一條厚重結實的圍巾圍在身上，用三言兩語請班布林先生等自己回來，沒準兒會發生什麼不尋常的事情。柯尼太太讓報信的那個老太婆腿腳麻利些，不要拖拖拉拉地浪費一個晚上，然後她跟著老太婆一起走出了房間，仍然有些不樂意，臉色非常陰沉，罵罵咧咧的。

此時，班布林先生一個人留了下來。他的舉動實在令人費解。他打開壁櫥，數了一下茶匙的數目，掂了掂方糖夾子的分量，又對一把銀質奶壺仔細察看了一陣，以確定它的質地。種種好奇心得到滿足之後，他把三角帽歪戴在頭上，一本正經地踏著舞步，繞著桌子轉了四圈。這番異乎尋常的表演結束後，他重又摘下帽子，背朝火爐，舒舒坦坦地躺在椅子上，彷彿正在腦子裡羅列著一張傢俱明細清單似的。

chapter 24

一個十足的可憐蟲

老婆子擾亂了女總管房間裡的靜謐氣氛。那個老太婆擔當報喪人再合適不過了，她因為上了年紀而弓腰曲背，臉歪嘴癟，癱軟的手腳顫顫巍巍地不由自主，還嘀嘀咕咕地翻著白眼，看她那樣子，與其說是造化之功，還不如說是一張信筆亂塗的漫畫草稿。

可憐啊！能留下來供我們欣賞的姣好面孔何其少也！世間的辛勞、悲傷、饑餒，能夠改變人們的心靈，也會改變人們的相貌。只有當種種煩惱歸於死寂，永遠失去它們的控制力時，愁雲才告消散，天空方始見霽。往往，死者的面孔即使已經完全僵化，也會顯出久已被人遺忘的那種熟睡中的嬰兒表情，重現降生之初的本相。這時，他們的面容又變得那麼安詳、平靜，而那些從死者幸福的童年時代起就認識他們的人便會在靈柩旁邊肅然下跪，彷彿看到了天使下凡。

乾癟老太婆步履蹣跚地穿過走廊，登上樓梯，嘴裡嘟嘟噥噥，含糊不清地回答女總管的責罵。她終於不得不停下來喘一口氣，她把蠟燭遞給柯尼太太，自己在後邊歇會兒，再盡全力跟在後面，她的上司顯得更加敏捷了，徑直走進患病婦人的屋子。

這是一間徒有四壁的閣樓，盡頭處點著一盞昏暗的燈。還有一個老太婆守在床邊，壁爐旁站著教區藥劑師的徒弟，他正在將一支鵝毛管削成牙籤。

「柯尼太太，晚上真是冷啊。」女總管走進門去，那位年輕紳士招呼道。

「確實很冷，先生。」柯尼太太用最客氣的口吻回答，說話的同時還行了個屈膝禮。

「你們應當讓承包商供給稍好一點的煤，」藥劑師的徒弟邊說邊抓起鐵銹很深的火鉗，把爐子上的一大塊煤敲碎，「這樣的煤在如此寒冷的夜晚完全不頂用。」

「那是理事會選購的，先生，」女總管答道，「他們至少應該讓我們保持暖和，因為我們的工作夠苦的了。」

這時生病的女人發出一聲呻吟，打斷了他們的談話。

「喲，」年輕人向床邊轉過臉去，好像之前已經把病人完全忘記了，「柯尼太太，她已經毫無希望了。」

「沒救了，先生，是嗎？」女總管問道。

「她如果能拖過兩小時，那才是奇蹟呢。」藥劑師的徒弟說話時全神貫注於牙籤的尖頭上。「整個機體已經崩潰。老太太，她是又睡著了吧？」

看護婦往床前俯身看了一下，肯定地點了點頭。

「只要你們不驚動她的話，她也許就這樣去了，」年輕人說道，「把燈放到地板上，這樣不會刺她的眼。」

看護婦照辦了，但她搖了搖頭，意思是這個女人不會輕易這樣死去。辦完事情，她又回到另一個看護身旁的座位上，這時她的這位同伴也已回來。柯尼太太一臉的不耐煩，她裹了裹圍巾，在床的腳頭坐了下來。

藥劑師的徒弟削好牙籤，便站在火爐前邊站定，剔了足足十來分鐘的牙齒，然後也顯得愈來愈悶得慌，向柯尼太太道了聲祝她工作愉快後，便輕輕地出去了。

兩個老婆子沉默地坐了好久，然後從床邊站起來，圍坐在爐火旁邊，伸出滿是皺紋的雙手取暖。火苗將一團慘白的亮光映在她們乾枯的臉上，將她倆那副醜陋的樣子照得更加森然可怖。她們保持著這種姿勢，低聲交談起來。

「親愛的，我走後，她說了什麼沒有？」剛才報喪的那位問道。

「什麼也沒說，」另一個回答，「有陣子，她將自己的胳膊又是抓又是擰，我把她的手按住，一會兒她就睡著了。她身上剩下的力氣已經不多，所以我很輕鬆就把她制住了。別看我也是吃教區飯的，可是在老太婆中間我還不算太不中用；不算，不算！」

「大夫吩咐要給她喝點熱葡萄酒，她喝了沒有？」前一位問道。

「我本來打算給她灌下去的，」另一個回答，「可她的牙咬得緊緊的，手又死死地抓著杯子不放，沒辦法，我只好作罷，好不容易才奪回來，自己喝了，真不錯呢。」

兩個醜老婆子小心地不無擔心地回頭看了一眼，斷定沒有人偷聽，又往壁爐前湊了湊，抿著嘴笑得挺開心。

「我心裡有底，」先開口的那位說，「她肯定也會來這一手，過後打個哈哈就沒事了。」

「嗨，是啊，」另一個答道，「她有一顆快樂的心，她親手打扮過好多漂亮的死人，像蠟人一樣一個個都收拾得齊齊整整、乾乾淨淨，全是她送出門的。我這雙老眼見得多了——嗨，這雙老手還摸過呢。我給她做幫手，有幾十回了吧。」

老太婆說著，顫抖著伸出手指，得意洋洋地晃了幾晃，又伸進口袋裡胡亂掏了一氣，掏出一個已經舊得變了色的白鐵鼻煙盒，往同伴伸過來的手心裡抖出一小撮煙末子。兩人正在享用，女總管走了過來，她一直在悻悻地等著那個將死的婦人從昏睡中醒來，她同她們一塊兒烤火，她厲聲問她們到底還要等多久。

「夫人，要不了很久了。」第二個老太婆抬起頭來，看著病人的臉說。「我們誰也活不了多久，不要急，不要急，死神很快就會到來了。」

「閉嘴，你這個老昏了頭的白癡，」女總管厲聲喝道，「你，瑪莎，快給我說實話，她以前是不是也有過這樣的情形？」

「經常這樣的。」第一個老太婆答道。

「不過以後恐怕再也不會了，」另一個補充說，「就是說，她頂多再醒過來一回——而且時間不會長，以後再也醒不來了。」

「管她呢，」女總管暴躁地說，「她就是醒過來也不見得能看見我在這兒，你們倆都聽著，以後不要再這樣無緣無故打攪我，給院裡的老婆子送終根本就與我無關，我才……哦，不說了。當心點，你們這些死婆子，別不知趣。你們如果再敢拿我開心，我會馬上收拾你們的，醜話說在前頭。」

她正要匆匆離開房間，兩個老婆子轉身朝病床看去，忽然異口同聲地叫起來，柯尼太太不由自主地回頭看了看。原來那躺著的病人直挺挺地坐了起來，朝她們伸出胳膊。

「那是誰？」她用虛弱的聲音喊道。

「噓，噓。」一個婦人俯身對她說，「你躺下，快躺下。」

「我決不再躺下了，除非我咽了氣！」病人掙扎著說，「我一定要告訴你，上這邊來，近一點，讓我悄悄告訴你。」

她一把抓住女總管的手臂，按進床邊的一把椅子裡，正要開口，又向屋子裡掃視一周，發現那兩個老太婆正探出上半身，感覺很急切地想知道什麼。

「叫她們走開，」病人迷迷糊糊地說，「快啊，快點啊。」

兩個乾癟老太婆齊聲痛哭，開始不斷可憐巴巴地哀歎，苦命的老莎利居然病得頭腦完全糊塗了，連自己最要好的朋友都不認識了，她倆做出各種保證，表示自己絕對不會把朋友撇下。但是，她們的上司還是把兩個人攆出房間，關上房門，又回到床邊。兩個老太婆被趕出去以後，腔調改變了，她倆透過鎖眼直喊叫，說她們的同伴喝醉了，這一點是有可能的，除了藥劑師開給她的少量鴉片之外，她最近一次喝下的摻水杜松子酒尚未充分發散，那是這兩個可敬的老太婆的一片好心，私下給她弄來的。

「現在你聽好了，」垂死的婦人大聲說，她好像正在拚命掙扎，企圖重新吹旺生命的一星餘燼，「就在這間屋子——就在這張床上——我曾經看護過一個可愛的人兒，她被帶進習藝所來的時候，腳上由於走了不少路弄得傷痕累累，沾滿了塵土和血跡。她生下來一個男孩後就死了。讓我想想——那是哪一年的事？」

「管它是哪一年，」那位不耐煩的聽眾說道，「她後來怎麼了？」

「唉，」病人嘀咕著說，她又開始進入先前昏沉的狀況，「她怎麼了？——她怎——我想起來了。」她大叫一聲，身體劇烈地顫動著，臉上通紅，兩隻眼睛凸了出來。「我偷了她的東西，是我偷的。當時她身子還沒冷——我跟你說，我偷走那東西的時候，她還沒變冷呢。」

「看在上帝的分上，你說你偷了什麼？」女總管急得直叫，樣子像是在呼救。

「這個！」病人用手捂住對方的嘴，回答說。「她唯一的財產。她明明需要衣裳擋風寒，需要東西吃，她卻把這個保存得完完整整，一直把它藏在胸前。我告訴你，這可是金的。值錢的東西，可以用來救她的命。」

「金子！」女總管跟著說道，病人向後倒去，她急切地跟著俯下身來。「說啊，說啊——後來怎麼樣？那個產婦是誰？什麼時候的事？」

「她叮囑我保管好，」病人呻吟一聲，答道，「她託付給了我，我是當時唯一在她身旁的女人。她頭一回把掛在脖子上的這個東西拿給我看的時候，我就已經起了盜心。那孩子的死，也許，也是因為我呢。他們如果知道這些，一定會待孩子好一些的。」

「知道什麼？」對方問道，「說啊。」

「孩子長得真像他母親，」病人逕自講下去，「我一看到他的臉，就再也忘不掉了。可憐的女人！可憐的女人，她還那麼年輕，多溫存的一隻小羊羔啊。等等，我還有話要講，我還沒把一切告訴你呢，是吧？」

「沒有，還沒有，」女總管邊回答，邊低下頭，竭力想聽清這個將死的婦人說出的每一句話，她的話音已經越來越小了。「快，否則來不及了。」

「那個母親，」病人說話的聲音比先前更吃力了，「那個母親在剛感到臨死的痛苦時，她就湊在我耳邊有氣無力地說，要是她的孩子活著生下來，還能長大的話，有朝一日他聽到人家提起自己苦命而短壽的母親是不會感到丟臉的，那一天總會到來的。噢，仁慈的上帝啊！她兩隻瘦骨嶙峋的手合在一起說，不管是男孩還是女孩，在這個亂紛紛的世上，你總得為這孩子安排幾個好人照顧他，你得可憐一個孤苦伶仃的孩子，不能丟下他不管啊！」

「那孩子叫什麼名字？」

「他們叫他奧立弗，」病人有氣無力地說，「我把金首飾給偷走了，是——」

「對呀，對呀——是什麼東西？」對方大叫一聲。

她迫不及待地湊到病婦面前，想聽到老太婆的回答，又本能地向後退縮。老婆子又一次慢慢地、直撅撅地坐起來，雙手緊緊攥住床單，喉嚨裡嘀嘀咕咕地發出幾聲模糊不清的聲音，之後就倒在床上不再動彈了。

「這回真的咽了氣？」門一打開，兩個老婦人衝了進來，其中一個喊道。

「最終，她什麼也沒有講出來。」女總管說了一句，若無其事地走了出去。

只剩下那兩個老太婆，她們顯然正忙著完成自己那份討厭的職責，她們什麼也顧不上搭理了，都留下來，在屍體旁邊張羅著。

chapter 25

回過頭來，繼續費金與其同夥的故事

當某鎮濟貧院裡正在上演這些事情之時，費金正坐在他的巢穴裡[55]，對著有煙無熱的爐火出神。膝蓋上放著一個輕便風箱，看這架勢他準備把火搧得旺一些，但不知不覺卻陷入了沉思。他雙臂交叉，用兩個大拇指抵著下巴，魂不守舍地盯著滿是鐵銹的鐵柵欄。

溜得快、查利．貝茨少爺和奇特林先生坐在他身後的一張桌子旁邊，他們正在全神貫注地玩惠司特[56]，溜得快和明手對貝茨少爺和奇特林先生。溜得快無論何時都顯得十分機敏，這時臉上又多了一分微妙的表情，一面全神貫注打牌，一面緊盯著奇特林先生的手，只要有機會，就敏銳地瞥上一眼奇特林先生手上的牌，根據對鄰居的觀察結果，巧妙地採取對策。這是一個寒冷的夜晚，溜得快戴著帽子，這原本就是他的一貫作風。他嘴裡照例叼著一根陶製煙袋，有時把煙斗移開一小會兒，這也只是在他認為有必要從擺在桌上的酒壺裡喝兩口酒提提神的時候，這只容量為兩品脫的壺裡盛著供大家喝的摻水

55. 奧立弗就是在這兒被南茜帶走的。
56. 惠司特——類似橋牌的一種紙牌戲，通常由四人分成兩方對壘。三人玩時，兩人組成甲方，一人與攤在桌上的明牌（明手）組成乙方。

杜松子酒。

貝茨少爺玩得很專心，可是因為生性比他那位圓熟老到的同伴更容易興奮，因而品嘗摻水杜松子酒的次數比較多，之外還一個勁地打哈哈，不住口地講許多逗人發笑以及同認真打牌極不相稱的粗話。誠然，溜得快本著為朋友不惜代價的精神，不止一次借機向同伴嚴肅指出，這種舉止有失體統。貝茨少爺對這類規勸毫不見怪，只是請同伴去「見鬼」，否則就把腦袋套進麻袋裡去好了，要不就是用類似巧妙的俏皮話來回敬對方，有些妙語使奇特林先生聽了很是佩服。不過，後一位紳士和他的搭檔老是失利，這種狀況不但沒有使貝茨少爺惱火，反而似乎給他帶來了極大的樂趣，他每打完一局都要捧腹大笑，聲稱從未見過這麼有趣的遊戲。

「再加倍，一盤就完了，」奇特林先生哭喪著臉，從背心口袋裡掏出半個克朗[57]，說道，「我從沒見過像你這樣的傢伙，傑克，總是你贏。我跟查利拿到好牌也不頂事。」

不知道是這句話本身還是說這番話的沮喪腔調逗到了查利．貝茨，反正他隨之發出一陣狂笑，使老猶太從冥想中被驚醒過來，不禁問他們是怎麼回事。

「怎麼回事，費金？」查利叫道，「你來看看牌局好了。奇特林連一個子兒都沒撈到，我跟他聯合對溜得快和明手。」

「是啊，是啊，」費金說著咧嘴一笑，表明其中奧妙他心裡有底，「再打幾局吧，奇

57. 一克朗為五先令。

特林先生，再打幾局吧。」

「謝謝，費金，我再也不幹了，」奇特林先生回答，「我可領教得夠了。溜得快一路交好運，誰也別想贏他的錢。」

「哈哈！我親愛的，」老猶太答道，「除非你大清早起床，才能贏溜得快呢。」

「起個大早！」查利．貝茨說，「你如果想贏他，一定得頭天晚上就穿好鞋，兩隻眼睛上架上一副望遠鏡，脖子上再掛一個看戲用的眼鏡才行，否則就休想贏他。」

奇特林先生以十足的哲學家風度接受了這些溢美之詞，提出要和在座的人再玩兩把，每次一先令，誰先摸到有人頭的牌誰就算贏。由於無人應戰，恰巧這時他的煙斗又抽完了，他便開始用代替籌碼的一支粉筆一邊自娛自樂地在桌子上畫了一張新門監獄的地下示意圖，一邊吹著異常刺耳的口哨。

「你這人真沒趣。」溜得快見大家沉默半晌，便對奇特林先生說了一句，頓了頓，問道：「費金，你猜他在想什麼？」

「我可猜不出來，親愛的，」老猶太使勁鼓動風箱，回頭看了一眼，答道，「多半在想輸了多少錢吧，可能，要不就是在想他剛離開不久的那鄉下那個洞天福地，哦？哈哈！對不對，我親愛的？」

「完全不是那麼回事，」奇特林先生正想說話，溜得快搶先插進來說，從而打住了這個話題，「你說他在想什麼，查利？」

「我說，」貝茨少爺咧著嘴笑了笑，「他對貝特西好得可不一般。瞧，他臉都紅啦！

我的上帝。這下可有好戲看了。湯姆，咱們的奇特林害相思啦！」

想到奇特林成了愛情的俘虜，貝茨少爺簡直樂不可支，他猛地往椅子上一仰，因為用力過猛，身體失去平衡，一個倒栽蔥摔倒在地板上，但這一小小的意外並沒有敗他的興，他繼續大笑，直到再也笑不出聲來才又重新坐好，又爆發出一陣狂笑。

「別管他，我親愛的。」老猶太說著，一邊向道金斯先生擠了擠眼，一邊懲罰性地用風箱噴嘴敲敲貝茨少爺。「貝特西是個好女孩，你要盯住她不放，小子，只管追。」

「我想要說的是，費金，」奇特林先生臉漲得通紅答道，「這事你們誰也管不著。」

「你放心好了，」費金答道，「查利總是喜歡說笑，你別理他，我親愛的，別在意。貝特西是個好女孩，她叫你做什麼你就做什麼，你準能發財的。」

「我就是什麼都照她的意思做，若不是聽她的話，也不會被關進去了，到頭來還不是便宜了你，可不是嗎，費金？六個禮拜又怎樣？反正遲早總要去的，不是現在就是將來，你冬天不怎麼想在外面蹓躂的時候，為什麼不待在裡面，對吧，費金？」

「嗨，親愛的，是那樣的。」老猶太附和著。

「你就是再被關一回也不在乎，是吧？」溜得快向查利和費金丟了個眼色，問道，「只要貝特西一句話？」

「我的意思就是我不在乎，」他氣呼呼地回答，「好了，好了。啊，是誰敢這麼說的，我倒想知道，哦，費金？」

「沒有人敢這樣說，親愛的，」老猶太答道，「真的，一個也沒有。除了你，我不知道他們誰會這樣說得出、做得到，沒有一個人，我親愛的。」

「當初我要是供出她來，自己就可以脫身，不是嗎，費金？」可憐的癡情傻瓜十分憤怒地發洩說。「我只要說一個字就了結了，不是嗎，費金？」

「是啊，一點也不假，親愛的。」老猶太回答。

「可是我沒把事情說出去，對不對，費金？」他的問題接連不斷地拋了出來。

「是的，絕對沒有，」老猶太答道，「你真夠意思，絕不漏出一句話，我親愛的。」

「也許是，」奇特林扭頭看了看，回答道，「既然如此，有什麼好笑的，嗯，費金？」

老猶太聽出奇特林先生氣得相當厲害，急忙向他保證沒人認為可笑，為了證明在座的人都沒有戲弄他的意思，便問罪魁禍首貝茨少爺是不是這樣的。但是不幸的是，查利剛要開口表示，說他一輩子從來沒有像現在這樣嚴肅，不料又忍不住前仰後合地放聲大笑起來。備受凌辱的奇特林先生二話不說，衝過去對準他就是一拳。貝茨少爺躲避攻擊的功夫堪稱到了家，猛一低頭躲開了，時機的選擇恰到好處，結果這一拳正落在了那老紳士的胸前，打得他身體踉踉蹌蹌直退到牆邊，站在那裡喘個不停，奇特林先生望著他，愕然不知所措。

「你們快聽，」就在這時，溜得快發出警報，「我聽到拉鈴的聲音了。」他抓起蠟燭，悄沒聲兒地上樓去了。

這幫人正不知道是怎麼回事，鈴聲又響了，而且打得相當急躁。過了一陣，溜得快回來了，他神神秘秘地跟費金低聲說了幾句。

「什麼！」老猶太驚問，「就一個人？」

溜得快肯定地點了點頭，他一隻手遮住蠟燭火苗，一聲不吭地給查利．貝茨做手勢提出忠告，要他最好暫時收斂一下為妙。他盡到了作為一個朋友的責任之後，目光緊緊地盯著老猶太的臉，等候吩咐。

老猶太咬住蠟黃的手指，盤算了幾秒鐘，面孔劇烈地抽動著，彷彿正擔心著什麼，害怕得到最壞的消息。最後，他終於抬起頭來。

「他在哪裡？」他問。

溜得快指指樓上，然後轉身要走。

「好吧。」費金對這無聲的徵詢做了回答。「帶他下來。噓！別出聲了，查利。你輕點，你們先避一避！」

查利．貝茨和他新結下的對頭乖乖地服從了向他倆下達的這一番簡短的命令。靜靜地走開了。這時溜得快手持燭台走下樓來，後邊跟著一個身穿粗布罩衫的男人。這人匆匆掃視了周圍一眼，把遮住自己下半張臉的大披巾拿下來，原來是花花公子克拉基特的那張臉——面容憔悴，不知多少天沒洗過了。

「你過得好嗎，費金？」這位可敬的紳士向著老猶太點頭招呼，說道。「溜得快，把這條圍巾放到我帽子裡邊，免得我滑腳的時候找不到。沒錯，你將來一定能出挑成一個頂呱呱的樑上君子，比眼前這個老滑頭高明許多。」說著，他把罩衫撩起來，裹住腰部，拉過一張椅子放在爐旁坐了下來，兩腿搭在保溫架上。

「看看，費金，」他傷心地指著長筒馬靴說道，「打從你也知道的那個時候起，戴和馬丁牌的高級鞋油[58]就一次都沒擦過了，一滴都沒有沾過，真他媽——！嗨，你不要那樣盯著我。不要急，我不吃好喝好，也沒法跟你說正經事。拿點吃的來，我們先把三天沒進的貨來個一次補齊。」

老猶太打了個手勢，示意溜得快把能吃的東西都放到桌上去，自己和那個破門盜賊面對面坐了下來，等機會他開口說話。

從表面上看，克拉基特壓根兒不急於開腔。一開始老猶太還耐著性兒，觀察著他的臉色，想從他的表情上獲悉點什麼，然而毫無結果。克拉基特儘管顯得困乏不堪，但眉宇之間仍保持著那種一貫的怡然自得的神氣，真是沒法子了，透過油泥污垢、鬍鬚鬢角所表現出來的依舊是花花公子克拉基特那副自得其樂的傻笑。老猶太迫不及待地站起來，一邊注視著克拉基特慢慢地把食物送入口中，一邊焦灼地在屋裡走來走去。這一招也不起任何作用。克拉基特擺足了不緊不慢的派頭，一直吃到再也咽不下去，這才打發溜得快出去，他關上門，調好一杯摻水的酒，定了定神就準備談話了。

「哦，費金。」克拉基特開言道。

「怎麼，快說啊。」老猶太挪了一下椅子，應著。

克拉基特先生頓了頓，喝了一口酒，稱讚摻水杜松子酒真是棒極了，接著又把雙腳

58.指倫敦有名的戴和馬丁公司出品的鞋油，該公司曾與狄更斯當過童工的沃倫公司競爭取得成功。

擱在壁爐上，以使靴子和自己的視線保持同一水準，接著不慌不忙地繼續他的話題。

「哦，費金，」這位入室搶劫的老手說道，「他們沒回來。」

「啊！」老猶太尖聲叫道，從座位上跳了起來。

「嗳……」說話時克拉基特的臉色頓時變得慘白。

「快說！」費金頓足大叫，暴跳如雷地跺著地面。「他們哪兒去了？賽克斯跟那孩子，他們哪兒去了？他們到什麼地方去了？怎麼沒回來？」

「這趟買賣失了風，」克拉基特困乏無力地說。

「我早就知道，」老猶太從衣袋裡摸出一張報紙，指著報紙說，「後來怎樣？」

「他們開槍打中了那孩子。我們倆架著他就直接穿過野地，走的是最短的路線：見籬笆就鑽，遇水溝就跳，他們還在追。媽的！全英國的人都驚動了，還放出狗來追我們。」

「你快說那個孩子，他怎麼樣了？」

「賽克斯背著他，跟一陣風似的，跑得飛快。後來我們停下來，開始抬著他走。他腦袋耷拉著，身上冷冰冰的。那些人又緊追不放，人人為自己，誰都不想上絞刑架。於是，我們就各奔東西了，把那將死了的小傢伙丟在了一個水溝裡，後來，不知道他是死是活了，我知道的就這麼多。」

費金聽完，氣得大吼一聲，不想再聽他說下去，他雙手揪住自己的亂髮，快速衝出房間，跑出大門去了。

chapter 26 神秘人物登場

一直跑到街角，費金才開始從克拉基特告訴他的消息所造成的震驚中緩過神來。但他一點也沒有放慢自己不尋常的腳步，仍然瘋瘋癲癲地向前直闖。忽然，一輛馬車從他身旁疾駛而過，他差點兒被碾在車底，路上的行人都同時失聲驚呼，他這才嚇得退回人行道上。老猶太儘量繞開繁華街道，專走狹街小巷，最後來到了斯諾山。來到這裡，他走得更快了，毫不拖延，直到重又拐進了一條短巷。直到這時，他好像才意識到已經進入了自己的地盤，又回到了平日他習慣的拖著腳走的步子，呼吸好像也變得順暢了。

從倫敦老城出來往右邊走，就是斯諾山與霍爾本山交界處，那兒有一條狹窄陰暗的巷子通往紅花山。巷內有好幾家髒亂的鋪子裡有許多種類齊全、花色繁多的舊絲手帕陳列出售，而專從扒手手裡收購這路貨的商販就住在鋪子裡。幾百條這樣的手帕掛在窗外的竹釘上或在門柱上迎風飄著，貨架上也堆著大批這類東西。這裡雖然和菲爾胡同一樣狹窄閉塞，照樣有自己的理髮店、咖啡館、啤酒店和賣煎魚的小店。這是一個自成一格的貨物集散地、偷盜的銷贓市場。從早到晚，總有一些沉默寡言的商販在這一帶遊逛，他們在暗沉沉的後廂房裡洽談生意，來去行蹤都那樣飄忽。在這兒，估衣商、鞋匠、收破爛的都把自己的貨物陳列出來，這對小偷來說無疑是免費的看板。骯髒的地窖裡堆積著廢舊鐵器、骨製品、堆積如山的毛麻織品的邊角零料，正在生銹腐爛，散發出霉臭味。

費金老頭兒走進了這個地方。他跟巷內那些面色蠟黃的老土地都特別熟識，走過去的時候，好多正在店鋪門口做買賣的人都像老相識那樣向他點頭招呼，他也同樣點頭回禮，僅此而已，也不進一步搭訕。直到走進巷底，他才停下腳，和一個身材矮小的掌櫃搭腔，那人硬擠在一把兒童坐椅裡，正坐在店門口抽煙袋。

「嗨，只要一看到你，費金先生，瞎子也能看見東西了。」那買賣人說著，對老猶太向自己請安表示感激。

「近來這一帶風頭比較緊，賴弗烈。」費金揚起眉毛，雙手交叉搭在胳膊上，說道。

「是啊，我聽這樣的抱怨都不止一次了，」買賣人回答，「不過用不了多久就會涼下來的，你說是不是？」

費金點了一下頭表示同意，指著紅花山方向問：「今晚有沒有人上那邊去？」

「你說的是那個跛子店？」那人問道。

老猶太點了點頭。

「我想想，」他思索了一下，接著說道：「有，大約有六七個人上那兒去了，據我所知，你朋友好像不在那兒。」

「你沒看見賽克斯嗎？」老猶太神情顯得很失望地問道。

「我向你保證，他沒有在場。」那人搖搖頭，說了一句不流利的拉丁語，同時現出異常狡猾的表情。「今晚你有什麼貨要給我嗎？」

「今天沒有。」老猶太說罷轉身走了。

「費金，你是不是去跛子店？」賴弗烈在後邊喊道，「等一等我，就算在那兒陪你喝兩杯也行。」

老猶太回過頭來搖搖手，表示情願自己一個人去。而且，那小個子要想從椅子裡脫出身來也確實有些困難，所以這一次上面的那個跛子店就沒有了被賴弗烈先生光臨的榮幸。當他困難地站立起來時，老猶太已經去遠了。賴弗烈先生踮起腳尖，想要看見他的背影，但令他失望了。他只得重新把身子擠進小椅子裡，跟對面鋪子裡一位太太點頭致意，他的表情明顯地摻雜著種種懷疑和不信任，不久，他又故作姿態地繼續抽他的煙袋。

「三個跛子」——乃是賽克斯和他的狗曾在那裡出現的酒店字號，常客們習慣於管它叫跛子店。費金向裡面的一個男人做了個手勢，就徑直上樓，打開一扇房門，悄悄溜進一間屋子。他用一隻手擋住亮光，焦急地環視四周，看起來像是在找人。

屋子裡亮著兩盞煤氣燈，窗板緊閉，褪了色的紅窗帷拉得密不透風，透不出一點光。天花板索性漆成了黑色，別的顏色反正也會被燭火熏黑。室內煙霧繚繞，乍進來的人簡直什麼東西也分辨不出來。但是，慢慢地，一些煙霧從打開的門口散出去，漸漸可以看到屋子裡是同充斥耳中的喧嘩一樣亂七八糟的一大堆人頭。隨著眼睛逐步適應環境，外來者可以發現室內的來客很多，一大幫子男男女女圍坐著一張長桌，桌子上首坐著手執象徵身分的小槌的主席。一位鼻子發青、面孔因牙疼而包紮起來的專業人士坐在室內一角，正叮叮咚咚地彈奏著一架鋼琴。

費金躡手躡腳地走進去，那位專業人士的手指以彈奏序曲的方法快速地滑過鍵盤，結果引來了大夥叫嚷要求來一支歌。鼓噪平息之後，一位小姐為大家獻上了一首共有四節歌詞的民謠，在每一節唱完時，伴奏的人都要把這首曲子從頭到尾彈一遍，而且用他的全力盡可能彈得響。一曲終了，主席發表了一通評論，之後，坐在主席左右的兩位專業人士又自告奮勇來了一首二重唱，贏得人們一片喝彩。

真正有意思的還是觀察一下這群人中間幾張比較突出的面孔。主席本人——也是店主——是一個粗俗暴躁、身材結實的傢伙，演唱進行的時候，他一雙眼珠子骨碌碌地轉個不停。表面上他在尋歡作樂，其實他始終留神看著發生的一切，耳朵注意聽著人們議論的每一件事，況且他絕對是一耳聰目明之人。這裡的歌手全都以職業藝術家的淡漠態度接受大家的恭維，把群情激奮的崇拜者奉敬的十來杯摻水烈酒喝下去。這些崇拜者的面孔呈現著的邪惡一應俱全，而且幾乎是每一個階段都有，正是他們臉上這種可憎可厭的表情令人不得不看一眼。他們臉上的狡詐、凶惡和各種各樣的醉態都表現得淋漓盡致。女人中有一些還保留著最後一絲可有可無的青春氣息，另一些則已經完全喪失了作為女性所應有的一切特徵和痕跡，展示出來的僅僅只是淫亂和犯罪留下的令人作嘔的軀殼，幾個少女和一些還沒有度過生命黃金時代的少婦一起組成了這幅可悲的畫面上最陰暗最淒涼的部分。

並非什麼高尚的感情讓老費金感到煩惱，當這些事情在進行的時候，他急切巡視過一張張面孔，但顯然沒有遇到他要找的那個人。之後，他總算吸引住了坐在主席位子上的那個人的目光，便輕輕向他招了招手，緊接著同進去時一樣悄悄然溜出了屋子。

「有什麼事能為你效勞嗎，費金先生？」那人緊跟在他後面來到樓梯口問道。「你不跟大家一塊兒玩玩？他們很高興，大夥一定都很高興。」

費金不耐煩地搖了搖頭，低聲問道：「他在這兒嗎？」

「不在。」那人回答。

「也沒有巴尼的消息？」費金問。

「沒有，」跛子店的主人[59]答道，「不等到風頭過去，他不會主動出來活動。我敢斷言，那邊已經發現了什麼線索，只要他一動，這檔子事立刻就會被弄糟。他不會出事，巴尼也是，不然我一定會聽到有關他的消息的。我敢打賭，巴尼會把事辦妥當的，那事交給他就好了。」

「今天晚上他會來這兒嗎？」老猶太和剛才一樣，把這個「他」字特別加重語氣問道。

「你是指蒙克斯？」店主遲疑地問。

「噓！」老猶太說，「是啊。」

「肯定會來，」店主從表袋裡掏出一塊金錶，「剛才我還一直在等他呢，你再等十分鐘，他一定——」

59. 他正是這店的老闆。

「不，不。」老猶太連聲說道，他似乎既想見一見這個人，又因為他不在而感到寬慰。「你見到他就告訴他，我上這兒來找過他，讓他今天晚上一定到我那兒去一趟。既然他今天沒在，還是明天好了。」

「好吧。」那人說，「還有別的事嗎？」

「沒什麼其他要說的了。」老猶太說著就往樓下走去。

「我說，」對方從扶手上探出上身，聲音有點沙啞，低聲說道，「現在做買賣正合適。我把菲爾．巴克爾弄這兒來了，把他灌醉，隨便一個毛孩子都能擺佈他。」

「啊哈！現在可不是收拾他的時候，」老猶太抬起頭來，說道，「還有些事要菲爾去做，然後我們才捨得和他分手。親愛的，去招呼客人吧，告訴他們趁他們都還活著快快活活過日子。哈哈哈！」

店主也跟著老頭兒笑了幾聲就回店裡照看客人去了。費金看看身邊沒什麼人，臉上很快恢復了先前那副憂心忡忡的表情。他低頭想了一會兒，叫了一輛馬車，吩咐車夫前往貝士納草地去。在離賽克斯先生的公館還有幾百米的地方他就下車打發開馬車夫，徒步走過去。

「哼，」老猶太敲了敲門，喃喃自語：「即使這裡面有什麼鬼把戲，我也要從你這兒弄個明白，小妞，不管你多狡猾。」

一個女人把門打開，告訴他說南茜在自己房間裡。費金躡手躡腳地走上樓去，徑直走進房間裡。姑娘正一個人趴在桌子上，披頭散髮。

「她八成是喝了酒，」老猶太冷靜地琢磨著，「也許是有什麼令她傷心的事。」

老頭兒想到這，轉過身去關門，南茜一下被驚醒了。她精細地望著費金那張工於算計的面孔，問他有沒有什麼消息，接著聽他把克拉基特所講的情況詳細複述了一遍。老頭兒講完後，她什麼也沒說，又陷入剛才的狀態。她心煩意亂地推開蠟燭，雙腳不停地在地上蹭來蹭去，僅有一兩次，她神經質地改變了一下自己的姿勢。

乘冷場的機會，老猶太賊頭賊腦地把屋子掃了一遍，好像是要證實一下房間裡沒有賽克斯已經溜回來的痕跡。這一番巡視顯然使他感到格外滿意，他乾咳了兩三聲，絞盡腦汁企圖打開悶葫蘆，但那女孩並不理會他，完全忘了他的存在。最後，他搓了搓手，作了一次嘗試，用婉轉的語調問：

「你好好想想，他眼下會在什麼地方，好嗎，親愛的？」

女孩歎息著，做出了一種叫人很難聽清楚的答覆，她已說不上來了，從她發出這種哽咽之聲來看，她彷彿是快哭出來了。

「還有那個孩子！」老猶太睜大眼睛，竭力想看一看她的表情，「可憐的孩子。被丟在水溝裡。簡直不能想像，南茜，你想想看。」

「那個孩子？」南茜驀地抬起頭，說道：「在哪兒也比在我們一夥中間好，只要這事不連累比爾，我但願他死在水溝裡，嫩嫩的骨頭在那裡腐爛。」

「啊！」老猶太非常吃驚地喊道。

「噯，但願他死掉。」女孩迎著他那直勾勾的目光，回答說，「如果從此再也看不到他，知道最壞的已成為過去，我才高興呢。有他在身邊真讓我反而受不了。一看見他，我就恨我自己，也恨你們所有的人。」

「呸！」老猶太輕蔑地說，「你又喝醉了。」

「我醉了？」女孩痛心地叫道，「我沒醉，我真的沒醉。照你想的，你巴不得我永遠都不清醒，除了現在。怎麼了，我的脾氣不合你的胃口？」

「是啊，」老猶太大怒，「的確不合我的胃口。」

「那你就幫我改改吧。」女孩回了一句，之後放聲大笑起來。

「改改！」費金大聲叫嚷，同夥這種出人意料的頑固，再加上這天晚上窩著的一肚子火，最終使他忍無可忍了。「我就是要改改你的脾氣了。聽著，你這臭婊子，你給我聽好了，我只要幾句話，就能把賽克斯送上絞架，和我現在掐著他的牛脖子一樣簡單。我警告你，如果他一個人回來了，把那孩子給丟在後頭——他如果滑過去了，不能把那孩子還給我，不管死的還是活的，你如果不想讓他上絞刑架的話，就親手殺了他。否則，他一走出這間屋子就……」

「老鬼，你在亂說些什麼呢？」女孩不自禁地叫了起來。

「什麼？」費金快氣急敗壞，繼續說道，「那孩子對我來說，是價值成百上千英鎊的，機會來了，我可以穩穩坐享這麼偌大一筆錢，就因為一幫我不費吹灰之力都能叫他們送命的醉鬼神志不清，就要把我的財運給斷送嗎？何況我跟一個天生的惡魔有約，那傢伙就沒有這份心，但有的是力量去，滾——」

老頭兒喘吁吁說到這裡被一個詞給卡住了，他突然剎住了自己那股暴怒的狂流。這一會兒工夫，他整個神態也驀地變了樣。一剎那以前他兩眼瞪得圓圓的，臉上氣得發青，他那蜷曲的雙手在空中亂掐，這會兒，他卻頹然倒在椅子裡，渾身直打戰，生怕自己洩露了什麼不可告人的秘密。他安靜了一會兒，鼓起勇氣回頭看了看那女孩，見她依然和剛才一樣百無聊賴的姿態，稍稍有些放心了。

「南茜，親愛的！」老猶太用和氣的語調，哭喪著說，「我的話你可別往心裡去，親愛的？」

「不要再來煩我，費金，」女孩沒精打采地抬起頭來，答道，「要是比爾這次沒有做成的話，他下一回總能得手的。他已經給你撈到不少的好處，只要辦得到，將來還會撈到更多的，辦不到就沒辦法了，所以你也就不必再提了。」

「那個孩子呢，親愛的？」老猶太心神不定地連連搓著他的掌心。

「那孩子只得跟大家一樣碰碰運氣了，」南茜打斷他的話，「我再說一遍，我但願他已經死了，那樣他就不必再吃苦頭了，可以掙脫你們這幫人的手掌了——如果比爾沒事的話。既然克拉基特能夠脫身，比爾肯定也不會有事，他再怎麼笨也比克拉基特強多了。」

「我說的事怎麼辦，親愛的？」老猶太一雙眼睛賊亮賊亮地緊盯著她說道。

「如果你要我做什麼事，你得從頭再說一遍，」南茜回答，「如果真是這樣，也最好等到明天。剛折騰一陣，我現在又提不起勁了。」

費金又問了一些別的話，目的始終想要確定這女孩究竟有沒有注意到他不小心露出的口風，然而她回答得如此乾脆，在老猶太犀利的目光下神情又顯得十分冷漠，他原先的想法看來被證實了，她只是多喝了兩杯。確實，南茜像老猶太的一幫女徒弟一樣都有一個普遍的缺點。這個缺點來自於她們年齡較小的時候受到的縱容多於制止。她那蓬頭垢面、衣衫不整的樣子和滿屋濃烈的酒氣，為老猶太的猜測提供了有力的佐證。她當時先是像前面所說的那樣發了一通脾氣，之後便沉浸在憂傷之中，隨後又顯出百感交集的樣子，不久前還在痛哭流涕，這會兒又發出各種各樣的叫嚷，諸如「千萬別說死啊」之類的，還有各種醉話，說是只要太太、先生們快活逍遙，別的統統都不重要。費金先生對這類事一向有相當豐富經驗，見她確實醉得厲害，真有說不出的滿意。

這一發現使費金先生放心了。他這次來有兩個目的，一是把今天晚上聽到的消息告訴南茜；二是親眼證實一下賽克斯是否回來了，現在兩個目的都已經達到，他便聽任自己的年輕同夥伏在桌子上打瞌睡，自己打道回府。

這會兒已經是午夜時分。在這天色漆黑，寒風刺骨的環境下，他實在沒有心情閒逛。大街上，寒風似乎要把零零散散的幾個行人當做塵土和垃圾一樣掃除一空。看得出行人都是歸心似箭。但是，對於老猶太來說倒是一路順風，強勁的寒風每次粗暴地搡他一把，他都要一陣哆嗦，快走一陣。

他走到自己住的那條街的轉角處，正慌亂地在口袋裡摸大門鑰匙時，忽然從馬路對面一個暗沉沉的門廊裡竄出來一個黑影，神不知鬼不覺地掠到他身旁。

「費金。」一個聲音在他耳邊低聲叫道。

「啊……」老猶太立即轉過頭來，說道：「是你——」

「是的。」那人打斷了他的話。「我在這兒待了足足有兩個小時，你到什麼鬼地方去了？」

「我可是為你的事，親愛的，」老猶太不安地向對方瞥了一眼，說話的同時放慢了腳步，「整個晚上都在為你的事跑腿。」

「啊，那還用說，」陌生人冷笑著說了一句，「好啊，情況怎麼樣？」

「情況不容樂觀。」老猶太說。

「但願也沒有壞消息？」陌生人驟然止步，看了看對方，神色也很驚恐。

老猶太搖了搖頭，正欲答話，陌生人暗示讓他不要說下去，這時兩人已經走到費金的家門前，陌生人指指大門跟他示意，有什麼事最好還是進屋去說，自己在這裡等了那麼久，飽受風寒，連血都凍凝住了。

費金面露難色，好像很想婉言拒絕，深更半夜的，自己不便把陌生人帶到家裡去。不出所料，費金嘟嘟囔囔地說了一通，屋裡沒有生火什麼的，但是那人卻用命令的口吻重申了自己的要求，他只得打開門，兩人進來之後輕輕地把門關上，他自己去取蠟燭。

「這兒黑得像墳墓，」那人說著摸黑向前走了幾步，「你快一點。」

「把門關上。」費金在過道盡頭輕聲地說。話音剛落，門砰的一聲關上了。

「這就不是我的事了，」另一位一邊在暗中摸索，一邊說，「是風吹過去的，或者就是它自己關上的。快把蠟燭拿過來，不然我的腦袋非在這個該死的洞裡撞得腦漿迸裂不可。」

費金躡手躡腳走下廚房的樓梯，一會兒就舉著一支點亮的蠟燭走上來，還帶來了瞭解到的情況，克拉基特已經在樓下裡間睡著了，幾個少年在前邊一間也都睡了。他示意來客跟上，自己在前面領路往樓上走去。

「在這裡我們可以談我們要談的一些話，親愛的，」老猶太推開二樓的一道門，說道，「百葉窗有幾個大窟窿，我們還是把蠟燭放在樓梯上，隔壁肯定看不到亮，好了。」

老猶太嘴裡嘮叨著俯身，將蠟燭放在上邊一段樓梯上，正對房門的地方放著一張沒有椅罩的舊躺椅或沙發，除此而外，什麼傢俱也沒有。來客在躺椅上坐下來，一副筋疲力盡的樣子。老猶太把扶手椅拖過來，兩人相對而坐。這裡不算太黑，因為房門半開著，門外那支蠟燭把一束光投射到對面牆上。

他們竊竊交談了一陣。除了偶爾不連貫的隻言片語，談話的內容一點也聽不清，即便這樣，我們還是不難聽出費金好像正在針對同伴的某些指責為自己辯護，而他的同伴卻火氣很大。他們就這樣嘀嘀咕咕了約莫有一刻鐘，蒙克斯——老猶太在談話過程中曾幾次用這個名字來稱呼來客——稍稍提高聲調說道：

「我再跟你重複一遍，這事計畫得糟糕透了。為什麼不讓他和另外幾個待在一起，把他訓練成一個賊頭賊腦的鼻涕蟲小偷不就行了？」

「可沒這麼輕巧啊！」老猶太聳了聳肩，說道。

「哦，你是想說自己心有餘而力不足？是不是？」陌生人厲聲質問道，「你用這樣的辦法對待別的小子不是幹過好多次了嗎？只要你有耐心，最多一年，不就能給他判個刑，穩穩當當逐出國境，說不定還是一去不返，是不是？」

「這事好處算誰的，親愛的？」老猶太謙恭地問。

「當然是我啦。」蒙克斯回答。

「但是對我沒有好處，」老猶太說話時看起來十分卑順，「他本來對我有用。但一樁買賣兩方都要做，那就得兼顧兩方面的利益才是道理，對吧，我親愛的朋友？」

「那又能怎樣？」蒙克斯問。

「我發現要訓練他幹這一行還真不太容易，」老猶太答道，「他和其他處境的小孩不一樣。」

「見他的鬼去，是有些不一樣，」那人咕噥著，「不然早就成了一名小扒手了。」

「我抓不住什麼把柄讓他變壞，」老猶太心懷疑懼地觀察著同伴的臉色，繼續說道，「他還沒沾過手，我沒有什麼可以嚇唬他的手段，剛開始的時候，我們必須有這麼一手，要不就是白費力。我能怎麼辦？派他跟溜得快和查利一塊兒出去？我們一開始就試過了，一出門就讓我們難堪。親愛的，為了我們大家，我真是擔驚受怕。」

「這與我無關。」蒙克斯說道。

「當然，當然，親愛的。」老猶太恢復到剛才的狀態。「眼下我並不是後悔這樣做了。因為，如果本來就沒有發生這件事，你根本不會注意到他，也不會發現想找的就是他。嗨，靠著那女孩，我為你把他找了回來，再往後她竟憐惜起這孩子來了。」

「勒死那女孩。」蒙克斯惱羞成怒地說。

「啊，這會兒我們還不能這麼幹，親愛的，」老猶太微笑著答道，「再說了，這種事也不是我們的本行，或許說不定哪一天，我巴不得能找個人把這事兒幹了。這些小妞的根底，我知道得很清楚，蒙克斯。只要那孩子老練起來，她的關心不會比對一塊木頭更多的了。你要他成為一個小偷，只要他還活著，我總有一天能叫他幹這一行。如果——如果——」老猶太朝對方身邊湊過去：「儘管這不大可能，你聽著——一旦出現最壞的情況，他死掉了——」

「這可不能怪我！」另一位大驚失色地插了進來，雙手發抖地扣住費金的肩膀，「話得講講清楚，費金，這不關我的事，從一開始我就告訴你了，什麼事都行，就是不能叫他死，我不想出人命案子，這種事遲早要事發，還會攪得總是小鬼纏身的。要是他們開槍打死了他，這跟我不相干。你聽見沒有？這鬼地方真該一把火燒了它！那是什麼？」

「什麼？」老猶太也驚呼了一聲，雙手將嚇得跳起來的蒙克斯抱住。「在哪兒？」

「那邊，」蒙克斯向對面牆上盯著，「有個人影。我看見一個女人的影子，披著披風，戴了頂軟帽，一陣風似的貼著護牆板飄過去了。」

老猶太鬆開手臂，兩人倉皇失措地從屋裡奔出去。蠟燭還立在原來的地方，已經被穿堂風吹得淚痕狼藉，燭光照出的只有空落落的樓梯和他倆煞白的臉孔。他們緊張地聽了一下，整個房間籠罩在一片寂靜之中。

「那是你的錯覺。」老猶太邊說邊從地上拿起蠟燭，遞到同伴面前。

「我向上帝發誓，我真的看見來著！」蒙克斯顫巍巍地答道。「我第一眼看見的時候，那個影子正向前探出身子，我一叫，他就逃跑了。」

老猶太用鄙夷的目光掃了一眼同伴那張被嚇得發青的面孔，說了聲只要他願意，不妨跟著自己去看一下，便朝樓上走去。他們一個房間一個房間查過去，屋子裡都空空的，冷得要命。他們來到過道裡，之後又走進地下室。低矮的牆壁上長出了青苔，蝸牛和鼻涕蟲爬過的痕跡在燭光照耀下閃閃發亮，但是一切都死一般地沉寂，看不見人影。

「你現在認為怎樣？」老猶太在他們回到過道裡以後問。「除了我們倆，這屋裡除了克拉基特和那班小鬼，上上下下一個人也沒有了，他們也夠老實的。你看。」

老猶太從衣袋裡掏出兩把鑰匙證明自己所言不虛，解釋說，他第一次下樓的時候就將門鎖上了，目的是確保他們的談話絕對不受干擾。

蒙克斯先生面對這一新證據頓時猶豫了。兩人接著又進行了一陣一無所獲的搜索，他的懷疑漸漸變得不那麼強烈了，接著發出幾聲獰笑，承認那可能只是自己一時神經過敏產生的錯覺罷了，不過，當天夜裡他拒絕在那裡待下去，因為忽然想到時間已經過了一點鐘了。於是這一對親密朋友便分手了。

chapter 27

為某一章極為不禮貌地把一位太太冷落一旁賠禮補過

一個微不足道的作家，讓諸如教區幹事這樣一位大人物背朝火爐，把大衣下擺撩起來夾在胳膊底下，在一邊久等，直到筆者樂意放他自便為止，這種做法無疑是不恰當的。同時又把教區幹事曾頻頻投以脈脈含情目光的一位女士也給怠慢了，這與作家的身分或者騎士風度就更不相稱了。

教區幹事剛才在她耳旁低聲傾訴的甜言蜜語出自這樣一位要人之口，可以讓任何一個階層的小姐、太太聽了都會胸中小鹿亂撞。身為這部傳記的作者，本人的筆尖始終追隨著這些話語，在下對自己的地位畢竟有自知之明，並且對權勢顯赫的人物抱有恰當好處的尊崇，急於向他們表示他們的地位所需要的尊重，並給予符合他們的高貴身分和（隨之產生的）偉大德行而要求筆者務必盡到的全套禮數。千真萬確，出於這個目的，筆者甚至打算在這裡就教區幹事的神聖權力進行一番說明，並發一通永遠正確的議論，那就是教區幹事不會犯錯，通情達理的讀者肯定會既覺得愉快，又有所收穫。

但是遺憾的是，因為時間和篇幅的限制，筆者不得不把這一通議論推遲到那些更為方便、適當的時機再發，到那時本人將要論證，一名經過合法手續任命的教區幹事，一位隸屬教區習藝所、在職權範圍內參與該區教會事務的教區幹事——憑職權擁有人類的一切美德和優秀品質，而一般的商號的幹事、法院教區幹事，甚或附屬教堂的幹事，與這些優點當中任何一種的差距可能還隔著十萬八千里。

班布林先生把茶匙的數目數了又數，又掂了掂方糖夾子，對牛奶壺做了一陣更為仔細的考察，對於傢俱的一些情況，具體到那幾張椅子的馬鬃座子，他都一一做到了心中有數，這一過程又翻來覆去了六七次，他這才想到柯尼太太也該回來了。這時，他思緒萬千，柯尼太太回來的腳步聲又還聽不見。班布林先生不由地想到，光顧一下柯尼太太櫃櫥裡的東西，從而進一步滿足自己的好奇心，想必不失為一種無傷大雅而又不傷道德的消遣方法。

班布林先生貼近鎖孔聽了一會兒，確定沒有人朝這間屋子走來，便從最底下著手，瞭解三個長抽屜裡的情況：裡面整齊地裝滿了各式各樣、款式考究的衣物，用兩層舊報紙精心鋪襯，上邊還點綴著薰衣草的乾花，這好像令他十分滿意。他打開右手角上的一個抽屜，鑰匙就放在裡邊，發現裡邊有一隻上了鎖的小匣子，他搖了搖，匣子裡發出一陣悅耳的鏗鏘之聲，像是錢幣的叮噹聲。班布林先生一臉深沉地踱回到壁爐前邊，恢復了先前的姿勢，帶著嚴肅而堅定的神態說：「就這麼辦。」作出這一份意義重大的聲明之後，他莫名其妙地搖頭晃腦有十分鐘，好像努力勸自己不要辜負了這樣的好運氣。然後他側著身子，反覆欣賞自己的雙腿，似乎開始陶醉了。

他正在悠然地顧影自憐，柯尼太太匆匆地跑了進來，氣喘吁吁地一屁股倒在爐邊的椅子上，一隻手遮住眼睛，另一隻手按住胸脯，大口大口地喘著氣。

「柯尼太太，」班布林先生俯身向女總管問道，「怎麼回事，夫人？出什麼事了？你回答我啊，我可是如坐——如坐——」由於心慌意亂，班布林沒能馬上想起「針氈」這個詞，便用「針尖」應付過去了。

「哦，班布林先生！」女總管大呼一聲，「她們剛才真是把我煩死了！」

「煩死你了，夫人！」班布林先生驚呼，「是誰這麼大膽？噢，我知道了。」班布林先生耐住性子，故作深沉地說道：「一定是那幫討厭的窮鬼。」

「一想起來就可怕。」女總管哆嗦著說。

「夫人，你就不要去想它了。」班布林先生答道。

「我沒法不去想啊。」那位女士抽抽搭搭地說。

「夫人，那麼就喝點什麼，」班布林先生很是體貼地說，「來點葡萄酒好嗎？」

「千萬不要！」柯尼太太回答，「我喝不——哦！在右邊角落最上面第一層——呃！」這位可敬的女士說罷，神情慌亂地指了指食櫥，發出一陣自內而外的抽搐。班布林先生一個箭步躥到壁櫥前，按照柯尼太太這一番上氣不接下氣的指點，從擱板上取出一隻綠色玻璃瓶，從瓶中倒了滿滿一茶杯飲料，遞到這位女士嘴邊。

「現在好點兒了。」柯尼太太喝了半杯，靠在椅背上說。

班布林先生虔誠地抬眼望著天花板像是感謝上帝。接著又把目光朝下，落到茶杯的邊沿上，他端過杯子聞了聞。

「薄荷，」柯尼太太一邊有氣無力地說，一邊向著幹事盈盈倩笑，「嘗嘗，加了一點——裡頭還加了一點別的東西。」

班布林先生帶著疑惑的神情，嘗了嘗這種藥，咂咂嘴唇，又嘗了嘗，最後把空茶杯放下來。

「喝著真是舒服。」柯尼太太說。

「的確舒服哩，太太。」教區幹事邊說邊把椅子挪到女總管身旁，溫柔地詢問究竟是什麼事情這樣惹她心煩。

「沒什麼，」柯尼太太說道，「我是個容易激動、神經脆弱的傻瓜。」

「你不脆弱，夫人，」班布林回了一句，稍微把椅子挪得更近了一點，「柯尼太太，難道你是一個脆弱的女人嗎？」

「我們都是脆弱的。」柯尼太太這句話等於定下一條有普遍意義的原理。

「就算是吧。」教區幹事說道。

接下來的一兩分鐘裡，兩個人都沉默了。之後，班布林先生為了替上述論點配上插圖，便將先前搭在柯尼太太椅背上的左臂移到柯尼太太的裙帶上，漸漸圍住了她的腰。

「我們都是脆弱的。」班布林先生說。

柯尼太太歎了一口氣。

「請不要歎氣，柯尼太太。」

「我實在忍不住。」柯尼太太說著又歎息一聲。

「這是一個十分舒適的房間，夫人。」班布林先生環顧四周。「要是再有一間，夫人，就太好了。」

「一個人住太多了。」女士的聲音低得近乎聽不見。

「那如果是兩個人住哩。」班布林先生柔聲細氣地說。「哦，柯尼太太？」

教區幹事說這些話的時候，柯尼太太垂下了頭。教區幹事也低下頭，看了看柯尼太太的臉色。柯尼太太得體地把頭扭到一邊，伸手去拿自己的手帕，卻無意間把手放到了班布林先生的手裡。

「理事會供給你煤，是嗎，柯尼太太？」教區幹事一邊說，一邊深情地握緊她的手。

「還有蠟燭。」柯尼太太也輕輕地握著他的手回答。

「煤，蠟燭，外加免收房租，」班布林先生說，「啊，柯尼太太，你真是一位天使。」

柯尼太太再也無法拒絕這種奔放的熱情，她倒在了班布林先生的懷裡。那位紳士激動之下，在她那貞潔的鼻尖上印下個熱烈的吻。

「天造地設的教區緣分啊！」班布林先生喜不自勝地叫了起來，「斯洛特先生今天更糟糕了，你知道嗎，我的美人？」

「知道。」柯尼太太羞答答地答道。

「醫生說了，他活不過一個星期，」班布林先生繼續說道，「他是濟貧院院長，他一死就會留下一個空位子。有缺就得補缺。啊，柯尼太太，這是多好的一件事情啊！它會把兩顆心連在一起，兩個家合成一個，這是帶來美妙前程的絕好機會。」

柯尼太太竟啜泣起來了。

「快說啊，只要說短短的一句話。」班布林先生向羞答答的美人彎下腰來。「那一個簡單得不能再簡單的詞，我親愛的柯尼，說啊？」

「同——同——同意。」女總管說著發出一聲歎息。

「再說一次，」教區幹事趁熱打鐵，「把你的柔情蜜意凝結起來，再說一次，什麼時候辦？」

柯尼太太幾次試圖說出來，卻幾次都沒說出來。最終，她鼓足勇氣，摟住班布林先生的脖子說，這事全看他的意思了，他真是「一隻不能不招人疼的小鴿子」。

事情就在一種卿卿我我的氣氛中輕鬆拍了板。作為鄭重簽訂合約的一個儀式，他倆又倒了一杯胡椒薄荷油，女士心跳得厲害，異常激動，這一杯藥劑就顯得大有必要。喝過飲料，她才把那老婆子病死的事告訴了班布林先生。

「很好，」那位紳士啜飲著他的一杯薄荷劑，說道，「我回家的時候，到索爾伯利鋪子裡去一趟，告訴他明天一早就來把她拉走。就是這事把你嚇壞了嗎，我親愛的？」

「也不是什麼重要的事，親愛的。」女士閃爍其詞地說。

「肯定有什麼事情，我的心肝，」班布林先生十分堅定，「你難道不想告訴屬於你的老班？」

「現在不說這個，」女士答道，「以後吧，等我們結婚以後，親愛的。」

「我們結婚以後！」班布林先生驚呼，「難道是哪一個窮小子竟然厚顏無恥到——」

「不，不，心肝。」女士急忙打斷他的話。

「要是我確定有這樣的事，」班布林先生繼續說道，「只要我認為他們當中有哪一個膽敢向這張美麗的臉蛋瞄一下的話，他的下流眼睛──」

「他們沒這膽子，我的心肝。」女士應聲說道。

「那是他們的造化！」班布林先生握緊拳頭說道，「我倒要看看是哪個人，不管是教區裡的還是教區外的，誰敢做這樣的事，我要教訓教訓他，他不會有好下場。」

設若沒有慷慨激昂的手勢加以襯托，好像可以說這番話肯定不是為高度評價那位女士的魅力，然而班布林先生在揚言的同時，還佐以種種好鬥的姿勢，他敢於獻身的這一舉動深深打動了柯尼太太，她帶著無比傾慕的神色，宣稱他確實是一隻招人疼的小鴿子。

之後，這隻鴿子豎起外套領子，戴上三角帽，與自己未來的伴侶長久的熱烈擁抱後，就又一次迎向徹骨的夜風了。他在男性貧民收容室裡停留了幾分鐘，臭罵了他們一頓，目的在於使自己確信：他能以必要的尖刻來填補濟貧院院長的空缺。班布林先生堅信自己能夠勝任。然後心情舒暢地離開了那幢樓房，滿腦子裝的都是即將得到升遷的一幅幅光彩照人的畫面，之後他來到喪事承辦人的鋪子前。

這會兒，索爾伯利先生和索爾伯利太太都外出吃晚餐去了。儘管已過了通常的打烊時間，鋪子卻還尚未關門。諾亞．克萊坡任何時候都無意承擔更多的體力消耗，只在為方便地發揮吃喝這兩種功能的時候才會做出必要的動作。班布林先生用他的手杖在櫃檯上輕輕敲了幾下，但沒引起一點注意。他看到店堂後面小客廳的玻璃窗裡透出一點亮光，便貿然往裡邊看了一眼，想看看裡邊在幹什麼。等他看清楚後，不覺大吃一驚。

晚餐桌布已經鋪好了，桌子上滿滿當當的擺著黃油、麵包、碟子、酒杯，還有一罐黑啤酒、一瓶葡萄酒。桌邊，諾亞·克萊坡先生正大大咧咧地靠在一把安樂椅裡，雙腿蹺在扶手上，一隻手握著一把張開的大折刀，另一隻手拿著一大塊塗滿黃油的麵包。夏洛特緊挨著站在他身邊，正在剖開從一顆桶裡拿出來的牡蠣，克萊坡先生也很賞臉，將牡蠣狼吞虎嚥地吃掉。這位年輕紳士的鼻子周圍比平時更紅了，右眼一眨一眨地老是盯住某個地方，這表明他已經有幾分醉意。他吞食牡蠣時表現出的勁頭可資佐證，由於他只知道牡蠣對於內火上升有一定的清涼解熱作用，沒有其他恰當的解釋了。

「這顆肥的味道不錯，親愛的，」夏洛特說道，「嘗嘗吧，就是這一隻。」

「牡蠣還真是好東西！」克萊坡先生吞下那顆牡蠣，感慨道，「真可惜，吃不了幾顆就總是會覺得不舒服，不是嗎，夏洛特？」

「這可真可惜。」夏洛特說。

「就是啊，」克萊坡先生表示同意，「你不喜歡吃牡蠣？」

「不太喜歡，」夏洛特回答，「我喜歡看著你吃，親愛的，比我自己吃更有意思哩。」

「喲，」諾亞若有所思地說，「真奇怪。」

「再吃一顆吧，」夏洛特說道，「瞧這一顆多美，多嫩啊。」

「我真的吃不下了，」他說道，「很抱歉，到這邊來，夏洛特，讓我親親你。」

「好啊，」班布林先生闖了進來，「你小子再說一遍。」

夏洛特尖叫一聲，用圍裙把面孔遮起來。克萊坡先生把雙腿放下來，在姿勢方面沒有其他的變化，他帶著酒後的驚恐目不轉睛地望著教區幹事。

「再說一遍，你這個色膽包天的渾小子，」班布林先生說道，「還敢提這種事，還有你這個不知羞的瘋丫頭，竟敢攛掇他？親她啊。」班布林先生憤怒地叱喝著，「哼。」

「我才不想親她呢，」諾亞哭喪著臉說，「她總是來親我，也不管我喜歡不喜歡。」

「你，諾亞！」夏洛特委屈地叫了起來。

「你就是這樣，你自己也知道是這樣的」諾亞反戈一擊，「先生，她老是來這一套，班布林先生，她不是摸摸我的下巴，真的，先生，就是做出各種各樣親熱的樣子。」

「住嘴！」班布林先生厲聲呵斥，「小姐，你給我滾下樓去。諾亞，你去把鋪子關了。你主人回來之前，你敢再說一個字，當心你的腦袋！他一回來，你就告訴他，班布林先生說了，讓他明天早飯後送一口老太婆的棺材過去，喂！聽見了嗎？」班布林舉起雙手，氣憤地說。「這個教區，下等人的道德敗壞真是驚人！議會要是再不聞不問他們的那些劣跡，這個國家就要毀於一旦，農民的品性也將永遠淪喪！」教區幹事說完這些話，神色高傲而憂鬱地大搖大擺走出喪事承辦人的店鋪。

讀者們，我們已經陪著他在回家的路上走了好久好久，那個老太婆的喪事也已準備，現在讓我們去看看奧立弗．崔斯特的情況，看看克拉基特丟下他以後，那個可憐的小傢伙是否還躺在水溝裡。

chapter 28 繼續奧立弗的故事，進一步記述他不平凡的遭遇

「王八蛋，讓狼咬斷你們的脖子。」賽克斯咬牙切齒地咕噥著，「總有一天你們誰也躲不掉，你們會把嗓子統統喊啞不可！」

賽克斯罵罵咧咧地把這些咒罵發洩出來，臉上那副不顧死活的樣子充分表現出他暴躁的脾氣。他把受傷的奧立弗暫時在自己的膝蓋上放一放，掉過頭去看了一眼後面的追兵。

天黑霧濃，什麼東西也分辨不出來，只能聽到四處的吶喊聲，附近被警鐘驚醒的狗也此起彼伏地吠叫起來，四下裡響成一片。

「快給我站住，你這個膽小鬼！」這個強盜見克拉基特撒開兩條長腿已經跑在前邊了，便大聲喝道。「你給我站住！」

聽到第二聲吆喝，克拉基特頓時停下來一動也不敢動。他還沒有把握自己是否還在手槍的射程之內，賽克斯可是完全沒有心思鬧著玩的。

「幫忙把這小子抬走，」賽克斯憤怒地向同夥做個手勢，「快回來！」

克拉基特極不情願地朝這邊折回來，卻大著膽子說自己老大不情願回來——儘管嗓音很低，又由於喘氣而說語不成聲。

「麻利點兒！」賽克斯叫道，他把奧立弗放在腳下一條乾枯的水溝裡，從衣袋裡掏出一支手槍。「別跟我耍花招。」

就在此時，喧鬧聲變得更雜亂了。賽克斯再一次回頭一看，見追捕的人正在爬他所待的這片田野的籬笆門，有兩隻狗跑在前頭。

「這下全完了，朋友！」克拉基特喊道，「扔下這個孩子，自己逃命吧。」克拉基特先生寧可到朋友的槍口底下去碰碰運氣，也不願意乖乖落入敵人手中，說完這句臨別贈言，便拔腿就跑。賽克斯咬咬牙，又回頭看看，把剛才胡亂裹在奧立弗身上的那件斗篷往直挺挺倒在地上的那孩子身上一扔，也沿著籬笆牆跑走了，看樣子是想把追兵的注意力從孩子躺著的地點引開。他在另一道籬笆跟前突然停了一下，把手槍高高地舉到空中畫了一個圈，翻過籬笆跑掉了。

「嗨，在那邊！」一個顫抖的聲音在後邊嚷道，「品切爾！尼普頓！快過來，過來！」

那兩隻狗似乎跟牠們的主人一樣，對正在進行的這場追逐並沒有什麼特殊的興趣，乖乖地聽從了命令。這時候，三個已經在這片田野上跑了一段路程的男人也停止了行動，聚在一塊兒商量起來。

「我的意思，準確地說，我的命令吧，」最胖的一位說道，「我們必須立刻回去。」

「蓋爾斯先生認為合適的我都贊同。」一個身材敦實的男人說，臉色煞白，舉止文雅，一般受到驚嚇的人往往如此。

「先生們，我可不想顯得這麼沒有風度，」那第三個說，狗就是他叫回來的。「蓋爾斯先生拿主意就是了。」

「當然，」矮個子回答，「無論你們怎麼做，我都不會反對。不，不，我決不會目無尊長！謝天謝地，我很清楚自己所處的地位。」說實在的，這小個子確實很清楚自己的處境，也完全明白這實在不能算一種值得羨慕的處境，說話時，他的牙齒一直在捉對兒廝打。

「你害怕了，我的朋友。」那位先生說道。

「我沒有。」對方說。

「難道是你怕了？」那個叫蓋爾斯的說。

「你簡直是瞎說，蓋爾斯先生。」叫布里托斯的說道。

「你撒謊，布里托斯。」蓋爾斯先生說。

眼下的爭吵都源於蓋爾斯先生的奚落，而蓋爾斯先生出口傷人是出於氣憤不平，別人用一句恭維話作幌子，實則把責任推到他頭上了。結果還是第三個人以一個十足哲學家的風采結束了這場爭論。

「我來說說是怎麼回事吧，先生們，」他說道，「大家都害怕了。」

「說你自己吧，先生。」蓋爾斯先生說，三人中最面無人色的就是他了。

「我是在說我自己，」第三位答道，「我的確是害怕了，在這種情形下，感覺害怕是很自然的，也沒有什麼不應該。」

「我也一樣，」布里托斯說，「但沒有必要那麼氣勢洶洶地指責別人。」

這一段坦率的自白使蓋爾斯先生的心腸軟了下來，他當即承認自己也很害怕，於是三個人轉過身來，一起往回跑去，跑著跑著，蓋爾斯先生堅決主張停一停，非常大度地為自己出言不遜表示歉意。

「不過這事也真稀奇，」蓋爾斯先生解釋完之後說道，「一個人只要心火上升了，什麼事都幹得出來。我恐怕會犯謀殺罪，要是我們抓住那幫渾蛋當中的一個的話；我知道我會這樣幹的。」

其他兩位也有同感，而現在他們的血氣同他一樣已告消退，接著便開始探討氣質上的這種突變原因。

「我想我知道是怎麼回事了，」蓋爾斯先生說，「關鍵在於那道籬笆門。」

「要是它，我並不覺得奇怪。」布里托斯大聲喊道，他立即領會這話的意思。

「我肯定，」蓋爾斯說道，「正因為那扇門擋著，剎住了狂熱的衝動。我感覺到了，我正要從門上爬過去的時候，火氣突然全泄了。」

真是一種奇怪的巧合，另外兩位在同一時刻也經歷了同一種令人不愉快的感覺。很明顯，問題出在那道籬笆門上，尤其想到發生這一突變的時間是毫無疑義的，因為三個人都想起來了，他們正是在突變發生的一瞬間出現在強盜視線內的。

談話的這三個人，其中有兩個是把破門賊嚇跑的，還有一個是走街串巷的補鍋匠。補鍋匠本來正在屋裡睡覺，被叫醒後，就帶著他的兩條雜種狗加入了這場追捕。蓋爾斯先生身兼二職，是這家老太太所用的領班和管家。布里托斯是一個打雜的，自幼替老太太當差的，儘管他年已三十有餘，但仍被當成一個沒有出息的毛孩子。

三個人用這一類藉口相互壯膽打氣，但卻仍然緊緊地湊在一塊兒，每當一陣勁風吹過，樹枝颯颯作響的時候，他們仨就要提心吊膽地四顧張望。他們事先就把提燈留在樹後，以免指示強盜借燈光開槍。他們竄到那棵樹的後邊，抓起提燈，一溜小跑地奔回家去。那三個身影早已消失在夜色中，只看見燈光在遠處閃爍搖曳，好像潮濕沉悶的空氣正一刻不停地噴吐出一團團磷火似的。

黎明漸漸來臨，四周更加寒氣逼人。霧好像一團污濁的煙雲，在地面滾動。草濕濕的，小路和低窪的地方也積滿了泥水。催腐致病的陰風夾著潮氣，嗚嗚地一邊呻吟著一邊懶洋洋地一路刮過。奧立弗仍舊倒在賽克斯扔下他的那個地點，一動不動，人事不省。

天愈來愈亮，第一抹暗淡模糊的曙色——與其說這是白晝的誕生，毋寧說是黑夜的死亡——軟弱無力地在空中閃射著微光，風變得分外凜冽刺骨。物體漸漸變得清晰可辨，逐漸恢復了人所熟知的形狀。一陣驟雨打在光禿禿的灌木叢中發出劈哩啪啦的聲音。儘管急雨打下來，奧立弗卻感覺不到，他依然直挺挺地躺在自己的泥土床上，孤單無援，昏迷不醒。

最終，一陣痛苦而微弱的呻吟聲劃破了四周的沉寂，他醒了過來。左臂被一塊披巾胡亂地包紮了一下，沉沉甸甸地垂在身邊，不能動彈，披巾已沾滿了鮮血。他渾身軟弱無力，幾乎坐不起來。等到果真能坐起來的時候，他吃力地舉目四顧，期望有人救助他，卻不禁疼得呻吟起來。寒冷和疲勞使他身上的每一處關節都在戰慄。他掙扎著試圖站起身來，然而他從頭到腳抖個不停，再一次直挺挺地倒在地上。

奧立弗從長時間昏迷中甦醒過來之後，心中突然生出一種被蠕蟲爬過的噁心感，彷彿是在警告他，躺在這裡他將必死無疑。他站起來，嘗試著邁開腳步。但是剛一動，他就頭暈目眩，像醉漢一樣踉踉蹌蹌往前走了幾步。儘管如此，他還是沒放棄，腦袋軟軟地耷拉在胸前，磕磕絆絆地朝前走去，至於到底往哪裡走，他自己也不知道。

此時，很多紛亂迷惘的印象一齊湧到他的腦海中來。他彷彿依然走在賽克斯和克拉基特之間，他倆還在怒氣沖沖地鬥嘴——他們說的那些話還在他耳際迴響。他拚命地掙扎著才沒有摔在地上，這時好像注意力集中了一下，發現自己正在跟他們說話。然後，就是獨自和賽克斯在一起，拖著沉重的步子一路行走，與前一天的情況一致。每當幽靈似的人影從他們身邊走過時，他就感覺到那強盜狠狠地抓住他的手腕。突然，開槍了，他朝後打了個趔趄，吵鬧的喊叫聲在空中迴盪，火光閃閃，四周鬧鬧嚷嚷的亂成一片，就在此時，一隻看不見的手拉著他匆匆離去。一種說不明白的、令人不安的疼痛感穿透所有浮光掠影，一刻不停地侵擾、折磨著他。

緊接著，他跌跌撞撞地繼續前進，幾乎是無意識地從阻擋去路的大門橫木的空檔或者籬笆縫隙之間爬過去，直至來到一條路上。雨下大了，他才清醒過來。

他看了看四周，見不遠處有一幢房子，他估計還有力氣走到那兒。裡面的人看他這副狼狽相，說不定會可憐他的。就算他們不憐憫他，他想，死的時候身邊有人總比死在寂靜的曠野裡好一些。這是他最後的一場考驗，他使出全身的力氣，晃晃悠悠地朝那所房子走去。

他一步步走近那所房子，一種似曾相識的感覺油然而生，相關的細節他一點也記不起來，但這座建築物的式樣和外觀好像在哪裡見過。

那不是花園的圍牆嗎？昨晚上他曾跪在牆內的草地上，請求那兩個傢伙發發慈悲的。這就是他們企圖打劫的那戶人家。

奧立弗認出了這個地方，一種恐懼感不由自主地襲上心頭，他霎時間忘記了創痛，只有逃走這個念頭。逃走！他連站都站不穩，即使他單薄的身體處於精力充沛的狀態，又能逃到哪兒去呢？他上前推了一下花園門，門沒有上鎖，一推就開。他跌跌撞撞穿過草地，登上台階，有氣無力地敲了敲門，這時他已經筋疲力盡，靠在這個小門廊的一根柱子上暈了過去。

此刻，蓋爾斯先生、布里托斯，還有那個補鍋匠，因為勞累了一夜，又擔驚受怕了一夜，正在廚房裡享用茶點以及各種食物，以提神補氣。按照蓋爾斯先生的脾氣，他歷來不贊同與地位不如自己的僕人過於親近，比較習慣以一種若即若離的態度與下邊的人相處，讓他們既不見怪，又不會忘記他在社會上的地位比他們高。然而喪事、火警和劫案能將各色人等拉平，所以蓋爾斯先生坐在廚房爐檔前邊，伸直雙腿，左胳膊支在桌子上，右手做著各種手勢，正在描述這次劫案的詳細情形，他的幾位聽眾，尤其是廚娘和女僕都聚精會神地聽著，連大氣都不敢出。

「大約是在兩點半鐘，」蓋爾斯先生說道，「或者是在三點左右的時候，我也不能確定了，反正我當時醒了，在床上翻了個身，就像現在這樣——」講到這裡，蓋爾斯先生在椅子裡翻一個身，然後把桌布一角拉過來搭在身上，當做被子，「忽然我似乎聽到了一些響動。」

故事正講到這個關鍵時候，廚娘突然面色泛白，叫女僕去把門關上，女僕轉請布里托斯代勞，布里托斯又要補鍋匠去關門，補鍋匠卻裝作沒有聽見。

「聽到了一點響動，」蓋爾斯先生繼續往下講，「開始我還說，這是幻覺，我正準備安安心心再睡一覺，忽然響聲又起，聽得一清二楚。」

「是什麼樣的響聲？」廚子問。

「是一種東西碎了的聲音。」蓋爾斯先生回答時前後看了看。

「更像是鐵棍在肉豆蔻粉碎機上摩擦的聲音。」布里托斯插了一句。

「那是你聽到的，老兄，」蓋爾斯先生答道，「不過，在這個時候，還有一種什麼東西碎了的聲音。我掀開被子，」蓋爾斯把桌布推開些，接著說道，「從床上坐起來，豎耳朵仔細再聽。」

廚娘和女僕同時「啊」的一聲叫了起來，同時把椅子拉得更近。

「這一次我可聽得清清楚楚了，」蓋爾斯先生接著說，「我對自己說：『一定有人在砸門或者砸窗戶，怎麼辦呢？我得把那可憐的小傢伙，就是說把布里托斯叫醒，免得他被人殺死在床上，要不然，他說不定被人家從右耳到左耳割下來還不知道呢。』」

這時，所有的目光都齊刷刷地對準了布里托斯，他自己則目瞪口呆地望著那位說話者，滿臉都是恐怖的表情。

「我把被子掀到一邊，」蓋爾斯扔開桌布，神色異常嚴肅地看著幾個女僕和廚娘。「輕手輕腳下了床，穿上——」

「有女士在座呢，蓋爾斯先生。」補鍋匠輕聲地提醒他一句。

「一雙鞋，老兄，」蓋爾斯朝他轉過臉去說，特意在「鞋」這個字上加重了語氣。「操起一把實彈手槍，我每天都要把這傢伙連同餐具籃子一起帶上樓上去，我踮起腳尖走入他的房間。『布里托斯，』我把他叫醒過來，『別怕。』」

「你是這樣說的。」布里托斯低聲說了一句加以肯定。

「我們恐怕要活不成了，布里托斯，我說，」蓋爾斯接著說道，「但是你不要驚慌。」

「他究竟害怕了沒有？」廚娘問。

「他一點都不怕，」蓋爾斯先生回答，「他很鎮定啊！幾乎和我一樣鎮定。」

「如果換作我，肯定會當場被嚇死的。」女僕說道。

「你是婦道人家嘛。」布里托斯稍微振作了一些，應聲說道。

「布里托斯的話有道理，」蓋爾斯先生贊同地點了點頭，「對於女人，沒什麼可指望的。我們兩個是男子漢，拿上一盞遮光燈，燈就放在布里托斯屋裡的壁爐保溫架上邊，黑咕隆咚地摸著走下樓——就像這個樣子。」

蓋爾斯先生離座起身，閉上眼睛走了兩步，給自己的描述配上相應的動作。就在這時，他跟其餘在場的人一樣被嚇了一大跳，急忙退回到椅子上。廚娘和女僕大聲尖叫起來。

「有人敲門，」蓋爾斯先生裝出毫不吃驚的樣子說道，「誰去把門打開？」

誰都不動一動，沒有一個人過去開門。

「這真是有點兒蹊蹺，誰大清早跑來敲門，」蓋爾斯先生把周圍一張張煞白的面孔挨次看過來，他自己也是面如死灰，「可總得有人去開啊，聽見沒有，你們？」

蓋爾斯先生一邊說，一邊瞧著布里托斯，小夥子生性特別謙虛，也許考慮到自己微不足道，所以認為這個問題不可能和自己有關係。總之，他沒有應聲。蓋爾斯先生將籲請的眼光移向補鍋匠，偏偏這會兒他又突然地睡著了。兩個女僕就更不在話下。

「如果布里托斯一定要有人看著才把門打開的話，」蓋爾斯先生沉默了一會兒說道，「我願意作證。」

「我也算一個。」補鍋匠突然醒了，他剛才也是這樣突然睡著的。

布里托斯在這樣的條件下屈服了。他們三個人打開窗板，發現天已經大亮，就稍微放心了一些。他們讓狗跑在前邊，自己緊跟而上。兩位擔心待在下邊的女士也跟在後邊上去了。按照蓋爾斯先生的主意，大家高聲攀談，以此警告門外無論哪一個不懷好意的傢伙，他們在人數上佔有優勢，又根據同一位智多星想出的一條別出心裁的妙計，在門廳裡使勁拉那兩隻狗的尾巴，讓牠們拚命地叫。

採取了這幾項防範措施以後，蓋爾斯先生緊緊抓住補鍋匠的胳臂，得意洋洋地說，免得他逃跑，下達了開門的命令，布里托斯照辦了。這一群人提心吊膽，隔著別人的肩膀往外張望，沒有發現任何可怕的跡象，只見可憐的小奧立弗．崔斯特虛弱得開不了口，勉強抬起眼睛，默默地在乞求他們的憐憫。

「一個小孩！」蓋爾斯先生大叫一聲，勇不可擋地把補鍋匠推到身後。「怎麼回事——呢？——怪了——布里托斯——瞧這兒——你還沒有明白嗎？」

一開門就躲到門後邊去了的布里托斯猛然看見奧立弗，立刻大聲呼叫起來，蓋爾斯先生抓住這孩子的一條腿和那隻未受傷的胳膊，把他拖進門廳，放在那裡的地板上。

「就是他。」蓋爾斯先生極度亢奮地向樓上大喊大叫。「太太，逮住了一個小偷，太太。這裡有個賊，小姐。他受傷了，小姐。我打中他了，小姐，是布里托斯給我掌的燈。」

「用的是一盞馬燈，小姐。」布里托斯喊道，一隻手半罩在口邊喊道，以便讓他的聲音傳得更清晰一些。

兩個女僕帶著蓋爾斯先生逮住了一個竊賊的消息向樓上跑去，補鍋匠忙於設法使奧立弗恢復知覺，省得還沒來得及把他送上絞刑架，就先完事了。在這一片喧嚷和紛擾之中，響起了一個少女甜美悅耳的聲音，瞬間，一切都靜下來。

「蓋爾斯！」那聲音在樓梯口輕聲叫道。

「在，我的小姐，」蓋爾斯先生回答，「別害怕，小姐，我沒有受到什麼損傷。他也沒有拚命抵抗，小姐。我三下五除二就把他給對付了。」

「噓！」少女回答，「那夥竊賊把姑媽嚇壞了，現在你也要把她嚇壞。這可憐的傢伙傷得重不重？」

「傷得是很嚴重，小姐。」蓋爾斯帶著得意非凡的表情回答道。

「他看上去快不行了，小姐，」布里托斯照舊大聲嚷嚷，「小姐，您要不要過來看他一眼？萬一他真的不行了可就來不及了。」

「請你小聲點好不好，不像個男子漢，」少女回答，「安靜地等一下，我跟姑媽說去。」

隨著一陣和聲音一樣輕柔的腳步聲，說話的小姐走開了。她很快就回來了，吩咐把那個受了傷的人抬到樓上蓋爾斯先生的房間去，要小心一點。布里托斯去給那匹小馬備鞍，立刻動身趕往卡特西去，以最快的速度去叫員警和大夫儘快到這裡來。

「您要不要先看看他，小姐。」蓋爾斯先生非常自豪地問，好像奧立弗是某種羽毛珍奇的鳥兒，被他使出不凡的身手才打中的。「是不是要看他一眼，小姐？」

「要看的，但絕不是現在，」少女答道，「可憐的傢伙。噢，你們對他好一點，蓋爾斯，看在我的面子上，可不要難為他！」

有著美妙聲音的少女轉身走了，老管家仰面注視著她，那目光又是驕傲又是讚賞又是欣悅，好像她是自己的孩子一樣。接著，他朝奧立弗弓下身子，帶著女性才有的體貼入微跟大家一起把他抬上了樓。

chapter 29

介紹一下奧立弗來投奔的這一家人

這是一個雅致的房間，裡邊的陳設與其說是摩登的精美，不如說有老派的安適。一桌豐盛的早餐已經準備好，餐桌旁坐著兩位女士。蓋爾斯先生身著一身黑色禮服一絲不苟地服侍著她們。他站的位置約在餐具櫃和餐桌之間。他的身子挺得筆直，頭向後仰著略略側向一邊，左腿跨前，右手插在背心裡，下垂的左手緊握著一隻托盤，貼在身邊——一整個神態表明他因自己服務有功受到器重而深感滿意。

兩位女士中有一位年事已高了。然而她腰板筆直，可與她坐的一張高背櫟木椅子媲美。她的穿著考究而嚴謹，舊式的服飾奇妙地糅合著對時尚的若干小小讓步，不但無損於格調，反而突出了老派風格的效果。她臉色莊重，雙手交叉著放在面前的桌子上，一雙絲毫也沒有因為歲月流逝而變得暗淡的眼睛凝神看著與她同桌的年輕小姐。

這位小姐正處在女性含苞待放的青春妙齡，假如真有天使為替上帝做好事而入主凡人軀殼的話，我們可以無需擔心怕褻瀆神靈而進行的猜想，她們會選她那樣的人作附身的對象。

她應該不滿十七歲，她的天賦素質是那樣嬌嫩、纖弱，那樣溫和、柔順，塵世似乎不像是她的故土，俗物也不是她的同類。甚至她那深邃的藍眼睛裡閃耀著的、她那高貴的額上展現著的聰慧在她這個年齡或者說在這個世界上似乎只是鳳毛麟角。然而，那儀態萬千的溫柔賢淑，那照亮整個面龐，沒有留下絲毫陰影的萬道光輝，尤其是那種欣悅、快樂的笑容，那種充滿歡樂幸福的微笑——這一切都是為了營造家庭壁爐邊的安謐與幸福。

她匆忙地處理著餐桌上的瑣事，偶爾舉目一看，發現老太太正好注視著她，便把款式很樸素的頭髮從額前向後一撩，綻開一個笑容，流露出溫情純真的愛心，連神靈看著她也會歡喜。

「布里托斯已經去了一個多小時了，是嗎？」老太太遲疑了一下問道。

「一小時十二分，夫人。」蓋爾斯先生拿出一塊銀殼懷錶看了看，答道。

「他總是慢吞吞的。」老太太說道。

「布里托斯一直就是個慢性子的孩子，夫人。」管家回答。順便提一下，由於布里托斯作為一個慢性子的孩子已有三十多年，那就根本不存在變得利索起來的可能性。

「我看他不是變利索了，反而越變越慢了。」老太太說。

「如果他擱下正事去跟別的孩子玩的話，那才真是不可原諒的。」小姐微笑著說。

蓋爾斯先生顯然正在考慮他自己作一個恭敬的微笑是否得體，這時，一輛雙輪馬車抵達花園門口，車上跳出一位胖胖的紳士，他徑直奔向正門，以某種不可思議的方式很快走進這所屋子，闖進房間，差一點沒把蓋爾斯先生連同餐桌一起撞翻在地。

「這是聞所未聞的事情！」胖紳士大聲喊叫，「我親愛的梅麗太太——上帝保佑——而且偏偏在更深夜靜的時候，這真是聞所未聞的事情！」

胖紳士一邊訴說著這些表示慰問的話，一邊與兩位女士握手，然後拖一把椅子過來，問她們現在情況怎樣。

「你們肯定給嚇得魂靈出了竅，這是毫無疑問的，」胖紳士說道，「您為什麼不派人來報信？上帝保佑，我的人馬上就能趕到，我也一樣。在這種情況之下，我敢保證，我的助手一定樂於幫忙。上帝，上帝，真是沒有想到。又是在夜深人靜的時候。」

大夫看來對這起盜竊案的出人意料，並對發生在夜間這一事實特別感到驚詫，就好像樑上君子照例在白天辦公，而且應該提早一兩天花在兩便士郵費把預定的作案時間通知對方似的。

「還有你，露絲小姐，」醫生面向年輕小姐說，「我想——」

「哦，確實是這樣，真的，」露絲把他的話打斷，「不過樓上有一個可憐的傢伙，姑媽希望你去看一下。」

「啊，說真的，」大夫回答，「我差點兒忘了，據我知道，那是你做的，蓋爾斯。」

正在緊張地把茶杯重新擺好的蓋爾斯先生說他很榮幸地做了那件事。

「哦，」醫生說，「哼，我可說不準，也許在後廚房裡打中一名小偷，就和在十二步以外打中你的對手一樣光榮。你想一想，人家朝天開了一槍，而你竟像是跟誰決鬥似的，蓋爾斯。」

蓋爾斯先生認為，大夫看待這件事如此輕描淡寫的態度有損自己的榮譽，他恭敬地回答，他自己沒有資格對此發表意見，不過據他看來對方沒有把事情當作兒戲對待。

「天哪，這倒是真的！」大夫說道，「他在哪兒?你帶我去。回頭我下樓的時候，再替梅麗太太檢查一下。他就是從那扇小窗子爬進來的嗎?唉，我怎麼也無法相信。」

他一路說著隨著蓋爾斯先生上樓去了。趁他尚未走到樓上的時候，作者要向讀者說明一下，洛斯本先生是當地的一位外科醫生，是方圓十英里之內大名鼎鼎的「醫生」，他之所以發胖與其歸功於生活優裕，不如說是由於他樂天知命。他是一位善良、熱心而又古怪的單身漢，當今任何考察家恐怕要在五倍於此的地域內才能找到這麼一個。

大夫在樓上待了很久，大大超出了他自己或兩位女士的預想。有人從馬車裡取出一個又大又扁的箱子送上樓去，臥室的鈴響過好多次，僕人們上樓下樓奔跑不停。從這些跡象完全可以斷定，樓上正在做一件重要的事情。最後，他總算從樓上出來。在回答有關病人焦急不安的詢問時，他現出十分神秘的表情，還謹慎地關上了門。

「這事離奇得很，梅麗太太。」大夫說話時背靠門，彷彿防止被人推開。

「但願他沒有什麼危險吧?」老太太問道。

「像這樣幹法，如果有危險算不上奇怪的事，」大夫回答，「不過我不認為他有危險。你們見過這個賊了嗎?」

「沒有。」老太太回答。

「別人也沒有把他的情形告訴你們?」

「沒有。」

「請原諒，太太，」蓋爾斯先生插話進來，「我剛想向你報告有關他的情形，正好洛斯本大夫進來了。」

事情是這樣的，蓋爾斯先生起先沒有勇氣承認自己打中的竟然是個孩子。他的勇武行為贏得了這麼多的讚揚，致使他無論如何也得推遲幾分鐘再作解釋，在這美妙的幾分鐘裡，他臨危不懼的短促英名正達到盛極一時的巔峰狀態。

「露絲想看看那個人，」梅麗太太說，「可是我怎麼也不讓她去。」

「嗯！」大夫回答，「他的樣子一點也不可怕。我陪你們一起去看看，你們不反對吧？」

「如果有必要的話，」老太太答道，「我們當然不反對。」

「哦，我認為很有必要，」大夫說，「至少，我完全可以肯定，如果你們遲遲不去看他的話，將來一定倍感後悔。他現在極其平靜、舒適。請允許我告訴你——露絲小姐，可以嗎？你一點兒也不用害怕，我用信譽擔保。」

chapter 30 敍述新來探訪人對奧立弗的印象

醫生喋喋不休地做出了無數擔保，告訴她們一見到罪犯一定會十分意外的。他要那位小姐挽住他的一隻胳膊，又伸出另一隻手給了梅麗太太，就這樣彬彬有禮、端莊穩重地帶領她們向樓上走去。

「現在，」大夫輕輕轉動臥室門上的把手，低聲地說，「你們對他的印象如何。他一點也不可怕，只是，此時，他雖然已有好些日子沒理髮了，但是看上去沒有一丁點兒凶惡的樣子。等一下！讓我先看看進去探望他是不是合適。」

大夫跨前幾步，向房間裡張望了一下，接著示意她們進來，等她們進來，大夫便關上門，然後輕輕拉開床前的帳子。床上躺著的並不是她們所料想的那樣一個面目猙獰的亡命之徒，而是一個在傷痛疲勞困擾下陷入沉睡的孩子。他安靜地躺在床上，他那受了傷的胳膊已包紮好，並且用夾板固定起來擱在胸口上，腦袋斜靠在另一條胳臂上，他的長髮披散在枕頭上，把那隻胳臂蓋去了一半。

這位厚道的紳士一手拉住床罩，默默地看了大約一分鐘。當他專注地注視著病人的時候，年輕的小姐已翩然地走到身旁，在床畔的一把椅子上坐了下來，她撥開奧立弗臉上的長髮，朝奧立弗俯下身去，眼淚撲簌簌地落在那孩子的額頭上。

那熟睡中的孩子動了一下，在睡夢中發出微笑，彷彿這些憐憫和同情觸發了某種美妙的夢境，那裡有他從未得到過的愛心與溫情。現實世界中，有時一段優美的音樂，一處幽靜地方的潺潺水聲，一朵花的芳香，甚至只是一句熟悉的話，都會突然喚起對生活中從未出現過的情景的模糊記憶，它們會像微風一樣飄然消散，但看來總會喚醒對某種早已逝去的比較愉快的回憶，而這種回憶單靠憑空臆想是無論如何也調動不起來的。

「這究竟是怎麼回事？」老太感到莫名其妙，「這可憐的孩子絕不可能是一幫盜賊的徒弟。」

「罪惡，」大夫長歎一聲，他放下簾子，「在很多殿堂都可以藏身，誰能說端正的外貌就不會包藏禍心呢？」

「可他的年紀還這麼小呢。」露絲不以為然。

「我親愛的小姐，」大夫痛心地搖了搖頭，回答說，「罪惡與死亡一樣，並不只是發生在年老體弱的人身上，年紀極小、相貌極好的也常常成為它的犧牲品。」

「不過，先生——噢！難道你真的相信，這個瘦弱的孩子是自願充當那些社會敗類的同夥？」露絲問。

大夫搖了搖頭，意思是他擔心很有可能就是這樣。為了避免驚動到病人的休息，於是就帶她們走進了隔壁房間裡。

「即使他幹過壞事，」露絲繼續說，「想想他年紀多小，想想他可能從未得到過母愛或家庭的溫暖。虐待，毒打，或者饑餓都會促使他跟那些逼著他犯罪的人混在一起。」

「姑媽，我親愛的姑媽，看在上帝的分上，請你把這件事想一想，不要急於讓他們把這個有病的孩子拖進監牢裡去；因為那裡肯定是埋葬他改邪歸正一切機會的墳墓。哦！您愛我，您也知道，由於您的好心與愛撫，我從來不感覺自己失去過父母，要不是這樣，我也會嘗到做孤兒的滋味，跟這個可憐的小孩兒一樣無依無靠，得不到愛護的，趁現在還來得及，您就可憐可憐他吧。」

「我的寶貝。」老太太把淚流滿面的女孩摟在懷裡。「你以為我會傷害這孩子的一根頭髮嗎？他的確是非常可憐！」

「哦，是的！」露絲熱切地回答道。

「當然不會，」老太太說，「我留在世上的日子不多了，只有我寬恕別人，自己才能指望得到寬恕！我該怎樣做才能救他呢？先生，請告訴我！」

「讓我想一下，夫人，」大夫說道，「請讓我想一下。」

洛斯本先生兩手插進衣袋，在屋子裡踱了幾個來回，他幾次停下來，用雙腳跟調整一下身體的平衡，他雙眉緊鎖的樣子挺嚇人的。他忽而宣佈，諸如：「現在有辦法了。」「不，還沒呢。」反覆多次，踱方步、皺眉頭的次數也不少，後來，他終於一動不動地站住，說出了如下這一席話：

「如果您全權委託我去嚇唬蓋爾斯和那個小夥子布里托斯，不加任何限制，估計我可以辦妥。蓋爾斯是個忠心耿耿的老傭人，這我知道。您可以採取很多種辦法來對他進行補償，另外還可以嘉獎像他這樣的好射手。您不反對這樣做吧？」

「如果沒有別的辦法救這孩子的話，也只得如此。」梅麗太太答道。

「沒有別的方法，」大夫說，「真的沒有，您相信我好了。」

「既然如此，我就全權委託你了。」老太太說。露絲破涕為笑，「除非迫不得已，請不要過分為難他們幾個人。」

「你好像以為，」大夫回答道，「露絲小姐，今天在場的每一位，除了你本人以外，都是狠心腸吧。一般說來，為了正在長大的全部男性著想，我希望，當第一個夠格的年輕人求你加以垂憐的時候，你也是這樣面慈心軟，可惜我不再是年輕人，否則我一定立即抓住眼前有利的機會，我一定會那樣做的。」

「你真有趣，你和可憐的布里托斯一樣是個大孩子。」露絲紅著臉答道。

「好啊。」大夫高興地笑了起來。「那倒不是什麼太難的事。言歸正傳，還是回頭說說那個孩子吧，咱們還沒談到協議的要點呢。估計一小時左右他就會醒過來，我敢保證。雖然我已經跟樓下那個死腦筋的員警老弟說了，病人不能移動不能說話，否則有生命危險的，我們大概還是要跟他說說，其實並沒有什麼危險。現在，我答應——我將當著你們的面，對他進行面對面的盤問，也就是說，根據他說的話，我們可以得出結論，而且我可以讓你們冷靜理性地看清楚，他本來就是一個道道地地、徹頭徹尾的壞蛋，這種可能性比較大，那麼，他就只能聽天由命了，在任何情況下，我也不再插手這事了。」

「哦，不能這樣，姑媽！」露絲央求道。

「噢，只能這樣，姑媽！」大夫說，「就這樣一言為定。」

「他不可能墮落成壞蛋的，」露絲說道，「這絕對不可能。」

「很好，」大夫反駁道，「那你們就更沒有理由拒絕我的建議了。」

最後達成協議，於是雙方坐了下來，帶著幾分焦急的心情等待著奧立弗甦醒過來。

兩位女士的耐性註定要經受考驗，比洛斯本先生向她們所預言的還要難熬，時間一個鐘頭接著一個鐘頭過去了，奧立弗依舊睡得昏昏沉沉。一點不錯，直至傍晚時分，好心的大夫才來告訴她們，他總算醒過來了，可以和他談話了。大夫說，那孩子病得很重，因為失血過多非常虛弱，但他良心上很痛苦，急於吐露一件什麼事，大夫認為不一定要他保持冷靜，等到第二天早上再說，最好現在就給他這樣一個機會，他早晚是要說出來的。

談話持續了很久。奧立弗極其詳細地把自己的簡短身世告訴了他們，由於疼痛和乏力，他常常不得不暫停。在一間遮暗了光線的屋子裡，聽一個生病的孩子用微弱的聲音敘述那些狠心的人給他帶來的千災萬難，真是一件令人為之動容的事情。哦！當人類壓迫折磨自己的同類時，為什麼不想一想，人類作孽的罪證像濃密的陰雲，儘管升騰緩慢，但難逃天網，最後總有惡報傾瀉到我們頭上——我們為何不在想像中聽一聽死者發出的悲憤控訴，任何力量也壓制不住，任何尊嚴也無法抵抗的控訴——如果他們能稍微想一想，聽一聽，那麼每天的生活所帶來層出不窮的傷害、不義、磨難、困厄、暴行和冤屈，哪裡還會發生呢？

那天晚上，一雙雙溫柔的手撫平了奧立弗的枕頭，在睡夢中，美與善守護著他。他的心既寬慰又幸福，即使死去也毫無怨言。

這一次意義重大的談話一結束，奧立弗剛安定下心來，大夫就馬上揉了揉自己的眼睛，同時責怪這雙眼睛真是太不中用，接著他起身下樓，開導蓋爾斯先生去了。他發現客廳裡裡外外一個人也沒有，他心想也許從廚房裡著手進行這些工作效果更好，於是就走進了廚房。

在這個住宅議會的議院裡集會的有女僕、布里托斯先生、蓋爾斯先生、補鍋匠——因為他出了很多力，特別邀請他接受當天的盛宴款待，還有那位警官。這位警官的腦袋很大，鼻子眼睛也很大，佩著一根粗大的警棍，外加一雙大大的半筒靴，看來他好像正已喝過相當數量的啤酒份額——事情也的確如此。

議題還是昨夜的驚險事情。大夫進去的時候，蓋爾斯先生正在大談他當時怎樣的沉著冷靜，臨危不亂。布里托斯先生手裡拿著一杯啤酒，不等上司說完，就對他的每一句話加以證實。

「坐下，不用站起來。」醫生擺了擺手。

「謝謝，先生，」蓋爾斯先生說道，「太太、小姐吩咐大家喝點啤酒，我因為不想老是待在我自己的小屋裡，先生，想跟大夥待在一起，所以就到這兒來了。」

由布里托斯帶頭，在座的女士先生們大都含含糊糊說了幾句，大意是對蓋爾斯先生大駕光臨表示感謝。蓋爾斯先生擺出一副保護人的神情，向全場巡視了一圈，似乎在說只要他們好自為之，他絕不會撇下他們不管。

「現在病人的情況怎麼樣，先生？」蓋爾斯問道。

「還是那樣，」大夫答道，「我擔心你恐怕惹麻煩了，蓋爾斯先生。」

「你的意思是不是說他快要死了……先生，」蓋爾斯先生哆嗦著問，「要是那樣的話，只要我想到這件事，我這輩子也不想活了。我不想打死一個孩子，真的，包括布里托斯也不會的——哪怕把全郡所有的金銀餐具都給我，我也不幹，先生。」

「問題不在這一點上，」大夫含糊不清地說，「蓋爾斯先生，你是基督教徒嗎？」

「是啊，先生，我想是的。」蓋爾斯先生的臉變得非常蒼白，結結巴巴地說。

「那麼你呢，孩子？」大夫突然轉向布里托斯問道。

「上帝保佑，先生。」布里托斯嚇了一大跳。「我跟——跟蓋爾斯先生一樣，先生。」

「那你們告訴我，」醫生說道，「你們二位，可不可以回答樓上的那個孩子就是前天晚上被塞進小窗戶裡的那一個？說啊！快說！我們等著你們的答案呢。」

大家都公認，大夫是世界上脾氣最好的人之一，他居然以這樣盛怒的憤怒口吻大興問罪之師，已經讓啤酒和興奮弄得暈頭轉向的蓋爾斯和布里托斯嚇得目瞪口呆，面面相覷。

「警官，請注意他倆的回答，好嗎？」大夫極其嚴肅地晃了晃食指，又輕輕敲了一下自己的鼻樑骨，提醒那位傑出人物拿出高度集中明察秋毫。「這事很快就有點眉目了。」

警官盡可能擺出一副悟性很強的樣子，並且拿起了原先閒置在壁爐一旁的警棍。

「看得出來，我提這個問題無非想確定一下是否認錯了人。」醫生說。

「說得對，先生。」員警應道，就拚命咳嗽起來，倉促中他想把啤酒喝完，不料有一部分啤酒進入了他的氣管。

「有人闖進了這幢房屋，」大夫說道，「有兩個人曾在剎那間瞥見了一個孩子，當時硝煙瀰漫，大家心慌意亂，加上一片漆黑。第二天早晨，這幢房子來了一個小孩，因為他湊巧又把胳膊吊起來了，這幾個人就惡狠狠地對他大打出手，從而使他的生命陷於極大的危險之中，可是他們還一口咬定說他就是那個賊。現在不禁要問：根據事實，這兩個人的行為究竟對不對，如果不對，他們又把自己置於何地？」

員警意味深長地點了點頭，說如果這都不算合理合法的提法，那麼他倒樂於請教一下什麼事情才算合法合理。

「我再次向你們提問，」大夫用雷鳴般的聲音說，「你們倆莊嚴地發誓，你們到底能否指證那個孩子？」

布里托斯疑慮重重地看著蓋爾斯先生，蓋爾斯先生同樣望著布里托斯，員警將一隻手放在耳朵後邊，等著聽他倆的回答。兩個女僕和補鍋匠探出上半個身體傾聽著，大夫用犀利的目光環顧四周，就在這時，大門口響起一陣鈴聲，同時傳來車輪的轆轆聲音。

「警探來了。」布里托斯叫了起來，他顯然大大鬆了一口氣。

「什麼？」醫生失聲驚呼，現在該輪到他發呆了。

「波霧街[60]來的警探，」布里托斯拿起一支蠟燭，回答道，「今天上午我和蓋爾斯先生托人去請他們過來的。」

「什麼？」大夫再次驚呼。

「是的，」布里托斯答道，「我讓車夫捎了個信去，先前我一直很奇怪他們為什麼沒上這兒來，先生。」

「是你們請來的，真的是你們做的！你們這幫渾蛋，這該死的馬車怎麼才到呢，太慢了，我沒什麼話可說了。」話音剛落，大夫快速地走開了。

60. 倫敦一街名，輕罪法庭設在此街。

chapter 31

處境危險

「外面是誰呀？」布里托斯解下鏈子，把門打開一點點，一手遮著燭光朝外看去。

「開門，」外邊有人回答道，「我們是波霧街的探員，剛剛接到你們這裡的報警。」

經此一說，布里托斯放心多了。他把門打開，站在他面前的是一個身穿大衣的彪形大漢，二話沒說，在擦墊上把鞋擦乾淨，神色從容地走了進來，好像是到了自己家裡似的。

「派個人來替換我的夥計，好不好，年輕人？」探員吩咐道，「他正在車那裡照看馬兒。你們這裡有沒有車房，把車趕進去停個五到十分鐘的？」

布里托斯回答說有，指了指房子外邊。彪形大漢返身回到花園門口，幫同伴把馬車停妥，布里托斯顯出十分敬佩的樣子，在一邊替他們照亮。他們把車安頓妥當便回到屋子裡，接著又被領進一間客廳。兩位探員脫去大衣，摘下帽子，這才現出了本相。

叫門的那位中等身材，身體壯實，五十上下年紀，烏黑發亮的頭髮剪得很短，兩鬢蓄了半截鬍子，一張圓臉盤，眼神犀利。另一位的長相實在讓人不敢恭維：一隻朝天鼻子看起來很陰險，滿頭紅髮，身上瘦骨嶙峋的，腳上穿著高筒馬靴。

「通知你家主人，布拉澤斯和達夫警官到此，聽見了嗎？」比較魁梧的那位警官抹了抹頭髮，把一副手銬放在桌子上。

「噢，晚上好，先生。我想單獨跟你談兩句，可以嗎？」話是對剛剛出現的洛斯本先生講的。這位紳士打了個手勢，示意布里托斯退下去，自己帶著兩位女士走進來，然後把門關上了。

「這位就是本宅的女主人。」洛斯本先生指著梅麗太太介紹說。

布拉澤斯先生鞠了一躬。女主人請他坐下，他便把帽子放在地板上，自己坐在椅子上，並示意達夫也這樣做。第二位紳士看起來不太熟悉與體面人為伍，或者就是在這種場合不自在——二者必居其一——他四肢的肌肉接二連三地抽動了一陣，剛剛坐下來，竟把手杖的上端塞進嘴裡。

「嗯，現在探探這一次搶劫，先生，」布拉澤斯說道，「事情的經過是怎樣的？」

洛斯本先生大概想拖延時間，他把事情經過講得十分詳細，還穿插了大量的題外話。布拉澤斯先生和達夫先生則顯得胸有成竹，偶爾相互點點頭。

「當然，在我把事情調查清楚以前，我不能下什麼斷語，」布拉澤斯說，「不過，眼下據我看來——我可以把話說到這一步——這件事不是鄉巴佬幹的，你說呢，達夫？」

「當然不是了。」達夫答道。

「現在，讓我把『鄉巴佬』這個詞兒給兩位女士翻譯一下，據我理解，這一次襲擊絕對不是鄉下人做的，對嗎？」洛斯本含笑說道。

「對，先生，」布拉澤斯答道，「有關搶劫的情況就是這些了，是不是？」

「就是這些了。」大夫答道。

「那麼，傭人們說這裡有個孩子，是怎麼回事呢？」布拉澤斯說。

「那是不相干的，」大夫回答，「有一個嚇昏了頭的僕人忽發奇想，認為他也參與了這次未遂的入室搶劫，胡說，純屬無稽之談。」

「如果真是這樣，那好辦。」達夫加了一句。

「他說的完全正確，」布拉澤點頭加以肯定，一邊隨意地擺弄著手銬，簡直把它當作一對響板似的。「那孩子叫什麼名字？他自己說了些什麼？他從哪兒來？總不見得是從天上掉下來的吧，先生？」

「當然不是了，」大夫惴惴不安地朝兩位女士看了一眼，回答說，「我瞭解他的所有經歷，回頭我們還可以談談。我想，你們非常想要先去看看竊賊企圖作案的現場吧？」

「當然，」布拉澤斯先生應聲說道，「我們要先勘查現場，回頭再問僕人，這是辦案的老規矩。」

這時，他們便把燈火準備好。布拉澤斯先生和達夫先生在那位當地員警、布里托斯、蓋爾斯等人的陪同下，走進過道盡頭的那間小屋，向窗外看看，接著到草地上走了一圈，向窗內瞧瞧。此後，又舉起一支蠟燭查看了窗板，用提燈察看腳印，還用一柄草叉在灌木叢中捅了一陣。結束之後，所有人都屏住呼吸，看著他們回到了別墅裡。蓋爾斯先生和布里托斯被要求又一次介紹他們在前一天夜裡驚險故事中的角色，他們前前後後重複了六七遍。第一遍互相矛盾的重大情節只有一處，最後一遍也不過十來處。取得這樣的結果之後，布拉澤斯和達夫走了出去，秘密而鄭重地商量了很久。與之相比，就保密程度和嚴肅程度來說，許多名醫對最棘手的病情進行的會診都只能算作兒戲罷了。

在這同時，大夫在隔壁房間裡心神不定地來回走著，梅麗太太和露絲面帶焦慮的表情看著他。

「憑良心講，」在快步轉了無數個圈子之後，他停了下來，說道，「我簡直不知道該怎麼辦。」

「說真的，」露絲說，「要是把這苦孩子的事如實地講給這些人聽，一定可以給他開脫罪名的。」

「我表示懷疑，親愛的小姐，」醫生搖著頭說，「我並不認為這樣可以使他免罪，不管是告訴他們還是告訴高一級的法官。一句話，他們會問，他是做什麼的？一個離家出走的孩子。單純從世俗的觀念與常情判斷，他的故事也非常可疑。」

「你不是相信的嗎？」露絲沒讓他再往下說。

「我相信，儘管這個故事很離奇，也許我這樣做整個就是一個老傻瓜。」大夫回答，「無論如何，把這樣一個故事講給一位老練的員警聽，畢竟不太合適。」

「為什麼不合適呢？」露絲問道。

「因為，那些可愛的法官，」大夫回答道，「因為從他們的角度看來，其中見不得人的地方很多。那孩子能夠證明的只是那些看上去對他不利的部分，而不能證明那些對他有利的部分。那些可惡的傢伙，他們一定會追問這是什麼緣故，那是什麼理由，什麼都不相信。你瞧，他自己承認過去一段時間跟一群小偷混在一起，曾經被指控偷盜一位紳士的錢包進了警察局。然後，他又被人強行拐跑了，從那位紳士家裡被帶到一個他既不能說出名字，又指不出東南西北的地方，他對那兒的情況連最最粗略的概念都沒有。那些人似乎把他當做無價之寶，帶到傑茨來，不管他願不願意，把他塞進窗戶，準備打劫一戶人家。接下來，恰好就在他正想叫醒房子裡的人，正要做這一件可以洗刷他全部罪名的事情，這時候偏偏那個敗事有餘的渾蛋領班莽撞地從半路殺出來，向他開了槍，就好像存心不讓他做對自己有利的事情。現在你該明白了吧？」

「我當然明白，」露絲聽了大夫這番感情用事的激烈話語不禁微笑起來，「但我還是看不出其中有哪一點可以將那可憐的孩子定罪。」

「沒有，」大夫答道，「當然沒有，願上帝保佑你們女人的慧眼。你們的眼睛，對什麼問題永遠都只看一個方面，不管是好是壞，就是說，總是看到最初看到的那一面。」

大夫發表了這一通經驗之談後，兩手往口袋裡一插，又開始在屋子裡來回地走著，速度比先前還要快。

「我愈想愈不放心，」大夫說道，「越覺得，如果我們把這孩子的真實故事向這些人全盤托出的話，麻煩和難題就沒有個完。我敢肯定他們不會相信。即便最終他們不可能把他怎樣，只是一味地拖下去，並且把所有可能提出的疑點張揚出去，你們要拯救他脫離苦海的計畫肯定會遇到嚴重的障礙。」

「噢，那怎麼辦？」露絲激動地問，「天哪，天哪！他們把這些人請來幹什麼？」

「是啊，請來幹什麼！」梅麗太太高聲說道，「我無論如何不會要他們到這兒來。」

「現在只有一個辦法，」洛斯本先生安靜地坐了下來，看樣子他已橫下一條心，「我們必須硬著頭皮試一下，把這件事幹到底。我們的目標是高尚的，憑這一點就情有可原。那孩子身上有明顯的熱病症狀，他不能再跟別人談話，這是一個有利條件。我們必須加以充分利用，要是這樣做還是無濟於事，我們也算盡到人事了。你們進來。」

「好的，先生，」布拉澤斯走進房間，身後跟著他的那位同事，他顧不上多說，先把門關嚴實。「這不是一起接應雙簧。」

「接應雙簧究竟是什麼鬼名堂？」大夫不耐煩地問。

「女士們，」布拉澤斯轉向兩位女士，似乎覺得她們的無知特別可憐，對大夫的無知只能表示輕蔑，「我們把有傭人充當內線的叫做接應雙簧。」

「這個案子，誰也沒有懷疑他們。」梅麗太太說。

「很可能是這樣，夫人，」布拉澤斯回答，「正因為不懷疑他們，他們反而可能插手。」

「從陳述事情來看可能性更大了。」達夫說道。

「我們發現這事是倫敦人幹的，」布拉澤斯繼續說道，「因為他們的手段一流。」

「的確乾淨俐落。」達夫低聲插話。

「這事有兩個人幹的，」布拉澤斯往下說，「他們還帶著一個小孩兒，從窗戶的大小就知道了，目前所能說的就只有這些了。我們立刻就去看看你們安頓在樓上的那個孩子，如果可以的話。」

「也許他們還是先喝些什麼，梅麗太太？」大夫說時面色豁然開朗，彷彿已經有了新的主意。

「噢！說得對！」露絲熱心地附和道，「只要二位願意。」

「呃，小姐，謝謝你。」布拉澤斯撩起衣袖抹了抹嘴，說道。「做這一行就是很容易口乾，隨便來點什麼就行，請不要過於麻煩了。」

「你們喜歡喝什麼？」大夫一邊問，一邊隨著年輕小姐向餐具櫃走去。

「只要一點點酒，先生，如果不太麻煩的話，」布拉澤斯回答，「這次從倫敦到這裡可真是冷得夠嗆，夫人，我總覺得酒很能使人心情變得暖和起來。」

這一番頗有意思的見解是說給梅麗太太聽的，她很禮貌地聽著。趁在講這番話的時候，大夫溜出了房間。

「啊！」布拉澤斯先生說，他不是拿住酒杯的高腳，而是用左手的拇指和食指夾住杯子底部舉在自己的胸前。「女士們，我做這一行，我見過許許多多類似的案子。」

「布拉澤斯，還記得在埃德蒙頓附近小巷裡的一起搶劫案嗎？」達夫先生努力幫助同事回憶往日的功績。

「跟這一回有點像，可不是嗎？」布拉澤斯先生接著說，「那件事是大煙囪契珂偉德幹的。」

「你老是算到他賬上，」達夫答道，「家寵裴特幹的，我告訴你吧，大煙囪契珂偉德和我一樣，跟這事毫無關係。」

「去你的吧！」布拉澤斯先生把他的話打斷，「我比你知道得清楚。你可記得那一次大煙囪的錢被人偷去的事情嗎？那才精彩呢，比我看過的哪一本小說都帶勁。」

「那是怎麼回事？」露絲迫不及待地問。只要發現這兩位不受歡迎的客人表現任何心情愉快的徵兆，她都竭力鼓勵。

「那只是一次搶劫，小姐，幾乎沒有人會深究，」布拉澤斯說道，「有一個叫大煙囪契珂偉德的──」

「大煙囪就是大鼻子的意思，小姐。」達夫插了一句。

「小姐當然知道了，不是嗎？」布拉澤斯質問道。「你幹嘛老是打斷別人的話，夥計。有個叫大煙囪契珂偉德的，小姐，在戰橋大道上開了一家酒館。那裡有一間地下室，好多個年紀輕輕的公子哥都到那兒玩。我見得多了，這些消遣安排得很巧妙。當時，他還沒加入賊幫。

「有一天夜裡，他放在一個帆布口袋裡的三百二十七尼被人偷了，據說是深更半夜被一個帶著黑眼罩的高個子從他臥室裡偷走的；那個人躲在床底下，作案以後就騰地一下跳出了窗，窗口只有一層樓高。他動作非常快，不過契珂偉德動作也很快；他被響聲驚醒了，跳下床去追，用大口徑短槍向他開了一槍，驚動了街坊。他們立即就嚷起來啦，四處追捕，發現契珂偉德打中了那個強盜，因為一路上都有血跡，直到很遠很遠的一道籬笆才消失。不管怎樣，他已經帶著錢逃掉了。

「於是，持有賣酒營業執照的契珂偉德名字便和其他破產者的名字一塊被刊登在報紙上。捐款、救濟得了很多。而他這次丟了錢之後，一直垂頭喪氣，在街上來回走了三四天，拚命揪自己的頭髮，很多人都擔心他會尋短見。一天，他急匆匆跑到局裡來了，和治安法官密談了好久，談完之後治安法官搖搖鈴，把一個能幹的警官叫去了，命他協助拘捕搶劫的那個人。

「『我看見他了，他昨天上午從我家門前走過。』『那你為什麼不上去抓住他？』警官說。『我氣得昏頭昏腦，他用一根牙籤也能把我顱骨打碎，』那可憐的傢伙說，『可我們一定能逮住他，因為昨天晚上十點到十一點之間，他又從我家門前走過去了。』

「警官一聽這話，立即把幾件內衣和一把梳子塞進口袋，然後跟他一起回去。說不定他得待上一兩天呢。他躲在那家酒館一塊小小的紅窗簾後面，帽子一直戴在頭上，只要一聲招呼，馬上就可以衝出去。

「夜深了，警官坐在那兒吸他的煙斗，忽然間聽見契珂偉德喊起來了：『在這兒呢！抓賊啊！救命啊！』那警官急忙衝出去，看見契珂偉德一路喊叫，順著那條街飛奔而去。他也跟著追了上去。契珂偉德一直在跑，行人們紛紛圍上去，都在喊叫『抓賊啊！』契珂偉德自己始終一個勁兒地喊，像個瘋子似的。在警官轉過一個街角的片刻間，契珂偉德卻失去蹤影了，警官趕緊衝過街角，只見那兒有一堆人，就一頭扎了進去。『哪一個是賊？他媽的。』契珂偉德說，『我又讓他給跑了。』這真是件怪事，但既然哪都找不到人，他們只得回酒館了。

「第二天早晨，警官來到老地方，從窗簾後邊往外看有沒有一個蒙著黑眼罩的高個子男人，直到自己的眼睛都疼了。最後，他不得不閉上眼睛，讓它們放鬆一下。忽然，他聽到契珂偉德大叫起來：『他在這兒呢！』他再一次衝上去，契珂偉德已經跑出去有半條街遠了，跑了比昨天多一倍的路，那人又不見了。就這麼又折騰了幾次，大部分的鄰居認為，契珂偉德的錢一定是被魔鬼拿去的，魔鬼後來又一直跟他惡作劇，另一部分的鄰居說倒楣的契珂偉德因為傷心過度已經發瘋了。」

「警官怎麼說呢？」大夫問道，故事剛開始講不久，他就回房間裡來了。

「那位辦案的警官，」警官接著說道，「在很長一段時間內什麼都不說，留神聽著所有的動靜，可是其他人看不出來，這表明他確實在行。但是，一天早晨，他來到酒吧，掏出他的鼻煙盒說：『先生，我已經查出偷錢的人了。』『是嗎，』契珂偉德說，『呃，我親愛的警官，只要可以讓我出一口氣，就是死我也瞑目。噢，那個壞蛋在哪兒？』『喏，』警官說著，問他要不要來一撮鼻煙，『別裝蒜了，這事是你自己幹的。』真的是他幹的，借此，他弄到了不少錢。若不是他演戲演過頭了，誰也不會識破這事，他演得過火了。」布拉澤斯說著，放下酒杯，不停地把手銬弄得叮噹直響。

「真有意思，真的，」大夫直抒己見，「現在，如果你們二位方便的話，我們可以上樓去了。」

「只要你方便，先生。」布拉澤斯應道。兩位警官緊跟隨著洛斯本先生上樓，朝奧立弗的臥室走去，蓋爾斯先生手持一支蠟燭走在大家前面給他們一行照路。

奧立弗一直在睡覺，但看上去面色卻更難看，體溫比剛來的時候升得更高。大夫扶著他在床上支撐起來，勉強坐了一會兒。他看著兩個陌生人，完全不明白又要發生什麼事——說實話，他好像連自己是在什麼地方，發生了什麼事都忘記了。

「這個孩子，」洛斯本先生聲音不高但很激昂地說道，「這個孩子因為頑皮無知，闖進這後邊的莊園，就是那個叫什麼來著的先生家的莊園，正好被彈簧槍打傷了，今天早晨來到這戶人家求救，不料遭到那位手舉蠟燭紳士的虐待，立刻被扣留下來，他還真有想像力。作為大夫，我可以證明，那位紳士已經使孩子的生命遭受到極度的危險。」

當洛斯本先生在講這一番論述的時候，布拉澤斯先生和達夫先生目不轉睛地盯著蓋爾斯。莫名其妙的僕役睜大眼睛望著兩位警探，然後又看看奧立弗，再看看洛斯本先生，那種驚慌與困惑的表情真是搞笑極了。

「你恐怕並沒準備想要否認事實吧？」大夫說著，小心翼翼地把奧立弗重新安頓好。

「我完全是出於一番好意，先生，」蓋爾斯答道，「我真的以為就是這個孩子，否則我絕不會跟他過不去。我不是冷血動物，先生。」

「你當時以為他是個怎麼樣的孩子？」資格較老的警官問道。

「盜賊帶來的孩子，先生，」蓋爾斯回答，「他們——他們肯定帶著個孩子。」

「哦，那麼你現在還以為是這樣嗎？」布拉澤斯問道。

「以為怎樣，現在？」蓋爾斯傻乎乎地望著審問者，回答說。

「笨蛋，你是不是以為是同一個孩子？」布拉澤斯不耐煩地說。

「我不知道，我真的不知道，」蓋爾斯哭喪著臉說，「我不敢保證就是他。」

「那你自己是怎麼想的呢？」布拉澤斯問。

「我不知道該怎麼想，」可憐的蓋爾斯答道，「我不認為他就是那個孩子，真的，我幾乎可以肯定壓根他不是。您知道，這是不可能的。」

「這傢伙是否醉了，先生？」布拉澤斯轉臉向醫生問道。

「你啊，真是一個十足的糊塗蟲，」達夫極度輕蔑地對蓋爾斯先生說。

在以上這一番簡短的對話過程中，洛斯本先生給病人診了脈。這時他從床邊椅子上站起身來，說如果兩位警官對這個問題還有什麼懷疑的話，不妨到隔壁房間去，把布里托斯叫來問一下。

按照這一提議，他們來到隔壁一間屋子，布里托斯先生被叫了進來，他本人和他可敬的上司捲進了這樣的一團亂麻，不斷產生種種矛盾的說法和荒謬的事情，除了證明他自己頭腦極度發昏外，無法使任何一件事得到證明。一點不假，他聲明即使此刻就把那個真正的小偷放到面前，他也認不出來。他之所以把奧立弗當成那個孩子，一是因為蓋爾斯先生如此說，二是五分鐘前，蓋爾斯先生在廚房裡承認，他開始覺得非常擔心，自己也許是太莽撞了點。在諸多異想天開的臆測中，有人提出這樣一個問題，蓋爾斯先生究竟有沒有打中了什麼人，經過查驗與他昨天晚上使用的那把成對手槍的結果，發現裡面除去火藥和牛皮紙以外，並沒有裝上殺傷力的東西，這一發現給每個人留下了極為深刻的印象。只有大夫不在此列，因為就是他大概十分鐘之前剛把子彈取下來的。話雖然這麼說，但受到震動最大的還是蓋爾斯先生自己。由於擔心自己可能給一位同胞造成了致命傷，他已經苦惱了幾個小時，他急切地抓住這一個設想不放，簡直愛不釋手。最後，兩位警官沒有在奧立弗身上多傷腦筋，他們自己到鎮上過夜，說是明天早上再來。

第二天早晨，傳來一個消息，說昨晚有兩個男人和一個小孩因形跡鬼祟被捕，關進了金斯頓的監獄。布拉澤斯和達夫於是前往金斯頓。不過，所謂的形跡可疑經調查可歸結為一個事實：有人發現他們在一個乾草垛下睡覺——這雖然是一大罪狀，卻只能處以監禁。根據英國法律仁慈觀點的原則及其對王國全體臣民的博愛精神，在缺乏其他一些證據的情況下，這一事實還不足以證明這名睡覺的人或多名睡覺的人，犯有使用暴力夜間盜竊的罪行，也就不應該判以死刑。布拉澤斯和達夫這兩位紳士只得空手而回。

簡而言之，經過進一步審問，費了許多口舌，地方法官才欣然同意梅麗太太和洛斯本先生聯名保釋奧立弗，但必須要隨傳隨到。布拉澤斯和達夫拿到兩尼的酬勞，返回倫敦去了，但他們兩位對此案的看法卻有分歧。後一位紳士對全部情節加以深思熟慮、考慮再三，傾向於相信這一次未遂的夜間行竊是一名高手所為。而前一位則在同等程度上傾向於把這一功績全部算在了了不起的大煙囪契珂偉德頭上。

此時，在梅麗太太、露絲和心地善良的洛斯本先生齊心合力地照料下，奧立弗開始逐步恢復健康。如果說他發自肺腑、充滿感恩之情的真誠祈禱可以讓他喜歡的上帝聽到，那麼，這個孤兒所祈求的一切祝福——對他的恩人的祝福和感恩之心，已化為寧靜與歡樂，滲入了他們大家的善良美好心靈。

chapter 32

奧立弗與他那些和善的朋友一起度過幸福的時光

奧立弗的疾患既嚴重又複雜。除了手臂骨折的傷痛和沒有得到及時治療造成的後果以外，由於他在潮濕陰冷的野外待得太久，以致於他發燒打顫的病情持續了好幾個星期，折騰得他消瘦不堪。但是，他終於慢慢有了起色，有時候也會熱淚盈眶說幾句話了。此刻，他是那麼強烈地感受到那兩位可愛的女士的一片好心，他熱烈期望自己重新長得又結實又健康，可以為她們做一點事以表達他的感恩之情，哪怕是做一點點微不足道的事情，也好向她們證明，他不是忘恩負義之輩，她們的崇高愛心沒有白白浪費。同時也證明她們出於同情從苦難或者說是從死亡中拯救出來的這個苦孩子，急切地希望著全心全意報答她們。

一天，感恩的話語湧到了奧立弗那蒼白的唇邊，他好不容易把這些話說了出來，這時，露絲說道：「可憐的孩子！只要你願意，會有很多機會報答我們。我們打算去鄉下了，姑媽的意思是帶你跟我們一起去。安靜的環境，新鮮的空氣，加上春天的一切快樂和美麗，你用不了多少日子就會復原的，等到你好了，我們用得著你的地方多著呢。」

「哦！」奧立弗大聲說道，「噢！親愛的小姐，我多麼願意幫你幹活。只要可以讓你高興，幫你澆花或者是看著你的鳥兒，要不就整天跑上跑下逗你開心，我願意拿出我所有的一切。」

「根本用不著這樣，」梅麗小姐微笑著說，「我已經跟你說過，我們用得著你的地方多著哩。哪怕你只能做到你承諾的一半那麼多，你就真的令我非常高興了。」

「高興，小姐。」奧立弗叫了起來，「你能這麼說，你心腸真好。」

「我的快樂無以言表，」少女答道。

「一想到我親愛的姑媽如此善良，把一個人從你向我們描述的那種可怕的苦難中拯救出來，我已經感到說不出的高興。如果知道她關心憐憫的對象也真心知恩圖報，那我的高興你簡直無法想像。你明白我的意思嗎？」她注視著奧立弗沉思的面容，問道。

「呃，是的，我的小姐，我明白。」奧立弗連忙回答，「不過我在想，我太對不起人家了。」

「對不起誰？」少女問道。

「曾經那位好心的紳士啊，還有那位親愛的老太太，他們以前對我是那麼關心愛護，」奧立弗答道，「要是他們知道我現在有多麼幸福，他們一定會很高興，我相信。」

「他們一定會高興的，」奧立弗的年輕女恩人說道，「洛斯本先生真是個好人，他已經答應，一旦你身體恢復，可以出門旅行，他會帶你去看看他們。」

「真的嗎，我的小姐？」奧立弗高興得容光煥發，他不禁大叫了一聲。「等我重新看到他們慈祥面容的時候，真不知道要樂成什麼樣子呢。」

不久，奧立弗的健康已經恢復到差不多了，能禁得起一番旅途的勞頓了。於是，一天早晨，他和洛斯本先生乘上梅麗太太的輕便馬車出發了。車經過傑茨橋的時候，奧立弗臉色變得煞白，失聲驚呼。

「這孩子怎麼啦？」大夫照例又緊張起來，大聲問道，「你是不是看到了什麼——聽到了什麼——感覺到了什麼——嗯？」

「那裡，先生，」奧立弗一邊喊，一邊從車窗裡指出去，「那所房子。」

「是啊，那怎麼了？停車，在這裡停一下，」大夫喊道，「寶貝兒，那房子怎麼了，哦？」

「那些賊——他們帶我去的正是那幢房子。」奧立弗悄聲說道。

「那幫混蛋！」大夫喊道，「啊哈，在那裡呢！讓我下車！」

但是，車夫還沒來得及從座位上跳下來，大夫已經設法從馬車裡爬了出來。他跑到那所廢棄的房子面前，像個瘋子似的開始踢門。

「喂，喂。」一個矮小醜陋的駝背漢子突然把門打開說道，大夫由於最後一腳用力過猛，險些摔倒。「出了什麼事？」

「出了什麼事！」大夫大吼一聲，不假思索地揪住那人的衣領。「事多著呢，打劫的事。」

「你要是不鬆手的話，還會出人命案子呢，」駝背漢子冷冷地答道，「你聽見沒有？」

「問我聽到沒有，」大夫說著，搖晃了那俘虜一陣，「在哪兒——他媽的那傢伙，叫什麼來著——賽克斯，對了，賽克斯在什麼地方，你這個賊？」

駝背漢子瞪大了眼睛，像是驚訝和憤慨過頭的樣子，接著便敏捷地掙脫醫生的手，咆哮著發出一連串的可怕詛咒，退回到屋裡去了。不過，他還沒來得及關上房門，醫生已經二話不說闖進了一間屋子。他急切地看了看四周：沒有一件傢俱，沒有一樣東西，無論是有生命的還是無生命的都不符合奧立弗的描繪，甚至連食品櫃的位置也不一樣。

「喂，」駝背男人一直目不轉睛地看著醫生，這時說道，「你這樣蠻不講理闖進我屋裡，是什麼意思？你是想搶我呢，還是想殺了我？到底為什麼呢？」

「你見過一個人乘雙駕馬車出門殺人搶東西嗎？你這個好笑的老傢伙？」急性子的大夫說。

「你想做什麼？」駝背厲聲問道，「你要是再不走，不要怪我不客氣了！真是活見鬼！」

「合適的時候我會走的，」洛斯本先生一邊說，一邊朝另一個房間望去，那個房間和第一間一樣，一點不像奧立弗說的樣子。

「總有一天我會揭穿你的底細，老朋友。」

「是嗎？」醜惡的駝背男人冷笑道，「隨你什麼時候找我，我都在這兒，我在這個地方住了二十五年了，我既沒有發瘋，也不是孤單一人，還怕你？你會付出代價的，你會付出代價的。」說著，矮小的醜八怪開始大聲嚎叫，在地上又蹦又跳，真像是氣得發狂了。

「真夠愚蠢的，噢，」大夫喃喃自語，「那孩子一定是弄錯了。拿去，把這放進你的口袋，重新把你自己關起來吧。」言畢，他扔給駝背一張鈔票，然後回馬車上去了。

駝背漢子跟著來到車門前，一路發出無數最粗野的詛咒與怒罵。然而，當洛斯本先生轉身和車夫說話時，他探頭朝馬車裡邊望去，剎那間瞪了奧立弗一眼，目光是那樣犀利，咄咄逼人，同時又是那樣狠毒，充滿敵意。

在後來的時間裡，不管奧立弗是醒來還是睡著了，都始終難以忘記那可怕的目光。直到車夫回到座位上，那男人還在不停地大聲詛咒。車重新上路之後，此時還可以看見他在後邊跺腳，扯頭髮，暴跳如雷。

「我是一匹蠢驢，」大夫沉默了很久才說道，「你大概忘記了，奧立弗？」

「不知道，先生。」

「那下次可別這樣了。」

「一匹蠢驢，」大夫沉默半晌後又說，過了一會他又說道，「即使地方沒有弄錯，而且人也沒有弄錯，我一個人，還能怎麼樣？就算有人幫忙，我看也得不到什麼結果，只會暴露自己，還免不了供認我是怎麼樣把此事遮掩過去的經過。總之，我真是活該。我憑一時的衝動行事，結果總是給自己招來這樣那樣的煩惱。這次應該吸取點教訓才對。」

事實上，這位出色的大夫一輩子辦事都是憑一時衝動，這裡可以對支配他的種種衝動說一句沒有惡意的恭維話，他不但從未被捲進任何特別麻煩或者倒楣的事情中去，反而從所有認識他的人那裡得到了十分真誠的愛戴和尊敬。實事求是地講，現在他是有一點生氣，有一兩分鐘時間感到惱火，他滿心希望拿到有關奧立弗身世的確切證據，誰知遇到的第一次機會就落空了。不過，他很快又恢復了常態，發現奧立弗在回答自己的問題時依然老老實實，前後一致，顯然和以前一樣誠懇坦率。他決意從今以後完全相信他的話。

奧立弗知道布朗洛先生居住的街名，他們就直接行駛到那兒去。馬車拐進了那條街，他的心跳得很厲害，幾乎喘不過氣來。

「說吧，我的孩子，是哪一幢房子？」洛斯本先生問道。

「那一幢，是那一幢。」奧立弗一邊回答，一邊著急從車窗裡往外指點著。「那幢白房子。哦，快呀，開快一點。我覺得自己似乎要死掉了，全身都在發抖。」

「別著急，別著急。」好心的大夫拍了拍他的肩膀，說道，「你馬上就能看到他們了，他們看到你安然無恙，一定會非常高興的。」

「哦！我希望事情會是那樣！」奧立弗大聲說道，「他們對我真的很好。」

馬車繼續向前，車停下了。不，不是這幢房子，隔壁才對。車又開了幾步，重新停了下來。奧立弗抬頭仰望那些窗戶，幸福的眼淚流下他的面頰。

上帝！白色的房子竟空無一人，窗扉上貼著一張告示：「出租」。

「敲敲隔壁的門看看。」洛斯本先生一邊大聲說，一邊挽住奧立弗的胳膊。「您知道不知道，以前住在隔壁的布朗洛先生到哪兒去了？」

鄰家的女僕回答說不知道，但她願意回去詢問自己的主人。不久她就回來了，說六個星期之前，布朗洛先生已經變賣了東西，前往西印度群島去了。奧立弗十指交叉，身子朝後一仰，癱倒了。

「他的管家也去了？」洛斯本先生略一停頓後問。

「是的，先生，」女僕回答，「老先生，管家，還有一位紳士是布朗洛先生的朋友，全都一起走了。」

「那就回家吧，」洛斯本先生對車夫說，「你不要在半道上停下來餵馬，等開出這該死的倫敦城再說。」

「去找那位書攤主人，好不好，先生？」奧立弗說道，「我認識到那兒去的路，去見見他，求求您了，先生。去找一下他吧。」

「我可憐的孩子，這一天已經夠倒楣的了，」大夫說，「我們倆都受夠了。如果我們去找那個書攤主人，可能會發現他死掉了，或者放火燒了自家的房子，或者逃跑了。不，我們還是直接回家。」

在大夫的一時衝動之下，他們便回家去了。

這一次大失所望的尋訪發生在奧立弗最高興的時刻，弄得他非常遺憾、悲傷。傷病期間，他無數次想到，他和他們即將相見，布朗洛先生和貝德文太太將會向他說些什麼，自己也會向他們講述，有多少個白天黑夜，他都是在回想他們為他做的那些事，痛惜自己與他們被生活給分散了；有機會向他們講述這一切該是多麼愉快的事情啊。他曾經想像著，有一天，自己能在他們面前洗刷自己身上的污垢，解釋自己是怎樣橫遭綁架的，這個希望鼓舞著他，支持著他熬過了前不久的種種折磨。現在，他們到那麼遠的地方去了，而且帶著他是一個騙子兼強盜的信念走了——這個信念，或許最終到他們離開塵世時也無法辯解了——他幾乎無法承擔這樣的想法。

不過，這種情況毫無改變他的幾位恩人對他的態度。又過了兩個星期，溫暖、晴好的天氣開始穩定，花草樹木長出了嫩綠的葉片和豔麗的繁花。這時，他們做好了準備，要離開傑茨的這所房子幾個月。他們把以前使費金垂涎三尺的餐具寄存到銀行，留下蓋爾斯和另一個傭人看房子，帶著奧立弗前往一所鄉村別墅去了。

很快，這個羸弱的孩子到達了一個內地的鄉村，呼吸著芬芳的空氣，置身於青山密林之中，誰能描述他感受到的歡樂、喜悅、平和與安寧啊！又有誰能夠說出，恬靜的景色是如何印在困居鬧市的人們的腦海，又是如何將它們自身擁有的活力深深地注入他們疲憊的心靈！人們居住在擁擠狹窄的街巷，一生勞碌，從沒奢望過換換環境和習慣，他們幾乎愛上了組成他們日常漫步的狹小天地的一磚一石——即使是這樣的人，當死神向他們伸出手來的時候，最終也會幡然醒悟，渴望看一眼大自然的容貌。

人類一旦遠離舊日喜怒哀樂的場面，立刻好像進入了一個全新的階段。日復一日，他們緩緩走向充滿陽光的綠色草地，一看到天空、山丘、平原和湖光水影，他們就在內心喚醒回憶，甚至只是預先品嘗一下天堂的滋味也可減輕迅速衰朽的痛苦，他們像西下的落日一樣安靜地進入自己的墳墓。幾個小時以前，他們還曾寂寞地守在臥室窗口，看著落日餘暉悄悄消失在自己暗淡無神的眼睛裡。安靜的山村喚起的記憶不屬於這個世界，也不屬於這個世界的意志與希望。這些回憶會溫和地感染我們，教會我們如何編織鮮豔的花環，放在我們所愛的那些人的墓前，能淨化我們的思想，壓倒舊日的嫌隙怨恨。可是，在這一切之下，在每一顆心靈中都殘留著最麻木的一個迷離恍惚的還沒有完全成形的意識。很久以前，在非常遙遠的某個時期，就有過這種感覺的意識，一直流連不去，啟示人們嚴肅地矚目遙遠的將來，使傲慢與俗念無從抬頭。

他們去的地方真是十分美麗。奧立弗從小都在邋遢的人群和喧鬧的爭吵當中，在這裡他好像得到了新生。玫瑰和忍冬環繞著別墅的牆垣，常春藤爬滿樹幹，園中散發著花兒的幽香。附近有一塊小小的教堂墓地，那裡沒有擠滿高大醜陋的墓碑，但遍佈著新草和綠苔覆蓋的不起眼的墳塋，村裡的老人就長眠在黃土之下。奧立弗時常在那裡徘徊，有時想起埋葬他母親的墳墓，他就坐下來，偷偷地哭泣。但是當他舉目仰望頭上深邃的穹蒼時，就不再想像她還長眠在地下，雖然也會為她傷心落淚，卻沒有感到痛苦。

這是一段幸福的時光。白晝寧謐而又晴朗，夜晚也不會帶來的恐懼，或是憂慮——既沒有身陷囹圄的憂思，也不用與壞蛋周旋，只有愉快幸福的時光。每天早晨，他走進住在小教堂附近的一位白髮蒼蒼的老先生的家裡，老人糾正他的讀音，教他讀書寫字，他說話是那麼和氣，又那樣悉心教導，奧立弗覺得無論怎樣努力去討他的歡心都不算過分。接下來，他可以跟梅麗太太和露絲小姐一起去散散步，聽她們談論書上的東西。要不就緊靠著她們，坐在某個陰涼的地方，聽露絲小姐朗讀，他會一直這樣聽下去，一直到傍晚漸漸來臨，連字母也看不清了才停住。不過，有時，他還得準備自己第二天的功課，在一間看出去就是花園的小房間裡，他埋頭用功，直到日暮漸漸來臨，那時兩位女士又要出去散步，他照例伴隨左右，無論她們講什麼他都聽得津津有味。如果她們想要一朵花，而他能攀摘下來，或者忘了什麼東西，可以去跑一趟的話，他別提有多幸福，恨不得插翅飛去照辦。天完全黑了，他們回到房裡，年輕的小姐在鋼琴旁，彈一首歡快的曲子，或者用柔和的聲音低聲唱一首姑媽喜愛的歌謠。在這種時刻，通常連蠟燭也不用點上；奧立弗坐在窗戶旁邊，聽著美妙的音樂久久地出神。

禮拜日到來了，在這裡過禮拜日和他以往的方式不大一樣。在這段最快樂的日子裡，禮拜天也和別的時光一樣快樂。清晨的小教堂，窗外的綠葉簌簌作聲，小鳥在枝頭歌唱，馥鬱的空氣潛入低矮的門廊，這座樸素的教堂充滿芳香。窮人們也衣著整潔，跪下祈禱的神態虔誠，人們彷彿覺得聚集在這裡是一種樂趣，而不是枯燥無味的義務。也許唱詩的聲音可能粗糙一點，但情真意切，而且聽上去，至少就奧立弗的耳朵來說，比他從前在教堂裡聽到的都更加悅耳動聽。接下來，他們照例一樣出去散散步，走訪許多勞動的人家，參觀他們整潔的住處。晚上，奧立弗再念一遍《聖經》中的一兩個章節，這是他整個禮拜都在精讀的。在履行這些義務的時候，他覺得比自己當上了牧師都要自豪，更加得意。

每天早晨六點鐘，奧立弗已經起床了，在田野裡漫遊，從遠遠近近的籬笆上採來一朵朵野花，然後滿載而歸。他用精心編成的花束把早餐飯桌裝點得琳琅滿目。他還採集新鮮的千里光作為梅麗小姐餵鳥的食物，並用來裝飾鳥籠，雅致的式樣大受讚賞；他一直就在本村的一名教授那裡學習這門手藝。籠鳥給打扮齊整以後，剩下的時間，村裡常有一些小小的善舉用得上他。要不，他就在草地上打一場難得的板球。再不然，花園裡隨時有活兒可幹，另一位師傅也教會了奧立弗侍弄花草的本領；他做得盡心盡力，直至露絲小姐出現在他面前時才停手，她對奧立弗所做的一切總是誇獎備至。

三個月就這樣不知不覺過去了。對於上帝保佑的有福之人來說，這三個月算得上是稱心如意了，對於奧立弗就更是人間天堂。一方是純正而又親切的大方給予，另一方是發自內心最最誠摯熱切的感激之情。無怪乎在這一段短暫的時光就要結束的時候，奧立弗．崔斯特同那位老太太和她的侄女已經親如一家，他那幼小而敏感的心靈產生了熾烈的愛，而她們也很喜歡他，對他報以一片深情，並為他而感到驕傲。

chapter 33

奧立弗與他那些朋友的幸福時光遭遇到了挫折

春天飄然逝去，夏天來了。如果說當初村子曾一度風光旖旎，那麼現在則充分展現了它的風姿盛裝。前幾個月顯得枯瘦、光禿禿的高大樹木現在開始迸發出充沛的活力，它們張開碧油油的手臂，遮蓋住乾渴的大地，把一處處無遮掩的地方變得濃蔭誘人。在濃密舒適的樹蔭下，人們可以看到，陽光沐浴下的廣闊大地向遠方伸展開去。大地披上了蒼翠欲滴的罩衣，散發著令人陶醉的濃郁芳香。這是一年中的全盛時期，萬物欣欣向榮，一派歡快氣象。

小別墅裡的恬靜生活依然照常，別墅裡的人依然過得十分安寧。奧立弗早已長得結實、健壯。但無論是健康還是疾病，都沒有影響他對身邊人的深厚感情，而很多人就沒他這麼幸運了。他依舊是當初那個被苦難耗竭精力時刻需要人照顧的小不點兒，依舊溫順可愛，心懷感激。

一個美麗的晚上，他們散步時比平常多走了一程，白天異常熱，夜晚月光皎潔，清風送涼。露絲興致很高，她們一路談笑風生，遠遠超出了平常的範圍。梅麗太太覺得有些累了，她們才慢慢地回到家裡。露絲跟往常一樣，扔下輕便的軟帽，坐在鋼琴旁邊。

她心不在焉地彈了幾分鐘，手指快速地從琴鍵上滑過，然後開始彈奏一支低沉而又悲愴的曲子。就在她彈琴的時候，大家聽到了一種聲音，她似乎在啜泣。

「露絲，親愛的。」老太太說道。

露絲沒有應聲，只是彈得稍微快了一點，彷彿這句話把她從痛苦的思緒中喚醒了。

「露絲，我親愛的寶貝，」梅麗太太吃驚地站起來，俯下身去，說道，「你怎麼了？你怎麼哭啦。我親愛的孩子，是什麼事情讓你難過？」

「沒什麼，姑媽，沒什麼，」年輕的小姐回答，「我不知道是怎麼了，我說不出來，可我覺得——」

「你病了，孩子？」梅麗太太插了一句。

「不，不，噢，我沒病。」露絲打了個寒戰，好像說話時有一股陰森森的冷氣流遍全身。「我一會兒就會好起來的，快把窗戶關上吧。」

奧立弗連忙上前關上窗戶。小姐很想恢復她的興致，換了一支活潑的曲子，但她的手軟弱無力地在琴鍵上停下來。她雙手捂住面孔，癱倒在沙發上，遏制不住的眼淚奪眶而出。

「我的孩子，」老太太把她摟在懷裡說，「我從前可從沒見過你這樣呢，你到底怎麼了？」

「不，我也不知道呢，姑媽，」露絲回答，「我費了極大的勁想忍住，可確實忍不住了。我也許真的病了，姑媽。」

她確實病了，蠟燭拿過來後，他們看見，就在回到家裡這段極短的時間裡，她的臉色變得像大理石一般蒼白。美麗的容顏絲毫沒有改變，但表情變了。文靜的臉上帶著一種前所未有的焦躁、疲憊的神情。過了一分鐘，她的臉上升起一片紅潮，溫柔的藍眼睛裡閃出狂熱的光芒，紅暈又消退了，如同浮雲掠過的影子，她再度顯出死一般的蒼白。

奧立弗焦急地看著老太太，不禁發現到她被這些症狀嚇壞了，他自己其實也一樣。但是一看老太太裝作不甚在意的樣子，他也盡力那樣做，果然有些作用。露絲在她姑媽的勸說下進去休息了，她的情緒有些好轉，甚至氣色也好了一些，還肯定地說，明天早上起來她肯定恢復正常。

「但願這並不要緊，」見梅麗太太回來了，奧立弗問道，「今天晚上她的臉色難看，可——」

老太太示意他不要講下去，她在一個昏暗的角落裡坐下來，半晌沒有作聲。最後，她用發抖的聲音說道：

「我相信沒有什麼的，奧立弗。多少年來我一直和她在一起，我們過得非常幸福——也許太幸福了。說不定該到我遇上某種不幸的時刻了。但願不是這樣。」

「什麼？」奧立弗問。

「承受失去她的沉重打擊，」老太太說道，「一直以來她就是我唯一的安慰與幸福。」

「哦！上帝可千萬別這樣！」奧立弗驚恐地叫了起來。

「求主保佑吧，我的孩子。」老太太交叉著雙手說。

「恐怕不會有那麼可怕的事情的！」奧立弗說道，「兩個小時以前，她還好好的呢。」

「她現在病得很厲害，」梅麗太太回答，「病勢還會更嚴重的，我不相信。我親愛的露絲。噢，沒有她我要怎麼活啊！」

巨大的悲傷壓倒了她，奧立弗只能控制住自己的感情，對她好言相勸、苦苦哀求，看在親愛的小姐的分上，千萬保持鎮靜。

「想想吧，夫人，」奧立弗說話時，眼淚湧進了他的眼睛，「噢！你想想，她那麼年輕，心地多好，給身邊所有的人帶來那麼多的快樂和安慰。我相信──是的──完完全全是的──為了你，為了她自己，為了所有從她那裡得到幸福的人，她絕對不會死的。老天決不會讓她那麼年輕就死去的。」

「小點兒聲。」梅麗太太把一隻手放在奧立弗頭上，說道。「你想得太簡單了，可憐的孩子。無論怎麼說，你提醒我明白了自己應該做什麼了。奧立弗，不過我希望自己情有可原，我這大把年紀，看到的疾病、死亡夠多的了，我深知，與心愛的人生離死別是多麼痛苦。我見過的例子多了，最年輕、最善良的人也不一定能夠從那些愛他們的人那裡得到倖免，但這一點可以在我們悲傷時帶來安慰，上帝是公正的。它提醒我們知道，有一個世界比這個要光明啊，到那裡去也用不了多少時間。上帝他自有安排。我愛她，反正上帝知道我愛她有多深。」

梅麗太太訴說著這些話語，奧立弗驚異地看到，梅麗太太好像在咬牙把悲傷壓了下去，說話間她抖擻精神，變得沉著而堅定。接下來，他越發感到驚異，這種堅定持續下去，儘管照料病人的擔子都落在她肩上，梅麗太太卻始終從容自若，泰然自若，履行這些職責的時候一絲不苟，從整個外表上看還挺輕鬆。但他畢竟年紀太小了，不知道這堅強的心靈在危難來臨時有多大能耐。這也難怪他不知道，又有多少堅強的人瞭解他們自己呢？

一個焦慮的夜晚過去了。清晨來臨，梅麗太太的預言完全被證實。露絲正處於一種極其危險的熱症初期。

「我們必須立刻採取行動，奧立弗，不能光傷心。」梅麗太太將一根手指放在唇邊，眼睛盯著他的臉，說道：「這封信必須儘快給洛斯本先生，必須送到集鎮上去，你從小路穿過田野，走不到四英里，到那兒再派專差騎馬直接送到傑茨。那個客棧裡的人會把這事辦好的。我要你看著他們把信送出，我信得過你。」

奧立弗說不出一句話，只是急切地想馬上就出發。

「這裡還有一封信，」梅麗太太考慮了一下說，「但究竟是現在就發出去，還是等我看看露絲的病情再說，我拿不定主意。我不能發出去，除非真的出現最壞的事情。」

「這也是要寄往卡特西去嗎，太太？」急於去執行使命的奧立弗一邊問，一邊將哆嗦著的手朝那封信伸過去。

「不是。」老太太回答，像個木偶似的把信交給了他。奧立弗看了一眼信封，信是寄到某尊貴勳爵的莊園去的，哈里．梅麗先生收，到底是什麼地方，他也不知道。

「要不要把這封信發出去，太太？」奧立弗急抬起頭來，問道。

「我想暫時不要發出，」梅麗太太把信收回。「還是等到明天再說吧。」

梅麗太太說完，把錢包交給奧立弗。他毫不耽擱地拔腿就走，鼓起全身的力氣，以最快的速度出發了。

奧立弗飛快地越過田野，沿著小路疾行，有時穿過田間小道，小道幾乎被兩旁高高的莊稼遮蓋住，時而又從一塊空地裡冒出來，幾個農民正在那裡忙著收割、堆垛。他一次也沒有停，頂多歇幾秒鐘喘一喘氣，一直來到鎮裡的小集市，跑得滿頭大汗，一身塵土。

他止步環顧，四下尋找那家客棧。白色的房子是銀行，紅色的房子是啤酒作坊，黃色的是鎮公所，在一個街角上有一幢大房子，所有木頭的部分都漆成綠色，前面有一塊「喬治客棧」字樣的招牌。奧立弗一見就急忙往那裡走。

他跟正在門裡打盹的郵差說明了來意，郵差聽懂了他要辦的事以後，叫他去向店裡的馬夫打聽，馬夫又讓他從頭說明來意，然後讓他跟老闆說去。老闆是一位高個子先生，圍一條藍色圍巾，戴一頂白色帽子，淺褐色厚呢馬褲配一雙翻口長筒靴，正倚著馬廄門旁邊的水泵上，用一根銀質牙籤剔牙。

這位紳士不緊不慢地走進櫃檯，開始開發票，花了老大一會工夫。錢付了，還要給馬套上鞍子，信差也得穿制服，這足足花了十多分鐘。奧立弗急得像熱鍋上的螞蟻，恨不能自己縱身跳上馬背，直奔下一個驛站。總算一切準備停當，那封信也交了過去，他對郵差交代了又交代，再三央求儘快送到。郵差策馬上路了，穿過集市上坑坑窪窪的石子路，兩分鐘後已出了鎮，沿著設有關卡的大路疾馳而去。

看到告急信已及時發出，沒有白費力，奧立弗才覺得踏實，懷著多少輕鬆了一點的心情，快步穿過客棧的院子，正想在大門口轉身，不料卻跟一個身披斗篷的大高個子撞了個滿懷，那人當時正從客棧裡走出來。

「喂！」那人眼睛盯著奧立弗，突然後退，喊道。「這他媽的是什麼東西？」

「對不起，先生，」奧立弗說，「我急著回家，沒有看見你走過來。」

「該死的！」那人喃喃地自言自語，兩隻又大又黑的眼睛狠狠地看著奧立弗。「誰能料到啊，真該把他磨骨揚灰。否則他會從石頭棺材裡跳起來跟我作對的。」

「很抱歉，」奧立弗被陌生人狂亂的神色看得發了窘，結結巴巴地說，「但願我沒有把你撞痛。」

「混帳東西！」那人怒不可遏，咬牙切齒地咕噥著，「當時只要我有勇氣，只要一個晚上就幹掉你了。你這個該死的東西，叫黑死病鑽到你心裡去吧，你這個天打雷劈的，你在這兒做什麼？」

那人一邊揚著拳頭，一邊語無倫次地說。他向奧立弗衝上來，像是要打他的樣子，不料猝然跌倒在地，渾身痙攣，口吐白沫。

有一瞬間，奧立弗以為自己碰上了一個瘋子，他只顧呆呆地望著他在地上打滾，接著便衝進客棧呼救。他看著那人被架起來，安全地被抬進了客棧，這才轉身回家。他卯足了勁一路飛跑，以彌補耽擱的時間，同時懷著十分詫異並有幾分驚恐的心情，回想起自己剛剛撞到的那個人——他的行為何以如此荒謬。

不過，這件事情並沒有在他腦海裡停留多久，他回來以後，別墅裡有夠多的事情佔據他的頭腦，他把一切有關自身的考慮統統從記憶中擠了出去。

露絲病情急劇惡化，午夜前她開始說胡話。一個住在當地的醫生正不離左右地守候著她。醫生初步對病人作了診視，隨後把梅麗太太叫到一旁，宣佈她的病屬於一種非常危險的類型。「其實，」他說道，「如果她能痊癒，差不多是奇蹟了。」

這一夜，奧立弗不知多少次從床上跳起來，躡手躡腳地溜到樓梯口，認真諦聽病房裡有沒有發出哪怕是最輕微的響聲。不知多少次，每當雜亂的腳步聲突然響起，他以為一件可怕得不堪設想的事情發生了，他嚇得渾身打戰，額上直冒冷汗。他聲淚俱下哀求上蒼把健康和生命賜給在墳墓的深穴邊緣搖搖欲墜的那位好小姐，為那位正在死神邊徘徊的好小姐苦苦祈禱，相比之下，這種熱情遠遠不是他過去所做的一切能夠比得上的。

哦！這種掛念，當我們熱愛的人的生命在死亡的十字路口徘徊的時候，我們卻在一旁無能為力，這種提心吊膽委實可怕，多麼令人不寒而慄啊！痛苦的思緒湧進心頭，憑藉著它們所喚起的想像魔力，心臟劇烈地跳動，呼吸趨於急促——一種不顧一切的渴望油然而生：做些什麼事情，可以減輕這種我們無力消除的痛苦，緩和這種我們無力消減的危險。我們痛苦地想自己是那樣無能為力，我們的心直往下沉，不停地洩氣，有什麼刑罰能和這種心情相比？有什麼念頭或辦法可以在焦慮達到頂峰之時寬慰這種痛苦？

早晨來臨時，小小的別墅裡一片寂靜。人們悄聲說話，緊張的面孔不時出現在門口，婦女和兒童噙著淚水走開去。整個漫長的白天，直到天黑之後的幾個小時，奧立弗老是在花園裡輕輕地走來走去，每過一會兒他都要舉目仰望病人的房間，他禁不住顫慄地看著黑沉沉的窗口，看他那副樣子，好像死神已經近在眼前了。

深夜，洛斯本先生到了。「難啊，」好心的大夫一邊說，一邊轉過臉去，「那麼年輕，又那麼招人喜愛，可是看來是沒有希望的了。」

又一個早晨到來了。陽光是那麼燦爛，彷彿看不到人世間有一點點愁苦或者煩惱。園中樹葉繁茂，百花盛開，一片生機盎然、精力充沛，周圍的聲音和景象都充滿喜悅──可愛的小姐卻躺在病床上，快速地變得虛弱。奧立弗悄悄溜到那片古老的教堂墓地，在一個長滿青草的墳塋上坐下來，悄悄地為她哭泣、祈禱。

這一幅畫面是那樣恬靜和優美，陽光普照的景色中包含著那麼多希望與快樂；夏天的鳥兒歌聲是那麼活潑輕快，舒展自如的白嘴鴉從頭上一掠而過，是那麼的自由，萬物是那樣的生機勃勃，其樂融融。因此那孩子抬起他哭腫了的眼睛，向四周環顧，心中油然湧起這樣一個念頭，這不是死亡的時刻，小東西尚且還那麼快樂逍遙，露絲是當然不會死的。墳墓喜歡的是寒冷蕭瑟的寒冬，不喜歡陽光與花香。他幾乎認為，壽衣只是用來裹住老朽乾癟的身體，從來不會把年輕嬌嫩的身體裹在它們那可怕的懷抱的。

那邊，教堂裡傳來一聲報喪的鐘聲，粗暴地打斷了他這些單純的想法。接著又是一聲！又是一聲！這是宣佈葬禮開始的鐘聲。一群送葬的普通百姓進入墓園大門，他們戴著白色的致哀標記，因為死者還很年輕。他們脫帽站在一座墳前，哭泣的隊伍裡有一位是母親──一位失去孩子的母親。可陽光依然燦爛，鳥兒照舊歌唱。

奧立弗向家裡走去，回想起小姐對他的千般好處，希望時光能回到過去，好讓他一刻不停地表示自己對她的感激和摯愛。他沒有理由責備自己不認真或不關心，或者是沒動腦筋，因為他是誠心誠意為她效勞的。然而還是依然有許許多多細枝末節重現在他的面前，他認為自己當時本來可以幹得更賣力、更認真一些的，可惜沒有這樣做。每一次死亡都會給為數不多的倖存者帶來這樣的想法：有什麼事情曾經被忽略了，辦到的事情又是那麼少；有那麼多事情被遺忘，還有更多的事情已無法彌補。可見，平常的日子，我們該怎樣去對待我們周圍的人，我們必須用心。沒有任何事情比追悔莫及更令人懊惱的了。如果我們希望免受懊悔的痛苦，就讓我們趁早記住這一點吧。

奧立弗回到家裡時，梅麗太太正坐在小客廳裡。一看見她，奧立弗的心就立刻往下沉，因為自從小姐病了，她就從來沒有離開過侄女的床側。他小心翼翼地思忖著，必定是發生了什麼事才讓她離開病人。他瞭解到，小姐剛陷入了沉睡，這一次醒過來，要麼康復和再生，要麼訣別和死亡。

他們坐下來留神諦聽，幾個小時不敢說話。原封未動的飯菜撤了下去。他們心不在焉地望著愈落愈低的太陽，最後又看著太陽將宣告離去的絢麗色彩撒滿天空和大地。他們敏銳的耳朵突然聽到一陣越來越近的腳步聲。洛斯本先生進來時，他倆不由自主地朝門口衝去。

「露絲怎樣了？」老太太急忙問，「快告訴我，我禁得起的，我真的可以承受！噢，快告訴我！看在上帝的分上，她現在怎麼樣？」

「我的夫人，你必須保持鎮定，」大夫扶住她說道，「請安靜下來，我親愛的夫人。」

「讓我去死吧，我親愛的孩子，她不能死啊，她真的不可以死啊。」

「不！」大夫激昂地說，「上帝是善良而仁慈的，他要她繼續留下來陪伴你，所以她還會活好多好多年，讓我們大家為她祝福吧。」

老太太雙膝跪下，全力想把雙手合在一塊兒，但是支持了她那麼久的堅強已經隨著第一聲感恩的祈禱崩塌了。於是，她的侄女從上帝那裡回來了，她倒在老朋友的懷抱裡。

chapter 34

年輕紳士以及奧立弗的又一次遭遇

上帝啊，它簡直太捉弄人了。這是一種怎樣的悲與喜的交織呢？它幾乎超過了可以承受的限度。奧立弗聽到這個出乎意料的消息，一時目瞪口呆。他流不下淚，說不出話，坐立不安。他在黃昏的寧靜氣氛中徘徊了很久，痛痛快快地哭了一場，好不容易恢復了一點理解力，這才好像突然恍然大悟過來，令人興奮的變化已經發生，自己胸中難以承擔的焦慮也已化解開。

天色很快地暗了下來，他帶著一大束鮮花向家裡走去，這是他精心採來妝點病房的。他正沿著公路走得很快，忽然聽見身後有馬車疾馳的聲音。他回頭一看，只見一輛馬車飛速趕來，由於馬跑得極快，加上路面又不寬，他便靠邊站住，讓馬車先行通過。

馬車疾馳而過，奧立弗一眼看到車上有個頭戴白色睡帽，似乎有幾分面熟的男子，不過他這一瞥實在太過於匆促，沒確認是誰。過了一會兒，那頂睡帽從馬車窗口探出來，一個響亮的聲音吩咐車夫停車。車夫立刻勒住馬，車停住了。然後，睡帽再次探出來，那個大嗓門在叫奧立弗的名字。

「喂！」那個聲音喊道，「奧立弗，有什麼消息？露絲小姐怎樣了？奧——利——弗少爺！」

「是你嗎，蓋爾斯？」奧立弗叫著跑到驛車門前。

蓋爾斯再一次伸出戴著睡帽的腦袋，作回答狀，突然又被坐在馬車另一角落的一位青年紳士往後一拉，那人急切地詢問那邊有什麼消息。

「快告訴我！」那位紳士大聲喊道，「好轉還是惡化？」

「好轉了——大大好轉了！」奧立弗連忙回答。

「謝天謝地！」青年紳士高聲叫一聲，「你很確定？」

「完全可以肯定，先生，」奧立弗回答，「幾個小時以前剛剛發生了，洛斯本先生說，危險期已經全都過去了。」

那位紳士沒有再說什麼，只是打開車門跳出來，從裡邊跳出來，匆匆拉著奧立弗的胳膊，把他帶到一邊。

「你有完全把握嗎？孩子，你決不會弄錯吧，對不對？」青年紳士用發抖的聲音問，「請不要騙我，讓我空歡喜一場。」

「我決不騙你，先生，」奧立弗回答，「真的，你確實可以相信我。洛斯本先生說，她會活好多年好多年，為我們大家造福的。」

奧立弗回想到為大家帶來無限幸福的那個場景，頓時熱淚盈眶。青年紳士轉過臉去，半晌沒有說話。奧立弗好像聽到他不止一次抽噎出聲，但又不敢再說什麼話去打攪他——他實在猜不出這位紳士的心情，便站在一邊，裝作全神貫注於自己手裡的一束鮮花。

在這段時間內，頭戴白色睡帽的蓋爾斯先生始終坐在馬車的踏板上，胳膊肘分別支在膝蓋上，用一張藍底白花的手絹抹著眼睛。這個老實耿直的男人是真的動了感情，這一點完全可以從他那雙紅腫的眼睛上看出來，當青年紳士轉過身去叫他的時候，蓋爾斯就用那雙眼睛望著他。

「我想，你還是坐車繼續到我母親那兒去比較好，蓋爾斯。」他說道，「我寧可慢慢走著去，這樣我可以在見到她以前爭取一點時間，你就說我馬上就到。」

「請原諒，哈里先生，」蓋爾斯用手絹把滿臉的淚痕抹得乾乾淨淨，說道，「如果您打發郵差去傳話，我將十分感激你。讓那些女傭瞧見我這副樣子實在不合適，先生，她們如果看見了，我在她們眼裡威信掃地了。」

「好吧，」哈里．梅麗微笑著答應道，「你愛怎樣就怎樣。既然你覺得這樣好一點，那就讓他和行李一起走，你跟著我們。不過，你得先把睡帽摘下來，另外換一頂比較像樣的帽子，否則別人會把我們當作是瘋子。」

蓋爾斯先生這才想起自己的衣著有失體面，他立刻將睡帽扯下來，塞進衣袋，又從車裡取出一頂式樣大方的圓頂帽。收拾妥當，郵差繼續驅車趕路，蓋爾斯、哈里先生和奧立弗慢慢地在後面步行。

他們徒步走去，奧立弗不時向這位陌生人瞥上好奇的一眼。他看上去大約二十五歲左右，適中身材，面容清秀而誠懇，舉止落落大方。儘管存在著年齡上的懸殊，可是他跟老太太極其相像，即使他沒有提過老太太是他母親，奧立弗也不難想像他們之間的關係。

別墅到了，梅麗太太正在焦急地等候著兒子。母子見面，雙方都難免激動萬分。

「媽媽，」年輕人壓低了嗓門說，「您為什麼不早一點寫信給我？」

「寫過了，」梅麗太太回答，「不過在考慮一下後，我還是決定暫緩發出，看看洛斯本先生的看法再說。」

「為什麼？」年輕人說，「為什麼要這樣的風險呢？萬一露絲──那個字我說不出口──如果這場病是另一種結局，您難道還能原諒自己？我這輩子還能再有幸福呢？」

「萬一真發生那樣的事，哈里，」梅麗太太說，「我恐怕你的幸福也就整個毀了，至於你早一天晚一天回來，都沒有什麼區別。」

「倘若果真如此，媽媽，那有什麼可奇怪的？」年輕人答道，「哦，我為什麼要說萬一呢？這是──這是──你知道是怎麼回事，媽媽，你應該知道。」

「我知道，一個男子拿出心中最高尚、最純潔的愛情奉獻給她，她也是當之無愧的。」梅麗太太說，「我知道，她天性中的忠誠和愛心需要的絕不是一般的回報，而是需要一份深刻而持久的真情。在我做一些看來必須做到的事時，我意識到了這一點，另外我還知道，她愛上的人如果態度有一點點改變都會讓她心碎，我才舉棋不定，或者說，我內心也不會產生這麼多激烈的矛盾了。」

「這太殘忍了，媽媽，」哈里說道，「難道你以為我還是個孩子，完全不懂得我的想法，也不懂我靈魂上的一次次衝動！」

「在我看來，我的好兒子，」梅麗太大一隻手按在哈里肩上，回答道，「年輕人有許多高尚的衝動往往不能持久，其中一些一旦得到滿足，只會變得轉瞬即逝。總之，我相信你，」老太太目不轉睛地看著兒子的臉，她說道：「一個有熱忱、有激情、有抱負的男子漢，如果娶了一個名分上有污點的妻子，儘管這個污點並不是由於她的過錯，那也會引來一夥冷酷而卑劣的小人，還會影響到他們的孩子們，丈夫在世間越是成功，就會受到多大的詆毀，把他當成譏笑諷刺的對象。總有一天，無論做丈夫的胸懷多麼豁達，為人多麼善良，也難免後悔當初結下了這門親事。做妻子的知道丈夫感到後悔了，也一樣會痛苦萬分。」

「媽媽，」年輕人不耐煩地說，「誰如果這麼做，必定是一頭自私的畜生，根本不配稱為一個男人，也配不上您描繪的那個女人。」

「這是你現在的想法，哈里。」母親說道。

「這個想法永遠不會改變，」年輕人說，「最近兩天我精神上受到的痛苦，迫使我毫不掩飾地向您承認，我是有這樣一份感情的，這您知道得很清楚，這份感情並不是昨天才產生，也不是逢場作戲。我的心屬於露絲，多麼美好、善良的女孩啊！我的真心像男子漢一樣堅定。我的思想、抱負、生活中的希望都和她分不開。如果您在這件大事上跟我對立的話，您就是把我的安寧與幸福抓在手裡，當作塵土在風中揚撒。媽媽，多想想這點，多為我想想吧，不要把這種幸福看得一文不值，這事您似乎想得很少。」

「哈里，」梅麗太太說，「正因為我這顆火熱而善感的心想得太多，我才不想讓它們受到傷害。不過，現在我們對這件事談得太多了，就到此為止吧。」

「那好，就看露絲怎麼決定吧，」哈里接口道，「難道您還要把您的這些偏見強加於人，甚至不惜為我製造阻礙？我想不至於吧？」

「不會的，我的孩子，」梅麗太太回答，「不過我希望你考慮——」

「我已經想過了，」他不耐煩地回答，「媽媽，我想了好多年了。自從我能夠進行嚴肅認真的思考問題以來，我就加以考慮。我的感情沒有變化，永遠不會改變。為什麼一旦說出口，我就得承受一拖再拖的痛苦呢，這種痛苦又有什麼好處？不，在我離開這個地方之前，露絲得聽一聽我的衷曲。」

「她會聽的。」梅麗太太答道。

「媽媽，您的神情似乎表明，她會以冷冰冰的態度聽我的自白。」年輕人說道。

「不是冷冰冰的，」老太太回答，「完全不是那樣。」

「那會是怎樣呢？」年輕人執拗地問，「她是不是另有所愛？」

「沒有，當然沒有，」做母親的答道，「如果我沒有看錯的話，你已經牢牢抓住了她的心。我要說的，」看到兒子正想開口，老太太止住了他，自己往下說，「正是這一點。在你孤注一擲之前，拿這個機會來打賭之前，在你身不由己、奔向希望的頂端之前，我親愛的孩子，要仔細想一下露絲的身世，要知道，她完全本著高尚的心靈和毫無保留的自我犧牲精神，對我們一直滿懷忠誠，無論什麼事，她的性格特點始終是自我奉獻，她要是知道了自己的出生疑點很多，這會給她的決定產生怎樣的影響。」

「您是什麼意思？」

「這個問題我讓你自己去體會，」梅麗太太回答，「我得回她身邊去了，上帝保佑你。」

「今天晚上我們還見面不？」年輕人急切地問。

「用不了多久，」老太太答道，「在我離開露絲的時候吧。」

「您打算告訴她我在這裡？」哈里問道。

「當然。」梅麗太太回答。

「告訴她，我是多麼焦急，吃了多少苦頭，又是多麼想見到她。您不會拒絕向她轉告吧，媽媽？」

「是的，」老太太說道，「我會把一切都告訴她。」她深情地握了握兒子的手，急忙走出了房間。

這一番匆促的談話正在進行之際，洛斯本先生和奧立弗一直待在房間的另一邊。洛斯本先生這時朝哈里·梅麗伸過手來，互道誠摯的問候。接著，大夫針對年輕朋友提出的許多問題做了答覆，翔實表明了病人的情況，這番表明如同奧立弗的講述一樣激起他的希望，令人欣慰。蓋爾斯先生裝作在忙著收拾行李的樣子，其實醫生講的每一句話他都聽著呢。

「你近來打到什麼不尋常的東西沒有，蓋爾斯？」大夫彙報完畢後問他。

「沒什麼不尋常的東西，先生。」蓋爾斯先生的臉一直紅到了耳根。

「也沒抓住任何小偷，或者認出哪一個強盜來？」大夫說道。

「沒有，先生。」蓋爾斯先生一本正經地地回答。

「哦，」大夫說道，「真遺憾，因為你辦那種事情非常令人佩服。請問，布里托斯近況如何？」

「那孩子很好，先生。」蓋爾斯先生又同往常一樣擺出賣老的姿態，說道，「他要我向你轉達他的敬意，先生。」

「那就好，」大夫說道，「看見你在這兒，我又想起來了，蓋爾斯先生，就在我被匆匆叫來的前一天，我應你家女主人好心的請求，辦成了一件對你有好處的小差事。你到這邊來一下，好嗎？」

蓋爾斯先生非常嚴肅並略帶幾分驚異地走到那邊角落裡，榮幸地與大夫進行了一次短時間的小聲交談。談完以後，他連連鞠躬，踏著分外莊嚴的步子退了下去。這次密談的主題沒有在客廳裡披露，但很快就傳到了廚房，因為蓋爾斯先生直接來到廚房，要了一杯淡啤酒，帶著一種給人深刻印象的高貴氣派宣佈說，考慮到他在這次發生未遂盜竊案時表現出的行為英勇可嘉，女主人深感滿意，特地在本地儲蓄銀行裡存進總數為二十五鎊的款項，供他個人取用生活。一聽這話，兩個女僕人舉起雙手，眼睛一起朝上翻，認為蓋爾斯先生不知道該神氣成什麼樣子了。只見蓋爾斯先生把襯衫褶邊拽出來，連聲回答說：「不會的，不會的。」並表示如果她們發現到他對手下態度傲慢的話，一定要指出來，他會感謝她們的。接著，他還發了好些議論，幾乎都是舉例證明他虛懷若谷之類的，這一番高論照例得到了歡迎和讚揚，並且被認為是見解獨到而又中肯，大人物成天掛在嘴邊的話亦是如此。

樓上，晚上餘下的時間過得相當愉快。大夫興致很高，哈里．梅麗起初好像顯得有些精神疲乏，或者是心事重重，無論怎麼樣，他架不住可敬的洛斯本先生的好脾氣。大夫談笑風生，妙語連珠，回憶行醫生涯中的許多往事，又講了一大堆短小精悍的笑話，將他的風趣發揮得淋漓盡致。奧立弗認為這些事真是再滑稽不過了，他笑得前仰後合。這明顯使大夫大為滿意，他自己也笑得死去活來，而且通過共鳴的作用，哈里也差不多是放聲大笑。他們的聚會在此時此地是令人高興的。一直到很晚，他們才懷著輕鬆而又感恩的心情去休息，在經歷了剛剛的疑慮與懸念之後，他們的確需要休息一下了。

第二天早晨，奧立弗一起來就感覺精神振奮，他懷著希望和快樂，開始了每天清早的例行公事，這種心情已經好多天都不曾擁有了。鳥籠又掛到外面，好讓鳥兒在老地方唱歌。他全力以赴，又一次採來最芬芳的野花，想用鮮花的豔麗討露絲的歡喜。過去幾天，憂心忡忡似乎已經佔據了這個心急的孩子那雙憂鬱的眼睛，不論看到什麼美好的東西都覆蓋著一層愁雲慘霧，現在，隨著露絲的康復，這種憂愁已經奇蹟般地雲消霧散。綠葉上的露珠彷彿更加晶瑩光亮，微風伴著一支更加優美動聽的樂曲從綠色的葉片中間颯颯穿過，連天空本身也似乎更藍更亮了。其實，這就是我們自己的心境產生的影響，它甚至會改變外界事物的形態。人們看到自然界和自己的同類，聲稱一切都是那樣陰暗、消極，這話並不算錯，但這種陰暗的色彩只是他們自己帶有偏見的眼睛和心情的反映。真實的色彩是十分柔美的，需要的是更加清晰的視覺。

有一件事值得提一下，並且小奧立弗當時也注意到了，他的清晨漫遊不再是單獨的行動。哈里．梅麗從第一天清晨遇見奧立弗滿載而歸以後，也突然對花產生了強烈的好感，並且在插花藝術方面表現出了很棒的審美力，把小夥伴遠遠拋在後面。然而，雖然奧立弗在這方面略遜一籌，不過他卻知道上哪兒才能找到最好的花。一個清晨接著一個清晨，他們一塊兒在這個地區搜索，把最嬌嫩美豔的鮮花採回家。

露絲小姐臥室的窗戶現在打開了，她喜歡芳香的夏日氣息流進屋內的感覺，讓清新的空氣幫助自己康復。不過，在那扇格子窗裡邊，每天早晨都插著精心編配而成的一小束花，這束花曾作過細心的修剪，上邊還掛著露水。奧立弗不可能不注意到，雖說小花瓶經常更換，可枯萎的花從來就不扔掉。他也不可能不注意到，每天清晨，大夫都要外出散步，只要一走進花園，肯定將目光投向那個特殊的角落，意味深長地點點頭。就在這些觀察之中，日子飛也似的過去，露絲的病情迅速恢復健康。

儘管小姐還沒有完全離開房間，晚上也不走遠，只是偶爾和梅麗太太一塊兒在附近散散步。奧立弗倒也並不覺得時間無法排遣。他加倍勤奮，向那位白髮老紳士請教，自己刻苦努力，進步之快甚至使他自己也感到驚訝。就在他埋頭用功的時候，發生了一件萬萬想不到的事情，引起他極大的恐慌和苦惱。

他通常讀書是在別墅後面底層的一個小房間裡。這是一個典型的村舍，格子窗外邊長滿一簇簇的茉莉與忍冬，一直爬到窗頂上，為這個地方平添幽香清芬。從窗戶望出去是一個花園，花園的側門通向一片小圍場。再過去就是茂盛的草地和樹林了。那附近沒有別的人家，從那裡可以眺望很遠。

一個可愛的黃昏，夜幕剛剛降臨大地，奧立弗坐在窗前，注意力集中在書本上。他已經認真讀了許久。天異常悶熱，加上他又下了很大工夫讀書，漸漸地，他慢慢地睡熟了。不論這些書的作者何許樣人，這樣說絕對不是敗壞他們的名譽。

有時，會有一種假寐不知不覺襲來，將我們的肉體禁閉起來，但並沒有讓心靈失去對周圍事物的知覺，我們的心靈仍然可以縱情馳騁。因此，如果一種不可抗拒的遲鈍感覺，精神的疲憊，對我們的思想和動作能力完全失去控制的情況都可以稱作睡眠的話，那就是睡眠。然而，我們還是能意識到周圍發生的一切，倘若我們在這樣的情況下開始做夢，我們確曾說過的話和確曾發出的聲音，便會天衣無縫地融入我們的夢境，現實與想像奇妙混合，事後幾乎不可能將二者區分開來。這還不算此類情形下最令人驚異的現象。不可置否，我們的觸覺與視覺當時不起作用，然而，某種外界事物無聲息的存在卻能夠影響，甚至是真實地波及我們睡著時的思想，影響到在我們夢見的景象；儘管當我們閉上眼睛時，這種事物可能還沒有靠近我們，我們在清醒的時候也不曾意識到它近在咫尺。

奧立弗十分清楚地知道，自己坐在小屋子裡，書本就放在他面前的桌上，窗外滿地蔓延的草木叢中不斷傳來陣陣甜蜜的氣息。然而他卻睡著了。忽然，景色改變了，空氣悶得使人感到窒息。他在想像中又一次恐懼地來到老猶太的家裡。那個面目可憎的老頭依舊坐在他習慣待的那個地方，正向著自己指指點點，一邊和側著臉坐在旁邊的另一個人耳語。

「噓，我親愛的，」他彷彿聽到老猶太在說話，「就是他，沒錯。走吧。」

「當然是他。」另外的那個人好像在回答，「你以為，我還會弄錯？即使有一群小鬼變得跟他一模一樣，他站在中間，我也能憑某種感覺認出他來。即使你就是挖地五十英尺，把他埋起來，如果你帶著我從他墳頭走過去，我也能知道他被葬在那裡，哪怕上面沒有任何標記。」

那人說這話時好像懷著刻骨的仇恨，奧立弗被驚醒了，從座位上跳起來。

上帝！到底是什麼東西使血刷地一下湧入心口，使他啞口無言，動彈不得？那裡——那裡——在窗戶那兒——就在他的眼前——老猶太站在那兒，眼睛朝屋子裡偷窺著，跟他挨得這樣近了，奧立弗在嚇得向後退縮之前幾乎能碰到他。在他身旁，有一張凶相畢露的面孔由於憤怒或恐懼，或者兩者兼有而變得煞白，在他旁邊的便是在客棧院子裡跟奧立弗相撞的那個人。

這副現象在他眼前不過是一晃而過，一瞬即逝。不過，他們已經認出奧立弗，奧立弗也認出了他們，他們的相貌牢牢地印入了他的記憶裡，就好比是深深地篆刻在石碑上，從他出生以來便放在他面前一樣。有一剎那，他愣愣地站在那裡，他懼怕極了，接著便大聲呼救，從窗口跳到花園裡。

chapter 35

哈里和露絲之間的一次重要談話

別墅裡的人聞聲趕到奧立弗呼救的地點時，發現他面如土色，緊張萬分，手指向別墅背後那片草地的方向，嘴裡重複叫喊著「老猶太！老猶太！」幾個字。

蓋爾斯先生無法猜透這叫喊聲的意思，還是哈里．梅麗的反應比較快，加上他已經從母親那兒聽說了奧立弗的故事，所以一下子就明白了。

「他朝哪個方向跑啦？」他拾起角落裡豎著的一根粗木棍，問道。

「那兒，」奧立弗指著兩個人逃跑的方向，回答道，「一轉眼就看不到他們了。」

「他們一定躲在溝裡。」哈里說道，「跟我來。儘量靠近我。」說著，他跨過籬笆，箭一般地衝了出去，別人要想跟上都很困難。

蓋爾斯盡自己所能追在後邊，奧立弗也跟上，一兩分鐘後，外出散步的洛斯本先生回來了，也跟隨著他們，跌跌撞撞地翻過籬笆，又敏捷得出人意料地一下跑起來，以不可小看的速度加入了這一場追擊，速度之快令人瞠目結舌，同時他連聲地扯著嗓子大喊，想知道究竟是怎麼一回事。

他們一路飛奔，一次也不曾停下來歇口氣，跑在最前面的那一位衝進奧立弗指出的那片田野的一角，開始仔細搜索溝渠和附近的籬笆，其餘的人才有時間追上前來，奧立弗才找到時機，將造成這一場全力追擊的原因告訴洛斯本先生。

搜索一無所獲，甚至連附近留下的腳印也沒有發現。此時，他們站在一座小山頂上，從這裡可以俯視方圓三四英里之內的開闊原野。左邊凹地裡有一個村莊，但是，在跑過了奧立弗所指的那條路之後，他們幾個必須在開闊地裡繞一個圈子才能到達那個村子，他們在那麼短的時間內是不可能做到的。在另一個方向，牧場的邊緣連接著一片密林，但根據一樣的理由，他們來不及到達那個藏身之處。

「這一定是一場夢，奧立弗。」哈里．梅麗說道。

「噢，肯定不是，是真的，先生，」奧立弗回想起那個老傢伙的面貌，就禁不住發抖。「我可把他看清楚了，我把他們倆看得清楚，猶如我現在看著您一樣。」

「還有一個是誰？」哈里與洛斯本先生同時問道。

「就是我跟您說過的那個人，在客店裡突然撞到我身上的那個。」奧立弗說，「我們都睜大眼睛互相盯著。我可以發誓，肯定是他，沒錯的。」

「他們是從這條路逃跑的嗎？」哈里追問道，「你能肯定沒有看錯？」

「不會錯的，那兩個人就在窗子跟前，」奧立弗一邊說，一邊指著把別墅花園和牧場隔開的那道籬笆。「高個子就從那兒跳過去。老猶太朝右邊跑了幾步，是從那個空檔裡逃出去的。」

奧立弗說話的時候，兩位紳士一直仔細觀察著他那認真的面孔，然後又互相看看，似乎確認他說得很有道理。然而，無論哪個方向都看不出絲毫有人驚惶出逃的蹤跡。草長得相當高，可是除了他們自己的腳踩倒的以外，別處的草都沒遭到踐踏，溝渠的兩側和邊沿有一些濕潤的泥土，但是沒有一處能看出有人的腳印，也沒有一點點跡象表明過去幾個小時裡曾經有任何人腳踩在這塊地面上。

「這就奇怪了。」哈里說。

「奇怪？」醫生應道，「布拉澤斯跟達夫親自來了也沒有辦法。」

儘管搜尋顯然不會有結果，他們還是沒有放棄這個念頭，直到夜色漸濃，再找下去已毫無意義，大家只好作罷，但是無可奈何。蓋爾斯被派往村裡的幾家啤酒店，根據奧立弗所能提供的最為詳細的特徵，前去尋找兩個長相、穿著與此相符的陌生人。在這兩個人當中，老猶太至少是不難讓人認出來的，如果有人看見他在附近喝酒或者是露臉的話。雖然如此，蓋爾斯卻沒有帶著任何足以解開這個謎團的消息回來。

第二天，他們又繼續進行了新的搜尋和打聽，重新又打聽了一遍，但同樣毫無結果。第三天，奧立弗和洛斯本先生一起到鎮子裡去了，指望在那裡看見或者聽到那夥人的下落，但此行亦無所獲。幾天以後，這件事漸漸被淡忘了，同大多數事情一樣，奇聞如果得不到新的養料，往往就會自行消亡。

與此同時，露絲的健康卻恢復得很快，她已經可以離開病室出去走走，她又一次同家中的人待在一起，她把歡樂帶到了每個人的心裡，家裡又到處充滿歡聲笑語和陽光了。

然而，雖然這一可喜的變化明顯地給大家帶來了很大的影響，雖然別墅裡又可以聽到笑語歡聲，某些人，甚至包括露絲在內，卻總表現出一種異樣的拘謹，這不能不引起奧立弗的注意。梅麗太太和兒子經常舉行長時間的密談。露絲曾不止一次面帶淚痕出現。在洛斯本先生定下前去卡特西的日子以後，這些跡象益發層出不窮。顯然有件什麼事情正在發生，攪亂了少女以及另外幾個人內心的寧靜。

終於，某一天早晨，擺著早餐的房間裡只有露絲一個人，哈里．梅麗走了進去。他帶著幾分猶豫，請求對方讓自己和她交談片刻。

「幾分鐘——只要幾分鐘——就足夠了，露絲，」年輕人把椅子拉到她面前，「我不得不說出來，這些話你已經想像得到，我心中最真實的希望你也不是不知道，雖然你還沒有聽到這些話從我口中說出來。」

他一進門，露絲的面色就變得煞白，不過這也許是她大病初癒的反應。她行了個禮，便朝旁邊的幾盆花彎下身去，默默地等待他繼續說下去。

「我——我——早就該離開這兒了。」哈里說道。

「是哦，你本應該走了，」露絲回答，「請諒解我這樣說，但我真的希望你已經走了。」

「我是被最可怕、最痛苦的憂慮帶到這兒來的，」年輕人說，「害怕失去自己唯一的心上人，我的全部希望都寄託在她身上。當時你生命垂危，一直是在塵世和天堂之間搖擺。我們都知道，每當年輕、美麗、善良的年輕人被病魔纏住時，純潔的靈魂不自覺地轉向了他們那個光明的、永生的歸宿。我們知道——老天保佑——在我們的同類當中，最豔麗、最嬌美的花朵在盛開時突然凋落的例子太多。」

他說這些話的時候，嫺靜的女孩眼裡噙著淚水，一滴眼淚滴落在她低頭面對的花朵上，在花冠裡閃出晶瑩的光芒，把花兒襯托得更加嬌豔了，似乎從她那美好、年輕的心田裡流出的眼淚，理所當然要與自然界最嬌豔的花朵交相輝映似的。

「一個人，」小夥子激動地說，「一個和上帝身邊的安琪兒一樣美麗、一樣純潔無邪的女孩，在生與死之間動搖。噢！她所親近的遙遠世界一半已向她顯露，誰能指望她會回到這個世界的愁苦和災難中來啊！露絲，露絲，眼看著你猶如上天的光輝投射到人間的柔和光影一樣悄然逝去，再也無法指望上蒼因為那些在此徘徊留戀的人而把你留下，又不知道有什麼理由值得你留下，感覺到你已經屬於那一片光明的樂土，很多美麗、好心的人早就飛到那裡去了，縱使有的是聊以自慰的辦法，卻還要祈求把你還給那些愛你的人──這些翻來覆去的想法幾乎超過了所能忍受的限度。原諒我，白天黑夜都處在這樣的心境中。恐慌、憂慮和自私的遺憾像奔騰的潮水似的朝我襲來，生怕如果你死去就永遠也不會知道我對你的愛是多麼忠誠，這股激流簡直把我的意識和理智一起沖走了。你總算好起來了，一天一天，甚至是一小時接一小時，健康就像水珠，點點滴滴注入你身體裡形成流淌的生命河流，它本來幾乎枯竭，失去活力，現在又變成洶湧奔騰的大河，我曾用被熱望和深情濡濕的眼睛看著你死裡逃生。難道你忍心對我說，你希望我撇開這份深情？要知道，正是這份深情軟化了我的心，改變了我對人生的態度。」

「我沒有這個意思，」露絲流著淚水說，「我只是希望你離開此地，你就能夠重新回到你崇高的事業中，致力於值得你追求的目標。」

「沒有任何東西能讓人放下你，哪怕是最高尚的追求，能贏得你的一顆心是我最大的心願，」年輕人拿起她的一隻手說，「露絲，我親愛的露絲，多少年了——多少年來——我一直愛著你，我希望功成名就之後載譽歸來對你說，一切都只是為了與你分享才去追求的——我做了一個又一個白日夢，夢想著在那個幸福的時刻，我將如何提醒你回想起，我曾經用了那麼多不會表達的話來表達一個少年的依戀，我要向你求婚，以此代替我們之間從前的默契。那個時刻還沒有到來，可如今，儘管功未成名未就，我還是要向你獻出這一顆早就是你的心，將自己的一切都寄託在你回答我請求的一句話上。」

「你的品行一直是善良，高尚的，」露絲竭力控制著激動的情緒，說道，「既然你相信我不是麻木不仁或者忘恩負義的人，那就請聽我的回答。」

「你的回答是，我努力爭取配得上你，是不是這樣，親愛的露絲？」

「我的回答是，」露絲答道，「你必須要盡力忘掉我，我不是讓你忘記我是你以前心心相印的老朋友，因為那樣會深深地刺傷我的心，而是要忘記我是你所愛的人。放眼看看這個世界吧，想一想那裡有多少顆心，你都會因為贏得那樣的心而感到自豪的。當你有了另一份愛情的時候，如果你願意，可以向我透露一二，我會做你最信得過、最熱心、最忠誠的聽眾與朋友的。」

說到這裡，露絲停了一下，她一手掩面，禁不住熱淚縱橫，哈里仍然握著她的另一隻手。

「你的理由呢，露絲，」最後他用低沉的聲音問，「你做出這個決定有什麼理由呢？」

「不需要什麼理由，」露絲答道，「你的任何語言也不能改變我的決定。這是我必須做的。為我自己，也為了你，我有責任這樣做。」

「為你自己？」

「是的，哈里。我只能如此，我孤苦伶仃的，無親人，無財產，只有一個不清不白的名聲，我不能讓你的朋友有理由懷疑我出於卑劣的動機才接受你的愛戀，把自己變成你的一種累贅，強加在你所有的希望和未來之上。為了你，為了你的親人，我有責任阻止你憑著慷慨天性中的那份熱情行事，我不想成為你前途上一個巨大的障礙。」

「如果你的心意和你的責任感是一致的話——」哈里的話未說完，露絲打斷他的話：

「並不一致。」露絲的臉漲得通紅。

「那你還是愛我的？」哈里說，「我只要你說這句話，親愛的露絲，只要你說這句話。」

「如果我可以做到，又不能夠使我所愛的人遭受痛苦的話，」露絲回答道，「我就會——」

「就會以完全不一樣的態度接受我的表白？」哈里說道，「至少，露絲，不要對我隱藏這一點。」

「我會的，」露絲說，「等一等。」她抽出哈里一直抓住她的手說，「我們何必要讓這一次痛苦的交談繼續下去呢？這次談話對我是極其痛苦的，儘管如此也會產生長久的幸福。知道我曾經在你的心中佔據了如此崇高的地位，你在生活中取得的任何一個勝利都將增添我新的毅力，讓我變得更加堅定，這就是幸福。別了，哈里。我們今後見面再也不會同今天一樣了。但我們可以保持另一種關係，不是今天談話這樣的關係，我們雙方都會感到十分幸福。我有一顆真誠熱切的心在為你祝福，希望一切真心、真誠的話語都會留下最誠摯的祝福，為你帶來幸福和成功。」

「讓我再講一句話，露絲，」哈里說道，「你再說說理由，讓我聽一聽從你口中說出來的理由。」

「你有燦爛的前程，」露絲堅定地回答，「凡是憑藉著出色的才幹和有勢力的親戚可以取得的尊貴榮華都在等待著你。但那些親戚是很傲慢的，我既不願意與鄙視我的出身的人往來，也不願意讓那個母親一樣對待我的人的兄弟帶來恥辱或失敗，總而言之，」少女說著，轉過臉去，她一時的堅定已經開始動搖，「我的出身有一個污點，而世人卻要用它來懲罰無辜。我絕不會讓任何人替我受罰，指責統統由我一個人來擔當。」

「再講一句，露絲，我最親愛的露絲啊！只講一句！」哈里高聲喊著，衝到她的跟前，「如果我不如此——不那麼幸運，世人就是如此說的——假如我命中註定要過一種默默無聞的生活——如果我出身寒微、體弱多病、孤苦無依——你也會拒絕我嗎？還是因為我可能享有榮華富貴的前景使你產生了這些顧慮？」

「別逼著我回答，」露絲答道，「現在沒有這個問題，永遠也不沒有。強人所難是不公平的，就更別提善意了。」

「如果你的答覆和我希望的回答符合，」哈里反駁道，「它就將在我孤寂的行程上投下一線幸福的光明，照亮我茫茫前途。你短短的幾句話，對於一個愛你超過一切的人來說卻是非常重要的，這不是一件可有可無的事。哦，露絲！看在我熾熱和持久的愛情的分上，看在我已為你承受的以及你一定要我承受的所有痛苦的分上，回答我這個問題吧！」

「那麼，假如你的命運有其他安排，」露絲答道，「如果你我的身分不是那麼懸殊，假如在一個平靜和不起眼的環境中，我都能幫助你，安慰你，而不是在一群躊躇滿志的名流當中玷辱你、妨礙你——我無須受這樣的折磨。我現在就完全有理由感到幸福，感到很大的幸福。可另一方面，哈里，我承認，我本來應該得到更大的幸福。」

露絲傾訴著這一番衷情的時候，很久以前，當她還是一個小女孩的時候就把過去的一些心願保留在心底，此刻，這些美好的願望隨著記憶紛紛襲上心頭，如同緬懷已經枯萎的希望一樣，眼淚也為她帶來寬慰。

「這種軟弱我克制不住，但它能堅定我的決心，」露絲伸出手來，說道，「現在我必須跟你分手了，真的。」

「我請求你答應一件事，」哈里說，「我們再好好地談一次，只是再談一次——一年內，但也許會提前——請讓我還可以就這個主題和你最後談一次。」

「不要強迫我改變我正確的決定，」露絲帶著憂鬱的笑容回答，「這將是徒勞無益的。」

「決不勉強，」哈里說道，「我要聽你再次說一遍，如果你答應——最後再說一遍。不管我今後取得怎樣的地位或者財富，我要把它們統統放在你的腳下。要是你仍然堅持你現在的決定，我肯定不會企圖用語言或行動去改變你的。」

「那就這樣吧，親愛的哈里，就這樣吧，」露絲說道，「那只能增加一次雙方的痛苦，那是不必要的。」

她再次伸出自己的手，可哈里卻一把將她擁進懷裡，在她那清秀的額頭上深情地親吻了一下，然後匆匆走出了房間。

chapter 36 前一章的續篇，也是讀者會看到的一章的伏筆

「如此說來，你決定今天上午跟我一起動身了，嗯？」大夫問道，哈里．梅麗這時來到餐桌前，正在和奧立弗一塊吃早點。「怎麼，你的心情或者說計畫，前半個小時和後半個小時從來沒有一樣的。」

「有朝一日，你將對我做出完全不同的評價。」哈里無緣無故地紅了臉，說道。

「但願我有充分的理由這樣做，」洛斯本先生表示，「儘管我承認，我不大有信心。可昨天早晨，你還匆匆忙忙決定留下來，準備恪盡孝道陪你媽媽到海邊去。中午以前，你又宣佈，你要順道陪我去倫敦，給了我這麼大面子。晚上，你極其神秘地力勸我在女士們起床之前就出發。結果呢，卻讓小奧立弗到現在也不敢離開，他本來早該去牧場找尋各種奇花異草了。太不像話了，不是嗎，奧立弗？」

「要是你和梅麗先生動身的時候我不在家，我會非常懊惱的，先生，真的。」奧立弗答道。

「真是個好孩子，」大夫說道，「你回來的時候一定來找我。不過，說正經的，哈里，你這樣突然急於離開，是不是因為大人物那邊有什麼消息？」

「大人物，」哈里回答，「你也許把我那位非常體面的老前輩也歸入所謂大人物之列。我來這裡後，大人物壓根兒還沒有跟我通過任何消息，一年中的這個時候一般不大可能有什麼事要我必須趕到他們左右去。」

「好啊，」醫生說道，「你可真是個怪人。可話又說回來，他們也許會在耶誕節前的選舉讓你當上議員，你這套動不動改變初衷的作風對於打算從政倒沒有什麼不好。這不是沒有道理的。不管角逐地位、錦標，還是賭賽馬，訓練良好是有利無弊的。」

看哈里．梅麗的樣子好像無意把這番對話繼續下去，否則他只需要一兩句話就能讓大夫大吃一驚，他僅僅說了一句「我們走著瞧」，此外沒有再續下文。不一會，驛車已到門口，蓋爾斯進來取行李，好心的大夫奔到外邊，檢查行李綁捆得是否妥當。

「奧立弗，」哈里低聲說道，「過來，我有句話要跟你講。」

奧立弗走到站在窗前和自己打招呼的梅麗先生面前，發覺他整個神態是悲傷與激動的交織，很是詫異。

「你現在學會寫字了，對嗎？」哈里把一隻手擱在他的肩膀上。

「應該是這樣，先生。」奧立弗回答。

「我又要出門了，恐怕要離開一段時間。我希望你給我寫信——比方半個月一次吧。每隔一周，在星期一寄到倫敦郵政總局，你覺得好嗎？」

「噢。我會的，先生，我會因此而感到自豪。」奧立弗大聲說道，他對這項任務十分喜歡。

「我想要知道——知道我母親和露絲小姐的身體如何，」青年紳士說，「你可以寫滿整張紙，告訴我，你們到哪裡散步去了，你們談了些什麼——她是不是——我是說她們——看上去是不是很快樂，很健康，你懂我的意思吧？」

「噢，懂，先生，我完全明白。」奧立弗答道。

「你最好不要向她們提起這件事，」哈里急忙把話帶了過去，「因為這樣一來我母親會急於給我寫信，這樣就會給她添麻煩。這計畫是我們之間的一個秘密，別忘了把一切都告訴我。拜託你了，好嗎？」

奧立弗意識到了自己的重要性，他很有幾分得意，他覺得很榮幸，他誠心誠意地保證一定會守口如瓶，翔實報導。梅麗先生向他作別，並一再許諾，以後會經常關心他、保護他。

大夫先上了馬車，蓋爾斯手扶著打開的車門站在一旁，兩個女僕在花園裡等著他們。哈里朝格子窗那邊偷偷瞥了一眼，一縱身跳進了車廂。

「走！」他叫了一聲，「使勁，快，全速向前！今天只有飛起來才能合我的心意。」

「喂。」大夫急忙放下前窗的玻璃，對著車夫喊道：「別那麼快，聽見沒有？」

鈴聲叮噹，蹄聲嘚嘚，驛車沿著蜿蜒曲折的大路走遠，聲音漸漸聽不到了，只看見馬車在飛速急駛，幾乎被裹在飛揚的塵土之中，時而完全消失，時而重新出現，這取決於視線是否受阻或道路錯綜複雜的狀況。直到連煙塵也看不到了，目送他們的人才散去。

儘管驛車都駛出好幾英里以外，然而卻還有一位偷偷送行的人，她仍然目不轉睛地凝望著驛車消失的那個地方。原來當哈里朝著窗子抬眼看去的時候，露絲就坐在那道白色窗簾的後邊，窗簾擋住了哈里的視線。

「他看來精神振奮，」她終於開口了，「我還有些擔心他會如何呢。看來我估計錯了。我真是非常高興。」

眼淚標誌著悲傷，同樣也標誌著快樂。但是，當露絲坐在窗前出神時，眼睛依舊望著那個方向。此時，她的臉上開始有淚水掉落下來，但卻是哀愁多於歡欣。

chapter 37

從本章讀者可以看到婚前婚後情況迴異的異常現象

濟貧院裡，班布林先生不高興地坐在一個房間裡，眼睛望著毫無生氣的壁爐。因為時值夏令，除了壁爐那冷冰冰、亮閃閃的外表反射出來的幾束微弱的陽光外，看不到火焰熊熊燃燒。一隻紙糊的捕蠅籠搖搖晃晃地吊在天花板上，幾隻不懂事的小蟲子繞著五顏六色的羅網直打轉。班布林先生間或在鬱鬱不樂的愁思中抬頭向它望望，又深深地長歎一聲，臉上隨即浮現一道更為沮喪的陰影。班布林先生陷入了冥想，也許正是那幾隻蟲子勾起了他心中的一段痛苦回憶。

在旁觀者看來，喚起一種愜意的傷感來的倒也不只是班布林先生的抑鬱表情，還有其他一些與他的身分密切相關的跡象表明，他的境況已經發生了巨大的變化。那件鑲邊的外套，還有他的三角帽，它們到哪兒去了呢？他依然穿著緊身短褲和深色長筒紗襪，但緊身褲已經不是原來的那一條。外套仍然是寬邊式的，這一點跟從前那件十分相像，可是，哦，但已不可同日而語。威風凜凜的三角帽變成了一頂不起眼的圓頂帽。班布林先生不再是一位教區管事了。

生活中有一些提升，撇開它們所帶來的實際好處不談，其特殊價值和威嚴來自於與之密不可分的外套和背心。陸軍元帥有陸軍元帥的制服，主教有主教的絲綢法衣，律師有律師的絲綢長袍，一位教區管事的特點就是他的三角帽了。如果脫去主教的法衣或是教區管事的三角帽——他們是什麼呢？人，普普通通的人。有時，一件外套或者背心，能在超過人們想像的程度上決定一個人的儀表是否威武，氣宇是否軒昂、神聖。

班布林先生和柯尼太太結了婚，現在當上了濟貧院院長。教區幹事的職務如今由別人接替。三角帽、金邊外套和手杖，三大件統統移交了他的下一任。

「到明天，應該滿兩個月了。」班布林先生長歎了口氣，說道。「簡直像過了整整一輩子。」

班布林先生的意思也許是，他把一生的幸福都濃縮到了這短短的八個星期裡。可那一聲長歎——那一聲長歎的含義實在是意義深遠。

「我出賣了自己，」班布林先生循著原來的思路，「換了六把茶匙，一把糖夾子，一口奶鍋，以及數量不多的幾樣二手傢俱，和二十鎊現金。我賣賤了，便宜了，也太便宜了些。」

「便宜！」一個尖厲的聲音在班布林先生耳際大叫。「不管出什麼價買你都算貴，我為你付出的代價夠多了，上帝可以作證。」

班布林先生轉過頭來，恰巧和他那位精打細算的太太打了個照面，她偶然間聽到班布林先生自怨自艾，還不完全明白那幾句話的意思，便劈頭蓋臉給了他一通反駁。

「班布林太太，我的夫人！」班布林先生嚴厲的口吻中帶著一點感傷。

「怎麼樣？」那女人喊道。

「勞您大駕，盯著我的眼睛。」班布林先生一眼不眨地盯住她說。「她倘若連這樣一種眼光都頂得住，」班布林先生暗地裡說道，「她就是天不怕地不怕的了。我用這種目光看貧民，效力屢試不爽。倘若輸給了她，我的權威就沒有了。」

對於那些半饑不飽、狀況不佳的貧民來說，是不是要稍微瞪一眼就足以使得他們噤若寒蟬，或者說，已故勞迪先生的這位遺孀對嚴厲眼光的抵抗力特別強，這是見仁見智的問題。反正，女總管絲毫也沒有被班布林先生的怒容征服，正好相反，她報以極大的蔑視，甚至還朝著他發出一陣狂笑，聽上去不太像是做作的。

聽到這始料未及的笑聲，班布林先生先是不敢相信，繼而便驚呆了。緊接著他重新陷入沉思，直到他那位生活搭檔的聲音再次引起他的注意力，才驚醒過來。

「你是不是打算整天坐在那兒打呼嚕，要打上一天？」班布林太太問道。

「我願意坐多長時間合適，我就要在這兒坐多長時間，夫人，」班布林先生說道，「儘管我剛才沒有打呼嚕，可只要我高興，我隨時可以打呼嚕，打呵欠，打噴嚏，可以笑，也可以哭，這是我的自由。」

「你的自由？」班布林太太帶著難以描摹的蔑視，又冷笑一聲。

「沒錯，夫人，」班布林先生說道，「男人的自由就是發號施令。」

「那女人的自由又是什麼，看在老天的分上，你倒是和我說說？」

「絕對的服從，夫人，」班布林先生吼著，「你那個倒楣的前夫為何沒把這個道理告訴你，如果那樣的話，他也許至今還活著。我真希望他沒有死，可憐的人啊！」

班布林太太一眼就看出，決定性的時刻已經來臨，無論是誰，要想得到控制權，都必須實行一次最後的致命打擊。一聽到對方提到她死去的親人，她立即咚的一聲坐在一把椅子上，一邊流淚，一邊尖聲哭喊著班布林先生是心腸狠毒的畜生。

然而，眼淚這種東西絕不會滲入班布林先生的靈魂的，他的心是防水的。如同可以下水的海狸皮帽淋了雨反而更好一樣，他的神經經過眼淚的沖洗變得更加結實、更有彈性了。眼淚是軟弱的標誌，到此刻為止也是對他個人權威的默認，給他帶來愉快和興奮的感覺。他極其滿意地望著自己的好太太，以一種鼓勵的語調請她痛痛快快、毫無保留地哭，因為據專家們判斷，這種鍛煉對健康好處極大。

「哭既能擴大肺活量，洗淨面孔，鍛煉眼睛，又能平息火氣，」班布林先生說道，「放聲哭吧，我的太太。」

說過這一番俏皮話後，班布林先生從木釘上拿下帽子，洋洋得意地歪戴在頭上，像一個人意識到自己以恰當的手法確立了支配地位的人一樣，雙手往衣袋裡一插，悠悠然向門口走去，整個一副輕鬆瀟灑、油頭滑腦的樣子。

然而，柯尼太太之所以先用眼淚來試探，無非是因為這樣比動手省事，不過她早就做好了試驗後採取另一種行動方式的充分準備，班布林先生馬上就要領教了。

伴隨著一聲打在某種外實內空的物件上發出的響聲，他體驗到事實果真如此的第一個證明傳過來了，緊接著他的帽子忽然朝房間的另一端飛了過去。精於此道的太太通過這一項準備工序先把他的腦袋亮開，接著一隻手緊緊掐住他的喉嚨，另一隻手以十分大的力氣敏捷地朝著他腦袋雨點般地打去。此後，她又稍稍變換一下戰術，又是指甲抓他的臉，又是扯他的頭髮，到這個時刻，她認為對於這種冒犯所必須給予的懲處已基本可以了，便把他向一把放得很正的椅子上一推，使他連人帶椅子摔了一個跟斗，同時，問他還敢不敢再談他的特權。

「起來！」班布林太太命令道，「從這裡滾出去！別把我惹急了，我是什麼都幹得出來的！」

班布林先生哭喪著臉從地上爬起來，心裡直納悶，不知她究竟會幹出什麼來。他從地上撿起帽子，向門口轉過身。

「你到底走不走？」班布林太太問道。

「當然，我親愛的，當然，」班布林先生連聲回答，還機敏地朝房門指了一下。「我不是故意的——我走我走，親愛的。你的火氣這樣大，真叫我——」

這時，班布林太太匆忙走上前來，其實只是要把在亂戰中踢得亂糟糟的地毯復位。只見班布林先生顧不上把這句話說完，立刻逃出門外，任憑柯尼太太佔領整個戰場。

班布林先生確實嚇了一跳，又實實在在挨了一頓打。他素有恃強凌弱的癖好，而且樂此不疲，結果他卻成了一個膽怯鬼。這絕對不是譭謗他的人格。因為有許多享有崇高威望與聲譽的官場中人也往往是類似弱點的犧牲品。的確，這樣說沒有其他的意思，目的也是為了他好，希望讀者能夠對他辦事能力有一個正確的概念。

不過，他出醜也還沒有出到頂點。班布林先生在濟貧院巡視一周，才第一次想到，濟貧法對人確實太苛刻了，有人從老婆那裡逃跑，把他們扔給教區去管，這樣的男人按理非但不應受到任何懲處，倒是應當作為受苦受難的傑出人士而給予補償。他這麼思考著朝一間屋子走去，這裡通常就有幾個女貧民專門負責清洗教區分發的衣服，此時有談話的聲音從裡邊傳出來。

「哼！」班布林先生一邊說，一邊振作起固有的威風。「至少這些女人該繼續尊重我的特權。喂！喂喂！叫喊什麼呢，你們吵吵嚷嚷做什麼？」

說著，班布林先生推開房門，氣勢洶洶地走了進去，不過，當他的目光不期而然落在自己那位太太身上的時候，這種態度馬上換成了一副最卑順、最怯懦的嘴臉。

「親愛的，」班布林先生說，「我不知道你在這裡。」

「不知道我在這裡？」班布林太太把他的話重複一遍，「那你到這兒來幹什麼？」

「我想她們話說得太多就會影響好好幹活，親愛的。」班布林先生心情雜亂，瞅了一眼洗衣盆前面的兩個老婆子，她倆看到院長那副低聲下氣的狼狽相，都感到很敬佩，正在幸災樂禍地竊竊私議。

「你覺得她們話說得太多了？」班布林太太說，「這關你什麼事？」

「怎麼，親愛的——」班布林先生謙恭地支吾著。

「這關你什麼事？」班布林太太再一次發出質問。

「說得對，你是這兒的總管，親愛的，」班布林先生屈服了，「我以為這個時候你大概不在這裡。」

「你聽著，班布林先生，」太太宣稱，「我們不需要你來指手畫腳。你太喜歡摻和用不著你管的事情了，惹得你一轉過身去，全院每個人就在背後笑，一天到晚你都在出洋相。你給我出去，快滾！」

班布林先生看到那兩個老貧婦非常開心，嗤嗤地笑個不停，真感到鑽心地難受，他不禁猶豫了一下。班布林太太再也忍受不住了，操起一盆肥皂水，朝他比劃著，命令他馬上離開，否則就讓他那大腹便便的身子骨嘗嘗肥皂水的味道。

班布林先生有什麼辦法呢？他失望地四顧張望，只好灰溜溜地走掉了。他剛走到門口，那幾個女貧民的嗤嗤竊笑突然變成樂不可支的咯咯聲，真是刺耳。他缺的就是這個了。他在她們眾目睽睽之下丟了醜。當著這些窮光蛋的面，他尊嚴喪盡，威信掃地，從身為教區管事的壯麗頂峰掉進了最為人所不齒的懼內的無底深淵。

「一共才兩個月啊。」班布林先生無限傷心地說，「兩個月。兩個月以前，我不光替自己當家，還對教區濟貧院的所有人負責，可如今——」

這太過分了，班布林先生給了為他開門的那個小孩一記耳光，心煩意亂地獨自走到街上。

他走過一條街又一條街，之前的一懷愁緒初步得到寬解，這時這種感情上的變換使他產生了乾渴的感覺。他經過無數家酒店，最後才在背街的一家酒店前止步。他隔著簾子向裡邊匆匆瞥了一眼，雅座裡空蕩蕩的，只有孤零零的一個顧客。這時，正好下起大雨來了。沒有辦法他只好走進酒店，點了些飲料，經過吧台，走進自己在街上見到的那個雅座單間。

坐在裡邊的那個男人身材頗高，皮膚黝黑，披著一件寬大的斗篷，看起來不像當地人。從他那副有些困乏的臉色和周身的塵土看來，好像是遠道而來的。班布林走進去的時候，那人斜著眼睛看了看他，他卻愛理不理地連頭都懶得點。

班布林先生本來傲慢，就算陌生人主動接近，他也不會放下架子，所以他只顧默默地喝著摻水杜松子酒，一邊擺足了架子看報。

然而，說來也巧，正如人們在那種情況下走到一起時常發生的事一樣，班布林先生不時感到自己有一種不可抗拒的衝動，想偷看一眼那陌生人。可當他這樣做的時候，又都不好意思地把視線縮回來，因為他看到，陌生人在同一時刻也在偷偷地看自己。陌生人目光犀利而明亮，炯炯有神，但卻被一臉的戒心和懷疑籠罩了一層陰影，讓人看著極不愉快。班布林先生從來沒有看見過如此不尋常的表情，不由得更加手足無措。

就這樣，他們互相的眼光幾次接觸後，陌生人以一種生硬、低沉的嗓音打破了沉默。

「你通過窗口向裡邊張望的時候，是不是找我？」他說道。

「我沒有這個意思，除非先生你是——」班布林先生說到這裡突然頓住，他十分想知道陌生人的姓名，原以為對方會主動填補這個空白。

「我料想你不是找我。」陌生人說時嘴角露出淡淡的一絲冷笑，輕微露出一點譏笑的意味。「你並不知道我的名字，我可要勸你還是不要去打聽。」

「我並不想冒犯你，年輕人。」班布林先生莊重地說道。

「你並沒有冒犯。」陌生人說。

這番簡短的對話之後又是一陣沉默，後來還是陌生人再一次打破了冷場。

「我好像以前見過你。」陌生人說，「當時你穿著同現在不一樣，我只是在街上見過你一面，不過應該還是記得起來。你當過本地的教區管事，是不是？」

「不錯，」班布林先生多少感到有些驚訝，「教區管事。」

「那就對了，」陌生人點頭應道，「我那會兒看見你時你正擔任那個職務。你現在做什麼？」

「濟貧院院長，」班布林先生說得非常慢，力圖給人留下深刻的印象，免得對方出現任何不相稱的熱情。「濟貧院院長，年輕人。」

「我相信，你對自己的利益同當年一樣看重吧？」陌生人一邊說，一邊目光犀利地盯著班布林先生的眼睛，這句話使得對方愕然不解地抬起頭來。「朋友，你可以坦率地回答，不必有什麼顧慮。你看得出來，我十分瞭解你。」

「我認為，一個有家室的男人跟單身漢一樣。」班布林先生一邊回答，一邊用手擋住亮光，將陌生人從頭到腳打量了一番，明擺著下不來台。「並不反對有機會的時候賺幾個清白的子兒。教區公務員收入有限，所以不會拒絕任何一點點的外快，只要來路正當、規矩就可以。」

陌生人微笑著，又點了點頭，表示他沒有認錯人，然後拉了一下鈴。

「再來一杯。」說著，他將班布林先生的空杯子遞給進來的掌櫃。「來杯帶勁點的，你大概喜歡這樣吧，我想？」

「別太濃了。」班布林先生回答，並輕輕地咳一聲。

「喂，你明白這是什麼意思。」陌生人乾巴巴地說。

老闆笑著退了出去，不一會又端著滿滿一杯熱騰騰的酒回來了，班布林先生才喝了一口，眼淚就冒出來。

「現在你聽我說，」陌生人把門窗都關好後才說，「我今天來到這個地方，就是為了找到你。有的時候啊，還真是鬼使神差，正當我滿心想著你的時候，你就自己走進我坐的這間酒館來了。我需要從你那裡打聽一件事情，我不會讓你白說的，雖然不是什麼大事。這點小意思先請你收下。」

說著，他小心翼翼地把兩個金鎊從桌子對面向同伴推過去，好像不願讓外人聽到錢幣的叮噹聲。班布林先生仔仔細細查看了一番，確信金幣都是真的，才十分滿意地塞入背心口袋裡。陌生人繼續說道：

「把你的記憶退回到——讓我算一算——十二年以前的那個冬天。」

「那是很遠的年代了，」班布林先生說，「很好。我想起來了。」

「地點，濟貧院。」

「好。」

「時間是夜裡。」

「是啊。」

「場面，場景是破舊不堪的窩，管它在哪兒呢，一些不要臉的賤貨，她們自己往往都性命難保，健康就別提了——生下一些啼啼哭哭的孩子給教區撫養，把她們的醜事，媽的，躲到墳墓裡藏起來了。」

「你說的是產婦室？」班布林先生問。陌生人講得十分激動，他有點跟不上了。

「是的，」陌生人說，「有個男孩就是在那兒出生的。」

「男孩子可多著哩。」班布林搖了搖頭，有些沮喪。

「這群該死的小鬼，」陌生人喊了起來，「我說的是其中一個，那是個樣子可憐巴巴，臉上沒有血色的男孩，他在此地一個棺材店老闆手下當過一陣學徒——可惜那老闆沒有給他做一口棺材，把他裝進去，再擰緊螺釘——據說他之後跑到倫敦去了。」

「哦，你指的是奧立弗．崔斯特。」班布林先生說道，「我當然記得他，沒有一個小壞蛋有他那麼頑固不化的——」

「我不想打聽他的情況，關於他的情況我聽得多了。」班布林先生正打算長篇大論歷數不幸的奧立弗的劣跡，被陌生人制止了。「我想打聽一個女人，給他母親當過看護的那個醜婆娘。現在她在什麼地方？」

「她在什麼地方？」班布林先生有了摻水杜松子酒壯膽，開始變得詼諧起來。「那可難說。反正她去的地方不需要接生婆，我猜想她一定是失了業。」

「你這是什麼意思？」陌生人聲色俱厲地問道。

「意思就是說她去年冬天就去世了。」班布林先生答道。

聽到這個消息，陌生人聚精會神地望著他，好長一會兒沒有把視線移開，但他的眼神卻逐漸趨於空濛、迷茫，看來陷入了沉思。有一會兒工夫，他似乎有點拿不準獲悉這個情況到底應該感到欣慰還是失望，最後他還是鬆了一口氣，同時把眼睛轉向別處，表示那也不是什麼大事。說完他就起身準備走了。

但是，班布林先生畢竟老奸巨猾，他立刻看出，機會就在眼前，他可以從他夫人掌控的某種秘密之中撈到好處。老婆子去世的當天晚上他清楚地記得，那一天正是他向柯尼太太求婚的大喜日子，經歷的事情很多，他有充足的理由把這件事回憶起來。雖然太太從來沒有向他表示說她是唯一的見證人，他卻聽說了很多事，知道與那個在濟貧院當護士的老太婆照料的奧立弗・崔斯特年輕的母親相關。他迅速就記起了那時的情況，便神神秘秘地對陌生人說，那個鬼老太婆臨死之前曾經與一位女士密談，他有理由相信，那位女士能夠為他想要打聽的事情提供一些線索。

「我怎樣才能找到她？」陌生人說話時竟忘了保持戒心，清清楚楚地表明因為這個消息，他所懼怕的事情又都重新躍上心頭。

「只有通過我。」班布林先生回答。

「什麼時候？」陌生人急忙追問。

「明天。」班布林答道。

「晚上九點。」陌生人取出一張紙片，在上邊寫下一個緊靠河邊的地方，地方很偏僻；從字跡上看得出他非常激動。「晚上九點鐘，帶她到我那兒去。我不用叮囑你保守秘密了。這樣做符合你的利益。」

說完，他走在前頭，途中停了一下，把酒賬結了。他強調了一句兩人不同路，又著重提醒了一遍第二天晚上約定的時間，除此之外就沒再多客套什麼，便逕自離去。

濟貧院院長看了看那個地址，發現上邊沒寫名字。這時陌生人尚未走遠，他為了問個究竟便追了上去。

班布林拍了拍陌生人的肩膀，那人猛地轉過身來，責問道：「你在幹什麼？你想跟蹤我？」

「只問你一句話，」班布林先生指著那張字條說，「到時候，我該去找什麼人？」

「蒙克斯。」那人答了一句，然後匆匆走開了。

chapter 38

班布林夫婦與蒙克斯深夜會談

又是一個烏雲密佈、空氣沉悶的夏夜。陰暗了整天的烏雲鋪展開來，好像預示著一場暴風雨即將來臨。就在此時，班布林夫婦走出該鎮的大街，朝著城外大約一英里半的一個小居民點出發了，那裡零星有幾所破房子，建在一塊低窪污穢的沼地上，緊臨河邊。

他們倆穿著很舊的外衣，這樣打扮也許有雙重目的，既防止被雨淋，又免得引人注目。丈夫提著一盞沒有點亮的手燈，踏著沉重的步伐走在前邊，路上盡是污泥濁水──似乎是提醒落後幾步的太太踩著他那深深的腳印前進。他們一路保持深沉的靜默，班布林先生不時放慢腳步，回頭看看，像是要看看自己的那個賢內助跟上來了沒有，見她緊緊跟著，隨即調整步伐，向目的地走去。

早就眾所周知，那個地方遠遠不僅是一個名聲糟糕的去處，住在那裡的全都是些下流的亡命之徒，他們打著各式各樣自食其力的幌子，主要靠偷竊和其他犯罪的勾當為生。這一帶完全是一個棚屋和茅舍的大集合──有些是用七長八短的磚石倉促地蓋起來的，另一些是用蛀蟲啃過的舊船板搭在一起──毫無進行過收拾修正，大多距離河岸只有幾英尺。幾條拖上河灘的舊木船拴在岸邊的矮牆上，四處散落著一支船槳或是一卷繩子什麼的，乍看去，似乎表明這些簡陋小屋的住戶從事一些水上職業。然而，一看到這些東西毫無秩序地擺在那裡，沒有人用，過路人無需多想便可猜出，這些東西放在那兒，無非為了裝裝門面，而不是實際使用。

在這一群茅屋的中心，有一座高大的建築物座落在岸邊。這房子曾經是一家什麼工廠，當年也許曾經為當地居民提供過就業的機會，但早已變成廢墟。老鼠、蛀蟲，加上潮氣的侵蝕，房屋的木樁早已破爛，樓的大部分已經沉入水中，剩餘的部分搖搖欲墜，伏在黑沉沉的水流上，似乎是在尋找一個合適的時機，跟隨舊日同伴而去，接受同樣的命運。

那可敬的一對就在這一座沒落的大樓前站住，此時遠遠的一陣雷聲在空中炸響了，接著大雨如注。

「想必就在這裡附近。」班布林核對著手中的紙片，說道。

「喂！」上面有一個聲音喊道。

班布林先生尋聲抬起頭來，看見有個男人正從二樓一扇門裡向下張望。

「稍等一會兒，」那聲音喊道，「我馬上就來。」說完那個身子消失了，門也關上了。

「就是那個人嗎？」班布林先生的夫人問道。

班布林先生點點頭。

「等一會兒，記住我叮囑你的話，」女人說，「儘量少開口，要不然你一轉眼就把我們的底給露出去了。」

班布林先生頗覺沮喪地望著大樓，顯然正想就這檔子事繼續搞下去提出某些疑問是否妥當，但他沒來得及開口蒙克斯就出現了，他打開一道靠近他們的小門，示意他們進裡邊去。

「快進來！」他不耐煩地嚷著說，用腳跺了一下地面。「我可沒那麼多閒工夫老守在這兒。」

班布林太太起先猶豫了點，隨即不等對方進一步邀請，便大膽走了進去。班布林先生恥于落在後邊，也跟著進去了，但心中顯然忐忑不安，他的主要特徵本來是那種非凡的威風，這時候卻根本難以找到一點兒這樣的影子。

「真是見鬼，你為什麼淋著雨在那兒徘徊？」蒙克斯在他們身後閂上門，轉身跟班布林搭話道。

「我們──我們只是在涼快涼快。」班布林訥訥地說，一邊提心吊膽地四處亂看。

「涼快涼快？」蒙克斯把他的話頂了回去。「沒聽說什麼時候降下來的雨，能撲滅人心裡的欲望之火，正如撲不滅地獄之火一樣。涼快涼快，沒那麼容易，想都別想。」

說完這一通至理名言，蒙克斯突然轉向女總管，虎視眈眈地逼視著她，不輕易服軟的她也只好把眼光縮了回去，轉向地面。

「就是這位女士了，對嗎？」蒙克斯問道。

「嗯，嗯，就是這位女士。」班布林銘記著夫人的告誡，回答說。

「我猜想，你大概以為女人是不能保守秘密的，對嗎？」女總管插進來說，一邊說，同時也用銳利的目光回敬蒙克斯。

「我知道她們只有一件事能保守秘密，直到被揭穿為止。」蒙克斯說。

「那又是什麼秘密呢？」女總管用同樣的語氣問。

「秘密就是她們失去了自己的好名聲，」蒙克斯答道，「所以，根據同樣的道理，如果一個女人介入了一個會把她送上絞刑架抑或是流放到海外的秘密，我不擔心她會向任何人洩露，我不怕。你明白嗎，夫人？」

「不懂。」女總管回答時略略有些臉紅。

「你當然不懂。」蒙克斯說，「你怎麼可能懂？」

那人投向兩個人的神態，一半像是微笑，一半像是在皺眉頭。他再次示意要他們跟上，然後匆匆走過這間十分寬敞但屋頂低矮的房間。他正計畫登上豎直的樓梯或者梯子什麼的到上邊一層庫房裡去，忽見一道雪亮的閃電從上邊的窟窿裡鑽進來，緊接著就是一陣隆隆地響雷，這座原本就腳下不穩的大樓開始整個都搖晃起來。

「聽！」他往後一縮，嚷了起來。「聽啊！轟隆隆的雷聲就下來了，似乎是在大小魔頭躲藏的千萬個洞窟裡不約而同響起來的一樣，我恨這聲音。」

沉默了一會兒，後來，他突然將捂在臉上的雙手抽開，班布林先生看見他的臉色大變，自己的臉色也隨著變了，心裡有無法形容的焦躁。

「我基本天天都要這麼抽筋。」蒙克斯注意到了班布林先生慌亂的神態，便說道。「往往打雷也會引發。現在不要管我了，這一次算是過去了。」

說著，他領頭登上梯子，到了一個房間。他趕緊地把房間的窗板關上，又把掛在天花板一根橫樑上的滑輪升降燈放低些，微弱的燈光灑在下邊放著的一張舊桌子和三把椅子上。

「現在，」三個人全部坐好以後，蒙克斯開口了，「我們還是開門見山談正經事，這對大家都有好處。這位女士知不知道談什麼？」

問題是向班布林提出來的，可是他的夫人卻搶先回答，表示自己完全瞭解該談什麼事。

「他可是說了，那個醜八怪死的當晚，你跟她在一塊兒，她告訴了你一件事——」

「這事跟你提及的那個孩子的母親有關，」女總管毅然地打斷了他的話，答道，「沒錯，是有這一回事。」

「第一個問題是，她臨終的事屬於何種性質？」蒙克斯說道。

「我看這是第二個問題，」女士十分審慎地之說，「最重要的問題是，這消息究竟值多少錢？」

「還不瞭解是哪一方面消息呢，誰是他母親你們清楚嗎？」蒙克斯問道。

「我相信，沒有人比你知道得更清楚的了。」班布林太太反唇相譏，對於這問題她的丈夫深有體會。

「哼。」蒙克斯意味深長地說：「照你說來，該不會很有價值吧，嗯？」

「也許是的。」班布林太太回答得從容不迫。

「有一樣從她那兒取走的東西，」蒙克斯說道，「她本來戴在身上，後來——」

「你最好還是出個價，」班布林太太把他的話打斷，「根據我聽到的，我相信你確實是想要知道事情真相的人。」

班布林先生至今對這個秘密也沒有比當初瞭解得多一些，這時他伸長脖子，瞪大眼睛聽著這席對話，毫不掩飾自己的驚愕表情，時而看看老婆，時而又看看蒙克斯。當蒙克斯厲聲問即將浮出水面的秘密有多少價值時，他的訝異更是有增無減，如果先前還不算抵達了頂點的話。

「對你來說值多少錢？」女士問這個問題的時候跟先前一樣冷靜。

「也許一文不值，也許值二十鎊，」蒙克斯答道，「你快說出來，我才能知道值多少錢。」

「就照你說的這個價錢，再加五鎊，給我二十五個金鎊，」那女士說道，「我把瞭解到的一切情況都告訴你，先付後說。」

「二十五鎊！」蒙克斯大吃一驚地靠到椅背上。

「我說得再明白不過了，」班布林太太說道，「這不算貴。」

「出二十五磅買一個也許講出來微不足道的秘密，也許會一文不值？」蒙克斯急躁地嚷了起來，「何況這秘密已被埋在地下十二年有餘。」

「這類事情就是久存不爛，跟好酒一樣愈陳愈值錢。」女總管突然回答，仍然保持著那一副滿不在乎的樣子。「至於埋在地下的東西，不是還有些埋在地下一萬二千年，甚至一千二百萬年的，你我全知道，最後還是說出些離奇的事來。」

「我如果出錢，卻任何好處也沒有？」蒙克斯遲疑不決，問道。

「那樣的話你可以很容易地把錢重新拿回去，」女總管回答，「我只不過是個女流之輩，獨自一人居住在此地，又沒人呵護。」

「不是單身一個人，親愛的，也不是沒人保護，」班布林先生用嚇得發抖的聲音補充說，「有我在這裡，親愛的。你忘記了嗎？」說這話時，班布林先生牙齒上下打架，「蒙克斯先生確實是位紳士，不會對教區任何人士使用暴力。蒙克斯先生知道，我已經不年輕了，也可以說，我已經是有些寶刀已老了。但他也聽說——我是說，我一點也沒懷疑蒙克斯先生已經聽說了，我親愛的——如果我被惹惱了，我可是一個辦事非常果敢的人，力氣也不能小看。事情就是如此。」

說著，班布林先生裝出一副毅然嚇人的姿態，其實是令人十分同情的樣子，兩手緊緊握著他帶來的那盞手提燈，然而眉梢嘴角那嚇壞了的神情清楚地表示，他急需被猛擊，並且還不只是一下子就足夠的，那樣才能做得出英勇過人的姿態來。當然，對付貧民或其他專門威脅的人便是另外一回事了。

「你這個蠢貨，」班布林太太說道，「據我看，你還是把嘴閉上為妙。」

「既然他不會用小一點的聲音說話，我讓他來之前應該把舌頭割去，」蒙克斯陰鬱地說，「怎麼，莫非他是你的丈夫？」

「他，我的丈夫！」女總管臉紅地哧哧笑了起來，不作正面回答。

「哼，你一進來，我就這樣想。」蒙克斯說道。他已經注意到了，她說話時惡狠狠地朝比自己大很多的丈夫瞪了一眼。「這樣更好。如果發現跟我打交道的兩個人其實是一個，我的顧慮也少些。我可不是開玩笑的，不信你們瞧著吧。」

他把一隻手伸進側邊口袋裡，從裡邊取出一個帆布袋子，嘴裡數著錢，把二十五個金鎊輕輕地放在桌子上，然後慢慢推到那位女士跟前。

「喏，」他說，「快把錢收起來。這該死的雷聲，我覺得它會把房頂震塌的，等雷聲過去以後，我再聽聽你的故事了。」雷聲，確實近得多了，幾乎就在他們的頭頂上炸響，之後才漸漸遠去。這時蒙克斯從桌邊揚起臉，向前彎著身子，準備聽那個婦人會說出些什麼。兩個男人都急著聽個清楚，一起朝那張很小的桌子靠過來，那女的也把頭伸過去，好讓她像耳語一般的說話聲聽得清楚，三張臉幾乎碰著了。吊燈昏暗的亮光直接散落在他們的臉上，令這三張不同的面孔顯得越發蒼白而又急切，在周圍朦朧昏暗的光線之中，看上去活像三個幽魂。

「那個女人，她臨死時，」女總管開始說了，「在場的只有我和她兩個人。」

「其他什麼人也沒有了？」蒙克斯疑惑地小聲問道，「難道別的床上沒有害病的笨蛋，抑或白癡嗎？沒有一個人聽見，你敢保證絕沒有人聽到？」

「肯定一個人都沒有，」女的回答，「只有我們倆，她臨死時，就我一個人守在屍體旁邊。」

「好，」蒙克斯注視著她，說道，「說下去。」

「她提到有個年輕的人兒，」女總管繼續講，「若干年前產下一個男嬰，不僅僅是在同一個屋子裡，而且就在她臨死的時候躺的那張床上。」

「啊？」蒙克斯說時嘴唇在發抖，他猛然回頭望了一眼，說道，「見鬼！難道真有這樣的事？」

「那孩子就是你昨晚問起他名字的那個男孩子，」女總管滿不在乎地朝自己的丈夫瞟了一眼，「那個陪護人偷了他母親的東西。」

「在她還活著的時候偷的？」蒙克斯問。

「臨死的時候，」那女的回答的時候好像打了個寒戰，「孩子的母親在只剩最後一口氣時，懇求她替孤兒保存起來，可是她剛剛咽氣，她就從屍體上把那東西給拿走了。」

「她把東西給變賣了？」蒙克斯緊張得失聲驚呼，「她是不是賣掉了？給賣到哪兒去了？什麼時候？賣給誰了？那是多久以前的事，你快說！」

「在當時，她好不容易告訴我，她把東西變了錢，」女總管說，「接著就倒下去死了。」

「再沒說什麼了？」蒙克斯盡可能壓低聲音喊道，可是這卻讓他的聲音聽上去更加可怕而已。「撒謊，我可不是三歲小孩！她肯定留下什麼話了。不把話全說出來，我就取你們倆的老命！」

「她沒有再說一句話！」這個怪人的舉動非常粗暴，但婦人一點也沒為之所動——相比之下，班布林先生就差得遠了。她說道：「然而，她的一隻手死死揪住我的上衣角，手沒有完全攥在一塊兒。我見她已經死了，才使勁把她的手掰開，我才發現她手裡緊緊握著一張破紙條。」

「那上邊有——」蒙克斯瞪著眼身子更加前傾，插了一句。

「什麼也沒有，」那女的回答，「那是一張當票。」

「那當的是什麼東西？」蒙克斯趕緊追問道。

「你聽下去自會知道，」婦人說道，「我估計她把那個小東西放了一陣子，原先指望能換個好價錢；後來才送進了當鋪，她存了那些錢，可以說攢了些錢，一年一年地付給當鋪利息，防止過期。以便有機會的時候再把它贖出來。可是什麼事也沒有，而且，我告訴你吧，她就是手裡捏著那張爛得難以入目的紙片去世的，那時只剩兩天就要過期了，我考慮到說不定哪天還會用得著呢，因此就把東西贖了回來。」

「現在那東西放在什麼地方？」蒙克斯急忙問。

「在這兒。」婦人回答。她急忙把一只大小僅夠存放一塊法國錶的小羊皮袋放在桌上，看樣子似乎是儘快要擺脫它。看到這，蒙克斯立刻猛撲上去，用發顫的手把袋子撕開。袋子裡放著的是一個小金盒，盒內有兩綹黑頭髮和一個純金的結婚戒指。

「在戒指裡側刻著『艾格尼絲』四個字，」婦人說，「旁邊留給姓氏的，接下來是日期。那個時間就在小孩兒生下來的前一年。這些是我後來才弄清楚的。」

「還有嗎？」蒙克斯懷疑地說，他對小袋子裡的東西仔細而急切地查看過了。

「全在這裡。」婦人肯定地回答。

班布林先生深深地倒吸了一口氣，彷彿感到欣慰，故事已經告終，對方對把那二十五個金鎊要回去的事隻字不提，他鼓足勇氣，把從剛一對話就一直從鼻子上流下來的汗水抹掉了。

「除了能夠猜測的以外，我對這事一點都不清楚了，」班布林太太沉默了一會兒，對蒙克斯說道，「我也不想從別處打聽任何事情，因為這樣最穩當。但是，我能不能問你兩個問題？」

「你可以提，」蒙克斯顯出幾分驚奇地說，「但是我是否回答那要再說。」

「——這就成了三個問題了。」班布林先生試圖在詼諧取笑方面賣弄一下自己的才能，便說道。

「這就是你指望從我這裡得到的東西？」女總管問道。

「是，」蒙克斯回答，「但不全是，還有另外一個問題呢？」

「那它對你有什麼用途？會不會對我有什麼不利？」

「絕對沒有，」蒙克斯回答，「你相信我。往這兒看，你一步也別往前邁，不然你的性命連一根草都不如了。」

說到這裡，他驀地把桌子推到一邊，拉住地板上的一隻鐵環，拉開一大塊活板，又從挨著班布林先生腳邊的地方掀開一道暗門，嚇得那位先生連忙倒退幾步。

「往下看，」蒙克斯邊說邊把吊燈照進洞裡，「不要害怕，如果故意害你們的話，你們坐在上邊的時候，我完全可以一聲不響地打發你們下去了。」

經他這樣一說，女總管壯了膽接近了坑口。甚至班布林先生也在好奇心的驅使下冒險走上坑口去。大雨之後暴漲的河水在下面傾瀉而過，流水迅猛，濁浪翻滾，猛然撲打著那黏糊糊的綠色木樁，好像宇宙中任何聲音都淹沒在這一片喧鬧聲中。再仔細看，下邊還有一座水磨，暴漲的水流泛起泡沫，衝擊著幾根腐朽的木樁和僅存的機器零件，接著，水流拚命地擺脫這些企圖阻止它一瀉千里的阻礙物，彷彿以它新的衝勁朝前沖去。

「你們想一想，如果把一個人的屍體扔到河裡去，明天早上它會在什麼何處？」蒙克斯將吊燈在黑洞裡邊來回晃盪著邊說道。

「會流下去十二英里，並扯成碎片。」班布林想到這一點，就不寒而慄。

蒙克斯將匆匆塞進懷裡的那個小包掏出來，撿起地板上一個鉛墜綁在上邊，這個鉛墜原本是滑車上的一個零件，他綁好之後，向激流中扔下去。鉛墜徑直掉下去，只聽撲通一聲落入水面，聲音好像難以聽見，從此永絕後患。

三個人看看彼此的臉，似乎鬆了一口氣。

「喂，」蒙克斯說著把暗門一關，活板又砰的一聲落回原處。「如果大海會把死人送上岸來的話，書上就是這麼說的，它也會自己留下金銀財寶，包括這無用的東西在內。如今我們沒什麼可說的了，結束這次愉快的見面吧。」

「說得對。」班布林先生十分敏捷地應道。

「但是你還是要注意你自己的腦袋，在你的嘴裡留一條規規矩矩的舌頭，知道了嗎？」蒙克斯威脅性地瞪了他一眼，說道。「對你的太太我可不擔心。」

「你完全可以相信我的，年輕人。」班布林先生一邊回答，一邊彬彬有禮慢慢地退向那架梯子，顯得非常有規矩。「這對大家都有利，這一點你知道，蒙克斯先生。」

「哦，看在上帝的面子上，我十分高興聽到你這樣講，」蒙克斯說道，「快把燈點亮，立刻離開這兒吧。」

幸虧談話到此告終，否則，已經退到離梯子不超過六英寸仍在鞠躬的班布林先生必定來個倒栽蔥，摔到樓下的一間屋子裡去。他從蒙克斯提在手裡的吊燈上借了個火，點亮了自己的那盞手提燈。他沒有再找些什麼話說，默默地沿著梯子下去，他的妻子跟在後面。蒙克斯在梯子上停下一會兒，直至確信除了屋外雨點的敲打與河水的奔瀉聲之外，沒有其他動靜，才最後一個下樓。

他們緩慢而小心地走過樓下的每個房間，因為每一個影子都會把蒙克斯嚇一大跳。班布林先生手裡提著的燈離地面只有一尺，因此步履非常穩重，就一位像他那種高大身材的先生來說，他的步子輕巧得簡直不可思議。他神經過敏，左右觀望，生怕有暗藏的活板門。蒙克斯拆下門閂後，將他們進來的那道門緩緩地打開。這對夫婦與神秘的新相識互相點了一下頭，就匆匆遠離了這裡，一同向門外黑壓壓的雨夜走去。

他們一走，蒙克斯似乎對單獨留下抱有一種難以克制的討厭之情，他匆忙把躲在樓下某處的一個孩子叫進來，命他走在前面提燈照亮，自己跟在後面，迅速地回到他才離開的那個房間裡去了。

chapter 39

蒙克斯與老猶太的密商

前一章講到，那三個人這樣完成了他們間的那筆小小的生意，次日傍晚，賽克斯先生從瞌睡中醒來了，他迷迷糊糊地大吼一聲，問別人現在是幾點了。

賽克斯先生打盹的房間，已經不是他卡特西之行從前住過的地方，雖然都是在倫敦城內，離他以前的住處也都很近。但單從外觀上看，這屋子就不像他的舊居那樣合意，它只是一所很差的公寓罷了，房間面積很小，陳設簡陋。在這個房子裡，太陽光線只能從屋頂的一個小天窗照進來，屋子旁邊是一條狹窄骯髒的胡同。這裡的所有都在表明它的主人近來的確是不富裕，傢俱嚴重匱乏，舒適更別說了，並且連一件換洗的衣物都沒有，真是非常窘困。如果這些還不能證明經濟狀況不好的話，賽克斯先生本人那瘦弱不堪的身體就是最有力的佐證了。

現在，這個盜竊犯正躺在床上，把那件白色的大衣裹在身上當睡衣，死灰色的病容，加上沾滿油污的睡帽，一星期沒刮的又硬又黑的長鬍鬚，這一切都證明他整個人的真實精神狀態。他的那隻狗蹲在床邊，不時無精打采地望著主人，如果街上或者樓下有什麼聲音引起牠注意時，牠才會豎起耳朵，發出幾聲輕吠。靠窗坐著一個女人，她正忙著替那強盜縫補一件他平日穿的舊背心，她面色蒼白，由於服侍病人，加上營養不良，她消瘦得厲害。要不是聽到她回答賽克斯先生問話的聲音，很難認出她就是那個善心未泯的南茜小姐。

「七點剛過，」那女孩說道，「今天你覺得怎麼樣？」

「渾身軟得像棉花。」賽克斯先生對著自己的眼睛和手腳開始詛咒，他回答道。「你過來，扶我一把，我好快些離開這張該死的床。」

賽克斯沒有因為生病而讓他的脾氣變得好一些。南茜將他攙起來，扶著他小心地向一把椅子走去，他不住口地罵她動作笨拙，而且還給了她一巴掌。

「有什麼好哭的，你這個傻瓜？」賽克斯說，「好了，別站在那兒抽抽搭搭的了。假使你要除了流鼻子抹眼淚以外什麼事也不會的話，那就乾脆滾蛋吧，別讓我再看見你，聽到了嗎，笨蛋？」

「聽見了，」女孩把臉轉向一邊，勉強著答應了一聲，說：「你又在胡思亂想了？」

「哦。你想通了，對嗎？」賽克斯注意到淚水再次在她的眼睛裡打轉，他又喊了起來。「我這樣做對你有好處，你懂嗎？」

「噯，親愛的，難道你今天晚上還真的想要對我這樣凶？」女孩邊說邊把一隻手放在他的肩膀上。

「為什麼不？」賽克斯大聲反問，「你想我該怎麼對你？」

「想想看，多少個夜晚，」女孩帶著她女性特有的溫柔說，如此一來，她的聲音也變得比較悅耳了。「多少個夜晚，我一直忍著，不跟你計較，耐心地照顧你，照看你，把你當作小孩似的，因為這是我第一次看你有點像原來的樣子。你如果知道這些，就不會像剛才那樣對待我了，是嗎？你說呀，你快說呀，說你不會再那樣對待我了。」

「好了，我說，」賽克斯先生應道，「我以後不那樣了。哦，他媽的，瞧瞧你又在哭了。」

「我沒什麼，」女孩說著，立刻倒在了一把椅子上，「你不用管我，我一下就會好的。」

「怎麼，你在幹什麼？」賽克斯先生惡狠狠地責問，「你又在發什麼神經病？快起來，幹你的活去吧，不要用你的那些破事來跟我糾纏。」

換上別的時候，這種斥責，連同發出這種訓斥時的語氣，一定會收到預想的效果。但是這次，賽克斯先生還沒來得及再發出一些更嚴厲狠毒的語言來增添他的怒氣，那女孩已經筋疲力盡了。她實在是虛弱不堪，她早已沒有精力，一歪頭就倒在了椅背上，眼瞧著人就暈過去了。賽克斯先生不太懂得該怎樣對付這種不尋常的緊急情況——因為南茜小姐的歇斯底里一旦發作，通常來勢甚猛，只能由病人自己硬頂過來，旁人根本幫不上多少忙——他嘗試了一下咒罵的辦法，但是他發現這種治療手段完全無效，他只得出去叫人來幫忙。

「這是怎麼回事，親愛的，出什麼事了？」這時，老費金碰巧來了，他探頭進來問。

「老鬼，你快照看這女孩一把，聽見沒有！」賽克斯急躁地回答，「別站在那兒嚼舌根，衝著我乾瞪眼。」

費金發出一聲驚呼，趕緊奔上前來對女孩施行急救，這時候，溜得快道金斯先生也跟著自己的恩師走進屋來，急忙把背在身上的一個包裹放在地板上，從跟在他後面走進來的查利．貝茨少爺手裡奪過一隻瓶子，一眨眼就用牙齒將瓶塞咬出來，先嘗一嘗瓶子裡的東西，以免發生差錯，然後快速用手掰開病人的嘴，往她的嗓子眼裡灌了一些。

「你再用風箱給她搧幾口新鮮空氣，查利，」道金斯先生吩咐道，「鬆開她裙子的時候，費金，你就用力拍她的手。」

這些比較協調的急救方法進行得不緊不慢——特別是貝茨少爺，他認為自己的行為是一種從未有過的大事，非常有樂趣，時間很短，就產生了理想的效果。女孩逐漸恢復了知覺，搖搖晃晃地走到床邊的一張椅子跟前，把臉埋在枕頭上，讓多少有些詫異的賽克斯先生去應付那三個不速之客。

「喲，是什麼妖風把你們給吹到這兒來啦？」他問費金。

「壓根兒不是什麼妖風，親愛的，邪風是不會給任何人帶來好處的，我帶來了一些你看見準會樂意看到的好東西。溜得快，親愛的，快打開包袱，把今天早晨我們花光了錢才買來的那一些小東西交給他，讓他看一下。」

溜得快遵照費金先生的吩咐，快速解開他帶來的那個用舊台布製成的體積很大的包裹，把裡邊的物品一件件地遞給查利．貝茨，查利再一件一件小心地擺到桌上，邊放邊大肆吹噓這些東西是如何難得，又是如何美妙。

「多好吃的兔肉餅，快看，」這位小紳士要他看看一塊很大的餡餅，「多麼可愛的小兔子，鮮嫩的腿兒，哦，骨頭入嘴就化呢，不用剔出來。半磅綠茶，七先令六便士一磅，濃得可不得了，你要是用開水來泡，保不住把茶壺蓋也給頂飛了。糖一磅半，就是有點發潮，大概是那幫黑鬼一點不用力氣，才會做出這種貨色。啊，不！兩磅重的麩皮麵包有兩塊，還有一磅鮮嫩肉，一塊雙料格羅斯特乾酪。都說過了，還有一樣，是你喝過的名酒中最名貴的一種。」

貝茨少爺讀完最後一句讚美詩時，就從他的一個其大無比的口袋裡拿出用塞子塞得很緊的一大瓶酒，一瞬間，道金斯先生立刻從瓶子裡倒出滿滿一杯純酒精，那位病人毫不遲疑，一仰脖子就全喝了下去。

「啊！」老猶太十分滿意地搓著雙手，說道，「你一會兒就會好的，哈哈，你現在肯定垮不了啦。」

「我當然會沒問題的！」賽克斯先生氣呼呼地說，「我即使垮掉二十次，你也不會來幫我一點兒忙。三個多星期了，你這個假仁假義的渾蛋，把我一個人撇下這裡不照看，到底為什麼？」

「孩子們，你們聽他說的什麼話。」老猶太聳聳肩膀說。「我們特地給他帶了這許多好——東——西。」

「這些東西自然不壞，」賽克斯先生往桌上看了一眼，氣稍微平了一些，說道。「你自己說說看，幹嗎要把我扔在這兒不管？這些日子，我的心情都糟透了，身體不好，還沒錢花，日子十分艱辛，你一直丟下我不管，簡直把我看得還不如一條狗——轟牠下去，查利。」

「對啦，我還從來沒見過這麼有趣的狗呢。」貝茨少爺喊叫著，按照賽克斯先生的要求把狗給轟開了。「牠就像老太太逛市場，總能嗅到好吃的。牠登台演戲準能成功，說不定還能讓戲劇舞台起死回生呢。」

「雜種，你閉嘴。」賽克斯看見狗已經退到床底下去了，卻還在憤憤不平地叱喝。「你還有什麼話要說，你這個狠心的乾癟老鬼，嗯？」

「我離開倫敦有一個多星期了，親愛的，我去辦了一件重要的事。」老猶太回答。

「還有兩個星期呢？」賽克斯繼續追問，「你讓我躺在這裡，我就像一隻生病的耗子躲在洞裡似的沒人管，這兩個星期你在幹什麼？」

「我實在沒辦法，」老猶太為難地回答，「當著這些人的面我不便詳細解釋。可我實在沒別的辦法，我拿我的人格作擔保，行吧。」

「你也配講人格？」賽克斯用極端輕蔑的語氣吼道，「喏。你們哪個小子，幫我切一片餡餅下來，也好消消我嘴裡的晦氣，他說的話簡直把我氣死了。」

「不要發脾氣了，親愛的，」老猶太搖晃著頭規勸道，「我從來沒有把你忘記，真的，一次也沒有過。」

「沒有？我敢打賭你確實沒有忘記，」賽克斯帶著苦笑說道，「我待在這裡，時時刻刻又是哆嗦又是發燒，你老是在動壞腦筋，出壞點子，想著讓我幹這個，讓我做那個，等我好起來點，樣樣都讓我去做，真是會打算了，反正我也是夠窮的了，要替你幹活。

要不是這女孩關心我，我早就死在這裡了。」

「哦，說得對啊，」費金立刻抓住這句話進行辯解，「要不是這女孩。要不是苦命的老費金，誰還能幫你找到如此好的一個能照顧你的女孩？」

「他說的倒是實話。」南茜急忙高興地上前說道。

南茜一出面，情況就轉變了。兩個少年立即接到謹慎的老猶太傳過來的一道道詭詐的眼色，開始拚命地向她敬酒，不過她喝得很有節制。這時候，費金強裝出一副興高采烈的樣子，漸漸使賽克斯先生的情緒有所好轉，費金假裝把對賽克斯先生的恫嚇當作是有口無心的戲言，接下來，賽克斯多喝了一些酒，也賞足了他面子，還講了兩個粗鄙的笑話，故意表現出一副十分滿足的樣子。

「一切都很好，」賽克斯先生說道，「不過你今天晚上必須得給我弄一點現款。」

「現在，我身邊一個子兒也沒有。」老猶太回答。

「反正你家裡有的是錢，」賽克斯堅持著，「我需要一些。」

「哪有那麼多的錢！」老猶太舉起兩手大聲叫屈，「我可沒有多到可以——」

「我不知道你究竟攢了多少錢，恐怕連你自己都不清楚，那可是得花許多時間去數的，」賽克斯說，「反正我今天就是需要錢，廢話少說。」

「好的，好的，」老猶太歎了一口氣，說道，「回頭我就讓溜得快給你送過來。」

「你決不會做這種事，」賽克斯答道，「溜得快太機靈，他不是忘了帶，就是走錯了路，要不就是遇到員警來不了了，總之任何藉口都可以用來搪塞，他才不管別人的死活。我看，還是讓南茜到你那邊去取一下，那樣更靠得住些。她去的這會兒，我正好躺下打個盹兒。」

雙方經過激烈的討價還價，費金將對方要求的錢款數目從五鎊壓到三鎊四先令又六便士，並對天賭咒發誓保證，那樣一來，他就只剩十八個便士來維持家用開銷。賽克斯先生皺緊眉頭表示，如果沒有多的錢，也只好湊合著用了。因此，南茜就準備陪費金到家裡去，溜得快和貝茨少爺把那些食物放進食櫥裡。老猶太辭別他的好朋友，然後由南茜和那兩個少年陪著回家。於是，賽克斯先生躺在床上，準備定下神睡到那女孩回來。

幾個人很快到達了老猶太的住所，克拉基特跟奇特林先生正在那裡專心致志地打第十五局牌呢，不用說，這一局又是後一位紳士失利，輸掉了他的第十五個也是最後一個六便士銀幣，這使他的兩位少年夥伴樂不可支。被人撞見自己竟然和一位地位和智慧遠遠不如自己的人鬥牌，克拉基特先生顯然有些難為情。他打了個呵欠，詢問了一下賽克斯的狀況，然後拿起帽子要走。

「沒有人來過嗎，克拉基特？」老猶太問道。

「鬼都沒有一個，」克拉基特先生豎起他的衣領，答道。「真無聊，同剩啤酒似的無味。費金，我為你看了這麼長時間的家，我說，你得好好犒勞犒勞我才對。我他媽的跟陪審員一樣沒勁兒，若不是我脾氣好，有心替這個年輕人解解悶，我早睡著了，能睡得和在監獄裡頭一樣死。簡直能憋死人，要是我撒謊，就讓我不得好死。」

克拉基特先生一邊發表出這樣那樣類似的感觸，一邊非常傲慢地將到手的錢捋到一起，塞進自己的背心口袋裡，似乎他這麼個大人物根本就沒把這樣小的銀幣放在眼裡一樣。錢放好後，他大模大樣地走出了房間，氣度雍容，姿態優美，使得奇特林先生朝他穿著長靴的雙腿不斷投以豔羨的目光，直到它們從視野裡消失。他向大夥宣稱，只花了十五個六便士銀幣結識那樣一位有頭有臉的人物，他認為十分值得，他壓根兒不把那點小錢放在心上呢。

「你可真是個奇怪的人，我說。」貝茨少爺被他那番表白逗樂了，說道。

「我說得一點也不怪，」奇特林先生回答，「我很怪嗎，費金？」

「你是個挺聰明的小夥子，我親愛的。」老猶太邊說邊拍拍他的肩膀，同時朝另外兩個徒弟擠了擠狡猾的眼睛。

「克拉基特先生真有氣派，帥極了，對不對，費金？」奇特林問。

「毫無疑問，是的，親愛的。」

「並且，跟他結交是件有面子的事情，對不對，費金？」他繼續問道。

「可不是嘛，的確很有面子，真的，夥計。他們不過是愛嫉妒，哦，是因為他不給他們這個面子。」

「啊！」湯姆得意地叫了起來，「沒錯，原來是這個道理。他讓我輸了個精光。只要我樂意，還可以去賺更多的，你說是不是，費金？」

「當然可以，而且去得越早越好，哦，馬上快把輸的錢掙回來，別耽擱時間了。溜得快！查利！你們都該去上班了。快走！都快十點了，什麼事還沒做呢。」遵照這一指示，兩個少年向南茜點了點頭，戴上帽子，快速離開了房間。溜得快和他那位樂天派夥伴一路上總在尋找樂子，他們不停地講了很多俏皮話，拿奇特林先生尋樂子。說句公道話，奇特林先生的行為並沒有什麼過分出格或者說非同一般之處。要知道，很多幹勁十足的青年人，他們為了加入體面人的圈子，付出的代價比奇特林先生高得多，也有一大群正人君子——組成這個上流社會的正是他們，他們建立名氣的方式和花花公子克拉基特的手段十分相近。

「聽著，」等兩個徒弟走了以後，老猶太對南茜說道，「我現在去給你拿那些錢。這把鑰匙是小食品櫃上的，平時放著那幾個男孩弄到的一些零散東西，親愛的。我的錢從來不鎖，因為我還沒有弄到什麼必須鎖上不行的東西，親愛的。哈哈！壓根兒用不著上鎖。這是一份苦差事，南茜，而且不討好，我只是喜歡看見年輕人圍在我身邊。什麼我都願意忍著，樣樣都願意忍。噓！」他一邊非常慌張地說著話，一邊把鑰匙塞進懷裡。「那是誰？你聽！」

女孩雙臂交叉坐在桌子旁邊，好像對他的談話一概不感興趣，要麼就是根本不在乎有沒有人進來出去。這時候，一個男子咕咕噥噥的聲音傳到了她的耳朵裡。當即以閃電一般敏捷的速度拽下軟帽和頭巾，慌忙把它們丟到桌子底下。老猶太馬上回過頭來，她又低聲抱怨起天氣的炎熱來，這種懶洋洋的聲調和剛才那種極其迅猛的舉動形成明顯的反差！不過，費金一點也沒有注意到，他剛才是背對著南茜。

「呸！」老猶太輕聲說，似乎感到很不湊巧。「我原先約的那個人，他下樓到我們這兒來了。他在這兒的時候，錢的事隻字不提，南茜。他不會待久的，頂多十分鐘他就得離開，我親愛的。」

一個男子的腳步聲在門外樓梯上響了起來。老猶太將消瘦的食指在嘴唇上放了一下，悄悄地拿起蠟燭朝門口走去。費金和來客同時走到門口，那人匆匆走進房間，已經到了姑娘的跟前，卻還沒有發現她。

來者是蒙克斯。

「這只是我的一個學生，」老猶太見蒙克斯一注意有生人在面前就直往後退，因此便說道，「南茜，你先不要走。」

女孩往桌旁挨近了些，滿不在乎地瞟了蒙克斯一眼，就把視線移開，但是就在來客朝費金轉過身去的時刻，她又偷偷看了一眼，這一次她的目光是那樣專注和犀利，完全不是漫不經心的樣子，如果有旁觀者注意到了這種變化，幾乎可以肯定他絕對不會相信這兩種目光是屬於同一個人。

「有什麼消息嗎？」費金高興地問。

「極其重要的消息。」

「是——是好消息嗎？」費金猶豫地問，似乎唯恐因為過於樂觀而使對方惱火。

「至少不算壞，」蒙克斯微笑著回答，「我這一趟很俐落。過來，我要跟你談一談。」

這時女孩往桌上挨得更緊了，沒有想離開這間屋子的表示，儘管她看得出蒙克斯是對著她說的。老猶太也許是有顧忌，如果非趕她出去的話，她可能會大聲地談起那筆錢的事，於是他指指上面，帶著蒙克斯一起走出了房間。

「不要到以前咱們生活過的那個鬼屋子裡去。」她聽到那個漢子一邊上樓，一邊還在說話。老猶太哈哈大笑，回答了一句什麼話，她沒有聽清，根據樓板發出吱吱的響聲判斷，她知道他是把同伴帶到了三樓。

他倆的腳步聲在房子裡尚未平靜下來，南茜就已經脫掉鞋子，撩起衣裙胡亂蓋在頭上並裹住肩膀，站在門口屏息諦聽。響聲剛一停下，她便邁開無聲息得令人難以置信的腳步，溜出房間，沒有聲息地登上樓梯，消失在黑暗的樓上。

屋子裡有一刻鐘或者更長一點的時間空無一人。然後，女孩仍舊像游魂似的悄然飄回，緊接著便聽見那兩個人下來了。蒙克斯直接出門走到街上，老猶太為了錢的事再次緩慢地走上樓去。他回來的時候，女孩正在整理她的披巾和軟帽，像是準備走了。

「嗨，南茜，」老猶太放下蠟燭看了她一眼，忽然嚇了一跳，「你臉色怎麼這麼蒼白。」

「蒼白？」女孩訝異地應聲說道，她將雙手放在額上，那樣子像是打算認真看看他似的。

「這太可怕了，你一個人在這幹什麼呢？」

「我什麼也沒做，我不就是坐在這個悶熱的地方等你把錢拿回來嗎？不知坐了有多久，」女孩漫不經心地回答，「好了，放我回去吧。」

費金把錢點清後如數遞到她手裡，數一枚歎一口氣。南茜接了錢，他們沒再多談什麼，互相道了一聲「晚安」便分手了。

到了街上，南茜找了一個台階坐下來，過了一會兒工夫，她好像還處在迷惑之中，簡直不知道往哪兒走。突然，她站起身來，朝著與賽克斯正在等候她返回的那個地方完全相反的方向匆匆而去，她不斷加快步伐，終於漸漸變成了拚命奔跑。直到跑得使盡了渾身所有的力氣，她才停下來喘一口氣。這時她好像猛然大悟過來，感覺到自己是在做一件無法實現的事情，她深感惋惜，絞扭著雙手，淚如泉湧。

可能是眼淚使她心情輕鬆了一些，要不就是感覺到自己完全無能為力，總之，她掉轉頭，以差不多同樣快的速度朝相反的方向急急而行——她好像在追回耽擱了的時間，也像是為了與自己起伏的思潮合拍——很快，她就到達了她原本丟下的那個強盜住所。

她出現的時候多少顯得有些慌張，但賽克斯先生並沒有留意，他只是問了問錢拿到沒有，在得到一個肯定的回答後，他發出一聲滿意的咕噥，就又把腦袋放到枕頭上，繼續做他的被打斷的美夢。

算她運氣好。第二天，賽克斯先生光想著吃吃喝喝，他的暴戾性情也平和了不少，所以他既沒有時間也沒有心思對她的行為舉止指責了。但是她顯得心不在焉，神經過敏，好像準備邁出大膽而又危險的行動似的，而這一步是經過了非常激烈的鬥爭才下定決心的。她的這種神態不能瞞過眼睛像山貓一樣尖利的老猶太，他可能會立刻警覺起來，但對賽克斯先生就不一樣了——他是個粗人，不論對誰都採取粗暴的方法，向來不為一些比較細緻的事操心，何況前邊已經說過，他又正處在一種少有的好情緒之中——他瞧南茜的做法也沒有反常的地方。其實他的心思沒在南茜身上，就算她的不安表現得遠比實際情況還要讓人注目，也不會引起他的一點疑心。

白晝漸漸過去了，夜色來臨，但女孩的情緒更加激動。天色暗下來以後，她坐在一旁，專等那個強盜醉倒入睡，她的臉頰蒼白得異乎尋常，眼睛裡卻好像有一團火在跳動，連賽克斯也驚訝地察覺到了。

由於發燒，賽克斯先生身體非常虛弱。這時，他正躺在床上，正在喝為減少刺激作用而摻了熱水的杜松子酒。他這已經是第三次或第四次把杯子推到南茜面前，要她給重新斟滿，可那女孩卻沒有一點反應，所以首次引起了他的關注。

「哦，該死的，」他用一隻手撐起身子，眼睛盯著女孩的面孔，說道：「你看上去就像死人剛活過來似的，出什麼事了？」

「沒出什麼事？」女孩慌忙答道，「壓根兒就沒出任何事，你這樣瞪著我幹什麼？」

「你這是哪門子的蠢念頭？」賽克斯抓住她的肩膀，拚命地搖著，問道：「怎麼回事？你究竟是怎麼了？你在想什麼？」

「我在想很多事，親愛的，」姑娘渾身哆嗦，雙手捂住眼睛回答道。「可是，上帝！這有什麼關係。」

她強作歡笑地說出了最後一句話，但那種語調給賽克斯留下的印象好像比她開口說話之前那樣慌張任性的神態還要不同尋常。

「我有句話要告訴你，」賽克斯說，「你如果不是得了熱病，眼看著就要發作，那必定有什麼事不對勁了，很危險呢。你該不是——不，他媽的。你該不會幹這種事吧？」

「幹什麼事？」女孩吃驚地問。

「不，」賽克斯眼睛盯著她，一邊喃喃地自言自語，「沒有比這小娘們兒更死心塌地的了，否則三個月以前我就已經割破她的喉嚨了。她一定是要發熱病了，就是哪回事。」

賽克斯靠著這份自信勉勉強強打起精神來，將手裡的酒喝了個乾乾淨淨，接著，他嘟嘟噥噥地連聲讓她給他拿藥。女孩十分敏捷地跳起來，背對著他快速把藥倒進杯子，端到他嘴唇邊，他一口就喝光了裡邊的東西。

「好了，」那強盜心情愉快地說道，「過來坐在我旁邊，拿出你平常的模樣來，不然，我可要叫你變個樣子，讓你連自己也認不出來。」

女孩照辦。賽克斯緊緊握住她的手，倒在枕頭上，眼睛盯著她的臉，閉上又睜開，再合上，再睜開。他不斷地變換姿勢，在兩三分鐘之間，他幾次幾乎睡著了，又幾次帶著驚恐的表情坐起來，失神地看看屋子周圍。最終，正當他好像要硬撐著坐起來的時候，卻突然陷入了沉睡，緊抓著那女孩的手忽然鬆開了，舉起的胳膊也軟綿綿地垂在身旁。一會兒他躺在那裡，不省人事。

「鴉片總算見效，」女孩匆忙從床邊站起來，自言自語說，「現在，我也許已經趕不上了。」

她匆匆戴上軟帽，繫好披巾，還不停提心吊膽地四顧張望，唯恐安眠藥起不了作用，生怕賽克斯的大手隨時都可能放到自己肩上。接著她輕輕俯下身來，吻了吻那強盜的嘴唇，悄然無聲地把房門打開又關上，然後急急忙忙向外走去。

她得經過一條小巷才能走上大街，在漆黑的胡同裡，一個更夫吆喝著九點半了。

「九點半過了多久啦？」女孩驚奇地問道。

「再過一刻鐘就敲十點了，女孩。」那人把提燈舉到她的跟前，微笑著說道。

「不花上一個多小時我是到不了那兒的了。」南茜嘀咕著說了一句，快速地從他身邊跑過去，一轉眼已經到了街上。

她從斯皮托廣場趕奔倫敦西區，中途經過一條又一條偏僻的小街，街上的很多店鋪都已經開始關門。敲十點時鐘，她越發心急如焚。她順著狹窄的小道狂奔，胳膊肘不時地把行人撞到一邊，穿越擁擠的馬路時，她幾乎是從馬脖子下面衝過去的，好多人正在那裡巴巴地等著馬車過去以後再走。

「這女人發瘋了！」她一衝過去，人們全都回過頭來看著她說。

一到了倫敦城的幾個比較富裕的地區，街道就不那麼擁擠了。她橫衝直撞，從零零落落的行人身邊匆匆而過，這便引起了人們的好奇心。有幾個在後邊加快了腳步跟上去，好像想看看她以這樣不同尋常的速度是奔向何處，少數人趕到她前邊，回過頭來，不禁對她這種毫不放慢的速度感到十分驚訝，但最終他們一個個全都落在了後面，當接近她的目的地時，已經沒有人跟隨她。

她的目的地是一家家庭旅館，坐落在海德公園附近一條幽靜而又美麗的街上。旅館門前點著一盞燈，閃耀的燈光把她帶到這裡。此時，鐘聲剛好敲了十一點。她緩慢地走了幾步，似乎有些猶豫，又準備下決心走上前去似的。終於，她打定主意，走進了門廳。門房的座位上空無一人。她尷尬地望著房間四周，接著便朝樓梯走去。

「喂，姑娘！」這時一個衣著漂亮的女人從她身後一扇門裡往外張望著，說道。「你到這兒來找誰呀？」

「我找一位住在旅館裡的小姐。」姑娘回答。

「一位小姐？」伴隨著回答而來的是一道輕蔑的目光。「小姐，哪位女士？」

「梅麗小姐。」南茜繼續說。

那女人直到此時才看清楚南茜的模樣，傲慢地瞟了她一眼，叫了一個男侍者來招待她。南茜將自己的請求再說了一遍。

「那麼我該怎樣叫你呢？」侍者問。

「怎麼叫都行。」南茜愉快地回答。

「也不用說是有關什麼事？」侍者不解地說。

「是的，也不用說，」女孩回答，「我就是來看看這位小姐。」

「我沒聽錯吧，你這個人是不是腦子有毛病。」侍者邊說著，邊將她朝門外推。「我還沒有見過這種事情。你快出去，快出去。」

「除非你們把我給抬出去。」南茜堅定地說，「並且我會叫你們兩個吃不了兜著走的。有沒有人，」她朝四周看了看，說道，「是否有人為像我一般可憐的人帶個口信進去？」

這一番呼籲感動了一個面貌和善的廚子，這時他正和另外幾個侍者在一旁觀望，便走上前來調解。

「你替她通報一下不就行了，喬治？」廚子不滿地說道。

「這又有什麼好處？」侍者不滿地回答，「你該不會認為小姐很願意見她這樣的人吧，哦？」

這句話明顯在表明南茜的身分可疑，四個女僕貞潔的胸中燃起了非常大的憤慨，幾個人慷慨激昂，聲稱這女人真的給所有的女性丟臉，她們強烈要求將她毫不客氣地扔到陰溝裡去。

「我見了那位小姐，然後愛把我怎麼樣就怎麼樣。」南茜確定地說著，重新朝幾位男士轉過頭去。「請你們一定提先答應我的請求，懇求你們看在仁慈的上帝的面子上，幫我捎個口信上去好嗎？」

好心腸的廚子又作了一番說情，結果是先前露面的那個侍者答應為她通報一聲。

「我該怎麼說呢？」他一隻腳踏在樓梯上向南茜問道。

「就說，有個年輕女人誠懇地請求跟梅麗小姐單獨談一談，」南茜道，「你就說，小姐只要聽聽她必須要說的第一句話，就會明白是聽她往下說，還是把她當成騙子立刻趕出門去。」

「我說，」那男子搖搖頭說，「你還真有兩下子。」

「你快去通報吧，」南茜堅定地催促說，「我等著聽回音。」

侍者跑上樓去。南茜在樓下等候，面色煞白，簡直氣急敗壞，聽著幾個貞潔的侍女冷淡地滔滔不絕地大聲嘲罵，氣得嘴唇發抖。那幾個侍女在這方面很有些本領。一會兒男侍者回來了，告訴她小姐叫她上樓去。此時，那幾個女人益發變本加厲了：

「我說，這個世道，規矩人沒有好處。」第一個侍女說道。

「廢銅比經過火煉的真金還值錢。」另一位幫腔說。

第三個表示不解：「有身分的女士可不是這樣。」

第四位用一句「丟人現眼」為一首四重唱起了個頭，最後，其餘幾位裝作高尚的婦女用同一句話結束了她們交談：真是的，真不要臉。

南茜呢，她可沒空理睬她們，就當是聽到一群黑烏鴉在亂叫罷了。因為她心裡還有更要緊的事要辦，她渾身還在顫抖，她跟在男侍者身後，一起走進一間天花板上綴著一盞藍色吊燈的小會客室。侍者將她帶到門前後便停止，然後告退。

chapter 40 與前一章緊相銜接的一次奇怪會見

南茜一出生就浪跡於倫敦的街頭巷尾，幾乎全部的時間都在最下流的藏汙納垢之地度過，但是她身上依舊留著女人天性中的某些本性。聽到一陣輕微的腳步聲向著與她進門對面的另外一扇門走過來，想到在這個小小的房間馬上就會出現強烈的對比，她覺得有一種格格不入的意識湧上心頭，不禁深深地自慚形穢地縮成一團，幾乎不敢與她要見的那個人見面似的。

然而，與這些比較純真的感情抗衡的卻是一種自尊——這種本質，即使在最下等、最卑微的人身上也並不比地位高、自信心強的人有一丁點的遜色。她是一個與小偷、惡棍相伴的可憐蟲，淪落風塵而不可自拔，是與那些在絞刑台的陰影之下沖洗牢房監舍的人們為伍——就是如此一個墮落的人也有一份自尊。她從不屑流露出一點點女性的真實情感，她認為這種情感看成是軟弱的表現，實則是她與人性之間僅存的一線聯繫，從她還是個小孩子時代開始，目無王法的生活已經磨滅了她人性中的許多美好的優點和痕跡。

她抬起眼睛，看到一個苗條、美麗的女孩出現在面前，她立即把目光轉向地面，接著又裝出滿不在乎的神氣昂起頭來，開口道：

「要見到你可真是難啊，小姐。我如果發起火來離開，你要清楚很多人都會這樣的——有朝一日你會後悔，而且非常的後悔。」

「我十分抱歉，如果有誰對你失禮，」露絲回答，「希望你不要介意，快告訴我，你為何要見我，我正是你要找的人。」

對方這種親切的語調，柔美的聲音，落落大方的態度，不帶半點傲慢或者嫌惡的口吻，完全出乎南茜意料之外，使她頓時涕淚縱橫。

「噢，小姐，小姐！」她雙手交叉，感情激動地說，「要是世上像你這樣的人多一些，我這樣的人就會少一些——是這樣的——是這樣的。」

「請坐，」露絲誠心誠意地說，「如果你缺少什麼，或者有任何不幸，我必定會真誠地幫助你，只要我能辦得到——真的。快請坐，慢慢說。」

「讓我站著就行了，小姐，」南茜說，一邊還在哭，「你跟我說話別那麼客氣，你並不瞭解我，那——那——那扇門關了沒有？」南茜焦急地問。

「已經關上了。」露絲說著，驚慌地倒退了幾步，似乎是萬一需要呼救，別人更方便於接應似的。「你問這做什麼？」

「因為，」南茜說道，「我準備把自己的命，和其他一些人的命交到你手裡。我就是把小奧立弗拖回老費金家裡去的那個女孩，事情發生在他從彭頓維爾那所房子裡出來的那個晚上。」

「你？」露絲．梅麗吃驚地說道。

「是我，小姐。」女孩答道，「我正是你已經聽說的那個下流女子，跟盜賊一塊鬼混。自從我能回憶起走上倫敦街頭的那一剎那以來，我就沒有度過一天好日子，沒聽到一句出於好心的話，他們讓我如何活我就如何活著，他們說什麼就是什麼。上帝啊，祈求你保佑我吧！小姐，你儘管遠離我，我不會見怪。我的年齡看起來比你要小很多，可是我對這些已經習慣了。當我走在擁擠的便道上時，連最窮酸的女人見了都直往後退。」

「真可怕。」露絲說著，不由自主驚慌地從這位陌生的來客身邊退開。

「你應該感謝上帝吧，我親愛的小姐，」女孩邊哭邊喊著，「你從小就有親人對你關懷備至，從來沒有挨過餓、受過凍，沒經受過胡天胡地喝酒鬧事的場面，你知道嗎，甚至──甚至還有更壞的──然而這些事我在搖籃裡便習慣了。我自己知道，小胡同和陰溝既然是我的搖籃，將來也仍然是我的靈床。」

「我會幫助你的。」露絲已經泣不成聲，她用手拍著胸口說：「聽你這樣說，我的心都碎了。」

「求上帝保佑你的好心。」南茜答道，「你如果知道了我有時候幹的好事，你確實會可憐我的，真的。不過，我費力溜出來了，那些人要是知道我在這兒，並把我偷聽來的話全部告訴了你，他們一定會殺了我。那麼你是不是認識一個叫蒙克斯的男人？」

「不認識。」露絲搖搖頭說。

「但是他認識你！」女孩接著說，「同時還知道你住在此地，你知道嗎，我就是聽他說起這地點才找到你的。」

「可我從來沒聽說過這個名字。」露絲訝異地說道。

「那必定是我們那夥人告訴他的，」女孩繼續自信地說道，「我本來也料想是這樣。前幾天，就是奧立弗因為打劫而到你們家那天晚上過了不久，我——現在懷疑這個人——我曾經偷聽過他同費金之間進行的一次談話。依據我聽到的他們講的話裡發現蒙克斯——就是我剛才向你問起的那個男人，你知道——」

「是的，」露絲說道，「我都明白，我聽清楚了。」

「——蒙克斯，」南茜繼續說，「偶然間看見奧立弗跟我們那兒的兩個男孩在一起，那是在我們第一次失去他的那一天，他一下子就認出來了，他正在尋找的就是那個孩子，但是我不知道當時是怎麼回事。他和費金談妥了一筆交易，如果奧立弗被抓回來，費金可以得到一筆錢。如果能教奧立弗變成一個賊，以後還可以得到更多的錢，那個蒙克斯有他自己的目的，他十分需要這麼做。」

「究竟什麼目的？」露絲急切地問。

「我當時正在偷聽，希望把事情弄明白，可他一眼見到了我投在牆上的影子，」女孩說道，「我及時逃走了，像我這樣恐怕不被他們發現的人還真不多。當時我逃走了，可昨天晚上我又看到他了。」

「昨天發生了什麼事？」

「我還告訴你，小姐。昨天晚上他又來了！他們照老樣子上樓去了，我把自己用頭巾裹緊，免得影子把我給暴露了，我又到門口去偷聽。我聽到蒙克斯一開始就說：『是這樣，僅有的幾樣能夠判斷那孩子身分的證據都丟進河底去了，從孩子母親那兒把東西弄到手的那個老妖婆正在棺材裡腐爛哩！』然後他們哈哈大笑，認為他這一手幹得十分漂亮。蒙克斯呢，一提起那個孩子，就變得怒氣沖沖。說他眼下算是把那個小鬼的錢穩穩弄到手了，不過他還說寧願用另一種辦法取得這筆錢。他們想假如能把他送進倫敦的任何監獄去，讓費金在奧立弗身上發一筆財之後再輕而易舉讓他犯下一項死罪，到時候弄到絞刑架上掛起來，這樣就會把他父親在遺囑中誇下的海口狠狠地嘲笑一通，那才有意思哩。」

「這到底是怎麼回事？」露絲越聽越糊塗。

「但我說的千真萬確，小姐，」南茜肯定地答道，「──開始，他一個勁兒地罵，我聽上去覺得非常平常，你必定沒有聽到過。他說，一方面要取那孩子的命，另一方面他自己還不必冒上絞刑架的風險，這樣他才能消除心頭之恨。但是因為辦不到，他才盯緊奧立弗生活中的每一個轉折關頭，他們只需利用一下那孩子的身世和經歷，便有機會收拾他。『得簡單點，費金，』他當時說，『你雖然是猶太人，但是我認為我還從來沒有佈置過像替我的小兄弟奧立弗設下的這種圈套呢。』」

「他的兄弟！」露絲大吃一驚地問。

「這是他的原話，」南茜說著，不安地東張西望，從開始講述以來，賽克斯的影子就始終尾隨著她，晃得她不停地四處張望。「還有呢。他提起你和另外一位女士的時候，他說那就如上帝或者說魔鬼存心跟他作對似的，奧立弗才落在你們手中。他哈哈大笑，說這事開始也相當稱他的願，你們為了弄明白那隻兩條腿的哈巴狗是誰，即便是出幾千鎊幾萬鎊，你們也是心甘情願的，只要你們有。」

「你該不是說，」露絲的臉色變得非常慘白，「這話是真的？」

「他當時說得咬牙切齒，毫不含糊，再認真不過了，」女孩晃了晃腦袋，回答道，「他仇恨發作的時候，決無戲言。我認識很多人，他們幹的事情也許更壞，我寧願聽他們講個十回八回，也不希望聽那個蒙克斯講一回。好了，時間已經很晚了，我還得趕回家去，別讓他們疑心我為這事出來過。我必須立刻回去。」

「那麼我能做些什麼呢？」露絲疑惑地說，「你走了，我如何根據這個壞消息採取防範措施呢？回來，你快回來，既然你把你的同伴描寫得那麼可怕可惡，那你幹嗎還要回他那裡去？我立馬便可把隔壁一位先生叫來，如果你把這個消息再對他說一次，用不了半個小時你就可以被轉移到某處十分安全的地方去了。」

「幹嗎回去？」女孩解釋說，「我必須得回去，因為——這種事我如何對你這樣純潔的小姐說清楚呢？——在我向你提到的那些人中間有一個人，他是他們當中最無法無天的一個，我離不開他——是的，即使能夠擺脫我現在過的這種生活，我也離不開他。」

「你以前保護過那可愛的孩子，對吧，」露絲說道，「為了把你知道的話告訴我，你竟冒著這麼大的危險來到這裡，你的一舉一動感動了我，我知道你說的都是真話。你的悔恨和慚愧都是明顯擺著的，這全部的我都相信，你還可以重新做人。啊！」善良的露絲雙手合在一起，眼淚順著她的面孔直淌。她接著說，「我也是一個女子，不要拒絕我的請求。我是第一個——我敢肯定，我是第一個向你表達同情的人。聽我的話，讓我挽救你，這樣你還可以做一些比較有益的事情。」

「小姐，」女孩哭著雙膝跪下，「可親可愛的天使小姐，你是第一個用這樣的話為我祝福的人，我如果幾年以前聽到這些話，也許還可以擺脫罪惡和痛苦而幸運地生活著。然而，現在已經來不及了——來不及了。」

「悔過自新永遠也不會太遲。」露絲自信地說道。

「來不及了，」這時南茜的內心極其痛苦，她哭著說，「可我現在已離不開他，我不希望害他送命。」

「那怎麼會呢？」露絲問。

「你知道嗎，他沒得救了，」女孩大聲說，「假如我把對你講的話告訴了別人，他們都被抓起來，他必死無疑。他是最大膽的一個，同時又是那麼殘忍的一個。」

「為了這樣一個壞人，」露絲大聲說，「你怎麼能寧可放棄自己未來的一切希望，放棄近在眼前的獲救機會呢？你這不是在發瘋嗎？」

「我自己也不知道究竟是怎麼回事，」女孩答道，「我只知道事實就是這樣，不止我一個人，還有成百上千個和我一樣墮落的苦命人也是如此。我必須回去。我不知道這是不是上帝在懲處我的所作所為，但就算我將要遭受痛苦、虐待，我也要回到他那兒去，並且我相信，即使知道自己最終會死在他手裡，我也不會改變主意。」

「那好吧，現在，你說我該怎麼做？」露絲問道，「總之，我不該讓你從我這兒走。」

「謝謝你，小姐，我知道你會讓我走的，」女孩從椅子上站起來，說，「你不會不讓我離開，因為我相信你是好人，我也沒有逼你保證我什麼，儘管我原本可以那樣做。」

「那，你帶給我這個消息對我們又有什麼用？」露絲疑惑地說道，「其中的秘密必須要調查清楚，你一心要搭救奧立弗，才把秘密告訴我，可我如何才能幫助他呢？」

「你身邊必定有一位好心善良的紳士，他聽到這件事既願意保守秘密，並且還會建議你要如何做。」南茜答道。

「可到了必要的時候我上哪兒找你去？」露絲問道，「我並不想打聽到那些可怕的人住在何處，可你以後能不能在一個固定的時間以及一個地方散步或者是經過呢？」

「那能不能向我保證，你將嚴守秘密，必須是你一個人，或者是跟除了你唯一知道這事的人一起來，並且讓我不會遭受監視、盯梢什麼的？」

「這一點我向你鄭重承諾。」

「那麼，每星期日，十一點到十二點之間，」女孩毫不猶豫地說，「只要我還沒死，我就會在倫敦橋上散步，我們就在那裡見面。」

「再等一下，」露絲見女孩匆匆朝房門走去，急忙說道，「請再考慮一下你自己的處境，現在這是你逃離這種處境的一個十分好的機會。你有權向我提出些要求，不單單是因為你主動帶來了這個消息，而且因為你身為一個女子，幾乎到了走投無路的地步，一句話就可以使你得救，難道你甘心回到那幫強盜那兒去，非要回到那個人身邊去嗎？究竟是一種什麼魔力，居然能夠把你給拉回去，重新投入邪惡與苦難的深淵？噢！你心裡就沒有一根弦讓我可以觸動的嗎？難道沒有留下絲毫良知讓我能夠激發出來，克服這種可怕的想法？」

「像你這樣年紀輕、心地好、長得又美的小姐，」南茜堅定地答道，「你們一旦把心託付給了男人，愛情也會把你們帶到天涯海角的。即使連像你這樣有一個富裕的家，有朋友，還有那麼多崇拜者，要什麼有什麼的人，在愛情面前都是一樣的。像我這種人，除了棺材蓋，連個屋頂都沒有，生了病或者臨死前身邊只有醫院的護士，連個朋友也沒有，我們可以把一顆腐爛的心隨便託付給一個男人，讓他佔據我們苦命的一生中一直空著的位置就行了，哪還能指望我們改邪歸正？可憐可憐我吧，小姐——可憐一下我們，要知道，我只剩下這點可憐女人的感情了，而這點感情原來可以讓人感到欣慰、驕傲的，可是無情的天意卻讓它轉變成了對我新的摧殘和苦難。」

「你能不能，」露絲頓了一下說，「讓我給你一點錢，至少你可以正正當當地活下去——不管怎樣也要生活到我們重新見面，好嗎？」

「我絕不能接受你的一個銅子。」南茜連連搖手。

「請你不要拒絕我，」露絲說著，她誠懇地走上前去，「我真心實意想幫助你。」

「如果，你能立刻了結我的生命，小姐，」女孩絞扭著雙手答道，「將是對我莫大的幫助了。今天夜晚，記起我從前做的那些事，我比以往任何時候都要痛心！我一直生活在地獄裡，倘若死後能不進那個地獄就已經很好了。哦，願上帝保佑你，我好心的小姐，祝你獲得的幸福和我遭遇的恥辱同樣多。」

薄命的女孩就這樣一邊說，一邊大聲抽噎著離去了。這一次極不尋常的會見就像瞬息即逝的一場夢，它對於露絲一家來說是一件十分重要的事情。看著那可憐的女孩匆匆離去的背影，不堪一擊的露絲一下就倒在了椅子上，她竭力想把剛才發生的事情全部收進腦海，把自己雜亂的思想理出一個頭緒來。

chapter 41 意外之事往往接連發生，一如禍不單行

這個時候，露絲確實面對著一次不同尋常的考驗，也是一道很棘手的難題。她心急如焚，想要把奧立弗身世的秘密搞個清清楚楚，剛剛與自己談話的那個可憐的女子是如此信賴她，她必須將這種信任看得十分神聖。她的言行打動了露絲的心，與她對自己保護的那個孩子的愛心交織在一起的，還有她一個最大的願望，爭取讓這個流浪的女孩幡然悔改、重新做人。

她們本來打算在倫敦只逗留三天，然後前往遙遠的海濱去住幾個星期的。現在已經是第一天的午夜。在未來的四十八小時裡，她該怎麼辦，該怎樣行動呢？或者說，她該如何推遲這趟旅行，又不至於使人懷疑？露絲靠在椅子上，想著這些事情。

洛斯本先生是跟她們一起來到倫敦的，並準備再待兩天。露絲深知這位品德高尚的紳士性情急躁，她清楚地預見到，他一聽到她告訴他的事情一定會暴跳如雷，會對再次拐走奧立弗的壞蛋恨得深惡痛絕，所以露絲不敢將秘密向他洩露，除非她替那個女孩進行辯護時能夠得到有經驗的人的支持。這些想法，也是她要把這件事只告訴梅麗夫人的時候必須極其謹慎，老太太的第一個反應準是去找那位可敬的大夫商量。至於請教任何

法律顧問，即使她清楚該怎麼請教，根據同樣的理由，恐怕也很難加以考慮。露絲一度想去爭取得到哈里的幫助，這個念頭卻又喚起了她對上次分別的回憶，她好像不應當召喚他回來——這一連串的想法使她禁不住熱淚盈眶，此時，他可能已經將她淡忘了。

就這樣，露絲度過了一個憂心忡忡的不眠之夜，她千頭萬緒，各種各樣的思慮依次出現在她的腦海裡，她忽而傾向於這一種辦法，忽而倒向另一種辦法，忽而又統統推翻。第二天，經過反覆思量，她終於不顧一切，決定請哈里來商量。

「如果他回到這個地方覺得痛苦的話，」她尋思著，「我該會多麼痛苦啊！不過，他也許不來，他可以寫信，也許他會親自到這兒來，卻竭力避免同我見面——他離開的時候就是這樣。我簡直沒有料到他會這樣做，但是那對我們倆都有好處。」想到這裡，露絲放下了筆，把臉扭向一邊，彷彿不希望讓即將替自己充當使者的信箋看見她在哭泣似的。

她這已經是第五十次將同一支筆拿起又放下，反覆考慮這封信的頭一行該如何寫，但她又一個字也寫不出來。這時，在蓋爾斯先生護衛下上街散步的奧立弗氣急敗壞地走進了房間，從他按捺不住的激動來看，好像預示著又有什麼令人擔憂的事情發生了。

「什麼事情使你這樣慌張？」露絲迎上前去，急忙問道。

「我簡直不知道怎麼說好，我好像快喘不過氣了，」孩子回答，「哦，上帝，你想啊，我總算可以和他見面了，你也能明白我對你講的句句是真話。」

「我從來沒有懷疑過你對我們說的任何一句話，」露絲安慰他說，「到底是怎麼回事？——你究竟見到誰了呀？」

「我看見那位先生了，」奧立弗激動得幾乎沒法把話說清楚，「就是待我很好的那位先生——布朗洛先生，我們常常提起的。」

「在哪裡？」露絲問。

「從馬車上下來，」奧立弗高興地掉下了歡喜的眼淚，繼續回答說，「他走進一所房子裡去了。我沒招呼他——我沒法跟他說話，他沒有看見我呢，我渾身發抖，連朝他走過去都沒辦法。可蓋爾斯替我打聽了一下，他是不是住在那裡，他們說是的。你瞧，」說著，奧立弗展開一張紙片，「就在這上邊，他就住在這個地方——我馬上就到那兒去。可當我又看見他，又聽到他說話的時候，我真不知自己該怎麼辦。」

這些話，連同其他許多語無倫次的感歎，大大分散了露絲的注意力，她看到地址，紙片上寫著，海濱區克拉文街，當即決定要抓住這個意外的機會。

「快！」她說道，「吩咐他們備一輛馬車，準備好跟我一起出發。我馬上就帶你到那兒去，一分鐘也不要耽擱。我去告訴姑媽我們出去一會兒，你準備好了我們就走。」

奧立弗根本不需要催促，不過五分鐘，他們已經動身直奔克拉文街了。到了那裡，露絲讓奧立弗待在馬車裡，推說讓老紳士接待他也需要準備準備，她讓僕人送上自己的名片，說有十分緊急的事求見布朗洛先生。

一會兒，僕人就回來了，請她立即上樓去。露絲小姐跟著僕人走進樓上的一個房間，她見到一位上了年紀、慈眉善目、身穿墨綠外套的紳士。在離他不遠的地方還坐著一位穿淡黃馬褲、裹著皮綁腿的老紳士，相貌看上去不太和氣，他十指交叉，按在一根粗大的手杖上，托住自己的下巴。

「哎呀呀，」穿墨綠色外套的紳士禮貌周全，急忙站起來，說道，「小姐，請您原諒——我還以為是什麼人無故前來糾纏——望勿見怪，請坐。」

「您是布朗洛先生吧，請問？」露絲說著，目光移向說話的那一位。

「是的，正是在下，」老先生說道，「這是我的朋友格里姆韋格先生。格里姆韋格，你讓我們談一會好不好？」

「我想，」梅麗小姐插進來說，「在我們交談的這個階段，不必勞煩這位先生迴避。如果我所聞屬實，我想和您商量點事情。」

這時布朗洛先生微微點頭，已從椅子上站起來生硬鞠了一躬的格里姆韋格先生，又硬梆梆地鞠了一躬，唰地重新坐了下來。

「我說的事情肯定會讓您非常意外，」露絲不免覺得難以啟齒，「您畢竟曾是對我的一個非常可愛的小朋友表示過偉大的仁慈與善意，我相信您有興趣重新聽到他的消息。」

「很好。」布朗洛先生說。

「您可知道他的名字：奧立弗．崔斯特。」露絲接著說。

這幾個字剛從她一出口，假裝正在專心閱讀桌上放著的一本大書的格里姆韋格先生就把書給翻了身，發出嘩啦一聲巨響，他身子往椅背上一靠，臉上所有的表情頓時消失，只剩下百分之百的驚愕，他瞪著眼睛，旁若無人地愣住半晌。後來，他大概對自己的心情竟然這樣顯露無餘覺得羞愧，他把身子猛然一扭，又恢復到原先的姿勢，眼睛盯著前方，接著發出一聲悠長而又深沉的歎息，這一聲歎息最終似乎不是飄散在空中，而是漸漸消失在他胃部那些深不可測的坑窪裡。

布朗洛先生也同樣感到驚異，雖然沒有用這種古怪的表情表現出來。他把椅子往梅麗小姐身邊挪近了些，說道：

「答應我，親愛的小姐，再也不要提起你說的善意、仁慈什麼的，反正別人也不知道。如果你能提供什麼證據，能夠改變我曾經對那個苦孩子得出的壞印象，看在上帝的分上，把你所知道的告訴我吧。」

「一個壞孩子，如果他不是個壞孩子的話，我願意把我的腦袋吃下去。」格里姆韋格先生咕噥，他好像是在用肚子說話，臉上的肌肉絲毫也不牽動。

「那個孩子天性高尚，又有一副熱心腸，」露絲漲紅了臉說，「上帝有意要讓他經受的考驗已經與他的年齡很不相稱，在他心中種下了愛心與感情的種子，即使是很多年齡長他六倍的人也不失為一種光榮。」

「我才六十一歲，」格里姆韋格先生還是那樣繃著臉說，「偏偏那個奧立弗至少也有十二歲了，就跟有魔鬼在作怪似的，我不明白你這話是什麼意思。」

「梅麗小姐，我這位朋友的話你不要當真，」布朗洛先生說，「他這個人有口無心。」

「不對，我可是有口有心。」格里姆韋格先生不以為然。

「不，是有口無心。」布朗洛先生說著站了起來，他的火氣顯然要發作了。

「如果是有口無心的話，他願意把他的腦袋吃下去。」格里姆韋格先生宣稱。

「如果是這樣的話，他應該把自己的腦袋敲下來才對。」布朗洛先生說。

「可他非常願意看一看誰敢這麼做。」格里姆韋格先生一邊應對，一邊用手杖擊打著地板。

事情至此，兩位老先生幾次動了真火，隨後又遵照他們始終不變的習慣握手言和。

「好了，梅麗小姐，」布朗洛先生說道，「回到你講的事情上來吧，你能不能告訴我，你又得到了這個苦孩子的什麼消息？請讓我說兩句，為了把他找回來，我想盡了所有辦法，原先我以為他欺騙了我，而他過去的那班同夥又黏上了他，想從我這兒撈點東西，這種想法自從我出國以來便已大大動搖了。」

露絲已經在來的路上把思路整理清楚，她簡潔的幾句話便將奧立弗離開布朗洛先生的住所之後發生的事情全部敘述了一遍，只保留了有關南茜報告的消息，準備私底下告訴這位先生。她最後保證說，那孩子在過去幾個月裡唯一的遺憾就是不能對從前的恩人和朋友表示感謝。

「謝天謝地。」老紳士高興地說道，「這對我真是莫大的幸福，莫大的幸福！可您還沒有告訴我，梅麗小姐，他如今在哪裡？您一定得原諒我對您求全責備——可為何你不帶他一起來見我呢？」

「哦，先生，他現在正在大門外邊一輛馬車裡等著呢。」露絲微笑著回答。

「在這個大門外邊！」老紳士叫了起來，他二話不說，急忙出房門，跳上馬車踏板便衝進了車廂。房門在格里姆韋格先生的身後立即關上了，他抬起頭，用椅子的一條後腿當作圓心，憑藉他的手杖和桌子，在原地轉了整整有三圈，在這段時間裡他始終沒有離開過椅子。這一轉體動作表演結束，他站起來，一瘸一拐地在房間裡走了起碼有二十個來回，走得飛快。緊接著，他在露絲面前驀地停住腳步，省略所有開場白，吻了吻她。露絲被這種荒謬的舉動嚇了一跳，不由得嚇得離開了座位。「噓！」他興奮地說道，「別害怕，按照我的年紀足夠做你的爺爺了，你是個十分可愛的女孩，我喜歡你，他們來啦。」

果然，他剛一個箭步坐回自己原先的座位，布朗洛先生便帶著奧立弗一起上樓來了，格里姆韋格先生十分熱情地向他表示歡迎，看到如此景象，露絲也心滿意足了。

「慢著，慢著，還有一個不能忘記的人，」布朗洛先生邊說邊搖鈴，「吩咐人把貝德文太太叫到這兒來。」

女管家聞召迅速趕到。她在門口行了個屈膝禮，聽候吩咐。

「哦，貝德文，你的眼神真是一天不如一天了！」布朗洛先生頗有點兒惱火地說。

「是啊，先生，這是一定的，」老太太答道，「人的眼神，到我這樣的歲數，是會越來越不濟的，先生。」

「這話我早跟你說過，」布朗洛先生氣憤地回道，「你還是戴上你的眼鏡，看你能不能自己弄清楚為何叫你來，好嗎？」

老太太開始在衣袋裡摸索眼鏡，但奧立弗的耐性已經再也經不起這新的考驗了，他衝過去撲進老太太的懷裡。

「我的上帝！」老太太驚呼一聲把他摟住，「這不是我那個無辜的可憐孩子嗎？」

「哦，我親愛的老奶奶，沒錯，是我！」奧立弗哭喊道。

「他會回來的——我就知道他一定會回來，」老太太緊緊將他摟在懷裡，高興地說。「瞧他氣色多好，衣著像個好人家的孩子啦。這麼多日子，你都到哪兒去了？啊！臉蛋還是那麼俊俏，但不那麼蒼白了。眼神也還是那麼溫和，但不那麼憂鬱了。這些我始終沒忘記，包括你溫和的微笑，每天都拿來和我自己的幾個寶貝孩子比較，可當我還只是個無憂無慮的年輕女子的時候，我的那些孩子就已經死了。」善良的老太太就這麼滔滔不絕地說著，一會兒讓奧立弗退後一步，看看他長高了多少，時而又把他拉到身邊，慈愛地撫順他的頭髮，興奮地摟住他的脖子，一會兒哭一會兒笑。

她和奧立弗盡情暢敘重逢之情，布朗洛先生帶領露絲走進另一個房間。在那裡，他聽露絲講了她與南茜見面的全部經過，不禁覺得非常震撼和惶惑。露絲還說明了沒有立馬向她家的朋友洛斯本先生露出一點口風的理由，老先生以為她做得非常小心，同時高興地答應親自與那位大夫進行一次嚴肅的會談。為了讓他早一些實現這個計畫，兩人立即約定當天晚間八點鐘由他到旅館作一次拜訪，與此同時，把已經發生的所有事情都小心翼翼地通知梅麗夫人。這些預備措施商洽妥當，露絲與奧立弗便告辭回去了。

對那位好心的醫生憤怒到什麼程度，露絲絕非估計過分。南茜的經歷剛一向他轉告，警告與詛咒立刻像瓢潑大雨似的從他口中傾瀉而出，他揚言一定要請布拉澤斯先生和達夫先生共同運用智謀，將南茜頭一個緝捕歸案，他當場戴上帽子，準備立刻出發去求助那兩位名探的幫助。毫無疑問，以他的性格，在一時興起之下，他會將這種打算變成行動，不加片刻的考慮，幸好他受到了阻止。部分是由於布朗洛先生以旗鼓相當的激烈態度強行阻止，他也有一副火暴性子；部分則是大家提出了種種爭辯論點和反對意見，用這些理由來消除他輕率而為的念頭似乎再合適不過了。

「那到底怎麼辦呢？」他們與兩位女士再一次聚到一起，急躁的大夫說道，「我們要不要通過一項決議，向所有那些男男女女的流氓表示感謝，懇請他們每人接受一百鎊左右的酬金，表達我們的敬意，同時因為他們厚待奧立弗，我們要聊表感激之情？」

「不完全如此，」布朗洛先生笑道，「但我們必須謹慎行事，處處留心。」

「謹慎行事，處處留心！」醫生喊了起來，「我要把他們一個個全部送到——」

「送到哪兒都行，」布朗洛先生打斷了他的話，「不過，得考慮一下，是不是把他們送到任何地方，就能達到我們預想的目的？」

「什麼目的？」大夫問道。

「很簡單，無非是查清奧立弗的身世，奪回他應得的遺產。如果這個故事並非虛構，那麼他的這筆遺產已經被人用欺詐手法剝奪了。」

「啊！」洛斯本先生一邊說，一邊用小手帕擦拭著汗水，「我幾乎把這事給忘了。」

「你想一想，」布朗洛先生繼續問道，「且不管那個可憐的女孩，如果有可能將那幫惡棍繩之以法，又不危及她的安全，這對我們又有什麼好處呢？」

「可能，至少要絞死其中的幾個，」大夫估計，「其餘的全部流放。」

「太棒了，」布朗洛先生微笑答道，說，「他們遲早總要落得個這般的下場，可如果我們也插手進去，趕在他們前邊，依我看，我們做的將是唐吉訶德式的行為，和我們自身的好處——至少是和奧立弗的利益背道而行，說到底，我們的利益也就是奧立弗的利益。」

「此話怎講？」醫生問。

「是這樣的。很明顯，要弄清謎底，我們將會遇到極大的艱難，除非能夠讓蒙克斯這個人就範。這只能智取，要當他不在那些人中間的時候下手。因為，如果他已經在押，我們也拿不出他的罪證。他甚至於——據我們所知，或者據我們看來——沒有摻和這夥歹徒的任何一次盜案。即使他沒有獲得人身自由，頂多也只能作為流氓、無賴給關進監獄，不會受到任何懲處，從此以後我們休想從他口中掏出一句話，就像他是一個又聾、又啞、又瞎的白癡一樣。」

「既然如此，」醫生憤激地說，「我倒要再次請你考慮，你難道認為，按照我們向那個女孩做出的保證是合乎理智的，我們本著最美好最善良的願望做出了這個保證，可其實——」

「請不要對這一點多加爭論，我親愛的小姐。」露絲正準備開口，布朗洛先生就搶在她前頭說。「承諾是一定要信守的。我認為它絲毫不會給我們的行動造成阻礙。」他接著說：「不過，在決定採取某種明確的行動方針之前，我們必須見見那女孩，向她說明，是由我們，而不是由法律去對待這個蒙克斯，她是否願意指認一下他，換句話說，如果她不想，就請她告訴我們他時常去什麼地方，長得什麼樣，以便於我們能把他給認出來。

星期天晚上之前是不可能見著她了，今天才星期二。依我來看，大家在此期間要絕對保持冷靜，這些事情就是對奧立弗本人也一定要保密。」

洛斯本先生一直扭歪著臉，對於這項一拖就是整整五天的建議，做出不以為然的樣子，儘管如此他沒法不承認眼下他也想不出更好的方法。加上露絲與梅麗夫人又都十分支持布朗洛先生，這位紳士的建議得到一致通過。

「我十分想向我朋友格里姆韋格求援。」他說道，「他是一個怪人，但很機敏，也許能為我們提供切實的幫助。我應當說明一下，他學的是法律，因為二十年間只收到一份案情摘要和訴訟申請，毅然退出了律師界，至於我這些話能不能算一份介紹書，你們必須自己決定。」

「我不反對你向朋友求援，假如我也可以請我自己的朋友來的話。」醫生說。

「我們必須將這件事付諸表態，」布朗洛先生答道，「是哪一位？」

「那位夫人的兒子，就是這位小姐的——至交。」大夫說著，指指梅麗夫人，又附帶著意味深長地看了一眼她的侄女方才住嘴。

露絲的臉刷地漲得通紅，但卻一語不發——她也許感覺到，如果反對這項動議，自己勢必將處於無望的少數，哈里與格里姆韋格先生被接納加入這個委員會。

「不用說，只要這項調查工作有取得成功的一線希望，我們就繼續留在倫敦好了，」梅麗太太說，「我們大家都對這件事非常關心，我也不會擔心勞神費事、在意花銷，我心甘情願留在這裡，哪怕待上個一年半載。只要你們能叫我信任，事情還沒有到徹底令人失望的程度。」

「很好。」布朗洛先生表示贊同，「我看諸位的表情，大家都想問一問，我怎麼會突然出國，以至於在需要證明奧立弗的故事是否真實的時候，偏偏找不到我了。請允許我提出一條，到了我認為合適的時候，不勞煩各位問起，我會把我本人的故事奉告給大家，在此之前，請不要問我。相信我吧，我做出這一請求是有正當理由的，否則我可能會燃起一些註定不能實現的希望，徒然增添已經多到無可計數的困難與沮喪。好了，晚餐已經好了，一直孤孤獨獨地守在隔壁房間裡的小奧立弗，這時候要開始動腦筋了，以為我們都不喜歡他了，正在策劃什麼惡毒的陰謀，準備將他掃地出門呢！」

說完，老紳士把一隻手遞給梅麗太太，陪她走進餐室。洛斯本先生帶領露絲隨在後邊。實際上，討論會已經有了一個結果，到此已暫時告一段落了。

chapter 42 奧立弗一位老相識的天才表現，成為首都的名人

南茜將賽克斯先生哄睡過去，肩負她自己攬上身的使命，匆匆走訪露絲．梅麗那裡，也就是在這天夜裡，有兩個人沿著北方大道朝著倫敦方向而來，這部傳記應該向他們二位給予一定程度的關注。

來者是一個男人，一個女人，前者屬於那種四肢修長，膝頭內彎，行動遲緩，骨瘦如柴的類型，年齡很難確定——從為人處世上看，他們在少年時代已經像發育不全的成人了，而當他們差不多成了大人的時候，又像是一些長得太快的孩子。女的年紀還輕，體格壯實，彷彿專門負責承擔掛在她背上的那個大包袱。她的同伴行李不多，僅有一個用尋常手巾裹起來的小包，一看就夠輕的了，搖搖晃晃地吊在他肩上扛著的一根棍子的尾部。這種情況，加上兩條腿又修長得出奇，他毫不費力就能領先同伴差不多六七步。他有時頗焦躁地猛一搖頭，轉過身去，似乎是在埋怨同伴磨磨蹭蹭走不快，催促她多加一把勁兒似的。

就這樣，他們沿著塵土飛揚的大路勇往直前，對於視野以內的景物全不在意，只有當郵車大步流星似的從倫敦城過來的時候，他們才避讓路旁，讓出通道，一直到兩人走

進高門拱道，前面的那一位才停下來，沒好氣地向同伴喊道：

「快跟上，你走不動了？夏洛特，你這懶骨頭。」

「包裹太沉，我告訴你吧。」女的走上前去，累得上氣不接下氣，說道。

「太重！虧你還好意思說得出口。你是來做什麼的？」男的一邊說，一邊把自己的小包袱換到另一個肩上。「噢，瞧你，又想休息了。唷，你除了能把人弄得著急，還能做些什麼呢！」

「還很遠嗎？」女的倚著護壁坐下來，抬眼問道，汗水從她臉上不斷地往下流。

「很遠？很快就到了。」兩腿修長的流浪漢指了指前方，說道。「瞧那邊，那就是倫敦的燈火。」

「至少也有足足兩英里。」女的氣餒地說。

「別管是兩英里還是二十英里，」諾亞說道。「你給我起來，往前走，否則我可要踹你幾腳了，我可事先警告你哦。」

諾亞的紅鼻子由於發火變得更加紅潤，他口中振振有詞，從馬路對面走過來，似乎真的要將他的恐嚇付諸行動，女的只好站起身來，沒再多說什麼，拖著沉重的腳步和他並排著向前走去。

「你打算在哪兒過夜，諾亞？」倆人走出幾百米之後，她問道。

「我怎麼知道？」諾亞回答，他的情緒已經因為走路變得十分不好。

「但願就在附近。」夏洛特說。

「不，不在附近，」諾亞回答，「聽著！不在附近，你別存這個念頭。」

「為什麼不？」

「我只需要告訴你我不打算做什麼事情，那就夠了，不要再問原因了。」諾亞神采飛揚地回答。

「喲，你別發那麼大脾氣。」女伴說道。

「走到城外看見的第一家旅店就住下，那樣一來，索爾伯利興許會伸出老鼻子，找到我們，用手銬銬上，扔到大車裡抓回去，那可就好看了，不是嗎？」諾亞以嘲弄的口氣說道，「不，我要走，我就是要挑最狹小的偏街小巷，走進去就消失了，不找到我能夠看上眼的最最偏僻的住處，我是不會停留的。媽的，你應該感謝你的命運，因為我長了個好腦子，起初我們如果不是故意走錯路，再穿過田野走回去，你一個星期以前就已經給牢牢地關起來了，小姐。真要那樣也是活該，誰叫你天生那樣蠢。」

「我知道我沒有你那樣聰明，」夏洛特承認，「可你不能把過失全推到我身上，說我要被關起來。我假如真的給關起來了，你當然也跑不了。」

「錢是你從櫃檯裡拿的，你知道這是你幹的。」諾亞說。

「諾亞，可我是為了你才拿錢的，親愛的。」夏洛特辯解道。

「錢難道在我身上？」諾亞問。

「不在，你相信我，讓我帶在身上，像寶貝一樣，你確實是我的寶貝。」這位小姐說著，拍了拍他的下巴，伸手挎著他的胳膊。

事實確是這樣。不過，對人一無所知、愚蠢到絕對相信依賴並不是諾亞的習慣。這裡應該為這位紳士說句公道話，他信任夏洛特到這程度，是有一定原因的。如果他們給逮住了，錢是從她身上搜出來的，這相當於是為自己留下了一條後路，他可以聲稱自己沒有參與任何逃脫罪責，從而大大有利於他蒙混過關。當然，他此刻還不想說明自己的動機，兩人非常親昵地向前走去。

按照這個謹慎的計畫，諾亞毫不停留地往前走，直到伊斯林頓附近的安琪兒酒家，他根據行人的密度和車輛的多少作出了英明的判斷：倫敦已經就在眼前。他稍停了一會兒，在打量著哪幾條街顯得最為熱鬧，因而自然也是最應該避開的。兩人拐進聖約翰路，不久就隱沒在一片昏暗之中，這些錯綜複雜、污濁骯髒的小巷位於格雷旅館胡同與鐵匠廣場之間，這是倫敦市中心改建以後遺留下來最見不得人的地區之一。

諾亞穿行於這些街巷，夏洛特跟在後邊。他一會走到路旁，對某一家小旅店的全部外觀觀察一番，一會兒又慢騰騰地朝前走去，好像他憑猜想認定那裡人一定很多，不稱他的心意。最後，他在一家看上去比以前見到的任何一處都更窮酸、更骯髒的旅店前邊停下來，又走到馬路對面的便道上再加以觀察，這才莊重宣佈就在這裡投宿。

「把包袱給我。」諾亞說著，從女的肩上卸下包裹，放在自己肩上。「除非問到你，否則不要開口。這家客店叫什麼名字——三——三——三什麼來著？」

「三瘸子。」夏洛特說。

「三瘸子。」諾亞跟著重複一遍，「招牌也挺不錯。喂喂，一步也別停下，走吧。」

吩咐已畢，他用手推開吱吱作響的店門，走進旅店，身後跟著他的女伴。櫃檯裡只有一個年輕的猶太人，胳膊肘放在櫃檯上，正在看一張污穢的報紙。他十分專注地打量著諾亞，諾亞也凶巴巴地盯著他。

如果諾亞穿的是他那套慈善學校校服，這個猶太人把眼睛睜那麼大也還有點道理，可他已經把上裝和校徽給丟棄了，皮短褲上邊穿的是一件短罩衫，這樣一來，他的外貌似乎沒有什麼特別的理由在一家酒店裡引起如此密切的注意。

「這就是三瘸子酒店吧？」諾亞問道。

「是的。」猶太人答道。

「我們從鄉下來，路上遇見一位紳士，向我們介紹了這個地方。」諾亞說著，用胳膊肘碰了碰夏洛特，也許是想叫她注意他這個贏得尊敬的高招，也可能是警告她不要大驚小怪的。「我們今天晚上想在這兒住宿。」

「這事我不能做主，」巴尼說，本書中好些場合都少不了這個怪物。「我可以去問問。」

「帶我們到酒吧去，給我們來點兒冷肉和啤酒，然後你再去問，好不好？」諾亞說。

巴尼把他倆帶領到一個不大的裡間，送上客人要的酒菜之後，他通知兩位旅客，當晚他們可以住下來，隨著便退了下去。

原來，這一個裡間與櫃檯只有一牆之隔，因此要矮幾步階梯。任何一個與這家客店有聯繫的人只要掀開一張小小的簾子，透過簾子下邊上述房間牆壁上離地大約五英尺的一層玻璃，就不單單可以觀望單間裡的客人，並且根本不用擔憂被人發現（因為這塊玻璃是在牆上的一個暗角裡，窺視者要偷看，他的頭必須從暗角與一根筆直的大樑之間伸出去）如果將耳朵靠到壁板上，還會十分清楚地聽到裡邊交談的內容。酒店老闆的目光離開這個窺視哨還不到五分鐘，巴尼向客人轉告了那幾句話也剛回來，這時，晚上出來活動的費金走進了櫃檯，他想打聽自己某個徒弟的情況。

「噓！」巴尼說道，「隔壁屋裡有陌生人。」

「陌生人。」老頭兒悄悄地跟著重複了一遍。

「啊。而且形跡可疑得很，」巴尼添了一句，「打鄉下來，應該和你是同行，假如我沒有看錯的話。」

費金好像對這個消息很有興趣，他站到一張腳凳，謹慎地將眼睛貼到玻璃上，從那個秘密哨位上可以看到，克萊坡先生邊吃盤子裡的冷牛肉，喝壺裡的黑啤酒，一邊隨意分一些牛肉、啤酒給夏洛特，而她則安心地坐在一旁吃喝。

「啊哈。」費金朝巴尼掉過頭來對巴尼悄悄地說。「我喜歡那小子的樣子，他會對我們有用的，他已經懂得怎樣馴服那丫頭了。你不要作聲，親愛的，讓我聽聽他們在講些什麼——讓我聽聽。」

費金重新把眼睛貼在玻璃上，耳朵轉向壁板，聚精會神地聽著，一臉陰險而又迫切的表情，活像一個老惡鬼。

「因此我計畫做一位上等人。」諾亞蹬了蹬腿，繼續說道，費金來得太晚，沒聽到這席話的開頭部分。「再也不去奉承那些寶貝棺材了，夏洛特，我要過一種上等人的生活。

而且，只要你願意，你完全可以做一位上等女人。」

「我太願意了，親愛的，」夏洛特應道，「可錢櫃不是天天都有的，別人也會查出來的。」

「去你的錢櫃。」諾亞說，「除了騰空錢櫃以外，多的是事情。」

「你這話怎麼講？」旅伴問。

「錢包啦，女人家的提袋啦，住宅啦，郵車啦，銀行啦。」諾亞喝著啤酒愈說愈上勁。

「可這些事，你也做不了呀，親愛的。」夏洛特說道。

「我要找能辦事的人一起辦事，」諾亞回答，「他們有方法派給咱比較有用處的話。嗨，你自己就抵得上五十個娘們兒。如果我把你放出去，絕對找不到像你這般巧舌如簧老奸巨猾的人。」

「上帝，聽你這麼說我才叫高興呢！」夏洛特受寵若驚地說，在他那張醜陋的臉上印上一吻。

「好了，夠了夠了，你別親熱過頭，小心別惹我發火。」諾亞說著，煞有其事地把她推開。「我想當某一夥人的首領，把他們收拾得服服貼貼，還要暗中盯他們的梢，連他們自個兒都不清楚。這才符合我的口味，只要油水大就行。咱們只要結識幾位這類的紳士，我說，就是花掉你得到的那張二十英鎊的票據也划得來——何況，我們自己也不大懂得怎樣出手。」

這一番觀點發表已畢，諾亞帶著一副高深莫測的樣子，他對著啤酒缸觀察了一陣，又使勁搖了搖缸子裡的啤酒，對夏洛特點點頭，總算是給她面子，他喝了一口啤酒，看上去精神頓時振作。正盤算著再來一口，卻停住了，房門忽然打開，一個陌生人走了進來打斷了思路。

進來的是費金先生。他走上前來，樣子甚是和藹，深深地鞠了一躬，在鄰近的一張餐桌上坐下來，向咧嘴怪笑的巴尼要了一點喝的。

「先生，好一個可愛的夜晚，不過按季節說來稍嫌冷一些。」費金搓著雙手，說道。「我看得出，你們是從鄉下來的吧，先生？」

「你怎麼知道的？」諾亞問道。

「倫敦沒那麼多的灰塵。」老猶太指了指諾亞和他那位朋友的鞋，又指了指那兩個包袱。

「你這人的眼力真了不起，」諾亞說道，「哈哈！你聽聽，夏洛特。」

「是啊，一個人待在倫敦城還必須有點眼光才行，親愛的。」老猶太說時把嗓門壓低，推心置腹地打起耳語來。「這是千真萬確的事實。」

伴隨著這番見解，費金用右手食指捏了捏鼻翼——諾亞存心要模仿一下這個動作，可是因為他的鼻子不夠大，但並不十分成功。不過，費金先生看來將諾亞的這番舉動當作是完全贊同他的意見的一種表示，他態度非常友好，將巴尼端上來的酒敬向對方。

「真是好酒。」諾亞咂嘴稱讚。

「哎呀呀。」費金說道，「一個男子漢要想經常有這種酒喝，就得不斷把錢櫃裡的錢，或者錢包，或者女人的提袋，或者住宅、郵車、銀行裡的財物掏個精光。」

諾亞猛一聽到從他自己的高論中摘出來的片斷，立刻嚇得癱倒在椅子上，面如死灰，驚恐萬狀地看看老猶太，又看看夏洛特。

「不用緊張，親愛的，」費金說著，把椅子挪近了一些，「哈哈。你真是有運氣，只有我一個人偶爾聽見你在說話，幸虧沒有讓旁人聽見。」

「我沒有拿，」諾亞不再像大模大樣的紳士那樣將兩條腿伸得長長的，而是盡可能縮回到椅子底下，訥訥地說，「這都是她幹的，錢在你身上，夏洛特，你知道錢在你身上。」

「錢在誰身上，也不管是誰幹的那都無所謂，親愛的。」費金答道，眼睛卻像鷹隼一樣掃視著那個女人和兩個包裹。「我本人就是幹這行的，所以我喜歡你們。」

「哪一行？」驚魂未定的諾亞問。

「正經的行當，」費金答道，「店裡這幾個人都是幹這一行的。你們來到此地真是巧極了，這地方最安全不過了。全倫敦沒有一個地方比瘸子店更安全的，就是說，那要看我是不是願意，我挺喜歡你和這個年輕女人，所以我才這樣說，你們儘管把心放寬便是，我沒有任何意思。」

聽了這番話，諾亞．克萊坡的心倒是可以放寬，但他的身體總覺得不自在，他手足無措，變換成各種奇形怪狀的姿勢，同時用交織著恐懼和疑慮的眼神望著新結交的朋友。

費金友好地連連點頭，又斷斷續續地說了一些鼓舞的話，讓夏洛特定下心來，之後說道：「我有個朋友，應該能夠滿足你日思夜想的心願，把你帶上正道，在他那裡，你一開始就可以選擇這一行裡你認為最合適的一個門類，還可以把其餘的都學會。」

「你這話好像是當真的。」諾亞說道。

「不當真對我有什麼好處？」費金聳聳肩膀，問道。「過來！我們到外面去，我有句話要對你講。」

「有話我們不必外面去談，這太麻煩了。」諾亞說著，漸漸地重新把腿伸了出去。「讓她趁這時候把行李搬上樓去。夏洛特，你去把包裹放好。」

這一道命令發佈得可謂威風凜凜，又毫無疑問地得到了認可。夏洛特見諾亞拉開房門，等著她出去，連忙拿起包裹走開了。

「她訓練得還不錯，你說是不是？」他邊問邊坐回老地方，口氣像是個馴服了某種野獸的飼養員。

「沒說的了。」費金拍拍他的肩膀，答道。「你真是一位天才，親愛的。」

「是啊，我如果不是天才的話，就不會在這裡了，」諾亞答道，「可我還是要說，你別浪費時間，她就要回來了。」

「你覺得怎麼樣？」費金說道，「你要是喜歡我朋友，跟他合作那會更好的哦！」

「他做的那一行究竟好不好，問題就在這裡。」諾亞眨著兩隻小眼睛中的一隻，應聲說道。

「頂尖的了，他手下有一大幫人，全是這行裡最出色的高手。」

「都是道地城裡人？」諾亞問道。

「是的，他們裡面沒有一個鄉下人。若不是他現在十分缺人手，即使是我舉薦，恐怕他也不會要你。」費金答覆。

「我是不是應該先送點什麼才能認識他？」諾亞拍拍他的褲袋問。

「沒有這個可能是辦不成的，朋友。」費金的態度非常明確。

「二十鎊，這可是——這可是一大筆錢。」

「如果是一張沒法出手的票據，情況就不同了。」費金回敬道。「號碼和日期恐怕都記下來了吧？銀行支付呢？啊！這種東西對他沒有多大價值，往後只能弄到國外去，市場上賣不出一個好價錢。」

「我什麼時候可以見到他？」諾亞滿腹狐疑地問。

「明天上午。」老猶太答。

「在何處？」

「就在此地。」

「嗯。」諾亞說道，「我們的報酬怎麼算啊？」

「你的日子可以過得像一位上等人——食宿煙酒一律免費供給——算上你全部所得的一半，還有那位掙的錢的一半。」費金先生回答。

如果諾亞有充分的自由進行選擇，按照他那份赤裸裸的貪心，即使像這樣的條件他是不會接受的。但他想到，如果加以拒絕，這位新相識可以立馬將他扭送到法院，他漸漸軟下來，說他認為這還算合適。

「不過你要知道，」諾亞把話說開了，「既然她以後可以做的事很多，我想要找一件非常輕鬆的事。」

「一件小小的，有趣的事？」費金故意逗他。

「啊。正是這樣，」諾亞答道，「你覺得眼下什麼對我適合呢？不用花多大力氣，又沒有什麼危險，你瞭解，那是一回事。」

「我聽你說起過對其他人盯梢的事，親愛的，」費金說道，「我的朋友正需要這方面的能人，非常需要。」

「是啊，我確實提到這一點，而且我有的時候願意幹這種事。」諾亞慢悠悠地回答。「不過，這種事本身是賺不到錢的，你知道。」

「那倒是事實。」老猶太沉思著，或者說假裝沉思的樣子，說道。「恐怕確實賺不到錢。」

「那你的想法是？」諾亞焦急地望著他，問道。「可不可以偷偷摸摸幹點什麼，只要事情穩當，風險也不比待在家裡更大。」

「在老太太身上打主意怎麼樣啊？」費金問，「把她們的手提袋、小包裹搶過來，轉個彎人就不見了，往往可以賺不少錢。」

「哦，可是，她們要大喊大叫，用手亂抓的哦？」諾亞晃著腦袋反問道，「我看這不合我的意思。難道沒有別的路子可走？」

「有了。」費金將一隻手放在諾亞的膝蓋上，說道。「收繳小孩兒錢。」

「那是什麼意思？」諾亞有些不解。

「小孩兒嘛，親愛的，」老猶太解釋道，「就是母親派去買東西的小孩，他們身上總是帶著些便士銀幣或者先令出來。收稅，就是拿走他們的錢——他們向來是把錢攥在手裡——然後將他們推到水溝裡，再若無其事地慢悠悠離開，就好像任何事都沒發生，不就是有個小孩兒自己摔進溝裡摔疼了嗎？哈哈！」

「哈哈！」諾亞縱聲大笑。「好的，就這麼幹了。」

「說好了，」費金回答，「我們就在坎頓鎮、戰爭橋，以及周圍一帶劃分幾塊好地盤給你，那些地方讓小孩出來買東西的很多，白天無論什麼時候，你愛把多少娃娃推到溝裡都成。哈哈哈！」

說到這裡，費金捅了一下諾亞的肋骨，兩人一齊爆發出一陣經久不息的高聲大笑。

「呵，一言為定。」諾亞說道，他已止住笑，夏洛特也回到了屋裡。「那就一言為定，明天什麼時候？」

「十點鐘好嗎？」費金問，他見諾亞點頭表示同意，又補充說，「我向我的好朋友介紹的時候，說你叫什麼名字呢？」

「波爾特先生。」諾亞說道，他對出現這樣的局面已有所準備。「莫里斯．波爾特先生，這位是波爾特夫人。」

「身為波爾特夫人恭順的傭人，」費金邊說邊鞠躬，禮貌周到得使人發笑，「希望我在不久的將來就能進一步熟識夫人。」

「夏洛特，這位紳士在說話，你聽見了嗎？」克萊坡先生用雷鳴般的聲音問。

「聽見了，諾亞，哦。」克萊坡夫人答道，並且伸出一隻手。

「她管我叫諾亞，是我們之間的親切稱呼，」莫里斯．波爾特先生朝費金轉過身去說道。「你能理解嗎？」

「噢，是的，我完全理解——完全理解。」費金回答，他這一次講的是實話。「明天見。」

說了很多的美好祝願，費金先生方才動身。諾亞先叫他那位賢明的太太注意力集中，開始環繞自己決定的事情對她進行解釋，那種自命不凡、目中無人的神氣，儼然就像是一位紳士，他一直對自己的太太灌輸，在倫敦及其周圍收繳小孩的錢是一項非常體面的特殊任命。

chapter 43

本章講述機靈鬼如何落難

「原來你朋友就是你自己呀，對不對？」諾亞，也就是波爾特向費金問道，根據兩人商定的協定，他第二天便搬進了費金先生的住所。「上帝，我昨晚上已經料到。」

「每個人都是他自己的朋友，親愛的。」費金臉上堆滿諂媚的笑容，他答道。「人在任何地方都找不到一個和他自己一樣的好朋友。」

「有時候也有例外。」莫里斯·波爾特擺出一副世故的樣子回答。「你知道，有些人不跟別人作對，專門跟他們自己過不去。」

「別相信那些話，」費金說，「一個人跟自己過不去，那只是因為他和自己做朋友做過頭了，是因為他什麼人都記在心上，就是不關心他自己。呸，呸！世上哪有這種事。」

「就是的，真不應該。」波爾特先生應道。

「對啊。有些魔術師說三號是一個有魔力的數字，還有的說是七號。其實都不是，我的朋友，不是的，一號才是哩。」

「哈哈！」波爾特先生放聲大笑，「永遠是一號。」

「在一個像我們這樣的小集體裡邊，我親愛的，」費金認為需要對這種觀點作一個解釋，「我們有一個籠統的一號，也就是，你不能把自己當做一號來考慮，要想一想我，包括所有其他的青年人也是。」

「噢，鬼東西。」波爾特先生罵了一句。

「你想，」費金裝作沒留意到波爾特說這句話時的表情，繼續說道，「我們目前不分彼此，有共同的好處，必須要這樣做。例如說吧，你的目標是關心一號——就是關心你自己。」

「當然啦，」波爾特先生說，「這話很對。」

「對呀。你不應該只關心自己這個一號，就不關心我這個一號了。」

「你說的應該是二號吧？」波爾特先生問。

「不，我沒有說錯。」費金反駁道，「我對於你是一樣重要的，就像你對自己似的。」

「我認為，」波爾特先生插嘴說，「你是個很有意思的人，我十分賞識你。不過，我們的交情還沒有達到這樣的程度。」

「只是考慮考慮，思考一下而已，」費金說著聳了聳肩，攤開雙手。「你辦了一件非常漂亮的事，正因為這個緣故，我喜歡你。可同時，這事兒也在你脖子上繫了一條領圈，拴上去很容易，解下來卻很難——說得明白些，就是絞索。」

波爾特先生用手摸了摸圍巾，彷彿感到繫得太緊，很不舒服似的，他支支吾吾，用聲調而不是用語言表示同意。

「什麼是絞架？」費金繼續發揮，「絞架，我親愛的，是一塊醜陋的路標，它那個急轉直下的箭頭斷送了多少男人的遠大前程。始終走在平穩的路上，遠遠地避開絞架，這就是你的一號目的。」

「這是當然的道理，」波爾特先生應道，「你講這些事情做什麼？」

「無非是讓你明白我的意思，」老猶太把眉毛一揚，說道，「要做到這一點，就得依靠我，要把我的這份小買賣順順當當做下去，就要靠你了。首先是你這個一號，其次才是我這個一號。你越是看重你這個一號，就越要關心我。總的來說，我們還是回到我起初跟你說的那句話了——以一號為重，我們大家才能安定，我們必須得這樣做，否則我們只能散夥。」

「這話有理，」波爾特先生經過深思後說，「噢！你這個老滑頭。」

費金先生高興地看到，這樣讚賞他的才能，絕不是一般的恭維話，自己確實已經在這個新徒弟心中留下了詭計多端的印象，在兩人結識之初就形成這個觀念是極為重要的。為了加深這個有利無弊的印象，他再接再厲，將業務的規模、範圍相當詳細地介紹了一番，將事實與虛構融合在一起，儘量使之適合自己的利益。他將二者運用得十分熟練，波爾特先生的敬意顯著增加，同時又帶有一定程度的有益的畏懼。

「正是因為你我之間這種相互信任，我才能在遭受重大損失的時候獲得支持，」費金說道，「昨天上午我失去了一個最得力的幫手。」

「你的意思是不是說他死啦？」波爾特先生叫了起來。

「不，不，」費金回答，「事情還沒有糟到這個地步，絕對沒有這樣壞。」

「哦，我想他大概——」

「嫌疑，」費金插了一句，「是的，他就是嫌疑犯。」

「問題很嚴重？」波爾特先生問。

「不，」費金答道，「不怎麼嚴重，指控他企圖扒竊錢包。他們在他身上搜出一個銀質鼻煙盒——是他自己的，親愛的，確實是他自己的，他自己吸鼻煙，非常喜歡吸。他們一直把他關押到今天，以為可以找到失主。啊！他配得上五十個鼻煙盒，我願意出那個價把他救回來。可惜你不認識這個聰明鬼，親愛的，可惜你不認識溜得快。」

「哦，我將來會見到他的，我想，你說是不是？」波爾特先生說。

「這事我放不下，」費金歎了口氣，回答，「如果他們沒什麼新的罪證，就只是一個即判裁決而已，六個星期左右，我們再把他接回來可以了。然而，要是他們有新證據，那就變成累積案了。他們如今知道那小夥子有多機靈了。他一定會得到一張永久票，他們會給溜得快弄張永久票的。」

「你說那個『累積』跟『永久票』是何意思？」波爾特先生刨根問底，「你這樣對我說話有什麼好處，你為何不用我能懂得的話來說呢？」

費金正打算把這兩個神秘的詞語翻譯成通俗的語言，這樣講波爾特先生就會明白，兩個詞結合在一起的意思原來是「終身流放」。就在這時，貝茨少爺突然走了進來，他打斷了這席對話，貝茨兩手插在褲袋，他扭歪了臉，那副愁眉苦臉的樣子反而讓人覺得有點可笑。

「這下全完了，費金。」查利和新夥伴相互認識之後，說道。

「你說什麼？」

「他們找到了盒子的失主，還有兩三個人要來指證他，溜得快就要出去走一趟了。」貝茨少爺回答，「我要穿一身喪服，費金，戴著一條帽帶，在他動身出去之前去探監。想想看，傑克．道金斯——幸運的傑克——溜得快——抓不住的溜得快——為了普通一個噎盒子，只值兩便士半，就要放洋出國。我一直以為，要讓他放洋出國，至少也是為一塊帶鏈子和戳子的金錶。噢，他幹嗎不去把一位有錢老紳士的貴重東西偷個精光，也可以大模大樣地出國去，不能像個普通的扒手，既不體面又不光彩。」

貝茨少爺對倒楣的朋友深表惋惜之意，然後在離得最近的椅子上坐了下來，神情懊悔。

「你怎麼能說他既不體面又不光彩？。」費金不以為然，他朝徒弟投過去一道憤怒的眼色。「他向來就是你們當中的頭兒，你們有誰能在嗅覺方面跟他相比或者超過他的。嗯？」

「一個也沒有，」貝茨少爺覺得有些後悔，聲音也變啞了。「一個也沒有。」

「那你怎麼能這樣說呢？」費金氣呼呼地責問，「你哭什麼呀？」

「因為這種事不會記錄——在案的，對不對？」查利抑制不住滿腔的懊惱，公然頂撞起自己的老恩師來了。「由於不會寫在起訴書上，由於大家連他為人的一半都不知道，也許根本就不在那兒。呵，上帝，上帝，這個打擊太大了。」

「哈哈！」費金伸出右手，面對波爾特先生，止不住笑得渾身震顫，像是在抽風似的。「瞧瞧，他們對自己的職業看得多自豪，親愛的，這還不夠好嗎？」

波爾特先生點頭稱是。費金朝傷感的查利・貝茨觀察了幾秒鐘，感到滿意後才走上前去，拍了拍那位小紳士的肩膀。

「別難過，查利，」費金哄著他說，「會報導出來的，肯定會登出來的。將來每個人都會瞭解他是一個多麼精明的人，他自己會出面的，不會給我們大家丟臉的。你想一想，他又是這麼年輕。在他那個歲數就被請去，查利，那該多有面子啊。」

「哦，這是一種光榮，確實是。」查利說道，他心頭稍感寬慰。

「他要什麼就會有什麼，」老猶太說道，「他在那個石甕裡，查利呀，幾乎過得像一位紳士，像一位紳士似的。每天有啤酒喝，口袋裡有錢讓他玩玩投錢遊戲，假如他花不出去的話。」

「不，如果他花得出去呢？」查利・貝茨喊道。

「哦，那就花唄，」老猶太答道，「我們要找一個大人物，查利，找一個口才極好的人，為他辯護。他也可以自己辯護，要是他願意，我們會在報紙上讀到所有——抓不著的溜得快——多次引起哄堂大笑——法官都捂住肚子笑——嗯，查利，嗯？」

「哈哈！」貝茨少爺大笑，「那才有趣呢，是不是，費金？我說，溜得快八成要把他們弄得暈頭轉向，肯定是的？」

「八成？」費金不以為然，「十成——他一定會的。」

「啊，沒錯，他一定會的。」查利搓著手又說了一遍。

「我現在似乎看見他了。」老猶太將目光轉移到他的徒弟，大聲說道。

「我也看見了，」查利．貝茨大聲應道，「哈哈哈！這所有的好像全在我面前，看得非常真實，費金，真有意思，十分有意思。那些帶假髮的大人物全部裝出一本正經的樣子，傑克．道金斯跟他們談得又親熱又愉快，就如同他是法官的兒子，正在宴會上發表演講似的——哈哈哈！」

說真的，貝茨少爺的脾氣確實十分不尋常，經過費金先生的一番仔細培養後，這位年輕朋友剛開始時傾向於把關在獄中的溜得快當做是犧牲品，這時卻認為他是非常不尋常、非常優雅的鬧劇主角，巴不得這一天早些來臨，好讓自己的老夥計有機會大顯身手。

「我們必須知道他今天過得怎樣，找個什麼好的方法，」費金說道，「讓我想想看。」

「要不要我去走一趟？」查利問。

「絕對不行，」老猶太答道，「你發瘋了不成，親愛的？你就是在發瘋，你也會進去的，那兒——不，查利，不行。一次損失一個已經夠了。」

「難道你計畫親自出馬吧，我想？」查利知趣地擠了擠眼，說。

「恐怕也不太合適。」費金搖頭作答。

「那你為何不讓這個新來的傢伙去呢？」貝茨少爺把一隻手放在諾亞肩膀上，問道。「誰都不認識他。」

「哦，如果他不反對的話——」費金說道。

「反對？」查利插進來說，「他有什麼可反對的呢？」

「的確沒什麼好反對的，親愛的，」費金說，向朝波爾特先生轉過身去。「的確沒什麼。」

「啊，話可不能那麼說。」諾亞說著，連續搖著頭往門口走去，表現出一種神志清醒的驚慌。「不，不——我不幹，這種事不應當是我幹的，這不是我的份內事。」

「他為何不去，費金？」貝茨少爺非常討厭地查看著諾亞細長的身板，問道。「一出亂子就逃跑，安全的時候就大吃大喝，他的份內事就是如此？」

「你管不著，」波爾特先生不甘示弱，「你不能如此目無尊長，小子，小心找錯了地方。」

聽到這一番狂妄的威脅，貝茨少爺報以不可遏止的狂笑。費金過了好大的功夫才找到機會從中調解，他向波爾特先生解釋，他去法庭走一趟不會引起危險。他犯的那件小事的通告連同他個人的相貌介紹都尚未傳到首都來，起碼很可能沒有人知道他躲到大都會來了。同時，如果他適當地換一身行頭，到局子裡走一趟和到倫敦的任何一個地方去同樣安全，因為別人猜不到他會跑到那個地方去。波爾特先生多少有點被這些理由所說服，但更大程度上是害怕費金，最後還是勉強同意去做這一次冒險。在費根的指導下，他立即換了一身著裝，穿上一件趕車人的衣服，平絨短褲，裹上皮綁腿，這些東西在老猶太這裡全是現成的。他還配備了一頂上邊插著好幾張過路稅票的氈帽和一根車夫的鞭子。有了這樣的打扮，他便可以如一個考文特花市來的鄉巴佬，上局子裡轉悠去了，別人一看都會認為他是去鬧著玩的。由於他本來就長得土裡土氣，骨瘦如柴，正好符合要求，費金先生相信，他扮演這個角色真是十分適合，完全沒有任何擔憂。

準備妥當後，他知道了聰明鬼的外貌特徵，然後由貝茨少爺陪著穿過陰暗、曲折的小路，來到離波霧街不遠的地方。查利．貝茨把輕罪法庭的確切位置做了描述，並且詳細交代怎麼穿過走廊，進了院子怎麼上樓走到右邊的一道門前，怎麼先脫去帽子再進入法庭，交代完畢便叮囑他快去快回，答應在他們分手的地方等他回來。

諾亞，您如果高興也可以叫他莫里斯．波爾特，嚴格遵照指示做事——貝茨少爺對那個地方的位置非常熟悉，交代得十分準確，所以他一路上無需發問，也沒有遇上任何阻礙，便走進了法庭。一會兒，他擠進一個骯髒、悶熱的房間，混在大多是婦女的人群中。法庭前邊有一個用欄杆隔開的檯子，左邊靠牆的地方是替囚犯設置的被告席，中間是證人席，右邊是幾位治安法官坐的審判席，這個令人肅然起敬的地方的前面掛著一道帷幕，這樣一來審判席便不會處在眾目睽睽之下，聽憑平民百姓去想像司法的嚴肅，如果他們想像得出來的話。

被告席上只有兩個女人，她們對各自的崇拜者頻頻點頭致意，書記員正在向兩名員警和一個俯在桌上的便衣宣讀幾份證詞，一名看守靠著被告席欄杆站在那裡，無精打采地用一把大鑰匙在鼻子上敲著，有時停下來喝令一聲「肅靜」，以制止一班閒雜人等不成體統的高談闊論，或者嚴厲地抬起頭，讓某個女人「把孩子弄出去」，這種情況時常是某個營養不良的嬰兒發出輕微的哭聲，沒有被母親的披巾完全捂住，從而干擾了莊嚴肅穆的法庭。屋子裡的空氣渾濁，牆壁髒得厲害，天花板變成了黑色。壁爐架上放著一座陳舊的、讓煙熏黑了的胸像，被告席上方有一個掛滿灰塵的掛鐘——似乎是世界上唯一正常運行的東西。這裡的任何一樣有生命的東西都帶有罪惡或者貧窮的烙印，要不就是與二者經常接觸，一些沒有生命的物體則在一旁皺眉觀望，上邊積了一層油膩膩的污漬，就令人不快的程度而言，二者不相上下。

諾亞急切地用眼睛搜索溜得快，儘管有幾個女人完全可以充當這位名角的母親或者姐姐，一看就很像他父親的男人也不止一個，卻看不出一個人符合他所得到的道金斯先生的形象。他心神不寧，憂心忡忡，直等到那兩個被判收監再審的婦人大步流星地走出去，接下來又出來一名囚犯，他馬上覺得出來的不是別人，正是自己要找的人，才很快安下心來。

來者果然是道金斯先生，他拖遝著鞋底走進法庭，寬大的外套衣袖和平常一樣捲了起來，左手插在衣袋裡，右手拿著帽子，身後跟著看守，那種搖搖擺擺的步伐真是讓人難以描述。在被告席上，他用大家都能聽到的聲音問，為何要把他安置在如此一個丟人現眼的位置。

「閉嘴，你聽見沒有？」看守說道。

「我是一個英國人，不是嗎？」溜得快回答，「我的權利是受法律保護的。」

「你馬上就會得到你的權利了，」看守反唇相譏，「還會撒點胡椒。」

「我要是得不到我的權利的話，我們的內政大臣對這些鐵嘴怎麼說，」道金斯先生回答，「喂喂，這到底是怎麼回事啊？我真要麻煩諸位法官大人處理一下這件小事，他們看報紙也別耽擱我呀，我約了一位紳士在老城會面，我可是守信準時的人，並且在重要事情上相當守約，如果到時候我沒到，他會走掉的，那時候可能還要打官司，叫他們賠償耽誤我的損失費了。」

這時，溜得快鄭重其事地拿出一副決心已定的樣子，似乎立刻就要打一場官司，要求看守通報一下「坐在審判席的那兩個老奸巨猾的人的名字」，逗得旁聽的觀眾哄堂大笑，貝茨少爺要是聽到他這樣問，笑起來也就這樣。

「肅靜！」看守吼道。

「這是什麼案子？」一位治安法官問。

「一件扒竊案，大人。」

「這小孩兒以前來過這裡嗎？」

「應當來過多次了，」看守回答，「別處他也都去過，我對他的情況十分瞭解，大人。」

「哦，你瞭解我，是嗎？」聰明鬼嚷嚷起來，立即抓住這句話不放。「好極了，不管怎麼說，你犯了毀謗名譽罪。」

堂上又發出一陣哄笑，又響起一聲「安靜」。

「哎，證人在哪裡？」書記員說道。

「啊，說得對，」溜得快加了一句，「證人在哪裡？我想看看他們。」

這一要求立刻得到滿足，一個員警走上前來，他說，他曾看見被告在人群中企圖對一位不知道姓名的紳士進行扒竊，而且確定從該紳士衣袋裡掏出了一個手巾，但是因為是一個很舊的手巾，在自己臉上比劃了一下，然後又從容自若地放回去了。據此，他得到機會走到近旁便立刻拘留了聰明鬼。搜身的結果是搜出銀質鼻煙盒一個，盒蓋上刻有物主的名字。該紳士經查詢《名紳錄》也已找到，他在現場說鼻煙盒是他的。他昨天從前述人群中擠出來，一眨眼鼻煙盒就消失了。他曾經留意到，人群中有小傢伙擠來擠去特別賣力，而那個小傢伙就是自己眼前的這名被告。

「小傢伙，你還有什麼要問這位證人的嗎？」治安法官問。

「我不願意降低自己的身分跟他說話。」溜得快回答。

「你到底有沒有什麼要說的？」

「你聽到沒有，大人問你話呢！」看守用胳膊肘推了一下默不作聲的溜得快，問道。

「請原諒，」溜得快心不在焉地抬起頭來，「你是在跟我說話嗎，哥們兒？」

「大人。我從來沒見過像他這樣的小賴皮，」員警苦笑著說：「你難道就沒什麼要說的，小夥子？」

「我不想說，」溜得快回答，「我不在這兒說，這兒不是秉公而斷的地方。何況，我的律師今天早上要和下院副議長共進早飯，我有話要換別處說去，我的律師也是這樣，還有許許多多很有名望的熟人也是這樣，到那時那些法官會責怪他們的父母把他們生下來的，要不就是怨他們跟班今天早晨出門前沒把自己掛在帽釘上，才找到我頭上來了。我要——」

「夠了，我們完全可以把他交上級法庭審訊了。」書記員沒讓他把話說完，就氣得宣佈說道：「把他帶下去。」

「快走。」看守喊道。

「哎喲。走就走，你別碰我。」溜得快用手掌擦擦自己的帽子，面朝審判席答道。「啊，瞧你們那副德行，我不會饒了你們的，怕也沒用。根本也不會饒的，你們一定得還這筆債，哥們兒。我絕不跟你們一般見識呢。現在，即使你們就是跪下來求我回家，我也不會饒你們的了。好了，把我關到監牢裡去！快把我帶走吧！」

說完最後這幾句話，溜得快就被人拽住衣領帶下去了，走在路上，他還揚言要告到議會去，之後，他又自我批准，當著看守的面，得意洋洋地咧著嘴怪笑。

諾亞親眼目睹他被單獨關進一間小小的囚室，這才趕緊向和貝茨少爺分手的地方跑去。在原地等了一陣，那位小紳士才回來。那會兒，貝茨少爺正躲在一個方便而隱蔽的處所小心翼翼地向外張望，直到斷定自己這位新朋友沒有被什麼不相干的人盯上方始露臉。

於是，他倆一塊兒匆匆離開，去給費金先生報告這個令人鼓舞的消息。溜得快絲毫沒有辜負師傅的培養，正在為自己確立光榮的名聲。

chapter 44 到了該與露絲會見的時候，南茜未能如約赴會

雖然，南茜要花招和做假的功夫十分嫻熟，卻也不可能完全掩飾自己所採取的步驟對她的精神產生的影響。她並沒有忘記，無論是詭計多端的老猶太，還是殘忍無情的賽克斯，他們的那些陰謀對其他人隻字不提，但在她面前一點也不隱瞞，兩個人認為她是信得過的，無需懷疑。雖然這些詭計非常狡詐，策劃者十惡不赦，儘管她對老猶太非常厭惡，是他一步一步誘使自己在罪惡與苦難的深淵中不得脫身，難以自拔的。但是，有時候，即便是對於他，南茜仍然覺得有些於心不忍，怕自己洩露出去的事會令他陷入無法逃脫的懲罰，並且最終會栽在自己手裡——雖說他完全活該這樣。

然而，這些還只是思想上的動搖。一方面她不能與多年來的夥伴一刀兩斷，一方面還是能夠認定一個目標，決不因為任何考慮而偏離方向。她放心不下的是賽克斯，這一點本來更有可能導致她在最後一分鐘退縮變卦，但她已經獲得他們會為她嚴守秘密的保證，也沒有透露可能致使他被人發現的線索，為了他，她甚至放棄從圍繞著她的所有罪惡和災難中逃出來，從而獲救的機會，她還能做什麼呢？她已經橫下一條心。

雖然內心的鬥爭經常都以這樣的結果告終，它們仍然一次又一次向她撲來，並且在

她身上留下了印跡。僅僅在幾天之內，她就變得更加蒼白而憔悴。她時常對身邊發生的事毫不理會，或者不參與旁人的談話，而過去她在這類談論中嗓門兒比誰都大。有的時候，她會發出並不快樂的一陣笑聲，無緣無故或者說毫無意義地吵吵嚷嚷。可往往一剎那，她又沒精打采地坐了下來，手支著腦袋沉思默想。她有時也想努力打起精神來，但這種努力甚至比這些徵兆更令人確信她心神不定，她所想的和同伴們正在商議的完全是兩碼事。

星期日晚上，附近教堂的鐘聲開始報時。賽克斯與老猶太在談話，卻還是停下來諦聽著。南茜蜷縮著身子坐在一個矮凳上，她也抬起頭來，聽了聽，鐘敲了十一下。

「離午夜還有一個鐘頭，」賽克斯拉起窗板看了看外邊，又回到座位上，說道，「天又黑了，今天晚上正是做買賣的好時光。」

「啊。」費金回答，「太可惜了，親愛的，我們連一樁可以做的現成買賣都沒有。」

「這一回你總算說對了，」賽克斯繃著臉說，「確實可惜啊，我也有這種感覺。」

費金長歎一聲，沮喪地搖了搖頭。

「等我們把事情安排好，一定非把失去的時光補回來不可，這就是我所念念不忘的。」

「說的對，親愛的，」費金一邊回答，一邊大著膽子拍了拍他的肩膀：「聽你這樣說，我真高興。」

「你放心了？」賽克斯大聲說，「好了，去見你的鬼去吧！」

「哈哈！」費金笑了起來，似乎這一點點讓步也使他感到寬慰。「你今天又恢復了自己的本色，哦，這才像你自己嘛。」

「幹什麼，你那隻乾巴巴的老爪子別老放在我的胳膊上。我可沒覺得像我自己，你給我放開。」賽克斯一邊說，一邊把老猶太的手摺開。

「你怎麼如此神經緊張，哦——好像覺得被抓住了，是不是啊？」費金決定不生氣了，他說道。

「這讓我覺得是被魔鬼抓住了，」賽克斯回答，「像你這樣一副嘴臉，絕對找不出第二個，除了你爹；我猜想這時候地獄之火正在燒他那花白的紅鬍子。要不然就是你一定沒爹，而是直接從魔鬼那裡降生的——我一點兒也不覺得奇怪。」

對於這番恭維話，費金並不作答，他只是拉了一下賽克斯的衣袖，向南茜那邊指指，她趁前邊那番談話的時間戴上軟帽，正要從屋裡出去。

「哈囉。」賽克斯大聲地說，「南茜，你這個小姐深更半夜要上哪兒去？」

「就出去一會兒，沒有多遠。」

「這算是什麼回答？」賽克斯問道，「你到什麼地方去？」

「我說了，不遠。」

「我問你要上哪兒去？」賽克斯盯得很緊，「我的話你聽見沒有？」

「我不知道上哪兒。」那女孩答道。

「你不知道我知道，」賽克斯主要是出於固執這樣說，倒不是真有什麼原因不肯放南茜，「哪兒也別去，你給我老實地坐下。」

「我不舒服，我跟你說過的，」女孩申辯著，「我想透透氣。」

「你把頭伸到窗外不就行了。」賽克斯回答。

「這樣不能解決問題，親愛的，」女孩說道，「我要上街去。」

「那你休想出去。」賽克斯立刻拒絕，他站起身鎖上房門，拔出鑰匙，又拽下她頭上的軟帽，扔到一個舊衣櫃的頂上。「好了，」那強盜說，「老老實實待在老地方，聽見沒有？」

「扔掉帽子是留不住我的，」那女孩面色變得蒼白。「你什麼意思？你可知道你在幹嘛呢？」

「你說什麼，你怎麼和我這樣說話？——噢！」賽克斯大聲叫嚷著轉向費金。「她在發神經病，你知道，否則她肯定不敢這樣跟我說話的。」

「小心不要把我惹急了，」女孩雙手放在胸脯上，彷彿想盡力壓住滿腔的怒火，喃喃地說，「你放我出去，聽見沒有——立刻——馬上——」

「不行！」賽克斯說道。

「叫他放我出去，費金，他最好是放我出去，這對他有利，聽見沒有？」南茜一邊大聲叫嚷，一邊跺腳。

「聽見沒有！」賽克斯跟著重複一遍，在椅子上轉了個身，面對著她。「好啊！要是半分鐘後我還聽見你在說話，馬上喚狗來一口咬破你的喉管，看你還要不要這樣嚷嚷。真是見鬼了你，笨蛋。到底是怎麼回事？」

「讓我出去，」女孩極其懇切地說，然後在門邊的地板上坐了下來，說道：「求你了，放我出去吧。你不知道你在幹什麼，你確實不知道，真的。只要一個鐘頭——就夠了——就夠了！」

「胡說八道，你還敢說話，你再喊，我就敢把你的手腳一隻一隻斬斷。」賽克斯咆哮著，粗暴地抓住她的胳膊，「起來。」

「除非你讓我出去——除非你讓我出去——否則就不起來——就不起來！」女孩尖叫著。賽克斯看了她一會兒，看準機會猛地抓住她的雙手，不顧她掙扎反抗，拖著她走進隔壁小屋，推到一把椅子上，不讓她動彈，自己也在一條長凳上坐了下來。她不斷地掙扎，懇求，直到鐘敲過十二點，她折騰得筋疲力盡，方才不再堅持原來的請求了。賽克斯警告了一聲，又加了一通咒罵，要她當晚別再想著出去，然後讓她獨自慢慢地平靜下來，自己回到費金那兒。

「哎呀。」這個專門打家劫舍的傢伙抹去臉上的汗水，說道。「真是個古怪透頂的女人。」

「的確是這樣，哦，」費金若有所思地答道，「的確是這樣。」

「她怎麼突然想起來今天晚上要出去，你知道不知道？」賽克斯問，「按理說你應該比我瞭解她，這究竟是怎麼回事？」

「固執，我認為是女人的固執，親愛的。」

「對啊，我也認為是這樣，」賽克斯咕噥著，「我本以為把她馴服好了呢，還是和原來一樣可惡。」

「比過去更壞，」費金沉浸在深思中，「我根本沒想到她會這樣，為了一點小事。」

「我也沒想到，」賽克斯說道，「我想她血裡是沾上了一點熱病的病菌，出不來了——你看是不是？」

「是有點像。」

「她要是再這樣折騰，我就給她放點血，不必麻煩大夫了。」賽克斯說。

費金點點頭，表示贊成採用這種療法。

「那些日子，當我躺在床上不能動彈的時候，她日日夜夜待在我身邊，而你，就跟一頭黑心狼似的，總是躲一邊，」賽克斯說道，「我們窮得要命，多多少少也影響到她的身體和心境，況且她在這兒關了這麼多日子，也有點煩躁不安——嗯？」

「是啊，親愛的，」老猶太低聲答道，「別說了。」

他剛說完，南茜走出來了，她回到之前的座位上，兩隻眼睛又紅又腫，身體左右搖晃，仰著腦袋，過了短短一會兒，她忽然縱聲大笑。

「喲，她現在又換了一個花樣。」賽克斯說道，並用十分驚訝的目光看看同伴一眼。

費金點點頭，示意賽克斯暫時不要理她。幾分鐘以後，女孩才漸漸恢復常態。費金咬著賽克斯的耳朵說，不必擔心她發病了，然後拿起帽子，和他道了晚安。走到房間門口，他又停下，回頭看看，問有沒有人願意在他下樓的時候照照亮，因為樓梯上一片漆黑。

「幫他照個亮，讓他下樓。」賽克斯正在裝煙斗，他說道，「他要是把自己的脖子摔斷了，讓我們錯過一個看熱鬧的機會，那多可惜呢。給他照個亮。」

南茜舉著蠟燭，跟在老頭兒身後走下樓來。到了過道裡，他用一根指頭按在嘴唇上，挨到女孩身邊，悄聲問道：

「南茜，怎麼回事啊，親愛的？」

「你指的是什麼？」女孩同樣悄悄地反問。

「這一切究竟是什麼原因？」費金回答，「既然他，」——他用瘦極了的食指向樓上指了一下——「對你這樣凶，你幹嘛不——」

「哦！」女孩叫了一聲，費金猛然停住，嘴巴幾乎就碰著她的耳朵，眼睛逼視著她的眼睛。

「暫且不要理他，」老猶太說道，「我們以後再談。你可以把我當朋友，南茜，一個靠得住的朋友。我有的是辦法，既安全又秘密。你如果想報仇，就是為他把你和狗一樣對待的那些事報仇——和狗一樣！連他的狗都不如，他有時還會和狗鬧著玩呢，你可以來找我，我是說，你儘管來找我。你跟我是老朋友了，南茜。」

「我對你很瞭解，」女孩回答，她連絲毫的感動都沒有顯露，「再見。」

費金想跟她握握手，她倒退一步，又用冷靜的聲音道了一聲晚安，對於他臨別的一瞥，她點點頭表示會意，然後把門關上了。

費金往自己的家裡走去，集中精神考慮在他頭腦裡活動的那些想法。他已經懷疑——這個念頭是慢慢地逐步形成的，而不是根據剛才的一幕，儘管這給他提供了佐證——南茜無法忍受那個強盜的粗暴對待，想要另找新歡。她最近神色大變，經常獨自出門，以前她對團夥的利益十分熱心，現在看起來似乎不感興趣。今晚，她不顧一切，急著要在一個特定的時間離家外出，這一切都有助於證實上述假想，幾乎把想像變成確鑿無疑的事實。她的這個新相好不在他那班忠心耿耿的部下中間。有南茜這樣一個幫手，那人完全可能成為一株不可多得的搖錢樹，費金認為必須立即把他弄到手。

還有一個目的，一個更為陰險的目的必須達到。賽克斯知道的底細太多了，他那些冷言冷語給費金造成的傷害儘管隱而不顯，但產生的深刻仇恨並沒有因此而減輕。那女孩應當明白，就是說，即使能夠把賽克斯給甩了，她也絕對逃避不了他的瘋狂報復，這口氣肯定會算在她最近認識的朋友頭上——結果難免肢體殘疾，甚至還會送命。「只要稍加勸說，」費金考慮道，「她十之八九會同意給他下點毒藥。為了達到相同的目的，以前就有女人幹過這種事，甚至比這更可怕的也有。這樣一來，這個危險的傢伙要完蛋了，我不喜歡這傢伙，以後他的位子將由另一個人接替。那女孩幹了殺人勾當既然被我知道，往後不怕她不聽我擺佈。」

剛才獨自一人坐在那個強盜的房間裡，在那個短短的幾分鐘內，這些事情從他腦袋裡掠過。他對這些事看得很重，分別的時候又趁機用一些閃爍其詞的暗示向南茜試探過了，那女孩沒有一點驚訝的表情，也沒有佯裝不懂他的意思。女孩顯然心裡一清二楚，這從她臨別的眼神中可以看得出來。

可是，一個奪取賽克斯性命的計畫也許會把她嚇得裹足不前，而這恰恰是必須達到的主要目的之一。「我怎麼才能加強對她的影響呢？」費金鬼鬼祟祟地往家裡走，一路上都在尋思，「怎麼才能再加一把力？」

他這樣的腦袋裡多的是這樣的鬼主意。就算不逼她自己說出來，他也可以設一個暗探，找到她的新歡，然後再揚言要把這事統統告訴賽克斯，除非她參與自己的計畫，這樣還怕她不同意？

「我一定做得到，」費金幾乎大聲說了出來，「到時候她不敢不聽我的話，又不是要她的命，我有充分的把握。辦法都是現成的，馬上就可以見效。你反正逃不出我的手掌，哈哈，我的小羊。」他轉過頭，做了一個威脅性的手勢，又接著趕路。他枯瘦的雙手一直忙個不停，用力擰他那件破舊不堪的外衣褶縫，似乎他手指的每一個動作都是在把一個令人痛恨的敵人碾成粉末。

chapter 45 諾亞受雇為費金執行秘密任務

第二天，費金一大早就起身了。他焦急地等候著他的新夥計露面。也不知過了多久，這位新夥計方始露臉，並立刻開始狼吞虎嚥地吃早餐。

「波爾特。」費金接過來一把椅子，在莫里斯．波爾特對面坐了下來，開始說道。

「哦，怎麼，」諾亞應道，「什麼事？我吃完東西之前，請不要叫我做任何事情。這個地方就這點不好，吃頓飯的時間總是不充裕。」

「你不能邊吃邊談嗎？」費金嘴裡這麼說，內心深處卻在咒罵這位可愛的年輕朋友也太能吃了。

「噢，好的，那也可以。」諾亞說著，切下一片大得驚人的麵包。「夏洛特在哪兒？」

「出去了，」費金說道，「我一早打發她和另一個女人上街去了，我需要單獨跟你談談。」

「噢。」諾亞說道，「你應該叫她先做一些黃油麵包。哦，有話請講，你不會妨礙我的。」

看起來的確無須過分擔心有什麼東西會妨礙他的食欲，他剛坐下來的時候就明顯著要大幹一番了。

「昨天你幹得不錯，親愛的，」費金說道，「很漂亮。頭天開張就是六先令九個半便士。收繳小孩子的錢會讓你發財的。」

「你別忘了，還有三隻一品脫的罐子和一把牛奶壺。」波爾特先生說。

「當然，當然，親愛的。罐子都是些天才的大手筆，牛奶壺簡直是十全十美的傑作。」

「對於一位新手來說，成績大概很可以了，」波爾特先生得意地說，「那些是我從晾杆上取下來的，那把奶壺站在一家小酒館外面沒人管。我心想碰上下雨它可能要長鏽或者著涼什麼的，你說對不對？哈哈！」

費金佯裝放聲大笑，波爾特先生大笑之後，連續咬了幾大口黃油麵包。現在，他又開始解決第二塊了。

「我找你，波爾特，」費金探過身去說，「我要你為我做一件需要十分小心謹慎的工作，親愛的，這事必須非常謹慎。」

「我聲明在前，」波爾特回答，「你就別指望我去冒險，或者去你那個什麼輕罪法庭了吧。我幹這等事不合適，我先跟你說一聲。」

「這事沒有一點風險——哪怕是最小最小的危險也沒有，」老猶太說，「只要盯一個女人的梢。」

「是個老太婆？」波爾特先生問道。

「年輕的。」費金回答。

「這我在行，我有數。」波爾特說道，「我在學校裡就是公認的告密能手。我幹嘛要盯她的梢？難道……」

「不做什麼，只要告訴我，她去了哪些地方，碰見了誰，如果可能的話，她說了些什麼。如果是在街上，就把那條街記住；進了哪座房子，要記住門牌號；把你收集到的情報統統都給我帶回來。」

「你給我多少錢？」諾亞放下杯子，目光緊緊盯著自己的雇主。

「只要你幹得好，我付你一英鎊，親愛的，一英鎊。」費金說道，一心希望他盡可能對誘餌發生興趣。「為了辦一件油水不大的事，我還從來沒出過這個數呢。」

「她是誰？」諾亞問道。

「我們的人。」

「哎喲。」諾亞把鼻子一皺，嚷道，「你懷疑她了吧，是嗎？」

「她交了些新朋友，親愛的，我需要搞明白那些人是誰。」費金回答。

「明白了，」諾亞說道，「純粹是為了瞭解他們，看他們是不是正派人，啊？哈哈！這事包在我身上。」

「我知道你能行。」費金見自己的主意成功，非常高興。

「當然，當然，」諾亞回答，「她在什麼地方？我上哪兒等她？什麼時候走？」

「那些事，親愛的，我都會告訴你的。到時候我會把她交代給你，」費金說道，「你做好準備，其他的事交給我來辦。」

當天晚上，以及第二天，第三天的晚上，這名密探坐在家裡，穿好靴子，全身車夫裝扮，只等費金一聲令下即立刻出發。六個晚上過去了——六個漫長無聊的夜晚——每天夜裡，費金回來的時候都帶著失望的表情和簡短的消息，說時候沒到。第七天夜裡，他回來得比較早，滿臉掩飾不住的興奮。這天是星期天。

「今天晚上她要外出，」費金說道，「相信一定是同一件差使，錯不了。她今天白天獨自一人，而她害怕的那個人天亮前是回不來的。跟我來，快！」

諾亞二話不說，起身就走，因為老猶太極度興奮的狀態也感染到他身上。兩人悄悄地離開住所，匆匆穿過一大片縱橫交錯的街道，最後來到一家旅店門前，諾亞認出來了，這就是自己剛到倫敦投宿的那家旅店。

已經過了十一點，店門已經關上。費金輕輕吹了一下口哨，門無聲無息打開，他們悄悄地走了進去，門又在他們背後關上了。

費金和替他們開門的那個年輕猶太人做了幾個手勢，向諾亞指了一下那塊玻璃，做著手勢讓他爬上去，看清隔壁房間裡那個人。

「就是這個女的？」他問，聲音幾乎和呼吸一樣輕微。

費金點點頭。

「我看不清她的臉，」諾亞低聲說道，「她低著頭，蠟燭在她背後。」

「待著別動。」費金打著耳語，朝巴尼做了個手勢，那人退了出去。一轉眼，小夥子走進了隔壁房間，以剪燭花為藉口，將蠟燭移到適當的位置，一邊與那女孩搭訕，使她抬起頭來。

「現在我瞧見她了。」細作說。

「看清楚沒有？」

「即使一千個人裡邊我也認得出來。」

房門打開，女孩走了出來，他急忙退下去。費金把他拉到一塊掛著簾子的小隔板後邊，兩個人屏住呼吸，女孩從離他們只有幾步路的藏身之處走過去，並從他們進來的那扇門出去了。

「噓！」小夥子開著門招呼他們，「是時候了。」

諾亞與費金交換了一下眼色，接著一個箭步出去。

「向左，」小夥子低聲說道，「向左拐彎，靠馬路的對面走。」

他照計而行，借著路燈認出了女孩逐漸遠去的背影，她已經走了有一段路程。諾亞在他認為不失小心的限度內盡可能接近對方，他一直走在街對面，這樣更有利於觀察她的動作。有時，那女孩會緊張地不斷掉頭回顧，還停下來過一次，讓兩個緊緊跟在她身後的男人走過去。看來她一路走，一路在鼓勵自己，她的腳步變得沉穩和堅定了。那個男人一直與她保持這段距離，目光盯著她，尾隨不捨。

chapter 46 踐約

教堂鐘敲十一點三刻的時候，兩個人影先後出現在倫敦橋上。匆忙走在前邊的是個女人，她焦急地四顧張望，像是在尋找某個預期的目標。另一個男人的身影儘量隱蔽在最暗處，一路上一直走在最昏暗的影子下，他不停地調整自己的步伐，和那個女的保持一定的距離，女的停下他也停下，女的繼續走他也偷偷跟進，但一直沒有走到她的前邊。

這樣，他們在米德爾塞克斯過橋，來到塞利河岸邊。不一會兒，那女的顯然覺得失望，因為她焦急地走過來，卻沒有在過路行人中看到自己要找的人，於是她轉身往回走。她的這個動作非常突然，但盯她的人並沒有因此而措手不及，一閃身就躲進了橋墩上面一處凹進去的地方，並且翻過欄杆，藏得更加嚴實。他聽著那女的從對面便道上走過去。女的走到前邊，和原先的距離差不多了，他才又悄悄地溜出來，再一次跟上去。幾乎是在橋的正中，女的停住了。那個男的也停下。

這時夜深了，天氣很糟，整天天氣都不好。此時，在這種地方，已經沒有什麼人再走動了。偶爾有，也是行色匆忙快步走過，不管是對那個女的，還是牢牢看住她的那個男人，很可能連看也沒看一眼，即使看見了也不留意。不遠的地方，這天晚上有幾個倫敦窮漢恰巧從橋上路過，計畫找一個冷冰冰的拱道或者門戶大開的破房子休息一會，這一男一女的外表也沒有引來他們異樣的目光。兩人靜靜地站在原地，不與任何過路人搭話，別人也不和他們交談。

河上夜霧瀰漫，停泊在各個碼頭上的小船亮起的紅色燈火顏色顯得更紅，岸邊陰沉混沌的建築物顯得更暗、更加朦朧。沿河兩岸一些貨棧早就被煙霧熏得汙跡斑斑，笨重而又陰鬱地從密密麻麻的屋頂、山牆中聳立起來，陰森地向水面皺著眉頭，烏黑的河水連它們那粗大難看的模樣也不能照出來。幽暗中，古老的聖塞維爾教堂的鐘樓和聖瑪格納斯教堂頂端隱約可辨，依舊像兩個巨靈神護衛著這座歷史悠久的大橋，然而橋下林立的船桅與岸上星羅棋佈的教堂尖頂幾乎完全看不出來。

女孩焦躁不安地走了幾個來回——那個暗中盯梢的細作始終在密切監視著她——這會兒，聖保羅大教堂敲響了沉重的鐘聲，宣佈又一天到來了。午夜已降臨至這座人煙稠密的都會，降臨到宮殿、酒店、監獄、瘋人院，降臨到被生與死、健康與疾病所共同佔據的臥室，降臨到屍首僵硬的臉上，也降臨到嬰兒酣睡的笑容上。

十二點敲過以後不到兩分鐘，在離大橋不遠的地方，一位鬢髮斑白的紳士陪同一位少女從一輛出租馬車上下來，先把馬車打發走後，便直接向橋上走來。他們剛踏上便道，南茜全身一震，立刻迎上前去。

他們慢慢走上橋，一邊查看著四周，看樣子似乎是對某一個實現可能性很小的事，也抱著萬一的希望，這時，兩人忽然與那位新夥伴走到了一塊。隨著一聲剛剛發出就克制住的呼喊，他們倏地止步，因為恰好，一個鄉下人打扮的男子走到他們眼前——與他們擦肩而過。

「這裡不行，」南茜急忙地說，「我不敢在這裡和你們說話。上——馬路外邊——到下邊石階下面去。」她說過這幾句話，用手指指要他們前往的方向，那個鄉下人回過頭來，不客氣地問了一句，他們為什麼把便道堵塞，隨後自顧走去。

南茜所指的石階在河堤前面一點，和教堂相同，在橋的同一側，是一段上下船的石梯。那個鄉下人樣子的男人已經不知不覺地趕到那裡，他對地形觀察了一會兒，便開始朝下走。

這條石梯是橋的一部分，由三段梯級組成。向下走完第二段階梯，左邊的石壁末端豎著一根面向泰晤士河的裝飾性壁柱。從這裡朝下走，石梯稍微寬一些，任何人只要轉到石壁後邊，就根本不會被石梯上的人發現，哪怕只比他高出一級階梯。鄉下人到了此處，緊張地看了看四周，眼前似乎沒有更好的藏身之處了，加上潮水已經退了，那裡有的是立足的地方。他跑到一旁，背朝壁柱，確定他們不會再往下走，即使聽不見他們在講的話，也可以穩穩當當地繼續盯他們的梢。

時間在這個安靜的一角顯得那麼緩慢，這名暗探又是如此急於探明他們這次會面的意圖，要知道這和他只聽介紹而估計的情況迥異，他一直以為這事差不多完了，幾次勸自己相信，他們或者是停在離此很遠的高處，或者就是另外找了個地方去進行秘密會談。他正想走出掩身的所在，回到大路上去，這時他聽到了腳步聲，緊接著說話的聲音幾乎已經近在耳邊。

他身子一挺，直直地貼在石壁上，屏住呼吸，留神傾聽。

「已經夠遠的了，」一個聲音說道，顯然是那位紳士的，「我不願讓這位小姐再往下走了。換了別人，決不會跟著你走這麼多路，這兒我們壓根兒就沒來過呢，但是你也看到，我對你是很遷就的。」

「遷就我。」這正是諾亞尾隨的那個女孩的聲音，「你確實能體諒人，先生。遷就我，真好，這沒有什麼關係。」

「哦，為什麼呢，」紳士的口氣溫和了一些，「你把我們帶到這麼一個奇怪的地方，有什麼目的？為什麼你不讓我和你在上邊說，那裡有燈光，又有人走動，卻偏要把我們帶到這個陰森森的暗洞裡來？」

「我已經告訴過你，」南茜回答，「我不敢在那兒跟你說話。我不知道究竟是什麼緣故，」女孩說話時打著寒戰，「反正今晚我真是怕得要死，簡直站也站不穩。」

「怕什麼呢？」那位紳士看來很同情那女孩。

「我自己也不知道怕什麼，」女孩回答，「可是我很願意知道。我一整天想的都是可怕的念頭，死神，帶血的裹屍布，愈想愈害怕，像是給放在火上烤一樣。今天晚上我拿一本書看看，想消磨時間，可是那些可怕的東西又從書上跑出來了。」

「那是幻覺。」紳士安慰她說。

「那不是幻覺，」女孩的聲音很沙啞，「我可以發誓，我看見書上每一頁都有『棺材』

這兩個字，字體很大很黑——哎，剛才在街上，他們果然抬著一副棺材從我身邊經過。」

「那有什麼稀奇，」紳士說道，「我經常看到棺材從我身旁抬過。」

「那是真的棺材，」女孩申辯，「而我看到的不是真的。」

她說話的口氣詭異非常，躲在一旁偷聽的細作禁不住毛骨悚然，血液變冷。接著他又聽到那位小姐柔和的聲音，那位小姐請求她冷靜下來，不要被恐怖的幻象所俘虜。

「請你好好勸勸她，」小姐對老先生說，「真可憐，她看來很需要安慰。」

「你們有些道貌岸然的正統基督徒看到我這時的模樣，一定會把頭昂得高高的，大事宣揚地獄之火和上帝的懲罰，」女孩激動地說，「噢，可愛的小姐，有些人自稱是上帝的子民，他們對待我們這些苦命人為何不能像你這樣好心善意呢？你又年輕又美麗，我們沒有的你都有，你明明可以更傲慢一些，為什麼偏偏這樣謙虛呢？」

「哦。」老先生說道，「土耳其人把臉洗淨以後朝著東方做祈禱。而那些虔誠的基督徒，在和塵世的接觸中好像連笑容也消失了，總是同樣面向天堂最黑暗的一面。如果要我在異教徒和偽君子之間作一個抉擇，我寧可選擇前者。」

這番話表面上是向年輕小姐說的，目的也許是給南茜一點時間，好讓她安下神來。隨後，老先生便和她親自談論起來。

「上個星期日晚上你沒有到這裡。」他說道。

「我來不成，」南茜回答，「我被關在家裡，很對不住。」

「被誰？」

「我之前跟小姐提起過的那個人，他怎麼也不讓我出來。」

「今晚到這兒來和我們會面，沒有人對你起疑嗎？」老先生說。

「沒有，」女孩搖著頭回答，「我離開他不大容易，除非他知道我去幹什麼。要不是上一次出來之前我給他喝了一點鴉片酊，我也不能見到這位小姐了。」

「在你回家之前，他沒醒過來？」老紳士問。

「沒有，他和別的任何人都沒有對我產生懷疑。」

「很好，」老先生說道，「現在你聽我說。」

「我聽著呢。」女孩在他稍停的間歇中應道。

「這位小姐，」老先生開口了，「把將近半個月以前你告訴她的事，告訴了我和另外幾位信得過的朋友。我可以坦率地告訴你，起初我懷疑你是否靠得住，但現在我堅信你是靠得住的。」

「我當然是靠得住的。」女孩熱切地說。

「我再次表示，我堅信這一點。為了向你證明我對你的信任，我可以無保留地告訴你，我們打算從利用名叫蒙克斯的這個人的恐懼心著手，使他道出秘密，不管究竟是個什麼秘密。但如果……如果……」老先生說，「不能把他給逮住，或者，即使逮住了，卻不能迫使他按我們的意圖行事，你就一定要告發那個猶太人。」

「費金！」女孩驚呼著倒退一步。

「你必須告發那個人。」老先生說道。

「我不。我決不願意這樣做！」女孩回答，「儘管他是個魔鬼，而且對待我時比魔鬼還要可恨，我還是不願意做那種事。」

「你為何不願意？」老先生好像對這回答已經料到了似的。

「真的，我絕不！」女孩回答。

「把理由告訴我？」

「有一個理由，」女孩堅定回答，「有一個理由是小姐知道的，而她也願意支持我，我知道她會支持我，因為我得到過她的保證。另外，還有一個理由，他雖然是個壞人，可我也不是什麼好東西，我們很多人幹的都是一樣的勾當，我不能出賣他們，他們——不管是任何人——本來都有機會揭發我，可都沒有出賣我，儘管他們不是好人。」

「既然如此，」那老先生很快就接口說，彷彿這正是他指望要達到的目的，「那就把蒙克斯交給我，由我來處理他。」

「要是他供出別人怎麼辦？」

「我向你保證，在這種情況下，只要他探明了真相，事情就算了結，奧立弗的簡短身世當中肯定有難以告人的隱痛，不便公佈於世。一旦真相大白，他們也就脫離關係了。」

「萬一弄不清楚呢？」女孩提醒道。

「那麼，」老先生繼續說道，「除非你答應，那個猶太人是不會被送上法庭的。若是出現這種情況，我幾乎可以向你說明原因，你會同意這樣做的。」

「小姐是不是也答應？」女孩問道。

「我答應你，」露絲回答，「我真心實意地向你保證。」

「蒙克斯決不會瞭解你們是如何知道這些事的？」女孩略微停了一下，說道。

「決不，」老先生回答，「這件事就要落到他頭上了，他根本沒法懷疑。」

「我是個騙子，從小就跟說謊的人混在一起，」女孩又一陣沉默下來，過了一會兒，她說道，「但是我相信你說的話。」

從他們兩位口中獲得使她能夠放心的保證之後，她開始敘述那天晚上她一走出來就被盯上的那家小酒館叫什麼，在哪裡，她說話的聲音輕得使偷聽者往往連她所說的大意也很難捉摸。從她時常稍停片刻這一點來判斷，老先生好像正在對她提供的情況匆匆忙忙做一些記錄。她詳詳細細說明了小酒店的位置，從哪裡進行監視位置最方便而又不引人注意，哪幾個晚上蒙克斯去酒店的可能最大，可能會是幾點鐘，接著，她好像考慮了一會兒，以便更為細緻地回憶他的相貌。

「他個兒比較高，」女孩說道，「身體很扎實、不胖，走路的樣子鬼鬼祟祟的，經常回頭看，先瞅瞅這一邊，然後又瞧瞧另一邊。特別要記住，因為他的眼睛往裡凹，比哪一個男人都深得多，幾乎單憑這一點就完全可以把他認出來。臉黑黑的，頭髮和眼睛一樣。雖然差不多二十六歲，就算二十八歲吧，可是皮膚已又枯又皺，挺憔悴的。他的嘴唇常常沒有血色，齒痕很深。他一抽筋就不得了，有時甚至咬得手上滿是傷痕——你為什麼嚇一大跳？」女孩說著，突然停了下來。

老先生急忙回答，他這是無意識的動作，並且要求她繼續說下去。

「這個人的情況，」女孩說道，「有一部分是我從其他住店人那兒得知的，就是我跟你提起的那家酒店，我也只見過他兩次，他都披著一件大斗篷。我能提供你們識別這個人的特徵大概也就是這些了。慢著，還有，」她補充說，「他的脖子，他轉過臉去的時候，圍巾下邊或多或少可以看到一點兒，那兒有——」

「一大塊紅斑，可能是燒傷或者燙傷。」老先生接口道。

「怎麼？你知道他！」女孩說。

年輕小姐也感到意外而失聲驚呼，隨後，三個人都沉默下來，那個偷聽的人甚至可以清清楚楚地聽到他們的呼吸。

「我可能認識他，」老先生首先打破了沉默，「根據你的介紹應該是這樣。是的，但是很多人彼此像得出奇，很可能不是同一個人。」

他說出這番話的時候裝作很不經意的樣子，朝前走了兩步，離藏在暗處的細作更近了，後者清清楚楚地聽到他喃喃自語：「一定是他。」

「好吧，」說話間，他似乎又回到了原來站的地方，「你給了我們非常有價值的幫助，希望你會得到好報。我能為你做些什麼事呢？」

「不用。」南茜回答。

「你不要這樣固執，」老先生再次勸說，他的聲音和語氣是那麼善意，心腸再硬、再冷酷也不能不感動，「你考慮一下，有需要幫助的地方再告訴我。」

「不需要，先生。」女孩重申道，一邊哭了起來，「你怎麼也幫不了我，我已經沒有任何希望了，真的。」

「你不要自暴自棄，」老紳士說道，「你過去白白浪費了青春，這種無價之寶造物主只給我們一次，決不會重新賜予，但是，你還可以把希望寄託在未來。我並不是說，憑藉我們的力量可以帶給你心靈的安寧，那是要靠你自己去奮鬥尚能換來的。然而，我們可以為你供給一個安靜的棲身之地。英國也可以，國外也可以，這不單單是我們力所能及的事，也是我們極其熱切的希望。天亮之前，在這條河迎來第一抹陽光之前，你就可以達到你從前那些同夥完全不知曉的地方，甚至不會留下一絲痕跡，就彷彿你一下子從世間消失了似的。快說吧。我不希望讓你回去跟從前的那幫夥伴交談一句，抑或看一眼那一處老窩，甚至不想讓你再呼吸一口那裡的空氣，那種空氣只會給你帶來瘟疫和死亡。拋棄這一切吧，趁現在還來得及。」

「這一下她應該被說服了，」年輕小姐大聲說道，「相信她已開始動搖。」

「恐怕未必，我親愛的。」老紳士說道。

「是的，先生，我沒有動搖，」經過短時間的內心鬥爭之後，女孩答道，「我與過去的生活是用鏈條鎖在一起的。我現在討厭它、痛恨它，但是不能拋棄它。想必我已經積重難返——我也不知道是怎麼回事的，即便你很久之前就對我這樣說，我也會哈哈大笑毫不在意。然而，」她慌忙四顧張望，「我又開始害怕了，我得回家去了。」

「回家！」年輕的小姐重申道，特別在「家」這個字眼上加重了語氣。

「是的，回家，小姐，」女孩回答，「那是我畢生辛勞替自己建造起來的家。我們分手吧。我會被人發現或者認出來的。走吧！走吧！要是我幫了你們任何忙的話，我沒有別的請求，只求你們不要管我，讓我走自己的路。」

「勸也無用，」紳士歎了一口氣，說道，「我們待在這裡，說不定會危及她的安全，我們也許耽誤她太久了，已經超出她原先的打算。」

「是啊，是啊，」女孩連聲應道，「的確是這樣。」

「你的以後會如何呢？哦，你最終的歸宿。」年輕小姐感慨地說。

「怎樣的結局？」女孩重複了一遍。「看看你的前面吧，小姐，看看那烏黑的河水。你一定是清楚的，書上寫過很多遍了，像我一樣的人跳進水流之中，是不會引起一個人在意，沒有一個人哭的。或許，是幾年以後，或許是幾個月也不一定，反正最後我只能得到這樣的結局。」

「求你了，請不要這樣說。」年輕的小姐已泣不成聲。

「這樣的事不會傳進你耳朵裡，親愛的小姐，上帝保佑，不要讓你聽到這種恐怖的事。」女孩說，「晚安，晚安。」

老紳士把臉轉向一邊。

「這個錢包，」年輕小姐激動地說，「看在上帝的分上，請你收下，一旦遇到什麼需要和患難，多少對你有點用處。」

「不。」那女孩答道，「我做這事不是為了錢，讓我永遠問心無愧吧。不過——你可以把你帶在身上的東西給我一件：我想保存你身上隨便一樣什麼東西——不，不，不是戒指——你的手套抑或是手絹——我想保存一樣屬於你的東西做個紀念，可愛的小姐。啊，上帝！願上帝賜福與你！再見，再見了！」

也許是因為女孩激動得厲害，也許是因為擔心她如果被發覺會遭到毒打，老紳士才下決心按照她的要求，和她分手。清楚的腳步聲慢慢遠去，談話聲也停止了。

過了一會兒，年輕小姐與她同伴的身影就出現在橋面上。他們在石梯頂上停住腳步。

「聽！」露絲緊張地聆聽著，突然叫了一聲，「她是不是在呼喊？我似乎聽見了她的聲音。」

「不，親愛的，」布朗洛先生憂鬱地向後看了一眼，答道，「她還在老地方站著，在我們走開之前，她是不會挪步的。」

露絲還在猶豫，但老紳士稍一使勁就挽住了她的胳膊，領著她走了。他們漸漸消失了，南茜幾乎整個身體癱倒在一級石梯上，滿腔的苦惱悲苦化作辛酸的眼淚。

彷彿過了很久，其實只是一小會兒，她站起來，邁著疲憊的步伐，搖搖晃晃地走上街面去了。幾分鐘後，那個訝異不已的偷聽者仍待在那裡，他像根柱子，動也不動，他一次又一次用謹慎的目光環顧四周，肯定自己身邊沒有其他人了，才漸漸從藏著的地方爬出來，沿著石壁，悄悄地往橋上走去。

諾亞走到上邊，一再地向四周查看，肯定沒有人注意到自己，才撒開他的雙腿，以最快的速度向老猶太的住所飛奔而去。

chapter 47 致命的後果

離天亮差不多還有兩小時。在秋天裡，這個時辰可以名副其實地被稱作死寂的深夜——街道寂靜冷清，似乎所有的聲音都已入夢，淫欲與騷動也已蹣跚回家入睡。就是在這樣一個悄然無聲的時刻，費金守在自己的老窩裡。他五官變形，臉色發青，兩眼通紅，與其說他像人，不如說更像個醜陋不堪的幽靈、魔鬼，全身濕淋淋地從墳墓裡走出來，卻又遭到惡魔的騷擾。

他彎腰曲背地坐在冷冰冰的壁爐前邊，身上裹著破舊的床罩，面朝身邊的桌子上擺放著一支殘燭。他沉浸在深思中，右手放到唇邊，用嘴在啃自己長而黑的指甲，他那牙齒脫落的齦肉中露出幾顆唯有狗或者說是老鼠嘴裡獨有的尖牙。

地板上，諾亞挺直地躺在一張墊子上熟睡。老頭兒幾次把視線移到他身上，逗留一瞬間的工夫，隨後又縮回來望著蠟燭，燒過的燭心垂了下來，幾乎要斷成了兩截，滾燙的燭淚淌到桌面上凝結成塊，這些跡象分明表示他心不在焉。

的確如此。他為自己那個計畫落空而懊悔不已，痛恨那個竟敢與陌生人勾搭的女孩，完全不相信她拒絕舉報自己是出於一片真心，為失去報復賽克斯的機會而感到大失所望，他擔心東窗事發、老巢毀滅、性命難保。這一切煽起了他一股狂暴的怒火——所有這些憤怒的考慮一環緊扣著一環，像旋風一般飛快而又接連不斷地從費金腦海裡閃過，一個個可怕的假想，種種極其陰暗的念頭在他心裡滋生。

他坐在那裡，很長的一段時間，一點也沒有變換姿勢，也沒有一點點跡象表明他注意到時間的流逝，直至他靈敏的聽覺被街上的一陣腳步聲所吸引。

「到底還是來了，」他擦了擦乾得發燙的嘴唇，自言自語地說，「到底還是來了。」說話間，門鈴輕輕響了起來。他躡手躡腳地爬上樓梯，向門口走去，只一會兒功夫就帶著一個用圍巾裹住下巴，胳膊下邊夾著一包東西的男子回來了。那人坐下來，脫去大衣，現出賽克斯壯實的身軀。

「拿去！」他把那包東西放在桌上。「小心保管，儘量多賣幾個錢。這些東西到手著實費事，我本來指望三個小時以前就可以到這兒呢。」

費金收起包裹，鎖進櫥櫃裡，然後重新坐下來，仍是不發一言。然而，在這一舉動的前前後後，他的目光始終沒離開過那個壞蛋。那個打家劫舍壞事做盡的傢伙把椅子往後移了移，仔細打量著他，眼神流露出並非做作的驚慌。

「怎麼啦？」賽克斯大聲問，「你這樣盯著人家想幹什麼？」

費金舉起右手，在空中搖搖發抖的食指，可他實在太激動了，一時竟說不出話來。

「媽的！」賽克斯神色慌張地摸了摸胸口，說道，「你瘋了，我在這兒得注意點。」

「不，不，」費金好不容易發出聲來，「不是——不是你的事，我不想找你的岔子。」

「噢，你不是，對嗎？」賽克斯嚴厲地看著他，同時故意把手槍放進一個更稱手的口袋裡。「這叫運氣——我們裡面總有一個。到底是哪一個運氣好，且不去管它。」

「我有話要告訴你，你聽著，」費金說著，將椅子靠近了一些，「我保證，你聽了絕對比我更不好受。」

「哎？」那壞蛋似乎有些不信，「說出來呀。不要拖拖拉拉，要不然南茜還以為我出事了呢。」

「你出事！」費金忿忿然。「她心中早已經把這事安排好了。」

賽克斯極其困惑地望著費金的臉，卻找不到滿意的解答，便伸出一隻大手一把抓住費金的衣領，狠狠晃了他幾下。

「說，快說呀。」他喝道，「等到你喘不過氣來的時候可就晚了。張開嘴，把你要說的話明明白白說出來。說出來呀，你這個天打雷劈的渾蛋，你快說。」

「假定，躺在那兒的小夥子——」費金開始說。

賽克斯朝諾亞睡的地方轉過臉去，看來剛才並沒有注意到他。「呃。」他哼了一聲，又恢復了原來的姿勢。

「假定那個小夥子，」老猶太繼續說道，「打算告密——把我們統統出賣——他先找到適當的人，接著在街上跟他們見面，為的是把我們的相貌特徵說明，每一個特徵都說得明明白白，這樣就可以把我們認出來，再告訴他們在哪個地方容易抓住我們。如果他計畫幹這種事，再加上把我們大家在不同程度上都有份的事給供出去——絕對是他自己胡思亂想，一沒有給抓住，二沒有掉進圈套或是受牧師的調唆，也不是沒有吃的喝的——而是他自己甘願如此，幾個晚上溜出去找那些最喜歡跟我們作對的人，向他們告密。我的話你聽見了嗎？」老猶太喊叫著，眼裡噴射著怒火，「假定他幹了這些事情，你打算怎麼辦？」

「打算怎麼辦！」賽克斯接著發出一句惡毒的咒罵，「他如果在我進來以前還活著，我就用靴子的鐵後跟把他的腦袋碾得粉碎，他有多少根頭髮，碎片就有多少塊。」

「假定是我幹的呢！」老猶太幾乎吼叫起來，「我知道的事情那麼多了，除了我自己以外，還能叫那麼多人都給絞死。」

「我不知道，」賽克斯答道，單是聽到這一設想，他就咬牙切齒，臉色鐵青。「我不一定會在牢裡幹一件什麼事，讓他們給我戴上鐵鐐。如果我跟你是同時受審，我就在法庭上撲到你身上，當眾用鐵鐐把你的腦漿砸出來！我有足夠的力氣，我會把你的腦袋搗成肉泥，就像有輛裝滿貨物的馬車從上面碾過似的。」

「你真幹得出來？」

「那還用說。」賽克斯說，「不信你可以試試。」

「假定是查利，或者是溜得快，或者是貝特西，或者……」

「管他是誰，」賽克斯不耐煩地說，「無論是誰，我做起來沒什麼不同。」

費金死死地盯著這個壞蛋，示意他不要開口，自己在地鋪上彎下身來，搖了搖正在睡覺的人，準備把他搖醒。賽克斯躬著身子坐在椅子裡，手放在膝蓋上在一邊觀看，看樣子他真有點納悶，弄不清這一個個話中有話的問題到底想得出一個怎樣的結論。

「波爾特，波爾特。可憐的小夥子。」費金抬起頭來，一臉魔鬼等著好戲看的表情，他話說得很慢，加強語氣的地方非常明顯。「他實在累壞了——守了那女孩那麼久，他被累壞了——一直守著她呢，比爾。」

「你說什麼？」賽克斯身體朝後一仰，問道。

費金不答，只是再次朝睡覺的人彎下腰，讓他坐了起來。諾亞直等到自己的假名被重複叫了好幾次之後，才揉揉眼睛，使勁地打了一個哈欠，睡眼惺忪地向周圍看看。

「把你看見的事再給我講一遍——再講一遍，讓他聽聽。」老猶太指著賽克斯說著。

「對你講什麼呀？」被攪亂了好夢的諾亞很不高興地扭了扭身子，問道。

「那件有關——南茜的事，」費金說著，一把握住賽克斯的手腕，像是為了防止他沒聽完就從這所房子裡跑出去似的。「你跟著她去了？」

「是的。」

「一直盯到倫敦橋？」

「是啊。」

「她在那兒跟兩個人見了面？」

「對。」

「那是一位老先生，還有一位小姐，她以前去找過一次。他們要她說出所有的同伴，首先是蒙克斯，她同意了——要她說清楚他的長相，她照辦了——要她說出我們碰面和來來往往的房子是個什麼樣，她也照辦了——告訴他們最好從什麼地方進行監視，她說了——大家什麼時候上哪兒去，她都說了。這所有的事都是她幹的。她就這麼一句一句講出來了，毫無保留，也沒有人逼她，完全是心甘情願地這樣做的。」

「是她做的——是她做的，沒錯吧？」費金大喊大叫，他幾乎氣瘋了。

「你說的完全正確，」諾亞搔了搔頭皮，答道，「的的確確是這樣。」

「上個星期天的事，他們是怎麼說的？」

「上個星期天的事，」諾亞想了一想應道，「我不是告訴過你了嗎？」

「再講一遍，你再講一遍。」費金說時唾沫四濺，一隻手牢牢抓住賽克斯。

「他們問她，」諾亞清醒了不少，他似乎逐漸意識到了賽克斯的身分，說道，「他們問她上禮拜天為什麼沒按她約好的時間來。她說她來不了。」

「為什麼來不了——為什麼？把那句話告訴他。」

「因為賽克斯，就是以前向他們提起過的那個人，他把她給關在家裡了。」諾亞答道。

「關於他還談了些什麼？」費金急切地問，「從前向他們提起過的那個人，她還說了他什麼？告訴他。」

「哦，說是除非他知道她要去哪裡，否則她要出門不大容易，」諾亞說，「所以，頭一次去見那位小姐，她——哈哈！她說到這事的時候，可把我樂壞了，真的——她給他喝了一點兒鴉片酊。」

「去他娘的！」賽克斯大吼一聲，拚命想掙脫老猶太的手。「給我躲開！」

他把費金摔到一邊，衝出房間，怒不可遏地走上樓梯。

「喂，喂！」老猶太急忙跟上去，喊道。「聽我一句話，只有一句話。」

這句話本來是來不及說的，幸虧那個打家劫舍的傢伙沒法開門出去，就在賽克斯衝著大門用力、破口大罵都沒有結果的時候，老猶太氣喘吁吁地趕了上來。

「放我出去，」賽克斯說道，「不要跟我說話，聽見沒有，快讓我出去。」

「聽我說一句，」費金將手按在門鎖上，說道，「你不會……」

「怎麼？」對方回答。

「賽克斯，你不會──太──莽撞吧？」

天色行將破曉，門口的亮光恰恰讓他們看清彼此的面孔。他倆相互看了一眼，雙方眼睛裡都燃著一團火，這是不容置疑的。

「我要說的是，」費金說道，他顯然感覺到眼下任何偽裝都已失去作用，「為了安全起見，別太莽撞。賽克斯，別太冒失。」

賽克斯並不回答，這時老猶太已擰開門鎖，他一把拉開大門，向靜靜的街上衝去。

這壞蛋一步也沒有停留，他橫下一條心，兩眼直直地看著前方，牙齒咬得那樣緊，繃緊的下巴像是快要戳穿皮膚似的。他沒有嘀咕一句，也沒有鬆弛一塊肌肉，不顧一切地狂奔著來到了家門口。他用鑰匙悄悄地打開門，快步跑上樓梯，走進自己的房間，又在門上加了把鎖。再用一張很重的桌子推上去頂住門，然後掀開床單。

南茜衣衫不整地躺在床上。賽克斯將她從睡夢中嚇醒了，她吃驚地睜眼一看，慌忙抬起身子。

「起來！」那傢伙說。

「是你啊，親愛的。」女孩看他回來，顯得很高興。

「是我，」賽克斯回答，「快起來。」

屋子裡還點著一支蠟燭，男子伸手從燭台上拔下蠟燭，扔到爐柵底下。見窗外已是晨光微顯，女孩跳下床來，想把窗簾撥到一邊。

「隨它去，」賽克斯伸手擋住了她，說道，「這點光線足夠我辦事的了。」

「你……」女孩驚恐地壓低聲音說道，「你幹嗎那樣看著我？」

那強盜坐下來，鼓著鼻孔，胸口起伏加劇，注視了她幾秒鐘，接著，他卡住女孩的頭和脖子，把她拖到屋子中間，向門口望了一眼，把一隻大手掌捂在她的嘴上。

「哦，你幹嘛。」女孩喘不過氣來，她拚命掙扎，死亡的恐懼給她帶來了力量——「我——我不會喊叫的——聽我——說——你究竟怎麼了，我做了什麼事，你……」

「你心裡明白，你這個鬼婆娘。」那壞蛋竭力不讓自己大聲喘氣，答道，「今天晚上你被盯上了，你說的每一句話都被別人聽見了。」

「那麼，看在上帝的分上，你就饒我一命吧，就像我也饒了你的命一樣。」女孩說著把他緊緊摟住，「哦，親愛的賽克斯，你不至於忍心殺我的。噢，想想吧，這個晚上，為了你，我捨棄了所有。你要好好想想，免得你犯下大錯。我絕不鬆手，你別想甩開我。賽克斯，看在仁慈的上帝分上，為了你自己著想，也為了我著想，不要讓你的手沾上我的血。我以自己罪孽的靈魂起誓，我沒有做對不起你的事情。」

那男人狂暴地扭動身軀，他想抽出自己的手，但女孩的雙臂使勁地抱著他，無論怎樣使勁，也沒法把她甩開。

「賽克斯，」女孩哭喊著，竭力把頭貼在他的胸前，「今晚那位老先生，還有那位可愛的小姐對我說，我可以到外國去清靜安寧地度過一生。現在，我再去找他們，跪下求他們對你也發發這樣的慈悲和善心，讓我們倆一起離開這個鬼地方，你我走得遠遠的，過一乾淨日子。每天，除為我們做的那些壞事懺悔以外，忘掉我們以前的日子，彼此再不相見。悔過永遠不嫌晚，他們是這樣說的，我也是才意識到，只是我們都需要時間——只是需要一點點的時間。」

那個壞蛋終於騰出一條胳膊，握住了他的手槍。儘管正在火頭上，他的腦中還是閃過了這樣一個念頭：只要一開槍，事情肯定馬上暴露。他使出所有力氣，用槍柄照著女孩仰起的臉使勁打了兩下。

那女孩身子一晃便倒了下去，鮮血從額上一道深深的傷口裡流出，幾乎糊住了她的眼睛，但她仍勉強撐起來跪在地上，從懷裡掏出一個白色的手絹——那是露絲送給她的一條手絹——她強撐著發軟的身子，雙手十指交叉，握著手絹，高高地朝天舉起，向創造了她的上帝低聲祈禱，祈求寬恕。

這是一幅慘不忍睹的景象。兇手踉踉蹌蹌地退到牆邊，用一隻手擋住自己的視線，另一隻手卻抓起一根粗大的木棒把她擊倒。

chapter 48
逃命中的賽克斯

偌大一個倫敦城，自從夜幕降臨以來，在一切以黑暗為掩護發生的劣跡之中，這是最壞的。在清晨的空氣中散發著血腥味的一切慘相中間，最噁心最悲慘的就是這件，一個沒有人性的歹徒親手殺害了一個曾經深愛他的女人。

明亮的太陽，它不僅給人類帶來光明，還帶來新生、希望與活力——光輝絢爛地照耀在這座人煙稠密的都會上空，它的光芒一視同仁地穿透豔麗的彩色玻璃和紙糊的窗格，穿透教堂的圓頂和腐朽的縫隙，照亮了橫放著那個被殺的女屍的房間。確實是照亮了。賽克斯曾企圖把光明關在窗外，可陽光還是會傾瀉進來的。如果說，這副情景即便是在陰暗的早晨也令人慘不忍睹，那麼現在，在耀眼的日光下就更不堪設想了！

他還保持原來的姿勢，不敢動彈。被害者曾發出一聲呻吟，手牽動了一下。他帶著恐怖和狂怒上新增的害怕，又給了她一擊，接著又是一擊。他曾經扔下一張毯子將屍體蓋起來，然而一想到那雙眼睛，幻想著它們衝著自己轉動就使他戰慄，他們看見它們直直地向上看著，好像在看天花板上那一灘血跡的倒影在陽光下搖曳起舞一般。他有點恐懼了，重新又把毯子拿掉。一具屍體躺在那裡——無非是血和肉，僅此而已——可那是怎樣的肉，什麼樣的血啊！

他點燃一根火柴，生起爐子，把木棒塞進爐火。木棒梢頭上帶著的頭髮燒著了，化成一小片輕灰，被氣流吸動，飄飄忽忽地飛進煙囪，甚至這一點也使他嚇壞了，儘管他一向膽大包天。他拿住這件兇器，直到它斷裂開，便立馬扔在煤上，任其在文火上漸漸燒成灰燼。他洗了洗手，把衣服擦乾淨，衣服上有幾處血跡怎麼也擦不乾淨，他就把那幾塊剪下來，燒掉了。房間裡的血跡就多得不可勝數了，連狗爪子上都是血。

在整個上述過程，他一次也沒有背對屍體，片刻都沒有。作好上面那些準備以後，他一邊退到門口，一邊拉住狗，免得那畜生的爪子重新沾上血跡，把新的罪證帶到大街上。他輕輕地關門上鎖，把鑰匙拔出來，離開了那所房子。

他走到街對面，抬頭望望那扇窗戶，以便確定從外面是否看得出什麼跡象。窗簾仍然垂著。就在今早，她原本打算打開窗簾，讓屋裡亮一些，可她再也看不到亮光了。屍體幾乎就橫躺在窗簾底下。這一點他是清楚的。上帝，陽光為何偏往那個方向照射啊！

這一瞥只是一剎那的工夫。感謝上天，他總算離開了那個房間。他對著狗打了一聲口哨，隨即趕緊走開。

他走過伊斯林頓，大步朝高門山周圍那座矗立著惠廷頓紀念碑的土坡走去，再到高門山。他一點主見也沒有，也不清楚自己要上哪裡——剛一動身下山，便又向右邊走去，沿小路穿過田野，繞過喀恩森林，來到漢姆斯特德荒原。走過一片窪地，爬上對面的沙丘，穿過高門山附近村莊的大道，沿著餘下的一段荒原往北郊的田野走去。接著他有點累了，便躺在田邊一道籬笆下睡了一覺。

一會兒，他又起身開始趕路——不是深入鄉村，而是沿著大路返回倫敦——隨後又倒回來——隨後從另一邊他已經穿越的地帶——一會兒在田野裡走來走去，一會兒躺在溝邊休息，一會兒又彈跳而起，換一個地方躺下，隨後又繼續四處亂跑。

上哪裡弄點吃的喝的呢？既要近，又不要人太多，漢頓？那是個好地方，離此地不遠，又不擋道。他決定到那邊去——時而跑得很快，時而出於一種奇怪的逆反心理，像蝸牛一般緩緩而行，或者乾脆停下來，無所事事地用手杖在籬笆上敲敲打打。但是到了那地方，他碰到的每一個人——包括家家門口的小孩在內——似乎都覺得他形跡可疑。他只得又折回來，沒有勇氣去買食物，儘管他已經好幾個小時沒吃東西了。他再次在荒原上遊蕩開了，不知往何處去好。

他接連遊蕩了不知多少里路，依舊回到原地，上午與中午已經過去了，白天正在接近尾聲，他仍在晃來蕩去，上坡下坡，轉了一圈又一圈，始終在原地徘徊。最後，他拔腿往海菲爾德方向走去。

直到夜裡九點鐘了，村子裡一片寂靜，他才疲乏不堪地從教堂旁邊的小山上走下來。狗也因不習慣於這種訓練走起來一瘸一拐的了。他們沿著狹小的街道蹣跚而行，悄悄溜進一家小酒店；原來是店裡暗淡的燈光將他們引到了這裡。此時，店堂裡生著爐火，有幾個農民正圍著火爐喝酒。他們騰出地方讓這位生客坐，可他卻在最遠的角落裡坐了下來，獨自吃喝，說得更確切一些，是和他的狗一起吃，因為他不時地給牠丟一點吃的。

那幾個坐在一塊兒的人談起了附近的土地與農民。這些話題說完以後，又轉而開始議論上星期天下葬的某個老頭兒的年齡。在場的年輕人覺得他該有很老了，而幾個老頭子卻認為他還很年輕呢——一位滿頭白髮的老人家說，死者並不比自己年長——如果他好好保養，至少還可以再活十年到十五年。

這個話題沒有任何吸引人或者說激起惶恐的內容。那壞蛋付了賬，不聲不響地坐在角落裡，無人注意，差不多快睡著了。忽然，一位不速之客進門的喧嘩聲把他從瞌睡中驚醒。

來者是一個善於逗人發笑的小販兼江湖騙子，背上掛著一個箱子。他周遊四鄉，出售磨刀石、洗面水、馬具黏合劑、治狗病和治馬病的藥、廉價香水、化妝品什麼的。他一來，就開始跟幾個鄉下人有說有笑，不拘禮數地相互逗趣。等他吃飽喝足了，又來了個順帶推銷，他打開百寶箱，一邊開玩笑，一邊做起了生意。

「那是什麼東西？好吃不好吃？」一個鄉下人嬉笑地指著箱子角落裡的幾塊長得像點心的東西問道。

「你問這個？」那傢伙拿起一塊來，說道，「這就是一種百驗百靈、物超所值的合成肥皂，功能是去除各種棉布、縐紗、呢絨、毛毯、混紡織物、平紋細布、羊毛織品上的斑點、鏽跡、污垢、黴點。任何痕跡，無論是啤酒痕跡、葡萄酒漬、水果漬、水漬、色斑，還是頑固污漬，用這種百驗百靈、值得購買的合成肥皂擦一下，一定全部褪盡。

哦。我的上帝，如果哪位女士名譽上有了污點，只要吃一塊下去，立馬就會藥到病除——這可是毒藥呢。如果哪一位紳士有心證明自己的清白，只要咽一小塊，從此名聲便不成問題——因為東西就像手槍子彈一樣使人滿意，而且味道差了許多，結果當然是名聲大噪。一便士一塊，這麼好的東西，只賣一便士一塊哦。」

當即就有兩位要買，大多數的聽眾顯然也開始動搖。小販見狀，益發努力鼓動群眾。

「這玩意兒才生產出來，立刻搶購一空，」那傢伙說道，「眼下有十四座水磨，六部蒸汽機，還有一組伏打電池，全部開足馬力生產，還是供不應求。工人們拚命幹，累死了，馬上給寡婦發撫恤金，一個孩子每年二十鎊，雙胞胎五十鎊。一便士一塊啊。半便士的收兩個也是一樣，四分之一便士的四個就更歡迎了。一便士一塊了。專門去除各種酒類污漬、水果污漬、啤酒污漬、水漬、油漆、瀝青、泥漿、血跡。瞧，這位先生帽子上就有一處印跡，他還沒有時間請我喝一品脫淡啤酒，我就已經擦掉它了。」

「嗨！」賽克斯大喊一聲，跳起身來，「把帽子還給我。」

「先生，你還來不及走到房間這邊來拿帽子，」小販向在座的人眨了眨眼，說道，「我就已經把它擦掉了。諸位先生注意了，這位先生帽子上有一塊深色的汙跡，大不過一個先令，要比一個半克朗硬幣還要厚。不論是酒漬、水果漬、水漬、油漆、瀝青、泥漿，還是血跡——」

那人沒能再往下說，因為賽克斯竟破口大罵，掀翻桌子，劈手搶過帽子，衝出酒店去了。

反常的精神狀態，內心的舉棋不定，是這個兇手的外在表現，已經整整一天了，他就被這樣的情緒控制。跑出去很遠，他發現後面沒有人追來，大概人們多半把他當成一個心情不好的醉鬼而已。一轉身，他離開了小鎮。街上停著一輛郵車，他避開車燈的光亮走過去，認出這是倫敦開來的郵車，正停在那所小小的郵局前邊。他差不多猜得到接下來會發生什麼事情，但還是走到馬路對面，側耳傾聽著。

隨車的管理員站在車門口，正在等郵袋，此時一個穿著像是獵場看守員的男人走上前去，管理員將已經放在便道上的一個籃子遞給他。

「這是給你們家裡的，」管理員說道，「喂，裡邊的人快一點好不好？這可惡的郵袋，前天晚上都還沒修好，這樣是不可以的，你不是不知道。」

「夥計，城裡有什麼新聞？」獵場看守一邊問一邊退到窗板，這樣便於欣賞一下那幾匹馬。

「沒有，好像沒新聞，」管理員戴上手套，答道，「糧價稍漲了一些。另外，我聽說斯皮達菲那一帶出了一起兇殺案，不過我不太相信。」

「哦，那是千真萬確的，」一位從車窗裡向外張望的紳士說道，「真是一起可怕的兇殺。」

「是嗎，先生？」管理員摸了一下帽子，問道，「請問，先生，被殺的是男的還是女的？」

「一個女人，」紳士回答，「據推測——」

「行了，夥計。」趕車人不耐煩地喊道。

「這可惡的郵袋，」管理員嚷嚷著，「你們裡邊的人都睡著了嗎？」

「來啦！」郵局職員應聲跑了出來。

「來啦，」管理員嘟囔著，「啊，行了，這下什麼都弄好了，你就像那位富有的小姐一樣，說是馬上會愛上我，可誰知道什麼時候會兌現。開車，可以出發了！」

郵車喇叭發出一連串愉快的調子，郵車出發了。

賽克斯仍然站在街上，對剛才聽到的一番話，依然無所謂。現在他只是拿不定主意到什麼地方去，沒有比這更叫他惱火的了。最後，他又一次往回走去，選擇從海菲爾德通往聖阿本斯教堂的大道。

他固執地往前走。可是，當他一出小鎮，來到空蕩蕩、昏沉沉的大路上時，一種恐怖的感覺悄悄潛人心頭，震撼著他的靈魂。眼前的每一個物體，不論是實物還是陰影，不管是靜的還是動的，全都很像令人害怕的東西。但是，這些恐懼和那個從清晨以來就與他形影不離的怪影比起來並沒有什麼值得大驚小怪的。朦朧中，他可能分辨出它的影子，說得出最精確的特徵，記得它身體僵硬、面孔冷峻地行走的模樣。他聽得到他的衣服擦著樹葉沙沙作響，幾乎每一陣微風都會送來那最後一聲低沉的慘叫。他如果停下，影子也停下。他如果飛快奔走，影子也跟上——它並不跑——如果跑倒還好些，而是像一具裝著生命機械的屍體，由一股持續的陰風在後面不緊不慢地推動。

他幾次把心一橫轉過身來，要把這個幻影趕走，哪怕自己會被它瞪一眼置於死地也在所不惜，但他卻不由得寒毛豎起，連血液都凝滯了。因為幻影也隨著他一起轉過來，又跑到他背後去了。上午他始終是面對著它，而現在它就跟在自己身後寸步不離。他如果背靠土坡，它就懸在空中，寒冷的夜空清楚地照出它的輪廓。他仰天躺在路上——背貼著路面，幻影就直直地站在他的身體上方，默默無言，一動不動——一塊活生生的墓碑，刻有用鮮血寫下的碑文不停地在他的眼前晃動。

奉勸任何人都不要說兇手可以逍遙法外，上帝沒長眼睛。膽戰心驚地度過漫長的煎熬與內心的掙扎，大概橫死幾百次的痛苦也不過如此。

在他經過的野地裡，有一個茅屋，為他提供了過夜的棲身之地。小屋門前長著三棵高大的楊樹，因而屋裡一片黑暗，風在樹梢間呻吟、哀鳴。天亮之前，他不能再走了。他直直地緊靠牆根躺著——等來的卻是新的折磨。

這時候，又有一個幻影出現在他的面前，而且同他避開的那個一樣頑固，但卻更加可怕。一片黑暗之中，出現了一雙睜得大大的眼睛，那樣暗淡、而又呆滯，他寧可眼睜睜地看著它們，也不願加以想像。那個東西的眼睛在閃光，卻不照亮任何物體。它的眼睛就兩隻，可它們卻無處不在。如果他閉上雙眼，腦海裡便會出現那間屋子，每一樣東西都是熟悉的——的確，如果讓他憑記憶將屋裡的東西想一遍的話，有的甚至可能被遺漏。可是現在，它們一件件全在自己的老地方待著。那具屍體也在老地方，眼睛與他偷偷溜走時看見的一樣。他跳起來，逃到屋外的野地裡。但是，沒有辦法，那個影子又跟在他後頭。他重新走進小屋，躲到角落裡。可是還沒來得及躺下，那雙眼睛又出現了。

他待在這地方，懷著其他任何人都不能體會的恐懼，他手腳都在發抖，冷汗從每一個毛孔湧出來。忽然，晚風中響起一陣喧嘩，喊叫聲在遠處響成一片，其中夾雜著慌亂與驚愕。在這個荒涼冷落的地方聽到人的聲響，縱使真的是不祥的預兆，對於他也是一種安慰。危險臨頭，他又有了力量與精神，他猛地跳起來，跑到門外的荒野裡。

廣闊的天空好像在燃燒。一片高過一片的火頭夾著雨點般的火星，旋轉著沖天而起，把周圍數英里的地方照得通明，把一團團濃煙朝他站的方向驅趕過來。隨著又有新的聲音加入了吶喊，呼聲更高了。他聽出來，那是在呼喊「失火了！」呼聲中混合著警鐘鳴笛，重物倒塌，火柱爆裂的聲音。烈焰圍住一個新的障礙物，火舌箭一般沖起來，像是補充了營養似的。在他遠遠觀望的時間內，喧嘩聲有增無減，那邊有人——男的女的都有——火光熊熊，人來人往。這景象在他看來簡直是一種新的生活。他不顧一切地徑向那裡奔去——直端端的，一頭衝了過去——衝過荊棘灌叢，跨過柵欄和籬笆，和他那條汪汪高吠著跑在前邊的狗一樣像是發了狂。

他奔到現場。衣冠不整的人影往來狂跑，有幾個正竭力把受驚的馬從馬廄裡牽出來，另一些人在把牛群從院子和草棚裡趕出去，還有一些頂著紛飛的火星，冒著燒得通紅的房樑飛滾下來的危險，從燃燒的木椿、柱子當中向外搶搬東西。一小時前還有門有窗的地方現出一片洶湧的火海，吐出熊熊烈火，牆壁搖搖晃晃，倒塌在燃燒的火井裡。鉛和鐵熔化了，白熱的液體流到地上。不斷地，可以聽到女人、小孩的尖聲哭喊，男人們大叫大嚷互相鼓勵。救火泵哐啷哐啷，水聲嘩嘩，飛濺在滾燙的木板上，發出嘶嘶的聲響，匯成一片令人害怕的喧嚷聲。他也跟著嚷嚷，直到聲嘶力竭。他逃避了記憶，也逃避了他自己，他一個勁兒地往人叢裡鑽。

這一夜，他東跑西衝，一會兒用救火泵抽水，一會兒在濃煙烈火中奔忙，總之不斷出現在聲音最大、人群最密的地方。他爬上爬下，爬梯子，上房頂，穿樓層，不顧在他的重壓下搖搖欲墜的地板，頂著掉落下來的磚石，在大火蔓延的每一個地方都有他的蹤跡。然而，他的性命似有神怪護佑，身上連一絲傷痕都沒有，也沒有碰著壓著任何部位，他不覺得疲乏，腦子裡空空如也，如此直到東方發白，火場上只剩下縷縷煙霧和黑乎乎的焦土。

這一陣狂熱的亢奮過後，那個害怕的意識帶著比原先強烈十倍的威力重新返回，他明白自己犯下了可怕的罪行。他疑神疑鬼地東張西望，因為人們都在三五成群地交談，他唯恐自己會成為議論的話題。他用手指發出了一個飽含深意的手勢，狗立刻會意服從。他倆偷偷地走開了。他貼著一台發動機走過，有幾個人正坐在那裡，他們招呼他一塊兒共用食物。他隨便吃了些麵包和肉食，在喝啤酒的時候，就聽見幾個倫敦來的救火員正在談論最近發生的兇殺案。「據說，他逃到伯明罕去了，」其中一個說道，「他們一樣會抓住他的，偵探已經紛紛出動，明天晚上通緝令就會傳遍全國。」

他害怕了，他匆匆離去，一直走到兩腿發軟。接著，他在一條小路上躺下，睡得很長，但斷斷續續，很不安穩。他繼續起來遊蕩，疑慮重重，不知該到哪裡去，擔心又要挨過一個孤寂的夜晚。

突然間，他孤注一擲地做出了決定：回倫敦去。

「至少，上那兒總有人可以談談，」他心想，「又是一個可靠的藏身處。我在鄉下留了那麼多蹤跡，他們做夢也想不到我會溜回倫敦。我為什麼不能躲上幾個禮拜，然後，從費金那要上一筆現錢，跑到法國去。媽的，我決定冒險試一試。」

在這個念頭的驅使下，他毫不遲疑地行動起來，選擇行人最少的道路開始踏上歸途，他決意先在首都近郊躲一躲，趁天黑繞道進城，直到選定的目標。

但是，狗怎麼辦？假如他的長相特徵已經分發各地的話，當然不會缺少一條——那就是狗也不見了，很可能是和他在一起。這一點可能導致他在穿過街道的時候被捕。於是，他決定把狗淹死。他往前走去，一路留意尋找著池塘。他拉起一塊石頭，邊走邊把石頭繫在手絹上。

這些準備工作正在進行的時候，那畜生抬起頭來，看著主人的臉孔。不知是牠憑本能覺察勢頭不妙，還是因為那強盜斜眼看牠的眼神比以往更凶，牠躲躲閃閃地走在後邊，距離拉得比平常要遠了一些，如果主人放慢腳步，狗就畏縮不走。他在一個水池邊上停了下來，回頭叫牠的時候，牠乾脆不走了。

「聽見我叫你沒有？到這兒來！」賽克斯喝道。

那畜生在習慣的本能下走上前來。但是，當賽克斯俯身想把手絹繫往牠脖子的時候，牠卻嗚嗚叫了一聲便跑開了。

「你給我回來！」那強盜跺腳說。

狗搖了搖尾巴，但並不移動。賽克斯把手絹打了一個活套，再次叫牠過來。

狗上前幾步，又退回去，牠稍頓了一會，不斷地一步一進，一進一退，最後，那隻狗一轉身，以最快的速度逃之夭夭。

賽克斯一次又一次地打著口哨，坐下來等牠回來，他以為牠還會回來，但是狗再也沒有露面。他想，這次，真的就剩下他一個了，他再一次踏上了路途。

chapter 49

布朗洛先生終於見到了蒙克斯

夜幕緩緩降臨，布朗洛先生乘坐出租馬車，在自己家門口下了車。他輕輕叩門。屋門開了以後，一個彪形大漢從車廂裡出來，站在踏板一側，同時，另一個坐在駕駛座位上的男子也走了下來，站在另一邊。布朗洛先生做了一個手勢，他倆扶著一個人走下馬車，一左一右夾著他匆匆進了屋子。這個人就是蒙克斯。

他們一句話也不說地爬上樓梯，布朗洛先生走在前邊，帶著他們來到一間後房。在房間的門口，上樓時就顯出老大不願意的蒙克斯站住了。兩個漢子看著布朗洛先生，在等候吩咐。

「他知道好壞的，」布朗洛先生說道，「如果他猶豫不決，或者不聽你們的命令隨便胡來，就把他拉上街去報告員警，以我的名義控告他犯有重大罪行。」

「你竟敢這樣說我？」蒙克斯問道。

「你竟敢逼我使出這個辦法，年輕人？」布朗洛先生針鋒相對地逼視著他，反問道，「你瘋了嗎，要離開這所房子嗎？放開他。請便，先生，你可以走了，我們可以跟上來的。不過，我警告你，我憑著心目中的莊嚴神聖起誓，只要你的腳一踏上街頭，我立即控告你犯有欺詐、搶劫的罪行，員警會把你抓起來。我的意志是堅定不移的，說到做到。你如果決意效法的話，一切後果由你自己負責。」

「他們得到誰的准許竟敢在街上綁架我，把我弄到此地來的？」蒙克斯挨個看著站在身邊的兩個人問道。

「我的准許。」布朗洛先生答道，「這兩個人的行動由我負責。如果你抱怨自由被人剝奪了的話——你在來的途中就有權利和機會恢復自由，可你還是認為不聲不響比較妥當——我再講一遍，你可以請求法律的保護，我也可以請求法律制裁你。不過，你到了無法收場的地步時，不要來求我發善心，到時候，權利已經不在我手裡了，得由別人作主，你不要自己跳進深淵，還說是我把你推進去的。」

蒙克斯顯然非常困惑，而且很害怕。

「你必須當機立斷，」布朗洛先生十分堅定，神情自然地說，「如果你一定要我公開提出控告，將你交給法律制裁的話——我再說一遍，這條路你並非不清楚，儘管我會不難預料你將受到怎樣的處罰，而且你一想起來就禁不住發抖——但我也無能為力。假如不是這樣，你請求我網開一面，向那些你曾深深傷害過的人請求饒恕，就坐到那把椅子上去，一句話也別說，它等候你已經整整兩天了，你最好規規矩矩地給我坐上去。」

蒙克斯含含糊糊不知說了些什麼，沒人能聽懂他的話。他還在躊躇。

「你必須趕快拿定主意，」布朗洛先生說道，「我只要說一句，選擇的機會就將去而不返。」

那個人依然舉棋不定。

「我不討厭跟人討價還價，」布朗洛先生說，「再說，我是在維護一個人切身的利益，也沒有權利這樣做。」

「這麼說——」蒙克斯結結巴巴，「這麼說——就沒有折中的辦法了？」

「肯定沒有。」

蒙克斯帶著急切的目光注視著老紳士，在對方的表情中看到的唯一表情是嚴肅與堅決。他走進房間，聳聳肩膀，坐了下去。

「從外邊把門鎖上，」布朗洛先生對兩名隨從說，「記住，聽見我搖鈴後再進來。」

那兩人遵命照辦，於是房間裡只剩下布朗洛先生和蒙克斯。

「先生，」蒙克斯扔下帽子、斗篷說，「極好的招待，虧你與我父親還是交情最好的朋友。」

「正因為我是你父親交情最好的朋友，年輕人，」布朗洛先生答道，「正因為我青年時代的希望與抱怨都是與他緊密相連的，都是與那個同他有同胞血緣關係的可愛的女子緊緊相連的，她年紀輕輕，就回到上帝那兒去了，丟下我一個人孤單單留在世上。因為在那個早晨，他和我一塊兒跪在他唯一的姐姐的靈床旁邊，當時他還是個少年，他姐姐原本就要成為我的妻子了——奈何老天不從人願。因為從那時起，我這顆枯萎的心就一直放在他身上，直到他去世，儘管他曾歷盡種種磨難，犯過種種錯誤。因為我心裡充滿了昔日的回憶和友情，甚至我一看到你，就會勾起我對他的無盡思念。正因為這些緣故，直到現在——是的，愛德華・李福德，直到現在——我還不由自主，對你這樣客氣，而且因為你辱沒了這個姓氏而替你感到羞愧。」

「這跟姓氏有什麼相干？」對方過了一會兒才問道，此前他一直在默默地注視著激動萬分的老紳士，同時還在表示自己的詫異。「這個姓氏與我有什麼關係？」

「毫無關係，」布朗洛先生答道，「對你來說毫無意義，但這也是她的姓氏，即使事隔這麼多年，我，一個老年人，即便只要一聽到陌生人提起這個姓，我還會像從前一樣激動。你改名換姓了，我非常高興——非常高興——非常高興。」

「好極了，」蒙克斯沉默了半晌才說，他繃著臉，身體滿不在乎地晃來晃去，布朗洛先生用手遮面，坐在那裡。「你找我究竟有什麼事？」

「你有一個弟弟，」布朗洛先生打起精神回答，「一個弟弟，我在街上走到你背後，輕輕說出他的名字，幾乎僅憑這一招就足以使你沉不住氣，緊張地跟我上這兒來。」

「我沒有弟弟，」蒙克斯回答，「你知道我是獨生子，你為什麼跟我說起什麼弟弟來了？這事情你跟我一樣清楚。」

「你還是聽聽的好，有些事我很清楚，可能你根本不知道，」布朗洛先生說，「我當然會有辦法引起你的興趣來。我知道，你那個不幸的父親還是個少年的時候，在門第觀念和極其無恥、極其狹隘的虛榮心驅使下結成了一門不幸的婚姻，而你正是這門親事唯一的結果。」

「你的話很難聽，但我並不在乎，」蒙克斯發出一陣嘲笑，把他的話打斷，「你知道這個事實，這對我也足夠了。」

「可我還知道，」老紳士繼續說道，「那一場不相稱的結合帶來的是災難、慢性折磨和持續的無休止的痛苦。我知道那不幸的一對都帶著沉重的枷鎖，度日如年，過得毫無樂趣可言，這對於兩個人來說都是痛苦的。我還知道，冷冰冰的表面關係漸漸變成公開的辱罵，淡漠變成反感，反感變成憎惡，憎惡再變成詛咒，最後終於把那條響噹噹的鎖鏈扯斷，各奔東西，每人都帶著一截可恨的鏈條，那條鎖鏈只有死亡才能斬斷，兩個人都盡可能強作歡笑，想的是換一個環境，不讓別人看見這個鏈條。你母親做到了，不久便已忘懷。可是過了多少年，那東西一直在你父親心裡生銹、腐爛。」

「對了，他們分居了，」蒙克斯說道，「那又怎麼樣呢？」

「他們分居了很長時間，」布朗洛先生往下說。「你母親在歐洲大陸縱情逸樂，完全把足足小她十歲的年輕丈夫拋在九霄雲外，而你父親眼看志向抱負都成了泡影，一直在國內彷徨，結交了一班新朋友。這一點，我想你是知道的。」

「我不知道，」蒙克斯說著，將目光轉向一邊，一隻腳在地上打著拍子，擺出一副不在乎的樣子。「我什麼都不知道。」

「你的態度和你的所作所為一樣使我確信，你非但沒有忘記這件事，而且一直對此懷恨在心，」布朗洛先生不以為然地說，「我說的是十五年以前，當時你才十一歲，而你父親只有三十一歲——我再重複一遍，他奉父命結婚的時候還是個少年。你難道一定要我重提那些使你父親名聲受損的事情呢，還是不用我再提，你也願意吐露真情？」

「我沒有什麼可吐露的，」蒙克斯答道，「如果你願意，儘管說你的。」

「當時，他結識的新朋友中，」布朗洛先生說道，「有一個是退役的海軍軍官，他妻子大約半年以前去世了，留下兩個孩子——都是女兒，一個貌美如花，只有十九歲，另一個很小，才兩三歲。」

「這關我什麼事？」蒙克斯問。

「他們住在鄉下，」布朗洛先生並不理會他的插話，「你父親在彷徨中也到了那個地方，在那兒住了下來。結果，雙方很快就從結識、接近，直到產生友誼。你父親的天賦很少有人比得上，他和他的姐姐具有一樣的氣質和長相。老軍官對他的瞭解逐步加深，也越來越喜歡他了。那個大女兒也和她父親一樣越來越喜歡他。」

老紳士稍頓了一下，他見蒙克斯咬著嘴唇，眼睛盯住地板，於是他接著往下說道：

「到年底，他和那個女孩訂下了婚約，訂下了莊嚴的婚約，贏得了那個純潔的女孩的喜歡，那是她的第一次，也是唯一的一次真摯而熱烈的愛情。」

「哦，你講的故事太長了。」蒙克斯煩躁地在椅子上折騰著，說道。

「這個真實的故事充滿悲傷、苦難和不幸，年輕人，」布朗洛先生回答，「這類故事一般都很長。如果是一個單純快樂美滿的故事，那就很短。後來，你家的一個富貴親屬過世了，當初就是為了鞏固他的利益和地位而犧牲了你父親的幸福，跟人們常常遇見的情況一樣——這種事也尋常得很——為了彌補他一手造成的不幸，他給你父親留下了在他看來能夠解決一切痛苦的靈藥——錢。那時，你父親必須立即前往羅馬，那人本來是去羅馬養病，不料卻死在了那裡，那時的事情真是一團糟。你父親去了，又在當地染上了一種致命的病症。消息一傳到巴黎，你母親就帶著你過去了，她到的那一天，你父親就去世了，沒有留下遺囑——沒有遺囑——所以全部財產落入你們母子的手中。」

故事講到這裡，蒙克斯始終屏住呼吸，全神貫注地聽著，儘管眼睛沒有正對著說話的人。當布朗洛先生停下來歇一口氣時，蒙克斯改變了一個姿勢，擦了擦發燙的臉和手，一個人突然間如釋重負就是這個樣子。

「他出國以前路過倫敦，」布朗洛先生目不轉睛地盯住對方的臉，慢慢地說，「當時他來找過我。」

「我從來沒聽說過。」蒙克斯插了一句，語調中本想表明此話不可信，然而聽起來更像表明他更多的是感到不快樂。

「他來找過我，留下了一些東西，其中包括一幅畫像——他親筆畫的一幅肖像——那個可憐的女孩的肖像，他不願把畫丟在家裡，但旅途匆匆，又無法帶在身邊。在焦慮和內疚之下，他瘦得只剩骨頭。他心神不寧，語無倫次，說到了他自己造成的禍患與恥辱，他告訴我他打算不惜一切代價，把全部財產變賣成現錢，只等辦好手續，將最近應得的一部分遺產交給你們母子，從此離開英國——我完全明白，他不會獨自出走——永不回來。雖然，我是他早年的老朋友，我們的交情已經深深植根於這一片廣闊的大地之中，這裡安葬著一個對我們彼此來說都是最親愛的人——甚至對我來說，他也沒有進一步傾訴，只答應寫信，把一切都告訴我，並表示以後還會來看我，作為此生的最後一次會面，啊！想不到那真的就是最後一次。我既沒有收到信，也再沒有見到他。」

「等到一切都結束以後，」布朗洛先生稍停後，說道，「我到你爸爸結下那筆孽債的地方去了——我可以用世人通行的說法，因為世俗的苛責或是寬容對於他並無差別——當時我暗暗打定主意，如果我的擔心情況果真是事實，也要讓那位一時迷途的女孩找到一個可以棲身的家，找到一顆能夠憐憫她的心。然而，那家人已經在一個星期前搬走了，他們把所有的債務都結清了，哪怕是微不足道的帳目。有一天晚上，全家人離開了那個地方。原因，或者說上哪兒去了，都沒有人說得上來。」

蒙克斯越發暢快地舒了一口氣，帶著洋洋得意的微笑回頭看了他一眼。

「你的弟弟，」布朗洛先生把椅子朝對方靠近了一些，說道，「你的弟弟，一個身體瘦弱，衣衫破爛，無人憐惜的可憐孩子，一股比機緣更強有力的力量推著他來到我面前，我把他從痛苦的生活中救了出來——」

「什麼？」蒙克斯驚問。

「是我把他從痛苦中解救出來的，」布朗洛先生說道，「我剛才告訴過你，我很快就會引起你的興趣。不錯，是我把他救出來的——我看得出，你那個狡猾的共謀犯隱瞞了我的名字，他以為反正你聽了也不知道是誰。當時他被我救出來，在我家裡養病，第一次看見他，我就大吃一驚，因為他與我前邊說到的那幅畫上的女孩長得一模一樣，儘管他全身骯髒，可憐巴巴的，但他臉上有一種表情時隱時現，我好像在一場真實的夢中猛然發現了一位老朋友的身影。我用不著告訴你，我還沒來得及瞭解他的身世，他就被人拐跑了——」

「幹嗎不說呢？」蒙克斯趕快問了一句。

「因為這事你心裡一清二楚。」

「我？」

「在我面前抵賴是徒勞的，」布朗洛先生回答，「我會讓你看到，我所瞭解的不止這些。」

「你拿不出任何於我不利的證據，」蒙克斯可憐巴巴地說，「我敢說你絕對拿不出來。」

「走著瞧吧，」老紳士用犀利的眼神看了他一眼，回答，「我失去了那個孩子，雖然我做了一切努力，還是沒能找到他。你母親已經去世了，我知道，如果有人能解開這個謎，那就是你，只有你一個人。關於你的情況我所聽到的最新消息是：你在西印度群島，待在你自己的領地上——你明白，你在母親死後隱藏到那裡去了，為的是逃避在此地締造的種種惡行——我坐船過去，你卻已經在幾個月前離開了那裡，估計是到了倫敦，但誰也不知道你到底在什麼地方。於是我又回來。你的幾個同伴也不知道你的住處。他們說，你來來去去，和往常一樣神秘——有時連續幾天都在，有時又是幾個月杳無音信——想必還是不斷出沒於那幾個下流的地方，跟那班毫無良心的傢伙為伍，從還是一個無法無天的孩子起，你就和他們鬼混。於是，我一次次向他們打聽，連他們都嫌煩了。我白天黑夜都在街上走來走去，可就在兩個小時以前，我所有的努力都是白費的，我從沒見過你一次。」

「你現在是真的看見我了，」蒙克斯大著膽子站起來，「看見了又怎麼樣？欺詐和搶劫都是重大的罪名——你以為，憑空想像，一個小鬼長得跟一個死人無聊時胡亂塗幾筆的破畫有點像，就可以證明了？非說他是我弟弟。你甚至不能肯定那一對情人究竟有沒有生過孩子，你連這一點也不知道。」

「我過去確實不清楚，」布朗洛先生也站了起來，說道，「但在最近這兩個星期內，我全都知道了。你有一個弟弟。你知道這一點，並且認識他。當初有過一份遺囑，被你母親銷毀了，她臨終的時候，又把這個秘密和得到的一切留給了你。在那份遺囑裡，提到一個孩子，沒準將成為這一可悲結合的產物，那個孩子後來確實是生下來了，偶然之中又叫你給碰上了，最早引起你的疑心的就是他的相貌酷似他父親。你去過他的出生地。那兒保存著有關於他的出生及身分的證明——只是長期被隱瞞著。你把那些物證銷毀了，我們現在就引用你自己和與你合夥的那個猶太人說過的話來講。『僅有的幾樣能夠確定那孩子身分的證據掉到河底去了，從他母親那兒把東西弄到手的那個女人正在棺材裡腐爛哩。』不孝之子、懦夫、騙子——你，趁黑夜同一幫強盜、殺人犯策劃於密室之中——你，你的陰謀詭計使一個比你們好一百萬倍的女孩慘遭橫死——你，自幼就傷透了你親生父親的心，邪念、罪惡、淫欲，這一切都在你的身上滋生、潰爛、變質，直至它們形成一種可怕的病態才算發洩出來，這種病態甚至致使你的臉孔變成了你的靈魂的一個縮影——你，愛德華．李福德，現在，你還想狡辯嗎？」

「不，不，不，不是我！」這個懦夫連聲答道，他終於被對方歷數的罪狀壓倒了。

「每一句話！」老紳士呵斥道，「你跟那個惡棍說的每一句話我都知道。牆上的影子聽見了你們的竊竊私語，把你們的話傳到了我的耳朵裡。看到那個孩子橫遭迫害，甚至連一個墮落的女孩也幡然悔悟，給了她勇氣和幡然醒悟的機會。凶案已經發生了，即使這起命案你沒有直接參與，也逃脫不了道義上的罪責。」

「不，不，和我無關，」蒙克斯連忙否認，「那——那件事我一點也不清楚。我正想去打聽一下究竟是怎麼回事，你就把我抓了來。我不知道事情的起因，還以為是一次尋常的打架呢。」

「這些只是你的秘密的一部分，」布朗洛先生答道，「你願不願意自己和盤托出？」

「是的，我願意。」

「你願不願意寫一份說明事實真相的供詞，並在證人的面前宣讀？」

「好吧，我都答應。」

「現在，你給我老老實實地待在這裡，等筆錄都寫好了，跟我一塊兒到我認為最適宜的地方去使它在法律上生效，聽見了嗎？」

「如果你堅持的話，我也可以照辦。」蒙克斯回答。

「你要做的還不止這些，」布朗洛先生說道，「你必須把財產歸還給那個無辜的孩子，他確實是個好孩子，儘管他是一筆孽債的產物。你可能沒有忘記遺囑的條款。你必須將凡是涉及你弟弟的條款付諸現實，然後你願意到哪兒去就到哪兒去。在這個世界上，你無須再同他見面了。」

蒙克斯在房間裡踱來踱去，神色陰沉而又狡詐，他在考慮這一建議，同時盤算著另外的一條出路，他正處在恐懼和仇恨的矛盾之中。房門被急匆匆地打開了，一位紳士——那可敬的洛斯本先生激動萬分地走進房間。

「那個人逃不了啦，」他叫喊著說，「今晚就要抓住他。」

「你是說兇手嗎？」布朗洛先生問。

「是的，是的，」大夫答道，「有人看見他的狗在某一個老巢附近轉來轉去，不用懷疑，狗的主人不是已經在那兒了，就是想趁著天黑去那兒。密探已經把各個方向都包圍了。我跟奉命捉拿他的人談過，他們對我說，他跑不了。政府今天晚上已經出了一百英鎊的懸賞。」

「只要我能按時趕到，我一定再加五十英鎊，並且親口當場宣佈，」布朗洛先生說道，「梅麗先生在哪裡？」

「你說哪裡？他一見到你的這位朋友平安，跟你坐的是同一輛馬車，就立刻趕往一地，在那兒他打聽到了這消息，」大夫回答，「他騎馬直到郊區，他們商定到那兒參加頭一撥搜索部隊。」

「費金呢，他怎麼樣了？」布朗洛先生說。

「根據我聽到的最新消息，他還沒有被捕，但是他跑不掉的，也許此刻已經被抓住了。他們對付他還是很有把握的。」

「你拿定主意了嗎？」布朗洛先生低聲問蒙克斯。

「拿定了，」他回答。「你——你——可不可以替我保密？」

「我一定保密。你就在這兒等我回來。這是保全你自己的唯一希望。」

他們離開了房間，門被重新鎖上了。

「你的進展如何？」大夫悄悄地問。

「我能夠辦到的都辦到了，甚至超出了預料。有那個苦命的女孩報告的消息，結合我過去的見聞以及我們那位好朋友的現場打聽的結果，我根本沒給他留下退路地將他的足跡全部攤開了，有了這些事實，事情變得跟白晝一樣明朗。請你寫封信通知大家，後天晚上七點碰頭。我們要早去幾個小時，現在還需要休息一下——尤其是那位小姐，她最需要鎮靜，你我眼下還真無法預料。我的血一直在沸騰，急於為遇害的那個可憐女孩報仇。」

「你趕快趕到警察局去還來得及，」洛斯本先生回答，「我留在這裡。」

兩位紳士匆匆分手，此時，他們兩人心情都很興奮，都不能掩飾和抑制心中的興奮。

chapter 50 追捕與逃竄

羅瑟海思教堂位於泰晤士河畔的一側，因為運煤船騰起的灰塵和緊密連接的矮房子噴出的煙，兩岸的建築物都非常骯髒，河上的船隻也是黑黝黝的。倫敦原本就有很多人們不熟悉的地方，在這一塊至今仍存在著一個最骯髒、最奇怪、最特別的地方，大量的倫敦市民甚至連它的名字都不知道。

如果想到這個地方，遊人必須要穿過一大片的狹街陋巷，住在這裡的都是最下等、最貧窮的漁民，他們的謀生手段也是可想而知的。店鋪裡堆放著價格最低、品質最差的食品。最蹩腳、最不值錢的衣物服飾懸掛在商販門前，在住房欄杆、窗口隨風飄落。到處都是最低級的失業勞動者、搬運壓艙貨的腳夫、煤船裝卸工、不知羞恥的女子、衣衫襤褸的孩子，以及河濱的渣滓廢物，人在中間擠來擠去，行進相當困難。許許多多的小巷左右分開著，巷子裡湧出種種令人不快的景象和氣味。笨重的馬車裝載著大堆大堆的貨物，從分佈每一個角落的貨棧、庫房裡哐啷哐啷地開出來，叫人什麼也聽不見。總算來到比先前經過的街道更為偏僻、路人稀少的街上，但是只見街道兩旁的樓房搖搖欲墜，一堵堵斷裂的牆壁像是在人經過時就會塌下來似的，煙囪已經塌了一半，另一半尚在猶豫，把守窗戶的鐵條年久生銹，滿是汙跡，差不多都爛透了——總之，一切頹敗破落的跡象應有盡有。

雅各島就坐落在這一塊兒，從南瓦克區往前走不遠就到了。雅各島周圍的臭水溝漲潮時有六至八英尺深、十五至二十英尺寬，這條水溝從前叫做水磨塘，可現在人們只知道它叫愚笨溝。這溝是泰晤士河分出來的一條支流或者說是水灣，只要在滿潮時打開裡德磨坊的水閘，就可以把水放滿，水溝的老名字就是如此來的。開閘的時候，你只要站在水磨胡同那些橫跨水溝的木橋上，就能看到兩岸的居民打開後門、窗戶，把吊桶、提桶，以及形形色色的家用器具放下去打水。

你將視線從這幅打水圖轉向房子本身，呈現在你眼前的景象難免會使你大吃一驚。五六所房子合用屋後的一個搖搖晃晃的木板走廊，透過木板上的窟窿看得見下邊的污泥。窗戶是破破爛爛的，有的修理過，晾衣竿從窗口伸出來，但上邊從來不見晾著衣服。房間又小又髒，通風極差，空氣中充滿惡臭，即使用來存放垃圾好像都覺得不衛生。木板房子懸在爛泥臭水上面，像是隨時都有掉下去的危險——有一些已經掉下去了。牆壁骯髒，地基一日日腐爛，觸目驚心的貧困，令人作嘔的污漬、腐物和垃圾——這一切裝點著愚笨溝的兩岸。

雅各島上的貨棧空空蕩蕩，連屋頂也沒有，牆壁東倒西斜，窗戶已不能稱其為窗戶，門倒在街上，煙囪熏得漆黑，卻從不冒煙。三四十年前，蕭條和法律訴訟拉鋸戰還沒有來到，這裡市面十分繁華。可如今，它的確已經成了一座孤島。房屋沒有主人，有膽量的人便破門而入，據為己有。他們住在這裡，死在這裡。這些人必定有什麼重要的理由才來找一處隱秘的住所，或者就是真的已經到了走投無路的地步，否則也不會到雅各島上來棲身。

這些房子裡有一座相當大的獨幢房子，其餘部分大都崩壞，唯有門窗卻還牢固。房子的背面臨著水溝，情況就如前邊描述過的一般——在二樓的一個房間裡，有三個人聚集在一起，愁眉苦臉，不時露出困惑而期待的神色面面相覷，他們已經在沉默中坐了很長時間。三個人當中，其中一個是克拉基特，一個是奇特林先生，另一個大約五十歲上下，也是以偷盜為生的，他的鼻子在從前的一次鬥毆中基本上被揍扁了，臉上有一道可怕的疤痕，興許其來由也是同一混戰。他是一個從海外逃回來的流放犯，名叫凱格斯。

「我的好朋友，」克拉基特向奇特林先生轉過臉去，說道，「就算那兩處老窩都已經待不下去了，你還是另外找個地方躲一躲，不該到這裡來。」

「死腦筋，你為什麼不呢？」凱格斯也說。

「哎，我本以為你見到我會高興一些呢。」奇特林先生憂鬱地回答。

「聽著，年輕的先生，」克拉基特說道，「如果一個人像我這樣獨來獨往，依靠這樣的辦法才弄到一套舒適的安身之處，附近也沒人打聽窺探；可是看見一位處在你這種情況的年輕紳士光臨，實在令人惱火啊。雖說在適當的場合，閣下可能是一位可敬、討人喜歡的玩牌對手。」

「重要的是，這位獨來獨往的年輕人家中還住著一個朋友，這個朋友從國外回來的時間比預料的日期要早了一些，而且他又很謙虛，不願去向法官報到。」凱格斯在一旁幫腔。

接著出現一陣短暫的冷場，克拉基特好像對於保持平常那副連魔鬼見了也會發愁的臭架子已經絕望，他轉向奇特林說道：

「費金是哪時候被抓去的？」

「剛好是午飯時間——今天下午兩點鐘。我跟查利從洗衣坊煙囪裡逃了出來，波爾特一頭栽進那個空的大水桶裡，但他兩條腿實在太長了，豎在水桶頂上，他們就又把他也抓住了。」

「貝特西呢？」

「可憐的貝特西。她跑去看那具屍體，想跟南茜道別，」奇特林的那張臉愈拉愈長，答道，「她一下就瘋了，不停地尖聲大叫，拿腦袋往牆壁上碰，他們只好給她套上約束衣，帶她上醫院去了——她現在就在那裡。」

「小貝茨怎樣了？」凱格斯問。

「他在周圍閒逛，避免在天黑以前到這裡來，不過他很快就會來的，」奇特林答道，「現在也沒別的地方可去，因為瘸子店那兒的人已被一網打盡，那個酒吧本來是窩子——我到那裡去過，親眼看見的——裡邊全是密探。」

「這是一次大掃蕩，」克拉基特咬著嘴唇說道，「恐怕進去的不光是一個人。」

「現在正是法庭開審期，」凱格斯說道，「如果預審結束，波爾特招了供——從他以前說的話來看，他一定會招供——他們可以證明費金是事前從犯，星期五開庭審判，從今天算起，六天以後他可就要行絞刑了，我——」

「你們一定聽說了，那些百姓喊得很厲害，」奇特林說道，「要不是員警拚命地把他們趕開，他非被撕成碎片不可。他倒下去了一次，可員警在他周圍圍成一個圓圈，好不容易才打開一條路。你們沒有看見他四下張望的樣子，渾身是泥，滿臉淌血，貼在員警身邊，就好像員警是他最好的朋友一樣。我現在還可以看到，人群紛紛往前擠，他們也頂不住，就把他夾在自己人中間拉走了。我可以看到，人們接連跳上來，痛恨不已，憤怒地大叫，朝他撲過去。我看得見他的頭髮、鬍子上的血，我聽得見，女人們叫嚷著擠進街角的人群中，發誓要把他的心挖出來。」

這個被那些驚心動魄的景象嚇壞了的現場目擊者捂住耳朵，閉著眼睛站起來，發瘋似的來回奔走。

當他做出這些舉動的時候，另外兩個人默默地坐在一旁，眼睛盯著地板，這時，樓梯上傳來一陣啪噠啪噠的聲音，只見賽克斯的狗闖進了房間。他們急忙撲向窗口，又跑下樓，衝到街上。狗是從一扇開著的窗戶裡跳進來的，牠沒有跟著他們跑，牠的主人也沒有出現。

「這是怎麼回事？賽克斯又回來了？」克拉基特說道。「他總不會上這兒來的。我——我——但願他不會來。」

「如果他上這兒來，應該帶著狗一塊到達。」凱格斯俯身察看那隻躺在地板上直喘氣的畜生。「喂，快給牠點水喝，瞧牠跑得氣都喘不過來的樣子。」

「牠把水全喝了下去，一滴也不剩。」奇特林默默地盯著狗看了一會兒，說道。「牠身上沾滿了泥巴——腿也瘸了——眼睛也快睜不開了——一定是走了很遠的路。」

「牠是從哪兒來！」克拉基特頗覺費解，「牠一定是到別的窩裡去過了，發現裡邊全是生人才跑到這兒來的，這地方牠來過多次，又是經常來。可最初牠是從哪裡來？沒有那個人，牠為什麼會一路跑來？」

「他——他不會自殺的，你們認為呢？」奇特林說道。

克拉基特搖了搖頭。

「要是他死了，狗一定會帶我們到他自殺的地點去。」凱格斯說，「不。他把狗撇下了，我估計他已經逃出英國。他一定是耍了什麼花招。」

看來這種解釋可能性最大，所以被認為是正確的。狗鑽到一把椅子下邊，縮在一團睡覺，不再引起任何人的注意。

天黑以後，他們關上了窗板，點亮一支蠟燭，放在桌上。最近兩天來發生的這些可怕的事給他們三人都留下深刻印象，加上大家都處境艱險，前途渺茫，心情更為緊張。他們挪動椅子，彼此靠在一起，聽到每一聲響動都心驚肉跳。他們很少說話，說時聲音也極輕，看他們那副小心翼翼的樣子，好像那個被殺害的女孩屍體就停放在隔壁房間裡。

他們這樣坐了一段時間，忽然，樓下傳來一陣急促的敲門聲。

「小貝茨。」凱格斯故意生氣地四顧張望，以抑制自己內心的恐懼。

敲門聲又起。不，這不會是他。他從來不這樣敲門。

克拉基特走到窗前，全身哆嗦著探頭出去。沒必要告訴他們來者是誰了，單憑他那蒼白的面孔就可明白。眨眼之間，狗也警覺起來，哀叫著向門口跑去。

「我們還是得讓他進來。」克拉基特端起蠟燭說道。

「難道沒有別的辦法？」另一個漢子聲音嘶啞地問。

「沒辦法，只能讓他進來。」

「不要讓我們待在黑屋子裡。」凱格斯一邊說，一邊從壁爐架上拿下一支蠟燭，等他好不容易地點亮蠟燭，敲門聲已經又響了兩次。

克拉基特下樓開門去了，回來時，他後面跟著一個漢子，那人用一條手巾遮住下半個臉，另一條手巾裹住戴著帽子的腦袋。他慢慢地解下手巾。蒼白的臉，凹進去的雙眼，深陷的臉頰，多天沒刮的鬍子，消瘦的身形，急促的呼吸，簡直就是賽克斯的幽靈。

他伸手扶住屋子正中放著的一把椅子，正想一屁股坐下去，忽然又打了個寒戰，又似乎是想回頭看一眼，然後把椅子拉到儘量靠近牆根的地方——近得不能再近了——貼著牆壁，坐了下去。

誰也沒有說話。他也一言不發，挨個打量著他們。如果有誰的目光偷偷抬起來，與他的視線相接，也立馬轉向一旁。當他悶聲打破沉默後，那三個人都全身為之一震，就好像從未聽到過他的聲音似的。

「狗怎麼到這裡來的？」他問道。

「自己來的，來了有幾個鐘頭了。」

「今天的晚報說費金被捕了。這是真的還是假的？」

「是真的。」

他們又沉默下來。

「你們這班混蛋！」賽克斯抬手擦了擦額頭，「難道你們就沒什麼要和我說的？」

三個人不自在地顫了一下身體，誰也沒有開口。

「你是這裡的主人，」賽克斯轉過臉，衝著克拉基特說道，「你是打算出賣我呢，還是讓我住在這兒躲過這場追捕？」

「你可以留在這裡，如果你認為安全的話。」被問到的人稍稍遲疑了一下，回答。

賽克斯慢慢地抬起雙眼，向身後的牆壁看了看，他接著說道：「屍體——屍體——屍體埋了嗎？」

他們搖了搖頭。

「為什麼還沒埋呢？」他脫口說道，又跟剛才一樣朝身後看了一眼。「把這樣難看的東西留在地面上幹什麼？——誰在敲門？」

克拉基特做了個手勢，表示不用害怕，這才離開房間，不久又帶著查利．貝茨回來了。賽克斯正對門坐著，少年剛一進屋，迎面就看見了他。

賽克斯將視線向他轉過去，少年倒退一步，邊說：「克拉基特，你在樓下幹嘛不告訴我他在這兒？」

那三個人嚇得魂不附體的模樣實在令人吃驚，致使那窮途末路的壞蛋不禁想討好一下這個剛剛進門的少年，於是他點了點頭，做出願意跟他握握手的姿態。

「讓我到另外那一間屋子裡去。」少年說時又退後幾步。

「查利。」賽克斯跨出幾步迎上前去說。「你難道——你難道不認識我了？」

「你不許再靠近我，」少年繼續後退，他眼裡滿是驚慌，不停地盯住兇手的臉，答道。「你這個惡魔。」

賽克斯走了兩步就停住了，四目相對，結果是賽克斯的眼睛漸漸垂下了。

「你們三個為我作證，」少年揮舞著握緊的拳頭，大聲說道，愈說情緒愈激昂。「你們三個作證——我不怕他——如果有人來抓他，我就把他交出去，我一定這樣做，我馬上舉報他。他可以殺死我，要是他樂意的話，或者是要是他敢，他可以把我殺死；可只要我在這兒，我就要把他交出去。即使會把他活活放進鍋裡煮，我也不在乎。殺人啦！救命啊！你們三個如果有種的話，你們應當幫我。殺人啦！救命啊！把他給抓起來！」

少年這樣叫喊著，並伴以瘋狂的手勢，竟一頭朝那個大漢撲了上去，力量很大，加上趁對方不備，竟將他撞倒在地。

三位旁觀者完全驚呆了，誰也沒有介入，少年和漢子在地上扭作一團。少年不顧拳頭雨點一般落到自己身上，他使出渾身的力氣，雙手將殺人犯胸前的衣裳揪得越來越緊，並不停地喊救命。

但是，雙方畢竟力量懸殊，這場打鬥沒有持續多久。賽克斯將少年按在身下，將膝蓋壓在他的脖子上，就在這時，克拉基特神色慌張地扯了他一把，指指窗外。下邊火光明亮，有人情緒激昂地在大聲交談，紛亂的腳步聲響成一片——人數好像還真不少——從離得最近的那座木橋上過來了。人群中好像有一個人騎在馬上，高低不平的石子路面上響起了咔嗒咔嗒的馬蹄聲。火光更亮了，腳步聲也越來越密集，越來越嘈雜，越來越近。緊接著，門口傳來一陣重重的敲門聲，隨後是無數憤怒的人聲匯成一片鬧哄哄的喊叫，即使是最大膽的人也會禁不住發抖。

「救命啊！」少年尖叫聲撕裂著夜空，「他在這裡，快把門砸開！」

「我們奉命到此抓捕犯人！」有人在外邊大聲喊道。

「把門撞開！」少年尖聲叫著，「我告訴你們，他們絕不會開門的。照直往有亮的屋子裡跑。把門撞開！」

他才住口，門上和樓下窗板上立刻響起密急而沉重的撞擊聲，人群中爆發出一陣驚天動地的歡呼聲，聽到聲音的人才第一次對呼籲聲何其高有個相當精準的概念。

「找個地方，把門打開，好把這亂嚷亂叫的小鬼關起來，」賽克斯咆哮著來回奔跑，就好像他是一條空口袋似的。「就是那扇門，快！」他把少年扔進去，插上門閂，轉了一下鑰匙確定鎖上了。「樓下的門牢靠不？」他問。

「上了雙保險，外帶鏈條。」克拉基特應道，他和另外兩個人始終是一副束手無策和茫然失措的樣子。

「門板結實不？」

「有鐵皮包著。」

「窗戶也是嗎？」

「是的，窗戶也是。」

「見鬼去吧。」這歹徒什麼也不顧了，他把窗格推上去，凶惡地衝著人群吼道，「你們有什麼招數統統使出來，甭想抓住我。」

在所有傳進人耳朵裡來的可怕的叫嚷聲中，沒有一種比得上憤怒的群眾吼聲。有人高喊，要離得最近的人點火燒房子，另一些人咆哮著，叫員警開槍打死他。其中，騎在馬上的那個人尤其怒不可遏，他翻身下馬，如同分開水流一般撥開群眾，擠到窗子下邊，高喊起來，聲音壓過了所有的叫喊。「誰去搬一架梯子來，給他二十尼。」

最前面的幾個嗓門回應他的叫喊，緊接著，成百上千個聲音群起響應。有人叫搬梯子，有人叫拿大錘來，有人舉著火炬到處奔跑，像是在找這些工具，隨後又原樣返回，重新發出吼叫。有人通過聲嘶力竭的咒罵來出氣，有人瘋子般使勁往前擠，反而礙手礙腳。有幾個特別大膽的企圖利用水管和牆壁的裂縫爬上去。人潮在黑暗中翻湧，猶如一片麥田在狂風怒吼下起伏翻滾，不時共同發出凶猛的咆哮。

「潮水，」殺人犯關上窗，把數不清的面孔關在外邊，磕磕絆絆地退到屋子裡，叫喊著。「我上來時正在漲潮。給我根繩子，要長一點的。他們都在房子正面，我可以跳進愚笨溝，從那兒逃出去。給我一根繩子，要不然我乾脆再添三條人命，最後殺死我自己。」

三個驚慌失措的男人指了指存放這類東西的地方。殺人犯匆匆選了一根最長最扎實的繩子，急忙登上頂樓。

房子背後的窗戶在很久以前就用磚頭堵死了，只有關著查利的房間有一個小小的活動天窗，不過實在太小沒法鑽過。但正是從這個出口，貝茨連聲地向外面的人吆喝著，要他們守住屋後。因此，當殺人犯從頂樓門裡鑽出來，出現在房頂時，一陣高昂的叫喊將這一情況通知了房子前邊的人，眾人立刻像一股滾滾不絕的洪流爭先恐後地包抄過來。

殺人犯用他特意帶上去的一塊木板牢牢頂住門，使人很難從裡邊打開，他從瓦上爬過去，隔著矮矮的胸牆朝下看。

潮水已經退去，溝裡全是淤泥。

在這短短的幾秒鐘內，人群靜了下來，仔細觀察著他的行動，拿不準他到底有什麼意圖，但是，當他們剛明白他的打算落空了，立刻掀起一陣勝利的歡呼和咒罵的聲音，與此相比，以前的吶喊只能算是耳語。一些離得太遠的而不明其中奧妙的人，也跟著吼起來。馬上罵聲四起，迴響接連不斷，彷彿倫敦市民已傾城而出，紛紛前來詛咒這個殺人兇犯一樣。

房子前邊的人越來越近，越來越近，憤怒的面孔匯成一股強大的湍流，各處都有耀眼的火把給人們引路，照亮他們憤怒的表情。群眾衝進壕溝對岸的房屋，把窗框推上去，或者乾脆打破。大批大批的人站在各家的房頂上。一座座小橋——看得見的就有三座——不堪重壓彎曲了。人流還在不斷繼續湧來，都想找個角落或者空檔喊幾聲，哪怕瞅一眼那個惡棍也行。

「終於抓住他啦，」一個男子在最近的那座橋上叫著，「太棒了。」

群眾紛紛摘下帽子，拿在手中揮舞著，喊聲再次掀起。

「誰要是能活捉殺人犯，我賞他五十鎊，」一位老紳士在同一個地方喊道，「我一定留在此地恭候領賞的人。」

接著又是一陣歡呼。在這瞬間，一個消息在人群中傳開了：正面的門終於撞開了，那個最早讓搬梯子的那個人已經衝上了樓去。於是人潮驟然轉向。站在窗口的人見橋上的人蜂擁而退，也一哄而散，加入了正亂哄哄地返回原處的人群，一個個推來搡去，前仆後繼，焦急地都想趕到門口，以便在員警將犯人押出來時看個真切。有的幾乎被擠得險些窒息而死，有的在混亂中被擠倒在地遭受踩踏，一聲聲大呼小叫委實可怕。狹窄的道路被塞得水泄不通。有的人東撞西突，想要回到房子正面的空地，有的人拚命掙扎，徒勞地想擠出人叢，就在這時，原本集中在殺人犯身上的注意力分散了，儘管大家盼望抓住他的急切心情絲毫不減。

那個男人蜷縮成一團，蹲了下來。人群士氣高漲，他自己已經沒了辦法，他完全被洶湧的人群給嚇住了。然而他敏捷的反應並不亞於突然而至的變化，他剛一看出人們的注意力分散了，立刻站起來，決定做最後一次努力以保全性命，那就是縱身跳進壕溝，冒著淹死的危險，儘量利用黑暗與混亂悄悄地溜走。

他頓時精神抖擻，房子裡邊的喧嚷聲證明，的確已經有人衝進來了。他必須趕緊行動。他一隻腳頂住煙囪，把繩子的一端結結實實地纏在上邊。幾乎只是一眨眼的工夫，他已經靠著雙手和牙齒將另一端挽成一個結實的活套，他可以用繩子垂落到離地不超過他本人身高的地方，然後用手裡的小刀勒斷繩子，落下去。

他剛把活結套在自己頭上，打算勒在胳膊下邊，[61]前面提到過的那位老紳士急切地警告四周的人，兇手馬上就要往下跳了——正在這一瞬間，兇手突然向背後的屋頂上一看，接著雙臂高舉過頭，發出一聲恐怖的驚叫。

「那雙眼睛又來了！」他尖聲喊道，彷彿世界末日已經來臨。

突然，他打了一個激靈，好像遭了雷擊似的，身體失去平衡，從胸牆上栽了下去。活套套在他的脖子上，繩子被他身體的重量一拉，繃得像弓弦一樣緊，快得像離弦的箭。他掉下去大約有三十五英尺，只見他的四肢可怕地抽搐了一下。他吊在那裡，開始發僵的手緊握著那把打開的折刀。

年代已久的煙囪被拉得顫動了幾下，可還是堅強地頂住了。殺人犯貼著牆壁晃蕩，已經沒有一絲氣息。查利把擋住自己視線的這具在半空中搖曳的屍體推開，乞求人們看在上帝的分上，快放他出來。

那直到現在才露面的狗哀號著，在胸牆上來回奔跑。然後，牠定了定神，縱身朝死者的肩上跳去。可是牠跳偏了目標，掉進了溝裡，只見牠在半空中翻了個跟斗，一頭撞在一塊石頭上，頓時腦漿迸裂，當場死去。

61. 他緊緊地貼著橋欄杆，以便頂住人群的壓力，堅守在原地。

chapter 51 露出真面目的疑團和一個不談財產的婚約

真相大白兩天之後的下午三點鐘左右，奧立弗登上一輛旅行馬車，朝著他出生的市鎮飛奔而去。和他同車的有梅麗夫人、露絲、貝德文太太，還有那位好心的醫生。布朗洛先生和一個隱姓埋名的人在後面的一輛驛車裡。

一路上，他們很少交談。因為興奮和懸念，奧立弗激動得心裡撲通直跳，他沒辦法理清自己的思緒，幾乎連話都說不出口，幾個同行的人也受到了很大的影響，至少他們的情緒是一樣的。布朗洛先生在迫使蒙克斯招供之後，已經小心翼翼地把事情的真實情況告訴了奧立弗和那兩位女士。雖然他們知道這次旅行的目的是要讓順利開了頭的工作圓滿結束，但整個事情卻還籠罩著相當多的疑雲和迷霧，這也足以使他們一直放心不下。

好心的大夫在洛斯本先生的配合下，小心地切斷了一切的消息來源，讓他們無法得知最近發生的那些駭人聽聞的事件。他說：「一點不假，不久他們就都會知道的，那也比眼下好一些，反正不會更糟。」於是，一路上他們都沉默寡言，大家都在思考著使大家聚在一起同時行動的這些事，誰也不願意把縈繞在心裡的念頭說出來。

如果說，當馬車沿著他從未見過的一條大路向他的出生地駛去之時，奧立弗在這些思緒影響下還能一直保持沉默的話，到了他們拐進他曾步行走過的那條路，會有多少往事湧入腦海，又有多少複雜的感觸顯現在他的心裡：那個時候，他是一個可憐的流浪兒，一無所有，無家可歸，沒有一個朋友幫助……

「瞧那裡，在那裡！」奧立弗激動地抓住露絲的手，指著車廂窗外叫起來。「那個攔牲口的柵欄是我爬過的，我偷偷地在那些籬笆後邊走，生怕有人追上來，把我抓回去。再過去有一條小路穿過田野，可以通到我小時候住過的老房子。啊，狄克，狄克，我親愛的老朋友，我現在多麼想見到你啊！」

「你很快就可以見到他了，」露絲溫柔地握住他交叉在一起的小手，說道：「你可以告訴他，你現在多麼幸福，多麼富有，告訴他，而你最大的幸福莫過於回來讓他也得到幸福。」

「對，對。」奧立弗說道，「我們還要……還要帶他離開這個地方，給他換上新衣服，教他讀書，還要送他到鄉下安靜的地方，讓他長得非常強壯健康——你說好不好？」

露絲只是點點頭，因為那孩子噙著幸福的眼淚微笑，她簡直講不出話來。

「你一定會對他非常好的，因為你對每個人都是這樣，」奧立弗說道，「聽到他講的事，我知道，會讓你大哭一場。不過這沒什麼關係，不要緊的，一切都會過去——想到他將大大變樣，你又會重新露出笑容，我逃走的時候，他對我說『上帝保佑你』，」奧立弗哭著，再也抑制不住滿腔的深情摯愛，「現在，該我說『上帝保佑你』了，並向他表明，因為這句話，我是多麼愛他。」

最終，他們到了鎮上，馬車行駛在狹小的街道上，這時為了讓奧立弗不要過於感情衝動竟成了一件非常困難的事情。那邊是索爾伯利的棺材鋪，還是老樣子，只是看上去比他記憶中的要小一些，也沒有那麼神氣了——還是那些熟悉的店鋪和房子，幾乎每家他都去辦過一些小事——那是甘菲爾德的大車，就是這輛車，停在那家老字號的酒館門口；那是濟貧院，他童年時代淒涼的監獄，它那些陰沉沉的窗戶似乎在發愁地看著街上——站在大門口的還是那個瘦骨嶙峋的看門人，奧立弗一看見此人便情不自禁地往後一縮，隨即又笑自己竟會傻到這種地步，接著又哭起來，然後又笑了——門口和窗口有許多面孔都是他非常熟悉的——幾乎一切都沒有變樣，就彷彿他不過是昨天才離開那個地方，而他全部的新生活不過是一場美夢而已。

然而，這完全是不折不扣的、令人愉悅的現實。他們驅車直抵那家頭號旅館的門口，奧立弗過去就懷著誠惶誠恐的心情瞻仰過這家旅館，以為它是一座瑰麗的宮殿，可現在不知為什麼它已不如以前那樣堂皇、巍峨了。在這會兒，格里姆韋格先生已經在這裡等候他們了。他們走下馬車，他親了親露絲小姐，又吻了一下梅麗太太，好像他是所有人的老爺爺一樣。他笑容滿面，和藹可親，並沒有表示要把自己的腦袋吃下去——是的，後來，他一次也沒有再打這個賭，甚至是在和一位老資格的郵差爭論走哪條路去倫敦最近的時候也沒有發這個誓；他堅持說知道得更清楚，儘管那條路他只走過一次，而且那時睡得正熟。晚飯已經開始，臥室收拾妥當，一切都安排就緒，簡直像借助於魔法一般。

雖然如此，最初半小時的忙碌結束以後，一路上伴隨的那種沉默與拘束的氣氛又蔓延開來。布朗洛先生沒和他們共進晚餐，而是待在他自己的房間裡。此外，還有兩位紳士不斷進進出出，臉上的表情好像心事重重；有一次，梅麗太太被叫了出去，過了將近一個小時才回來，當時她的眼睛都哭腫了。露絲和奧立弗原本就對剛剛發現的秘密毫無知曉，現在又是這種情形，使得他倆神經緊張，很不自在。他倆默默地坐著發愣。即使偶爾交談幾句，聲音也壓得很低，連自己也害怕聽見似的。

好不容易到了九點鐘，直到他們認為當天晚上再也聽不到什麼消息的時候，洛斯本先生與格里姆韋格先生走進房間，後邊跟著布朗洛先生和一個男人；奧立弗一見此人便為之愕然，差點兒失聲尖叫。原來這正是他在集市上撞見，後來又跟費金一塊兒，透過那間小屋的窗口往裡張望他的那個人。他們告訴他，這人是他的親哥哥。即使到了此刻蒙克斯仍懷著掩飾不住的仇恨向驚奇不已的奧立弗惡狠狠地瞪了一眼。布朗洛先生手裡拿著若干文件，走到露絲和奧立弗已經端坐一旁的桌子旁邊。

「這是一份不愉快的差事，」他說道，「這些聲明原本已經在倫敦當著許多紳士的面簽過字了，可還是得在這裡把要點重申一遍。我極不願意讓你再次出醜，不過，在大家分開之前，我們必須聽你親口複述一遍，我想，理由你是知道的。」

「講下去，」被點到的那個人把臉轉到一邊說道，「快一點，我認為我差不多一切都照辦了，不要再為難我了。」

「這個孩子，」布朗洛先生把奧立弗拉到自己身邊，一隻手放在他的頭上，說道，

「是你的異母兄弟。是你父親、我的好朋友艾德文‧李福德的未婚兒子，可憐他母親，年輕的阿格尼斯，生下他就死了。」

「是啊，」蒙克斯狠狠地看著戰慄不已的奧立弗，大概他已經聽見那孩子的心在撲撲直跳。「是的，那是他們的私生子。」

「請不要用這樣的語句，」布朗洛先生厲聲說，「你這是在羞辱那些早已離開了世間的人，你這樣不會使任何一個活著的人蒙受恥辱，除了你自己。這些都不說了。他是不是在這個鎮上出生的？」

「在本鎮的貧民濟貧院裡，」回答的語調十分陰沉，「那裡都已寫清楚了。」說話的時候，他不耐煩地指了指那些文件。

「我要你在這裡再說一遍。」布朗洛先生說時看了看室內的聽眾。

「那就聽著！你們！」蒙克斯回答，「他父親在羅馬病倒後，他們夫妻早就分居了，他妻子，也就是我母親，帶著我從巴黎趕去想打理一下他的財產。據我所知，我母親對他並沒有感情，而他對我母親也是一樣。他根本沒認出我們，因為他的神志已經不清，一直昏昏沉沉，第二天就死了。他的書桌裡放著一些文件，從簽署的日期看，其中有兩份是在他剛發病的那天晚上寫的，信封上寫著寄給你本人，」他轉向布朗洛先生說道，「他給你寫了短短幾行就封起來了，平面上還有一個說明，要求等他死後轉發。那些文件中有一封信，是給那個名叫阿格尼斯的女子的，另一個是份遺囑。」

「信上寫些什麼？」布朗洛先生問道。

「信？——只有一張紙，上邊改了又改，有懺悔的告白，有乞求上帝保佑她的禱告。他向那女子編造了一段假話，說他有難言之隱——有朝一日會揭開的——所以自己當時沒有娶她。後來，她還是一如往常，對他深信不疑，直到信賴過了頭，失去了任何人也沒有辦法再交還給她的東西。當時，她離分娩只剩不多幾個月了。他把自己打算採取的辦法全部告訴了她，只要他還在世，就不會讓她名譽受損。萬一他死了，也懇求她不要詛咒他的靈魂，或者以為他們的罪孽必定給她或是他們幼小的孩子招來懲罰，因為這都是他一人之過。他提醒她別忘了自己某一天送給她的那個小金盒和那枚戒指。戒指上邊刻有她的名字，旁邊留下的空隙，是準備刻上他希望有朝一日能奉獻給她的姓氏——他懇求她把盒子保存起來，掛在貼胸的地方，下面顛三倒四地老是重複這些話，一遍一遍，瘋瘋癲癲地重複，像是神經混亂似的。他腦子確實出毛病了。」

「說說遺囑的情況。」布朗洛先生說道，奧立弗此時已是淚如雨下。

蒙克斯不作聲。

「遺囑大致和信的意思相同，」布朗洛先生幫他說道，「上邊談到了妻子給他帶來的不幸，還談到你頑劣難馴的性格，狠毒的心腸和過早形成的邪惡欲念，你是他的獨子，可你受到的教育就是仇恨自己的父親。他給你們母子各留下了八百英鎊的年金。他把大部分財產分為相等的兩份：一份給阿格尼斯，另一份給他們的孩子，如果孩子能平安出生，並達到法定年齡。如果是個女孩子，那筆錢的繼承是無條件的。但如果是男孩兒，則必須符合一個條件，就是，他在未成年期間不得以任何不光彩的、卑鄙的、怯懦的或是違法的行為玷辱他的姓氏。他還說，立下這樣的遺囑，是為了表明他對孩子母親的信任，也是為了重申他自己的信念，——隨著死亡的逼近，這種信念益發強烈——他相信孩子一定能繼承她高尚的胸懷和品性。萬一他的期望落空，到時候這筆錢就歸你，因為在那種情況下，也只有到了兩個兒子都成了一種人的時候，他才同意你有權優先申請獲得他的財產，而你以前沒把任何人放在心上，從小就以冷淡和嫌棄拒他於千里之外。」

「我母親，」蒙克斯提高了嗓門，「做了隨便哪個女人應該做的事。她燒掉了這份遺囑。那封信也始終沒有到達收信人的手裡。她把那封信和別的一些證據保存了起來，害怕他們倆會想盡辦法推掉這樁醜事。她把事情告訴了那女子的父親，她懷著深刻的仇恨——我到現在還為此而愛她。那個做父親的受到如此的侮辱，立即帶著兩個女兒躲到威爾士一個偏僻的角落，甚至改名換姓，使他的朋友們無法知道他的隱居地點，在那兒，不久，他就被發現死在了床上。幾個星期以前，那女子已經悄悄離開了家。那個做父親的去找過她，雙腳走遍了附近的每一個村鎮。就在回到家的那天晚上，他確信女兒自殺了，為的是掩蓋她自己的慚愧和父親的恥辱，於是他那顆年老的心也碎了。」

房間裡出現了片刻的寂靜，直至布朗洛先生重新接上了故事的線索。

「過了幾年，」他說道，「這個人——愛德華．李福德——的母親來找我。兒子才十八歲，就把她的珠寶和現金一卷而空。他嗜賭成性，揮金如土，造假耍詐，後來逃往倫敦去了。他在倫敦最最下流的社會混子當中鬼混了兩年。他母親得了一種難熬的絕症，身體愈來愈衰弱，卻還希望臨死以前把兒子找回來。她派人四處打聽，仔細尋訪，起初一直沒有結果，但最後總算找到了，他就跟著他母親去了法國。」

「她的病拖了很久，後來死在了法國，」蒙克斯說道，「臨終時，她把這些秘密，連同她對這些秘密涉及到的每一個人的仇恨，那種抑制不住的刻骨仇恨，一起傳給了我——其實她沒有必要叮囑我，因為我早就繼承了她的仇恨。她不相信那女子會自殺，連孩子一塊兒毀了，認定有一個男孩生下來了，而且還活著。我向她發誓，倘若一發現這孩子的蹤跡，我就要窮追到底，讓他一刻也不得安寧，一定要好好地收拾他，毫不手軟，我要把滿腔的仇恨傾瀉到他身上。如果辦得到的話，我要一直把他拖到絞刑架下，這就等於對著那份羞辱人的遺囑上吐口水，那上邊全是空口胡說的大話。她沒說錯，我終於發現他了。開頭還挺不錯，要不是因為那個滿口胡說的女人，我一定能把事辦好了。」

這惡棍緊抱雙臂，懷著無處宣洩的怨恨，喃喃地咒罵自己沒用。布朗洛先生轉過身來，在座的每個人都聽得大為震驚，他解釋說，猶太人費金向來就是他蒙克斯的老搭檔、好夥伴，他得到一筆很大報酬，條件就是將奧立弗保持在他的控制下，如果他被獲救出去了，那麼必須退還部分酬勞，兩人在這個問題上曾產生爭執，結果就有了他們的鄉村別墅之行，目的在於確定那是不是奧立弗。

「小金盒和戒指呢？」布朗洛先生轉過頭來問蒙克斯。

「我從我告訴過你的那一男一女那兒把東西買下來了，他們是從看護那兒偷來的，看護又是從死人身上偷去的，」蒙克斯回答，頭始終抬不起來。「後來的情形你已經知道了。」

布朗洛先生朝格里姆韋格先生微微一點頭，後者非常敏捷地走出去，隨即又帶著兩個人回來了，前邊推著的是班布林太太，後邊拖著的是她滿心疑惑的丈夫。

「莫非我眼花了？」班布林先生大喊一聲，拙劣的表演實在令人反胃，「那不是小奧立弗嗎？哦，奧——立——弗，你不知道我因為你有多麼的傷心——」

「閉嘴，笨蛋！」班布林太太咕噥了一句。

「這是人之常情，人之常情，班布林太太，不是嗎？」濟貧院院長不以為然地說，「我就感覺高興——是我受教區的委託把他撫養長大——現在看見他和這些非常和藹可親的女士先生們在一起，我能不高興嗎？我一直很疼愛這個孩子，就好像他是我的——我的——我的親人一樣，」班布林先生頓了又頓，總算找到這樣一個合適的比喻，「奧立弗少爺，我親愛的，你還記不記得那位好福氣的白色坎肩紳士？啊，他上星期升天了，用了一口櫟木棺材，把手是鍍金的，奧立弗。」

「好了，先生，」格里姆韋格先生嚴厲地說，「克制一下你的情緒。」

「先生，我一定努力克制，」班布林先生回答道，「你好嗎，先生？但願你身體健康。」

這一問候是衝著布朗洛先生說出的，因為他已經走到可敬的兩口子的面前。他指了一下蒙克斯，問道：「你們認識那個人嗎？」

「不認識。」班布林太太斷然否認。

「你大概也不認識吧？」布朗洛先生問她的丈夫。

「我從沒見過他。」班布林先生說。

「也許你賣過什麼東西給他吧？」

「沒有。」班布林太太回答。

「也許，你們曾經有過一個小金盒和一枚戒指吧？」

「當然沒有。」女士答道，「你為什麼把我們帶到這兒，是來回答這類莫名其妙的問題的嗎？」

布朗洛先生再次向格里姆韋格先生點頭示意，那位紳士再次一瘸一拐地走了出去，動作利索得出奇。這一次他帶回來的不是一對強壯的夫婦，而是兩個患痛風病的老太太，她倆晃晃悠悠地走了進來，渾身還直哆嗦。

「老莎利死的那個晚上，是你關的門，」走在前邊的一個哆嗦地抬起一隻手說，「但是你關不住聲音，也堵不住門縫。」

「說得對，」另一個向周圍看看，動了動她那沒了牙齒的嘴，說道，「說得對。」

「我們聽到她竭力想把做過的好事告訴你，我們看到你從她手中接過一張紙，第二天我們還跟蹤了你，看見你走進當鋪去了。」開始那個說。

「對，」第二個女人補充說，「那是『一個小金盒和一枚戒指』。我們已經打聽清楚了，看見把東西交到你手裡。當時我們躲在旁邊。對！就在旁邊。」

「我們知道的可不止這些，」頭一個接著說道，「很久以前，她就經常和我們說起，那個年輕媽媽對她講過，她覺得自己不行了，她準備要到孩子父親的墓前，死也要死在那裡的，不料卻病倒在路上了。」

「你們要不要見見當鋪老闆本人？」格里姆韋格先生做了一個向門外走的姿勢，問道。

「不必了，」女士回答，「既然他——」她指了指蒙克斯——「膽小鬼，他把什麼都招了出來，你又向這些醜八怪做了調查，找到了這兩個合適的證人，我也沒話可說了。我的確把那兩樣東西賣了，你永遠也找不到東西了，你們準備怎麼樣？」

「不怎樣，」布朗洛先生答道，「不過有件事倒需要我們關心一下，你們倆從今天開始再也不能擔任現在的工作了，你們可以走了。」

「我希望，」等格里姆韋格先生把兩個老婦人帶出去後，班布林先生看看周圍，哭喪著臉說，「我想，不至於因為這一件小事開除我的教區職務吧？」

「革職是肯定的，」布朗洛先生回答說，「我勸你還是死了這條心吧，這還是便宜了你們了。」

「這都是班布林太太的主意，是她硬要這樣做。」班布林先生先回頭看了一眼，斷定自己的同伴已經離開了這間屋子，這才竭力為自己辯護。

「這不是理由，」布朗洛先生答道，「銷毀那兩件首飾的時候，你也在場，從法律的觀點來看，兩者之間，你的罪過的確更為嚴重。因為法律認為你妻子的行為是在你的支配下行使的。」

「如果法律認為如此，」班布林先生把帽子夾在兩隻手中間使勁地搓，說道，「法律就是一頭蠢驢——是個白癡，如果這就是法律的觀點，那麼法律一定是個光棍兒。我希望法律得到最壞的結果，只有切身體驗過，睜開眼睛了，才知道丈夫能不能支配妻子——這要靠切身體驗的。」

班布林先生加重了語氣，把最後幾個字重複了一遍，然後緊緊地戴上帽子，雙手插進口袋，跟著妻子下樓去了。

「小姐，」布朗洛先生轉臉對露絲說道，「把你的手給我，不要哆嗦。你用不著害怕，聽我把剩下的話說完。」

「如果你的話跟我有關——我不知道這怎麼可能，可如果——還是另找機會告訴我的好。我現在既沒有精力，也沒有勇氣。」

「不，」老先生挽起她的胳臂，說道，「我相信你的毅力不會如此薄弱的。先生，你認識這位小姐嗎？」

「認識。」蒙克斯答道。

「我可從未見過你。」露絲輕輕地說道。

「我見過你好多次。」蒙克斯說。

「苦命的阿格尼斯的父親有兩個女兒，」布朗洛先生說道，「另一個命運怎樣——那個小女兒？」

「那個小女兒，」蒙克斯回答，「那時她父親死在了他鄉，又改換了姓名，沒有留下一封信，一個本子或是一張紙片，也沒留下絲毫線索可以用來找到他的朋友或親戚——那孩子被一戶貧窮人家領走了，他們把領養的孩子當成了自己的一樣。」

「講下去，」布朗洛先生說道，並向梅麗太太遞了個眼色，示意她上前，「講下去。」

「那戶人家後來搬到別處去了，你如果去找也不會找到他們的下落，」蒙克斯說道，

「但是，在友誼無能為力的情況下，仇恨往往能打開通道。經過一年的搜索，我母親找到了那個地方——嘿，也找到了那個孩子。」

「她把孩子帶走了嗎？」

「沒有。那戶人家很窮，已經開始對自己的善心感到膩煩了——至少那個男的已有怨言。所以，我母親要他們把孩子留下，只給了他們一些錢，雖然那點錢也用不了多久，她答應以後再寄些錢來，事實上她壓根就不打算再寄。不過她還是不太放心，唯恐他們因窮困而起的怨言不夠把孩子整得夠慘，於是，我母親就把她姐姐的醜事告訴他們，說的時候隨意亂編，要他們留神提防這個孩子，因為她血統不好。還說她是私生子，遲早必定會走上邪路。所有這些話和當時的實際情況完全相符，他們就相信了。孩子在那兒過著悲慘的日子，甚至連我們都表示滿意，後來，一位當時住在賈斯特的富孀偶然看到了那個女孩子，覺得她特別可憐，便把她帶回自己家了。我總覺得這中間有一股該死的力量在跟我們作對。雖然我們想盡了一切辦法，可她始終待在那兒，日子過得挺快樂。我沒遇見她有兩三年了，直到幾個月前，我才重新看見她。」

「你現在看見她了嗎？」

「看見了，就靠在你懷裡。」

「但她仍舊是我的孩子。」梅麗太太一把將就要昏倒過去的露絲抱在懷裡，大聲說道，「一點也不差於我最疼愛的兒子。就算把世上一切的財富都給我，我也不會讓她離開我，我可愛的同伴，我的寶貝。」

「姑媽，你一直都是我在這世界上唯一的親人，」露絲緊緊依偎著她，哭喊道，「你是對我最慈愛、最好的親人。我的心都要裂開了，我實在禁不起這一切。」

「再大的磨難你都接受了，你始終都是最善良、最溫柔的，總是把幸福帶給周圍的每個人，」梅麗太太溫柔地摟住她，說道，「來，過來啊，寶貝兒，你該想想什麼人還等著把你摟在懷裡，可憐的孩子。瞧這兒——你瞧，他來了，我的寶貝。」

「你不是阿姨，」奧立弗伸出雙臂，抱住露絲的脖子說，「我永遠也不會叫她阿姨——我要叫她姐姐，我最愛的姐姐，最初就有個聲音在教我，我才會愛得那麼深。露絲，最親愛的露絲姐姐。」

兩個孤兒緊緊相擁，淚流滿面，互相訴說著不連貫的話語，讓我們將這些淚水和言語奉給上帝吧。頃刻之間，他倆都知道了自身的父親、母親、姐姐是誰。歡樂與悲傷交織在命運的懷抱之中，但這不是辛酸的眼淚。因為甚至連憂傷自身也已被沖淡，又被裹在了如此甜蜜、親切的記憶之中，忘卻了所有的苦澀，簡直變成了一種莊嚴的歡欣。

很長一段時間內，屋子裡只剩下他們兩個人。門上輕輕地響起了一陣敲門聲，提醒她們有人來了。奧立弗打開門，溜了出去，讓哈里取代了他的位置。

「我全都知道了，」他在心愛的女子身旁坐下，說道，「親愛的露絲，所有的一切我都知道了。」

「我不是偶然到這裡來的，」在沉默了好大一會兒工夫後，他又接著說道，「也不是今天晚上才聽說這一切，我昨天就知道了——不過也只是昨天。你猜到了，我來是要提醒你的一個許諾的，是嗎？」

「等一下，」露絲說道，「最終你還是什麼都知道了。」

「一切都知道了。你曾答應過我，一年之內不再重提我們最後一次討論到的事情。」

「我是答應過。」

「我不會強迫你改變決定，」年輕人繼續說，「只是想聽你重複一遍，如果你願意。我說過，不管我可以獲得怎樣的地位或財富，都要統統放在你的腳下，如果你仍然堅持原來的決定，我保證不試圖用言語或行動加以改變。」

「當初影響我的那些理由，如今依然影響著我，」露絲堅定地說，「你母親出於好心，把我從貧窮痛苦的生活中救了出來，假如說我對她負有不容忽視的責任的話，我的感覺什麼時候才能像今天晚上一般強烈呢？這是一場鬥爭，」露絲說道，「但我為此而感到驕傲。這是一種痛苦，但我甘願忍受。」

「今晚揭露的真相——」哈里正要開口。

「今晚揭露的真相，」露絲用柔和的語氣接過話頭，「對於你想說的問題，我並沒有改變原來所採取的立場。」

「你對我太狠心了，露絲。」她的心上人急了。

「哦，哈里，哈里，」露絲說著，眼淚奪眶而出，「我多麼希望我自己來承擔這種痛苦，可我做不到。」

「你為何要讓痛苦來折磨自己？」哈里握住她的手，說道，「想一想吧，親愛的露絲，想一想你今晚所聽到的事情。」

「我聽見些什麼了！我聽到了什麼！」露絲激動地說，「無非是關於我的親生父親因為受不了奇恥大辱而避開所有人——好了，我們已經談夠了，哈里，說得夠多了。」

「不，還沒有，還沒有，」露絲站起來，年輕人攔住了她，說道，「我的希望，我的抱負，我的前程和心情——我對生活的種種看法都變了，只有對你的愛不變。現在，我要奉獻給你的，絕非顯赫地位，也不和充滿仇恨與誹謗的世道同流合污。在這個世界，正直的人抬不起頭來，往往不是由於他們真的做了一些丟人的事。我獻給你的不過是一個家——一顆心和一個家——是的，最最親愛的露絲，我能夠奉獻給你的就是這些，也只有這些，別的什麼都沒有。」

「我不懂，你這是什麼意思？」她結結巴巴地說。

「我要說的只是——上次離開你的時候，我下定決心要填平你我之間憑空想像的一切鴻溝。我拿定主意，決不讓你受到門第觀念的歧視，如果我的天地不能成為你的天地，就把你的天地變成我的天地，因為我會拋棄它，這我已經做到了。那些因此而疏遠我的人也正是疏遠你的人，這一切證明你是正確的。當初對我笑臉相迎的那些權貴、恩人，那些位高權重的親戚，現在卻對我側目而視。在英格蘭最富庶的一個郡裡，含笑的田野和迎風搖曳的樹林到處都是，我在那個地方有一所鄉村教堂——屬於我的教堂，露絲，我自己的——那裡有一所田園風味的小屋，有了你，我會對這個家倍感驕傲的，我把它看得比我所拋棄的全部理想還要令人驕傲。這就是我如今的身分和地位，我把它們都奉獻給你！」

「等相愛的兩個人共進晚飯真是件不好受的事情。」格里姆韋格先生從瞌睡中醒來，拉開蓋在頭上的手絹，說道。

說真的，晚餐已經準備好了很久，耽誤的時間長得難以想像。但無論是梅麗夫人，或是哈里、露絲——他們三個人一起走了進來，隻字不提情有可原的話。

「今天晚上，我真想把自己的腦袋吃下去，」格里姆韋格先生說，「我估計其他東西我是吃不著了。如果你們允許的話，我可要冒昧地吻一下未來的新娘以表示我的祝賀。」

格里姆韋格先生毫不猶豫，立馬把他的話付諸行動，他吻了一下漲紅了臉的露絲。在這個榜樣的感染下，大夫和布朗洛先生二人也開始效仿。有人聲稱看到哈里剛剛在隔壁一間黑屋子裡已經開了先例。但最具權威的人士指出這完全是虛構，因為他還年輕，還是一位牧師。

「奧立弗，我的孩子，」梅麗太太說道，「剛才你到哪裡去了，為什麼看上去這麼不開心？眼淚還在順著臉蛋淌個沒完，出了什麼事？」這是一個希望容易破滅的世界，遭到破滅的常常是珍藏在我們心底最殷切的希望，可以給我們的天性增添最高榮譽的希望。

可憐的狄克，已經死了。

chapter 52

費金活著的最後一個晚上

法庭中從地板到屋頂層層疊疊全是人的面孔。每一寸空間都射出好奇而又急切的視線。從被告席前邊的橫欄到旁聽席最靠邊的小角落裡，所有的目光都集中在一個人——費金身上。他身前身後，上上下下，左左右右，彷彿天地之間佈滿了無數亮閃閃的眼睛，將他團團圍在中央。

他站在眾目睽睽之下，一隻手放在前面的木板上，另一隻手罩在耳邊，伸長脖子，以便聽清楚主審法官說出的每一個字，主審法官正向陪審團陳述關於對他的指控。他偶爾將視線突然轉向陪審團，觀察一下他們對若干有利於自己的細節會做何反應。當聽到主審法官用清晰得有些可怕的聲音歷數著不利於自己的事實時，他又轉向訴訟代理人，通過眼神默默地哀求他，不管如何也要替自己辯護幾句。除了這些焦急不安的跡象以外，他的手腳一動不動。開庭以來，他幾乎沒有做過一個動作。現在，法官說完了，他卻依然保持原先那種全神貫注的緊張姿態，眼睛盯著主審法官，彷彿還在聽著什麼。

法庭掀起的一陣小小的騷動，使他回過神來。他四顧張望，看到陪審團湊在一起商議裁決意見。當他的目光不自覺掃過旁聽席上時，他看得出，人們為了看清他的長相紛紛站了起來，有的急忙戴上眼鏡，有的在和旁邊的人竊竊私語，一副厭惡的表情。有幾個人好像對他並不在意，只是不耐煩地看著陪審團，對於他們的拖拉感到莫名其妙。但是，他看不出任何一張面孔流露出一絲一毫對自己的同情——甚至包括在座的許多女人在內——他看到的只是人們的共同心願，那就是聽到他被判罪處刑。

就在他的目光不安地將所有看在眼裡的時候，庭上又恢復一片死寂，他回頭一看，只見陪審員們都轉身面向主審法官了。

他們只是在請求允許退席罷了。

當他們退席的時候，他眼巴巴地看著他們的臉色，彷彿想看出多數人的傾向，但一無所獲。看守碰了碰他的胳膊。他機械地走到被告席末端，在一把椅子上坐下。因為看守用手指了指這把椅子，否則他是不會看見的。

他重新抬起頭，朝旁聽席望去。有幾個人在吃東西，還有幾個人在用手絹扇風，人頭攢動，真是熱得厲害。有個年輕人正在一個小筆記本上給他畫速寫。他很想知道那到底像不像，就一直看著，就如同待著無事的觀眾一般。這時，那畫家把鉛筆尖折斷了，開始用小刀重新削鉛筆。

當他以同樣的方式將視線轉向法官時，他的心中開始盤算，法官的衣著款式怎樣，價值多少，怎樣穿上去的。審判席上還有一位胖胖的老先生，大概半個小時以前出去了，現在回來，他尋思著那人是不是去吃晚飯了，吃了些什麼，在哪裡吃的。他毫無顧忌地想著這一連串的鏡頭，直到另一個新的事物映入他的眼簾，就又循著另一條思路開始胡亂想著。

在這段時間內，他的心一刻也不能擺脫一種喘不過氣來的壓抑感，墳墓已經在他的腳下張開大口，這種感覺始終揪住他不放，但還比較朦朧、籠統，他無法把思想集中。就這樣，當他渾身哆嗦，因為想到將要死去而滿身發燙的時刻，他開始數他的面前有幾根尖頭朝上的鐵欄杆，尋思著其中一根的尖頭是如何被折斷的，他們是要修好它呢，還是不管它呢。緊接著，他想起了絞刑架和斷頭台的種種恐怖——但立即擱下這個念頭，仔細看著一個男人往地板上潑水降溫——隨後他又想出了神。

終於，有人喝令「肅靜」。人們紛紛屏氣凝神向門口望去。陪審團回來了，並從他身邊走過。他從他們臉上看不出一點端倪，一張張都像是石雕一般。接著出現一片靜默——沒有一點兒聲音——誰也不敢喘一口氣——終於，法庭莊嚴宣判：被告罪名成立！

一陣驚心動魄的吼聲響徹屋宇，一陣吼聲，緊接著又是另一陣吼聲。隨後，一片沸騰的叫罵隨之而起，和著憤怒的呼喊，其聲如雷霆萬鈞，愈來愈響。法庭外的群眾發出一片歡呼，人們為他將於星期一處決的消息感到高興。

喧嚷聲靜下來以後，有人問他對宣判死刑有何異議。他又擺出那副凝神傾聽的姿態，目不轉睛地注視著問話人。但是，問話重複了兩遍，他好像才聽明白，接著只是喃喃地說自己上了年紀——一個老頭兒——一個老頭兒——聲音愈來愈輕，隨後就不作聲。

法官戴上黑色的帽子，罪犯仍保持原來的神態和姿勢。旁聽席裡有個女人，看到這可怕的情景，竟發出一聲驚歎，他立即抬頭望去，似乎對這種干擾大為惱怒，然後更加聚精會神地伸長脖子。法官的講話莊重嚴肅，扣人心弦；判決聽起來令人毛骨悚然。他紋絲不動地站在那裡，猶如一座大理石雕像。看守將一隻手按在他的臂上，示意他退席。這時，他形容憔悴，下顎低了下來，兩眼直直地望著前邊。他目光呆滯地往四周看了一眼，然後一聲不吭地服從了。

他被押送到法庭下邊的一間石板屋裡，那裡有幾名囚犯正在等候提審，另外幾名犯人隔著柵欄在同親友談話，柵欄外邊就是院子。沒有一個人要跟他談話。但是，當他經過時，犯人紛紛閃開，讓擠在柵欄前邊的那幫人看得更清楚點。眾人以聲聲謾罵、尖叫和噓聲轟他。他揮揮拳頭，很想要給他們一拳頭。但是，幾名帶路的看守催促他繼續向前。他們通過一條燈光昏暗的通道，他被帶進監獄深處。

在這裡，看守對他進行了全身搜查，看他身邊有沒有可用於自殺的工具。之後，他被領進一間死刑犯的囚室，獨自留在那兒。

他在牢門對面的一張石凳上坐下，這東西不僅可作椅子還可作床凳。他睜著一雙充血的眼睛，盯著地面，試圖集中思想。過了一會兒，他開始回憶起法官說的一席話裡的幾個不相連貫的片段，儘管當時他好像覺得自己一句也沒聽清。這些言語片段逐漸各得其所，一點一點地顯示出了更多的東西，一會兒的時間他便比較清楚了，基本上和正在宣判一樣。判處絞刑，就地正法——這就是他的結局。判處絞刑，就地正法。

天黑以後，他開始回想他所認識的那些死在絞刑架上的熟人，其中有一些是他耍手段害死的。他們紛紛地出現，他簡直來不及數。他曾看到其中幾個人死去——還挖苦過他們，因為他們死的時候還在念禱告。記得那塊踏板咔嗒一聲落下來，人立馬就從強壯的漢子變成了在半空中晃蕩的衣服架子。

周圍一片漆黑，他在想，他們中可能有人在這間牢房待過——就坐在此地。四周漆黑一片，人們為何不點個燈呢？這間牢房已建成很長時間，想必有許多人的最後一段時光是在此地度過的。待在這裡，如同坐在一個到處都是死屍的墳墓裡——戴著頭上的帽子，絞索，捆綁起來的胳膊，他所熟識的臉孔，就算蒙著那個恐怖的罩子，他也能認得出來——點個燈，點個燈。他在心裡祈禱。

他雙手捶打著結實的牢門和四壁，直到砸得鮮血直流，這個時候，有兩個人走了過來，一個人將手裡拿著的蠟燭插進固定在牆上的鐵燭台，另一個拖來一床褥子，打算自己在這裡過夜。他再也不是單獨一人了。

夜已來臨——黑暗、淒涼、沉寂的一夜。別的守夜人聽到教堂鐘響時一般都很開心，因為鐘聲預告的是新的一天又將開始。對他來說，鐘聲帶來的卻是絕望。鐵鐘鳴響，每一下都送來那個聲音，那個低沉的、令人窒息的聲音——死亡。早晨，喧嘩與繁忙鑽進了牢房，可是有什麼用呢？這不過是變相的喪鐘，警告之中又添一些嘲弄。

白天又過去了——這能算是白天嗎？剛一到來就匆匆離開——黑夜又降臨。夜是如此漫長，又是如此的短暫。漫長是因為它靜得可怕，短暫是因為一個小時接連一個小時離去。一會兒，他變得瘋狂，胡言亂語；一會兒，他又開始號哭哀叫，亂扯頭髮。與他同一教派的幾位長老曾來這裡為他做禱告，可是都被他統統趕走。他們再次走進來，想要奉獻一番善心，他索性把他們給打跑了。

星期六的夜裡。他只能再活一晚了。當他意識到這一點時，白天已經來臨——星期日來到了。

直到這可怕的最後一天晚上，一種意識到自己已經瀕於絕望的幻滅感控制了他那陰暗的靈魂。倒不是因為他曾抱有什麼明確的或者很大的希望，以為自己能獲得寬恕，而是在他心中死亡近在眼前的可能性還是如此的籠統，根本不能仔細思考下去。他很少同那兩個輪流看守他的男子說話，兩人也沒想過要引起他的注意。他坐在那裡醒著做夢。他動不動就驚跳而起，張口喘著粗氣，身上皮膚發燙，慌亂地來回跑著，恐懼與憤怒頓時發作，連那兩名看守——雖然他們對這種場面早已熟悉——也嚇得躲著他。最後，在良心的折磨下，他變得如此可怕，看守嚇得都不敢單獨和他坐在一起了，只得兩個人一起看著他。

他緊縮在石床上，回想著往事。被捕那天，他被人群中扔過來的東西打傷，腦袋用一塊布包紮起來。紅頭髮披垂到他毫無血色的臉上，鬍鬚也被扯得亂蓬蓬的，打著好多結。他的眼睛凶光畢露。由於好久沒有洗澡，皮膚被體內的高燒燒得起了皸裂。八點——九點——十點。假如這不是嚇唬他的鬼把戲，而是果真如此接二連三的一個又一個小時，到它們轉回來的時候，他又會在哪裡。十一點，前一個小時的鐘聲剛剛停止鳴響，下一個時刻的鐘的餘音好像還在迴盪。到八點鐘，他將成為自己葬禮隊伍裡唯一的送喪人。現在是十一點……

新門監獄那些陰森森的牆壁把那麼多的痛苦和無法用言語形容的痛苦掩蓋起來，不僅是瞞著人們的眼睛，更多的是瞞過了人們的思想——那些牆面恐怕從未見過這樣可怕的慘狀。幾個從門外經過的人放緩腳步，很想知道明天就要上絞刑架的那人在做什麼，要是有人看見了他的話，這一夜肯定睡不好覺。

從傍晚直到將近午夜時分，人們三三兩兩地來到接待室附近，神情焦急地打聽有沒有收到緩期執行死刑的命令。得到的答案是否定的，於是他們又將這個好消息轉告給了大街上一堆堆的人群，大家指手畫腳，相互告知，說他肯定會從那道門出來，絞刑台會搭在那裡，然後才依依不捨地走開，還頻頻回頭，想像著那個即將出現的場面。人們逐漸散去，在深夜的一個小時裡，街道留給了沉靜與黑暗。

監獄前邊騰出一片空地，幾道結實的黑漆柵欄把馬路切斷，以擋住預期人群的擠壓。這時，布朗洛先生帶著奧立弗來到木柵入口，他們出示了由一位司法長官簽字的探監許可證，便立刻被讓進了接待室。

「這位小先生也一塊兒進去嗎，先生？」負責帶領他們的獄警問。「裡邊的情形不適合小孩子看，先生。」

「的確不適合，朋友，」布朗洛先生表示同意，「但我要跟犯人談的事情與他密切相關。並且，由於這孩子見過犯人趾高氣揚、胡作非為達到頂峰的狀態，所以，我認為沒關係——即使受一點痛苦和驚嚇也是值得的——現在他該去見見他。」

這幾句話是避開奧立弗講的，沒讓奧立弗聽見。員警非常好奇地看了奧立弗一眼，打開與他們進來的門相對的另一道門，領著他們穿過昏暗彎曲的通道，向牢房走去。

「這裡，」獄警在一個陰暗的走廊裡停了下來，有兩名工人正一聲不響地在走廊裡做準備工作。員警說道——「這就是他將要經過的地方，你們由此前進，還可以看到他出去時要經過的門。」

獄警帶領他倆走進一間石板鋪成的廚房，裡邊安放著幾口為罪犯做飯的銅鍋，獄警朝一道門指了指。門的上方有一個敞開的窗口，窗外傳來沸沸揚揚的說話聲，其中還夾雜著榔頭起落和木板掉在地上的聲音。他們正在搭絞刑架。

他們繼續往前走去，穿過一道道由別的獄警從裡邊打開的結實的牢門，進了一個大院，登上狹窄的階梯，走進一條過道，走廊左側又是一排牢固的牢門。獄警示意他們在原地等候，自己用一串鑰匙敲了敲其中的一道門。兩名看守悄悄地說了幾句以後，走到過道裡伸伸懶腰，似乎對這一輪臨時的休息感到很高興，然後示意兩位探視人跟著那名獄警進入囚室。布朗洛先生和奧立弗走進去。

死刑犯坐在他的床上左右搖擺，臉上的表情不大像人，倒像是一頭被捕的野獸。他的思緒顯然徘徊在往日的生活中，嘴裡不斷在喃喃自語，把進來的兩個人也當做幻象的一部分。

「好孩子，查利——幹得好，」他嘴裡咕噥著，「還有奧立弗，哈哈！還有奧立弗——是上等人了——整個是——快把那孩子帶去睡覺。」

獄警拉住奧立弗空著的一隻手，輕輕地叮囑他不要害怕，自己在一旁靜觀。

「快帶他去睡覺！」費金高聲喊道，「你們聽見了嗎，你們？他就是──就是──所有這些事情的原因。把他栽培成材的本錢是值得的──割斷波爾特的喉嚨，賽克斯。別理那女孩──波爾特的脖子你們儘管往深裡割。索性把他的腦袋也鋸下來。」

「費金。」獄警說話了。

「在！」頓時，老猶太又恢復了受審時那副專心傾聽的姿態，他大聲說道，「我年紀大了，大人，一個老頭兒了，我沒有害人的本領了。」

「喂，」獄警把手放在費金的胸口上，要他別動，說道，「有人來看你，可能要問你幾個問題。費金，費金。你是人還是──？」

他抬頭回答，「我做人的時間不多了，」在他臉上看不到任何屬於人類的表情，只有憤恨和恐怖，「把他們統統打死，他們憑什麼殺我？」

這時他看見了奧立弗與布朗洛先生。他嚇得把身體縮到離石凳最遠的角落裡，並問他們到這裡來做什麼。

「別亂動，」獄警依然按住他不放，「請吧，先生，你想問什麼就問他好了。請儘快，因為他的情形愈來愈不妙了。」

「你那裡有一些文件，」布朗洛先生上前說道，「是一個叫蒙克斯的人為了穩妥起見交給你的。」

「這完全是胡說八道，」費金回答，「我什麼文件也沒有──什麼都沒有。」

「看在上帝的分上，」布朗先生嚴肅地說，「你就別再說別的了，死亡正在逼近你，還是告訴我文件放什麼地方。你明白賽克斯已經送了命，蒙克斯也招供了，你別再指望能撈到任何好處了，快說，那些文件在什麼地方？」

「奧立弗，」費金擺了擺手，大聲喊著，「過來，讓我跟你說句悄悄話。」

「我不怕。」奧立弗把布朗洛先生的手放開，小聲說了一句。

「文件，」費金將奧立弗拉到身邊，說道，「順著壁爐煙囪往上摸，很快可以摸到一個洞，文件就在那裡的一個帆布袋裡。我想和你說說話，親愛的，就想跟你談談。」

「好的，好的，」奧立弗答道，「我來做一次禱告。來吧，我念一段禱告。只念一段，你跪在我身旁，我們可以一直聊到天明。」

「好，我們一塊兒到外面去，一塊兒出去，」費金推著孩子往門口走去，眼睛越過他的頭頂視而不見地環顧著，「你對他們說，說我已經睡下了——你的話他們會相信。只要你這樣做，一定可以把我弄出去。快呀，快！」

「噢！願上帝寬恕這不幸的人！」奧立弗忍不住哭了起來。

「好了，好了，」費金說道，「快，這樣對我們有好處。先出這扇門。經過絞刑架時，如果看到我哆嗦起來，渾身發抖，你別管我，趕快走就是了。快，快，快！」

「先生，您沒別的話問他了吧？」獄警問道。

「沒有其他問題了，」布朗洛先生回答道，「我本指望可以使他清楚自己的處境——」

「事情已沒有希望了，先生，」獄警搖搖頭，答道，「你們還是走吧，他已經瘋了。」

囚室門開了，兩名看守重新進來了。

「趕緊，趕緊，」費金緊張地說，「腳步輕一點，可是不要那麼慢。快一點兒，快一點兒！」

幾個人上來，一起伸手抓住了他，幫助小奧立弗掙脫了他的手掌，將他拽了回去。費金拚命掙扎了一會兒，接著便一聲接一聲地號叫起來，叫聲彷彿穿透了那些堅固的牢門，直至到他們來到大院裡，那聲音仍淒慘地在耳邊迴響。

他們還要過一會才離開監獄。看過了這樣一個觸目驚心的場面，奧立弗差點兒又暈倒。他是多麼的虛弱，大約有一個小時連路都走不了。

當他們走到街上的時候，天就要亮了，門口早已聚集起一大群人。街上，家家戶戶的窗戶上都擠滿了腦袋，有的在抽煙，有的在玩牌，他們都在打發著時間。人們推來搡去，說說笑笑，吵吵鬧鬧。一切都顯得生氣勃勃，只有在這一切中間的一堆黑乎乎的東西例外——檯子，十字橫木，絞索，以及所有那些為死刑犯準備的東西。

chapter 53

結尾

好了，有關這部引人入勝的傳記中出場人物的命運幾乎都已講完了。筆者在最後應該講的只有簡單幾句話。

三個月以後，露絲與哈里先生結婚了，地點在那座鄉村教堂。從此以後，它將成為那位年輕牧師的工作場所。當天，這對新人幸福地搬進了新居。

梅麗太太也搬來同兒子、兒媳一塊生活，她計畫安靜地享受品德高尚的老年人所能感受到的福氣——細心品味兩個最心愛的孩子的幸福生活，她幸福地覺得，自己的一生沒有浪費，她會繼續向他倆投入最溫馨的母愛和細緻的關懷。

經過全面仔細的調查，李福特家的那筆財產——無論是在蒙克斯名下還是在他母親掌管下，那筆財產都沒有增值，除去蒙克斯已經花了的部分，如果在他與奧立弗之間平分，各自可獲得三千英鎊多一點。根據父親的遺囑，奧立弗本來有權獲得所有財產，但布朗洛先生不希望剝奪那位長子改邪歸正的機會，他建議了對半兒分，他那位幼小的被保護人對此表示同意。

蒙克斯，仍用他的這個化名，帶著自己分得的那一份遺產，隱退在新大陸一個偏遠的地方去了。在那裡，他很快就把這筆錢揮霍一空，重新做起壞事，因為犯下另一樁欺騙罪而被判長期監禁，最終因舊病發作死於獄中。他的老朋友費金一夥剩餘的幾名首犯也同樣陸續客死異鄉。

布朗洛先生把奧立弗當做親生一樣領養下來，帶著他和老管家移居到離自己的好朋友牧師住所不到一英里的地方，滿足了奧立弗那熱烈而又誠摯的胸懷中剩下的唯一願望。這樣一來，他把一個小小的團體連結在了一起，他們的幸福程度幾乎達到了這個變幻無常的世界上所能達到的最圓滿境地。

這對年輕人結婚以後不久，那位可敬的大夫便返回卡特西去了。在那裡，他離開了那幫老朋友，他原本可能會變得抑鬱寡歡的，或者不知所謂地變得暴躁易怒，幸而他完全沒有這樣的氣質。兩三個月間，起初他還通過暗示的方式來安慰自己：這裡的空氣恐怕對自己的健康不好；隨後又認為對他來說當地的確已經和從前不同了，於是他把工作交給了助手，在年輕朋友任牧師的那個村子外面租了一所供單身漢住的小屋，他身上的毛病便立馬消失了。在那裡，他開始從事種花、植樹、釣魚、做木器活以及諸如此類的一些活動，不管做任何事情，他都以他固有的急性子全力以赴。後來，他成了附近知識最全面、最有學問的權威人士。

搬家之前，大夫就已經對格里姆韋格先生懷有強烈的好感，這位脾氣怪僻的紳士也對他彬彬有禮。因此，一年當中，格里姆韋格先生多次前來拜訪他。到了那裡，格里姆韋格先生都勁頭十足地植樹、釣魚、做木工。他幹什麼都與眾不同，有些更是史無前例，但無一例外都堅持自己是正確的，並且經常搬出他所喜愛的那句名言來證明自己的方法才是正確的。趕上禮拜日，他照例當著年輕牧師的面批評佈道演說，事後又總是極其神秘地告訴洛斯本先生，他認為這次演說非常出色，不過還是不明說的好。布朗洛先生時常嘲笑格里姆韋格先生，很早以前所提出的關於奧立弗預言，提醒他回憶起他倆將懷錶放在中間，坐等孩子回來的情景。然而，格里姆韋格先生仍爭辯說自己的預言基本上是正確的，並且以奧立弗終歸沒有回來作為證據——這事總會引發他開心大笑。

諾亞由於揭發費金而獲得了王室的赦免，他覺得自己的這一行當完全不像希望的那樣安全，而在一段短暫的時間內又找不到不太費力的謀生手段。經過一番考慮之後，他開始充當一名告發者，生活上也維持得相當不錯。他的辦法是，每到禮拜時間便和夏洛特穿上體面的服裝，扮成紳士淑女出去散步，每十期一次，而時間總安排在教堂禮拜之時。這位女士只要一到善良的酒店老闆門口便昏過去，那位紳士便會花上幾個小錢的白蘭地把她救醒，第二天就去告發，將罰款的一半放進自己的腰包[62]。諾亞本人有時也會暈過去，效果也不遜色。

班布林夫婦被革職以後，逐步陷入極其窮困的境地。最後，在他倆曾經對他人耀武揚威的那所濟貧院裡變成了貧民，有人聽班布林先生說起這樣的話，他倒楣、潦倒至此，簡直連感謝上帝把他與妻子分開的勁頭也提不起來。

62. 按當時的法律，在教堂禮拜結束之前，酒店不能出售酒水之類，對違者罰款，並對告發者獎以罰款之半數。

蓋爾斯先生和布里托斯仍舊擔任原來的職事，雖然前者已經禿頂，布里托斯這個大孩子的頭髮也白了。他倆住在牧師先生家中，對這一家人以及奧立弗、布朗洛先生、洛斯本先生服侍得一樣殷勤，以至直到如今，村民們仍無法確定究竟誰是他們的東家。

查利・貝茨少爺被賽克斯的罪行嚇破了膽，開始認真思索：老老實實過日子到底是不是最好的生活？他得出的結論是肯定的，於是他便決定與過去一刀兩斷，痛改前非。有一個時期，他咬緊牙關硬撐，吃了不少苦。但憑著知足常樂的性格和力圖上進的決心，他終於取得成功。先是替莊戶人打短工，給搬運夫做做幫手，如今成為整個北安普敦郡最快活的青年畜牧業主。

現在，筆者的手由於即將完成使命時而激動得有些發顫，很希望拿這些故事的線再多織一會兒布。

同書中人物相處了這麼長時間，跟其中的幾個還是依依不捨，很想繼續描繪他們的幸福生活，分享他們的快樂。我很想讓新婚的露絲展現出全部的風采和韻味，以便使讀者看到她如何讓溫柔的清輝撒在她那與世無爭的人生大道上，照在所有與她同路的人們身上，並且撒進他們的心田。我很想刻畫她冬日圍爐和夏日暢聚時所展現出的活力與歡樂。中午，我要隨她穿過炎熱的田野；月夜漫步時，我要傾聽她柔美的嗓音唱出的旋律。我很想觀察她在外如何樂善好施，在家體貼入微、不辭辛勞地履行天職。我很想表現她和姐姐的遺孤如何相親相愛，如何一連幾小時在一起想像失去的親人的模樣。我很想再次看看圍聚在她膝前的那些快樂的小臉蛋，聽聽他們快活的嘰嘰喳喳。我很想從回憶中喚起那清脆的笑聲，以及描繪在她那雙溫柔的藍眼睛裡閃耀著的同情的淚花。所有這些，以及千百次的眼神與微笑，數不盡的思想和言語——我實在都想——形諸筆墨。

日復一日，布朗洛先生不斷地用淵博的學問充實他養子的頭腦，隨著孩子的稟賦得到發展，希望的種子慢慢發芽，要變成老先生希望看到的那種人非常有可能。布朗洛先生越來越喜愛他——他總會不斷地在孩子身上發現老朋友的種種特徵，這些特徵在他的心坎上喚起了早已逝去的回憶，既引發哀愁，也帶來甜蜜和慰藉。兩個孤兒經受過逆境的考驗，他們吸取人生教訓，對他人寬恕，相敬如賓，真誠感謝保護、成全他倆的上帝——這所有的一切都是無需贅述。我已經說過，他們真的很幸福。假如沒有熾烈的愛，沒有慈愛的心，假如對以慈悲為信條、以博愛一切生靈為最高目標的上帝不知感恩，那是不可能得到幸福的。感恩、回報、向善是所有美好心靈的追求。

在那個古老的鄉村教堂墓地裡，聳立著一塊白色的大理石墓碑，上邊至今僅僅刻著一個名字：阿格尼斯。那個墓穴裡沒有靈柩，大概多年以後才會有另外一個名字再被刻上去。然而墳墓它割不斷死者親友們對他們的愛，如果他們會時常重返人間，魂遊洋溢著那種綿延不盡的愛的聖地，我相信，阿格尼斯的靈魂便會在此處盤旋。雖然這一隅之地是在教堂裡，脆弱的她又曾誤入歧途，我相信她還是會來的。

經典新版世界名著：22

霧都孤兒【全新譯校】

作者：〔英〕狄更斯
譯者：王桂林
發行人：陳曉林
出版所：風雲時代出版股份有限公司
地址：10576台北市民生東路五段178號7樓之3
電話：(02) 2756-0949
傳真：(02) 2765-3799
執行主編：劉宇青
美術設計：吳宗潔
行銷企劃：林安莉
業務總監：張瑋鳳

初版日期：2021年11月
版權授權：鄭紅峰
ISBN：978-626-7025-10-9

風雲書網：http://www.eastbooks.com.tw
官方部落格：http://eastbooks.pixnet.net/blog
Facebook：http://www.facebook.com/h7560949
E-mail：h7560949@ms15.hinet.net
劃撥帳號：12043291
戶名：風雲時代出版股份有限公司

風雲發行所：33373桃園市龜山區公西村2鄰復興街304巷96號
電話：(03) 318-1378
傳真：(03) 318-1378
法律顧問：永然法律事務所 李永然律師
北辰著作權事務所 蕭雄淋律師

行政院新聞局局版台業字第3595號 營利事業統一編號22759935

定價：480元

國家圖書館出版品預行編目資料

霧都孤兒 / 狄更斯著；王桂林譯. -- 臺北市：風雲時代出版股份有限公司, 2021.10 面； 公分
譯自：Oliver twist.
ISBN 978-626-7025-10-9 (平裝)

873.57　　110014012